Das Buch

Liebe als Ergebnis einer ausgeklügelten Selbstvermarktungsstrategie und Werbekampagne in eigener Sache? Ally ist mehr als skeptisch, als ihre Freundin Mel, Redakteurin einer Frauenzeitschrift, sie bittet, zu Recherchezwecken an einem Partnersuche-Seminar teilzunehmen. Zugegeben – Allys Liebesleben liegt seit Jahren völlig brach, während ihr Exmann alle paar Monate mit einer neuen Freundin am Arm aufkreuzt. Aber woher soll man als 37-jährige berufstätige alleinerziehende Mutter von zwei kleinen Kindern die Energie nehmen, auf die Suche nach einer neuen großen Liebe zu gehen? Widerstrebend lässt Ally sich auf das Seminar ein. Und ahnt nicht, welche Steine sie damit ins Rollen bringt ...

Die Autorin

Jayne Buxton lebt in London, ist Mutter von drei Kindern und hat bisher ein Sachbuch veröffentlicht. *Gib den Kerlen Zucker* ist ihr erster Roman.

Jayne Buxton

Gib den Kerlen Zucker

Roman

Aus dem Englischen
von Edigna Hackelsberger

Ullstein

Besuchen Sie uns im Internet:
www.ullstein-taschenbuch.de

Umwelthinweis:
Dieses Buch wurde auf chlor- und säurefreiem Papier gedruckt.

Ungekürzte Ausgabe im Ullstein Taschenbuch
Sonderausgabe September 2007

Titel der englischen Originalausgabe: *Lessons in Duck Shooting*
(Arrow Books/The Random House Group Ltd., London)
Umschlaggestaltung: Sabine Wimmer, Berlin
Umschlagabbildung: © Adrianna Williams/zefa/Corbis
Satz: LVD GmbH, Berlin
Gesetzt aus der Sabon
Druck und Bindearbeiten: Ebner & Spiegel, Ulm
Printed in Germany
ISBN 978-3-548-26762-3

Für Cal.

Glück ist ziemlich vorhersehbar. Willst du dem Glück auf die Sprünge helfen, musst du deine Chancen erhöhen. Ergreife die Initiative und zeige dich.

Brian Tracy

Man braucht Mut, sich lächerlich zu machen.

Charlie Chaplin

Teil 1

1. Sind Sie alleinerziehend?

Vor mir in der Schlange am Postschalter stehen noch zwölf Leute. Ich hatte eigentlich erwartet, schnurstracks dranzukommen, doch nun stelle ich gezwungenermaßen hektische Berechnungen an, wie viele Minuten ich exakt zu spät kommen werde, wenn ich hier warte: Zwölf mal je etwa eineinhalb Minuten, geteilt durch drei Schalterkräfte – halt, nein, eine davon klappt gerade ihr Schalterfenster zu –, ich werde hier also mindestens sechs Minuten anstehen. Realistisch betrachtet zehn.

Ich entscheide, dass es letztendlich besser ist, ein paar Minuten zu spät am Schultor zu erscheinen, als das Geburtstagsgeschenk für meinen Neffen mit einer weiteren Woche Verspätung loszuschicken (was sicher der Fall sein wird, wenn ich diese Gelegenheit jetzt ungenutzt verstreichen lasse). Also trete ich von einem Fuß auf den anderen und versuche, die Wartezeit hinter mich zu bringen, ohne mir allzu große Verärgerung anmerken zu lassen.

Links von mir steht ein Ständer mit bunten Broschüren. Ihre Titel kann ich nur schwer ausmachen, weil jemand einige davon offensichtlich in großer Eile und unter kompletter Missachtung der ursprünglich sicher wohl durchdachten Anordnung zurückgesteckt hat. Ohne Probleme erkennen kann ich *Auf den Punkt gebracht – Steuerspartipps für Familien* sowie einen Stapel Anträge für eine Kfz-Versicherung. Ganz am anderen Ende der Auslage, fast verdeckt von diversen Info-Broschüren für Bausparer, entdecke ich eine Überschrift, die, wie ich finde, eine ziemlich indiskrete Frage stellt: *Sind Sie alleinerziehend?*

Mit einem vorsichtigen Seitenblick – um sicherzugehen, dass mich niemand beobachtet – greife ich nach dem Flyer, nehme mir aber gleichzeitig auch noch den über Steuertipps, um zufällige Beobachter von Rückschlüssen auf meine Person abzulenken. Als ich den Flyer sicher in der Hand halte, dauert es erst einmal ein paar Sekunden, bis ich mein inneres Gleichgewicht wiedererlangt habe. Dabei vermeide ich bewusst jeden Blickkontakt mit dem Bauarbeiter vor mir, der sich in seinem schmutzigen Overall zu mir umgedreht hat, um zu sehen, wer hinter ihm dieses ganze Geraschel verursacht.

Das Foto auf dem Titelblatt soll wohl eine Familie zeigen, obwohl ich so eine Familie im Alltag noch nie gesehen habe: Eine ziemlich junge Frau ist umringt von vier Kindern, jedes von unterschiedlicher ethnischer Herkunft, und alle strahlen sichtlich begeistert über die Political Correctness ihrer Multikulti-Patchwork-Familie in die Kamera. Junge, die Frau ist sicher ganz schön beschäftigt, schießt es mir durch den Kopf, und ich studiere eingehend ihr Gesicht, ob ich darauf irgendwelche Anzeichen entdecken kann: Erschöpfung, zugleich aber auch Tatkraft und Zuversicht. Einen Schuss Resignation. Das dringende Bedürfnis, endlich mal wieder auszuschlafen. Egal was, aber auf keinen Fall dieses Strahlefrau-Image, das mir hier vorgegaukelt werden soll.

Da vor mir in der Schlange noch fünf Leute stehen, schlage ich die Broschüre auf und lese die Überschriften. Schon auf den ersten Blick sehe ich, dass die wichtigsten Themen gar nicht angesprochen werden. Ich überfliege massenhaft Infos darüber, welche Zuschüsse einem zustehen und wie man sie beantragen kann, aber wo steht zum Beispiel auch nur ein Satz darüber, wie man sich plötzlich an diese gewaltige Leere in seinem Doppelbett gewöhnen soll? Oder an die endlos langen, öden Tage jedes zweiten Wochenendes? Wo in aller Welt erfährt man, wie man sich mühsam abgewöhnt, im Bett nach der Hand zu tasten, die man tausendmal umfasst hat, oder wie man sich innerlich unzählige Versionen von *Das alles ist nicht eure Schuld* für seine Kinder zurechtlegt? Und wo finden sich Tipps, wie man den verstopften Abfluss der Dusche oder den kaputten Klappmechanismus am Mülleimer repariert, wenn der bisher Zuständige für solche Pflichten das gemeinsame Zuhause verlassen hat?

Am eklatantesten finde ich allerdings, dass nirgends auch nur mit einem Halbsatz erwähnt wird, wie man jemals wieder einen Mann finden soll. Wo steht etwas zu diesem Thema? Natürlich nirgends, denn man wird keinen finden. Es sei denn, man ist Elizabeth Hurley und die besten Kumpel heißen Elton und David. Aber wenn das nicht der Fall ist, dann wird man nie zu diesen Partys eingeladen, auf denen es anscheinend von gutaussehenden Typen nur so wimmelt und wo alle natürlich immer völlig hingerissen von den einzigartigen Reizen einer alleinerziehenden Mutter sind. Und nicht mal Liz hatte dabei auf Anhieb Erfolg, falls man den Klatschseiten in der *Hello!* vertrauen kann.

Nein. Ist man erst einmal eine geschiedene Mutter mit zwei Kindern, dann bleibt man das mit ziemlich hoher Wahrscheinlichkeit für immer und ewig. Ich falte die Broschüre in der Mitte und stecke sie in meine Handtasche, denn die bebrillte Frau hinter dem Schalter hat mir gerade zugenickt. Am liebsten hätte ich den Flyer wieder in den Ständer zurückgesteckt, wo er hingehört. Andererseits möchte ich nicht, dass mich irgendjemand für eine verzweifelte Alleinerziehende hält, die auf Geld aus ist.

2. Weckruf

Der wohlvertraute durchdringende Piepton beendet abrupt meine frühmorgendliche Traumphase, und augenblicklich ist jeder noch so kleine Erinnerungsfetzen daran komplett ausgelöscht. Schlaftrunken und ungläubig (ist es wirklich schon zehn vor sieben?) drehe ich mich zur Seite und kontrolliere die Uhrzeit. Gleichzeitig nehme ich mir wieder einmal fest vor, meinen angegrauten Plastikdigitalwecker durch einen neuen mit eleganterem Design und einem weniger aufdringlichen Weckton zu ersetzen.

Ich drücke auf »Snooze«, lege meinen Kopf aufs Kissen zurück und lasse das Tageslicht auf mich wirken, das durch die schmalen Schlitze in der Jalousie fällt. Dabei lausche ich auf Regengeräusche von draußen, höre aber nichts. Gut, dann brauche ich heute wenigstens keinen Schirm, denn die Chancen, im Haus einen aufzutreiben, sind so gut wie aussichtslos.

Mein Körper sehnt sich mit jeder Faser danach, liegen zu bleiben. Ich forsche innerlich nach einer Rechtfertigung für meine Lethargie, und mir fallen sofort die Füchse ein. Ihr schauerliches Geheule direkt unter meinem Schlafzimmerfenster, das klang, als würden Katzen stranguliert, hatte mich stundenlang wachgehalten. Da ich wenig über die Lebensgewohnheiten von Füchsen weiß, habe ich keine Ahnung, ob es sich dabei um Lust- oder Kampfschreie handelt, fest steht nur, dass sie jede Nacht lauter werden. Dad meint, ich solle ans Council schreiben und verlangen, dass man sie wieder in freier

Wildbahn aussetzt, aber dieser Punkt rangiert weit unten auf meiner geistigen To-do-Liste, irgendwo über dem Fernziel, die gesprungene Bodenfliese am Eingang ersetzen zu lassen, aber deutlich unterhalb des strengen Vorsatzes, einmal pro Woche den Filter am Wäschetrockner von Flusen zu befreien, damit sich das Gerät nicht überhitzt und die Kabel nicht durchbrennen.

Da quietscht die Tür, und Jack kommt ins Zimmer gestapft, wie üblich in voller Cowboymontur. Sobald er morgens aufwacht, springt er aus dem Bett und legt Hut, Weste, lederne Beinschützer und Revolverhalfter an, bevor er zu mir ins Zimmer kommt. Bis wir aus dem Haus und zur Schule müssen, hält er eisern an diesem Aufzug fest, aber selbst dann muss ich noch all meine Überredungskunst aufwenden und kann ihn bisweilen nur mit sanftem Zwang in seine Schuluniform stecken. David meint, ich mache mir selbst das Leben schwer, wenn ich Jack gegenüber nicht konsequent darauf bestehe, dass er die Schuluniform schon gleich nach dem Aufstehen anzieht. Aber vermutlich lasse ich Jack das durchgehen, weil ich insgeheim Verständnis für ihn habe. Er kann einfach nicht einsehen, warum er eine Krawatte und die blauen Uniformhosen anziehen und im zarten Alter von fünf Jahren schon jeden Tag sechs Stunden in die Schule gehen soll, und oft genug geht es mir genauso.

Jetzt sitzt er neben mir im Bett und zielt mit »Peng! Peng!«-Geschrei auf das Foto mit dem lächelnden Paar und den zwei kleinen Kindern, das auf der Kommode steht.

»Mummy, muss ich heute wirklich in die Schule?«, quengelt er. »Es dauert immer sooo lange, bis du mich wieder abholst. Weißt du, wie viele Arbeitsblätter ich dort schreiben muss? Weißt du das?«

»Jack, mein Schatz, alle Kinder müssen in die Schule gehen. Es ist gesetzlich vorgeschrieben. Außerdem dauert es doch wirklich nicht so lange, bis ich wiederkomme«, sage ich etwas vage und unaufrichtig, denn ich weiß genau, dass ich heute nicht früher von der Arbeit wegkomme, und Jill, meine Tagesmutter, die Kinder von der Schule abholen wird.

»Aaaach«, jammert Jack. »Archies Mummy lässt ihn immer einen Tag zu Hause bleiben, wenn's ihm nicht gut geht. Und mir geht's heute nicht gut.«

»Du kannst einen Tag zu Hause bleiben, wenn du richtig krank bist«, stelle ich klar. »Aber heute siehst du mir nicht danach aus, also gehst du auch in die Schule. Und jetzt knuddel mich noch mal ganz fest, bevor ich unter die Dusche gehe.«

Jack lässt sich erweichen; er versinkt neben mir im Kissen, und sein honigsüßer, schlafwarmer Atem streift meine Wange. Einen Moment überlasse ich mich vollkommen diesem Gefühl, ich genieße die Berührung seiner pummeligen, zarten Kinderhand, die den heißgeliebten Cowboyrevolver umklammert hält, und vergesse alles um mich herum. Dann aber schiebt sich ein Gedanke, den ich unbedingt aus meinem Gedächtnis verbannen wollte, wieder mit Macht in mein Bewusstsein. Und jetzt, wo er sich eingeschlichen hat, lässt er sich durch nichts mehr verdrängen. Nicht einmal von diesem großartigen kleinen Mann neben mir.

Heute ist Donnerstag. Und morgen haben die Lehrer in der Schule ihren Projekttag (eine organisatorische Herausforderung für alle berufstätigen Mütter, die ihnen in regelmäßigen Abständen vom Schulamt aufgebrummt wird), daher kommt David schon heute Abend vorbei, um Jack und Millie fürs Wochenende abzuholen. Diesmal werden die beiden Davids Freundin, Chantal, kennen lernen, und ich werde das Wochenende mehr oder weniger allein verbringen.

David ist seit exakt zwei Jahren und drei Monaten mein Ex-Mann und Chantal seit vier Monaten plus oder minus einer Woche Davids Freundin. Aber sie ist keineswegs die Frau, wegen der mich David verlassen hat. Verlassen hat er mich wegen Caroline. Und auch wenn David und sie nur drei Monate zusammen waren, wird sie in meinem Bewusstsein für immer und ewig die Frau sein, die für das Zerbrechen meiner Ehe verantwortlich ist.

Zwischen Caroline und Chantal gab es zu viele Frauen, als dass man sie hätte zählen können, darunter mehr als ein oder zwei unangemessen junge Mädchen. Gehört habe ich von einer Madison (USA), einer Suzanne (Schottland) und einer Jessica (anscheinend eine durch und durch englische Rose). Dann, glaube ich, gab es da auch noch eine Cynthia, obwohl sie nur so flüchtig erwähnt wurde, dass ich nicht ganz sicher bin, ob sie mehr war als nur ein Gerücht.

Dass sich David anscheinend erfolgreich durch die vergangenen siebenundzwanzig Monate gevögelt hat, während ich gerade mal mit zwei Männern ausgegangen bin, lässt mich mittlerweile ziemlich kalt. Na gut, vielleicht nicht ganz, doch nach dem ersten Stich der Trennung, dem Horrortrip der Scheidung und der seltsamen Leere in den Monaten danach verloren Davids ausgelassene Streifzüge durch die Londoner Single-Szene ihre schockierende Wirkung. Und bald gewöhnte ich mich daran.

Irgendwie hat es sogar etwas Tröstliches, wenn ich mir vor Augen halte, dass David von einer Frau zur nächsten schwirrt. Ich sehe es mittlerweile als Beweis, wie fehlgeleitet und ruhelos er ist, und vielleicht ist es sogar ein Vorzeichen dafür, wie sehr es ihm irgendwann einmal leid tun wird. Nicht, dass da auch nur die geringste Chance bestünde, dass ich ihn jemals wieder zurückhaben wollte, nach alldem, was er mir angetan hat. Aber da er mich, seine »Frau fürs Leben«, ohne mit der Wimper zu zucken fallen gelassen hat, empfand ich zugegebenermaßen eine gewisse Genugtuung, dass er bisher noch keinen passenden Ersatz für mich finden konnte.

Doch bei Chantal ist das anders. Chantal war nach den üblichen acht Wochen noch immer aktuell, und inzwischen die Beziehung dauert gut vier Monate. Langsam sieht es verdächtig danach aus, als bliebe sie bei ihm. David spricht begeistert und bewundernd über sie – meist mit unseren Freunden und hin und wieder sogar auch mit mir –, und er lässt dabei durchblicken, dass sie für ihn mehr ist als ein Zeitvertreib zwischen Mitternacht und sieben Uhr früh. Am brisantesten ist aber Davids Wunsch, dass sie die Kinder kennen lernt.

Keine seiner anderen Freundinnen hat er je mit Jack und Millie zusammengebracht. Das wurde nie auch nur in Erwägung gezogen. David besuchte die beiden in meinem (früher *unserem*) Haus, und ich ging dann für ein paar Stunden weg, oder er nahm sie am Abend mit zum Pizzaessen oder fuhr mit ihnen übers Wochenende zu seinen Eltern. Wenn sie in seine Wohnung mitgingen, versicherte er mir jedes Mal hoch und heilig, dass seine Freundinnen nicht auch gerade dort waren. Ich glaube, selbst auf dem Höhepunkt seines Egotrips (und es ist fraglich, ob er davon schon ganz heruntergekommen ist) wusste er, dass aus seinen Affären nie feste Beziehungen entstehen würden. Und daher wäre es äußerst rücksichtslos gewesen, zuzulassen, dass Jack und Millie sich mit ihnen anfreunden.

Millie, die verstohlen zur Tür hereinspäht, erlöst mich von meinen düsteren Gedanken. Auch Jack hat sie gehört und hebt ruckartig den Kopf und die Schultern aus den Kissen, wobei er mir mit dem Ellbogen einen Seitenhieb ans Auge versetzt. Ich unterdrücke einen empörten Aufschrei und begnüge mich mit einer vielsagenden Grimasse.

»Hallo, Liebling. Hast du gut geschlafen?«, rufe ich ihr zu und klopfe auf den leeren Platz in meinem Bett. Ein positiver Aspekt, vom Ehemann verlassen worden zu sein, besteht darin, dass man in seinem Bett nun mindestens zwei Kinder aufnehmen kann, ohne dass es für alle Beteiligten unerträglich eng wird.

»Mummy, ich hatte einen Alptraum«, berichtet Millie ganz unaufgeregt und kriecht neben Jack ins Bett.

»Wirklich, Liebling? Worum ging es darin?«

»Um eine Hexe. Die hat wie verrückt an mein Fenster gebummert, und sie hat ausgesehen wie Mrs Williamson.«

Mrs Williamson ist das leibhaftige Schreckgespenst an Millies und Jacks Schule. Normalerweise schafft Millie es zwar ganz gut, sich ihrem eisigen Blick zu entziehen, aber vor kurzem hatte sie einen fürchterlichen Zusammenstoß mit ihr. Auslöser waren vier siebenjährige Mädchen, ein paar vermisste Haarspangen und eine maßlos aufgebrachte Mutter. Ich bin vollkommen überzeugt, dass Millie die Haarspangen nicht weggenommen hat, doch nach Hexe Williamsons Erziehungsmaxime war es anscheinend besser, alle echten und vermuteten Fälle von Niedertracht bereits im Keim zu ersticken und allen das gleiche Maß an Strafe zukommen zu lassen, als die wahre Schuldige zu ermitteln. Millie und die beiden anderen Verdächtigen mussten also in der Mittagspause zwei Dutzend Mal »Ich werde in Zukunft das Eigentum von anderen respektieren« schreiben, während ihre Klassenkameradinnen fröhlich auf dem Spielplatz herumtollten.

»Da brauchst du keine Angst zu haben, Schatz, keine Hexe wird es je schaffen, bei dir durchs Fenster reinzukommen, nicht mal eine, die so aussieht wie Mrs Williamson. Die Fenster in unserem Haus sind absolut hexensicher«, erkläre ich ihr. »Und überhaupt«, versuche ich sie aufzumuntern, »ratet mal, was heute anders ist als sonst?«

»Was?«, fragen Jack und Millie im Chor. »Vielleicht ist heute Nachmittag schulfrei?«, rät Jack hoffnungsvoll.

»Nein, viel besser als das«, sage ich mit heroischer Fröhlichkeit in der Stimme. »Heute nach dem Abendessen holt euch Daddy übers Wochenende ab. Ihr fahrt mit ihm zu Grandpa und Grandma, und am Samstag geht ihr alle zusammen in den Zoo. Und das Beste von allem ist, ihr werdet Daddys Freundin kennen lernen, Chantal. Sie geht mit euch in den Zoo.«

»Chantal? Den Namen hab ich noch nie gehört«, meint Jack.

»Was ist das denn für ein Name – Chantal?«, will Millie wissen.

»Chantal ist ein französischer Name, und ich bin mir sicher, dass du schon mal von ihr gehört hast, Jack. Erst letzte Woche hab ich dir doch von ihr erzählt, erinnerst du dich nicht mehr? Sie ist eine sehr gute Freundin von Daddy, und sie will euch unbedingt kennen lernen, weil ihr beide das Wichtigste in Daddys Leben seid.« Diese kleine Inszenierung habe ich aus *Scheidung mit Stil: Wie Kinder die Trennung ihrer Eltern besser verkraften,* ein Ratgeber, über den ich mich anfangs lautstark lustig gemacht hatte, bevor ich mich wiederholt dabei ertappte, wie ich Tipps daraus befolgte.

»Hoffentlich ist Daddys Freundin nett.« Jack klingt misstrauisch.

»Da bin ich mir ganz sicher, Schatz. Schließlich hast du deinen Daddy doch lieb, und dein Daddy würde keine mögen, die nicht nett ist.«

Damit gibt sich Jack zufrieden. Er springt aus dem Bett und stürmt, die Pistolen in der Hand, in sein Zimmer hinüber. Millie und ich liegen noch ein Weilchen still da und lauschen dem »Peng! Peng!«-Geschrei, das von der anderen Seite der Diele zu uns herüberdringt. Dann seufzt Millie tief auf und fragt mit ihrer sorgenvollsten Stimme: »Und was machst du dann, Mummy, ohne uns?«

Ich hätte schwören können, dass sie das fragen würde. Selbst nach mehr als zwei Jahren mit Wochenenden bei ihrem Vater äußert Millie immer noch jedes Mal eine anrührende Besorgnis darüber, dass sie mich allein zurücklässt. Anfangs war ich vielleicht nicht ganz unschuldig daran, denn in der ersten Zeit nach der Trennung brachte ich noch nicht die erforderliche Abgeklärtheit und Nonchalance auf, die mir abverlangt wurde. Aber seit fast einem Jahr schaffe ich es meiner Meinung nach ganz gut, angemessene Freude über ein geruhsames, allein verbrachtes Wochenende an den Tag zu legen. Doch Millie lässt sich nicht so leicht hinters Licht führen. Sie konnte schon von klein auf bei ihren Mitmenschen Angst, Traurigkeit oder Unsicherheit auf fünfzig Schritt Entfernung ausmachen. Die Hebamme, die mich in den Wochen nach ihrer Geburt besuchte, war fest davon überzeugt, Millie habe ein außergewöhnlich scharfes Gespür für die verborgenen Gefühle anderer. Und wenn ich ein Baby haben wolle, das weniger schreie, dann müsse ich nur selbst ruhiger und gelassener auftreten.

»Ich werde dich vermissen, Millie, das weißt du. Aber weil ihr nun mal nicht hier seid, habe ich mir ein richtig schönes Wochenende organisiert. Morgen Abend treffe ich mich mit Mel und Clara, und am Samstagmorgen gehe ich zum Haareschneiden – du weißt doch, wie sehr ich Georges Kopfmassage beim Haarewaschen liebe –, und am Samstagabend gehe ich wahrscheinlich ins Kino. Ich werde schon klarkommen, Millie. Zerbrich dir mal nicht den Kopf über mich, sondern mach dir eine richtig schöne Zeit.«

»Aber geh bloß nicht in *Die verlorene Prinzessin*, Mummy! Den will ich mir mit dir zusammen ansehen.«

»Abgemacht.« Ich verspreche es hoch und heilig und bin froh, dass das Kreuzverhör zu Ende ist. »Ich schaue mir einen Film an, den du hundertprozentig nicht sehen willst. Aber jetzt müssen wir mal in die Gänge kommen. Auf geht's!« Ich ziehe ihr das Federbett weg und stupse sie sanft an.

Millie flitzt in ihr Zimmer, gerade als der Wecker zum zweiten Mal losgeht. Ich rolle mich aus dem Bett und weiß, dass meine liebsten Momente des Tages vorüber sind. Von nun an ist alles ein einziger langer Sprint.

»Jetzt mach schon, Jack«, fauche ich mehr als nur ein bisschen ungeduldig. »Es ist halb neun, und wir müssten schon seit fünf Minuten weg sein. Du kannst dein Pistolenhalfter heute Abend wieder umschnallen und von mir aus das ganze Wochenende über tragen.« David wird mich für diesen Satz verwünschen, aber im Wettlauf gegen die Uhr habe ich keine andere Wahl.

Jack nimmt murrend das Halfter ab und stopft sich dann mit derart quälender Langsamkeit das Hemd in die blaue Schuluniformhose, dass ich drauf und dran bin, es für ihn zu tun. Stattdessen ziehe ich ihm sein rotes Sweatshirt über und fahre ihm dann rasch mit den Fingern durchs Haar. Ich kann mich schon gar nicht mehr erinnern, wann ich das letzte Mal tatsächlich mit

Bürste oder Kamm bei Jacks Haaren zu Werke gegangen bin. Und wenn ich dann mal wieder daran denke oder die Zeit dazu hätte, dann ist gerade kein Kamm in Reichweite.

Millie steht schon startbereit am Eingang, den blauen Mantel ordentlich bis oben hin zugeknöpft und die rote Schultasche in der Hand. Wie habe ich es nur geschafft, ein so vernünftiges und gut organisiertes Wesen in die Welt zu setzen?

»Mummy, wegen dir kommen wir zu spät«, tadelt sie mich, als ich noch schnell vor dem Garderobenspiegel Lip Gloss auftrage. Vor lauter Schmierspuren auf dem Glas, die sich anscheinend über Nacht vermehrt haben, kann ich kaum etwas erkennen. Seit Rita meinem verzweifelten Versuch, sparsamer zu wirtschaften, zum Opfer gefallen ist, muss ich zu meiner Schande gestehen, dass man sich hier im Haus fast nicht mehr im Spiegel betrachten kann. Spiegel sauber zu halten gehört, neben den Bücherregalen und dem Kühlschrank, anscheinend zu den Dingen, bei denen ich immer im Hintertreffen bin. Zu meiner Verteidigung kann ich allerdings vorbringen, dass ich ziemlich ordentlich bin, was die Arbeitsflächen in der Küche, die Fußböden und die Toiletten angeht. Diese schreien danach, regelmäßig geschrubbt zu werden. Allein die Vorstellung, dass irgendwelche überraschenden Besucher missbilligend auf klärschlammbraune Ränder und Ablagerungen auf dem Grund der Kloschüsseln blicken könnten, reicht aus, um mich sofort aktiv werden zu lassen.

Wenn ich eine Liste aller Dinge aufstellen müsste, die sich seit Davids Auszug in meinem Leben verändert haben, dann stünde die Unordnung in meinem Haushalt ziemlich weit oben. Nicht, dass David je auch nur einen Finger gerührt hätte. Der Grund für das relative Chaos in unserem Haus seit der Trennung ist, dass ich es mir früher leisten konnte, Rita dafür zu bezahlen, dass der Bügelkorb nicht überquoll und sich der Schmutz in Grenzen hielt. Als sich aber herausstellte, dass ich keine regelmäßigen Unterhaltszahlungen à la Ivana Trump zu erwarten hatte, und ich mich zudem vor die Aufgabe gestellt sah, die Hypothek auf das Haus ganz allein abzuzahlen, wurde Rita plötzlich zu einem unerschwinglichen Luxus. Also tue ich beim Hausputz mein Möglichstes, und das bedeutet eben, dass auf den Bücherregalen eine dicke Staubschicht liegt und die Eisschrankfächer klebrig sind von ausgelaufenem Johannisbeersirup. Es gibt nur eine Kategorie von Menschen, die noch weniger Zeit für Hausarbeit haben als berufstätige Mütter, und das sind alleinerziehende berufstätige Mütter.

Ich bin drauf und dran, mit meinem Paschmina-Schal den Spiegel notdürftig sauber zu wischen, aber da sagt mir eine mahnende innere Stimme, dass er in einem sehr hellen Creme-Ton gehalten ist, und ich entscheide mich dagegen.

»Also dann, alle startklar?«, frage ich und strecke meine Hand nach Jacks aus. Millie öffnet die Tür, und wir brechen auf. Ich habe mich bereits dagegen entschieden, dass wir zu Fuß zur Schule gehen – was wir nur schaffen, wenn wir einmal ungewöhnlich früh dran sind. Also zwängen wir uns ins Auto, wobei wir uns erst einmal auf den Sitzen Platz schaffen müssen zwischen wild verstreuten Übungsblättern zum Kopfrechnen und leeren Saftpackungen.

Der wilde Max verkürzt uns die zehn Minuten Autofahrt zur Schule. Ich habe zwar immer so meine Zweifel, ob es richtig ist, dass sich die Kinder diese pädagogisch etwas fragwürdige Kassette anhören, zumal ich auch ohne allzu große Mühe *Der Wind in den Weiden* oder *Alice im Wunderland* aus den Tiefen des Handschuhfachs hervorkramen könnte. Was Millie anbelangt, sind die frechen Geschichten kein Problem. Aber ich mache mir Sorgen, dass Jack zu viel von Max lernen könnte. Die ständigen Pupsgeräusche sind schlimm genug. Aber noch viel alarmierender erscheint mir, dass Jack dem Vorbild von Max nacheifern könnte, sämtliche Regeln seiner leidgeprüften Eltern zu brechen. Aber dafür bringt uns Max alle zum Lachen. Jack jedenfalls gluckst auf der ganzen Fahrt zur Schule fröhlich vor sich hin, und als wir dort ankommen, hat er vergessen, dass er eigentlich viel lieber den ganzen Tag daheim Cowboy gespielt hätte.

Wir ergattern einen Parkplatz direkt vor dem Schultor (einer der großen Vorteile, wenn man auf den letzten Drücker ankommt: Die anderen sind schon längst wieder weggefahren), krabbeln aus dem Auto und reihen uns ein in das Gewühl der anderen kleinen roten und blauen Gestalten, die zum Eingang drängen. Dort steigen wir die Treppe hoch und treten ein in diese wohlvertraut nach frisch gespitzten Bleistiften und feuchtem Schuhleder riechende Welt des Schulalltags. Ich gebe den Kindern einen Kuss auf den Scheitel und schicke sie mit einem Schulterklopfen los. Millie dreht sich oben auf der Treppe noch einmal zögernd um und winkt mir zum Abschied zu. Ein kaum merkliches Zittern ihrer Unterlippe lässt vermuten, dass ihr gerade wieder der Vorfall mit den Haarspangen in den Sinn gekommen ist und sie mit bangem Gefühl einem weiteren Tag unter Mrs Williamsons gestrengen Blicken entgegensieht. Ich werfe ihr eine Kusshand zu, und sie dreht sich um, um sich dem Feind zu stellen.

Jack schleppt sich derweil ohne Begeisterung die Treppe hoch. *Der wilde Max* ist vergessen, und ein ganzer langer Tag voll mit Arbeitsblättern zur Rechtschreibung, mit Stillsitzen und möglicherweise sogar mit Brokkoli zum Mittagessen baut sich wie ein drohender Berg vor ihm auf. Ich verdrücke mich so schnell wie möglich nach draußen, denn sonst kommt er unter Umständen zu mir zurückgelaufen und bettelt darum, dass ich ihn wieder nach Hause bringe. Und heute ist das völlig ausgeschlossen, da in meinem Terminkalender eine Besprechung mit Paul Delaney von unserer Werbeagentur steht. Angesichts der Herausforderung, das Auto in weniger als vierzig Minuten wieder daheim vors Haus und mich ins Büro zu schaffen, kann ich nicht mehr tun, als noch einen letzten besorgten Blick in seine Richtung zurückzuwerfen.

Auf meinem Weg über den Schulhof höre ich plötzlich einen schrillen Aufschrei hinter mir. Ich drehe mich um und sehe Sally Chambers' Mum (Helen? Harriet?) auf mich zustöckeln. An den Füßen trägt sie etwas, das aussieht wie offene Sandalen (im Februar, das kann doch nicht wahr sein!).

»Ally, ich bin so froh, dass ich Sie mal erwische. Sie wissen ja, das Frühlingsfest steht wieder vor der Tür, und Sie haben gesagt, Sie wären bereit, an einem der Verkaufsstände mitzuhelfen. Ich hab Sie also für die Tombola eingetragen. Ich hoffe, das ist okay für Sie.«

»Ja, sicher. Das ist prima.«

Was war da gleich noch mal der Haken an der Tombola gewesen?

»Ausgezeichnet. Wir haben beschlossen, dass wir dieses Jahr die Gläser mit kleinen Sachen füllen, mit Krimskrams von Woolworth und dergleichen. Ich würde sagen, wir brauchen so etwa dreihundert. Aber Sie haben ja auch ein paar Monate Zeit, um alles zusammenzubekommen. Und ich bin mir sicher, dass alle nur zu gerne mithelfen werden. Ist das okay für Sie?«

Jetzt fällt mir wieder ein, was es mit dieser Tombola

auf sich hatte: Das Ganze bedeutet schrecklich viel Arbeit für schrecklich viele Mütter, was zum Erlös einer schrecklich kleinen Geldsumme führt. Aber was soll's, die Kinder haben einen Riesenspaß daran. Und die Vorbereitung dafür ist schließlich kein High-Tech-Mammutprojekt. So was musste ich einfach auf die Reihe kriegen.

»Alles klar. Ich fange gleich damit an. Tut mir leid, aber ich habe es heute Morgen sehr eilig. Ich komme sonst zu spät zu einer Besprechung.«

»Sagen Sie mir Bescheid, wenn Sie noch irgendwelche Unterstützung brauchen«, flötet mir Sallys Mum (Hilary? Hannah?) in überschwänglichem Ton hinterher, als ich ihr schleunigst zu entkommen versuche.

Erst jetzt kann ich mich in Gedanken auf den Tag konzentrieren, der vor mir liegt. Und der bietet keine allzu rosigen Aussichten, denn Orangenmarmelade zu vermarkten ist nicht so leicht, wie man vielleicht denkt. Mein Terminplan ist voll gepackt mit Besprechungen: Leute aus der Produktionsabteilung, Verhandlungen mit Lieferanten, dringende Telefonate, um möglichst schnell die neuesten Werbeaufnahmen zu bekommen, und Budgetverhandlungen, die zu langweilig sind, als dass man im Voraus schon einen Gedanken daran verschwenden möchte.

Und am Ende dieses langen Tages erwartet mich nichts Erfreulicheres als um sechs Uhr abends eine Begegnung, die mir einmal mehr vor Augen führen wird: Mein Ex-Mann genießt sein neues Leben, ohne auch nur einen Blick zurückzuwerfen, während ich jedes zweite Wochenende allein verbringe und im Umkreis von 5000 Meilen kein Anzeichen für eine neue Liebesbeziehung in Sicht ist.

3. Übergabe

Getreu meinen Neujahrsvorsätzen gehe ich die drei Stockwerke zu meinem exklusiven Kabäuschen bei Cottage Garden Foods zu Fuß hoch. Ich hatte immer gedacht, wenn ich mich erst einmal zu den Höhen einer Produktmanagerin aufgeschwungen hätte, dann bekäme ich mein eigenes Büro mit einem weichen Sofa, in dem man beim Hinsetzen versinkt. Doch als ich es endlich auf der Karriereleiter weit genug geschafft hatte, waren solche Büros gerade aus der Mode gekommen, und mittlerweile galten Großraumbüros als der letzte Schrei. Ich kann mich nun also Group Product Managerin nennen und bin verantwortlich für das gesamte Marketing einer breiten Produktpalette von Orangenmarmeladen. Dennoch arbeite ich an einem Schreibtisch, der nur durch eine ein Meter fünfzig hohe Trennwand vom Arbeitsplatz der Kollegen um mich herum abgeschirmt ist und von dem aus ich mühelos auf den Wasserspender spucken könnte. Und vermutlich kann ich mich noch glücklich schätzen, dass Cottage Garden Foods bislang keine gemeinsam genutzten Schreibtische eingeführt hat.

In meinem E-Mail-Postfach finden sich, vermischt mit arbeitsmäßig relevanten E-Mails zu unserer Werbekampagne, Planungs-Meetings und Budget-Besprechungen, dreizehn Empfehlungen, es in der ein oder anderen Form doch mal mit Viagra zu versuchen. Dazu noch fünf Lockangebote zur Penisverlängerung und zwei Offerten, meine Schulden zu einem einzigen leicht verwaltbaren Paket zu schnüren. Meine Kollegin Lisa, die die gleiche

Arbeit für die Produktsparte Chutneys macht wie ich für Orangenmarmeladen, behauptet immer steif und fest, ich müsse irgendwann mal auf eine Mail dieser Art reagiert haben und hätte dadurch gewissen Leuten wohl Anlass zu weiteren gegeben. Doch ich schwöre hoch und heilig, dass ich nichts getan habe, um dieses tägliche Bombardement auch nur im Geringsten zu ermutigen.

Es finden sich aber auch noch zwei Mails von Mel. Und da ich ziemlich niedergeschlagen bin, beschließe ich, ihre zuerst aufzumachen.

Von: mel.atkinson@me.com
An: ally.james@cottage.garden.foods.co.uk
Gilt unsere Verabredung für Freitagabend noch? Mit dem Artikel läuft's besser als erwartet, könnte also um 17.30 Uhr bei dir sein. Passt das?
Übrigens, brauche deine Hilfe bei einer Sache. Die könnte dir sogar zu deinem nächsten Mann verhelfen. Näheres am Freitag.

Von: mel.atkinson@me.com
An: ally.james@cottage.garden.foods.co.uk
Du hättest doch nichts dagegen, einen nächsten Mann kennen zu lernen, oder?

Von: ally.james@cottage.garden.foods.co.uk
An: mel.atkinson@me.com
Klar, bleibt auf jeden Fall bei Freitag. Brauche als Auftakt intravenöse Dosis Gin, weil zuvor Konfrontation mit langbeiniger französischer Tussi, die sich das ganze Wochenende bei meinen Kindern einschleimen wird.
Helfe dir gern. Worum geht's denn diesmal? Brauchst du O-Töne von Frau, die nach Scheidung neues Leben entdeckt, oder Erfahrungsbericht von Frau, die Scheidung nicht überwinden kann? Oder vielleicht einen von Frau, die Scheidung will, aber nicht durchkriegt? Werde versuchen, mir die passenden Sprüche aus den Fingern zu saugen. Ich frag jetzt Clara, ob bei ihr auch alles bleibt wie abgemacht.

Mel arbeitet als freie Journalistin bei *Me*, einem Monatsmagazin, das sich an die moderne, voll im Leben stehende Frau ab dreißig wendet. Man benutzt dort den Begriff »Karrierefrau« nicht mehr (das ist ja so was von out!), aber er schwingt trotzdem in jeder Ausgabe unterschwellig immer mit. Mel schreibt darüber, wie es ist, einen tollen Job zu haben, der aber nur wenig Zeit für die Kinder lässt. Und darüber, was passiert, wenn die glänzende Karriere die des Partners überstrahlt, und was man macht, wenn die glänzende Karriere plötzlich den Bach runtergeht und man zu Hause hungrige Mäuler stopfen muss – diese Art von Geschichten. Jeder Artikel hat einen optimistischen Grundton – Mel findet anscheinend immer Beispiele von Frauen, denen es gelungen ist, Lösungen zu finden, die für sie »stimmen«. Schließlich kann es sich ein Magazin, dessen Mantra »Alles wird gut« lautet, auch nicht leisten, allzu viele deprimierende Artikel zu bringen. *Me* ist nicht *Marie Claire* und will es auch gar nicht sein.

Wie die meisten Doku-Autorinnen hat Mel häufig einen eklatanten Mangel an interessanten Interviewpartnerinnen und keine Zeit, solche mühsam ausfindig zu machen. Also wendet sie sich ziemlich regelmäßig an mich und fragt an, ob ich »eine Frau kenne, die …«. Und je nach Thema kann ich dann bisweilen selbst als passendes Beispiel herhalten und die Originalzitate liefern. Allerdings bin ich dabei immer unter einem Pseudonym aufgetreten. Ich bin nicht die Art von Person, die ihren Namen unbedingt dick und fett auf der Titelseite einer Zeitschrift lesen will.

Mel und ich kennen uns seit fast achtzehn Jahren. Wir haben uns im zweiten Studienjahr kennen gelernt und in unseren Zwanzigern in gut und gern fünf verschiedenen Wohnungen zusammen gewohnt. Unsere letzte gemeinsame Wohnung lag direkt über der von Clara und Jonathon. Und als wir erst mal unsere anfänglichen Probleme wegen Lärmbelästigung überwunden und uns damit arrangiert hatten, dass Jonathon fast ständig in der Wohnung war, wurden wir mehr oder weniger unzertrennlich.

Clara ist eine großgewachsene New Yorkerin mit einer üppigen blonden Mähne über den breiten Schultern und einer Körperhaltung, die unerschütterliches Selbstbewusstsein ausstrahlt. Sie ist Teilhaberin bei Peters & Young, einer Unternehmensberatung, in die sie im Alter von vierundzwanzig Jahren als erstaunlich kluge, aber unterbezahlte Analystin eingetreten ist. Mittlerweile verdient sie ein kleines Vermögen, wie das bei Teilhabern dieser Art von Beratungsfirmen so üblich ist.

Clara ist groß, blond und eine umwerfende Erscheinung, Mel dagegen ziemlich klein, mit langen, dunklen Haaren, die ihr widerspenstig vor dem Gesicht herumtanzen, besonders wenn sie wütend ist. Clara gilt als beängstigend intelligent und rational, Mel dagegen als hochsensibel und emotional, und sie bewegt sich, könnte man sagen, haarscharf an der Grenze zur Exzentrikerin. Und während Clara ein sechsstelliges Gehalt dafür einstreicht, dass sie dickbäuchige Männer in teuren Anzügen herumkommandiert, kratzt Mel sich ihren Lebensunterhalt mühsam damit zusammen, Artikel für Zeitschriften zu schreiben.

Beide haben sich allerdings ziemlich unkonventionelle, sanftmütige Partner an Land gezogen. (Und in unseren freimütigeren und beschwipsteren Momenten haben wir es schon häufig beklagt, dass sich keine von uns in einen reichen Investmentbanker verliebt hat. An das süße Leben an seiner Seite hätten wir uns sicher gewöhnen können.) Mel lebt seit sechs Jahren mit Dominique, dem Inhaber eines kleinen Musikladens, zusammen, der nebenher abends noch Klavier- und Klarinettenunterricht gibt. Die beiden haben sich noch nicht dazu durchringen können, zu heiraten oder Kinder zu bekommen, sind sich aber so nah, wie sich zwei Menschen nur sein können. Jonathon, der Clara geheiratet hat, obwohl sie anscheinend nur mit ihren beiden Busenfreundinnen im Schlepptau zu haben war, ist Illustrator und hat entweder gerade wieder mal drei Projekte gleichzeitig am Laufen oder gar keines. Wenn man ihm zum ersten Mal begegnet, kommt er einem eher ruhig und unspektakulär vor, aber er besitzt einen messerscharfen Verstand und ein Temperament, das einen bisweilen in Erstaunen versetzt. Trotz ihrer bemerkenswerten beruflichen Durchsetzungskraft wäre Clara ohne ihn verloren.

Mel und Clara habe ich es zu verdanken, dass ich meine Scheidung überlebt habe. Die beiden haben mir auch den Rücken gestärkt, als ich meine glanzvolle Marketing-Karriere für Lippenstifte bei Chanel in Knightsbridge gegen eine weniger glamouröse Stelle als Produktmanagerin von Orangenmarmeladen bei einem Lebensmittelhersteller direkt am Hammersmith-Kreisverkehr eintauschte. Nach der Scheidung hatte ich mich nämlich gezwungen gesehen, mein Einkommen zu erhöhen und gleichzeitig meine Arbeitsstunden zu reduzieren – eine ziemlich vertrackte Kombination. Cottage Garden Foods fühlten sich allerdings durchaus geschmeichelt, dass es ihnen gelang, jemanden aus der Glitzerwelt der Luxusartikelbranche in ihre alles andere als schicken Büroräume an der M4-Autobahn zu locken. Sie ließen sich daher von mir überreden, mein bisheriges Gehalt um zehn Prozent zu toppen – und das bei einer Viertagewoche.

Nun sitze ich also in der »Mütterfalle«, wie man es

früher in den USA einmal so treffend bezeichnet hat. Ich weiß nicht, was man dort inzwischen darunter versteht, aber hier bei uns bedeutet es schlicht und einfach, dass man als berufstätige Mutter eine potentiell tolle Karriere gegen einen Job eintauscht, den man gerade noch einigermaßen auf die Reihe bekommt. Wie dem auch sei, mehr schaffe ich im Moment eben nicht. Dass ich noch nicht verrückt geworden bin, verdanke ich der Tatsache, dass ich freitags freihabe. Das ist der Tag, an dem ich meinen Rundlauf durch den Supermarkt erledige, die Rechnungen bezahle, einmal mit dem Staubsauger durchs Haus wirble und meine seelischen Batterien wieder so weit auflade, dass ich als Mutter von zwei Kindern unter sieben Jahren funktioniere.

Doch jetzt ist wohl nicht der richtige Zeitpunkt, um über den Segen einer Teilzeitstelle nachzudenken. Ich muss einen innovativen Marketingplan für die nächste Produkteinführung von Cottage Garden Foods entwerfen: für Sevilla Sunset, eine Marmelade aus Sevilla-Orangen und roten Johannisbeeren. Sie soll im März auf den Markt kommen, direkt nach dem *Nationalen Tag der Orangenmarmelade*. Zurzeit versuche ich daher, diese erste Woche als Marketingoffensive mit Radiosendungen zum Thema voll zu packen (einen Beitrag über Orangenmarmelade in der Literatur habe ich bereits fest in der Tasche), darüber hinaus Verkostungsstände in Geschäften zu organisieren und werbewirksam publik zu machen, dass wir die Sponsorenschaft einer Ausstellung über das Alltagsleben in der Edwardianischen Zeit im Victoria & Albert-Museum übernehmen. Doch die Aufgabe, die mich zurzeit am meisten Nerven kostet, ist die Printmedien-Werbekampagne. Daran arbeitet unsere Agentur schon seit mehreren Wochen, und bisher ist nur sehr wenig Verwertbares dabei herausgekommen.

Ich sehe, wie unsere Marketingleiterin, Anna Wyatt, durch das Labyrinth von Schreibtischen in unserem Großraumbüro auf mich zugeschlängelt kommt. Anscheinend praktiziert sie gerade wieder mal ihre Masche Management-durch-Herumspazieren, schenkt dabei ihren Untergebenen jeweils ein huldvolles Lächeln und äußert aufrichtiges Interesse an deren aktuellen Projekten. Eigentlich habe ich nichts gegen sie. Gut, ihr Ehrgeiz ist ziemlich offensichtlich und fast schon aggressiv (was allerdings die Frage aufwirft, warum sie dann ausgerechnet Manhattan gegen West-London eingetauscht hat), aber sie ist auch geradlinig und fair und nicht halb so schlimm wie dieser gewaltige Idiot, der fast mein Boss geworden wäre. Der sitzt nur drei Meter von mir entfernt an seinem Schreibtisch und grinst in Erwartung von Annas persönlicher Aufwartung in seinen Kaffee hinein.

Das einzige Problem, das ich mit Anna habe, betrifft das Thema Kinder. Sie hat keine und will auch keine, und ich hege den Verdacht, dass sie Kinder nicht gerade besonders mag. Als Teilzeitbeschäftigte mit gleich zwei von diesen abscheulichen kleinen Monstern zieren meinen Lebenslauf in ihren Augen so etwas wie hässliche Flecken, also muss ich insgesamt eine Menge tun, um diesen Makel wettzumachen. Im Klartext bedeutet das für mich, dass ich stets bemüht bin, das Bild einer ehrgeizigen, voll engagierten Achtundzwanzigjährigen zu vermitteln, wie ich das bereits von Chanel her gewohnt war. Ich habe keine Fotos von Jack und Millie auf meinem Schreibtisch stehen. Ich sage nicht, dass ich früher gehen muss, weil der Babysitter krank ist. Ich schlage nach der Arbeit keine Einladungen zu einem Drink aus, weil ich nach Hause muss, um aus einem alten Leintuch ein Kostüm für eine griechische Göttin zu zaubern. Ich lüge ziemlich oft, oder, wie meine Mutter sagen würde, ich dosiere die Wahrheit relativ sparsam. Das ist eine Schlüsselqualifikation – die meisten berufstätigen Mütter beherrschen sie aus dem Effeff.

Anna kommt langsam näher. Was soll ich ihr sagen, wenn sie mich fragt, wie weit der Marketingplan für Sevilla Sunset gediehen ist? Ich werde ihr sicher nicht auf die Nase binden, dass er noch nicht fertig ist, weil Millie diese Woche ein Referat über Flüsse und Seen schreiben musste und weil Jack seit kurzem eine neue Marotte entwickelt hat – nämlich eineinhalb Stunden nach dem Zubettbringen wieder auf der Matte zu stehen und irgendetwas Lebenswichtiges einzufordern (Wasser, ein Taschentuch, Frank den Bären). Und beides hat mich daran gehindert, abends noch irgendetwas anderes zu tun, als mir in der Glotze *Celebrity Big Brother* reinzuziehen, sobald ich endlich alle erfolgreich ruhig gestellt habe. Nein, von alldem erfährt keiner etwas. Und da ich ja, wie gesagt, meine Wahrheiten relativ sparsam dosiere, werde ich Anna gleich etwas von der unglaublichen Trägheit und Arroganz der wenigen großen Einzelhändler vorjammern, die mir immer noch nicht ihre Termine für die Verkostung in ihren Geschäften mitgeteilt haben. Ich ginge jedoch davon aus, dass sie sich dann bis Freitagnachmittag spätestens bei mir gemeldet hätten, und der Marketingplan werde dann am Montag auf Annas Schreibtisch liegen.

Wie sich dann allerdings herausstellt, schafft es Anna gar nicht bis zu meinem Schreibtisch. Sie wird von einem dringenden Anruf unterbrochen (irgendein Desaster mit einem Druckfehler auf den Chutney-Etiketten) und setzt danach ihren Rundgang nicht weiter fort. Meine Budget-Besprechung wird ebenfalls abgesagt, denn die Leiterin der Finanzabteilung ist mit Magenbeschwerden nach

Hause gegangen (vielleicht hat sie aber auch der Babysitter versetzt?). Also kann ich gute zwei Stunden lang über dem Sevilla-Sunset-Marketingplan brüten, was den Vorteil hat, dass ich nicht das ganze Wochenende damit verbringen muss. Vielleicht werde ich mir dieses Wochenende Zeit nehmen können, mich selbst ein wenig zu verwöhnen. Ich werde alle Einkäufe gleich am Freitagmorgen erledigen, und dann ist vielleicht sogar noch ein Besuch im Fitness-Studio drin.

Als ich zur U-Bahn gehe, kommt mir plötzlich eine bessere Idee. Ich werde es mir jetzt gleich gut gehen lassen. Ich werde nicht nach Hause hetzen und dort als verschwitztes und verwahrlostes Nervenbündel ankommen, nur um dann meinen Ex-Mann und seine tadellos gepflegte Freundin mit Millie und Jack Tee trinkend auf dem Sofa vorzufinden. Stattdessen werde ich mir eine halbe Stunde für einen Besuch im Nagel- und Kosmetikstudio in der Angel Street gönnen und anschließend mit rosigen Wangen, manikürten Nägeln und vielleicht sogar annähernd glaubhafter Gelassenheit zu Hause aufkreuzen. Jill kann ja alle unterhalten, bis ich da bin, und David muss einfach mal ein bisschen warten, bevor er zu seinem Wochenendausflug aufbrechen kann.

Doch es ist Donnerstagabend und das Nagel- und Kosmetikstudio brechend voll. Nicht mit Müttern wie mir, die sich auf die Schnelle ein bisschen aufhübschen wollen, sondern mit einer Menge von Teenagern, die sich darauf vorbereiten, die Nacht durchzufeiern. Schließlich fällt am Donnerstagabend schon der Startschuss zum Wochenendmarathon durch die Clubs. Fünfundzwanzig Minuten dauert es allein schon, bis ich überhaupt erst einmal zu einem freien Platz gebeten werde, und dann stehe ich vor der schwierigen Entscheidung, wie viel Verspätung ich mir erlauben kann. Soll ich bleiben und den Zorn von David und den Kindern riskieren, wenn ich sehr viel später nach Hause komme? Oder gehe ich lieber jetzt gleich und komme mehr oder weniger planmäßig, aber zweifellos schlecht gelaunt und für die gewaltige Herausforderung, diesem französischen Püppchen gegenüberzutreten, nur unzureichend gewappnet, zu Hause an?

Ich schließe einen Kompromiss mit mir und entscheide mich für bloßes Nägelpolieren anstatt der kompletten französischen Maniküre (Einsparung: zehn Minuten) und für die kleine Gesichtsbehandlung statt des vollen Programms mit Nackenmassage (Einsparung: zwölf Minuten). So bin ich mit ein bisschen Glück in zwanzig Minuten wieder draußen, und keiner wird merken, dass ich spät dran bin. Und wenn ich noch mehr Glück habe, kommt David ebenfalls zu spät, und Jill lässt es sich auch diesmal nicht nehmen, ihn lang und breit über Jacks und Millies jüngste Heldentaten auf den neuesten Stand zu bringen. Einen Sekundenbruchteil ziehe ich sogar in Erwägung, zu Hause anzurufen, um Bescheid zu sagen, wo ich bin, doch diesen Gedanken lasse ich rasch wieder fallen. Das Risiko, mich lächerlich zu machen, ist mir zu groß. Außerdem hat Sally bereits mit meinen Nägeln angefangen und wäre sicher sehr verärgert, wenn ich all ihre Mühe gleich wieder zunichte mache, indem ich in meiner Tasche nach dem Handy wühle. Zudem bin ich mir fast sicher, dass ich vor einiger Zeit den piepsenden Warnton des Akkus gehört habe, also funktioniert es vermutlich sowieso nicht.

Ich lege also mein Schicksal ganz in Sallys geschmeidige Hände und vollbringe eine geradezu übermenschliche Anstrengung, aus der Behandlung ein Höchstmaß an Erholung und Verjüngung zu ziehen. Gleichzeitig bin ich jedoch ständig versucht, sie anzutreiben. Das Ganze scheint nämlich viel länger als die versprochenen fünfundzwanzig Minuten zu dauern. Irgendwann komme ich an einen Punkt, wo ich nahe dran bin, Sally anzuflehen, zum Ende zu kommen und ein klein bisschen weniger penibel zu sein – aber ich weiß, das wäre eine unverzeihliche Grobheit. Ich schließe die Lider, und vor meinem geistigen Auge springt wie ein Pop-up-Fenster meine To-do-Liste auf, wo doch eigentlich nur die wohltuende Leere von absoluter Entspannung sein sollte. Die Gläschen für die Tombola, fällige Routinebesuche beim Zahnarzt und unerledigte Anrufe beim Klempner, bei der Ballettlehrerin und nicht zuletzt beim Finanzamt laufen plötzlich über den Bildschirm in meinem Kopf. Ich spüre, wie die innere Anspannung in mir hochsteigt bis zu der Stelle an meiner Stirn, in die Sally gerade sehr energisch tiefenwirksame Vitamin-E-Creme einmassiert.

Zu guter Letzt ist dann doch alles vorüber. Ich bedanke mich bei Sally, drücke der Dame am Empfang eine Zwanzig-Pfund-Note in die Hand – wobei ich aufpasse, dass ich mit meinen frisch polierten und lackierten Nägeln nirgends anstoße – und stürme mit halbangezogenem Mantel aus dem Geschäft. Dabei fange ich mir den missbilligenden Blick einer ankommenden Kundin ein, der ich die Tür nicht lange genug aufgehalten habe, aber im Augenblick kann ich mir deswegen keine Gewissensbisse leisten. Ich bin spät dran und habe keine Zeit für Nettigkeiten. Ich bin eine Frau mit einer Mission.

Wie durch ein Wunder fahren die Züge ziemlich pünktlich. Ich renne den ganzen Heimweg vom Bahnhof, so schnell meine hohen Absätze es mir erlauben, und verlangsame meinen Schritt etwa hundert Meter vor unserem Haus. Diese Zeit brauche ich, um die souveräne Ruhe zu erlangen, die mir die bevorstehende Situation abfordern wird, sobald ich die Haustür aufgeschlossen habe. Während ich den Schlüssel im Schloss umdrehe, bewundere ich noch rasch meine makellos gepflegten Nägel, die unter dem Eingangslicht einen matten Glanz abstrahlen.

»Hallo, ich bin da«, rufe ich fröhlich. »Tut mir leid, dass ich so spät dran bin. Anna Wyatt hat mich ausgerechnet beim Rausgehen noch mal aufgehalten, und ich dachte, sie hört überhaupt nicht mehr auf zu reden. Hoffe, ihr habt euch alle trotzdem gut unterhalten.«

Ich hänge meinen Mantel an die Garderobe am Eingang, stelle meine Tasche neben dem Heizkörper ab, gehe zur Küche und werfe im Vorbeigehen einen Blick ins Wohnzimmer. Eine unheimliche Stille herrscht im Haus. Im Wohnzimmer sitzt keiner und, wie ich gleich darauf feststelle, auch nicht in der Küche. Dafür sehe ich drei Zettel nebeneinander auf dem Küchentisch vor der Obstschale liegen, in der eine einzelne verkümmerte Birne vor sich hin fault.

Beim Nähertreten erkenne ich, dass auf jedem eine andere Handschrift zu lesen ist.

Liebe Mummy,
tut uns leid, aber wir konnten nicht warten. Daddy hat gesagt, wir müssen losfahren. Ich werde dich vermissen. Hier ein paar Küsse von mir. XXXXXXXXXX
Millie

Der zweite Zettel ist von David.

Ally,
wo hast du denn gesteckt? Hab versucht, dich anzurufen, aber dein Handy war ausgeschaltet. Mussten losfahren, weil furchtbar viel Verkehr ist und wir auch so schon zu spät kommen. Sorry! Bis Sonntagabend.
David

Ich lasse mich auf den nächsten Stuhl fallen, denn plötzlich ist mir ganz schwindlig. Ich habe sie verpasst. Ich habe versäumt, mich von meinen Kleinen zu verabschieden, und alles nur wegen meiner Eitelkeit. Millie wird untröstlich sein. Sie hasst es, wenn sie sich nicht richtig verabschieden kann. Und weil ich nicht da war, um genau aufzupassen, ist Jack vermutlich ohne irgendeinen sehr wesentlichen Bestandteil seiner Wildwest-Montur losgezogen. Was für eine lächerliche Idee, toll aussehen zu wollen für irgendeine französische Tussi, die ich noch nie getroffen habe, und für einen Mann, der vermutlich derart geblendet von ihr ist, dass er sowieso kaum Notiz von mir genommen hätte.

Ich lese den dritten Zettel, der, wie ich jetzt merke, von Jill ist.

Ally,
tut mir leid. Musste weg. Hoffe, es war richtig von mir, dass ich David die Kinder mitnehmen ließ. Dachte, du würdest das sicher verstehen.
Bis nächste Woche,
Jill

P. S. Chantal sieht ziemlich umwerfend aus. Also dachte ich anfangs, sie ist sicher eine dumme Zicke, aber anscheinend ist sie ganz nett. Hat den Kindern Geschenke mitgebracht. Hoffentlich beruhigt dich das ein bisschen.

Dann, unten auf dem Zettel, noch ein Gekritzel mit einem andersfarbigen Stift:

Übrigens, die Milch ist alle.

4. Ein Vorschlag

Ich throne gefährlich wackelig auf der Kante eines Barhockers und warte wie ein Raubvogel auf die erstbeste Gelegenheit, Plätze auf dem benachbarten Sofa zu ergattern, sobald die Leute, die jetzt noch darauf sitzen, aufstehen. Ich lasse sie nicht aus den Augen, um meine große Chance nicht zu verpassen, uns einen bequemen Platz etwas abseits von der Theke zu sichern, wo das Gedränge in besorgniserregendem Tempo zunimmt. Mit meinen besten Freundinnen an einem Freitagabend auf einem gemütlichen Sofa in einem Pub zu sitzen, das ist eine Vorstellung, der ich durchaus etwas abgewinnen kann. Aber auf einem Stahlrohr-Barhocker inmitten ganzer Horden hyperarroganter, angetrunkener Mittzwanziger herumzusitzen grenzt an Zumutung.

Das Paar, das auf dem Sofa herumgeknutscht hat, steht einträchtig auf, und er hilft ihr mit einer Zärtlichkeit in den Mantel, wie sie nur Paare zuwege bringen, deren Beziehung noch keine drei Wochen alt ist. Kaum dass sie aufgestanden sind, schlüpfe ich hinter sie und stelle mein Weißweinglas mit Nachdruck auf den Tisch, um mein Revier zu markieren. Und ich sitze gerade mal ein paar Minuten, da sehe ich schon in der Menge Claras blonde Mähne. Mit ihren ein Meter siebenundsiebzig geht Clara nicht einfach in dem Meer von Sakkos und Jacken unter, wie das bei mir der Fall wäre; vielmehr bahnt sie sich einen sauberen Weg geradewegs durch das Gedränge. Mel wird natürlich – wie üblich – zu spät kommen.

»Ally, zur Abwechslung bist du ja mal als Erste da. Du musst wohl wirklich ganz scharf darauf gewesen sein, heut Abend rauszukommen!«, scherzt sie und zieht ihren Mantel aus (ein sündhaft teures schwarzes Kaschmir-Teil mit Pelzkragen, das ich ganz besonders mag). Dann lässt sie sich neben mir auf dem Sofa nieder, und wie immer umarmen wir uns, denn beidseitig hingehauchte Wangenküsse sind nach unserer übereinstimmenden Auffassung eher was zur Begrüßung flüchtiger Bekannter.

»Also, Schätzchen, wie geht's dir? Ist sie wirklich so umwerfend, wie du befürchtet hast?«, fragt sie, winkt gleichzeitig der Kellnerin und deutet dabei auf mein Weinglas.

»Davon gehe ich aus«, erwidere ich. »Aber so genau weiß ich es eigentlich gar nicht, weil ich sie nicht gesehen habe. Ich bin zu spät nach Hause gekommen, und sie waren alle schon weggefahren. Aber Jill hat mir eine Nachricht hinterlassen, die meine schlimmsten Befürchtungen bestätigt hat.«

»Jill findet sie also ganz toll. Aber das heißt doch noch gar nichts. Viele Französinnen sind zwar hinreißend, wenn sie hergerichtet sind, aber ohne ihr Chanel-Outfit sehen sie absolut gewöhnlich aus. Außerdem kann Jill ja auch völlig danebenliegen.«

»Das bezweifle ich«, entgegne ich niedergeschlagen. »Du weißt ja, was mir zu schaffen macht, ist nicht nur, dass sie hübsch sein könnte. Die Gefahr ist vielmehr, dass sie hübsch *und* dazu noch nett und intelligent ist und dass Millie und Jack sie anhimmeln werden. Muss ich mir vielleicht künftig ständig anhören, dass Millie solche Sätze loslässt wie *Chantal würde so was nie anziehen!* oder *Ich wünschte, du wärst so elegant wie Chantal.* Falls es nämlich dazu kommt, dann weiß ich ehrlich gesagt nicht, ob ich das auf Dauer ertrage.«

»Mach dich nicht lächerlich«, spottet Clara. »Kinder finden immer, dass ihre Mütter am allerschönsten aussehen. Du weißt so gut wie ich, dass du sogar in einer hochgeschlossenen Polyesterbluse und einem Kilt rumlaufen könntest, und Millie würde dich immer noch für eine Ikone des guten Geschmacks halten.«

In diesem Augenblick taucht Mel auf, ganz abgekämpft und außer Atem. »Hallo, ihr beiden«, keucht sie, wickelt sich ihren meterlangen Wollschal vom Hals und lässt ihren Umhängebeutel zu Boden plumpsen. »Tut mir leid, dass ich so spät dran bin. War ein höllischer Tag heute.«

Weit und breit gibt es keinen freien Stuhl mehr, also sind wir gezwungen, uns alle drei auf das Sofa zu quetschen. Clara und Mel nehmen mich in die Mitte, was mir eine Menge ermüdender Kopfbewegungen abverlangt.

Mel erzählt uns, warum ihr Tag die Hölle war (während Kaffeepause am späten Vormittag platzte aus heiterem Himmel Redakteurin mit Idee für Mini-Feature herein, dann folgte Katastrophe, dass Zug auf dem Weg zu entscheidendem Interview für nächsten Montag fälligen Artikel im Tunnel stecken blieb, und als Krönung des Ganzen hatte Charlie, ihre Katze, auf zwei Blätter von Doms Sammlung seltener Musiknoten gekotzt).

Anschließend ist Clara mit dem Jammern an der Reihe. »Könnt ihr euch das vorstellen? Nach all den Geschäftsabschlüssen, die ich dieses Jahr unter Dach und Fach gebracht habe, und nach all der Arbeit, die ich in die Entwicklung dieses MBA-Rekrutierungsprogramms gesteckt habe, hat mich Harrison bei dem Posten im Aufsichtsrat einfach übergangen und stattdessen diesen PowerPoint-Wichser Jeremy Thistle genommen.«

»Das ist ja ungeheuerlich! Die hatten dir den Posten

doch praktisch fest versprochen? Was hast du jetzt vor, wirst du irgendwas dagegen unternehmen?«

»Im Moment kann ich gar nichts unternehmen. Da muss ich erst den richtigen Zeitpunkt abwarten, bis alle anderen ebenfalls spitzkriegen, dass Thistle außer einer schönen Sammlung an PowerPoint-Präsentationen nichts zu bieten hat, und sie mich beknien werden, doch bitte bloß seine Stelle zu übernehmen. Das wird nicht lange dauern. Er ist eine absolute Niete, und der einzige Grund, ihn auf diesen Posten zu befördern, liegt darin, dass sie seine Firma aufgekauft haben und nun so tun müssen, als sei er ein wichtiger Teil des Deals gewesen.«

»Ich kann kaum glauben, dass du das so gelassen hinnehmen kannst. Ich würde Gift und Galle spucken.«

»Das habe ich schon getan, in der Abgeschiedenheit meiner eigenen Bürotoilette. Du solltest dir jetzt mal die weißen Kacheln ansehen«, kontert Clara lächelnd.

Doch ihr Lächeln hat etwas Gezwungenes. Diesen Posten im Aufsichtsrat nicht zu bekommen war für sie sicher ein herber Schlag. Clara ist jemand, der den Erfolg wirklich braucht. Sie ist felsenfest überzeugt, dass sie fachlich gut genug und auch kräftemäßig dem Druck eines Fünfzehnstundentages gewachsen ist. Und sie hat weiß Gott schon genug Opfer dafür gebracht. Jonathon wünscht sich schon seit Jahren Kinder, aber sie hatte sich bisher immer dagegen gesträubt und jedes Mal behauptet, der Zeitpunkt sei gerade nicht günstig und ihre Karriere würde nach dem Mutterschaftsurlaub nie mehr so weitergehen wie vorher – ganz zu schweigen von dem unvermeidlichen Spagat zwischen Familie und Beruf, den das alles zur Folge hätte. Erst vor einem Jahr ließ sie sich endlich erweichen, und seitdem versuchen die beiden, ein Baby zu bekommen. Und mit jedem Monat schien sich Clara immer besser mit der Idee anfreunden zu können, Mutter zu werden. Sie sprach nun sogar ganz konkret darüber, wie sie alles managen wollte, damit das Kind auch mit ihrer Karriere vereinbar wäre. Doch das machte die Sache nur noch schwieriger, denn die Monate vergingen ohne das geringste Anzeichen einer Schwangerschaft. Diesen begehrten Aufsichtsratsposten gerade jetzt nicht zu bekommen – zu einem Zeitpunkt, wo es ganz so aussah, als hätte sie vielleicht bisher zu viel dafür geopfert – muss eine äußerst bittere Pille für sie gewesen sein.

Doch mittlerweile beschäftigen wir uns nur noch selten mit der Frage, ob Clara schwanger ist. Nachdem sie uns eröffnet hatte, sie und Jonathon wären nun bereit, es zu versuchen, erhielten wir zunächst Monat für Monat einen Lagebericht über die Ergebnisse ihrer Bemühungen. Nach einer Weile stellte Clara diese Berichte allerdings ein und teilte uns mit, sie habe keine Lust mehr auf detaillierte Fachsimpeleien über ihren Zyklus oder Jonathons Spermienanzahl oder woran es sonst noch liegen könnte, dass sie beide kein Baby bekamen. Es herrschte einfach Stillschweigen bei diesem Thema, und auf Claras strahlende Erscheinung schien ein Schatten zu fallen. Sie wirkte dabei zwar nie ausgesprochen deprimiert oder traurig – dazu ist sie viel zu lebhaft und willensstark –, aber etwas an ihr hat sich in letzter Zeit definitiv verändert. Ab und zu sieht man sie sogar plötzlich zusammenzucken, so als versetzten ihr die eigenen Gedanken einen Stich. Doch dann ist sie auch gleich wieder ganz die Alte, belebt jede Unterhaltung und gibt allen um sie herum Auftrieb mit ihrer unerschütterlichen Zuversicht.

»Also, trinken wir auf das Wochenende und darauf, dass wir zwei volle Tage lang vor diesem ganzen Affentheater unsere Ruhe haben«, sagt Mel und hebt ihr Glas.

Plötzlich fällt mir wieder ein, dass Mel ja angedeutet hatte, sie brauche meine Hilfe bei irgendetwas. »Was ist das denn für eine Geschichte, bei der du Unterstützung brauchst, Mel? Irgend so ein Artikel, bei dem es um Ehemänner oder dergleichen gehen soll, nicht?«

»Oohh. Danke, dass du mich daran erinnerst«, freut sich Mel und beugt sich zum Boden hinunter, um etwas aus ihrem Beutel zu fischen. Sie zieht eine zerknitterte, ursprünglich einmal edle Hochglanzbroschüre daraus hervor und glättet sie auf ihrem Schoß.

»Also, es geht darum«, beginnt sie. »Du weißt doch, diese Reise nach New York, die ich vor ein paar Wochen gemacht habe, zwecks Recherchen für den Bericht über die Dating-Strategien amerikanischer Frauen. Nun ja, dabei habe ich diese Frau kennen gelernt, Marina Boyd. Sie kommt aus Atlanta, ist aber anscheinend zurzeit überall in den USA *das* Tagesgespräch. Sie gilt als so eine Art Dating-Guru, kann man sagen, und sie hält Seminare für weibliche Singles.«

»Ach, ich weiß schon, wen du meinst«, unterbreche ich sie. »Das ist doch die, die propagiert, wir sollten tagein, tagaus in Stöckelschuhen herumstolzieren und uns im Bikini am Strand räkeln, wie so eine Südstaaten-Schönheit in Miami Beach?«

»Nein, nicht ganz«, korrigiert mich Mel. »Eigentlich vertritt sie so ziemlich genau das Gegenteil. Nach ihrer Theorie sollten Frauen stärker die Initiative ergreifen und ihre Suche nach dem perfekten Partner so ›managen‹ wie ein geschäftliches Projekt. Ihr wisst schon, Ziele setzen, Aktionspläne schreiben, solchen Kram – einfach geschäftliche Prinzipien auf die Partnersuche übertragen.«

Ich nehme einen großen Schluck Wein, denn mir ist immer noch nicht ganz klar, worauf Mel hinauswill.

»Jedenfalls gibt sie ab nächster Woche hier eine Reihe von Seminaren, und ich soll darüber eine Story schreiben. Meine Redakteurin will, dass ich darin die gesamte Methode und Philosophie von dieser Marina aufrolle und wie das Ganze hier bei den Frauen ankommt. Ich soll einen Tatsachenbericht daraus machen, indem ich eine Frau begleite und dann ihre Erfahrungen mit dem Seminar dokumentiere.«

Langsam schwant mir, worauf das alles hinausläuft.

»Dummerweise ist aber Miss Boyd die Privatsphäre ihrer Teilnehmerinnen heilig, und sie will unter keinen Umständen, dass da irgendjemand von außen eindringt.« Mel betont abschätzig die neue Form *Miss* für *Mistress* und verdreht die Augen zum Himmel. »Das Äußerste, was sie mir zugestehen will, ist, dass ich an einem einzelnen Abend anwesend sein darf. Ich suche also verzweifelt eine Frau, die als echte Seminarteilnehmerin fungiert und mir ihre eigenen Erfahrungen damit schildert.«

Jetzt ist mir schlagartig alles klar. Ich kann die nächsten Worte, die aus Mels Mund kommen, fast synchron mitsprechen.

»Und, Ally, an diesem Punkt kommst du jetzt ins Spiel. Ich meine, es ist klar, dass ich nicht selber ›undercover‹ an diesen Seminaren teilnehmen kann, ich bin ja mit Dom fest liiert. Und Clara mit Jonathon. Und da hab ich mich gefragt, ob du …«

»Nein, Mel. Vergiss es. Dir zu ein paar Originalzitaten zu verhelfen ist eine Sache, aber es ist etwas ganz anderes, bei so einem Theater wirklich mitzuspielen und dafür an wer weiß wie vielen Seminaren darüber teilzunehmen, wie man sich am besten einen Mann angelt.«

»Ally, warte. Bevor du nein sagst, lass mich dir die Sache doch ein bisschen genauer erklären. Du könntest natürlich unter anderem Namen teilnehmen. Kein Mensch würde je erfahren, dass du das bist. Und die Sache könnte doch auch ganz lustig werden. Als ich in New York war, habe ich ein Radio-Interview mit besagter Person gehört, und weißt du, viele ihrer Ideen hörten sich gar nicht so dumm an.«

Ich suche Claras Blick und hoffe auf moralische Unterstützung. Aber mir wird sofort klar, dass ich in dieser Hinsicht nichts von ihr zu erwarten habe.

»Weißt du, eigentlich ist das ein ziemlich gutes Konzept«, beginnt sie. »Die Zeiten haben sich schließlich geändert, und vielleicht müssen Frauen wirklich über neue Strategien nachdenken, wie sie den richtigen Mann finden. Und es ist gar keine so verrückte Idee, diese Suche ein bisschen professioneller anzugehen.«

Ich hätte mir denken können, dass Clara so etwas einleuchten würde. Sie schwärmt ständig von den Prinzipien wirtschaftlichen Denkens und wie damit gewisse Aspekte unseres Lebens optimiert werden könnten, in denen ihrer Meinung nach Chaos herrscht. Ich bin sicher, sie ist schon lange vor Margaret Thatcher auf die Idee der Privatisierung des britischen Gesundheitswesens gekommen. Und immer wieder hält sie ihren Klienten verschwommenes und inkonsequentes Denken vor. Sie sagt, ihre Rolle als Unternehmensberaterin bestehe darin, Klarheit in verworrene Strukturen zu bringen und die Beteiligten zu wohldurchdachten Entscheidungen anzuhalten, statt sie blindlings auf dem Weg des »business as usual« weiterwursteln zu lassen.

Mel merkt sofort, dass sie in Clara eine Verbündete hat. »Ganz meiner Meinung. Die Zeiten haben sich wirklich geändert. Denk nur an all die Fernsehshows zur besten Sendezeit, bei denen sich alles darum dreht, den richtigen Partner fürs Leben zu finden! Und was ist mit diesen ganzen Speed-Dating-Clubs? Die Leute wollen einfach keine Zeit mehr damit verschwenden, herumzusitzen und darauf zu warten, dass zufällig der Richtige vom Himmel fällt. Sie wollen selbst dazu beitragen, dass etwas geschieht.«

Ich nehme die Broschüre zur Hand, als wäre sie etwas Ekliges, das eigentlich in den Mülleimer gehört. Auf der Titelseite prangt ein Foto von Marina Boyd, und direkt darunter sind all die Gründe aufgeführt, warum man eines ihrer Seminare besuchen soll:

- Lernen Sie, Ihre Partnersuche selbst in die Hand zu nehmen, anstatt darauf zu warten, dass etwas geschieht.
- Finden Sie heraus, welche Eigenschaften Sie sich bei einem Partner wünschen – und was Sie selbst zu bieten haben.
- Erleben Sie das phantastische Gefühl, selbst für Ihr Leben verantwortlich zu sein.
- Verlieben Sie sich innerhalb eines Jahres!

Im Innenteil sind die *Acht Prinzipien des proaktiven Partnerschafts-Programms* aufgeführt, die alle mit *P* beginnen. Unter *Planung* findet sich ein Absatz mit der Überschrift: »Werfen Sie allen Ballast ab«, unter *Produkt* heißt es: »Seien Sie stolz auf Ihr Markenimage« und unter *Promotion* lese ich den dringlichen Appell: »Zeigen Sie Marktpräsenz!« Auf der zweiten Seite unten steht in extrafetten Großbuchstaben eine so furchteinflößende Warnung, wie mir seit langem keine mehr begegnet ist: WENN SIE ÜBER DREISSIG SIND, HABEN SIE KEINE ZEIT MEHR ZU VERLIEREN: HANDELN SIE JETZT! Meine Güte! Diese Frau meint es ernst. Sie macht mich richtig nervös. Einen neuen Partner zu finden ist plötzlich nicht länger ein Wunsch, den ich still und leise mit mir herumtragen kann, um mein anderweitig ausgefülltes Leben mit mehr Spannung anzureichern. Es ist vielmehr eine Angelegenheit mit dringendem Handlungsbedarf.

Ich schüttle fassungslos den Kopf und winke die Kellnerin herbei, denn ich brauche dringend eine Stärkung. So was in der Art von Rohkost mit Hummus-Dipp. Vielleicht aber auch die Riesenchips mit Thai-Mayonnaise.

Mel fixiert mich mit einem seltsamen, fast fiebrigen Blick: »Ally, diese Frau spricht deine Sprache. Die Sache mit den vier *P* des Marketing müsste doch gerade für dich vollkommen einleuchtend klingen.«

»Im Gegenteil, gerade diese *P* sind es, die mir die Sache suspekt machen. Das ist doch vollkommen lächerlich, Mel, gerade du müsstest so etwas durchschauen! Die Idee, die eigene Person so zu vermarkten, wie man das mit einem Waschpulver oder einer Orangenmarmelade tun würde, ist einfach bekloppt. Oder nein, sie ist noch schlimmer als bekloppt, sie ist geradezu menschenverachtend. Ich könnte so etwas nie im Leben ernst nehmen.«

Ich sehe beide ungläubig an und bin vollkommen perplex, dass zwei so normale Frauen, die ich seit fast zwei Jahrzehnten meine Freundinnen nenne, auf ein derart schwachsinniges Geschwafel hereinfallen können.

»Du musst das Ganze ja nicht so ernst nehmen«, bearbeitet mich Clara weiter. »Betrachte es einfach als eine interessante Erfahrung. Und man kann ja nie wissen, vielleicht bekommst du tatsächlich einige interessante Anregungen. Schließlich hast du doch nichts dabei zu verlieren.«

Damit hat Clara allerdings Recht. In den letzten zwei Jahren konnte ich in Sachen Liebe nicht gerade umwerfende Erfolge verbuchen. Ich habe zwar nicht danach gesucht, aber ich hätte mich sicher auch nicht schnöde abgewendet, wenn das Glück plötzlich vor meiner Tür gestanden hätte. Aber es ist weder vor meiner Tür noch sonst irgendwo aufgetaucht.

Di, eine Kollegin aus der Buchhaltungsabteilung, hat einmal geklagt, seit ihrer Scheidung sei sie zur Zielscheibe für lauter unpassende Zuneigungsbekundungen von ebensolchen Männern geworden, darunter die Ehemänner ihrer Freundinnen und all die verschrobenen Junggesellen in deren Bekanntenkreis. Ich hingegen habe weder von verheirateten Männern noch von Männern ganz allgemein unpassende Aufmerksamkeit erhalten. Eher im Gegenteil. Ich bin felsenfest überzeugt, dass ich irgendwie unsichtbar geworden bin.

Vielleicht hat diese Unsichtbarkeit aber auch etwas mit meinem Alter zu tun. Wenn Kinder, so wie die von Di, schon im Teenageralter sind und man als frei und ungebunden gilt, dann hat man unter Umständen wieder die Ausstrahlung einer attraktiven jungen Frau und obendrein noch doppelt so viel Erfahrung. Wir haben schließlich alle die Berichte über diese tollen Frauen in den Vierzigern gelesen, die sich im besten Alter fühlen. Wenn man hingegen um Mitte dreißig ist und zwei kleine Kinder hat, dann fällt man schnell unter die Kategorie »Zu viel Aufwand für wenig Lohn«.

Natürlich kann es auch sein, dass man sich diese Unsichtbarkeit selbst auferlegt hat. Wenn man als dreißigjährige Single-Frau in seinem Bekanntenkreis von Paaren umgeben ist, dann gilt man automatisch als gefährlich. Die anderen können gar nicht anders denken. Als Folge davon schlägt man die meiste Zeit die Augen nieder und behält seine Hände bei sich, nur für den Fall, dass einen irgendjemand für eine Bedrohung halten könnte. In gemischter Gesellschaft ist Flirten einfach ein Tabu, und eine gewisse Unsichtbarkeit ist hier zweifellos hilfreich.

Mel unternimmt einen letzten verzweifelten Versuch, mich zu überzeugen. »Sieh doch mal, Clara hat Recht.

Ich bin sicher, dass es eine interessante Erfahrung für dich werden könnte, und gleichzeitig hilfst du mir damit aus einer Patsche. Ich weiß zwar nicht viel über diese Marina, und ich muss zugeben, manche ihrer Ideen klingen reichlich seltsam. Aber andererseits denke ich, sie hat vielleicht wirklich etwas Neues entdeckt. Ich meine, wenn du so um die Mitte dreißig bist, dann ist es etwas ganz anderes, jemanden zu finden, den du magst, als wenn du noch fünfundzwanzig bist, aufs College gehst und jede Nacht mit deiner Clique um die Häuser ziehst. Diese Frauen, die ich in New York kennen gelernt habe, können ein Lied davon singen. Meine Güte, die haben einfach unglaubliche Sachen gemacht!«

»Gut, ich lass es mir durch den Kopf gehen«, versichere ich ihr scheinheilig, denn ich möchte unbedingt endlich das Thema wechseln. »Ich verspreche euch, ich lese mir die Broschüre übers Wochenende durch und sage euch dann, was ich davon halte. Aber könnten wir bis dahin bitte dieses Thema auf Eis legen? Wir sind doch schließlich drei intelligente berufstätige Frauen. Und ich bin mir ganz sicher, wir haben noch interessanteren Gesprächsstoff auf Lager.«

Im selben Augenblick tritt ein Mann unbestimmbaren Alters mit graumeliertem Haar und Prinz-Eisenherz-Frisur zu uns an den Tisch. Da er zu der Art von Männern gehört, die man üblicherweise in Pubs trifft und die unweigerlich immer die falschen sind, werfe ich ihm einen Blick zu, der hoffentlich die Gratwanderung zwischen höflicher Frage und schroffem Abwimmeln schafft.

»Ladys, entschuldigen Sie, bitte«, sagt er mit übertriebener Freundlichkeit. »Ich sehe, Sie brauchen Ihren Aschenbecher nicht. Würde es Ihnen etwas ausmachen, wenn ich ihn mir ausborge?«

In Wirklichkeit sind meine Befürchtungen gegenüber

diesem Mann gänzlich unnötig, und mein exakt austarierter Gesichtsausdruck ist an ihn vollkommen verschwendet. Er greift nach dem Aschenbecher und gibt sich dabei alle erdenkliche Mühe, Clara mit seinem kieferorthopädisch einwandfreien Lächeln zu verführen.

Clara bemerkt das sehr wohl, aber sie ist nicht interessiert. Und sie findet offenbar nicht einmal, dass der Typ es wert ist, ihn mir nach dem Motto »Besser als gar nichts« zuzuschieben, daher wimmelt sie ihn mit einem »Klar doch« und einer lässigen Handbewegung ab. Er nimmt den Aschenbecher mit zurück an die Bar, und man kann richtiggehend sehen, wie seine Schultern heruntersacken.

»Auf geht's«, sagt Clara, »suchen wir uns was zum Abendessen. Ich hab genug von hier.«

Wir bezahlen bei der Kellnerin und ziehen unsere Mäntel an. Auch ich habe genug von hier. Auf einmal ist dieses Pub nämlich nicht mehr voller uninteressanter junger Kerle, mit denen ich mich nicht unterhalten möchte. Sondern voller irgendwie doch ganz attraktiver Zeitgenossen mit überraschendem Potential, die allerdings anscheinend viel lieber mit Clara flirten als mit mir. Für mein Selbstbewusstsein wäre es äußerst schlecht, länger hier zu bleiben.

5. Erste Begegnung mit Francesca

Dass ich mal an so was teilnehmen würde, hätte ich mir nie im Leben träumen lassen. Ebenso wenig, dass David mich mit zwei kleinen Kindern und der Hypothek für unser kleines Reihenhaus sitzen lässt, um seine romantischen Gefühle in den Armen anderer Frauen auszuleben. Kein Gedanke hätte mir ferner gelegen, als wir unser Ehegelübde in der winzigen Kirche in Bishops Sutton ablegten, umringt von vierzig Hochzeitsgästen, die uns von ganzem Herzen immerwährendes Glück wünschten. Und auch als ich im Kreißsaal lag, mit der neugeborenen Millie auf dem Arm, und sah, wie Davids Augen feucht schimmerten, war so etwas undenkbar gewesen. Ganz zu schweigen von damals, als ich zum ersten Mal mit dem geradezu beängstigend gutaussehenden Mann mit den dunklen Wuschellocken ins Bett taumelte, obwohl mich alle vor ihm gewarnt hatten.

Geschieden zu sein hatte ich in meinen Lebensvorstellungen nie auch nur in Betracht gezogen. Meine Eltern führen eine Bilderbuchehe, die mehr als vierzig Jahre überdauert hat. Mein älterer Bruder Nick ist ein fröhlicher, herzensguter und, soweit ich weiß, absolut treuer Ehemann, der mir schon Jahre vorher, als ich selbst ans Heiraten noch keinen Gedanken verschwendete, vorgelebt hat, wie eine gute Ehe aussehen konnte. Mein Leben lang war ich stets umgeben von leuchtenden Beispielen des Eheglücks, und ich hatte nie Anlass gehabt, daran zu zweifeln, dass auch ich es schaffen konnte, mir eine gewisse Portion davon für mein eigenes Leben zu sichern.

Angeblich gibt es einen gewissen Psychologen, der eine mathematische Formel aufgestellt hat, mit der man vorausberechnen kann, welche Paare sich später einmal scheiden lassen. Und zwar aufgrund einer Analyse der ersten paar Minuten ihrer Diskussion über irgendeine beliebige Streitfrage. Nach Auffassung jenes Dr. Gottmann steht das Verhalten eines Paares im Verlauf einer Auseinandersetzung in direktem Zusammenhang mit der Wahrscheinlichkeit einer späteren Scheidung. Die Paare mit einem hohen »Bitterkeits-Faktor« sind nahezu von ihrem ersten Gespräch an zu diesem Schicksal verdammt.

Nun ja, nicht einmal Dr. Gottmann hätte mit seiner Formel das Schicksal meiner Ehe vorhersehen können. David und ich hatten von Anfang an eine gute Streitkultur, die gleichzeitig auch stets viel Raum für Scherze, Lachen und andere Zuneigungsbeweise bot, was Dr. Gottman als Voraussetzung für eine erfolgreiche Partnerschaft wertet. Ganz im Gegenteil, meine Fähigkeit, David in anregende Debatten über kontroverse Themen zu verwickeln, war gerade etwas gewesen, was ihn an mir so fasziniert hatte, wenn man seinen Aussagen glauben darf.

Das Problem zwischen David und mir war viel einfacher, als es die Gottmann'sche Formel nahe legt. David liebt die Frauen, und zwar so, wie französische Männer die Frauen lieben. Frauen im Plural. Er kann keiner Gelegenheit zum Flirten widerstehen, und man kann Gift darauf nehmen, dass er stets mit dem einzigen weiblichen Wesen im Raum in eine angeregte Unterhaltung vertieft ist, während alle anderen Männer wie gebannt auf die Glotze starren, in der gerade ein Fußballspiel läuft. Er liebt nicht nur die Frauen als solche, sondern auch dieses ganze Spiel zwischen den Geschlechtern. Und ich war nur zufällig die Frau, die er zu einem bestimmten Zeitpunkt seines Leben eben ein bisschen mehr liebte als alle anderen, und wir beide hielten das für die wahre große Liebe. Als ich mit neunundzwanzig merkte, dass ich schwanger war, nachdem ich David gerade einmal zehn Monate lang kannte, wollten wir beide daran glauben, dass David mich für immer lieben könnte und dass er es von nun an nicht mehr nötig hätte, sich immer wieder neu zu verlieben.

Ich schämte mich kein bisschen, unverheiratet schwanger zu sein. Da ich immer ein überaus braves Mädchen gewesen war, fand ich das sogar ziemlich aufregend. Ich hatte das Gefühl, es verlieh meiner Persönlichkeit etwas Schillerndes, das mich etwas unberechenbarer machte, zumal ich stets allen Erwartungen entsprochen hatte. Und als ich dann auch in den Gesichtern unserer Freunde das Erstaunen bei der Nachricht lesen konnte, dass David sich durch meine Schwangerschaft in den Hafen der Ehe hatte locken lassen, erfüllte mich das mit unerschütterlichem Optimismus und einem Gefühl von ungeahnter Stärke.

Ganz abgesehen davon, hatte ich bei David auch gar keine andere Wahl. Ich liebte alles an ihm. Und es schmeichelte mir zu hören, was ihm an mir so gut gefiel. Denn buchstäblich aus Heerscharen braungebrannter, gazellenartiger Schönheiten erwählte er bei einem Foto-Shooting für die neue Lippenstift-Serie »Sun Kiss« ausgerechnet die leicht pampige, ein Meter fünfundsechzig große Produktionsassistentin, die mit einem Klemmbrett auf dem Schoß neben dem Aufnahmeleiter saß. Durch meinen messerscharfen Verstand und mein entschiedenes Auftreten hätte ich alle anderen einfach in den Schatten gestellt, hatte er immer wieder behauptet. Models gebe es wie Sand am Meer, aber wie oft treffe man eine Frau, die was auf dem Kasten hat, eine Persönlichkeit ist und zugleich auch noch eine richtig scharfe Nummer?

Diesen Fehler mache ich sicher nie wieder. Die Redensart von der Katze oder, besser gesagt, dem Kater, der das Mausen nicht lassen kann, hatte sich in unserem Fall eindeutig bewahrheitet. Zwar hat mich David nie gemein, herzlos oder demütigend behandelt. Nur seine Liebe für die Frauen ließ sich eben nicht bändigen. Nach drei kurzen Affären, eine davon, als ich mit Jack schwanger war, beschloss er, reinen Tisch zu machen. Er wollte nicht länger eine Ehe voller Lügen führen, und ich auch nicht. Doch ebenso wenig wollte er im Käfig des hingebungsvollen Familienvaters gefangen sein. Als Jack zwanzig Monate alt war, verließ er uns.

Ich frage mich, ob Dr. Gottmann wohl auch herausgefunden hat, dass bestimmte Berufsarten potentielle Scheidungsfaktoren sind. Ich denke zwar nicht gern in Klischees, aber die Tatsache, dass David Modefotograf ist, hätte bei mir schon mal ein Warnlämpchen aufleuchten lassen können. Aber wenn man neunundzwanzig ist und sich nach einer festen Beziehung sehnt und wenn man sich dann noch im Bett neben einem dunkelhaarigen kreativen Genie wiederfindet, dessen Persönlichkeit an sich schon verspricht, das Leben mit Magie zu erfüllen, dann trägt der Beruf selbstverständlich zu seiner Anziehungskraft bei. Mit der Zeit verblasst dieser Reiz allerdings ziemlich, und man sieht nur noch die familienfeindlichen Arbeitszeiten, das schwankende Einkommen und die gefährliche Tatsache, dass sich der eigene Ehemann ständig in der Gesellschaft junger Göttinnen mit unendlich langen schönen Beinen aufhält.

Auf einmal fällt mir wieder die Broschüre ein, die ich gestern im Pub in meine Tasche gestopft habe. Ich frage mich, was Marina Boyd wohl zu diesem Fall sagen würde: Hätte sie mir damals geraten, mit David auszugehen, ja sogar, ihn zu heiraten? Oder hätte sie gewusst, dass eine solche Beziehung niemals halten würde?

Immer noch ganz verschlafen blicke ich zum Stuhl neben meinen Bett hinüber, wo aus meiner Handtasche ein Eckchen von Mels Broschüre herausschaut und mich auffordert, sie mir zu Gemüte zu führen. Ich strecke also die Hand aus und ziehe sie hervor, wobei auch ein Lipgloss und eine Plastikfigur von Scooby Doo auf den Boden fallen. Ich schlage die Broschüre an der Stelle auf, wo die Liste der einzelnen Schritte steht, die ich gestern Abend nur kurz überflogen habe.

1. Schritt: *Planung*
2. Schritt: *Produktanalyse*
3. Schritt: *Perfekte Verpackung*
4. Schritt: *Potential*
5. Schritt: *Promotion und PR*
6. Schritt: *Positionierung am Markt*
7. Schritt: *Produktpräsentation*
8. Schritt: *Permanenz*

Produktanalyse, Perfekte Verpackung, Promotion, Produktpräsentation. Diese Begriffe sind mir alle wohlvertraut. Sie sind mein täglich Brot, seit ich gleich nach dem Studium einen Posten als Junior-Marketing-Assistentin bei Chanel ergatterte. Als ich auf mein erstes Marketing-Seminar geschickt wurde, war ich auf Anhieb von der scheinbaren Wissenschaftlichkeit dieser Begriffe fasziniert. Ich habe immer eine Vorliebe für logische Betrachtungsweisen gehabt, und hier bekam ich nun eine Theorie an die Hand, die ein System in die unzähligen Cremes, Lippenstifte, Puder- und Rougeschattierungen brachte und zudem messbare Erklärungen bot, warum Frauen diese oder jene Produkte bevorzugen. Der erste Marketing-Plan, den ich aufstellte, erfüllte mich mit einem erhebenden Gefühl von Professionalität: Mit meinen Berechnungen und Prognosen zu Marktanteilen und Absatzzahlen sowie meinen cleveren Ideen für die Produkt-Promotion fühlte ich mich ein wenig wie ein Dirigent – als könnte ich tatsächlich bestimmen, wie das Orchester um mich herum spielen soll.

Die Wirklichkeit holte mich natürlich bald wieder ein, und ich merkte rasch, dass sich eine Gewinnvorhersage leichter treffen lässt, als sie sich dann tatsächlich erfüllt. Aber ich hatte noch immer eine große Hochachtung vor dieser hohen Kunst des Marketings. Kombiniert mit der berauschenden Atmosphäre der Luxuskosmetik-Branche sorgte sie für einen ziemlich interessanten Arbeitsalltag.

Seit ich von Chanel weggegangen bin, habe ich allerdings meine ursprüngliche Begeisterung für meinen Beruf nie mehr ganz wiedererlangt. Aber vielleicht habe ich ja meinen widerwilligen Abschied von Cocos Welt, die ich gegen die weniger überkandidelte, aber auch lange nicht so aufregende Lebensmittelbranche eingetauscht habe, nie richtig überwunden. Möglicherweise wurde ich mit der Zeit der Sprache des Marketings auch einfach überdrüssig und glaubte nicht mehr so recht an ihre Gültigkeit. Warum auch immer, seit längerem fühle ich mich so, als hätte ich schon meine innere Kündigung abgegeben.

Ich sehe, dass Marina die ursprünglichen vier P des Marketings auf acht erhöht hat, aber mir leuchtet nicht auf Anhieb ein, was das alles mit Liebesglück zu tun haben soll. »Perfekte Verpackung« mit Verführungskunst in Verbindung zu bringen gelingt mir gerade noch; schließlich ist wohl keinem der Wunsch, aus den körperlichen Gegebenheiten das Beste herauszuholen, völlig fremd – spätestens seit den Vorher-Nachher-Bildberichten, die man in jeder Frauenzeitschrift am Kiosk studieren kann.

Aber »Promotion« und »Produktpräsentation«? Was soll das bei der Suche nach einem Seelenpartner bringen? Wie um alles in der Welt soll man die eigene Person promoten, selbst wenn man dazu bereit wäre? Allein die Vorstellung, für die eigenen körperlichen Vorzüge zu werben wie für einen Haushaltsreiniger, ist einfach nur abstoßend.

Entsetzt sehe ich, dass es bereits zehn Uhr ist. Ich bin gezwungen, das Grübeln über dieses wichtige Thema zu verschieben, da ich in einer Dreiviertelstunde beim Frisör sein muss. Ich dusche also und ziehe mich in Windeseile an, frühstücke hastig ein Glas Saft und einen halben Muffin, den Jack vor zwei Tagen übrig gelassen hat, und schaffe es so, in weniger als zwanzig Minuten loszufahren. Angesichts der Hektik gelingt es mir ganz gut, Mels Vorschlag in den hintersten Winkel meines Bewusstseins zu verbannen.

Da in unserer Gegend jede zweite Woche irgendwo ein neuer Frisörsalon aufmacht, könnte ich mir leicht einen suchen, den ich zu Fuß erreichen kann. Aber ich gehe nun schon seit zehn Jahren zu George und möchte die Besuche bei ihm nicht mehr missen. Er hat an mir mindestens drei Versionen des weitverbreiteten (und zeitlosen) Bobs miterlebt, einen extremen Kurzhaarschnitt und das anschließende traumatische Wachsenlassen sowie vier verschiedene Farbnuancen der blonden Strähnchen, die ich seit meinem einundzwanzigsten Lebensjahr treu und brav machen lasse. Bei niemand anderem würde ich mich so gut aufgehoben fühlen wie bei ihm. Also nehme ich etwa alle sechs Wochen eine Fahrt zur anderen Seite der

Stadt auf mich, um George in *The Strand Hair Design* einen Besuch abzustatten.

An diesem Morgen habe ich besonderes Glück, denn als ich ins Auto steige, fängt zufällig gerade meine Lieblingstalksendung im Radio an. Es sind dort meist interessante Studiogäste, denen die Hörer per Telefon Fragen stellen können, und ich schalte das Radio gerade in dem Augenblick an, als der heutige weibliche Gast mit Samtstimme und einem amerikanischen Akzent auf eine Zuhörerfrage antwortet.

»Nun, Tatsache ist, dass die von mir entwickelte Methode jeder Frau zum Erfolg verhelfen kann. Ich habe sowohl fünfundzwanzigjährige als auch fünfundsechzigjährige Frauen beraten, Frauen, die noch nie verheiratet waren, und solche, die bereits ihre dritte Scheidung hinter sich haben. Der Erfolg hängt vor allem davon ab, dass man zu sich sagt: ›Ich mache ernst damit, mir einen Partner fürs Leben zu suchen.‹ Und dass man dann den grundlegenden Marketingregeln die erforderliche Zeit und Energie widmet. Meine Methode basiert auf acht Schritten. Ich nenne sie die acht P der proaktiven Partnerschaftssuche.«

Mein Gott, das ist sie ja! Marina Boyd. Ich drehe die Lautstärke voll auf und bemerke nebenbei, dass der Nagellack vom Donnerstag nicht besonders haltbar ist.

»Marina, nun erzählen Sie uns doch bitte einmal genauer, denn wir sind alle höchst gespannt, worin liegt das Geheimnis der acht P? Und, liebe Zuhörer, ich kann Ihnen versichern, die Dame, die hier mit mir im Studio sitzt, ist charmant und liebenswürdig und selbst sehr glücklich verheiratet. Also könnte es sich durchaus lohnen, ihren Rat ernst zu nehmen.«

Marinas Stimme ist so süß wie Honig. Ich sehe ihr perfektes, eingefrorenes, dünnes Lächeln geradezu vor mir. »Das Geheimnis meiner Methode besteht darin, dass sie einige lang und gründlich erprobte Prinzipien zur Anwendung bringt, die sich in der Geschäftswelt unzählige Male bewährt haben. Nach dem dreißigsten Lebensjahr müssen Sie ernsthafte Anstrengungen unternehmen, wenn Sie einen Ehemann finden wollen. Der Einsatz erhöht sich, und das Terrain wird steiniger. Doch diese acht Schritte sind praktisch unfehlbar.«

Julia, die Moderatorin, bittet Marina, das Gesagte etwas näher auszuführen, und schon legt Marina los und ist nicht mehr zu bremsen. Julia nimmt von Zeit zu Zeit einen Höreranruf an, um Marinas Redestrom etwas einzudämmen, aber die nächsten fünfzehn Minuten sind im Wesentlichen ein einziger Monolog. Detailliert beschreibt Marina die acht P, beginnend mit der Bedeutung der Perfekten Verpackung (Grundregel Nummer eins: Tragen Sie Ihr Haar so lang wie möglich. Männer stehen auf lange Haare!), und erläutert anschließend, warum heutzutage sogar Info-Mailings, Werbebroschüren und Telefonmarketing als effiziente Promotion-Methoden für die partnersuchende Frau bedeutsam sind.

»Aber mein Erfolgsgeheimnis«, sagt sie in verschwörerischem Ton, »ist die Kombination von perfekter Strategie und moralischer Unterstützung. Ich sehe meine Methode als eine Art Weight-Watchers-Programm in Sachen Liebe. Abnehmen mit Weight Watchers funktioniert, weil das Programm einige Prinzipien aufstellt, nach denen man vorgehen kann. Wenn Sie sich an Ihre erlaubte »Punktzahl« halten, können Sie davon ausgehen, dass Sie tatsächlich an Gewicht verlieren. Und die Methode funktioniert vor allem deshalb so gut, weil sie moralische Unterstützung bietet: Sie können zu den Gruppentreffen gehen, werden dort gewogen, bekommen Zuspruch und Lob, und Sie erfahren, wie es Ihren

Leidensgenossinnen geht. Solche Dinge erhöhen die Erfolgschancen. Und bei der Partnersuche ist das nicht anders. Sie brauchen eine Methode, nach der Sie vorgehen können, und viel moralische Unterstützung auf Ihrem Weg zum Ziel. Und meine Seminare bieten Ihnen genau das.«

Dann wird Marinas Stimme ein wenig weicher, und sie erzählt nun nicht mehr von ihrer Methode, sondern wahre Fallbeispiele von Frauen, die mit der Boyd-Methode scheinbar unüberwindliche Hindernisse meisterten, um ihren Traumpartner fürs Leben zu finden.

Das Komische dabei ist: Je länger ich ihr zuhöre, desto sympathischer finde ich diese Marina. Vor allem, als sie in ganz schlichten Worten darüber spricht, das »Beste aus sich zu machen« oder »innerlich offen zu werden für die unterschiedlichsten Arten von Menschen, anstatt einfach zu erwarten, dass der Richtige schon eines Tages an die Tür klopfen wird«. Denn hinter all ihrem Dating-Fachchinesisch blitzt doch immer wieder auch ein Fünkchen gesunder Menschenverstand hervor.

Allerdings nur ein winziges Fünkchen, wohlgemerkt. Marina mochte ja charmant und wortgewandt sein, aber sie kann nicht darüber hinwegtäuschen, dass sie vernünftige erwachsene Frauen dazu auffordert, an Seminaren teilzunehmen, in denen propagiert wird, dass ihre acht P die Lösung für ein so schwieriges und undefinierbares Problemfeld wie die Liebe bieten. Letztendlich erzählt sie immer noch einen Haufen Unsinn.

»Liebe Hörerinnen und Hörer, unsere Zeit ist jetzt leider um. Aber ich möchte Ihnen noch eines sagen: Die Karten für Marinas erste Seminarreihe in London gehen weg wie warme Semmeln. Es sind nur noch wenige zu haben. Rufen Sie weiter an, denn wir verlosen ein Seminarticket im Wert von 500 Pfund an diejenige Frau, die es schafft, uns davon zu überzeugen, dass sie es am dringendsten braucht. Bis dahin, vielen Dank, Marina, dass Sie bei uns waren. Und als Nächstes berichtet uns nun Hattie Jacob, wie sie ein Jahr lang mit dem Fahrrad in Afrika unterwegs war und dabei überlebt hat.«

Mittlerweile bin ich an meinem Fahrziel angelangt und bekomme daher Hattie Jacobs Geschichte nicht mehr mit. Mir schwirren Marina Boyds Ratschläge unwillkürlich weiter im Kopf herum, was mich ziemlich verunsichert. Denn innerlich schwanke ich hin und her zwischen spöttischer Ablehnung und begeisterter Zustimmung. Selbst George bemerkt, dass mit mir etwas nicht stimmt.

»Halloo, meine Liebe«, begrüßt er mich begeistert mit Küsschen. »Nein! Sie haben ja richtig rosige Wangen. Ich hoffe, es ist etwas Schönes passiert!«

»Das muss am doppelten Cappuccino heute Morgen liegen«, schwindle ich und reiße mich zusammen.

»Kommen Sie, kommen Sie hier herüber«, sagt George eifrig bemüht und führt mich zum Haarwaschbecken. »Ich bin ganz für Sie da. Sie werden sich großartig fühlen, wenn ich fertig bin.« George ist der einzige Frisör, den ich kenne, der seinen Kundinnen selbst die Haare wäscht. Er hat das zu einer wahren Kunst entwickelt. Es gehört mit zur Behandlung, eine Stunde lang umschmeichelt, verwöhnt und umsorgt zu werden – oder auch drei Stunden, wenn er zusätzlich Strähnchen färbt. Dabei habe ich noch nie gehört, dass George die gefürchtete Frisör-Frage ›Und, wo geht es hin im Urlaub?‹ gestellt hätte. Stattdessen erfreut er seine Kundinnen mit Geschichten von seinen eigenen Urlauben, die – da George ein sechzigjähriger alleinstehender schwuler Chilene von aristokratischer Herkunft ist – stets aus Abenteuern bestehen. Und wenn George die Geschichten ausgehen, dann kichern wir über die entsetzlichen

Outfits und die schlecht gelungenen Schönheitsoperationen der Promis, die in der neuesten Ausgabe von *Hello!* oder *OK!* lang und breit ausgeschlachtet werden. Damit können wir uns die restliche Zeit immer ganz angenehm vertreiben. Einmal kam es sogar zu einem Dreiergespräch (mit einer anderen Kundin, die zum Schneiden und Föhnen da war); dabei ging es um Tony Blairs Begründung für den Eintritt Großbritanniens in den Irakkrieg, aber so ein Thema ist eher die Ausnahme.

Heute finde ich es schwierig, mich auf Georges Geschichten zu konzentrieren. Meine Gedanken schweifen immer wieder zu Marina Boyd und ihren Seminaren ab. Ich bin fasziniert. Und abgestoßen. Und mir nicht ganz sicher, was ich Mel antworten soll.

Als Georges Geschichte zu Ende geht und er mein Haar mit einem Handtuch umwickelt, bevor er mich zu der Spiegelreihe hinüberführt, ergreife ich die Gelegenheit, das Thema zu wechseln.

»George, kennst du irgendwelche Frauen, die auf der Suche nach einem Ehemann sind?«

George stutzt ein wenig bei dieser Frage. Sie passt nicht in unser übliches Muster. Aber er reagiert angemessen und routiniert darauf. »Nun ja, natürlich, Darling. Ich kenne viele schöne Frauen, die verheiratet sein sollten. Sie haben einfach noch nicht den richtigen Mann gefunden.«

»Ja, gut, aber gibt es darunter welche, die ausdrücklich nach einem Mann *suchen?* Ich meine, so richtig *aktiv?*«

»Lassen Sie mich mal genauer darüber nachdenken, Darling.« Er tut es und kämmt dabei meine Haare aus. »Die meisten Damen, die ich kenne, hoffen einfach nur, dass eines Tages ein Prinz vom Himmel fällt. Aber stimmt, ich kenne da doch eine – eine phantastische Frau. So voller Leben! Francesca heißt sie. Ihr Mann hat sich vor drei Jahren von ihr scheiden lassen, und sie lässt alle wissen, dass sie nicht vorhat, den Rest ihres Lebens im stillen Kämmerchen zu sitzen. Sie flirtet schamlos. Und sie geht ständig aus. Genießt das richtig. Ich glaube, es geht ihr jetzt viel besser, seit sie nicht mehr verheiratet ist. Sie sagt immer, dass sie es geschafft haben wird, sich einen anderen Mann zu angeln, bevor sie fünfzig ist.«

»Vielleicht sollte ich mir ein Beispiel an ihr nehmen«, schlage ich vor. »Was meinen Sie?«

»Ich meine, das wäre phantastisch, Liebling. Sie sind auch viel zu schön, um den Rest des Lebens im stillen Kämmerchen zu versauern. Und nun, was machen wir denn heute mit Ihrem Haar?«

Mit meiner Frisur bin ich in letzter Zeit gar nicht zufrieden. Die Haare hängen mir sofort formlos ins Gesicht, wenn ich sie nicht jeden Tag föhne. Aber beim Föhnen wird mir immer so warm, außerdem bekomme ich davon nur schlechte Laune. Ich habe mir schon überlegt, ob ich mir mein Haar wieder ganz kurz schneiden lassen soll.

»Schneiden wir es doch heute wieder mal viel kürzer. Irgendwie kurz und frech und verstrubbelt, ein bisschen wie bei Kate Moss vor einem Jahr«, sage ich.

»Wie bei Kate ist gut«, sagt George. »Das wird sicher sehr schön.« George hat inzwischen die eine Hälfte meiner Haare hochgesteckt und klappert bereits mit seiner Schere, als ich einem plötzlichen Impuls folge.

»Warten Sie«, rufe ich. »Ich hab mich doch anders entschieden. Lieber lang und leicht fransig und verstrubbelt. Ein bisschen so, wie Kate Moss heute.«

»Phantastisch, Darling. Ich glaube, das ist viel besser. Unter uns gesagt, ich glaube, Männer mögen lange Haare bei Frauen sowieso viel lieber.«

6. Zeichen

Ich verabschiede mich von George mit einer Frisur, wie sie Kate Moss dieses Jahr trägt, aber auch mit dem langsam in mir aufkeimenden Wunsch, dem Vorbild Francescas mit ihrer Lebenslust und ihrer unbezwingbaren Hoffnung auf die große Liebe etwas stärker nachzueifern. Doch erst einmal muss ich auf dem Heimweg noch ein paar profanere Dinge erledigen. Als ich auf den Supermarkt-Parkplatz fahre, grüble ich allerdings immer noch darüber nach, ob ich zu dem Seminar gehen soll, und lasse mir prompt einen Parkplatz direkt am Eingang durch die Lappen gehen. Ich bin nicht einmal sonderlich sauer darüber, bis ich den leuchtend gelben »Baby an Bord«-Sticker im Rückfenster des Wagens sehe, der mir den Platz weggeschnappt hat. Wieso manche Leute bloß auf solche blöden Sticker stehen, wird mir für immer ein Rätsel bleiben. Was glauben die eigentlich? Dass sich dicht auffahrende Autobahn-Rowdys auf der M4 vielleicht nur diejenigen Autos als Opfer aussuchen, die keine Babys an Bord haben? Oder dass der Brummifahrer, der ihnen gleich hinten reinkracht, plötzlich noch wie durch ein Wunder bremsen kann, sobald er begriffen hat, dass das Leben eines Kleinkindes auf dem Spiel steht? (Einmal habe ich doch tatsächlich einen Ford Ventura mit einem »Zwillinge an Bord«-Sticker an der Heckscheibe gesehen – für mich der endgültige Beweis dafür, dass diese Aufkleber von nützlichen Warnhinweisen zu Schleichwerbung fürs Kinderkriegen verkommen sind.)

Nachdem ich erfolgreich etwa eine Meile vom Eingang entfernt geparkt habe, schreibe ich mir im Geiste schnell einen Einkaufszettel mit allem Notwendigen und bewundere dabei meine neue Frisur im Rückspiegel. Da ich das Einkaufen am Samstag leidenschaftlich verabscheue, hetze ich kurz darauf wie eine Irre durch die Gänge. Ich habe einen Korb statt eines Einkaufswagens genommen, so dass ich mich später unbehelligt bei der Express-Kasse »Maximal fünfzehn Artikel« einreihen kann. Dort angekommen, sehe ich auf dem Bestsellerregal stapelweise Buchexemplare mit einem grün-weißen Schutzumschlag, direkt unter Victoria Beckhams Autobiographie und über einer Auswahl an Herz-Schmerz-Romanen. Das Buch heißt *Den wahren Partner fürs Leben finden,* und man muss kein Mathematikgenie sein, um festzustellen, dass ihm die doppelte Regalfläche eingeräumt wurde wie den anderen Büchern. Vielleicht haben Clara und Mel ja Recht. Unter Umständen reicht es in unserer schnelllebigen Zeit und bindungsarmen Gesellschaft tatsächlich nicht aus, einfach nur darauf zu hoffen, dass sich der Richtige schon finden wird. Vielleicht wacht ganz Großbritannien oder zumindest der Teil, der bei Tesco einkauft, auf und erkennt, dass man dem Glück auf die Sprünge helfen muss.

Mein nächster Stopp ist die Stadtbibliothek, wo ich fünf überfällige Kinderbücher zurückgeben und den Damen an der Theke erklären muss, dass das sechste – *Wer steckt dahinter?* – unauffindbar ist. Meistens sind die Bibliothekarinnen ziemlich nachsichtig, weil sie sich schon mehrmals meine Begründungsversuche angehört haben. Üblicherweise verlängern sie das Buch in gutem Glauben und versichern mir, dass es beim nächsten Großputz schon wieder auftauchen wird (ich folgere daraus, dass der Großputz, zumindest in den geordneten englischen Haushalten, heute keineswegs mehr ausschließlich im Frühjahr durchgeführt wird).

Als ich der Bibliotheksangestellten die Bücher hinlege und gerade zu meiner einstudierten demütigen Entschuldigungsrede über das fehlende *Wer steckt dahinter?* ansetzen will, fällt mein Blick über ihre Schulter, und ich traue meinen Augen kaum. – Richtig, dicht an dicht liegen dort Bücher zum Thema, wie man die große Liebe findet. *Fit für die Liebe, Der richtige Weg zum Liebesglück* und mindestens noch ein halbes Dutzend vergleichbarer Titel sind kunstvoll auf dem Tisch arrangiert und bieten Hoffnung und Beistand für alle Singles und einsamen Herzen unter den Besuchern der Stadtbibliothek unseres Viertels.

Nicht zu fassen! Wenn solche Titel es auf die »Bücher des Monats«-Auslage in den Vorstadtbibliotheken geschafft haben, dann muss das Thema Männerfang mittlerweile wirklich eine gewisse Brisanz erlangt haben. Meine Güte, letzten Monat hatten sie dort noch Carol Shields ausgelegt, und davor diese Joanna Trollope. Was ist los mit den Briten? Vielleicht sind sie ja in puncto Selbsthilferatgeber gar nicht so resistent, wie ich immer gedacht habe. Vielleicht sind sie sogar viel amerikanischer, als sie sich selbst eingestehen möchten?

Als ich unsere Haustür aufschließe, grüble ich immer noch über die unerwartete Beliebtheit dieser Bücher nach, die dazu drängen, die Suche nach dem passenden Partner aktiv in die Hand zu nehmen. Dann renne ich zum Telefon, das meinem Gefühl nach schon das fünfte oder sechste Mal klingelt, und als ich abhebe, höre ich Millies geliebtes Stimmchen.

»Hallo, Mummy, hier ist Millie«, sagt sie, als könnte ich sie jemals mit irgendjemand anderem verwechseln.

»Hi, Liebling. Wie geht's dir? Habt ihr eine schöne Zeit mit Daddy und Papa und Gran?«

»Wir haben eine wunderschöne Zeit«, jubelt sie. Ich bin erleichtert und nur ein ganz klein bisschen eifersüchtig.

»Dann erzähl mal. Was habt ihr bisher gemacht?«, frage ich großherzig.

»Also, gestern Abend durften wir lange aufbleiben und *Findet Nemo* auf Video angucken. Jack ist eingeschlafen, aber er hat noch das meiste vom Film gesehen. Und heute Morgen sind wir in den Zoo gegangen. Wir sind gerade erst zurückgekommen. Ich hab einen ganz seltenen mongolischen Bison gesehen. Chantal hat mir ein Buch über ihn gekauft. Willst du mal mit Jack reden?«

Da haben wir's! Es hat angefangen. Jetzt wird diese Frau obendrein auch noch an der Front »Das schönste Geschenk« mit mir konkurrieren.

»Das ist ja großartig, mein Herz. Ja, gib mir mal kurz Jack.«

»Hi, Mummy. Ich hab einen neuen Revolver. Chantal hat ihn mir gekauft«, verkündet Jack. Ich sehe ihn vor mir, wie er, den Cowboyhut leicht ins Gesicht geschoben, stolz seine neue Waffe in der Hand hält.

»Mensch, hast du aber ein Glück«, sage ich, allerdings ziemlich matt. Solche Gespräche sind immer ein wenig unbefriedigend. Kleine Kinder sind enorm selbstbezogen und beherrschen noch nicht die hohe Kunst der Telefondiplomatie.

»UND heute Nachmittag spielen Dad und ich im Garten Fußball, UND Daddy will mit mir ein Boot bauen. Tschüs, Mummy. Ich hab dich lieb.«

Und schon ist er weg, hat aber zweifellos den Hörer nicht richtig aufgelegt. Ich warte ein paar Sekunden ab, ob ein Erwachsener ordnend eingreift und mich über irgendwelche wichtigen Detailänderungen unserer Vereinbarungen in Kenntnis setzt, aber Fehlanzeige. Schließlich kommt Millie noch einmal an den Apparat.

»Tschüs, Mummy. Ich kann's gar nicht erwarten, dich morgen wiederzusehen. Du hast dir doch hoffentlich noch nicht *Die verlorene Prinzessin* angesehen, oder?«

»Nein, wo denkst du hin? Den hebe ich mir für dich auf. Jetzt grüß mir alle schön, und ich geb dir noch einen ganz dicken Kuss.« Ich drücke einen geräuschvollen Schmatz auf den Hörer und lausche auf den, der zurückkommt. Dann lege ich auf. Es ist nie gut, Abschiede zu lange auszudehnen.

Den Nachmittag verbringe ich damit, ein paar Haushaltspflichten in Angriff zu nehmen, die ich schon seit Monaten vor mir herschiebe. Manche Dinge kann ich einfach nicht erledigen, wenn die Kinder da sind, also ist heute eine gute Gelegenheit, die ich nicht verstreichen lassen darf. Ich sortiere Altkleider aus, die ganz hinten in den Schränken liegen, um Platz zu schaffen für ordentliche Pulloverstapel, wie man sie immer in den IKEA-Katalogen abgebildet sieht. Ich suche und finde drei Knopfgriffe, die seit mindestens sechs Monaten an Millies Kommode fehlen, und schraube sie wieder an; dann beende ich den Nachmittag, indem ich die schäbige, grau gewordene Treppe vor der Tür zum Hinterhofgarten in einer satten kirschroten Holzfarbe streiche. Das Gute daran ist, dass ich eigentlich solche Aufgaben sehr gern mag, wenn ich die Zeit und die innere Ruhe habe, sie auch zu Ende zu führen. Das Schlechte daran ist: Manchmal, wenn die Kinder da sind, würde ich lieber solche kleinen Arbeiten erledigen als zum x-ten Mal *Ich sehe was, was du nicht siehst* oder *Operationssaal* zu spielen oder in einem unerträglich vollen und lärmenden Schwimmbad vor Kälte zu bibbern.

Es ist schrecklich, zugeben zu müssen, dass man lieber den Nachmittag mit einem Pinsel und einer Dose Holzfarbe verbringt, als mit den eigenen Kindern zu spielen. Und es ist besonders schrecklich, wenn man seine Kinder noch nicht einmal jedes Wochenende bei sich hat. Ich finde, ich müsste eigentlich jeden Augenblick, den ich an meinen Wochenenden mit Jack und Millie verbringe, voll genießen. Aber das ist natürlich genau das Problem. An meinen Wochenenden mit den Kindern verbringe ich nämlich tatsächlich *jeden* Augenblick mit ihnen. Nach dem Prinzip: alles oder nichts. Man kann nicht schnell mal zum Einkaufen gehen, während der Ehemann mit ihnen einen Legoturm baut, oder sich ins Bett legen, während er mit ihnen ins Schwimmbad geht. Es bleibt alles an einem selbst hängen, von der ersten Minute, in der sie aufwachen, bis zu jenem von ihnen bestimmten Augenblick, in dem sie abends freiwillig die Augen zumachen. Es gibt zwischendurch nicht mal eine kleine Abwechslung, keinen anderen Erwachsenen, mit dem man auch mal einen Spaß machen oder dem man etwas vorjammern kann. Keinen, zu dem man sagen kann: »War das nicht toll von Jack, ganz hinüber auf die andere Seite zu schwimmen?« oder »Millie benimmt sich so komisch. Woran, meinst du wohl, liegt das?«

Anfangs fühlte ich mich immer derart schuldig deswegen, weil ich nicht das Bedürfnis hatte, meine ganze Zeit mit den Kindern zu verbringen, dass ich mir im Chatroom der Website www.mumsworld.com Rat holte. Ich hatte eigentlich niemanden, mit dem ich über solche Dinge reden konnte, da ich von meinen engeren Freundinnen die Erste war, die Kinder hatte. Aber als ich erst einmal mein Problem bei *Mumsworld* angesprochen hatte, fand ich dort eine riesige Gemeinschaft von Müttern, die offen zugaben, dass sie ebenfalls nicht ständig solche Gefühle hegten, wie man sie bei Müttern allgemein als selbstverständlich voraussetzt. Im Schutz der Anonymität eines Chatrooms hatten diese Frauen keine Angst davor, preiszugeben, dass das eintönige Herumhängen auf dem Kinderspielplatz sie mit leiser Verzweiflung erfüllt oder dass sie die Zeit zwischen den *Teletubbies* und dem Abendessen endlos finden und ihnen auch nie gute Ideen kommen, wie sie sinnvoll überbrückt werden könnte. Dass sie oft in Tagträumereien abgleiten, wenn sie mit ihren Kindern zusammen sind, und in Gedanken hochfliegende Zukunftspläne schmieden, um sich vor jener besonderen Art geistiger Unzurechnungsfähigkeit zu bewahren, die einhergeht mit stundenlangem Bauen von Legotürmen. Ich habe seit damals kaum mehr im Internet gechattet, aber falls ich jemals wieder ernsthafte innere Konflikte erleben sollte, könnte ich mir das durchaus wieder vorstellen. Ein paar Wochen lang war *Mumsworld* für mich so etwas wie der letzte Rettungsanker. Ich bekam dort das tröstliche Gefühl vermittelt, vielleicht doch keine Rabenmutter zu sein.

Ärgerlicherweise gehen mir den ganzen Nachmittag Marina Boyds Seminare nicht aus dem Sinn. Während ich die dritte und letzte Schicht der kirschroten Farbe auftrage, zerbreche ich mir den Kopf darüber, was genau mich eigentlich dazu treibt, ihr Konzept so rundweg abzulehnen. Schließlich ist es ja kein so großer Unterschied, ob man gute Tipps von jemandem, der auf einem Podium steht, annimmt oder ob man sie aus einem Buch herausliest. Und das habe ich ohne mit der Wimper zu zucken durchaus schon viele Male getan. Vor zwei Jahren beispielsweise hat mir Clara demonstrativ den Elternratgeber *Scheidung in Würde* in die Hand gedrückt und mir hoch und heilig versichert, wenn ich über das unvermeidliche Psychogeschwafel und den chronischen Hyperoptimismus amerikanischer Ratgeberautoren hinwegsähe, dann würde ich darin ein paar wertvolle Tipps finden, die mir vielleicht das Leben retten. Und in der Tat, sie behielt Recht. Die wertvollen Tipps waren zwar äußerst schwer zu finden, aber als ich sie erst einmal entdeckt hatte, erwiesen sie sich geradezu als unverzichtbar.

Wenn ich aus meiner Hockstellung auf der Hintertreppe hochsehe, kann ich von weitem auf dem Bücherregal neben dem Kühlschrank den dunkelgrünen Umschlag von *Scheidung in Würde* erkennen. Das Buch steht zwischen einer vielbenutzten Ausgabe von *Kochen für Kleinkinder* und *Geschwister ohne Rivalität*. Letzteres habe ich ebenfalls von Clara bekommen, als Reaktion auf meine verzweifelten Klagen darüber, dass Jack und Millie sich ständig fast in Stücke rissen. Ich erinnere mich noch daran, wie es im Handumdrehen die Beurteilung meiner Lage verbesserte, da es voller Fallbeispiele von Geschwistern ist, die noch viel schlimmer miteinander stritten als meine eigenen Kinder, und von Müttern, die offen eingestanden, dass sie manchmal ihren Nachwuchs am liebsten erwürgt hätten, nur damit endlich einmal Ruhe und Frieden einkehrt.

Für sich selbst hat Clara noch nie ein Ratgeberbuch gekauft, zumindest ziert keines ihr Bücherregal. Stattdessen durchstöbert sie die Buchhandlungen nach passenden Titeln, die sie dann – wie Halsbonbons, die jemand just in dem Moment, in dem dein Hustenreiz unerträglich wird, aus den Tiefen einer Handtasche hervorzaubert – ihren verzweifelten Freunden und Freundinnen zustecken kann. Ich bin nicht die Einzige, die in den Genuss ihrer Geschenke kam. Auch ihrer Schwester schickte sie dutzendweise Bücher, und selbst Jonathon fand eines in seinem Nikolausstrumpf, als er sich entschloss, seinen Beruf zu wechseln und künftig Vollzeit als freiberuflicher Illustrator zu arbeiten: *Durchstarten zum Traumjob. Das Handbuch für Ein-, Um- und Aufsteiger.* Für Clara ist immer alles ganz offensichtlich. Aber vielleicht ist das ihrer Meinung nach die einzige Art, wie sie uns gewisse Dinge klar machen kann. Es muss an ihrer jahrelangen Arbeit als Unternehmensberaterin liegen, als sie Tag für Tag Lösungen für die kniffligen geschäftlichen Probleme ihrer Kunden anhand von Pro- und Kontra-Listen und farbenfrohen PowerPoint-Präsentationen anschaulich dargestellt hat.

Nein, der Gedanke, Rat in einem Buch oder Seminar zu suchen, kommt mir eigentlich nicht komisch vor. Größere Bauchschmerzen verursacht mir allerdings die Vorstellung, meine Erfahrungen mit anderen teilen zu müssen. So stark bin ich gar nicht auf die moralische Unterstützung einer Gruppe angewiesen. Ich bin eher eine Einzelkämpferin und kam darum beispielsweise mit den Weight Watchers nie zurecht. Meine Mutter hingegen schwört auf Weight Watchers und ist fest davon überzeugt, dass es die einzig vernünftige Methode zum Abnehmen ist. Vor allem in dem Wirrwarr von Diäten, die Früchte verbieten, Fleisch vom Speiseplan verbannen oder wahre Horrorszenarien heraufbeschwören, wenn man innerhalb von vierundzwanzig Stunden sowohl Obst als auch Fleisch zu sich nimmt. Auf ihre Anregung hin begann ich sechs Monate nach Millies Geburt mit dem Weight-Watchers-Programm, in der Hoffnung, die zehn Pfund zu verlieren, die sich beharrlich an meinem Bauch und den Hüften festgesetzt hatten. Aber ich schaffte es nur einmal, zu einem der Gruppentreffen zu gehen. Alles daran schreckte mich ab, angefangen bei der ältlichen Frau mit den blickdichten fleischfarbenen

Stützstrümpfen, die mich wog, bis hin zu den Vorträgen der Gruppenleiterin darüber, wie man Kürbis ohne Öl zubereitet und wie wichtig es sei, für die kommende Bikini-Saison im Voraus zu planen.

Doch das Unerträglichste für mich war dieses Gesülze, dass wir alle im gleichen Boot sitzen. Ich wollte meine Hochs und Tiefs beim Abnehmen nicht mit Leuten teilen, die ich kaum kannte, oder mir von einem ganzen Saal voller Mitmoppelchen auf die Schulter klopfen lassen. Die unter meinem weiten Pullover gut verborgenen Speckröllchen waren meiner Meinung nach eine Sache, von der nur ich und meine Mutter etwas wissen sollten. Sonst niemand. Nicht einmal David, solange ich es in den entscheidenden Momenten schaffte, meinen Bauch weit genug einzuziehen.

Dieses ganze öffentliche Abstrampeln ist einfach nichts für mich. Mel wird für ihre kleine Undercover-Aktion ein anderes Versuchskaninchen auftun müssen. Ich werde sie gleich morgen früh anrufen und es ihr sagen. In der Zwischenzeit habe ich mir, da alle Pullover feinsäuberlich gestapelt sind, die Kommodengriffe wieder angeschraubt sind und die Gartentreppe von ihrem schmutzigen Grau befreit ist, eine Belohnung verdient. Draußen ist es bereits dunkel, also ist mir klar, worin diese bestehen wird.

Nachdem ich die Farbbüchse weggeräumt und den Pinsel unter dem Wasserhahn ausgespült habe, gehe ich zum Kühlschrank und angle mir von ganz hinten eine Flasche Pinot Grigio hervor. Sie ist noch zu zwei Dritteln voll – gerade richtig. Dann leere ich eine Dose Thunfisch auf einen Teller, bestreue ihn mit Pfeffer und schütte rundherum den gesamten Inhalt einer Familienpackung Tortilla Chips mit Käsegeschmack. Diese Festmahlzeit nehme ich mit ins Wohnzimmer, wo ich im Schränkchen unter dem Fernseher bei den Videos herumsuche, bis ich die Hülle von *Schlaflos in Seattle* gefunden habe. Ein paar Minuten später entdecke ich auch tatsächlich noch die dazugehörige Videokassette. Ich stecke sie in den Recorder und mache es mir auf dem Sofa bequem, den Pinot Grigio in Reichweite.

Vielleicht bin ich noch nicht reif für einen Kurs in Sachen Partnerjagd mit hundert Leidensgenossinnen, aber zumindest kann ich noch träumen.

7. Blind Date

Am Sonntagmorgen werde ich durch einen Anruf von meinem Bruder geweckt.

»Ally, hier ist Nick. Hab ich dich etwa aufgeweckt?«

»Natürlich hast du das. Es ist gerade mal acht Uhr«, murre ich, aber nicht sonderlich grob. Schließlich ist er mein Bruder.

»Tut mir leid. Es ist nur so, ich wollte dich unbedingt noch erwischen, bevor du irgendwo hingehst.« Wohin sollte ich schon gehen, an einem Sonntagmorgen, wenn die Kinder nicht bei mir sind und ich tatsächlich mal Gelegenheit zum Ausschlafen habe?

»Kate und ich haben uns nämlich gerade überlegt, dass wir heute eine kleine Lunchparty geben, und du bist ja dieses Wochenende allein. Also falls du nichts anderes vorhast, warum kommst du nicht einfach zu uns rauf?«

»Zu ihnen rauf« heißt Belsize Park, im Londoner Norden.

»Hmm. Lass mich überlegen«, murmle ich. Muss ich irgendetwas Dringendes erledigen? Lohnt sich der Aufwand, zum Mittagessen so weit zu fahren?

Plötzlich schießt mir einer von Marina Boyds kleinen Merksätzen aus dem gestrigen Radiointerview durch den Kopf: *Unter Leute zu gehen ist ein absolutes Muss. Sonst werden Sie nie jemanden kennen lernen.* Es mag ja sein, dass Marinas Seminare nichts für mich sind, aber das heißt schließlich noch lange nicht, dass ich solche vernünftigen Ratschläge ignorieren muss.

»Ach ja, das wäre schön«, antworte ich. »Um wie viel Uhr soll ich da sein?«

»Ach, du weißt schon. Gegen Mittag. So, dass wir vorher noch Zeit für einen kleinen Aperitif haben«, meint Nick.

»Also dann, bis später«, sage ich, jetzt hellwach und in der Lage, fröhlich zu klingen.

Da ich nun etwas vorhabe, setze ich mich im Bett auf und zerbreche mir den Kopf, was ich anziehen könnte. Das ist natürlich eine ziemlich theoretische Frage, bevor ich genau weiß, was tatsächlich sauber und nicht völlig zerknittert zuunterst im überquellenden Wäschekorb ist. Da ich die kritische Frage der Kleiderwahl im richtigen Licht betrachten muss, gehe ich zum Fenster und ziehe die Jalousie hoch. Ich spähe ins Morgenlicht hinaus (trübe und grau, typisch Februar) und sehe dabei einen Mann an unserem Haus vorübergehen. Er schiebt in der unverwechselbar nonchalanten Art, die nur Männer an sich haben, ein kleines Kind in einem Buggy vor sich her. Sie wissen schon: Männer gehen dabei ein kleines Stück neben dem anstößigen Gefährt und schieben es dabei mit einer Hand vor sich her, als wollten sie so zum Ausdruck bringen: »Ich tue das hier nur rein zufällig. Eigentlich bin ich auf dem Weg zu unglaublich männlichen Taten, aber dieser Buggy hier hat einfach darauf bestanden, mit mir zu kommen.«

Armer Kerl, denke ich mir. Um diese unchristliche Tageszeit mit einem Baby im Buggy unterwegs sein zu müssen.

Nach fünfzehn Minuten Hin- und Hersausen zwischen Kleiderschrank und Wäschekorb stelle ich fest, dass als einzige Option Jeans und der schwarze V-Ausschnitt-Pulli von Max Mara mit den fransigen Ärmeln bleiben (natürlich im Ausverkauf erstanden). Das ziehe ich nach dem Duschen an und versuche dabei, die Ergebnisse meines gestrigen Frisörbesuchs nicht mit Wasser oder elektrostatischer Aufladung zu ruinieren. Da es aber auch dann erst Viertel vor neun ist und ich noch eine Menge Zeit habe, ringe ich mich widerwillig dazu durch, den unerledigten Wäscheberg abzutragen.

Von allen verhassten Haushaltspflichten besteht die schlimmste mit Sicherheit darin, die im Trockner wild durcheinander geworfenen Socken zu sortieren. Ich denke allerdings nicht, dass ich mich heute Morgen dieser besonderen Herausforderung stellen muss. Doch mich erwartet eine böse Überraschung. Als ich die Waschmaschine aufmache und gerade den großen Haufen Weißwäsche, den ich nach unten geschleppt habe, hineinstopfen will, sehe ich, dass die Maschine noch voller nasser Wäsche ist. Aber es kommt noch schlimmer: Als ich den Trockner aufmache, um die nassen Sachen hineinzustecken, entdecke ich, dass der ebenfalls noch ganz voll ist. Mit Socken und Unterwäsche von drei Personen, alles kunterbunt durcheinander und miteinander verknäuelt. Ich bin völlig entnervt, denn anstatt einfach nur ein paar Klamotten in die Waschmaschine zu werfen, muss ich jetzt erst einmal Sockenpaare zusammenlegen, bevor ich überhaupt mit dem Waschen anfangen kann.

Diese Ernüchterung verdirbt mir ziemlich die Stimmung, und ich versuche mich mit einem Schinkensandwich und der Comedy-Serie *Frost on Sunday*, gefolgt von den letzten zehn Minuten einer Wiederholung der Sitcom *Will and Grace,* aufzumuntern. Danach geht es mir besser, und ich fühle mich imstande, einen Stapel Rechnungen in Angriff zu nehmen, der mich schon die ganze Woche lang vorwurfsvoll anstarrt. Und dann ist es auch schon Zeit, Richtung Belsize Park aufzubrechen, in das Viertel der Möchtegernschauspieler, Intellektuellen und Bohemiens. Gerade als ich zur Haustür hinausgehen will, klingelt das Telefon.

»Ally?« Clara ist am Apparat, aber sie klingt gar nicht wie sonst. Die Stimme meiner Clara ist fest und selbstsicher. Diese Clara klingt eindeutig zittrig.

»Clara, was ist denn?«

»Ich hab heute Morgen meine Regel bekommen.«

»Ach, Clara. Das tut mir so leid. Es muss furchtbar sein, das jeden Monat durchzustehen. Ehrlich gesagt war ich mir nicht einmal mehr sicher, ob ihr beide es überhaupt noch versucht. Ich dachte, ihr habt euch vielleicht entschieden, einfach abzuwarten, du weißt schon, bis es von der Zeit her besser passt oder so.«

Eine kurze Stille tritt ein, dann hört man den unmissverständlichen Beginn von Weinen, das sich innerhalb von Sekunden von unterdrücktem zu lautstarkem Schluchzen steigert.

»Ich ertrage diese Warterei nicht länger. Ich weiß schon, viele sind in der gleichen Lage. Aber ich schaffe das einfach nicht mehr. Ich will ein Baby!«

»Liebes, ich weiß. Ist Jonathon bei dir?«

»Er ist kurz rausgegangen, um Zeitungen zu kaufen. Ich glaube, er hält das alles auch nicht mehr länger aus. Und das Schlimme daran ist, ich habe Angst, dass er mir die Schuld gibt. Die ganzen Jahre über hat er immer wieder gesagt, wir sollten ein Baby bekommen, aber ich wollte einfach noch nicht. Und jetzt das!« Sie putzt sich die Nase, bevor sie sagt: »Ich bin achtunddreißig, Ally! Meine Eizellen sind zu alt!«

»Und was ist mit künstlicher Befruchtung? Habt ihr darüber schon mal nachgedacht?«

»Ja und nein. Wir haben entschieden, dass das für uns nicht in Frage kommt. Diese ganze quälende Prozedur, und dann besteht trotzdem nur eine geringe Wahrscheinlichkeit, tatsächlich schwanger zu werden. Wir wollen uns das alles nicht antun.«

Ich höre mir Claras Schluchzen etwa eine Minute lang an und gebe ihr ziemlich hilflose Ratschläge wie »Das Wichtigste ist, jetzt nicht aufzugeben« und »Es wird alles gut, du wirst schon sehen«. Dann lässt das Zuschlagen einer Tür darauf schließen, dass Jonathon zurückgekommen ist. Clara putzt sich noch einmal die Nase und sagt dann, sie höre jetzt wohl besser auf zu telefonieren, noch bevor ich überhaupt irgendetwas wirklich Tröstliches herausbringe. Ich bin mir sowieso nicht sicher, was man in so einem Fall sagen sollte. Aber ich kann mir gut vorstellen, wie schrecklich diese Kombination aus Schmerz und Selbstvorwürfen sein muss, der Clara derzeit wohl ausgesetzt ist. Möglicherweise hat sie ja wirklich zu lange gewartet.

Oder vielleicht sind in ihrer Situation ja auch noch wirkungsvollere Maßnahmen erforderlich als das, was die beiden im Augenblick unternehmen. Sicher gäbe es da noch andere Möglichkeiten, bevor sie tatsächlich an künstliche Befruchtung denken müssen?

Nick und Kate wohnen in einem wunderschönen Doppelfassaden-Haus mit abgebeizten Eichendielen und vielen Edelstahlgeräten. Sie haben die Art von Haus, das ich mir auch wünschen würde, wenn ich es mir jemals leisten könnte. Ihr Vorteil ist, dass Nick Architekt ist und seinen Lebensunterhalt mit Bauleitung verdient. Als er und Kate dieses Haus vor acht Jahren gefunden haben, wusste er auf Anhieb, wie er es für wenig Geld aus einem völlig verwahrlosten Zustand in ein Traumhaus wie aus *Schöner wohnen* verwandeln könnte.

Schon an der Eingangstür werde ich von den köstlichen Düften eines marokkanischen Lammbratens (einer Spezialität von Kate, in deren Genuss ich schon einmal gekommen bin) und den stürmischen Umarmungen meiner beiden Neffen begrüßt. Ich bin es gewohnt, dass sich mir Jack aus heiterem Himmel an den Hals wirft, also macht es mir nichts aus, wenn Will und Ollie das ebenfalls tun. Ich drücke die beiden an mich, und sie entwischen mir gerade noch rechtzeitig, bevor ich dazu ansetzen kann, ihnen einen Kuss auf den Haarschopf zu geben.

»Hey, Will, du bist ja jetzt schon zehn! Hast du denn mein Geburtstagsgeschenk bekommen?«, rufe ich ihnen hinterher.

»Ja, ich fand's toll, danke«, brüllt Will, bevor er um die Ecke verschwindet.

Auch Kate eilt zur Begrüßung aus der Küche herbei, die Ofenhandschuhe in der Hand.

»Ally, komm rein. Wie schön, dass du so spontan kommen konntest. Wie geht's dir?«

»Gut, gut. Und wie läuft's bei euch?«

»Bei allen großartig. Jetzt komm erst mal in die Küche, dann lernst du die anderen kennen. Wir sitzen wie üblich alle dicht gedrängt hier drin und schwitzen, und das Wohnzimmer ist absolut leer. Ich weiß gar nicht, warum wir überhaupt eines haben.«

Ich folge Kate durch die Diele (die schön quadratisch und geräumig ist und nicht so ein langer Schlauch wie bei mir). Als wir in die Küche kommen, müht sich Nick gerade mit einem Korkenzieher ab, und ein mir unbekanntes Pärchen lehnt mit seinen Weingläsern an der frei stehenden Küchentheke. Du meine Güte, das ist ja wirklich eine kleine Lunchparty, denke ich ein bisschen enttäuscht.

Nick begrüßt mich mit seinem ganz speziellen Großer-

Bruder-Augenzwinkern. »Ally, komm rein. Ich stell dich allen vor. Phil und Jackie, das ist meine kleine Schwester Ally. Ally, das sind unsere Freunde, die nur ein paar Häuser weiter wohnen, Phil und Jackie. Phil, Ally arbeitet auch in der Werbung.«

Natürlich arbeite ich überhaupt nicht in der Werbung. Die Werbebranche ist vergleichbar mit der Hochglanzwelt der Luxuskosmetik, der ich den Rücken gekehrt habe. Sie ist voller intelligenter, schicker und wortgewandter Kreativer, die meist direkt im angesagten Zentrum von London arbeiten. Im Gegensatz zu ihnen mache ich Marketing für Orangenmarmeladen, und das in einer Firma, die praktisch in einem Vorort liegt. Seit ich von Chanel weggegangen bin, habe ich mich nie ganz mit dem Kontrast zwischen meiner alten und der neuen Arbeitswelt aussöhnen können.

Aber mir ist klar, dass ich diesen Irrtum sofort korrigieren muss, bevor ich vor Phil wie ein ausgemachter Trottel dastehe.

»Nick, ich arbeite nicht in der Werbung, das weißt du doch. Ich bin Produktmanagerin bei Cottage Garden Foods«, stelle ich klar.

»Entschuldige mal«, wirft Kate dazwischen. »*Leitende* Produktmanagerin!« Sie drückt mir einen Gin Tonic in die Hand.

»Was auch immer. Nichts im Vergleich zu den Sphären, in denen Sie sich bewegen«, sage ich an Phil gewandt. Er macht einen ganz netten Eindruck. Offenes Gesicht, freundliche Augen. Sicher ist er nicht der schlimmste Vertreter der Gattung Werbefritze.

»Tatsächlich! Für welche Produkte?«, fragt Phil wohlwollend.

»Für Orangenmarmelade. Standardsorten, Spitzenqualität – die ganze Palette.«

»Ach, ich könnte sterben für Orangenmarmelade«, wirft Jackie dazwischen. »Schmeckt doch einfach so viel besser als all die anderen Marmeladen.«

Kaum zu glauben, wie oft ich dieses Bekenntnis höre. Meine Arbeit ist vielleicht nicht die interessanteste, aber alle Leute geben immer ihre Meinung über Marmeladen zum Besten. Es gibt die Debatte normale Marmelade versus Orangenmarmelade, die Frage »Wie dick streichen Sie Ihre Marmelade aufs Brot?« und das strittige Thema Fein- und Grobschnitt. Gelegentlich erwähnt dann noch jemand den Paddington-Bären und seine Leidenschaft für Orangenmarmelade. Überall, wo in einer Gruppe von Menschen das Gespräch auf Orangenmarmelade kommt, bietet sie zumindest für ein paar Minuten Gesprächsstoff. Heute bringen wir es auf fast sechs Minuten, bevor wir zum Thema Asylsuchende überwechseln.

Als schließlich eine Gesprächsflaute spürbar wird, klinkt sich Kate aus der Unterhaltung aus und fasst mich am Arm. »Komm mal mit ins Wohnzimmer«, flüstert sie mir ins Ohr.

Ich folge ihr also hinaus und frage mich, was sie mir wohl so Geheimnisvolles mitzuteilen hat. Bekommt sie wieder ein Baby? Wird sie wieder arbeiten gehen? Aber gleich als wir den Raum betreten, sehe ich das Geheimnis auf dem Boden knien und den Kopf in den Kamin hineinstecken.

»Alan. Komm raus da. Du bist jetzt offiziell deiner Verantwortung für dieses Feuer enthoben. Nick soll sich später darum kümmern. Komm her, ich will dir Ally vorstellen.«

Alan kriecht rückwärts auf Händen und Knien aus dem Kamin und steht auf, um sich mir zuzuwenden. Er hat einen Rußfleck quer über der Stirn, aber ansonsten ist er ganz vorzeigbar. Etwa einsachtzig bis einsfünfundachtzig groß. Vielleicht ein paar Kilos zu viel. Beigefarbene Cordhosen. Hellblaues Hemd. Die Standardkleidung eines Briten mittleren Alters aus der Mittelschicht.

»Freut mich, Sie kennen zu lernen, Ally«, sagt er und streckt mir die Hand hin. Seine gepflegte Aussprache weist auf eine gutbürgerliche Herkunft hin.

»Alan ist ein absoluter Experte, was Gas-Kaminfeuer anbelangt«, unterbricht ihn Kate und deutet Alan mit einer Geste an, dass er sich über die Stirn wischen soll. »Er führt dieses wunderbare Kamingeschäft in der New Kings Road. Du weißt doch, welches ich meine, Ally?«

»Ja, ich glaube schon«, sage ich, nur halb gelogen. Es gibt fast ein Dutzend Kamingeschäfte in der New Kings Road, also habe ich auch Alans sicher schon mal gesehen.

»Nicks Kunden haben alle ihre Kamine von Alan«, fährt Kate fort, als lese sie aus einem Lebenslauf vor.

»Ist bestimmt ganz schön lukrativ«, sage ich zu Alan.

Mit inzwischen sauberer Stirn erzählt mir Alan von einem Haus mit acht Feuerstellen, an dem er für Nick einmal gearbeitet hat. Er ist nett. Nicht umwerfend attraktiv, ja vermutlich würde man ihn nicht einmal gut aussehend nennen. Aber ein angenehmer Zeitgenosse.

Kate geht aus dem Zimmer, und Alan und ich unterhalten uns ein paar Minuten über Kamine (meinen; seinen; Nicks und warum der nicht funktioniert). Mir wird klar, dass Alans Beruf sich als Katalysator für Smalltalk fast ebenso gut eignet wie meiner.

Ich bin eigentlich in Gedanken gar nicht richtig bei dem Gespräch, sondern schweife immer wieder ab und sinniere über die Möglichkeiten, die mir dieses Essen heute eröffnet. Damit meine ich nicht etwa den Lammbraten oder die leckere Pavlova, die ich auf Kates Küchentheke bereits erspäht habe. Sondern die Möglichkeit, dass ich eventuell diesen Mann nett finden und sich daraus vielleicht eine kleine Affäre ergeben könnte. Wozu brauche ich denn überhaupt diese Seminare, wenn ich meinen Bruder habe, der für mich die Augen offen hält?

Schließlich kommt Kate wieder zurück und verkündet, dass das Essen fertig ist. Wir drängen alle ins Esszimmer, und Will und Ollie werden aus dem Garten hereingerufen. Ein Junge und ein Mädchen, dem Aussehen nach etwa fünf und sieben Jahre alt, vermutlich der Nachwuchs von Phil und Jackie, trotten hinter ihnen drein.

Wie immer, wenn Kate für uns kocht, ist das Essen köstlich. Die Kinder stochern darin herum und verschwinden, etwa sechs Minuten nachdem sie sich an den Tisch gesetzt haben, wieder in den Garten. Anfangs debattieren wir Erwachsenen über den Irakkrieg und landen dann schließlich bei einer Diskussion über Schulen und Hauspreise, unterbrochen nur von einem kurzen, heiteren Wortgerangel um die Frage, ob sich Nicole Kidman die Falten an ihrer Stirn hat wegspritzen lassen.

Die ganze Zeit über ist mir bewusst, dass Alan mich beobachtet, und irgendwann lässt er mich kaum noch aus den Augen. Ich weiß, dass er seit kurzem geschieden ist, zwei Töchter schon beinahe im Teenageralter hat, die auf eine sehr gute, aber sündhaft teure Schule beim Sloane Square gehen, und dass seine Ex-Frau ihn anscheinend bei der Scheidung ganz schön ausgenommen hat. (Diese letzte Information habe ich nicht seinen eigenen Erzählungen entnommen; Kate hat sie mir nebenbei ins Ohr geflüstert.) Er scheint ein freundlicher Mann zu sein. Ein guter Mann. Ein Mann, der dafür sorgt, dass ein Kamin ordentlich funktioniert. Aber ich bin nicht interessiert, was mich selbst mehr enttäuscht, als ich mir eingestehen will. Ich habe während des eineinhalbstündigen Mittagessens von himmelhoch jauchzend bis zu Tode betrübt alle emotionalen Stadien durchlaufen. Vermutlich hat diese Achterbahnfahrt meiner Gefühle nicht einmal so lange gedauert. Noch bevor die Pavlova auf den Tisch kam, hatte ich erkannt, dass er nichts für mich war.

Das Dumme ist nur, dass Alan anscheinend sehr wohl an mir interessiert ist. So wirklichkeitsfremd bin ich nicht, dass ich solche Dinge nicht mitbekomme. Wahrscheinlich sollte ich nach meinen Jahren der Einsamkeit dankbar sein, aber ich fühle mich einfach nur unbehaglich. Ich beginne Signale des »höflichen Desinteresses« auszusenden, um von Anfang an ganz klar zu machen, dass es am Ende dieses Essens nicht zum Austausch von Telefonnummern kommen wird.

Als Nick den Kaffee serviert, rücke ich plötzlich ins Zentrum der Aufmerksamkeit. Das war unvermeidlich, da ich während des Essens nicht viel mehr von mir erzählt habe, als dass ich beruflich im Marketing von Orangenmarmeladen tätig bin. Ich bin mir sicher, dass die Gäste vor meiner Ankunft alle über meine Situation unterrichtet wurden. Dennoch bin ich überrascht, als Phil mit einer Kühnheit, vermutlich angefacht von einer halben Flasche Rotwein, fragt: »Also, Ally, wie kommen Sie eigentlich so als Alleinerziehende mit allem zurecht? Finden Sie es nicht schwierig, so ganz auf sich selbst gestellt zu sein?«

Einen Augenblick bin ich ziemlich sprachlos. Ich könnte ihm zwar zustimmen, dass ich es ziemlich hart finde und dass ich nicht dafür geschaffen bin, allein zu sein. Ich könnte ihm sagen, dass ich noch lange nicht bereit bin, mich zum alten Eisen werfen zu lassen und gern wüsste, wie ich wieder jemand kennen lernen könnte. Oder ihm ausweichend antworten, was das Schlimmste am Dasein einer Alleinerziehenden sei, könne ich nicht so leicht sagen. Ob es eher die Tatsache, niemanden zu haben, mit dem man die Freuden und Dramen des Lebens mit kleinen Kindern teilen könne, oder ob es die unmenschlich langen Zeitspannen ohne Sex seien, die mir am schwersten fielen. Aber ich hüte mich davor, Alan eine Möglichkeit zum Nachhaken zu bieten. Inzwischen hat er nämlich seinen Pavlova-Teller zur Seite geschoben, stützt nun den Oberkörper mit beiden Ellenbogen auf dem Tisch ab und sieht mich mit einer beunruhigenden Eindringlichkeit an. Daher erwidere ich möglichst beiläufig: »Eigentlich bin ich ganz zufrieden mit meinem Leben, und außerdem bin ich ja immer unglaublich beschäftigt. Die Kinder fordern sehr viel Zeit, und dann sind da ja noch der Job und mein soziales Engagement und meine Eltern. Also, ich kann mir gar nicht vorstellen, wie ich da nebenher überhaupt noch Zeit für etwas anderes erübrigen könnte.«

Ich weiß, dass ihn nichts von dem, was ich sage, wirklich abschrecken wird. Aber ich habe nun eine Ausrede parat, mit der ich seine unvermeidliche Bitte nach meiner Telefonnummer abwimmeln und ihm zugleich ermöglichen kann, sein Gesicht zu wahren. Meine Ablehnung hat dann nichts mit seiner Person zu tun, sie ist einfach dadurch begründet, dass ich mich zeitlich nicht noch stärker einbinden lassen kann.

So etwas Ähnliches habe ich doch selbst auch schon einmal gehört: »Ich kann einfach nicht verheiratet sein«, hatte David damals gesagt, mit der Selbstzufriedenheit eines Mannes, der gerade eine ganz selbstverständliche, durchaus lobenswerte Charaktereigenschaft an sich entdeckt hat.

Ich bin dankbar für die Gelegenheit, Kate mit dem Geschirr helfen zu können, während alle anderen es sich vor dem schlecht ziehenden Kamin gemütlich machen. Als wir den Abwasch erledigt haben, inszeniere ich meine Flucht. Ich täusche einen überstürzten Aufbruch vor, weil angeblich die Kinder schon bald nach Hause kommen, und gehe hinüber ins Wohnzimmer, um mich von allen zu verabschieden. Dabei achte ich streng darauf, keine Wangenküsschen zu ermutigen, die mich in Unannehmlichkeiten bringen könnten. Mit den Worten »War nett, Sie alle kennen zu lernen« winke ich den anderen Gästen freundlich zu, was akzeptabel erscheint, da ich bereits im Mantel bin und eine Miene aufgesetzt habe, als sei ich in Eile.

Als ich draußen und wieder in Freiheit bin, fahre ich zurück nach Südlondon, in meinen sicheren Hafen. Ich treffe eineinhalb Stunden vor der erwarteten Rückkehr von Jack und Millie zu Hause ein, was mir gerade noch genügend Zeit lässt, das Haus warm und einladend herzurichten, so als sei jemand den ganzen Tag hier gewesen. Ich drehe die Heizung ganz auf, schalte auf einem eiligen Rundgang die Lampen an und schüttle das Bettzeug auf. Dann nehme ich die Weißwäsche aus der Waschmaschine und stecke einen Haufen dunkler Sachen (das meiste davon Schuluniformen) hinein. Anschließend schaffe ich es gerade noch, die mit viel Liebe sortierten Socken in den Schubladen zu verstauen, bevor es klingelt.

Als ich die Tür aufmache, stürmt Millie herein und schlingt ihre Arme um meine Hüften. David bleibt draußen stehen; er trägt Jack auf dem Arm, der schlafend an seiner Schulter zusammengesunken ist. Glücklicherweise ist Chantal nirgends in Sicht. Ich hatte allerdings zur Sicherheit noch meinen Max-Mara-Pullover angelassen.

»Er ist vor zehn Minuten eingeschlafen«, flüstert David. »War ein turbulentes Wochenende.«

Es gibt kaum etwas Anrührenderes als einen schlafenden fünfjährigen Jungen. Seine rosigen Wangen ruhen an Davids Schulter, und sein Mund steht weit offen wie der eines Chorknaben.

»Kannst du ihn direkt nach oben bringen?«, flüstere ich zurück. David geht auf Zehenspitzen mit Jack die Treppe hoch, und ich helfe Millie mit ihrer Tasche.

»Es ist wunderschön, dich wiederzusehen, Liebling. Wir essen gleich etwas zu Abend, und dabei kannst du mir dann alles genau erzählen. Was hältst du von Pasta mit Käsesauce?«

»Großartig«, erwidert Millie gähnend.

»Also, dann komm. Gehen wir in die Küche.«

Ich setze gerade das Wasser auf, als David hereinkommt. Das ist eine der Situationen, die mir immer noch Probleme bereiten. Ich finde es irgendwie noch erträglich, ihm an der Eingangstür, im Wohnzimmer oder irgendwo außerhalb des Hauses gegenüberzutreten. Aber wenn ich in der Küche stehe und Käsesauce für die Pasta anrühre, wird es für mich schwierig. Ich empfinde es als einen Rest falscher Vertraulichkeit in unserer ansonsten kühlen und geschäftsmäßigen Beziehung.

»Wie war dein Wochenende?«, fragt er.

»Schön. Ganz gut. Waren die Kinder brav?«, entgegne ich.

»Sie waren großartig. Wirklich klasse. Also, dann mach ich mich jetzt auf die Socken. Es kann sein, dass ich dich wegen des nächsten Treffens noch mal anrufen muss. Ich habe beruflich ein paar schwierige Projekte anstehen, und vielleicht müssen wir das nächste Mal die Termine ein wenig umstellen. Aber das sehen wir dann.« Er wendet sich an Millie: »Auf Wiedersehen, mein Goldschatz. Danke für das wunderschöne Wochenende. Drück mich so fest, dass es bis zum nächsten Mal hält.«

Millie erfüllt ihm seinen Wunsch und schmiegt dabei ihren Kopf fest an seinen Bauch. Das zu sehen ist für mich noch schmerzlicher, und ich konzentriere mich ganz darauf, die Spaghettipackung aufzureißen.

Als die Umarmung vorüber ist, bringe ich David zur Tür. »Also dann, tschüs. Lass mich wissen, wie deine Pläne aussehen«, sage ich, als er die Tür aufmacht und in der Dunkelheit verschwindet.

»Mache ich«, ruft er vom Gehsteig aus zurück. »Bis dann.«

So, das war's. Kurz und knapp. Eine ziemlich typische Übergabe. Eines Tages werden wir es vielleicht schaffen, noch eine Stunde lang zusammenzusitzen und über die Kinder, das Wochenende und sonstige Dinge aus unserem Alltag zu plaudern. Aber im Augenblick ist diese spärliche Kommunikation das Äußerste, was wir schaffen. Am Telefon sind wir allerdings schon viel besser.

Millie ist so todmüde, dass sie es kaum noch schafft, ihre Pasta zu essen. Danach sehen wir uns noch eine halbe Stunde *Dornröschen* an, aber ihr fallen immer wieder die Augen zu. Um acht Uhr bringe ich sie nach oben ins Bett, und schon zwei Minuten später ist sie eingeschlafen.

Ich bin selbst ziemlich müde, obwohl das nicht von übermäßiger körperlicher Aktivität herrühren kann. Eher vom Rotwein, den ich zum Mittagessen getrunken habe, und diesem lästigen Sockensortieren. Als ich die Schuluniformen aus dem Trockner geholt und zusammengelegt habe und die Sendung *Antik-Flohmarkt* im Fernsehen vorbei ist, schnappe ich mir noch ein gutes Buch und den Rest vom gestrigen *Observer* und verziehe mich ins Bett. Doch auf halbem Weg die Treppe hinauf fällt mir Clara wieder ein, und ich beschließe, erst noch einmal bei ihr anzurufen und nachzufragen, wie es ihr jetzt geht.

»Clara? Hallo, ich bin's. Wie geht's dir inzwischen?«

Clara klingt nicht mehr zittrig und verweint, aber man hört unmissverständlich ihre düstere Stimmung. »Ach, es geht schon wieder. Besser als heute Morgen. Wir sind zum Lunch ausgegangen und haben zwei Flaschen Bordeaux geleert, das hat geholfen. Jetzt versuche ich gerade, wieder so weit nüchtern zu werden, dass ich diesen unseligen Bericht über die Zukunft der Telekommunikationsbranche verstehe.«

»Habt ihr euch überlegt, wie ihr weiter vorgehen wollt, du und Jonathon?«

»Was gibt es da zu überlegen? Ich bin nicht schwanger. Und ich werde es vermutlich auch nicht. Aber ich nehme mal an, wir versuchen es einfach weiter. Jonathon fragt sich allerdings, wie es denn jemals klappen soll, wenn ich bei jedem zweiten Eisprung gerade in Zürich oder Paris bin. Er meint, dass ich ja vielleicht unbewusst vor dem Schwangerwerden davonlaufe. So was zu sagen finde ich ein ziemlich starkes Stück, du nicht auch? Ich kann doch schließlich nichts dafür, dass es so ist. Das Reisen gehört nun mal zu meinem Job. Was soll ich denn sagen, wenn mich der Vorsitzende des größten europäischen Telekommunikationskonzerns zu einer Vorstandssitzung bittet? ›Tut mir leid, ich kann nicht kommen. An dem Tag habe ich meinen Eisprung.‹ Und ich habe von Jonathon nie ein Wort darüber gehört, dass er es freiwillig in Kauf nehmen will, dass wir in Zukunft nur von seinen Illustratorenhonoraren leben.«

Mir fällt darauf keine Antwort ein, denn Clara ist offenbar nicht in der Stimmung, sich einen Vortrag darüber anzuhören, dass sie beruflich kürzer treten oder weniger reisen soll. Und überhaupt, wahrscheinlich sollte ich ihr eher helfen, das Ganze etwas lockerer und optimistischer anzugehen. Ich bin sicher, ihre Gespräche mit Jonathon sind schon belastend genug.

»Jedenfalls wärst du nicht die Einzige, die vor etwas davonläuft. Ich glaube, ich bin heute vor einem Mann davongerannt. Und zwar nicht gerade unbewusst.«

Als ich im Bett liege, blättere ich durch die Zeitung, aber ich finde nicht viel, was mich interessiert. An manchen Tagen enthalten die Artikel einfach keine relevanten Informationen für mich. Ich will die Zeitung gerade beiseite legen und zu meinem Buch greifen, da entdecke ich eine interessante Überschrift auf der Leserbriefseite.

Ich bin 45 Jahre alt und geschieden. Ich habe einen guten Job und drei wunderbare Kinder, aber ich habe schreckliche Angst davor, dass ich nie wieder einen anderen Mann kennen lernen werde.

Und dann, im Haupttext des Briefes:

Ich habe in den neun Jahren seit dem Ende meiner Ehe keine Beziehung mehr gehabt. Es sieht so aus, als ob ich einfach nie jemanden kennen lernen werde, und ich sehe auch keine Möglichkeit, wie mir das je gelingen soll. In meinem Freundeskreis denken alle, ich habe ein gutes Leben, aber mich macht der Gedanke traurig, dass ich nie wieder Teil einer Partnerschaft sein werde. Ich will einfach nicht allein sein.

Darauf folgen vier Briefe von anderen Lesern, die Rat anbieten. *Glaub mir, es ist nie zu spät,* heißt es im letzten, dessen Schreiberin sich anscheinend fünfzehn Jahre lang mit einem depressiven Alkoholiker traf, gefolgt von einem Mann, der Hunderte Meilen weit weg wohnte, bevor sie jetzt, im Alter von 47 Jahren, die Liebe ihres Lebens gefunden hat. *Versuche einfach, nicht zu tief in*

Verzweiflung zu versinken – das merkt man dir sonst an. Sei glücklich, das wirkt wie ein Magnet.

Also bin ich nicht allein mit meinem Wunsch. Und es ist wohl auch nicht abwegig, einen Partner finden zu wollen. Aber der Teufel soll mich holen, wenn ich darauf fünfzehn Jahre lang warten werde und in der Zwischenzeit mit einem depressiven Alkoholiker und einer hoffnungslosen Fernbeziehung vorlieb nehme. Und ich weigere mich auch zu glauben, dass eine Seminarreihe zum Thema Männerfang, konzipiert für New Yorker Karrierefrauen voller Torschlusspanik, meine einzige Alternative sein soll.

8. In der Falle

Manchmal mache ich mir Sorgen wegen Jack. Kann eine solche Faszination an Pistolen, Schwertern und Handschellen bei einem Fünfjährigen normal sein? Wäre es nicht viel eher üblich, wenn er in der Küche mit Toilettenpapierrollen herumkicken würde, weil er später einmal so werden will wie David Beckham?

Im Moment kämpft er gerade mit sich selbst. Dies bedeutet, dass er sich mehrfach auf den Boden wirft, wahrscheinlich weil er von seinem imaginären Gegner umgestoßen wird, wobei er jedes Mal ein Geheul ausstößt, das Yul Brynners kehligen Wutausbrüchen in *Die Glorreichen Sieben* alle Ehre gemacht hätte. Neben ihm sitzt ein riesiger ausgestopfter Weihnachtsmann (der Anfang Januar irgendwie dem rituellen Wegpacken der Weihnachtsdekoration entronnen ist), den er mit Handschellen an die Balustrade des Treppengeländers gekettet hat. Und das alles kurz nach acht Uhr morgens. Die ganze Szene hat etwas Bizarres an sich, und ich bin heilfroh, dass keine neugierigen Zuschauer Zeuge dieses Spektakels werden.

Es wird also langsam Zeit, dass Jack in die Realität zurückkehrt und seine Schuhe anzieht. Noch ganz geduldig setze ich all meine Überredungskunst ein, die mir so früh am Morgen zur Verfügung steht. Doch als diese nicht fruchtet, bin ich gezwungen, dem Weihnachtsmann die Handschellen abzunehmen und die Eins-zwei-drei-Methode anzuwenden: Wenn Jack seine Schuhe bis dahin nicht angezogen hat, dann gehören die Handschellen eine Woche lang mir. Er kriegt gerade noch rechtzeitig die Kurve, da ich absichtlich langsam zähle und am Schluss noch ein »Zweidreiviertel« einfüge. Von so etwas wird zwar in meinem Erziehungsratgeber *Der Widerspenstigen Zähmung,* der Quelle dieses Zähltricks, ausdrücklich abgeraten. Aber ich kann mir nicht vorstellen, dass ein Kind mit Jacks Naturell irgendetwas in der Zeit, in der man bis drei zählt, schaffen sollte, wenn man ihm dabei nicht noch gewisse Spielräume zugesteht.

Sobald Jack erst mal die Schuhe angezogen hat, ist der Rest ein Kinderspiel, zumal Millie schon an der Tür steht und wartet. Als wir draußen sind, stürmen wir zum Auto, um dem herunterprasselnden Regen zu entkommen. Aus dem Kassettenrekorder begrüßt uns *Der wilde Max* mit seinen üblichen Pupsgeräuschen. Gerade als ich aus der Parklücke herausfahren will, sehe ich einen Mann, der mit einem Buggy auf uns zukommt. Es ist derselbe, den ich schon am Wochenende gesehen habe, nur schafft er es diesmal nicht, dasselbe Maß an Lässigkeit beim Schieben des Kinderwagens an den Tag zu legen. Heute sind Regen und Wind einfach zu heftig, was ihm eine entschlossene Beide-Hände-am-Griff-und-den Kopf-gesenkt-Haltung abverlangt.

Die Kinder wohlbehalten in der Schule und der Wagen wieder sicher vor unserem Haus, mache ich mich auf den Weg zur Arbeit. Dabei gehe ich im Kopf noch einmal alle Telefonate und Besprechungen durch, die mich heute erwarten: *Termin mit Anna, um den Marketingplan für* Sevilla Sunset *zu besprechen (Hilfe! Ist noch nicht fertig); energische Überzeugungsarbeit bei zwei Einzelhändlern, die sich hartnäckig vor unseren Verkostungsaktionen drücken wollen; Gespräch mit Andy aus der Produktion wegen der Verklumpung von Schalen-*

stückchen bei der Herstellung von Pure Gold *(Ein ganz neues Problem. Warum tritt es auf?); Plantagenbesuche bei Lieferanten planen, um Beziehungen zu pflegen (Wann kann ich mir Zeit dafür freischaufeln? Wer sorgt für Jack und Millie, wenn ich weg bin? Und kann eigentlich nicht Nicki an meiner Stelle fahren?); Paul von der Werbeagentur anrufen, weil neue Idee für die Sevilla-Sunset-Werbung erforderlich (finde aktuellen Vorschlag lächerlich, bei dem ein sarongbekleidetes Pärchen am Strand den Sonnenuntergang bewundert, und dahinter baumeln an der Strandbar statt der üblichen Rumflaschen kleine Orangenmarmeladegläschen).*

Als sei das noch nicht genug, muss ich mich auch noch mit zwei Dilemmas an der privaten Front auseinander setzen. Nick hat keine Zeit verschwendet, mich mit dem ersten zu konfrontieren.

Von: Nick@JamesThorntonArchitects.co.uk
An: ally.james@cottage.garden.foods.co.uk

Ally, war sehr schön, dich gestern zu sehen. Alan fragte, ob er wohl deine Telefonnummer bekommen könnte. Soll ich sie ihm geben?

Ich beschließe, Nicks E-Mail erst einmal nicht zu beantworten. (Wie viel Zeit kann man verstreichen lassen, bevor man dem eigenen Bruder zurückmailt, ohne dabei die Grenze zwischen »furchtbar im Stress« und »unhöflich« zu überschreiten? Einen Tag? Zwei?) Mit Mel kann ich das nicht so locker handhaben. Sie ist fordernder als Nick, und wenn ich ihr nicht antworte, dann hab ich sie spätestens mittags am Telefon.

Von: mel.atkinson@me.com
An: ally.james@cottage.garden.foods.co.uk

Ally, hoffe, du hattest ein schönes Wochenende. Bei mir Besuch

von Doms Mum und Dad. Hab mit Weggehen gedroht, als Elaine wieder zu ihrem üblichen Vortrag ansetzte, wie viel Geld ich sparen könnte, wenn ich nicht ständig Fertigmahlzeiten bei Marks & Spencers kaufe.
Bitte, spann mich nicht länger auf die Folter. Machst du es oder machst du es nicht?

Das Problem ist, dass ich immer noch völlig hin und her gerissen bin. Ich schwanke zwischen der festen Überzeugung, dass es blanker Wahnsinn ist, ein Seminar bei dieser amerikanischen Dating-Trainerin zu besuchen, und der Horrorvision, dass ich mal so ende wie die einsame geschiedene Briefeschreiberin aus dem *Observer*, wenn ich nicht endlich »proaktiv« frischen Wind in mein Liebesleben bringe.

Ich bin mitten im Hin- und Herüberlegen, als das Telefon klingelt. Mel ist am Apparat, dabei ist es noch nicht einmal Mittag.

»Hallo, Ally«, ruft sie aufgekratzt. »Wofür hast du dich entschieden? Wirst du mir nun helfen und dich dabei köstlich amüsieren oder nicht?«

Jetzt ist der Augenblick der Wahrheit gekommen. »Nein. Ich fürchte, ich werde es nicht tun«, sage ich mit hoffentlich herkulischer Standhaftigkeit.

»Ach, Ally, warum denn nicht?«, stöhnt Mel auf.

»Warum nicht? Weil ich nicht glaube, dass man einfach romantische Gefühle erzeugen kann, indem man ein paar clevere Marketingmethoden einsetzt. Und weil ich allein schon die Vorstellung hasse, in einem Raum voller Leute zu sitzen, die sich so einsam und verzweifelt fühlen, dass sie bereit sind, an so einem Seminar teilzunehmen. Und weil ich selber noch lange nicht so verzweifelt bin. Wirklich nicht.«

»Meine Güte! Es war doch nie die Rede davon, dass du die Sache so bitter ernst nehmen musst. Eigentlich musst du sie überhaupt nicht ernst nehmen. Du könntest doch auch einfach nur aus Interesse hingehen, so wie ich. Du hörst dir an, was diese Marina zu sagen hat, probierst ein paar ihrer Anregungen selber aus und machst dir einen Spaß daraus. Und lieferst mir ein bisschen Stoff für eine gute Story.«

Ich vermute mal, so habe ich das noch gar nicht gesehen. Das ganze Wochenende habe ich mir den Kopf zerbrochen, ob ich mich dieser modernen Form romantischer Seelenqual aussetzen soll, dabei könnte ich ja auch nur so zum Spaß hingehen und ganz einfach mal sehen, was sich ergibt.

»Nun, wenn du es so darstellst, klingt es wirklich gar nicht so schlecht«, sage ich und kaue an meinem Kugelschreiber.

»Ich stelle es nicht nur so dar, ich stelle dir auch ein gutes Honorar in Aussicht. Das Magazin ist bereit, tausend Pfund für Investitionen in solche Dinge wie Kosmetikbehandlungen oder Kleider bereitzustellen. Das ist alles Teil des Deals.«

Also, das klingt nun schon verlockend. Tausend Pfund nur für mich auszugeben? Ich brauche dringend einen neuen Übergangsmantel für das Frühjahr und eigentlich auch eine Ganzkörperenthaarung. Tausend Pfund würden mir da sehr gelegen kommen.

»Ist da irgendein Haken dabei? Bei dem Honorar, meine ich?«, frage ich misstrauisch und mache eine letzte Anstrengung, die ganze Idee doch noch über Bord zu werfen.

»Nein. Überhaupt nicht. Das Einzige ist, dass du das Geld für Image-Investitionen, wie diese Marina es nennt, ausgeben musst. Aber da es sich dabei um solche Dinge wie Maniküre und Seidenunterwäsche handelt, sollte das kein allzu großes Opfer für dich sein.«

Ich überdenke den Vorschlag ein paar Augenblicke. Das Kugelschreiberende fällt in meinem Mund auseinander, und ich spüre kleine Plastikteilchen auf der Zunge.

Mel hasst es, wenn man nichts sagt. Und sie muss fürchten, dass mein Schweigen Ablehnung bedeutet. »Also, was meinst du?«

Trotz der tausend Pfund halte ich es immer noch für keine gute Idee. »Mel, ich kann das einfach nicht. Ich hätte überhaupt keinen Spaß daran.«

Da brechen bei Mel alle Dämme. »Ally, du musst es tun! Du kannst nicht nein sagen.« Die Verzweiflung in ihrer Stimme ist nicht zu überhören. Ich bin so überrascht darüber, dass ich einen Augenblick lang sprachlos bin.

Mels Stimme wandelt sich von einem verzweifelten Flehen zu einem eindringlichen Raunen. »Hör mal, Al, ich hab dir am Freitag nicht die ganze Wahrheit gesagt. Und ich hab seitdem ein furchtbar schlechtes Gewissen deswegen.«

»Was meinst du damit, du hast mir nicht die ganze Wahrheit gesagt?«, frage ich, inzwischen aufs äußerste beunruhigt. Vor meinem inneren Auge tauchen wahre Horrorbilder über diese Seminare auf, die noch schlimmer sind, als ich sie sowieso schon seit drei Tagen in meinem Kopf mit mir herumtrage.

»Also, was ich dir nicht gesagt habe, ist, dass ich es tatsächlich unbedingt schaffen muss, dass du das für mich tust. Ich meine UNBEDINGT. Es könnte entscheidend dafür sein, ob ich meinen Job behalte oder nicht.«

Plötzlich bin ich diejenige, die sich schuldig fühlt. Da habe ich mich selbst bemitleidet und mich ausgenutzt gefühlt, und dabei macht meine beste Freundin in ihrem Job anscheinend gerade eine mittelschwere Krise durch.

»Aber wie ist das möglich, Mel? Du bist schließlich

seit Ewigkeiten bei *Me*. Und Cynthia mag dich doch so gern.« Cynthia ist die ziemlich furchterregende Chefredakteurin von *Me*.

»Aber das ist es ja gerade. Ich bin seit Ewigkeiten dort, und ich bin allmählich – angeblich – ein bisschen verbraucht. Cynthia sagt, sie will wieder dasselbe Feuer in mir brennen sehen wie früher. Ich soll neue kreative Ideen für Storys liefern, und meine Artikel sollen originellere Perspektiven aufzeigen.«

Mel stößt einen tiefen Seufzer aus, der ihre ganze Angst und Anspannung ausdrückt. »Al, ich bin verdammt noch mal siebenunddreißig Jahre alt, und mir sitzen diese Heerscharen von Volontärinnen im Nacken. Das sind blutjunge Dinger, die vor lauter tollen Ideen und Tatendrang fast platzen. Es ist ein wahrer Alptraum, wenn man versuchen will, die Nase vorn zu behalten, und eigentlich müsste ich mittlerweile ja längst Redakteurin sein. Ich muss diese Feuerprobe jetzt praktisch bestehen, um mich endlich einmal ernsthaft beweisen zu können. Ich hoffe, diese Reportage wird Cynthia davon überzeugen, dass ich was draufhabe. Sie war ganz begeistert von der Idee. Also, jetzt weißt du, warum ich dich dafür so dringend brauche. Egal, ob es irgendwie, du weißt schon, eine abstruse Geschichte ist.«

Wenn ich ihr jetzt so zuhöre, fällt es mir schwer, wirklich sauer auf sie zu sein. Ich bin mir sicher, sie hat wegen dieser Sache große Ängste ausgestanden. Und wenn meine beste Freundin meine Hilfe braucht, um ihre Karriere wieder anzukurbeln, dann bin ich eigentlich verpflichtet, ihr zu helfen.

»Also gut. Ich werde es machen. Für dich und die verdammten tausend Pfund. Aber wenn ich es wirklich ganz furchtbar finde, dann steige ich aus. Zwei Treffen. Mehr kann ich dir nicht versprechen.«

»Ach, Al, du bist ein Schatz!«, jauchzt sie auf. »Und ich glaube, dass es nicht halb so schlimm wird, wie du denkst. Ich bin sicher, wir werden uns köstlich amüsieren. Das erste Seminar ist am Dienstagabend, also morgen. Kannst du einen Babysitter auftreiben?«

Kein Wunder, dass sie derart Druck gemacht hat.

»Ich frage mal, ob Jill etwas länger dableiben kann«, erwidere ich resigniert. »Aber vergiss nicht, dafür bist du mir etwas schuldig.«

»Das weiß man nie, Ally. Vielleicht bist am Ende du mir etwas schuldig.«

9. Geständnisse

Der restliche Montag verging mit einer schier endlosen Aneinanderreihung unbefriedigender Meetings. Kaum hatte ich Mels Anruf beendet, war es Zeit für die Besprechung mit Anna über den monatlichen Produktbericht. Anschließend dauerte das Gespräch mit Paul in der Werbeagentur eine wahre Ewigkeit (ich glaube, er war ein wenig gekränkt, als ich die Idee mit den herunterbaumelnden Marmeladengläschen abschmetterte, vielleicht war es ja seine gewesen), und auch das Problem mit den Klumpen in der Marmelade erwies sich als komplexer, als ich erwartet hatte (anscheinend hing es mit der neuen Maschine zusammen, die zu dem Zweck angeschafft worden war, die Produktion zu beschleunigen und die Stückkosten zu senken, aber derzeit bewirkt sie genau das Gegenteil – wenn Andy das Problem nicht bald beheben kann, bleibt mir wohl nichts anderes übrig, als Freiwillige aufzutreiben, die in Schichten rund um die Uhr die Orangenschalen von Hand zerkleinern).

Aus diesen Gründen habe ich bisher immer noch nicht auf Nicks E-Mail geantwortet. Und deshalb wartet einen Tag später eine weitere auf mich, die förmlich nach einer Erwiderung schreit.

Von: Nick@JamesThorntonArchitects.co.uk
An: ally.james@cottage.garden.foods.co.uk

Ally, wo steckst du? Hast du meine letzte Mail wegen Alan bekommen? Er hat noch mal angerufen – ich hab ihm gesagt, du bist vermutlich zu irgendwelchen Orangenbauern verreist, aber ich will ihn nicht mehr viel länger hinhalten.

Mist. Ich will Nick nicht kränken, indem ich ihm sage, dass mir sein hochgeschätzter Kaminbauer und guter Freund als Mann nicht zusagt, aber andererseits will ich auch nicht mit Alan ausgehen. Mein Bauchgefühl sagt mir, dass ein frisch geschiedener, überaus seriöser Mann mit Speck um die Hüften und zwei Töchtern kurz vor dem Teenageralter mehr Schwierigkeiten bringt, als er es wert ist.

Von: ally.james@cottage.garden.foods.co.uk
An: Nick@JamesThorntonArchitects.co.uk

Tut mir leid, Nick. Hatte bisher eine fürchterliche Woche. Probleme mit Verklumpung bei dieser absolut bescheuerten Marmelade, und Agentur liefert nur total unbrauchbare Ideen für neue Werbeanzeigen. Obendrein wird Millie in der Schule gemobbt.
Bin mir wegen all dem Ärger nicht sicher, ob ich in der richtigen Verfassung bin, mit Alan auszugehen. Bin im Moment keine angenehme Gesellschaft, also, es liegt nicht an ihm, sondern an mir. Kannst du ihm das bitte klar machen?

Es ist durchaus möglich, dass mich wegen dieser Mail den ganzen Tag lang Gewissensbisse plagen, vielleicht sogar die ganze Woche. Ich weiß von mir selbst, wie man sich fühlt, wenn Gefühle verletzt werden, und ich hasse es, das jemand anderem anzutun. Aber heute kann ich mich mit diesem Thema nicht weiter auseinander setzen. Ich habe mehrere Stunden mit Blindverkostungen vor mir, gefolgt von einem Seminarabend im Kreise verzweifelter Singles. Angesichts der seelischen Qualen, die heute Abend vermutlich im Savoy-Hotel auf mich warten, möchte ich keinen weiteren Gedanken daran verschwenden, das Ego eines einzelnen Mannes vielleicht ein klein bisschen angekratzt zu haben.

Jill macht es nichts aus, heute Abend Babysitterin zu spielen. Sie liegt mir immer wieder in den Ohren, dass ich mehr ausgehen soll, also denkt sie nun vermutlich, dass meine zurückhaltenden Informationen über meine Abendplanung als Hinweis auf eine heiße Liebesaffäre zu deuten sind, die der Diskretion bedürfen. Und Millie und Jack habe ich als Entschädigung für meine Abwesenheit spätere Bettgehzeiten erlaubt, also hält sich auch deren Empörung in Grenzen.

Man könnte also fast meinen, ich wäre die Einzige, die etwas außer sich ist. Ich bin bereit, Mel zu helfen, aber es wäre gelogen, wenn ich sagen würde, dass ich diesem Abend mit etwas anderem als blankem Entsetzen entgegensehe. Vor meinem geistigen Auge entfalten sich furchterregende Szenarien aller Art: Gruppenbeichten, warum wir Singles sind; reihenweise blasse, übergewichtige, unattraktive Leidensgenossinnen, die sich in gegenseitiger Verpflichtung, den perfekten Partner zu finden, an den Händen fassen; verpflichtende »praktische Übungen« mit den ledigen Brüdern anderer Seminarteilnehmerinnen. Und obendrein muss ich anschließend für Mels Artikel meine Gefühle auch noch einmal wiederkäuen.

Mel und ich haben ausgemacht, dass wir uns vorher noch in der Nähe des Savoy-Hotels auf einen Drink treffen. Wir müssen aufpassen, dass wir nicht zusammen gesehen werden, wenn wir ins Hotel gehen, da sie sich als unabhängige Reporterin ausgibt, die keine der anderen Seminarteilnehmerinnen kennt. Auch mein Ticket wurde von Mels Schwester gekauft, damit die Seminarorganisatoren meine Spur zum *Me*-Magazin auf keinen Fall zurückverfolgen können.

Um sechs Uhr mache ich mich auf den Weg zum Pub »Coach and Horses« (das mit seiner Lage mitten in der belebtesten Innenstadt nichts von einem pittoresken

Landgasthof an sich hat, wie sein Name vermuten ließe). Dort sitzt schon Mel und hält sich nervös an ihrem Bierglas fest. Mir hat sie einen Weißwein bestellt. Sie sieht angespannt aus, aber ich weiß eigentlich gar nicht, warum. Immerhin bin ich doch diejenige, die dort gleich dieses ganze Theater aufführen muss. Sie braucht ja schließlich nur darüber zu schreiben.

»Hallo, Ally. Kaum zu fassen, wie aufgeregt ich bin. Als ›verdeckte Ermittlerin‹ war ich bisher noch nie unterwegs«, stöhnt sie.

»Meine Güte, Mel, du bist doch nicht als verdeckte Ermittlerin hier! Du gehst als die, die du bist, und du schreibst einen Artikel über meine Erlebnisse. Ich bin diejenige, die diese Erfahrungen am eigenen Leib machen muss. Eigentlich müsste ich also nervös sein.«

»Ja, ich weiß schon. Ich bin deinetwegen aufgeregt. Schließlich ist das alles ja doch irgendwie verrückt.«

»Ich dachte, du hättest mir erklärt, es sei ein ganz ›interessantes Konzept‹ und etwas, was heutzutage ›gang und gäbe sei‹. Und ich kann mich erinnern, dass du mal gesagt hast, ich würde es vielleicht sogar ganz hilfreich finden!«

»Das stimmt ja auch alles. Ich bin mir sicher, wenn wir erst mal da drin sind, dann wird es auch interessant. Aber jetzt, wo wir hier so sitzen, muss ich zugeben, dass mir das alles, na ja, schon ein bisschen konstruiert vorkommt. Diese ganze Idee, eine Art Geschäftsplan dafür aufzustellen, wie man sich erfolgreich einen Mann angelt.«

»Tja, wie du gesagt hast, wir müssen das Ganze ja nicht so todernst nehmen. Ich meine, ich brauche definitiv keine Ratschläge von aalglatt daherredenden amerikanischen Dating-Coaches, um jemanden zu finden, mit dem ich mein Leben verbringen kann. Ich tue das ausschließlich für dich. Und du tust es für eine gute Story. Also, packen wir's an«, erkläre ich und erhebe mein Glas.

Mel stößt mit mir an und nimmt einen tiefen Schluck aus ihrem Glas. »Ich finde das wirklich toll von dir, Ally. Ehrlich. Aber wie würdest du denn eigentlich gern in diesem Artikel heißen? Du kannst dir irgendeine Identität aussuchen.«

Da muss ich nicht lange nachdenken. »Nenn mich doch einfach Francesca.«

10. In geheimer Mission

Als ich den hohen, mit einem Kronleuchter erhellten Wessex-Saal betrete, wo das Seminar stattfinden soll, sehe ich Mel bereits in einer der vorderen Reihen sitzen. Bisher sind nur etwa fünfzig weitere Frauen im Raum, die verstreut auf den etwa hundertfünfzig Stühlen, die in Zehnerreihen aufgestellt sind, Platz genommen haben. (Offensichtlich sprengt die Gebühr von fünfhundert Pfund für drei Seminarabende den Geldbeutel der meisten weiblichen Singles. Selbst derer, die verzweifelt auf Männersuche sind.) Ich entscheide mich für einen Platz in der siebten Reihe. Ich drücke mich an einer dünnen Frau in dunklem Kostüm vorbei, die mit der Seminarbroschüre in ihren gefalteten Händen kerzengerade dasitzt, und an einer kleineren, rundlichen, viel freundlicher dreinblickenden Person in einem cremefarbenen Pullover, kombiniert mit schwarzer Hose und Mokassins. Wir haben uns alle so hingesetzt, dass immer ein Stuhl zwischen uns frei bleibt. Wenn sich der Saal nicht noch weiter füllt, müssen wir uns ganz schön strecken, wenn wir uns alle an den Händen halten und unser herzerwärmendes Zusammengehörigkeitsgefühl zeigen wollen.

Ich sehe mich im Raum um und taxiere die Anwesenden. Ich bin wirklich neugierig, was das für Frauen sind, die hier freiwillig teilnehmen. Den Kopf zu drehen und die hinter mir Sitzenden zu mustern wäre zu indiskret, also kann ich nur die vor mir begutachten. Auf den ersten Blick sehen sie alle bemerkenswert normal aus. Manches Outfit ist nicht gerade besonders schick, und über die ein oder andere Frisur könnte man diskutieren (am unvorteilhaftesten finde ich die schulterlange Dauerwelle der sommersprossigen Rothaarigen direkt vor mir), aber abgesehen davon fällt mir nichts besonders Abschreckendes auf. Ich weiß nicht, was ich eigentlich erwartet habe (äußere Anzeichen der Verzweiflung? Die körperlichen Spätfolgen wiederholt gescheiterter Liebe?), aber ganz sicher nicht das, was ich hier sehe.

In der dritten Reihe sitzt eine Frau, die ich als äußerst attraktiv bezeichnen würde. Sogar als schön. Sie hat kurzes dunkles Haar und einen wunderbaren Teint. Nicht die Bräune von der Sonnenbank oder von einem Kurztrip auf die Malediven, sondern das Dunkeloliv der Spanierinnen oder Italienerinnen. Sie trägt einen schlichten schwarzen Rollkragenpullover und Jeans und hat eine schmale, schwarzgerahmte Brille auf der Nase. Warum in aller Welt sollte es so jemand nötig haben, dieses Seminar zu besuchen? Ihr müssen doch, überall wo sie auftritt, die Männer reihenweise zu Füßen sinken! Ich schließe daraus, dass sie wohl eine Reporterin für eines der Konkurrenzblätter von *Me* sein muss. Wenn ich es recht bedenke, dann müssen die Hälfte der hier Anwesenden Enthüllungsjournalistinnen sein.

Während ich den Blick durch den Saal schweifen lasse, achte ich streng darauf, dass sich Mels und meine Blicke nicht kreuzen. Aber ich brauche mir keine Sorgen zu machen. Sie ist ganz in ihr Notizbuch vertieft und zweifellos noch stärker als ich darauf bedacht, den Schein zu wahren. Ich gestatte mir, mich einmal umzudrehen und einen Blick hinter mich in den Saal zu werfen. Nicht so sehr, um die Anwesenden näher zu betrachten als um herauszufinden, wie voll es mittlerweile ist. Ich bin fast geschockt: In den fünf Minuten, die ich jetzt hier sitze, haben sich beinahe alle hinteren Reihen gefüllt. Frauen sitzen dort dicht nebeneinander, und man hört das gedämpfte Murmeln höflichen Sicheinandervorstellens; meine Reihe ist eine der wenigen, in der nicht miteinander gesprochen wird, und die leeren Plätze zwischen den Teilnehmerinnen wirken etwas merkwürdig.

Ich vermute, dass ich auf andere ziemlich unnahbar wirke, daher beuge ich mich über den leeren Stuhl, der eine Kluft zwischen mir und der Frau im cremefarbenen Twinset bildet. »Darf ich fragen, weshalb Sie sich entschlossen haben, hierher zu kommen?«, spreche ich sie an.

Die Frau entspannt sich sichtlich. Vielleicht ist ihr inzwischen auch bewusst, dass sie aussieht wie die Seminar-Variante eines Mauerblümchens.

»Oh, na ja, meine Schwester lebt in Amerika und hat Vorträge von Marina Boyd gehört. Sie findet sie großartig und sagt, dass diese Seminare das Leben einiger ihrer Freundinnen verändert haben. Also habe ich mir gedacht, was soll's, ich versuche es einfach mal. Anderweitig habe ich noch nicht viel Glück gehabt!«

Ach so. Das ist also des Rätsels Lösung. Diese Frauen hier müssen wohl alle irgendwelche Verbindungen nach Amerika haben – durch Brüder, Schwestern, Freunde oder Arbeitskollegen. Vielleicht sind manche von ihnen ja selbst Amerikanerinnen. Wie soll man sich sonst die Popularität von Seminaren wie diesem erklären, zumal in einem Land, in dem sich die Menschen so krampfhaft um die Wahrung des äußeren Scheins bemühen?

»Und wie ist das bei Ihnen?«, wagt meine Nachbarin zu fragen. Sie hat rosige Wangen, und ihre Augen schauen lächelnd unter dem dichten Pony ihrer rotblonden Bobfrisur hervor.

Was soll ich jetzt nur sagen? Darüber habe ich vorher nicht sorgfältig genug nachgedacht. Ich habe eine scheinbar harmlose Frage gestellt und damit versehentlich ein Eigentor geschossen. Ich muss nun über Dinge sprechen, die ich eigentlich nicht ausplaudern wollte. Wie viel von meiner Geschichte – über mich und David und über die vergangenen zweieinhalb Jahre – bin ich bereit preiszugeben?

Nicht viel, wie sich gleich herausstellt. »Ich? Ach, eine Freundin von mir hat das Ticket gekauft und mich praktisch gezwungen mitzukommen. Ich bin eigentlich nur so aus Neugier hierher gekommen.«

Die Dame im Twinset wirkt nach dieser Antwort etwas niedergeschlagen. Mir wird klar, dass ich sie durch meine bloße Andeutung, ich sei nur zum Spaß hier, gekränkt habe. Für sie ist das hier ganz klar kein Spaß, sonst hätte sie nicht fünfhundert Pfund für eine Karte ausgegeben. Ich muss meine Zunge im Zaum halten, oder ich habe noch vor der Kaffeepause einen Saal voller Feindinnen.

Plötzlich legt sich das Gemurmel, und im Raum wird es ruhig. Hinterteile rutschen auf den Sitzflächen, um eine bequeme Position zu finden, und Rücken recken sich in Erwartung des Auftritts unserer Vortragenden auf dem Podium. Ich weiß nicht, was allen anderen signalisiert hat, dass der Vortrag gleich beginnen wird, bis ich eine diensteifrige Frau bemerke, die mit dem Mikrofon kämpft, um es tiefer hinunterzubiegen. Sie ist wohl Marina Boyds Assistentin.

Dann tritt Marina Boyd selbst hinter einem der beiden Wandschirme hervor, und im Saal erhebt sich spontaner Applaus. Ich bin ganz überrascht davon, denn mir ist gar nicht bewusst gewesen, dass ich eine solche Berühmtheit vor mir habe (berühmt wurde sie, wie ich annehme, aufgrund eines langen Interviews bei Oprah), also beginne ich erst mit ein paar Sekunden Verzögerung zu klatschen. Einen oder zwei Augenblicke genießt Marina sichtlich den warmen Empfang, dann hebt sie ihre Hände, um den Applaus zum Ende zu bringen.

Anschließend beginnt sie zu sprechen. Sie sagt so ziemlich dasselbe wie neulich im Radio, aber ihre Worte machen durch ihre persönliche Anwesenheit einen ungleich stärkeren Eindruck. Sie ist groß und schlank und, wie erwartet, eine sehr gepflegte Erscheinung. Ihr dichtes blondes Haar fällt ihr elegant, wie kostbarer Samt, bis knapp über die Schultern und bildet einen schönen Kontrast zu dem tatsächlich samtenen Kragen ihres schokoladenbraunen Kaschmirkleids. Ihr strahlend weißes Lächeln kündet von Erfolg und Selbstvertrauen, und aufgrund irgendeiner gut einstudierten Vortragstechnik scheint sie sich direkt an mich persönlich zu wenden, zugleich aber auch an jede andere Frau im Saal. Großbritannien bringt einfach keine Frauen wie sie hervor.

»Drei Geheimnisse machen den Erfolg des proaktiven Partnerschaftsprogramms aus«, erklärt Marina ihrer gefesselten Zuhörerschaft. »Erstens, die konsequente Befolgung einer Methode – und meine Methode basiert auf den bewährten vier P des Marketing – Produkt, Perfekte Verpackung, Platzierung und Promotion – plus vier weiteren, die ich hinzugefügt habe. Zweitens, die moralische Unterstützung – die Unterstützung, die Sie von mir bekommen und die sich alle gegenseitig geben werden. Doch das dritte Geheimnis ist vielleicht das wichtigste von allen, und es sitzt hier direkt vor mir …«

Wir recken die Hälse, starren auf den Teppich vor dem Podium und versuchen dort den dritten, entscheidenden Erfolgsfaktor für das proaktive Partnerschaftsprogramm zu entdecken.

Nach einer Kunstpause fährt Marina fort: »Und dieses Geheimnis sind Sie. Jede Einzelne von Ihnen. Sie alle sind heute Abend hierher gekommen, weil Sie fest entschlossen sind, Ihrem Leben eine neue Wendung zu geben. Sie sind es leid, allein zu sein, und Sie haben einen klugen Entschluss gefasst. Sie haben erkannt: Wenn Sie in unserer heutigen Welt ein bestimmtes Alter erreicht haben, dann müssen Sie gut durchdachte Maßnahmen ergreifen, um noch jemanden zu finden, mit dem Sie Ihr Leben verbringen möchten. Schließlich suchen Sie ja nicht nur nach herkömmlichen Verabredungen zum Essen oder nach einem flüchtigen sexuellen Abenteuer. Sie suchen nach dem richtigen Lebenspartner. Und ich werde Ihnen dabei helfen, ihn zu finden.«

Zum zweiten Mal bricht im Saal stürmischer Beifall aus. Es wirkt alles schrecklich un-englisch, aber ich schaffe es einfach nicht, mich würdevoll zurückzulehnen, während alle anderen Marina zujubeln. Also klatsche ich bei der zweiten Woge des Applauses ebenfalls mit.

Und erneut bringt uns Marina mit einer dezenten Geste dazu, wieder Ruhe einkehren zu lassen. Diese ist so unaufdringlich, dass man ihr deswegen keine herrische Anmaßung unterstellen kann. »Doch nun, meine Damen, haben wir noch einiges an Arbeit vor uns. Ich will, dass wir alle aus diesem ersten Seminar einige klare Handlungsschritte mit nach Hause nehmen, die sich mit der Optimierung des Produkts und seiner Verpackung – damit sind Sie selbst gemeint – und dem Produktpotential, – das heißt mit den praktischen Aspekten der Partnersuche, befassen. Doch bevor wir richtig loslegen können, müssen wir unbedingt noch einiges an Planung ausarbeiten. Diese Planung hat zum Ziel, das Proaktive Partnerschaftsprogramm zur priorität in Ihrem Leben zu machen und den Weg frei für Ihren Erfolg. Dazu müssen wir uns von Altlasten befreien – ich nenne es das Abwerfen von Ballast.«

Marina steigt vom Podium herunter und geht auf die erste Reihe zu. »Ich möchte Sie jetzt bitten, sich zu kleinen Gruppen von fünf Frauen zusammenzufinden und sich an die runden Tische zu setzen, die hier überall im Raum stehen. Ja, richtig, Sie fünf von dieser Reihe gehen zusammen an Tisch eins, und so weiter. Dann möchte ich, dass Sie in Ihrer Gruppe dreißig Minuten lang zusammensitzen und dass jede von Ihnen ihren Tischgenossinnen erzählt, warum Sie heute Abend hierher gekommen sind. Und auch, wie Sie ganz persönlich, für sich, dafür sorgen wollen, dass dieses Programm in Ihrem Leben tatsächlich oberste Priorität einnimmt.«

Meine Güte, ich wusste, dass so etwas kommen würde, aber ich hätte nicht gedacht, dass es schon so bald der Fall wäre. Während im Raum ein Getümmel entsteht und alle hierhin und dorthin zu den leeren Tischen drängen, suche ich Mels Blick und verdrehe die Augen zum Himmel, aber so dezent, dass niemand sonst es bemerkt.

Wie vorherzusehen war, finde ich mich an einem Tisch mit der Frau im cremefarbenen Twinset und der erschreckend Dünnen wieder. Eine athletisch aussehende Frau mit sehr kurzen blonden Haaren und eine ziemlich übergewichtige dunkelhaarige Frau in einem schlechtsitzenden rostfarbenen Kostüm (das wird wohl als Erstes als Altlast entsorgt werden müssen) stocken unsere Gruppe auf. Zu meiner großen Überraschung und Freude gesellt sich im letzten Augenblick noch die olivhäutige Schönheit mit der schicken Brille zu uns. Sie muss wohl übrig geblieben sein, als die anderen aus ihrer Reihe sich im Raum verteilt haben. Jetzt wird es zumindest interessant, denke ich mir. Ich brenne darauf zu erfahren, was eine Frau wie sie an einem Ort wie diesem verloren hat.

Anfangs ist alles ziemlich peinlich. Wir sitzen da, lächeln einander dämlich an und blicken immer wieder zu den übrigen Tischen hinüber, um zu sehen, ob die anderen schon angefangen haben. Schließlich tippt Marina dem cremefarbenen Twinset auf die Schulter und sagt: »Auf geht's, meine Damen. Worauf warten Sie noch? Sie können Ihren Märchenprinzen nicht finden, wenn Sie sich nicht die Grundlagen für die Suche aneignen.«

Also fangen wir an. Die Freundliche im Twinset, Angie, macht den Anfang und erzählt uns ihre Geschichte: Sie arbeitet seit Jahren im Büro der Baufirma ihres Bruders, um ihre beiden Töchter zu ernähren. In dieser ganzen Zeit hat sie nie jemanden von Bedeutung kennen gelernt und fragt sich immer häufiger: »War das jetzt wirklich schon alles?« Sie berichtet nun auch den anderen, was sie mir vorhin erzählt hat: dass ihre Schwester, die in New York wohnt, viele amerikanische Frauen kennt, die mit Hilfe von Marinas Programm Erfolg hatten, also hat sie all ihre Pennys zusammengekratzt, um einen Versuch zu wagen.

Die Bohnenstange Katherine ist eine einundvierzigjährige Versicherungsfachfrau, die noch nie verheiratet war. Sie meint, das proaktive Partnerschaftsprogramm sei ihre letzte Chance, einen Partner zu finden, mit dem sie ein Kind haben kann. Nancy mit den kurzen blonden Haaren hatte vor zwei Jahren ihr Coming-out als Lesbe, aber sie hat keine Ahnung, wie sie gleichgesinnte Frauen kennen lernen soll. Eine Freundin von ihr hatte ein Interview mit Marina bei Oprah (wusste ich's doch!) gesehen und ihr nahe gelegt, es doch einmal mit einem dieser Seminare zu versuchen. Die pummelige Louise ist mit ihren neunundzwanzig Jahren sozusagen fast noch ein Kind. Sie hat noch nie eine Beziehung gehabt und weiß nicht, ob das an ihrem Gewicht liegt oder vielleicht an

Mundgeruch, aber sie macht sich langsam Sorgen. Ihre Patentante hat sie auf dieses Seminar geschickt.

Dann ist die Olivhäutige mit Erzählen an der Reihe. Sie heißt Claudia und ist, wie ich vermutet hatte, spanischer Herkunft. »Ich bin neununddreißig Jahre alt«, sagt sie, »und ich habe die Nase voll davon, auf den Richtigen zu warten. In meinen Zwanzigern war ich mal verheiratet, aber das war eine Katastrophe. Ich arbeite als freiberufliche Übersetzerin zu Hause, also habe ich kaum Gelegenheit, Männer zu treffen. Und ich kenne auch nicht so viele Leute hier in England, also sind meine Chancen, zufällig auf den Richtigen zu stoßen, sehr gering. Irgendwann dachte ich, Schluss jetzt! Ich werde die Sache selbst in die Hand nehmen. Ich bin zu gut, um allein alt zu werden. Ich werde einen umwerfenden, begehrenswerten Mann finden, bevor ich vierzig bin!«

Wow! Was kann man dem noch hinzufügen? Das ist Georges Francesca, wie sie leibt und lebt. Mutig, exotisch und wunderschön. Und sie hat keine Lust, den Rest ihres Lebens im stillen Kämmerchen zu versauern. Ich erstarre förmlich vor Bewunderung für ihre Stärke und ihre durch und durch selbstmitleidlose Haltung. Doch dann merke ich plötzlich, dass alle Augen auf mich gerichtet sind. Ich bin die Letzte und muss nun die Karten auf den Tisch legen.

Ich starre auf das gestärkte weiße Tischtuch, spiele mit dem dünnen silbernen Hotelbleistift und warte auf eine gute Eingebung.

Ich kann den anderen unmöglich noch einmal die Story auftischen, dass mich eine Freundin hierher gezerrt hat, das ist schon bei Angie gründlich danebengegangen. Außerdem komme ich zu dem Schluss, dass es auf Dauer zu kompliziert wird, eine vollkommen neue Persönlichkeit für mich zu erfinden und diese Version dann aufrechtzuerhalten. Sicher werde ich mich in Lügen verstricken und mir irgendwann (insbesondere da ich gesehen habe, dass es in der Kaffeepause keinen Kaffee, sondern Wein mit Canapés gibt) eine Blöße geben. Mel kann mich ja in ihrem Artikel Francesca nennen und ein paar persönliche Details von mir verändern, aber ansonsten werde ich hier doch mit meiner eigenen Identität auftreten müssen.

»Ich heiße Ally«, beginne ich. »Alexandra James. Ich habe zwei Kinder, einen Jungen und ein Mädchen. Mein Ehemann und ich wurden vor über zwei Jahren geschieden, und seither bin ich nur mit zwei Männern ausgegangen. Diese Dates waren ein absolutes Desaster, so dass ich danach monatelang kaum wagte, ans Telefon zu gehen. Seither kommt es mir so vor, als ob ich überhaupt keine Männer mehr kennen lerne. Oder jedenfalls nicht die richtigen. Lange Zeit hat mir das nichts ausgemacht. Aber mittlerweile tut es das.« Dann schicke ich noch hinterher, weil mich sowieso gleich jemand danach fragen wird, warum es mir denn jetzt plötzlich etwas ausmacht: »Mein Ex-Mann hat eine Frau kennen gelernt, mit der es ihm ernst ist, und ich habe Angst, dass er sie heiraten wird.«

Angie zuckt mitfühlend zusammen. »Mein Ex hat noch im selben Monat wieder geheiratet, in dem unsere Scheidung durchkam. Es war entsetzlich«, sagt sie.

Claudia legt mir mitfühlend die Hand auf den Arm. »Mein Ex ist seit zehn Jahren verheiratet. Männer gehen immer viel schneller wieder eine neue Ehe ein, wie ihr wisst. Ich persönlich halte das für ein Zeichen von Schwäche. Sie können es eben nicht aushalten, allein zu sein. Seht euch doch nur mal Paul McCartney an, wie schnell er sich mit dieser Heather eingelassen hat. Dabei war die große Liebe seines Lebens kaum ein Jahr tot.«

»Wir gehen jetzt besser zum nächsten Thema über«, wird sie von Katherine unterbrochen, die offensichtlich pedantisch die uns gestellten Aufgaben erfüllen will. »Wir haben nur noch zehn Minuten.«

Also beschäftigen wir uns mit der zweiten Frage: Wie wollen wir sicherstellen, dass wir dem proaktiven Partnerschaftsprogramm in unserem Alltag oberste Priorität einräumen? Ich persönlich frage mich ernstlich, wie jemand mit anderweitigen Verpflichtungen wie beispielsweise Kindern dies schaffen soll. Doch aus irgendeinem Grund sind plötzlich alle Augen auf mich gerichtet, und es scheint beschlossene Sache, dass ich diesmal den Anfang machen soll. Mir wird klar, dass ich hier mehr Engagement zeigen muss als bei meinem Gespräch mit Mel über dieses Seminar. Jetzt, wo ich hier bin, würde Zurückhaltung wie ein Verrat an allen anderen im Raum wirken. Also verspreche ich feierlich, zu *allen* Seminarterminen zu kommen und in der Zeit dazwischen meine Notizen gründlich durchzuarbeiten.

Ich sehe, dass dieser Vorsatz niemanden beeindruckt. Louise gelobt, dem Programm fünf Stunden pro Woche zu widmen; Katherine verpflichtet sich, sechs Monate lang zehn Prozent ihres Einkommens dafür einzusetzen; Claudia kündigt an, dass sie mindestens zweimal pro Woche abends ausgehen will, selbst wenn das bedeutet, allein in einem Restaurant zu essen. Angie beißt sich auf die Lippe, als sie die bisher gehörten Einsatzbeweise abwägt, und verspricht, jeden Tag eine Stunde den im proaktiven Partnerschaftsprogramm gestellten Übungsaufgaben zu widmen. Das ist ganz schön viel für eine Frau, die Vollzeit in einem Baubüro arbeitet und dann jeden Abend daheim zu einer zweiten Schicht mit Essenkochen und Wäschewaschen für zwei vorpubertäre Mädchen antreten muss.

Marina erlöst mich von einem weiteren Kreuzverhör. Sie legt Claudia sanft ihre Hand auf die Schulter und bittet uns, wieder auf unsere Plätze zurückzugehen. Als wir alle sitzen, möchte sie, dass eine der Kleingruppen freiwillig ihre Ergebnisse vorstellt, damit wir sie gemeinsam besprechen können. Dankenswerterweise hebt keine aus meiner Gruppe die Hand, und Marina wählt eine Runde aus der vierten Reihe aus, die (ziemlich stolz, wie ich finde) nach vorne tritt, um ihre Geschichten zu erzählen. Diese Frauen unterscheiden sich nicht sonderlich von denen in meiner Gruppe: Ein paar haben Angst, auf immer und ewig alte Jungfern zu bleiben, und drei sind fest entschlossen, sich nach ihrer Scheidung wieder auf dem Beziehungsmarkt zurückzumelden; manche haben Kinder, andere nicht. Aber eine, Caroline, legt einen Eifer an den Tag, der uns alle ziemlich schockiert: Sie wird für sechs Monate ihre Arbeit aufgeben, um sich ganz dem Programm und der Suche nach dem perfekten Partner zu widmen.

Als wir eine Pause mit Wein und Canapés einlegen, herrscht im ganzen Saal angeregte Unterhaltung. In der kleinen Gruppe, mit der ich dicht zusammenstehe (sie besteht aus Claudia, Angie und mir, denn Katherine und Louise haben sich zeitweilig einer anderen Gruppe angeschlossen, vielleicht weil sie ihre Missbilligung über mein dürftiges Angebot von vorhin deutlich machen wollen), dreht sich das Gespräch um Caroline. Wir sind uns nicht einig, ob wir das für verrückt oder für besonders mutig halten sollen. Entweder ist sie finanziell unabhängig, oder sie kann sehr gut mit einem knappen Budget umgehen. Aber wird sich ihr hoher Einsatz lohnen? Kann diese Rechnung überhaupt aufgehen? Jeder Mann, der Wind davon bekommt, dass eine Frau ihm Vollzeit hinterherjagt, wird doch sicherlich sofort Reißaus nehmen. Oder nicht?

Während wir uns noch darüber Gedanken machen, ob Carolines Entscheidung klug ist oder nicht, entdecke ich Mel in einer Vierergruppe auf der anderen Seite des Raums. Sie ist ganz die Reporterin, blickt ihre Gesprächspartnerin, eine ziemlich große Frau, mit ernster Miene an und saugt regelrecht jedes Wort auf, das sie sagt. Ab und zu kritzelt sie etwas in ihr abgegriffenes kleines Notizbuch, dann hebt sie wieder den Kopf, bereit für weitere packende Geständnisse.

Als jede von uns ein paar Gläser Chardonnay getrunken und mehrere Pastetchen verdrückt hat, werden wir gebeten, zu einem kleinen Vortrag zum Thema ›Ballastabwerfen‹ wieder Platz zu nehmen. Marina erklärt uns sodann, was sie unter Ballast versteht: grundsätzlich alles, was uns in unserem eigenen Kopf daran hindert, einen passenden Partner zu finden. Darunter fällt beispielsweise eine lange mit uns herumgeschleppte Befürchtung, zu dick zu sein, oder eine generelle Angst vor Nähe, die daraus resultiert, dass wir von unserer letzten Beziehung zu tiefe Kränkungen davongetragen haben. Marina erläutert uns aus eigener Erfahrung, sie habe, bevor sie ihren Mann traf, immer Angst gehabt, sie sei zu klug und gelehrt, um für Männer attraktiv zu sein (angeblich hat sie einen Doktor in Verhaltenspsychologie *und* einen Abschluss in Jura). Erst als sie sich zu ihrer Intelligenz bekannt und den seelischen Ballast abgeworfen habe, der damit zusammenhing, sei sie offen dafür gewesen, eine Beziehung mit dem Mann einzugehen, den sie dann auch geheiratet habe. Als Marina diese Geschichte erzählt, fällt mein Blick zufällig auf Katherine, die mit offenem Mund dasitzt und ganz verzückt mit dem Kopf nickt, als hätte sie gerade eine Erleuchtung gehabt.

Wie vorherzusehen war, fragt Marina anschließend,

ob sich eine von uns freiwillig meldet, damit wir alle gemeinsam herausfinden, was wohl ihr Ballast sein könnte, den sie mit sich herumschleppt. Ich bin fast sicher, das Katherine die Hand heben wird, aber sie lässt sie ruhig auf ihrem Schoß liegen. Schließlich erörtern wir das Thema an den Beispielen von Louise und der Frau mit der unansehnlichen roten Dauerwelle, die mir zuvor schon aufgefallen war. Louise meint, ihr Ballast könnten vielleicht ihre überflüssigen Pfunde oder vielmehr ihre eigene negative Einstellung zu ihrem Gewicht sein. Marina reagiert auf dieses Eingeständnis mit der kurzen Geschichte von einer übergewichtigen Frau, die ihre Seminare in Washington besuchte. Dieser Frau gelang es, eine Beziehung zu einem ganz wunderbaren – wenn auch etwas älteren und gesellschaftlich nicht so versierten – Mann einzugehen, der sie trotz ihrer überflüssigen Pfunde heiß und innig liebte. Das Wichtigste ist, meint Marina, dass wir uns selbst lieben und das Bestmögliche aus uns machen (ein Thema, worüber wir später anscheinend noch mehr hören werden). Nach Marinas Ansicht braucht man sich bei weniger als zehn überflüssigen Pfunden keinerlei Gedanken zu machen, da die sowieso keiner bemerkt. Hat man zwischen zehn und fünfzig Pfund über dem Idealgewicht, kann man ja mal über eine Diät und einen Trainingsplan nachdenken, aber ein absolutes Muss ist das keinesfalls. Den eigenen Körper lieben zu lernen und sich vorteilhaft anzuziehen könne bereits ebenso wirkungsvoll sein.

Die rothaarige Dauerwelle, die sich als Karen vorstellt, sagt kaum hörbar, so zittrig und schwach ist ihre Stimme, ihr Ballast sei vermutlich ihre chronische Schüchternheit. Sie hat so große Angst davor, sich mit Leuten zu unterhalten oder gar eine Beziehung einzugehen, dass sie normalerweise jeden sozialen Kontakt vermeidet.

Nie verlegen um ein anregendes und passendes Beispiel, erzählt uns Marina von einer chronisch schüchternen Frau, die neue Kraft aus dem Schauspielunterricht für ein Amateurtheater schöpfte. Sie versichert Karen, dass allein schon durch ihr Erscheinen im Savoy an diesem Abend ein großer Schritt getan ist, den Ballast ihrer Schüchternheit endlich abzuwerfen. Ich schwöre, kaum hat Karen das vernommen, steht sie schon ein klein wenig aufrechter da.

Der Abend geht langsam seinem Ende entgegen, und Marina verbringt die letzten Minuten damit, uns zu erklären, was wir alle vor dem nächsten Seminar erledigen müssen. Sie gibt uns drei Aufgaben mit, die ich pflichtbewusst auf die Rückseite der Seminarunterlagen kritzle, die wir bekommen haben:

1. *Planung: Schreiben Sie all Ihren Ballast auf ein Stück Papier und begraben Sie es – im wahrsten Sinne des Wortes!*
2. *Produkt und Perfekte Verpackung: Sehen Sie sich als einen Markenartikel. Ihre Marke soll ein neues Image bekommen. Organisieren Sie ein Treffen zu diesem Thema und beachten Sie dazu die ausführlichen Anleitungen in den Seminarunterlagen.*
3. *Potential: Machen Sie einige Testläufe mit ausgesuchten Versuchskaninchen. Wenn möglich, mit drei.*

Die Sache mit den Versuchskaninchen geht anfänglich über meine Schmerzgrenze hinaus. Aber Marina erklärt uns, wir sollten uns dazu nur mit drei verschiedenen Männern verabreden, die normalerweise nicht unserem Geschmack entsprechen. Männer, die wir von vornherein abweisen würden, weil sie genau das Gegenteil von unserem Typ sind. Der Sinn dieser Übung ist anscheinend, unseren Horizont für andere Arten von Menschen zu erweitern, vielleicht sogar neue Seiten an uns selbst zu entdecken und uns daran zu erinnern, dass wir nie von der Verpackung auf den Inhalt schließen sollten. Wer weiß, sagt Marina zum Abschluss, es könnte sogar sein, dass sich eines unserer Versuchskaninchen als Volltreffer erweist!

Auf der Heimfahrt in der U-Bahn sitze ich dicht gedrängt neben einem übergewichtigen Banker-Typen, der sich halb schlafend in seinen Sitz lümmelt. Sein Kopf kippt in regelmäßigen Abständen nach vorn. Teile seines Körpers quellen über die Armstütze auf meinen Sitzplatz herüber und zwingen mich, Abstand zu halten. Als Folge davon muss ich ungemütlich nahe zu der einen Hälfte eines Pärchens aufrücken, das anscheinend meint, die schmatzenden Geräusche feuchter Lippen wären für alle anderen unhörbar, wenn man bei helllichter Neonbeleuchtung im Waggon herumknutscht.

Ich spüre den Vibrationsalarm in meiner Tasche und fische mein Handy heraus. Auf dem Display sehe ich eine SMS von Mel, mit der ich jedes Zusammentreffen beim Verlassen des Savoy pflichtschuldig vermieden habe.

War das nicht zum Schreien? Finde diese Caroline allerdings grenzwertig. Brenne darauf, dir zu erzählen, was ich so gehört hab. Ruf mich morgen an.

»Zum Schreien« hätte ich das Ganze nicht gerade genannt. Amüsant, oftmals peinlich bis oberpeinlich, manchmal anrührend, gelegentlich motivierend – solche Begriffe hätte ich wohl eher gewählt. Zu meiner Überraschung bin ich innerlich hin und her gerissen, und das finde ich ziemlich bedenklich. Ich spüre schon, wie sich mein fester Vorsatz, Marinas Programm nach zwei Seminaren aufzugeben, relativiert, wenn er nicht gleich ganz über Bord geworfen wird. Sosehr ich mich auch von dem Ganzen innerlich distanzieren möchte und vorgeblich nur als spöttische Beobachterin für einen guten Artikel in der *Me* dort bin, bin ich nicht sicher, ob ich diese Haltung auf Dauer aufrechterhalten kann. Nicht, dass ich irgendwelche Unterstützung dabei brauchte, meinen Traummann zu finden! Und vermutlich besteht auch keine Gefahr, dass ich so ein Programm jemals ernst nehmen könnte. Aber immerhin gibt es da inzwischen auch noch die anderen Teilnehmerinnen, und bei vier von ihnen habe ich das vage Gefühl, dass sie mir nicht mehr völlig fremd sind. Die ganze Sache jetzt aufzugeben oder, schlimmer noch, mich insgeheim darüber lustig zu machen würde für mich irgendwie nach Falschheit und mangelnder Solidarität riechen.

Und ich muss ja auch schließlich nichts weiter tun, als meine Hausaufgaben zu erledigen und halbwegs den äußeren Schein zu wahren.

Teil 2

11. Ein Begräbnis

Wir löffeln gerade unsere Müslischüsseln leer, als Millie aus heiterem Himmel verkündet, dass sie nicht in die Schule gehen will. Als ich sie frage, warum nicht, erzählt sie mir eine neue Leidensgeschichte darüber, wie übel ihr dort von einer Gruppe siebenjähriger Mädchen mitgespielt wird. Gestern haben sie ihr anscheinend die Schuld dafür in die Schuhe geschoben, dass überall auf dem Spielplatz die Korbbälle im Regen liegen geblieben sind. Und Miss Penwith, die Sportlehrerin, hatte ihnen ihre Petzerei, ohne genauer nachzufragen, einfach geglaubt. Millie war am Boden zerstört. Nicht nur, weil sie von Miss Penwith ausgeschimpft worden war. Ungleich schlimmer war für sie das Gefühl gewesen, obwohl sie es noch nicht ganz in Worte fassen kann, von den anderen Mädchen verraten worden zu sein.

Ich weiß, sie fragt sich immer wieder, was sie nur an sich hat, dass ihre Schulkameradinnen manchmal so gemein zu ihr sind. Gibt es an ihrer Art etwas auszusetzen, oder liegt es an den anderen? In schwachen Momenten frage ich mich das auch manchmal. Aber meist bin ich mir ganz sicher, dass das Problem bei diesem Mädchenklüngel liegt, in dem sich eine verhängnisvolle Gruppendynamik entwickelt hat.

Ich will keine überbehütende Mutter sein, aber ich nehme mir fest vor, zur Schulleiterin zu gehen, wenn sich so etwas noch einmal wiederholt. Für den Augenblick rede ich Millie gut zu und versichere ihr, das Entscheidende sei, dass sie für sich selbst die Gewissheit hat, nichts Falsches getan zu haben. Am Ende werde immer die Wahrheit siegen. Mein Gott, wo hat man als Erwachsener bloß diese abgedroschenen Phrasen her?, frage ich mich. Hat sich das in der Realität jemals bewahrheitet, oder vergrößern wir damit für unsere Kinder nur jene schreckliche Enttäuschung, die sie später umso härter trifft?

Ich überrede Millie, trotzdem in die Schule zu gehen, indem ich ihr verspreche, dass ich früher von der Arbeit komme und sie abhole und wir beide uns dann einen speziellen Mädchennachmittag machen, während Jill auf Jack aufpasst. (Nur wenn ich diese beiden Namen ganz kurz hintereinander hersage, schwirrt mir unweigerlich der Kinderreim »Jack and Jill go up the hill ...« durch den Kopf, und dann wünsche ich mir, ich hätte eine Babysitterin eingestellt, die auf den Namen Carmen oder so hört.) Ziel unseres Ausflugs ist nach Millies Vorstellung die Buch- und Schreibwarenhandlung WH Smith, um dort ein neues Federmäppchen zu kaufen (hellrosa ist der gewünschte Farbton), gefolgt von heißer Schokolade und Bananenkuchen bei Mortons.

Es sind Momente wie diese, in denen ich dafür belohnt werde, die Luxuswelt von Glitter, Glamour und Lippenstift-Pröbchen aufgegeben zu haben. Denn die Idee, sich spontan einen Nachmittag für Millie freizunehmen, wäre bei Chanel undenkbar gewesen. Selbst wenn ich es mit Hilfe von Notlügen geschafft hätte – indem ich beispielsweise gesagt hätte, ich ginge zu einer Verkaufsflächenbesichtigung bei Harvey Nichols –, so hätte mir das schiere Pensum an Arbeit, das mich am gleichen Abend noch erwartet hätte, ganz zu schweigen vom belastenden Schuldgefühl am darauffolgenden Morgen, den ganzen Ausflug vermiest. Einmal habe ich tatsächlich einen Versuch unternommen. Doch der freie

Nachmittag, den ich mit Jack beim Kinderturnen im Sportverein Tumbletots verbrachte, wurde durch das unaufhörliche Klingeln meines Handys und meine daraus resultierende Gereiztheit ruiniert.

Bei Cottage Garden Foods ist es nicht annähernd so schwierig, menschlich zu sein. Das heißt allerdings nicht, man könnte es sich dort leisten, stets die Wahrheit zu sagen. Und wenn Anna Wyatt einem aus irgendwelchen Gründen im Nacken sitzt, dann kann man ihr nur schwer entkommen. Aber die meiste Zeit geht es im Marmeladen-Business gemächlicher zu, und ein verbummelter Nachmittag zieht keine gravierenden Konsequenzen nach sich.

Also muss ich heute nur einen kurzen Eintrag in meinen Terminkalender schreiben (Treffen mit J. M. bei T. S.), das gibt mir genügend Spielraum für Ausflüchte, falls irgendjemand Fragen stellen sollte. Außerdem hinterlasse ich eine Ansage auf meiner Mailbox, dass ich in einer Besprechung bin und am nächsten Morgen zurückrufe.

Nachdem ich dann den ganzen Vormittag die Gewinnprognosen für die Marmelade »Pure Gold – Thin Cut« zu meiner Zufriedenheit überarbeitet habe, hole ich also, wie versprochen, Millie und Jack von der Schule ab. Ich vertraue Jack Jills Obhut an und breche mit Millie zu unserem Ausflug auf. Zu meiner großen Überraschung wählt sie ein türkisfarbenes Federmäppchen aus und entscheidet sich für Schokoladentorte statt Bananenkuchen. Ich fange ernsthaft an, mich zu fragen, ob die Veränderungen in meinem Leben auch irgendwie auf sie abfärben.

Den ganzen Nachmittag sprechen wir nicht über Korbbälle oder die Mädchen in der Schule, sondern beschäftigen uns mit angenehmeren Themen wie unserem geplanten Kinobesuch von *Die Verlorene Prinzessin* und dem Zwergkaninchen, das ich ihr zum achten Geburtstag schenken will. Millie wirkt nach unserem kurzen Ausflug wieder fröhlicher, und für mich bedeutet er eine willkommene Ablenkung von den Grübeleien darüber, was mir am Abend noch bevorsteht.

Ich habe nämlich beschlossen, dass dieser Abend ebenso gut wie jeder andere ist, um meinen Ballast abzuwerfen und zu begraben. Es muss getan werden, da ich beim nächsten Seminar sicher danach gefragt werde, und ich bin nicht hundertprozentig sicher, ob es mir gelingt, eine plausible Ausrede zu finden.

Mein letzter Versuch, etwas im Garten zu begraben, fand statt, als Jack und Millie einmal beide von Warzen geplagt wurden. Nachdem ich mich bitter darüber beklagt hatte, dass keine der herkömmlichen Tinkturen den kleinen Höckern den Garaus machen konnte, erzählte mir jemand von einem alten chinesischen Hausmittel. Es bestand darin, in fünf aufeinanderfolgenden Nächten ein Stück rohes Fleisch (Rind, Schwein, Huhn – anscheinend war das einerlei) in einer Socke auf die Warzen zu legen. Jeden Morgen musste man dann das benutzte Stück Fleisch im Garten vergraben, vorzugsweise unter irgendeiner heilkräftigen Pflanze.

Ich befolgte diesen Rat bis ins Detail. Millie fand das ganze Verfahren ekelerregend, aber Jack konnte dem glitschigen Gefühl dieses Umschlags durchaus etwas abgewinnen. Ich muss gestehen, dass ich mich in dieser Angelegenheit insgeheim auf Millies Seite schlug. Aber ich hielt durch. Am sechsten Tag inspizierte ich die Füße der beiden und erwartete allen Ernstes, dass die Warzen weg wären. Aber sie waren noch da, genauso groß wie in der Woche davor, nur leicht aufgeweicht. Zwei Wochen später erzählte ich einem Fußpfleger die ganze Geschichte, und er schüttelte nur ungläubig den Kopf. »Nicht zu fassen, auf was die Leute heutzutage alles hereinfallen.« Er versicherte mir, die Warzen verschwänden von selbst, wenn ich sie einfach in Ruhe ließe. Und zwei Monate später taten sie das dann auch tatsächlich.

Ich hoffe, Marinas Hausaufgabe, das Begräbnis unseres seelischen Ballasts, hat da mehr Erfolg. Die Liste dafür habe ich noch nicht erstellt, denn ich vermute, das könnte einige Zeit in Anspruch nehmen. Dazu muss ich eine Zeit lang allein und ungestört sein, um in Ruhe darüber nachdenken zu können. Also ist mein Ziel, Jack und Millie heute Abend früh ins Bett zu bekommen. Deshalb schlage ich ihnen vor, das Abendessen in eine Pyjama-Party umzufunktionieren, zu der wir alle, mich eingeschlossen, im Nachtgewand erscheinen müssen. Wir sitzen zusammen in der Küche, nippen an heißer Schokolade und essen dazu Toast mit Erdnussbutter – Millie in ihrem kurzärmeligen Barbie-Nachthemd (eigentlich ist es viel zu dünn für Anfang März), Jack in einem alten Spiderman-Pyjama, den er von Ollie geerbt hat, kombiniert mit seinem Cowboyhut, und ich in meinem Lieblingsschlafanzug aus blau-weiß kariertem Flanell. Dann sehen wir uns noch eine halbe Stunde *Jurassic Park II* an, ich stelle als Vorsichtsmaßnahme die Uhr eine halbe Stunde vor, und die beiden gehen anschließend tatsächlich friedlich ins Bett. Jack erscheint nur zweimal oben auf der Treppe: einmal, um zu fragen, ob er sein Pistolenhalfter und die Stulpen zum Schlafen anlassen darf (nein), und das zweite Mal, um zu fragen, ob ich ihm noch einen Kuss geben kann (na klar).

Dann setze ich mich hin, um mich der gewaltigen Aufgabe zu stellen, alles, was mich in meinem Leben belastet und einer Begegnung mit dem Mann meiner Träume im Wege steht, niederzuschreiben.

Nachdem ich das Blatt Papier eine Stunde lang angestarrt habe, unterbrochen nur von gelegentlichen Spaziergängen durch die Küche, um mein Denken anzukurbeln, ist mir noch immer nichts eingefallen. Ich halte mich nicht für zu dick. Ich bin vielleicht sieben oder acht Pfund schwerer, als ideal wäre, falls ich in der Öffentlichkeit in einem Bikini erscheinen müsste. Ich hätte zwar nichts dagegen, ein bisschen schlanker zu sein, aber ich habe auch keine Komplexe wegen Übergewichts. Meines Erachtens erfüllt dieser Punkt nicht die Kriterien von seelischem Ballast.

Und für hässlich halte ich mich auch nicht. Ich bin keine Jennifer Lopez, aber ich weiß, ich bin vorzeigbar, und es gab Zeiten in meinem Leben, in denen mich manche Leute sogar als hübsch bezeichnet haben. Das Licht, das Make-up und meine seelische Verfassung müssen zwar jeweils stimmen, aber es liegt durchaus im Bereich des Möglichen, dass mich jemand wieder einmal so nennen könnte.

Ich finde noch nicht einmal, dass ich dumm, minderwertig oder irgendetwas anderes bin, von dem Marina Boyd annimmt, das könnte vielleicht mein Problem sein. Als ich mich wieder vor mein Blatt Papier setze, diesmal mit einem Glas Wein, um meinen Einfällen etwas auf die Sprünge zu helfen, bin ich tatsächlich felsenfest davon überzeugt, dass ich keinerlei Ballast mit mir herumschleppe.

Da ist nur diese eine Sache.

Mein Mann hat mich verlassen.

Mein Mann hat mich verlassen, weil er nicht mehr verheiratet sein wollte. Er hat mich verlassen, obwohl er mir einmal versprochen hatte, dass wir für immer zusammen sein würden. Er hat mich sitzen lassen mit zwei reizenden Kindern, deren Augen mich ständig an ihn und an die Tatsache erinnern, dass wir sie nun nicht gemeinsam großziehen werden, als richtige Familie, die ich bis dahin für einen unveränderlichen Bestandteil meines Lebens gehalten hatte.

Das ist es, was es für mich so schwierig macht, in der Küche zu stehen und für Millie Pasta mit Käsesauce zu kochen, wenn David neben mir steht. In dem Leben, das ich mir immer vorgestellt hatte, stellte das Kochen von Mahlzeiten für Kinder, mit einem Ehemann an meiner Seite, irgendwie den Inbegriff von Familienleben dar. Und ein paar Jahre lang war es ja auch so gewesen. Wir kochten und aßen zusammen, und wir lachten und spielten und stritten miteinander. Und all das werden wir nie wieder tun.

Was war schwerer, habe ich mich oft gefragt: Stück für Stück meine ganze Liebe zu David abzubauen? Die Erinnerung an seine Berührung aus meinem Gedächtnis zu streichen? Meinem Herzen abzugewöhnen, jedes Mal beim Klang seiner Stimme Purzelbäume zu schlagen? Meinen Körper gegen seine Nähe zu wappnen? Oder zu akzeptieren, dass unsere kleine Familie für immer zerbrochen ist? Vielleicht war alles ungefähr gleich schwer.

Ich nehme meinen Stift und schreibe auf das leere Blatt: *David hat mich verlassen. Der Mann, den ich liebte, hat mich verlassen.*

Ich halte einen Augenblick inne, bevor ich weiterschreibe: *Ich werde meine Kinder nie wieder gemeinsam mit ihrem Vater großziehen. Wir werden nie mehr eine Familie sein.*

Dann gehe ich in mein Schlafzimmer und suche einen Schuhkarton. Ich nehme das Bild von David und mir mit Jack und Millie von der Kommode und aus seinem Rahmen und lege es in die Schachtel. Dann gehe ich wieder nach unten, ziehe im Flur Mantel und Schuhe an und gehe zurück in die Küche. Ich falte das Stück Papier, auf das ich meinen Ballast geschrieben habe, und lege es in die Schachtel auf das Foto. Dann öffne ich, die Pflanzenkelle in der Hand, die Tür zu unserem winzigen Südlondoner Hinterhausgärtchen, und mir stockt der Atem, als mir die ungewöhnlich kalte Märzluft in die Lungen sticht.

Es wird nicht leicht werden, das weiß ich. Der Boden ist immer noch gefroren, und die Schuhschachtel ist viel zu groß für ihren Inhalt. Ich brauche zwanzig Minuten, um unter dem Kamelienstrauch ein Loch in die Erde zu hacken, das groß genug ist, aber schließlich habe ich es geschafft. Ich lege die Schachtel hinein und häufe die Erde wieder darüber.

Und dann brechen in mir alle Dämme. Ströme von Tränen fließen, sie laufen mir die Wangen hinunter und tropfen auf die Erde. Vielleicht hätte ich mich mit dem Graben leichter getan, wenn ich zuerst geweint hätte. Mir ist bewusst, dass ich einen seltsamen Anblick bieten muss. Eine Verrückte in einem blau-weiß karierten Flanellschlafanzug und Mokassins, die mitten in einer Spätwinternacht in ihrem Garten auf der Erde kniet und sich die Augen aus dem Kopf weint. Trotzdem kann ich im Augenblick nicht damit aufhören.

Als meine Tränen schon fast versiegt sind und ich die restliche Erde wieder in das Loch zurückgeschaufelt habe, stehe ich auf und werfe einen Blick auf unser Haus. Oben an ihrem Schlafzimmerfenster steht Millie und sieht zur mir herunter, aber es ist mir nicht möglich, in der Dunkelheit ihren Gesichtsausdruck zu erkennen. Wie lange beobachtet sie mich schon? Habe ich etwa so laut geweint? Oder ist es ihr sechster Sinn, den ihr meine Hebamme schon als Winzling zugeschrieben hat? Für einen Augenblick überfällt mich ein Gefühl, als hätte ich sie hintergangen, und ich würde mich am liebsten umdrehen und die Schachtel wieder ausgraben.

Aber ich kann nicht. Ich weiß, dass ich das nicht schaffe. Mir bleibt nichts anderes übrig, als ins Haus zurückzugehen und ihr zu sagen, dass ich Granulat ausgelegt habe, damit die Füchse meine schönen Kamelien nicht fressen.

Ich habe noch genügend andere Fotos von David und mir mit den Kindern. Jede Menge. Aber die sind weggesteckt in Fotoalben, oder ganz unten im Dielenschrank verstaut.

Dieser Teil meines Lebens ist ja keinesfalls für immer ausgelöscht. Ich werde ihn nur einfach nicht mehr so offen ausstellen.

12. Auf der Suche nach einem neuen Image

Obwohl ich bisweilen gezwungen war, es zu verbergen, war ich stets eine gute Schülerin. Seit meinem achten Lebensjahr habe ich mich, kaum dass ich von der Schule nach Hause kam, hingesetzt und Hausaufgaben gemacht, bevor ich mir etwas im Fernsehen ansah. Falls mich meine Eltern je ermahnen mussten, meine Aufgaben zu machen, kann ich mich zumindest nicht mehr daran erinnern. Selbst auf der Uni habe ich meine Essays immer termingerecht abgegeben. Und nur ein einziges Mal musste ich eine Nachtschicht einlegen, um eine Arbeit fertig zu schreiben, während meine Mitbewohner regelmäßig mit geschwollenen Lidern und dunklen Ringen unter den Augen am Frühstückstisch erschienen, da sie bis zum Morgengrauen an ihren Essays geschrieben hatten. Dann hetzten sie zum Campus hinüber, um sie abzugeben, bevor sie wieder in ihr Bett sanken.

Also ist es für mich schwierig, eine Liste mit Hausaufgaben vor mir zu sehen und sie nicht sofort in Angriff zu nehmen. Da ich gestern Abend ja meinen Ballast begraben habe, richtet sich nun meine ganze Aufmerksamkeit auf die Organisation dieser obligatorischen Konferenz, auf der mir ein neues Image und eine perfekte Verpackung verpasst werden sollen. Dank eines kurzen Telefonats mit Mel, bei dem sie mich mit ein paar interessanten Geschichten von Dienstagabend ergötzt und mir zudem versichert hat, der Scheck über tausend Pfund sei in der Post, habe ich zumindest schon einmal entschieden, wer daran teilnehmen soll. Das Komitee zur Optimierung von Allys Markenimage wird aus drei Frauen und einem Mann bestehen, sorgfältig ausgesucht, damit ein ehrliches, aber ausgewogenes Feedback gewährleistet ist.

Clara (natürlich als Vorsitzende): ausgewählt, weil sie einem nie etwas durchgehen lässt und daher die Gruppe zu Ergebnissen führen wird, mit denen ich auch etwas anfangen kann.

Lisa: Kollegin und Vertraute – kennt mich bei der Arbeit; war lange Zeit Single und weiß daher genau, wie es ist, wenn man nur noch in Gummibund-Stretchhosen mit den engsten Freundinnen Chablis trinken will, obgleich das der todsichere Weg zu ewiger Jungfernschaft ist.

Sara: verheiratet, mit zwei kleinen Kindern; sie weiß, wie man sich fühlt, wenn einem drei Speckrollen über einen tief angesetzten Jeans-Bund quellen. Und sie kennt die bleierne Müdigkeit und Erschöpfung, vergleichbar mit der eines Amateurbergsteigers auf dem Weg zum Grand-Canyon-Plateau. Und das nicht etwa auf dem Rücken eines Esels. Tag für Tag.

Und schließlich George: Er sieht ständig Frauen, die eine Menge falsch machen, und außerdem hat er ein untrügliches Gespür für Stil.

Ich bin mir dessen bewusst, dass es riskant ist, George einzuladen, da ich gelegentlich mitbekommen habe, dass er Leute mit seiner Offenheit tief verletzt hat. Ich erinnere mich an eine ziemlich kleine junge Frau mit Übergewicht, die eines Tages in seinen Salon kam, während George mich noch frisierte. George fragte sie, wie sie sich ihren neuen Schnitt vorstelle, und sie erwiderte: als fransigen, kinnlangen Bob. »O nein, nein, nein, Darling«, hatte er entsetzt ausgerufen. »Ihr Gesicht ist viel zu dick dafür. Sie müssen eine andere Frisur tragen.« Die junge Frau stand mit rotem Kopf und Tränen in den Augen auf und marschierte schnurstracks aus seinem Laden. Aber ich hoffe, dass George mir gegenüber etwas mehr Fingerspitzengefühl an den Tag legt.

In den Seminarunterlagen wird geraten, einer der Imageberater solle ein heterosexueller Mann sein. Vielleicht einer meiner früheren Freunde. Ich bin mir nicht sicher, ob ich diesen Punkt erfüllen kann. Außerdem habe ich die Geschichte einer gewissen Amerikanerin gelesen, die alle ihre Verflossenen kontaktierte und sie fragte, was sie von ihr gehalten und warum sie damals mit ihr Schluss gemacht hatten. Sie bekam eine Menge bitterer Reaktionen als Feedback, die sie besser nie gehört hätte, und als Folge davon ging dann auch noch ihre Ehe in die Brüche.

Ex-Freunde und Ehemänner sind demnach als Berater definitiv ausgeschlossen. Aber welche Männer bleiben dann noch? Da gibt es Arbeitskollegen wie Daniel, der zwei Schreibtische weiter sitzt, oder Paul Delaney von der Werbeagentur, aber die beiden an meinem geheimen Image-Erneuerungs-Projekt teilhaben zu lassen wäre unprofessionell, wenn nicht gar peinlich. Und da ist natürlich noch mein Bruder, aber ich bin nicht sicher, ob er mir eine große Hilfe wäre. Er ist der toleranteste Mensch auf der Welt und scheint mich für die Göttin der Werbebranche zu halten. Sosehr ich mir auch das Hirn zermartere, ich kann nicht mit einem passenden heterosexuellen Bekannten aufwarten, also müssen es eben auch drei Frauen und ein schwuler chilenischer Frisör tun. Mel wird natürlich ebenfalls mit von der Partie sein, aber ausschließlich als Beobachterin.

Außerdem gibt es da immer noch das Dilemma, unter welchem Vorwand ich dieses Treffen überhaupt abhalten will. Clara und Mel sind natürlich in das Geheimnis über den Zeitschriftenartikel eingeweiht, aber Sarah,

Lisa und George sind völlig ahnungslos, und vielleicht sollten sie das besser auch bleiben. Wie zu erwarten, hat Marina auch dafür praktische Tipps auf Lager, und in unseren Seminarunterlagen stehen dazu folgende Vorschläge:

Nancy, ich bewundere es sehr, wie du dich anziehst und präsentierst. Ich hoffe, es macht dir nichts aus, wenn ich dich etwas Persönliches frage. Ich habe mir vorgenommen, in diesem Jahr einen Partner fürs Leben zu finden. Bevor ich mit der Suche anfange, will ich sicherstellen, dass ich so gut aussehe, wie es mir möglich ist. Daher würde ich mich sehr freuen, wenn du mir helfen könntest herauszufinden, was ich dazu vielleicht an mir verändern muss.

Ich überlege mir diesen Vorschlag sorgfältig, bevor ich eine E-Mail an Lisa schicke.

Von: ally.james@cottage.garden.foods.co.uk
An: lisa.gibbons@cottage.garden.foods.co.uk

Lisa,
eine Freundin von mir überlegt sich, ob sie den Beruf wechseln und Typberaterin werden soll, und ich habe mich bereit erklärt, am nächsten Freitagabend ihr Versuchskaninchen zu spielen. Anscheinend braucht sie mich als jemanden, der ein Feedback bezüglich Frisur, Make-up, Kleidung, Auftreten etc. benötigt. Dazu sind dann auch noch ein paar andere Leute erforderlich, die mir ebenfalls ein Feedback geben, damit sie daran ihre Kommunikationsstrategien üben kann. Du weißt schon, was ich meine. Könntest du mir einen riesigen Gefallen tun und mich dazu besuchen kommen? Ich verspreche dir, der Pinot wird uns nicht ausgehen, und obendrein verrate ich dir noch das geheime Chutney-Rezept meiner Mutter.

Dann schicke ich folgende E-Mail an Clara:

Von: ally.james@cottage.garden.foods.co.uk
An: clara.wilson@PetersandYoung.com

Suche verzweifelt Hilfe. Siehe unten. Du hast die anderen noch nie getroffen, also dürfte es für dich nicht schwer sein, so zu tun, als wärst du die arme Carole Caplin, die sich ihren mickrigen Lebensunterhalt irgendwie zusammenkratzen muss, und nicht die erfolgreiche Unternehmensberaterin, die ein sechsstelliges Gehalt bei einer renommierten Firma verdient.
Bitte lass mich nicht im Stich.

Claras Antwort lässt geschlagene drei Stunden auf sich warten. Als sie dann doch kommt, fühle ich mich beim Lesen wie ein kleines Mädchen.

Von: clara.wilson@PetersandYoung.com
An: ally.james@cottage.garden.foods.co.uk

Ich tue alles für dich, Schätzchen. Bin aber der Meinung, dass du ein bisschen zaghaft klingst. Denk dran: Dein Image aufzupolieren, damit du einen passenden Mann findest, der dich in teure Restaurants und in schicke Hotels in Venedig einlädt, ist nichts, für das du dich schämen müsstest. Alle Frauen machen das ständig, daher ja auch der riesige Erfolg von solchen Styling-Shows wie Trinny & Susannah.

PS: Nach dem zu urteilen, wie ich mich in letzter Zeit fühle, brauche ich bald selber eine Lebensberaterin, statt eine zu spielen. (War nur Spaß. Bin noch nicht ganz so verzweifelt.)

Clara hat vermutlich Recht. Ich bin zu zaghaft. Aber nun ist es zu spät. Die Lüge ist schon draußen, und jetzt muss ich die Geschichte aufrechterhalten. Ich nehme den Hörer ab und wähle Georges Nummer.

»Hallo, hier ist Ally James. Kann ich bitte mit George sprechen?«

»Ja, sicher, oder kann ich gleich einen Termin für Sie ausmachen?«, fragt Emma, die im Salon an der Kasse sitzt und gelegentlich auch allen, außer George natürlich, beim Haarewaschen aushilft.

»Eigentlich möchte ich lieber mit George selber sprechen, wenn es geht.«

»Klar«, sagt Emma, »einen Moment.« George ist innerhalb von Sekunden am Apparat. Er kann nicht wahnsinnig viel zu tun haben.

»Hallo, Darling. Was gibt's?«, fragte er mit tiefer Besorgnis in der Stimme. »Sind Sie nicht zufrieden mit Ihrem neuen Schnitt?«

»Oh, doch, doch. Der ist perfekt«, versichere ich ihm eilig. »Es ist nur, ich möchte Sie um einen Gefallen bitten.« Dann tische ich George dieselbe Lügengeschichte auf wie Lisa, außer dass wir beim Begriff der Stilberaterin eine Weile hängen bleiben, weil George sich nichts Genaues darunter vorstellen kann. Als ich es ihm erklärt habe, sagt er begeistert zu.

»Also, das klingt ja nach sehr großem Spaß. Ich kann es kaum erwarten. Soll ich etwas mitbringen?«

»Nur Sie selbst, George. Ich sorge für alles andere. Ist acht Uhr okay?«

»Passt wunderbar, Darling. Bis dann.«

Der Anruf bei Sara ist ein Kinderspiel. Sie freut sich über jede Gelegenheit, einmal ohne Charles auszugehen. Wenn er sich nämlich um das Abendessen, Baden und Zubettgehen der Kleinen kümmert, ist es viel leichter für sie, aus dem Haus zu kommen, als die Kosten einer Babysitterin zu rechtfertigen und eine zu organisieren. Um halb drei nachmittags haben alle zugesagt, und ich bin stolz auf mich, trotz Claras Ermahnung. Ich klopfe mir im Geiste zufrieden auf die Schulter, dass ich es geschafft habe, dieses Treffen für mich zu organisieren. Da klingelt das Telefon und bestellt mich zu einem anderen Treffen, auf das ich lieber verzichten würde.

»Mrs James? Guten Tag, hier ist Mrs Davis, aus der Schule.«

Ich werde in der Schule immer als Mrs James tituliert, obgleich James mein Mädchenname ist, nicht der, den ich vor dem Traualtar angenommen habe. In Großbritannien haben wir Hemmungen, jemanden »Miss« zu nennen, obgleich es mittlerweile auf jedem offiziellen Formular ein eigenes Kästchen für diese Anrede gibt.

»Oh, guten Tag. Ist alles in Ordnung?« Ich möchte die Mutter sehen, die nicht sofort erstarrt, wenn sie einen Anruf aus der Schule ihres Kindes bekommt. Entweder ist irgendein schrecklicher Unfall passiert, der ein sofortiges Erscheinen erforderlich macht, oder sie wird um die Begleitung von zwanzig Fünfjährigen bei einem eintägigen Ausflug ins Naturkundemuseum gebeten.

»Kriegen Sie keinen Schreck«, sagt Mrs Davis, und ich glaube schon fast, dass sie wegen des Naturkundemuseums anruft. »Ich rufe deshalb an, weil es einen kleinen Vorfall in der Schule gegeben hat, und ich dachte, dass Sie davon erfahren sollten.«

»Ja, sicher, und was ist geschehen?«, frage ich misstrauisch.

»Mrs James, es geht um Millie. Es sieht so aus, als hätten einige der anderen Mädchen ihre Sportkleidung schmutzig gemacht. Anscheinend haben sie eine zerquetschte Banane, Kaugummi und Honig darauf verschmiert, und ich fürchte, dass einiges davon ruiniert ist. Es tut mir schrecklich leid.«

Sowohl Mrs Davis als auch ich wissen beide, dass es uns nicht um die ruinierten Sportsachen leid tut. Das Problem, um das es hier geht, ist Millie, und wie demütigend und kränkend es für sie war, als sie ihre verklebten, stinkenden Sportsachen aus der Tasche nahm und sah, dass Mitschülerinnen, die eigentlich ihre Freundinnen sein sollten, ihre Sachen kaputtgemacht hatten. Das Problem sind diese bestimmten Mädchen in ihrer Klasse und warum sie es so sehr darauf abgesehen haben, Millie zu schikanieren. Und das alles – so kommt es mir zumindest vor – mittlerweile fast täglich.

»Nun, das klingt ja ziemlich ernst. Da komme ich wohl besser mal vorbei, meinen Sie nicht?«, sage ich nüchtern.

»Ja, das wäre sicher keine schlechte Idee. Können Sie es irgendwann diese Woche einrichten? Sagen wir zum Beispiel, heute nach der Schule?«

Ich werfe einen Blick in meinen Terminkalender. Darin stehen eine Stunde Briefing der PR-Agentur und eine Telefonkonferenz mit den Verantwortlichen aus der Produktion wegen des Problems mit der Verklumpung. Ich entscheide mich rasch, den ersten Termin ausfallen zu lassen und den zweiten zu delegieren.

»Ja. Das geht. Ich fahre gleich los«, sage ich.

Ich erkläre meiner Assistentin Philippa, dass ein Notfall eingetreten ist, und bitte sie, mich bei der PR-Agentur zu entschuldigen. Anschließend frage ich unsere Junior Product Managerin, ob sie mich bei der Telefonkonferenz um vier Uhr nachmittags vertreten kann. Nicki freut sich, dass sie helfen kann. Sie ist einer jener Menschen, die aufblühen, wenn sich ein Drama abzeichnet und sie ihre Tatkraft unter Beweis stellen können.

Diese Konferenz, mit dem Ziel, mich für mögliche Partner attraktiver zu machen, kommt mir auf einmal völlig absurd vor. Während ich damit beschäftigt war, sie zu organisieren, ist mein Kind, das ich mehr liebe als mein Leben (das ist und bleibt meine höchste Priorität, Marina, hörst du?), schikaniert und gekränkt worden und fühlt sich jetzt sicher einsam und verloren, als wäre die ganze Welt sein Feind. Und wie fast alles, was meinen Kindern passiert, ist es vermutlich irgendwie meine Schuld.

13. Die Rettung

Letztes Jahr veranstaltete die Schule ein Seminar über die Stärkung des kindlichen Selbstwertgefühls. Da ich so viele erschreckende Meldungen gelesen hatte, in denen behauptet wurde, dass Kinder geschiedener Eltern unter einem niedrigen Selbstwertgefühl leiden, reagierte ich auf das Thema vermutlich übersensibel. Mir erschien es schon schwer genug, überhaupt ein gesundes Selbstbewusstsein aufzubauen, selbst ohne eine Trennung der Eltern. Ich wusste nicht ganz genau, was dieser Begriff alles umfasst, aber ich war mir sicher, dass ein gesundes Selbstwertgefühl in unserer heutigen Zeit unentbehrlich, gleichzeitig leicht zu erschüttern und in entscheidendem Maße abhängig von der Erziehung durch uns arme, fehlgeleitete Eltern sein musste.

Der Abend erwies sich dann als erhellend und unterhaltsam – abgesehen von einigen höchst ärgerlichen Einwürfen zweier Mütter, die ganz klar der Meinung waren, alle Erziehungsweisheit mit dem Löffel gefressen zu haben, ganz zu schweigen natürlich von dem Aspekt der Selbstachtung. (Sie kennen ja solche Leute. Die professionelle Mutter. Sie zieht unweigerlich einen ganzen Pulk Kinder groß – zwei wären da nie genug – und äußert eine lautstarke Selbstsicherheit über die Art und Weise, wie sie diese erzieht. Es gibt nichts in puncto Elternschaft, zu dem sie keine Meinung hat – und die teilt sie einem in so beiläufigem und selbstgefälligem Ton mit, dass man sie vor dem gesamten Elternbeirat am liebsten verkloppt hätte. Es ist allerdings ein Fehler anzunehmen, dass die professionelle Mutter stets Hausfrau ist, denn das ist in der Regel noch nicht einmal der Fall. Die professionelle Mutter, die ›nebenberuflich‹ als Managerin oder Bankerin arbeitet, ist möglicherweise sogar die allerschlimmste.)

An diesem Abend erfuhr ich eine Menge über gesundes Selbstbewusstsein. Ein Grundsatz, an den ich mich noch klar erinnern kann, lautet, wir sollten unsere Kinder unterstützen, sie aber nie retten. Sie beim Umgang mit einem Problem zu fördern hilft ihnen, Selbstvertrauen aufzubauen; sie zu retten macht sie ängstlich und abhängig. Mrs Davis hat sich diese Regel offensichtlich ebenfalls gut gemerkt, denn sie zitiert sie, als ich ihr auf einem leicht wackligen Stuhl mit einer abgewetzten braunen Sitzfläche in ihrem Büro gegenübersitze. Ihr Kopf sieht aus wie gerahmt von einem riesigen Fleck schmuddeliger, abblätternder Farbe an der dahinterliegenden Wand.

Mrs Davis meint zu dem Vorfall mit der Sporttasche, wir sollten Millie helfen, bessere Strategien zu entwickeln, mit solchen Dingen umzugehen, und ihr damit ermöglichen, der »unerwünschten Aufmerksamkeit« der »stärkeren und durchsetzungsfähigeren« Mädchen in ihrer Klasse etwas entgegensetzen zu können. Sie gibt zu, Millies Klasse sei »besonders schwierig« und neige unerwartet häufig zu »Gemeinheiten«. Und so ganz nebenbei hat sie auch noch ein paar Tipps zur Entfernung von Bananen- und Honigflecken parat. Bei Kaugummi allerdings muss auch sie passen.

Ich höre Mrs Davis zu und überlege, ob ich ihrem Rat folgen soll. Aber ich kann ihr einfach nicht den nötigen Respekt entgegenbringen. Stattdessen schildere ich ihr die Situation aus meiner Sicht. Und die stellt sich für mich so dar, dass es in Millies Klasse anscheinend eine unverhältnismäßig große Anzahl von schwierigen und gemeinen Rabaukenmädchen gibt, die ihr Woche für Woche fiese Streiche spielen, ohne dass ihnen irgendwelche Konsequenzen drohen. Vermutlich wurden nach dem Vorfall mit dem Turnbeutel noch nicht einmal deren Eltern angerufen und auch nicht wegen all der anderen, bei denen Millie bereits Zielscheibe war. Ich zähle sie alle der Reihe nach auf: gehässige Botschaften auf dem Anrufbeantworter von anonymen, aber leicht erkennbaren Anruferinnen; wiederholtes Ausschließen vom gemeinsamen Spiel; Anschwärzen wegen angeblichen Diebstahls einer Haarspange; falsche Anschuldigungen, die Korbbälle draußen liegen gelassen und damit ruiniert zu haben; und nun das hier.

»Es tut mir leid, dass Ihnen das so vorkommt, Mrs James. Aber Sie müssen verstehen, dass solche Rowdymädchen in der Regel selbst sehr unsichere Persönlichkeiten sind. Sie brauchen unsere Unterstützung, wenn sie ein angemessenes Verhalten lernen sollen«, sagt sie mit einer Ruhe, die mich auf die Palme bringt.

»Also, mal sehn, ob ich Sie richtig verstehe«, sage ich betont ruhig mit zusammengebissenen Zähnen. »Millie wird einmal, bisweilen zweimal wöchentlich von einer Mädchenbande schikaniert, die Sie als ›Rowdymädchen‹ bezeichnen, in einer Klasse, die, wie Sie selbst sagen, zu Gemeinheiten neigt. Aber Sie möchten gern, dass ich Millie dabei helfe, sich selbst zu helfen, und das alles nur, damit Sie sich nicht mit diesen Mädchen oder ihren Eltern auseinander setzen müssen. Habe ich das so richtig verstanden?«

»Mrs James, ich glaube nicht, dass ich das gesagt habe. Ich meine nur, dass Sie Millie am besten dadurch helfen, wenn Sie ihr helfen, sich selbst zu helfen. Sie braucht unsere Hilfe, um eine stärkere Durchsetzungskraft zu entwickeln.«

Ich habe das Wort »helfen« noch nie so oft aus dem Mund von jemandem gehört, der so peinlich genau darauf bedacht war, diese Hilfe nicht zu leisten. Diese Frau hat so wenig Einfühlungs- und Vorstellungsvermögen, dass sich ihre Lebensweisheit auf völlig alberne Floskeln reduziert. Ich habe sie noch nie leiden können.

Verdammt noch mal! Wenn je eine schulische Notsituation eine elterliche Rettungsmission erforderlich machte, dann diese.

»Nun, ich danke Ihnen für diese erhellenden Erklärungen, Mrs Davis. Ich werde Ihnen in Kürze einen Brief schreiben, dass ich Millie von der Schule nehme. In der Zwischenzeit erwarte ich aber, dass Sie die Eltern der Mädchen kontaktieren, die für diese Schweinerei verantwortlich sind, und ihnen mitteilen, dass sie ihren Anteil beim Ersatz von Millies Turnzeug bezahlen müssen.«

Ich stehe entschlossen auf und stoße dabei den wackligen braunen Stuhl um. Aber ich denke gar nicht daran, ihn wieder hinzustellen. Dass Eltern ein derart schmutziges, unbequemes Sperrmüllrelikt angeboten wird, ist eine Beleidigung, für die ich mich gerne revanchiere.

»Die Turnschuhe waren von John Lewis und haben zwanzig Pfund gekostet«, füge ich in scharfem Ton hinzu, als ich zur Tür hinausmarschiere.

Ich komme gerade noch rechtzeitig, um Jack und Millie am Schultor abzuholen. Millie zieht ihren blauen Turnbeutel hinter sich her; ich sehe einen dunklen Fleck, wo die zerquetschte Banane durch den Stoff dringt. Millie und Jack sind ganz überrascht und hocherfreut, mich zu sehen. Jill dagegen ist nur überrascht. »Was ist los?«, meint sie. »Haben Sie geglaubt, ich würde vergessen, sie abzuholen?«

»Nein, natürlich nicht«, erwidere ich. Dann gehe ich in die Hocke, nehme Millie in die Arme und sage: »Ich wollte nur herkommen und meiner Prinzessin sagen, dass ich sie liebe und dass sie sich wegen mir keine Gedanken mehr darüber machen soll, dass ihr Turnzeug verdreckt ist. Sie wird es sowieso nicht mehr viel länger brauchen.«

14. Neue Perspektiven

Vielleicht habe ich einen Fehler gemacht. Hazlecroft, wo Jack und Millie derzeit zur Schule gehen, ist eine von nur zwei akzeptablen Schulen in unserer Gegend. Beide haben dem Vernehmen nach keine freien Plätze mehr und lange Wartelisten. In einem Anfall elterlicher Selbstgerechtigkeit habe ich Millie effektiv im schulischen Niemandsland ausgesetzt.

Ich rufe Clara an. Sie stärkt mir den Rücken und meint, dass ich das Richtige getan habe. »Was blieb dir anderes übrig, Ally? Diese Frau hat eindeutig ein Herz aus Stein – außer was diese jungen Missetäterinnen angeht –, kombiniert mit dem Urteilsvermögen eines Kängurus. Sie hätte nie etwas gegen dieses Problem unternommen, und du hättest Millie früher oder später sowieso dort herausnehmen müssen.«

Dann rufe ich David an, der um einiges weniger verständnisvoll reagiert.

»Mein Gott, Ally. Wie konntest du so etwas tun? Was ist, wenn die andere Schule sie nicht aufnimmt? Jetzt müssen wir am Ende noch eine Privatschule bezahlen. Du musst unbedingt zurückgehen und dich entschuldigen. Sag Mrs Dingsbums, dass du der Schule noch eine Chance gibst.«

Wenn es nur um meinen Stolz ginge, dann könnte ich vielleicht zu Mrs Davis zurückkriechen und die Sache vergessen. Aber darum geht es nicht. Millies Glück und – ich wage zu behaupten – ihr gesundes Selbstvertrauen stehen auf dem Spiel. Und ich bin mir so sicher wie noch nie zuvor in meinem Leben: Wenn sie dort bleibt, bei dieser Direktorin und diesen Mädchen, dann wird sie niedergebügelt. Jack hat dort anscheinend noch keine Probleme, aber es ist vermutlich nur eine Frage der Zeit, bis auch er den Druck der Stärkeren zu spüren bekommt, das ist so sicher wie das Amen in der Kirche.

Heute habe ich mir die Aufgabe gestellt, die Schulleitung von St George's zu überzeugen, sowohl Millie als auch Jack aufzunehmen. Oder vielmehr habe ich mir vorgenommen, eine langwierige Kampagne zu starten, die vermutlich erforderlich ist, um die beiden dort unterzubringen. Zu den Hürden, die auf dem Weg dorthin überwunden werden müssen, gehört, dass man mir mitteilen wird, das Schuleinzugsgebiet sei neu festgelegt worden. Und wir lebten jetzt gerade knapp außerhalb davon, und die Schule sei voll und habe eine Warteliste von dreihundert Schülern. Aber ich will mich nicht entmutigen lassen. Wenn fünfzig Anrufe erforderlich sind, dann werde ich eben diese fünfzig Anrufe machen. Ich werde die Sache wie eine Marketingkampagne angehen. Was anscheinend bei Orangenmarmelade – und bei der Partnersuche – klappt, das müsste doch schließlich auch funktionieren, um die schulische Zukunft meiner Kinder zu sichern.

Derart vorbereitet auf einen langwierigen Kreuzzug, lässt sich meine Überraschung kaum beschreiben, als die Direktorin von St George's, Celia Harris, mir am Telefon mitteilt, sie hätten zufällig zwei Plätze frei, da eine Familie sie gerade diese Woche darüber informiert habe, dass sie aus der Gegend wegzieht. Sie müsse die Plätze allerdings zuerst noch ein paar anderen Familien auf der Warteliste anbieten, werde mir aber Anfang der folgenden Woche Bescheid geben können.

Als ich den Hörer auflege, schwanke ich zwischen Zuversicht und leichter Verzweiflung. Ich muss etwas tun, was mich ablenkt, also beschließe ich, Nick anzurufen und ihm zu sagen, dass ich mich nun doch freuen würde, wenn Alan sich bei mir meldet.

Was mich umgestimmt hat, war Marinas Versuchskaninchen-Übung, die uns zeigen soll, »dass wir niemanden voreilig nach dem äußeren Schein bewerten sollen«. Natürlich weiß ich, dass Menschen – genau wie alles andere im Leben – verborgene Seiten haben können. Dieses Mantra habe ich Jack und Millie sicher bereits tausendmal vorgebetet, mit derselben Hartnäckigkeit, mit der ich sie auch darauf hinweise, dass sie »bitte« und »danke« sagen sollen. Eltern erfüllen diese Pflicht im guten Glauben, dass sie eines Tages, wenn sie vielleicht acht oder neun, sicher aber, wenn sie zwanzig sind, zu irgendjemandem gänzlich unaufgefordert »danke« sagen. Und dann kann man sich dazu gratulieren, dass man ein kultiviertes Mitglied der menschlichen Gesellschaft aufgezogen hat.

Aber sosehr ich auch davon überzeugt bin, dass man Menschen nicht nach dem äußeren Anschein beurteilen soll, muss ich dennoch gestehen, dass ich bei Männern nie nach diesem Grundsatz gehandelt habe. Ich habe mich niemals mit jemandem verabredet, der mir nicht auf Anhieb gefiel. Und seit meinem einundzwanzigsten Lebensjahr bin ich dabei nicht mehr von meinem bevorzugten Typ abgewichen. Davor hatte ich keine Ahnung, auf welchen Typ Mann ich eigentlich stehe, daher ging ich mit allen möglichen Jungs aus, einfach nur so zum Spaß. Im Zuge dessen erlebte ich ein paar Katastrophen, aber ich vermute, sie dienten alle einem bestimmten Zweck: nämlich herauszufinden, welches mein Typ war.

Und dieser Typ ist dunkelhaarig, schlank und nicht übermäßig groß. Ein bisschen geheimnisvoll sollte er sein. Vielleicht sogar mit einem Hauch von Exotik. Auf keinen Fall durchschnittlich. Bloß nicht. So wie David. Und vor ihm Eddie. Eddie erwies sich am Ende allerdings als gar nicht so außergewöhnlich. Im Gegenteil, im Vergleich zu den Jungs, mit denen meine Freundinnen ausgingen, war er viel durchschnittlicher – ein Graphikdesigner mit langen Haaren und melancholischem Blick, der im Bett Socken trug. Doch dann kam David – und der war nun wirklich mein Typ.

Jetzt habe ich also beschlossen, mich mit drei Männern zu verabreden, die vollkommen anders sind als David. Drei Männer, die sonst absolut nicht mein Typ sind. Ein dritter Kandidat ist mir noch nicht eingefallen, aber ich weiß, wer die ersten beiden sein werden.

»Hallo, Nick, ich bin's«, melde ich mich.

»Ally, hallo! Hör mal, ich hab deine E-Mail am Dienstag bekommen. Aber ich hab noch etwas damit gewartet, Alan zurückzurufen. Ich war gerade dabei, es zu tun.«

»Ach, deswegen rufe ich eigentlich auch an. Ich habe irgendwie meine Meinung geändert. Ich glaube, ich war einfach nur ziemlich gestresst. Millie wird in der Schule gemobbt, und ich habe sie dort heruntergenommen. Jetzt muss ich abwarten, ob sie woanders einen Platz bekommt. Und dann hab ich mir schließlich gedacht, es ist ja nur eine Verabredung, nichts weiter. Ich meine, er erwartet doch nichts, oder?« Das ist die euphemistische/harmlose Formulierung für »Er wird doch nicht gleich nach dem Dessert mit mir schlafen wollen?«, da ich etwas Rücksicht auf die Gefühle meines Bruders nehmen muss.

»Oh. Nein, natürlich nicht. Er ist wirklich ein netter Kerl. Es wird euch beiden Spaß machen. Und schaden kann es ja auch nicht, oder?«, meint er beruhigend.

»Also gut. Du kannst ihm meine Nummer geben. Sag ihm, ich freue mich auf seinen Anruf.«

»Wunderbar, Schwesterchen. Wird gleich erledigt. Und was meinst du, wie wird das mit der Schule ausgehen?«, fragt er noch.

»Im Augenblick ist noch alles offen. Es gibt einen Platz in St George's. Wenn ich hartnäckig dranbleibe, dann bekomme ich ihn vielleicht tatsächlich.«

»Wird schon klappen«, meint er zuversichtlich. »Du hast noch immer alles bekommen, was du dir in den Kopf gesetzt hast.«

Tatsächlich?

Mein nächstes Versuchskaninchen ist ein Geniestreich. Nicht das Versuchskaninchen selbst, sondern dass ich auf die Idee mit ihm kam.

Vor Weihnachten bemerkte ich, dass die Deckenlampen am Eingang und im Wohnzimmer ständig flackerten. Als ich das Nick gegenüber erwähnte, äußerte er die wohlüberlegte (und vermutlich korrekte) Vermutung, es liege wohl an defekten Transformatoren.

»Was ist ein Transformator?«, hatte ich gefragt und gehofft, das sei etwas, was ich im Baumarkt erstehen und ohne große Anstrengung austauschen könnte.

»Das ist ein Bauteil, das die Dimmer für die Lampen steuert. Sie sind sehr anfällig und halten nicht sehr lange. Du wirst einen Elektriker brauchen, der sich das mal ansieht.«

So ein Mist.

»Willst du, dass ich nachsehe, ob ich jemanden in deiner Gegend kenne?«, fügte er, wie immer sofort hilfsbereit, hinzu.

»Das wäre toll«, hatte ich erwidert. »Ich könnte keinen guten Elektriker von einem schlechten unterscheiden, auch wenn man mich mit der Nase darauf stoßen würde.«

Zwei Tage später schickte mir Nick eine E-Mail mit dem Namen und der Telefonnummer eines verlässlichen und preisgünstigen Elektrikers: Gary Hamilton von Hamilton & Sons. Gary kam mit seinem Vater, Bob, vorbei, und sie reparierten meine Transformatoren für ganze fünfundsiebzig Pfund. Ich erinnere mich daran, dass ich den beiden eine Tasse Kaffee brachte, als sie nachdenklich auf ein Gewirr von farbigen Drähten starrten, das aus einer offenen Steckdose heraushing. Als Gary mir den Kaffee mit seiner ringfreien Hand abnahm, wandte er sich mir zu und schenkte mir ein wunderbares, einladendes Lächeln. Keinesfalls die Art von Lächeln, mit dem man Fremde bedenkt, wenn man selbst glücklich liiert ist. Gary ist also genau der Richtige.

Er ist das perfekte Versuchskaninchen. Das Einzige, was ich an ihm nett finde und was ansatzweise meinem Typ entspricht, ist Garys Lächeln. Alles Übrige an ihm ist so weit von dem entfernt, was ich für meinen Typ halte, dass er vermutlich als Versuchskaninchen für mich wesentlich unproblematischer ist als Alan. Er ist Elektriker, also vermutlich nicht sonderlich exotisch. Ich könnte wetten, dass er sich nicht für Literatur interessiert. Er ist sicher ein begeisterter Fußballfan, der jedes zweite Wochenende damit verbringt, durchs halbe Land zu fahren, um sein Team anzufeuern.

Natürlich wird er mich nie fragen, ob ich mit ihm ausgehe, also muss ich ihm diese Frage stellen. Aber selbst das ist in Ordnung. Laut Marina ist es akzeptabel, die weibliche Zurückhaltung einmal fallen zu lassen und von sich aus jemanden zu fragen. Jetzt muss ich mir nur noch ein Problem mit der Elektrik in unserem Haus ausdenken, damit er vorbeikommen und es reparieren kann.

Ich gehe langsam durchs Haus und versuche ein solches Problem zu entdecken. Dazu muss ich nicht lange suchen. Bald erkenne ich, dass dieses Haus vom Standpunkt eines Elektrikers aus gesehen eine Katastrophe ist. Der Dunstabzug über dem Herd funktioniert schon seit Monaten nicht mehr; das Kabel der Waschmaschine steckt etwa drei Meter von ihr entfernt in einer Steckdose, da diejenige direkt hinter dem Gerät anscheinend kaputt ist; und in jedem Zimmer des Hauses gibt es noch zwei oder drei kaputte Glühbirnen in den Deckenlampen (manche davon hängen sogar an ihren Drähten herunter wie eine billige Deckendekoration). Die Glühlampen stecken in jener Art von Fassungen, bei denen man das Auswechseln unmöglich selbst vornehmen kann, ohne über einen Abschluss in Astrophysik sowie die Fingerfertigkeit eines Herzchirurgen zu verfügen. Um alle Lampen in Ordnung zu bringen, brauche ich vermutlich ebenfalls einen Elektriker. Die Herausforderung wird also nicht darin bestehen, für Gary genügend Arbeit zu finden, sondern darin, die Liste an Reparaturen so zusammenzustreichen, dass ich es mir noch leisten kann.

Ich entscheide, dass ich mit dem kaputten Dunstabzug leben kann (ich hatte eigentlich noch nie ein Problem mit Essensgerüchen, die ungehindert zur Decke steigen), und ich werde auch weiterhin damit klarkommen, dass das Kabel für den Waschmaschinenanschluss quer durch den Raum verläuft. Also werden die kaputten Lampen repariert, denn die haben mich, wie mir erst jetzt so richtig klar wird, schon die ganze Zeit genervt.

Ich rufe die Nummer auf der Visitenkarte an, die Bob mir vor Monaten dagelassen hat: »Hallo, hier ist Bob von Hamilton & Sons. Gary und ich sind gerade unterwegs oder telefonieren auf der anderen Leitung, aber bitte hinterlassen Sie eine Nachricht. Wir melden uns so bald wie möglich.«

»Hallo, guten Tag, hier ist Ally James«, sage ich nach dem Piepton in einer Stimme, die sicher meine eigentlichen Absichten verrät. »Sie haben vor ein paar Monaten eine Reparatur bei mir erledigt, in der Rosemere Road. Nun gibt es noch ein paar andere Dinge, die ich gern machen lassen würde. Also, es wäre sehr nett, wenn Sie mich anrufen. Danke.«

Mist. Ich habe vergessen, meine Telefonnummer zu hinterlassen, und Hamilton & Sons haben sie vielleicht nicht mehr. Die beiden haben auf mich nicht den Eindruck gemacht, als seien sie ein streng organisierter Elektrobetrieb mit einem funktionierenden Reparaturenprotokollsystem.

»Hallo, hier ist noch einmal Ally James. Tut mir leid, ich habe vergessen, Ihnen meine Nummer zu hinterlassen. Sie lautet 0208 623 5657. Vielen Dank.«

So. Mit zwei meiner drei Versuchskaninchen praktisch im Kasten, muss ich jetzt nur noch warten. Und den wöchentlichen Einkauf im Supermarkt erledigen. Die Autoschlüssel und den schwarzen Müllsack, den ich draußen in die Tonne werfen will, in der Hand, muss ich allerdings erst noch einen Anruf von Philippa über mich ergehen lassen. Sie will mit mir unbedingt für heute Nachmittag um zwei Uhr eine Konferenzschaltung mit Paul Delaney arrangieren.

Sollte nicht eigentlich der Kunde bestimmen, wann Besprechungen stattfinden?, ärgere ich mich insgeheim.

»Ja, natürlich kann ich mir das einrichten«, antworte ich, und mir wird sofort klar, dass ich den geplanten Besuch im Fitnessstudio, bevor ich die Kinder von der Schule abholen muss, vergessen kann. Wieder einmal.

Ich gehe zur Tür hinaus und werfe den Müllsack in

die Tonne, die so voll ist, dass ich den Deckel nicht mehr herunterdrücken kann. Wenn ich Glück habe, wird bald die Müllabfuhr kommen. Wenn nicht, werden die Füchse schneller sein und den Müll auf der ganzen Straße verstreuen, aber immer noch so nahe vor meinem Eingang, dass ich dafür verantwortlich bin, alles wieder einzusammeln.

Abgelenkt durch die schlimmen Befürchtungen, dass mir heute Nachmittag lästiges Mülleinsammeln droht, werfe ich beim Hinaustreten auf den Bürgersteig einen Blick zurück zum Mülleimer. Und stoße als Folge davon geradewegs mit jener unglückseligen Person zusammen, die in dem Moment zufällig draußen vorbeigeht. Beim Zusammenprall fällt meine Tasche auf den Boden, und ich taumle gegen die Backsteinmauer zurück. Mit unterdrückter Stimme murmle ich Beschimpfungen vor mich hin, aber ich kann sie eigentlich an niemanden loswerden, da alles eindeutig meine Schuld ist. Alles, was ich tun kann, ist, meinen Ärger hinunterzuschlucken und meine Tasche aufzuheben. Aber da ich nicht schnell genug bin, hebt sie der Passant für mich auf. Als er mir die Tasche reicht, erkenne ich ihn sofort als den Mann mit dem Buggy. Nur hat er heute wohl seinen kinderwagenfreien Tag. Charmant ist er auch noch, denn er entschuldigt sich, obwohl wir doch beide wissen, dass ich der Trottel war, der nicht auf den Weg geachtet hat.

»Ist alles in Ordnung?«, fragt er mit dem unüberhörbaren Akzent der amerikanischen Südstaatler. »Das war ja ein ziemlich heftiger Zusammenstoß. Es tut mir wirklich leid.« Er fasst mich mit der Hand vorsichtig am Ellbogen, als müsse er mich stützen.

»Nein, nein. Ich bin ja selber schuld. Ich habe, wie immer, nicht aufgepasst, wo ich hingehe«, sage ich und verdrehe die Augen.

»Ihre Tasche hat etwas abbekommen, fürchte ich. Da ist eine große nasse Stelle, wo sie hingefallen ist.«

»Oh, Sie haben Recht. Aber das macht nichts. Es ist eine alte Tasche und sie wird schon wieder trocknen.«

Ich weiche dem Blick seiner angenehm graugrünen Augen aus, die mich mitfühlend und besorgt ansehen. Er nimmt seine Hand von meinem Ellbogen, was sehr schade ist, da ich die Berührung genossen habe. Mein Herz setzt einen Schlag aus, so als würde ich gerade über die erste Kuppe der Legoland-Wildwasserrutsche sausen.

Ich weiß nicht, warum ich plötzlich so mutig bin. Vielleicht deshalb, weil ich es heute Morgen geschafft habe, bei Gary anzurufen, obwohl ich genau wusste, dass es mir dabei nicht um Reparaturen ging, sondern um die Erfüllung meines Masterplans. Vielleicht wirken ja auch Marinas Ermahnungen, mit denen sie ständig unser Selbstbewusstsein zu stärken versucht.

»Ich glaube, ich habe Sie hier schon vorbeigehen sehen. Mit ihrer kleinen Tochter«, sage ich.

»Ja«, erwidert er mit herzlichem Lächeln. Eine markante Falte erscheint auf seiner rechten Wange und verleiht seinem Gesicht eine irgendwie reizvolle Asymmetrie. »Das ist Grace. Ich bringe sie jeden Morgen in die Kinderkrippe, damit ich eine Zeit lang zum Arbeiten komme. Ich bin jetzt gerade auf dem Weg, sie abzuholen.«

Aha. Kinderkrippe. Arbeit. Entweder lebt er allein mit Grace, oder er ist Hausmann und lebt mit einer Art Karrierefrau und Hauptverdienerin zusammen. Seinen Ringfinger kann ich nicht sehen, aber der taugt mittlerweile ja sowieso nicht mehr als verlässlicher Indikator des Partnerschaftsstatus.

»Also, dann geh ich jetzt besser mal weiter«, sagt er. Mir fällt nichts ein, was ich sonst noch sagen könnte, um ihn aufzuhalten, daher lächle ich ihm zu und bedanke mich nochmals.

Als ich vor meinem Wagen stehe, fummle ich noch eine Weile mit den Schlüsseln herum und beobachte ihn, wie er die Straße hinuntergeht und um die Ecke verschwindet. Von seiner großgewachsenen Statur her entspricht er nicht ganz meinem Typ, und seine Haarfarbe ist aschblond. Könnte er sich als mein drittes Versuchskaninchen eignen?

Oder könnte vielleicht sogar mehr daraus werden?

15. Make-up

Da ich an diesem Wochenende die Kinder habe, bin ich am Abend nicht zum Ausgehen verabredet. Fast bin ich versucht, ihn damit zu verbringen, Nadeln in selbstgemachte Voodoopuppen zu stechen, die für die Eltern stehen, die mit mir um die beiden Plätze in St George's konkurrieren. Sobald ich den Gedanken verworfen habe, mache ich mich daran, einige Vorbereitungen für die Konferenz zum Thema »Perfekte Verpackung« zu treffen, die für nächsten Freitag angesetzt ist. Marina legt großen Wert darauf, dass wir vor dem Feedback anderer Leute eine Art Selbstbewertung vornehmen. Ich habe die Seminarunterlagen auf meinen raffinierten Spritzschutz-Kochbuchständer gestellt, den mir meine Mutter letztes Jahr zu Weihnachten geschenkt hat, und werfe immer wieder einen Blick hinein, während ich für Jack und Millie Würstchen mit Kartoffelbrei koche.

Ich habe diesen Abschnitt schon einmal gelesen, aber ich stelle mir vor, dass ich mir so die Details besser merken kann. Ganz oben auf der Liste steht »Kleidung«, die anscheinend Folgendes nicht sein darf: zu weit oder zu eng; zu sexy oder zu konservativ; zu aufdringlich; zu gestylt (also nicht Vivienne Westwood?); zu schwarz (nicht einmal ein Max-Mara-Pullover?); und auch nicht in übertriebenem Business-Stil. Dass die Jogginghosen mit den Löchern nicht erlaubt sind, versteht sich von selbst, nicht einmal für den Gang zur Post.

Ich merke, dass eine Selbstbewertung schwieriger ist, als ich gedacht hatte. Zwar glaube ich nicht, dass ich irgendeine von Marinas Kleiderregeln breche, aber hundertprozentig sicher bin ich mir nicht. Schließlich ist das, was die eine für topmodern hält, für eine andere schon das Jahr davor reif gewesen für den Secondhandshop. Vielleicht muss ich tatsächlich bis nächsten Freitag warten, um zu einem abschließenden Urteil zu kommen.

Ich blättere um (was immer ziemlich mühsam ist, mit diesem Spritzschutz), und dabei tropft mir aus Versehen ein Klecks Kartoffelbrei auf die Seite (womit ich den Sinn und Zweck dieser Vorrichtung zunichte mache, die ja gerade dazu gedacht ist, solche kulinarischen Nebenwirkungen zu vermeiden und das Kochbuch in jungfräulichem Zustand zu erhalten). Als ich den Kartoffelbrei abwische, entdecke ich ein strenges Gebot, das ich beim ersten Mal überlesen haben muss.

Tragen Sie IMMER einen Push-up-BH mit Drahtbügeln: Wenn Sie über dreißig sind, werden Sie mit ziemlicher Sicherheit einen brauchen.

Ich hasse BHs mit Drahtbügeleinlage. Ich habe schon vor langer Zeit entdeckt, dass ich für Drähte, die mir den ganzen Tag über in die Rippen piksen, eine ungewöhnlich niedrige Toleranzschwelle aufweise. Vor etwa drei Jahren musste ich aber auch feststellen, dass meine Brüste viel von ihrer einstigen Festigkeit verloren haben. Aber als Mittel dagegen würde ich niemals einen Drahtbügel-BH akzeptieren. Ich entschied mich stattdessen für ein wahres Wunderwerk an Damenwäsche namens »Uplifter« von Marks & Spencers, eine schlichte weiße und freimütig schnörkellos verarbeitete Wäschekonstruktion aus Lycra-Baumwolle-Gemisch. Diese wirkt wahre Wunder am Busen der Frau über fünfunddreißig, die der Ansicht ist, Metall und Haut sollten nie zu nah aufeinander treffen, und die daher eine Kompressions- und Hebewirkung diesem Gestänge mit Push-up-Funktion vorzieht.

Allerdings kann man ihn einfach nicht als sexy bezeichnen. Er ist auch nicht gerade hässlich, eher so etwas wie »unscheinbar«. Ich habe das Gefühl, dass unscheinbar bei Marina nicht ausreichend sein wird und dass die drei Uplifter in meiner Wäscheschublade zeitweilig zugunsten einer lächerlich unbequemen Konstruktion aus Draht, Seide und Spitze ausgesondert werden müssen.

Ich übergehe den nächsten Abschnitt, der sich mit der Frisur befasst. Da ich mich entschieden habe, mir die Haare nicht wieder ganz kurz schneiden zu lassen, habe ich Marinas Kriterien in diesem Bereich bereits erfüllt. Es gibt auch einen Absatz übers Haarefärben, aber ich weigere mich, auch nur in Erwägung zu ziehen, dass meine Strähnchen nicht in Ordnung sein könnten, bestehen sie doch aus einem liebevoll gestalteten Zusammenspiel vier verschiedener Blondtöne, das alle acht Wochen unter großen Mühen von einem wahren Genie mit Pinsel und Alufolie herbeigezaubert wird.

Ich will gerade zum Abschnitt über Make-up weitergehen und die Würstchen anrichten, als mich das Telefon aus meinem Zustand perfekter Haarpracht-Selbstzufriedenheit herausreißt. Sofort verspüre ich beim Abheben des Hörers eine gewisse Nervosität. Ist es vielleicht Gary wegen der Lampen oder Alan mit einer Einladung zum Abendessen?

»Hallo, spricht dort Ally?«, fragt er in seinem gepflegten Tonfall.

»Ja, am Apparat«, erwidere ich wie nebenbei, als hätte ich nicht den ganzen Tag auf diesen Anruf gewartet.

»Hallo. Hier ist Alan, erinnern Sie sich noch, wir haben uns bei Nick und Kate getroffen?«, erklärt Alan in fragendem Ton. Ich bin sicher, am Ende dieser langen Erklärung höre ich ein leises Schlucken.

»O ja. Selbstverständlich erinnere ich mich. Wie geht es Ihnen?«, erwidere ich.

»Gut. Sehr gut. Und Ihnen?«

»Ich mache gerade Würstchen, aber es geht mir sehr gut«, sage ich. Ich möchte nicht unhöflich sein, aber gleichzeitig will ich ihm auch andeuten, dass diese Unterhaltung nicht ewig dauern kann. Ich muss zusehen, dass meine Kinder etwas zu essen bekommen, und außerdem würde ich gern einfach nur die Versuchskaninchen-Nummer durchziehen, ohne langes telefonisches Vorspiel.

»Oh, tut mir leid. Dann mache ich es kurz. Ich will ja schließlich nicht, dass die Würstchen anbrennen!« Er macht eine kleine Kunstpause, entweder, weil er erwartet, dass ich über seinen Scherz lache, oder weil er für die folgenden Worte seinen ganzen Mut zusammennehmen muss. Ich bin mir nicht sicher, welches von beidem zutrifft. »Ich fand unser Zusammentreffen neulich so nett, dass ich mich gefragt habe, ob Sie eventuell Lust hätten, mit mir einmal zum Abendessen auszugehen. Vielleicht irgendwann nächste Woche?«

Voilà. Er hat es ausgesprochen. Das muss ich ihm lassen: Diesmal waren keine hörbaren Anzeichen von verlegenem Schlucken feststellbar.

»Sehr gerne«, erwidere ich. »Ich könnte es mir am Mittwoch nächster Woche einrichten.« Für ein Rendezvous mit einem Versuchskaninchen ist ein Wochentag, da mit weniger hohen Erwartungen belastet, sehr viel günstiger als ein Freitag oder Samstag. Zwar liegt Mittwoch noch vor meiner Typberatungs-Konferenz am Freitag, aber ich nehme nicht an, dass das bei einem Rendezvous mit jemandem, von dem ich sowieso weiß, dass er nicht mein Typ ist, viel ausmacht. Außerdem schien er ja am letzten Sonntag auch nicht abgeschreckt von meinem Äußeren, und schließlich wird er auch nicht das kleinste Fitzelchen meines Uplifters zu sehen bekommen, also besteht selbst an dieser Baustelle kein Grund zur Sorge.

»Wunderbar. Soll ich Sie abholen oder treffen wir uns irgendwo?«

Klarer Fall, wir treffen uns irgendwo. »Ach, ich glaube, es wäre einfacher, wenn wir uns auf halber Strecke treffen, finden Sie nicht?«, schlage ich vor.

»Gut, wie wär's um acht Uhr im Bluebird? Ich habe bei denen die offenen Kamine gebaut, also geben sie sich immer Mühe, mir einen guten Tisch zu reservieren.« Ich glaube nicht, dass er das gesagt hat, um mich mit seinem Einfluss auf die Tischwahl zu beeindrucken. Er ist eher der Typ Mann, der pingelig mit Details ist, etwa welche Art von Kamingitter zu welchem Kaminsims passt und ob ein beliebtes Restaurant auf der King's Road am Mittwochabend einen Tisch freihat oder nicht.

»Sehr gut. Bis dann«, sage ich, bringe es dabei aber nicht über mich, eine besonders ermutigende Herzlichkeit in meinen Tonfall zu legen. »Ich freue mich auf den Abend.« Das Bluebird passt sehr gut. Dort ist viel Lärm und Betrieb, kein Ort für allzu große Vertraulichkeit. Und es ist weit genug von seinem und meinem Haus entfernt, so dass sich eine Einladung auf einen anschließenden Kaffee bei ihm oder bei mir von selbst erübrigt.

»Also dann. Ich freue mich auch«, verabschiedet er sich und legt auf.

Gary Hamilton ruft nicht an. Selbstverständlich wird ein Elektriker nicht nach sechs Uhr an einem Freitag zurückrufen, und schon gar nicht am Wochenende (es sei denn, es ist ein übereifriger Einmannbetrieb mit Sechstagewoche). Trotzdem zucke ich jedes Mal zusammen, wenn das Telefon klingelt. Die beiden ersten Anrufe sind von »Kitchens Direct« (ob ich einen unverbindlichen Kostenvoranschlag für eine neue Küche möchte und dazu die Chance, Küchenschränke im Wert von fünftausend Pfund zu gewinnen?) und von der Themse-Wasserbehörde (Wie beurteilen Sie Ihren letzten Kontakt mit unserem Kundendienst-Team?). Beim dritten Mal ist es ein Anruf von meiner Mutter. Da sehe ich mir gerade mit halbem Auge *Friends* im Fernsehen an, während ich gleichzeitig Marinas Liste der häufigsten Make-up-Fehler überfliege.

»Hallo, mein Liebes«, sagt sie. Die Begrüßung meiner Mutter ist die stimmliche Entsprechung einer herzlichen Umarmung.

»Hallo, Mum. Ich wollte dich auch schon anrufen. Wie geht es dir?«

Wir unterhalten uns etwa zehn Minuten über dies und jenes. Ich verschweige ihr allerdings Millies Schulsituation, denn das würde sie nur beunruhigen, und was hätte das für einen Sinn, wenn die ganze Sache vielleicht am Montag schon ausgestanden ist? Und mit Sicherheit erzähle ich ihr auch nichts über das proaktive Partnerschaftsprogramm, aber ich erwähne das Abendessen mit Alan nächste Woche. Es nimmt sie immer sehr mit, wenn sie daran denkt, wie ich mich allein durchschlage, und sie hegt den kaum verhohlenen Wunsch, mich wieder in einer glücklichen Beziehung zu sehen. Wenn sie den Eindruck hat, dass ich mich zumindest hin und wieder in Gesellschaft potentieller Partner aufhalte, dann kann sie sicher ein bisschen ruhiger schlafen.

Mum und Dad waren vollkommen am Boden zerstört, als ich ihnen sagte, David habe mich verlassen. Wenn eine Scheidung schon in meinem rosigen Bild von der Zukunft nicht vorkam, dann war diese Möglichkeit für sie gänzlich undenkbar gewesen. Da sie selbst seit beinahe vier Jahrzehnten verheiratet sind, hatten sie einfach angenommen, dass ich dieses Muster wiederholen würde. Und anders als ein paar Freundinnen, die im Nachhinein wissende Bemerkungen über Davids schweifende Blicke fallen ließen, fanden Mum und Dad nie irgendetwas Negatives an David. Oder wenn doch, dann behielten sie es für sich. Ihre Bewunderung für ihn und ihr Glaube an unsere gemeinsame Zukunft gehörte zu ihrer optimistischen, toleranten Weltsicht. Als ich noch jünger war, trieb mich ihre mangelnde Kritikfreudigkeit und die Tatsache, dass sie nie laut wurden oder mir eine Szene machten, ziemlich auf die Palme. Manchmal frage ich mich, ob ich nicht, als David und ich beschlossen zu heiraten, mit ein wenig elterlicher Skepsis oder selbst mit unbeholfener und selbstverständlich heftig verübelter Einmischung besser dran gewesen wäre. Vielleicht hätte ich doch auf sie gehört.

Selbst jetzt verurteilen sie ihn nicht. Ebenso wie ich haben sie beschlossen, dass David für Jack und Millie jemand bleiben muss, den sie bewundern können. Also ist kaum je ein schlimmerer Satz von ihnen zu hören gewesen als: »Und, was gibt's Neues von dem alten Halunken?« Sie rufen einfach alle paar Tage an und besuchen mich, wann immer ich sie einlade. Und verwöhnen mich dann mit einer perfekt zubereiteten Tasse Tee und uneingeschränktem Babysitten. Wie ein Ein-Frau-Pressedienst versorgt mich meine Mutter mit Artikeln über Orangenmarmeladenrezepte und Werbeanzeigen zu Marmeladensorten der Konkurrenz, liebevoll aus *Woman's Weekly* oder *Ladies' Home Journal* ausgeschnitten, genauso wie sie mir früher diverses Infomaterial zum Thema Kosmetik zugesandt hat. Ich bringe es nicht übers Herz, ihr zu sagen, dass mir die Agentur täglich ebenfalls einen umfassenden Stapel mit Werbeanzeigen und Artikeln schickt. Doch ihre Mühe ist auch nicht völlig vergebens: Vor einem Jahr nahm sie eine Radio-Talkrunde von Orangenmarmeladenfans aus verschiedenen Regionen auf, die sonst keiner im Voraus entdeckt hatte. Das Band gelangte auf meinen Schreibtisch mit der Beschriftung *Orangenmarmelade März/03, von Deiner Mum.* Es rauschte schrecklich und war kaum zu verstehen – sie muss es aufgenommen haben, indem sie ihren alten Kassettenrekorder direkt neben den Radioapparat stellte –, aber das Zuhören lohnte sich allein schon wegen der unschätzbar wertvollen Zitate eines Marmeladen-Freaks aus den Yorkshire Dales. Tatsächlich verwendeten wir einen seiner Sprüche in einer Werbeserie, die den ganzen folgenden Sommer über lief.

Als ich das Gespräch mit meiner Mutter beende, ist *Friends* vorbei, daher kann ich nun meine volle Aufmerksamkeit Marinas Liste von Make-up-Fehlern widmen. Ihre Top-five-Verbrechen (aufsteigend nach Folgenschwere sortiert, nehme ich an) sind:

1. *zu heller Lippenstift*
2. *zu dick aufgetragene Grundierung*
3. *verschmierter Kajalstift*
4. *Mascara, die die Wimpern verklebt*
5. *blass und ungenügend hervorgehobene Augen*

Mein erster Gedanke ist, dass ich schon viel schlimmere Sünden gesehen habe als diese fünf. Was ist mit den Frauen in den Vierzigern, die immer noch hellblauen, glänzenden Creme-Lidschatten tragen? Oder mit denen, deren Puderrouge wie zwei Streifen Kriegsbemalung quer über die Wangen gestrichen ist? Und nicht zu vergessen der unverzeihliche Missbrauch von Lipliner, der bei manchen Frauen wie ein dünner Kittstreifen auf den Konturen ihrer blassen, trockenen Lippen festsitzt.

Gegen solche massiven Geschmacksverirrungen erscheint mir ein Paar nicht klar hervorgehobener Augen kaum der Rede wert. Zu dick aufgetragene Grundierung ist, zugegebenermaßen, ziemlich hässlich. Aber der an manchen Stellen ein bisschen verschmierte Eyeliner und ein paar Klümpchen Mascara? Es ist heutzutage praktisch unmöglich, eine Wimperntusche zu finden, die nicht verklebt; selbst Chanels beste Mascara wird innerhalb eines Monats nach dem ersten Gebrauch leicht klumpig.

Nach dem Lesen der Liste habe ich das Gefühl, so ziemlich auf der sicheren Seite zu sein. Ich verwende weder Grundierung noch Eyeliner und wische alle Mascaraklümpchen sofort mit einem Papiertuch fort, sobald ich sie entdecke. Mein Lipgloss ist transparent mit einem Hauch von Pink, also kann ich nicht erkennen, wie er irgendjemandem negativ auffallen oder sich mit meinem Teint beißen sollte. Das Schlimmste, was man über mich sagen könnte, ist, dass ich meine Augen zu wenig betone. Ich mache überhaupt nicht viel mit ihnen. Die letzten fünfzehn Jahre habe ich stets genau den gleichen Schwung mit einem blaugrünen Kajalstift unter den Wimpern des Unterlids aufgetragen, und ich kann es an den Fingern einer Hand abzählen, wann ich mich je zur Verwendung von Lidschatten aufgeschwungen habe.

Aber vermutlich geht es gar nicht darum. Ich begehe vielleicht nicht ständig irgendwelche schrecklichen Make-up-Sünden, sondern mein Make-up ist generell zu unscheinbar – die Make-up-Entsprechung zu meinem BH sozusagen. Noch nie habe ich einen ernsthaften Gedanken daran verschwendet, nicht einmal in all den Jahren, in denen ich berufsmäßig andere Leute überzeugen musste, sich schicke Kosmetiktäschchen voller teurer Make-up-Artikel zu kaufen, und ich habe mich diesbezüglich auch noch nie professionell beraten lassen. Aber wenn ich jetzt genauer darüber nachdenke, erscheint es mir sinnvoll, meine eineinhalb Jahrzehnte lang praktizierten Gewohnheiten zu ändern. Ein siebenunddreißigjähriges Gesicht ist eben keine zwanzig mehr.

Ich frage mich, ob sich Clara und Lisa insgeheim schon gedacht haben, ich sollte beim Make-up mal ein bisschen mehr Schwung und Farbe hineinbringen und experimentierfreudiger werden. Vielleicht finden sie mein Make-up sogar hausbacken? Ob mir all das wohl nächsten Freitag an den Kopf geworfen wird, zusammen mit dem Geständnis, dass sie meinen bisherigen Geschmack bei Jeans, Pullovern und Accessoires abscheulich finden? Obwohl ich zuversichtlich bin, dass keiner mit irgendetwas wirklich Schockierendem aufwarten wird (so nach dem Motto *Ich wollte dir schon lange sagen – du hast da dieses Hängebacken-Problem, das du unbedingt angehen solltest*), wird mir langsam ein wenig mulmig, worauf ich mich da eingelassen habe. Es ist sehr gut möglich, dass ich über Jahre hinweg eine Menge minderschwerer Fehler gemacht habe; Dinge, die für sich allein genommen vielleicht nicht so schlimm wären, aber in der Summe doch ein trauriges Bild abgeben.

Plötzlich erinnere ich mich an ein Erlebnis, das ich mit vierzehn hatte. Ich bin mit meinen drei besten Freundinnen im Kino, und die drei Jungs, mit denen wir zusammen da sind, sitzen unmittelbar hinter uns. Es ist eine Art Gruppen-Date – wir hätten nicht sagen können, welches Mädchen denn nun genau zu welchem Jungen gehört. Das Licht im Saal ist noch nicht ausgegangen, also unterhalten wir uns weiter mit gedämpften Stimmen (obgleich nicht gedämpft genug, erinnere ich mich; die Kinobesucher auf den Nachbarsitzen murren schon und schicken missbilligende Blicke in unsere Richtung). Die Jungen beugen sich über unsere Sitzlehnen, und wir haben uns halb zu ihnen umgedreht. Ich trage meinen besten Pullover und blassblaue Cordhosen. Mein Haar ist frisch gewaschen, und der Pony, den ich gerade wachsen lassen will, wird von einer blassblauen Spange aus dem Gesicht gehalten. Ich finde, dass ich ziemlich gut aussehe.

Da sagt einer der Jungen zu mir (ich kann mich nicht einmal mehr daran erinnern, welcher, und auch nicht, ob ich an ihm besonders interessiert war): »Wieso hast du eigentlich so dunkle Ringe unter den Augen? Dagegen solltest du mal was tun.« Ein kurzes Schweigen tritt ein, während bei uns allen langsam durchsickert, was er da eben gesagt hat. Auch ihm schwant, dass das vielleicht gerade etwas unangemessen, ja vielleicht sogar ein bisschen gemein war, und vor lauter Verlegenheit bricht er in ein unterdrücktes Kichern aus. Ich reagiere mit einem lässigen Schulterzucken.

»Ach, ich weiß schon«, sage ich und betone dabei die Worte *ich weiß*, um geheimes Einverständnis anzudeuten. »Die kriege ich immer, wenn ich total müde bin. Ich war gestern Nacht sehr lange auf.«

Der peinliche Moment wird sogleich überdeckt von einem ganzen Chor von *Ich-auchs*, und wir erzählen uns gegenseitig die Gründe, warum wir in der vorhergehenden Nacht unglaublich lange aufgeblieben sind. Meine Geschichte ist, dass ich über Nacht bei Sally Winscott war und wir uns bis zwei Uhr früh heimlich *Der Exorzist* angesehen haben. Tatsächlich hatten wir beide schon um elf tief und fest geschlafen, aber meine dunklen Augenringe brauchten einfach eine gute Erklärung.

Ich glaube nicht, dass die Bemerkung dieses Jungen unseren Abend weiter in Mitleidenschaft gezogen hat. Bald darauf begann der Film, und wir Mädchen drehten uns um und sahen zur Leinwand. Zwei Stunden später, als der Abspann lief, hatten alle bereits vergessen, dass ein taktloser Teenager (zweifellos mit Pickeln und selbst mit dunklen Ringen unter den Augen) etwas zu mir gesagt hatte, worauf ich vor Scham am liebsten auf der Stelle von meinem Kinoklappsitz verschluckt worden wäre.

Alle außer mir. Ich habe das nie wirklich vergessen. Von dem Tag an war ein Abdeckstift für Augenringe fester Bestandteil meines Make-up-Beutels. Es passiert mir nie, dass er aufgebraucht ist und ich noch keinen neuen habe.

16. Kaninchenjagd

Es ist ein klarer und sonniger Samstagmorgen mit einem strahlend blauen Himmel. Ein Himmel, wie man ihn in sehr kalten Gegenden wie den Schweizer Alpen oder den kanadischen Rockies sehen kann, aber nur etwa dreimal in einem englischen Winter. Ohne Rücksicht auf Verluste (ich bin noch im Schlafanzug) stoße ich die Läden auf, um die ganze Herrlichkeit dieses Tages in mein Zimmer zu lassen. Ich wundere mich, dass ich nicht schon bei Tagesanbruch von Jack geweckt worden bin, daher tapse ich über die Diele, um zu sehen, wo er steckt. Ich finde ihn auf dem Boden neben seinem Bett, wo er eine Schlachtordnung zwischen Gruppen winziger Cowboy- und Indianerfiguren aufstellt. Dabei ist ihm sein Cowboyhut ein Stück ins Gesicht gerutscht. Ein Indianer mit einem gewaltigen Kopfschmuck wird ohne Umschweife von einem Figürchen, das aussieht wie ein amerikanischer Kavalleriesoldat, durchs Zimmer geschleudert, wobei Jack die Hintergrundgeräusche dazu liefert. »Diese Stadt ist nicht groß genug für uns beide«, gefolgt von »Ughh« und »Aahh«.

Ich beschließe, ihn nicht zu stören, und sehe stattdessen nach, was Millie macht. Sie liegt zusammengerollt im Bett und liest.

»Was liest du denn, Mill?«, frage ich.

»*Pony auf der Pferdekoppel.* Es ist wirklich gut«, erwidert sie lächelnd.

»Was, besser als *Welpen in der Waschküche*?« Ich beuge mich zu ihr hinunter und gebe ihr einen Kuss.

»Ungefähr gleich gut«, antwortet sie und vergräbt sich wieder in ihrem Buch.

An diesem Morgen werden offensichtlich keine besonderen Anforderungen an mich gestellt. Wie herrlich. Ich marschiere schnurstracks zurück in mein Schlafzimmer, um mich mit meinem eigenen Buch im Bett zu verkriechen. Dieser friedliche Augenblick wird vielleicht nicht lange anhalten, also muss ich rasch handeln, wenn ich das Beste daraus machen will. Aber zuerst gehe ich zum Fenster und ziehe die Läden der unteren Fensterhälfte zu, da mein Anblick im blauen Flanellschlafanzug Mrs Lockhart auf der anderen Straßenseite missfallen könnte.

Und da sehe ich ihn wieder. Den Mann mit dem Buggy. Er schiebt seine kleine Tochter, Grace, in dieselbe Richtung, in die er auch gestern Morgen gegangen ist. Aber er kann sie doch nicht am Samstag in die Kinderkrippe bringen! Wo also kann er so früh am Morgen hingehen?

Zum Park. Der liegt doch in dieser Richtung. Vielleicht geht er tatsächlich zum Park. Allein. Ohne die Mutter von Grace oder irgendeine andere Art von Lebensgefährtin.

Angestachelt durch Marinas Seminar überkommt mich eine plötzliche Unternehmungslust, und ich beschließe, mit Jack und Millie ebenfalls in den Park zu gehen. Rasch schlüpfe ich in Unterhose und Jeans und rufe zu den Kindern hinüber, dass sie sich fertig machen sollen, weil wir zum Frühstücken in den Park gehen. Was soll ich nur als Oberteil anziehen? Ein Sweatshirt ist nicht schick genug, oder? Was trägt man überhaupt zu einer solchen sorgfältig eingefädelten ›zufälligen‹ Begegnung im Park? Nachdem ich ein paar Minuten oben ohne vor meinem Frisiertisch gestanden habe und den Kindern währenddessen immer wieder zurufe, sie sollen sich beeilen, entscheide ich mich für ein blassgraues, langärmeliges T-Shirt mit einem tiefrosa eingefassten V-Ausschnitt.

Millie kommt im Nachthemd in mein Zimmer und hat meinen dringlichen Appellen, sich schnell anzuziehen, ganz klar keine Folge geleistet.

»Warum sollen wir jetzt in den Park gehen, Mummy?« Das ist eine durchaus vernünftige Frage.

»Weil es zum ersten Mal seit Ewigkeiten ein phantastischer Tag ist, und ich dachte, es wäre doch lustig, mit heißer Schokolade und Muffins unter diesem großen Baum neben dem Klettergerüst zu frühstücken. Findest du nicht?«

Millie überlegt sich diesen Vorschlag. Ich bin mir nicht ganz sicher, ob sie ihn mir als Begründung abkauft.

»Was meinst du, Millie?«, versuche ich es noch mal.

»Also gut. Ich mach mich fertig«, willigt sie ein, dreht sich um und schlappt in ihr Zimmer zurück. Unterdessen kommt Jack ins Zimmer gestürmt, schon mit Jeans und Pistolenhalfter bekleidet, aber noch ohne T-Shirt.

»Yippie. Wir gehen in den Park!«, jauchzt er.

»Ja, aber du beeilst dich jetzt besser mal ein bisschen, sonst verpassen wir die Sonne. Los, such dir ein T-Shirt und einen Pullover.«

Jack und Millie schaffen es beide ziemlich schnell mit dem Anziehen, aber dafür vergehen quälende Minuten, bis Jack sich zwischen seinen beiden Paar Turnschuhen entschieden hat.

»Meinst du, ich soll heute die blauen oder die weißen anziehen, Mummy?«

»Jack, das ist doch egal. Ach, also gut – die blauen wären am besten«, antworte ich gereizt. »Komm jetzt, sonst sind alle Muffins ausverkauft.«

Wir stürmen zur Tür hinaus. Millie zieht ihr pinkfarbenes Springseil hinter sich her und Jack hält seinen orangegestreiften Rugbyball fest umschlungen. Gott sei Dank scheint die Sonne schon warm, denn ich habe vorher gar nicht überlegt, ob wir etwas zum Überziehen brauchen.

Wir machen einen kleinen Umweg und holen uns bei Starbucks zwei Becher heiße Schokolade und einen Cappuccino mit fettarmer Milch sowie drei Heidelbeer-Muffins. Als wir im Park ankommen, bin ich atemlos vor lauter Spannung, und mein Bauch fühlt sich an, als würde ein ganzer Schwarm Goldfische darin herumschwimmen. Ich kann niemand entdecken. Natürlich kann man um halb neun an einem Samstagmorgen keinen Park voller Leute erwarten, nicht mal an einem so herrlich sonnigen wie diesem, aber ich hätte geschworen, dass mein Buggy-Mann nur hierher unterwegs gewesen sein konnte.

Wir gehen hinüber zu dem ausladenden Apfelbaum am Teich, der – zu Jacks Vergnügen – direkt vor einem großen, mehrstöckigen hölzernen Klettergerüst steht. »Gerüst« ist eine gewaltige Untertreibung für ein derart solides Bauwerk. Es sieht eher aus wie ein Fort, mit Rutschen und hohen Pfosten und jeder nur denkbaren Form von Leitern. Jack nimmt Anlauf, um auf einer Rutsche bis nach oben zu klettern, und drängt Millie, ihm zu folgen. Es ist ihm egal, ob seine heiße Schokolade auf der Bank kalt wird, auf der ich mich gerade ausgebreitet habe. Millie nippt ein paarmal an ihrem Becher, beißt einmal an einem Muffin ab, doch dann lockt auch sie das Kletter-Fort, und schon ist sie weg.

Dann entdecke ich ihn. Ich kann gerade mal das oberste Stück von seinem Kopf über der Mauer um den Sandkasten erkennen. Er verschwindet immer mal wieder und taucht dann wieder auf, als grabe er vornübergebeugt ein Loch in den Sand oder leere ein Sandeimerchen aus. Eine große Erleichterung macht sich in mir breit. Ich wäre mir sehr dumm vorgekommen, wenn diese ganze Eskapade umsonst gewesen wäre. Jetzt muss ich nur noch meinen Cappuccino und den Sonnenschein genießen und darauf warten, dass er mich bemerkt.

Mein Kaffee ist etwa halb getrunken, als er aus dem Sandkasten auftaucht und seinen Blick durch den Park schweifen lässt, wobei er mit der Hand die Augen vor der Sonne abschirmt. Er bemerkt mich sofort, da bin ich mir ganz sicher. Aber er ist viel zu weit weg für einen beiläufigen Gruß, daher nimmt er die Hand wieder herunter, dreht sich um und sagt etwas zu Grace, die noch unten im Sand spielt. Nach ein paar Sekunden taucht auch Grace mit Eimer und Schäufelchen auf und wackelt zum Klettergerüst hinüber, gefolgt von ihrem Vater. Sie ist für Anfang März viel vernünftiger angezogen als meine eigenen Kinder, denn sie trägt einen dicken Wollpullover und eine gestreifte Bommelmütze.

Um nicht einfach nur so dazusitzen, winke und lache ich Jack und Millie zu. Ich stelle fest, ich hätte viel einfacher eine entspannte Gleichgültigkeit vortäuschen können, wenn ich eine Zeitung mitgebracht hätte. Eine Zeitung hätte auch ihre Wirkung bei der *Produktpräsentation* nicht verfehlt – Marinas siebtem *P*. Marina empfiehlt, wann immer man ausgeht, irgendein bestimmtes Präsentations-Requisit mitzunehmen – etwas, was interessante Leute zu einer Bemerkung oder zu Fragen motiviert. Auf der anderen Seite empfiehlt Marina aber auch, man solle in einem Restaurant oder auf einer Parkbank manchmal auch einfach nur dasitzen, denn dadurch erwecke man den Eindruck, man sei aufgeschlossen für ein Gespräch. Sicher gibt es da noch viele Feinheiten bezüglich dieses ganzen Komplexes von Lesestoff als Präsentations-Requisit, die ich noch nicht vollständig erfasst habe. Aber im Augenblick sind das alles ziemlich theoretische Überlegungen, da ich nun einmal zeitungslos auf der Parkbank sitze, als sich der Buggy-Mann neben mich setzt.

»Das ist ja ein schönes Wiedersehen«, sagt er fröhlich in seinem angenehm weichen Südstaatenakzent. »Und ich dachte schon, ich wäre der einzige arme Trottel, der schon vor neun in den Park gehen muss.«

»Absolut nicht«, erwidere ich lächelnd. »Millie und Jack konnten es kaum erwarten, als sie gesehen haben, dass die Sonne scheint.« Insgeheim bete ich inständig, dass keines der Kinder angerannt kommt und meine Aussage widerlegt, indem ich empört gefragt werde, warum ich sie bloß hierher geschleppt habe. »Und was hat Sie so früh hierher getrieben?«

»Ach, für mich ist das ein regelmäßiges Ereignis. Grace will einfach nicht länger schlafen. Sie wacht jeden Tag um fünf Uhr auf, und um halb acht fällt uns dann zu Hause die Decke auf den Kopf. Also gehen wir oft nach draußen und meistens hierher. Manchmal, wenn ich Glück habe, schläft sie unterwegs ein, und ich kann wieder umkehren und noch ein paar Minuten Schlaf auf dem Sofa ergattern, bevor der Tag richtig beginnt.«

Mir fällt auf, dass in dem bisher Gesagten das Wort »wir« nur als »Grace und ich« vorkam. Ich spiele im Geiste die Palette von möglichen Erklärungen durch (darunter natürlich auch die Möglichkeit, dass seine Frau sich beharrlich weigert, ihren Anteil der frühmorgendlichen Folterqualen auf sich zu nehmen, die Kleinkinder so bereitwillig austeilen), als er mir den Gefallen tut und selbst die Erklärung liefert.

»Seit meine Frau gestorben ist, war Grace ziemlich häufig mal hier, mal da. Deshalb bringe ich es nicht übers Herz, ihr etwas abzuschlagen. Aber ehrlich gesagt bin ich mir nicht ganz sicher, ob das richtig ist.«

Was er gesagt hat, wirft so viele Fragen auf, dass ich gar nicht weiß, womit ich beginnen soll. Wann ist sie gestorben? Wie kam sie ums Leben? Wie kommen Sie damit zurecht? Mein Gott, Ihre Frau ist gestorben, und die Kleine ist kaum älter als drei Jahre.

»Ich bin sicher, Sie tun im jeweiligen Augenblick genau das Richtige für sie«, versuche ich nach einem scheinbar endlosen Schweigen unbeholfen zu trösten.

Dann fällt mir buchstäblich nichts mehr ein. Ohne jede Vorwarnung bin ich mit einer sehr persönlichen Mitteilung konfrontiert worden. Das Schlimmste, womit ich gerechnet hatte, war eine Scheidung, von der er sich vielleicht noch nicht ganz erholt haben mochte. Doch nein, wenn ich wirklich ehrlich sein soll: Das Schlimmste wäre die Mitteilung gewesen, dass zu Hause Grace' Mutter mit einer Kanne heißem Kaffee und frisch aufgewärmten Schokocroissants auf die beiden wartet. Aber auf eine Tragödie solchen Ausmaßes war ich nicht vorbereitet. Natürlich ist er jetzt als Versuchskaninchen nicht mehr geeignet.

»Das mit Ihrer Frau tut mir wirklich leid«, sage ich nach einer Weile.

»Danke«, erwidert er. »Es ist jetzt etwas über ein Jahr her, also werden wir langsam vertrauter mit der Situation. Natürlich wird es für uns beide noch viel länger dauern, bis wir darüber hinwegkommen, aber zumindest ist jetzt an den meisten Tagen wieder ansatzweise so etwas wie Normalität eingekehrt.«

Sein Blick ist sanft und traurig, aber nicht voll schmerzerfüllter Verzweiflung, und sein Gesichtsausdruck eher nachdenklich als hoffnungslos. An seinem Aussehen könnte man vielleicht bemängeln, dass seine Augen sehr nah beieinander stehen und sein Gesicht ein wenig zu lang geraten ist, aber seine Züge ergeben ein ziemlich attraktives Ganzes. Ich vermute, das liegt besonders an seiner tiefen Lachfalte auf der einen Wange. Sein dunkelblonder Schopf, der mal wieder einen Haarschnitt vertragen würde, wird von dem bisweilen auffrischenden Märzwind zerzaust, und ein paar Strähnen fallen ihm über das rechte Auge. Ich kann mich nicht ganz entscheiden, ob er dadurch ungekämmt oder nach Ralph-Lauren-Model-Art verstrubbelt aussieht.

In diesem Augenblick kommt Jack angerannt und zerrt mich am Arm, wodurch sofort die feierlich-gedämpfte Atmosphäre verfliegt, die sich über uns beide gelegt hatte. Wenn man Kinder um sich hat, kann man sich einfach keine ausgedehnten Phasen von Selbstmitleid zugestehen, wie ich aus eigener Erfahrung nur zu gut weiß.

»Mum, Mum, spielst du mit mir Rugby?«, drängt er mich.

Das passt jetzt natürlich wie die Faust aufs Auge. Ich bin eine vollkommene Niete beim Rugby. Einen Fußball kann ich ganz passabel kicken und selbst beim Cricket eine vernünftige Weite innerhalb des Wickets werfen, aber durch die seltsame Eiform eines Rugbyballs endet jeder meiner Würfe schon bald in einer jämmerlichen Abwärtsspirale auf dem Boden. Doch Jack vergisst das immer wieder. Er bittet mich, ihm den Ball zuzuwerfen, nur um mich ein paar Augenblicke später mit Vorwürfen über mein mangelndes Geschick zu überhäufen.

Trotzdem, mir bleibt nichts anderes übrig. Ich lasse mich von der Bank hochziehen, drehe mich dabei zu Grace' Vater um (es erscheint mir jetzt reichlich unangemessen, dass ich seinen Namen nicht weiß) und hebe die Augenbrauen wie Mike Myers in *Ein Kater macht Theater.* Dabei verziehe ich mein Gesicht zu diesem schiefen, schmallippigen Lächeln, das wie eine Leidensmiene aussieht und für die alltäglichen Qualen aller Eltern steht, bei denen man dennoch im wahrsten Sinne des Wortes gute Miene zum bösen Spiel machen muss.

Meine Würfe mit dem Rugbyball sind so kläglich wie befürchtet, aber glücklicherweise richtet sich die Aufmerksamkeit von Grace' Vater gar nicht auf mich; anscheinend hat er seine Tochter aus den Augen verloren. Daher steht er auf und geht auf die andere Seite des Klettergerüsts. Dort findet er sie vermutlich auch, denn er kommt nicht gleich mit einem panischen Gesichtsausdruck wieder zurückgelaufen. Ich bin dankbar, dass ich mich ein paar Minuten unbeobachtet auf meine sportliche Leistung konzentrieren kann. Jack hat nämlich schon zu murren begonnen, warum ich es einfach nicht schaffe, den Ball in einer Höhe zu werfen, in der er ihn fangen kann.

Als Grace' Vater wieder auftaucht, ruft er: »Hey, willst du, dass ich dir ein paar Bälle zuwerfe?«, worauf Jack sich ihm umgehend zuwendet und dabei übers ganze Gesicht strahlt wie ein Honigkuchenpferd. Mich alte Flasche lässt er einfach links liegen. Ich ergreife die Gelegenheit und mache mich auf die Suche nach Millie, bevor Grace' Vater mich womöglich fragt, ob ich gerne mitspielen möchte.

Ich finde Millie und Grace in dem zweistöckigen Spielhaus, das ein Ende des Klettergerüsts bildet. Grace zeigt Millie gerade den Inhalt ihres Täschchens, das ein paar Polly Pockets, zwei Zwanzig-Pence-Münzen und bunte Glasperlen einer zerrissenen Halskette enthält. Millie macht ganz bewundernd »Ooh« und »Aah«, während sie sich jede einzelne Kostbarkeit genau ansieht. Sie schaut zu mir her mit einem Zwinkern – das tatsächlich eher einem beidseitigen Augenzusammenkneifen gleicht – und einem Lächeln, das besagt: *Ist sie nicht süß?*

Ich bleibe ein paar Minuten stehen und sehe den beiden zu, da kommt Jack atemlos, den Rugbyball unter dem Arm, um die Ecke gesaust.

»Mummy, Tom ist ein toller Rugbyspieler. Er wirft wirklich gute Bälle, und dabei spielen sie in Amerika gar kein Rugby! Bitte komm nicht so bald zurück, ja? Ich will noch ein bisschen mit ihm trainieren.«

Und schon ist er wieder weg – zweifellos, um weiter für das Nationalteam zu spielen.

Manchmal sind Kinder wirklich ganz nützlich. Wäre Jack nicht gewesen, dann hätte ich vermutlich bald den Park verlassen und Tom immer noch als Grace' Vater oder als Buggy-Mann tituliert. Oder Tom und ich hätten uns einer irgendwie peinlichen Vorstellungszeremonie unterziehen müssen, mit Händeschütteln und allem Drum und Dran. Aber Jack hat wahrscheinlich Tom meinen Namen gesagt, also können wir diese ganze Prozedur jetzt überspringen.

Ich warte noch weitere fünf Minuten neben Millie und Grace, bevor ich wieder zurück auf die andere Seite des Klettergerüsts schlendere, um Tom und Jack zuzusehen. Ich denke, fünf Minuten sind eine angemessene Zeitspanne. Jack wird es immer noch so vorkommen, als sei ich nicht lange genug weg gewesen, aber Tom wird es vielleicht allmählich langweilig. Ich gehe langsam auf die beiden zu, und in diesem Augenblick hechtet Jack nach einem Ball, den Tom ein ziemliches Stück links an ihm vorbeigeworfen hat. Also, wenn ich diesen Ball geworfen hätte, dann wäre er stocksteif stehen geblieben, hätte sich nicht vom Fleck gerührt und mich wegen meines schlecht gezielten Wurfs ausgeschimpft.

»Tausend Dank, dass Sie mit ihm spielen«, sage ich zu Tom. »Jack ist ganz verrückt nach Rugby, und ich bin einfach nicht gut genug für ihn.« Ich nehme an, dass ich so viel eingestehen kann; er hat es vermutlich sowieso bemerkt, oder Jack hat es ihm auf die Nase gebunden.

»Kein Problem. Ihre Millie passt auf meine Grace auf, was für mich eine tolle Sache ist. Manchmal ist es auch ganz schön, mal wieder Jungenspiele zu spielen. Ständig irgendwelche Phantasiegeschichten mit diesen kleinen Polly-Pocket-Figuren nachzuspielen kann mit der Zeit ganz schön langweilig werden.«

Als ob ich das nicht wüsste. Ich habe die Puppenspiele kleiner Mädchen auch immer als langweilig empfunden. Es wäre gar nicht so schlimm, wenn sie mit ihren Puppen irgendwo still und leise in einer Ecke spielen würden. Aber sie wollen immer, dass man eine aktive Rolle dabei übernimmt: *Mummy, du bist jetzt die Blonde und ich die Braunhaarige. Zuerst sagst du, du willst, dass ich zu dir rüberkomme, dann sage ich, nein, ich kann nicht, ich bin gerade mit meinem Großputz beschäftigt, dann sagst du »bitte«, weil du mir ein neues Hundebaby zeigen willst, dann sage ich* … und so weiter. Glücklicherweise ist Millie anscheinend aus dieser Art von Spielen herausgewachsen, und Jack bittet mich nie mitzumachen, wenn er die ausgeklügelten Szenen für seine Cowboys und Indianer aufführt. Er ist ganz zufrieden damit, selbst gleichzeitig den Guten und den Bösen zu spielen.

»Ooh, sind die nicht furchtbar?«, stöhne ich lachend. »Aber Sie werden sich freuen, wenn ich Ihnen sage, dass das nur eine ziemlich kurze Phase ist.«

»Da bin ich aber erleichtert«, erwidert er. Er steht jetzt etwa einen halben Meter von mir entfernt, und Jack ist direkt neben ihm und sieht mich mit gerunzelter Stirn an. Ich habe natürlich wieder mal sein Leben ruiniert. *Mummy, heute ist mein Leben schrecklich*, hat er einmal zu mir gesagt. Ich bin immer wieder erstaunt, wenn ein so kleiner Mensch solch düstere Gefühle zum Ausdruck bringt.

»So gern ich auch den ganzen Tag Bälle werfen würde, ich mache mich mal besser langsam auf den Heimweg. Ich hoffe, Grace ist jetzt müde genug, um ein kleines Schläfchen zu machen.« Tom seufzt. Ist das sein Bedauern, das ich spüre, oder mein eigenes?

»Ja, wir werden auch bald aufbrechen«, sage ich beiläufig. »Ist noch viel zu tun heute.«

»War jedenfalls nett, Sie kennen zu lernen. Ally war der Name, nicht wahr?« Guter alter Jack. Ich frage mich, ob er ihm auch gesagt hat, dass David nicht mehr bei uns lebt.

»Ja, richtig. Ich hab mich ebenfalls gefreut. Vielleicht sehen wir uns hier ja wieder mal in aller Herrgottsfrühe!«

Ich schaue ihm nach, als er Grace holt und sie in ihren Buggy setzt. Mir kommt der Gedanke, dass wir ja auch alle zusammen nach Hause gehen könnten. Schließlich wohnen wir vermutlich ziemlich nah beieinander, sonst hätte ich ihn nicht so oft an unserem Haus vorbeigehen sehen. Aber ich bin mir nicht sicher, ob ich schon bereit bin für einen gemeinsamen Heimweg. Dabei müsste ich sicher schrecklich viel Konversation machen, und ich habe noch nicht einmal unsere bisherige Unterhaltung verdaut. Aus verschiedenen Teilen von mir kommen ganz gegensätzliche Signale, und es könnte eine Weile dauern, herauszufinden, welchen ich tatsächlich folgen soll. Also sage ich Jack und Millie, dass sie noch zehn Minuten länger bleiben können, und lasse Tom und Grace schon einmal vorausgehen.

17. Lagebericht

Es ist Montag. Am Morgen habe ich Philippa gebeten, auf einen Anruf von Celia Harris zu achten und sie auf jeden Fall zu mir durchzustellen. Jetzt ist es elf Uhr, und da ich noch nichts gehört habe, werde ich langsam nervös. Mittlerweile sind doch sicher die Schülerversammlung zum Wochenbeginn und die Lehrerbesprechungen beendet? Sicher hätte sich Mrs Harris doch zwischendurch einmal eine Minute Zeit nehmen können, um mich von meiner quälenden Warterei zu erlösen.

Ich ärgere mich auch über mich selbst, weil ich auf dem Anrufbeantworter von Hamilton & Sons nur meine private Telefonnummer hinterlassen habe, dabei hätte ich ihnen auch die meines Büros geben sollen. Ich überlege gerade, ob ich dort eine weitere Nachricht auf Band sprechen soll, da kommt Nicki an meinen Schreibtisch und wedelt mit einer Textvorlage, die aussieht wie der Marketingplan-Entwurf für »Sevilla Sunset«. Ich brauche ein oder zwei Sekunden, um ermessen zu können, ob sie mich jetzt gleich über ein Desaster, das eine Woche Überstunden erfordert, in Kenntnis setzen oder meine schlechte Laune mit guten Nachrichten aufbessern wird. Aber nach ihrem stolz gereckten Kinn und der schwungvollen Geste zu urteilen, mit der sie das Skript auf meinen Tisch legt, tippe ich auf Letzteres.

»Also, wir haben jetzt den letzten großen Einzelhändler mit an Bord geholt«, verkündet sie triumphierend. »Und du wirst es nicht glauben, wer sich bereit erklärt hat, einen Satz für die Werbekampagne mit Promi-Sprüchen für ›Plantagengold‹ abzugeben.«

»Wer denn?«, frage ich pflichtschuldig. Ich bin selbst ganz scharf darauf, es zu erfahren. Die Kampagne mit den Promi-Sprüchen hat uns bislang ziemlich viel Kopfzerbrechen bereitet. Anfangs waren wir alle hellauf begeistert von dem Konzept, diverse Berühmtheiten zu überreden, sentimentale Bekenntnisse über ihre Liebe zur Orangenmarmelade abzugeben – so ähnlich wie die Kampagne »Wer war Ihr Lieblingslehrer?«, die vor ein paar Jahren vom Erziehungsministerium lanciert wurde. Den Verantwortlichen war es damals gelungen, Sting und Juliet Stephenson mit ins Boot zu holen, aber wir haben bisher nur ein lauwarmes Statement von Trevor Fishman, dem beliebten Fernseh-Wettermann, ergattert.

»Rachel Ireland!«, tönt sie begeistert.

»Was? Etwa für den Spottpreis, den wir ihr geboten haben, oder doch eher für ein paar hunderttausend Pfund?«

»Für unser normales Honorar! Kannst du das glauben? Es hat sich herausgestellt, dass sie ein unglaublicher Fan von Orangenmarmelade ist. Isst sie jeden Tag zum Frühstück und nimmt sogar einen Vorrat davon mit, wenn sie in amerikanischen Hotels wohnen muss. Sie war so begeistert von der Idee, die Tradition von hochwertiger Orangenmarmelade zu erhalten, dass sie diese wunderbare Gelegenheit gleich ergriffen hat. Sie ist auch sehr angetan von dem Image hausgemachter Qualität und biologischen Anbaus, für das Cottage Garden Foods steht.«

Cottage Garden Foods ist tatsächlich kein Großkonzern wie Robinson's. Aber es ist auch alles andere als ein kleiner Familienbetrieb auf dem Lande, wie es der Name nahe legt. Wir haben eine Produktionshalle mit industrieller Fertigung, professionelle Marketingfachleute und dank Frank Peterson in der Buchhaltung ein straff geführtes Kostenmanagement. Aber wenn Rachel Ireland mit unserer Marke Begriffe wie »hausgemacht« und »Zutaten aus biologischem Anbau« assoziiert, dann werde ich ihr diese Illusion sicher nicht zerstören.

»Nicki, das sind ja umwerfende Neuigkeiten«, sage ich. »Jetzt wird alles wie von selber gehen. Wer würde denn jetzt noch absagen wollen, wenn sich erst einmal herumgesprochen hat, dass Rachel Ireland mitmacht?«

»Genau. Ich hab mir schon gedacht, dass du dich freuen würdest.« Nicki strahlt übers ganze Gesicht. »Aber jetzt noch zu etwas anderem, weniger Spektakulärem. Anna lässt fragen, ob du schon diese Reise nach Valencia vorbereitet hast? Du weißt schon, zur Pflege der Geschäftsbeziehungen, wie sie sagt.« Dabei macht sie die Geste für Gänsefüßchen in die Luft.

»O Gott, nein. Ich habe das immer wieder vor mir hergeschoben«, sage ich und lasse mich in meinen Stuhl zurückfallen. Merkwürdig, dass Geschäftsreisen an tolle Orte gar nicht mehr so besonders verlockend sind, wenn man erst mal Kinder hat. Wenn man alleinerziehend ist, umso weniger. Solche Reisen bringen so viel Organisationskram mit sich und bedeuten eben auch – nun ja – Abwesenheit.

Ich habe mir schon überlegt, ob ich Nicki auf diese Reise schicken soll, obwohl sie strenggenommen noch zu wenig Erfahrung und Einfluss hat. Denn es steht außer Frage: Sie würde diese Reise viel mehr genießen als ich.

Aber stimmt das überhaupt? Valencia gleich Spanien gleich spanische Männer. Dunkelhaarige und olivhäutige Männer von mittlerer Größe – genau mein Typ. Ist das nicht die Art von Gelegenheit, von der Marina sagen würde, dass man sie sich niemals, unter keinen Umständen entgehen lassen darf? Kann ich es mir denn tatsächlich erlauben, meine Assistentin in die Orangenhaine auszuschicken, nur damit sie mir dann nach ihrer Rückkehr von ihrer heißen Affäre mit einem dunkelhäutigen Spanier vorschwärmt, den sie während der Reise in einer Hotelbar kennen gelernt hat?

»Wenn du willst, kann ich ja für dich fahren«, bietet mir Nicki an. Das gibt bei mir endgültig den Ausschlag.

»Nein, nein, das ist wirklich sehr nett von dir. Aber diese Reisen werden seit jeher immer auf der Marketingleiter-Ebene durchgeführt. Du weißt doch, wie die dort unten im Süden sind. Sie könnten Anstoß daran nehmen, wenn wir niemanden schicken, den sie als maßgebend genug ansehen. Vollkommen lächerlich, ich weiß schon, aber ...«

Nicki sieht enttäuscht aus, und ich habe das beschämende Gefühl, ein falsches Spiel zu spielen. Ich bin drauf und dran, ihr vorzuschlagen, dass sie ja mit mir gemeinsam fahren kann, aber dann verkneife ich mir den Vorschlag gerade noch rechtzeitig. *Alte Denkweise: Gehe überall immer in Begleitung anderer hin, damit du jemanden zum Reden hast. Neue Denkweise nach dem proaktiven Partnerschaftsprogramm: Gehe überall allein hin, um die Möglichkeiten, neue Leute kennen zu lernen, zu maximieren.*

»Ach, schon gut«, lenkt Nicki ein. »Wann hast du denn vor, die Reise zu machen? Damit ich die Daten schon mal weiterleiten kann.«

»Das mach ich dann schon. Ich werde die Buchung Philippa übertragen. Sag Anna einfach, ich fahre innerhalb des nächsten Monats«, schließe ich das Thema ab.

Nicki verabschiedet sich mit einem Nicken und geht enttäuscht und mit hängenden Schultern zu ihrem

Schreibtisch auf der anderen Seite des Großraumbüros zurück.

Hoffentlich zeigen Marinas Seminare bald den gewünschten Erfolg, denn sonst laufe ich noch Gefahr, mir für nichts und wieder nichts Feinde zu machen.

»Ich hab Celia Harris für dich in der Leitung. Willst du das Gespräch annehmen?«, fragt Philippa und streckt den Kopf ins Besprechungszimmer, wo ich mit Nicki und Paul Delaney einige neue Werbeideen für »Sevilla Sunset« durchgehe.

»Oh, ja. Unbedingt«, sage ich und springe in höchster Aufregung, wie den anderen sicher nicht entgehen wird, von meinem Platz auf. »Würdet ihr mich einen Augenblick entschuldigen? Auf genau diesen Anruf habe ich ganz dringend gewartet.«

Ich nehme den Anruf an meinem Schreibtisch entgegen. »Hallo, hier ist Ally James.«

»Guten Tag, Mrs James. Hier spricht Celia Harris. Von der St George's Schule.«

»O ja, guten Tag. Vielen Dank, dass Sie zurückrufen.«

»Nun, ich habe ja gesagt, ich lasse es Sie wissen, ob ich Millie und Jack die Plätze in der Eingangsstufe beziehungsweise im vierten Schuljahr geben kann«, sagt sie und legt dann eine Pause ein. Meine Güte, jetzt red schon weiter. Wie lautet die Antwort?

»Nun, ich freue mich, Ihnen mitteilen zu können, dass ich Ihnen die Plätze anbieten kann. Würden Sie es sich gern noch einen Tag überlegen?«, fragt sie abschließend.

Ich juble innerlich. »Nein, nein. Ich muss da nichts überlegen. Wir nehmen die Plätze. Keine Frage.«

»Nun, das ist ja ausgezeichnet. Ich schicke Ihnen die erforderlichen Unterlagen und einen Brief, in dem die wichtigsten Grundsätze stehen, welche Regelungen an unserer Schule gelten, wo man die Schuluniform kaufen kann und so fort. In der Zwischenzeit sollten Sie sich darauf vorbereiten, die Kinder hier nach den Osterferien einzuschulen. Würde das passen?«

»Ja, ja. Das klingt sehr vernünftig. Vielen herzlichen Dank.«

»Gern geschehen. Ich bin sicher, Millie wird hier glücklich sein. Ich werde mich persönlich darum kümmern. Auf Wiederhören, Mrs James.«

»Auf Wiederhören. Und vielen Dank nochmals.«

Ich kann mein Glück kaum fassen. David wird nicht glauben können, dass ich das geschafft habe. Die Plätze in Londons guten Schulen sind so begehrt, dass ich ehrlich gesagt vollkommen platt bin, dass es mir gelungen ist, gleich zwei innerhalb einer Woche zu ergattern. Ich habe zurzeit wohl eine Glückssträhne. Langsam entwickeln sich die Dinge tatsächlich in meinem Sinne.

Während der restlichen Besprechung mit Nicki und Paul kann ich mich kaum noch auf die Sache konzentrieren. Die neuen Ideen für die Anzeigen sind zwar besser, aber in meinen Augen noch immer nicht gut genug. Das geschmacklose sarongbekleidete Pärchen und die Orangenmarmelade-Gläschen, die über der Theke der Strandbar baumeln, sind zwar ad acta gelegt. Aber der Strand und auch der Sonnenuntergang sind noch aktuell, diesmal mit einer glücklich herumtollenden Familie im Vordergrund. Ich kann mich des Eindrucks nicht erwehren, dass das alles ein bisschen zu aufdringlich ist, gleichzeitig aber die Kernaussage verfehlt. Sollten wir nicht eher versuchen, die elementaren Gefühle anzusprechen, wenn wir den Menschen die traditionelle Orangenmarmelade schmackhaft machen wollen? Ich bin fest davon überzeugt, dass irgendwo auf dem Foto unbedingt zumindest eine Tasse Kaffee und Toast zu sehen sein müssen.

Nach der Besprechung habe ich Lust, meinen Coup, den ich bei St George's gelandet habe, zu feiern, also schlage ich Lisa vor, zu Papa Ciccia's zum Lunch zu gehen. Aber gerade, als ich meinen Mantel vom Garderobenständer direkt vor Annas Büro nehmen will, schwingt sie in ihrem Bürosessel herum, und ihr Blick trifft mich mit einer Zielgenauigkeit, die nicht zufällig sein kann. Meine Güte, hat sie etwa einen Rückspiegel an ihrem PC, um alles zu beobachten?

»Ally, ich bin froh, dass ich Sie erwische. Kann ich Sie kurz sprechen?«

»Oh, sicher.« Ich trete ein kleines Stück in ihr Büro, nicht sicher, ob es eine kurze Bemerkung im Stehen ist, die Anna vorschwebt, oder die umfassende Variante nach dem Motto Nehmen-Sie-Platz-und-hören-Sie-genau-zu.

»Bitte kommen Sie herein und setzen Sie sich. Und schließen Sie die Tür.«

Ich mache die Tür hinter mir zu und setze mich vor Annas Schreibtisch. Jetzt gehe ich davon aus, dass irgendeine Art von Anschiss kommt.

»Ally, ich weiß, ich muss Ihnen nicht sagen, wie wichtig diese bevorstehende Produkteinführung ist.«

Diese Bemerkung ist nicht einfach nur rhetorisch, also gehe ich pflichtgemäß darauf ein und sage, dass ich selbstverständlich weiß, wie wichtig die Markteinführung für dieses neue Produkt ist.

Als Anna weiterspricht, umspielt ein grimmiges Lächeln, das ich schon öfter an ihr beobachtet habe, ihre Mundwinkel. »Das ist das erste Marmeladenerzeugnis, das wir neu auf den Markt bringen, seit ich hier angefangen habe. Und wir haben ein gutes Budget zur Verfügung, also müssen wir auch das Beste daraus machen. Gleichzeitig können wir es uns aber nicht leisten, die anderen Produkte zu vernachlässigen. Wir müssen die Produktion und den Absatz bei allen auf hohem Niveau halten, insbesondere bei der Sorte ›Fine Cut‹, die, wie Sie wissen, so etwas wie unser Dauerbrenner ist. Darüber hinaus muss ich sagen, dass ich aufgrund Ihrer besonderen Erfahrung ganz stark auf Sie zähle. Auch dass Sie den anderen mit gutem Beispiel vorangehen.«

Und?

»Und das ist eine Menge Arbeit, Ally. Besonders, da Sie ja nur vier Tage pro Woche arbeiten.« Wie schafft sie es nur, dass es immer so klingt, als wäre ich die Hälfte der Arbeitszeit krankgemeldet? »Das erfordert einen hohen Einsatz. Ich will nur sicherstellen, dass wir uns alle dessen bewusst sind.«

Ich bin es gewohnt, dass Anna diese Art von vagen Allgemeinplätzen verkündet. Bei irgendeinem Management Coaching muss man ihr gesagt haben, dass es besser ist, vage Appelle mit den Worten »wir« in den Raum zu stellen und die Leute selbst ihre Schlüsse daraus ziehen zu lassen, anstatt ihnen genau zu sagen, was sie tun sollen. Ich hingegen habe lieber klare Anweisungen, also hake ich in der Regel nach.

»Anna, habe ich etwas getan, was Ihnen den Eindruck vermittelt, dass ich nicht den erforderlichen Einsatz bringe? Denn sollte das so sein, dann bin ich sicher, dass da ein Missverständnis vorliegt.«

»Ich muss einfach sicher sein, dass Sie die Sache voll im Griff haben. Nein, lassen Sie es mich anders formulieren. Ich würde gerne sehen, dass Sie mit etwas mehr Feuereifer an die Aufgabe herangehen. Und in den letzten paar Wochen habe ich ein gewisses Maß an, sagen wir, Zerstreutheit festgestellt. Ich bin sicher, das ist nur vorübergehend.«

Ich spüre, dass ich rot werde. Teils ist es Scham-, teils

aber auch Zornesröte. Ich frage mich, ob die zwei Nachmittage, die ich letzte Woche geschwänzt habe, bemerkt wurden. Oder ob Nicki sich bei Anna darüber beklagt hat, dass ich ihr nicht genug Zeit widme. Kann sein, dass auch mein Mangel an Begeisterung für Orangenmarmelade allmählich zu deutlich spürbar wird. Oder vielleicht hat das Wiesel, das sich schon als nächster Marketingleiter sieht, abfällige Bemerkungen über die »berufstätigen Mütter in der Abteilung gemacht, die nicht vollen Einsatz zeigen«. Diese Möglichkeiten sind durchaus denkbar, einzeln oder alle zusammen.

Eines muss man Anna lassen. Sie vermeidet langatmige Diskussionen und versucht eine unangenehme Situation nicht auch noch länger auszudehnen als nötig. Sie hat gesagt, was sie sagen wollte, und jetzt zeigt sie mir mit ihrer Körpersprache – eingefrorenes Lächeln und die Hand bereits nach dem Telefon am Rand ihres Schreibtischs ausgestreckt –, dass es jetzt für mich an der Zeit ist zu gehen. Als ich von meinem Platz aufstehe, gebe ich ihr die Verpflichtungserklärung, auf die sie gewartet hat.

»Anna, ich war vielleicht in den letzten paar Wochen wegen einiger persönlicher Angelegenheiten etwas zerstreut, aber ich kann Ihnen versichern, dass ich meiner Arbeit nach wie vor mit dem gleichen Engagement nachgehe wie bisher. Und die Markteinführungspläne für ›Sevilla Sunset‹ laufen sehr gut. Sie werden nicht enttäuscht sein. In keiner Hinsicht.«

Anna nickt. »Freut mich zu hören.« Was sie tatsächlich meint, ist: »Ich werde Sie beobachten.«

Eigentlich wurstle ich mich die meiste Zeit ganz gut durch meinen Alltag und finde, dass Kinder und Beruf sich einigermaßen vereinbaren lassen. Mutter zu sein muss sich nicht unbedingt negativ auf die Karriere auswirken und umgekehrt. Doch in Wirklichkeit stimmt das nur, wenn die Dinge an beiden Fronten gut laufen. Sobald an einer Front eine Krise ausbricht, und sei sie auch noch so klein, kommt man sofort in ziemliche Bedrängnis. Es ist nicht möglich, sich den Bedürfnissen einer Tochter, die Probleme in der Schule hat, hingebungsvoll zu widmen *und* gleichzeitig mit leidenschaftlichem Feuereifer irgendeine saublöde Werbekampagne für irgendeine saublöde Marmelade auf die Beine zu stellen.

In solchen Zeiten muss man Engagement heucheln, und ich muss mir einfach ein paar bessere Strategien ausdenken, wie ich das noch geschickter tun kann.

Der Lunch bei Papa Ciccia's gerät uns daher doch nicht so ganz zum Fest, weder für mich noch für Lisa.

»Es ist wegen Mike«, sagt sie, als sie den Mund gerade mal nicht voller Tortellini hat. »Wir haben endlich Schluss gemacht.«

»Ach, Lisa, das tut mir wirklich leid. Was ist denn passiert?« Lisa ist fast ein Jahr mit Mike ausgegangen. Anfangs dachte sie, es sei die wahre Liebe, aber das vergangene Jahr war anscheinend eine lange Übung in Desillusionierung.

»Es muss dir nicht leid tun«, sagt sie tapfer, steckt sich ihr dunkles Haar hinter die Ohren und holt tief Luft. »Es ist ja nicht so, dass ich es nicht schon seit längerem kommen gesehen hätte. Schließlich kann es nur eine gewisse Zeit gut gehen, wenn du mit einem Typen ausgehst, der sich weigert, dich seiner Mutter vorzustellen.«

Der größte Stolperstein in der Beziehung von Mike und Lisa war nicht Sex oder Geld gewesen, sondern Mikes Mutter. In dem ganzen Jahr, das sie zusammen waren, weigerte er sich hartnäckig, Lisa auch nur in die Nähe seiner Mutter zu lassen. Anfangs schob er ausgeklügelte Entschuldigungen vor, darunter lange Auslandsreisen (seiner Mutter) und wichtige Besprechungen (in seiner Firma), die immer wieder die Absage von Verabredungen zum Mittag- oder Abendessen zur Folge hatten. Später jedoch rückte er schonungslos mit der Sprache heraus. Er sei nicht bereit, Lisa mit seiner Mutter zusammenzubringen, da er nicht sicher sei, ob sie in den Augen seiner Mutter dem Vergleich mit Emma (Mikes früherer Freundin) standhalten könne. Seit Lisa das wusste, hat sie Purzelbäume geschlagen, um Emmas Vorbild besser zu entsprechen, aber bisher hatte das noch keinen Erfolg in Form einer Einladung zum Essen mit seiner Frau Mama gezeitigt.

Lisas Schwester hatte einmal angedeutet, Mikes Widerstand gegen ein Treffen zwischen seiner Mutter und seiner Freundin sei ein Hinweis auf ein tiefer liegendes Problem – zum Beispiel, dass Mike noch immer in Emma verliebt sein könnte. Lisa scheint sich dieser Sicht der Dinge angeschlossen zu haben. Es stört sie nicht nur die ständige Erwähnung seiner Ex-Freundin Emma, sondern sie findet auch seine Unterwürfigkeit gegenüber seiner Mutter reichlich seltsam. Ich habe Mike zwar nur zweimal getroffen, aber ich muss gestehen, das Wort »seltsam« drängte sich mir bei beiden Anlässen geradezu auf. Schon beim Händeschütteln verspürte man etwas von seiner verschlossenen, angespannten und zwanghaften Art.

Ehrlich gesagt habe ich nie verstanden, warum sich Lisa überhaupt mit ihm abgegeben hat. Sie ist intelligent und hübsch und hat noch nicht das Alter der Torschlusspanik erreicht, in dem Frauen sich genötigt sehen, den Erstbesten zu nehmen, der ihnen über den Weg läuft. Wann dieses Alter allerdings genau einsetzt, weiß ich nicht, aber allem Anschein nach irgendwann zwischen fünfunddreißig und vierzig, das hängt von der jeweiligen Frau ab. Und Lisa ist erst einunddreißig.

»Ich habe es endlich getan«, fährt sie fort. »Ich habe ihm am Sonntag gesagt, dass es aus ist. Mir wurde schließlich klar, dass wir einfach nicht weiterkommen und dass ich viel zu viel Zeit meines Lebens damit verschwendet habe, all das zu werden, was er sich von mir wünscht. Und er hatte noch nicht einmal die Höflichkeit, mir zu sagen, was genau das wäre, außer dass letztendlich so jemand wie Emma dabei herauskommen sollte.«

»Du hast Recht. Du bist zehnmal besser dran, wenn du ihn los bist«, sage ich, um sie in ihrem Entschluss zu bestärken. Den würde sie sicher nie bereuen müssen. »Gott sei Dank, dass du nicht bei ihm eingezogen bist.«

»Nun ja, diese Gefahr bestand ja eigentlich nie, oder?«, spottet sie. »Was, wenn Mummy ihn hätte besuchen wollen? Da hätte er mich ja hinter dem Duschvorhang verstecken müssen.«

Man muss sich also keine Sorgen um sie machen, glaube ich; sie lacht schon wieder, obwohl die Trennung erst drei Tage her ist.

»Jedenfalls habe ich die Nase gestrichen voll von diesen geheimniskrämerischen, introvertierten Typen«, verkündet sie. »Der Nächste wird ein unkomplizierter, aufgeschlossener Sportsmann. Ich werde mich weder über seine Schweißsocken unter dem Sofa noch über die Samstagnachmittage beschweren, die allein der Sportschau vorbehalten sind. Aber beim ersten Anzeichen irgendwelcher seltsamer Komplexe wird er in die Wüste geschickt.«

»Darauf trinken wir«, sage ich, und wir stoßen mit unseren Gläsern Mineralwasser an.

»Und jetzt«, sagt Lisa, »erzähl mir doch noch etwas mehr über dieses Treffen, das du am nächsten Freitag bei dir veranstaltest. Ich sage dir übrigens hiermit gleich zu, dass ich gerne komme.«

Damit hätte ich rechnen müssen. Man kann nicht erwarten, anderen eine solche Lügengeschichte aufzutischen, ohne ihr nicht zwangsweise noch weitere nachfolgen zu lassen.

»Ach ja. Ich mache das Ganze eigentlich für eine Freundin von mir. Sie ist sich nicht ganz sicher, ob sie Typberatung wirklich zu ihrem Beruf machen soll. Und um herauszufinden, ob es etwas für sie ist, hat man ihr nahe gelegt, es einfach mal an jemandem auszuprobieren. Also habe ich mich freiwillig gemeldet. Es ist alles eher spielerisch gemeint, aber ich muss euch trotzdem bitten, unbedingt die Wahrheit zu sagen – einfach damit Clara die Erfahrung macht, was später einmal von ihr verlangt wird.«

»Oh, ich werde schon die Wahrheit sagen«, versichert Lisa mit einem schelmischen Lächeln. Unser gemeinsamer Lunch hat sie wirklich aufgemuntert. Mike, seine Mutter und Emma scheinen schon ganz weit weg. »Ich werde dir sagen, dass deine türkisfarbene Prada-Tasche überhaupt nicht zu dir passt, folglich bist du dann gezwungen, sie mir zu vermachen.«

Wenn meine Prada-Tasche alles ist, woran es etwas auszusetzen gibt, dann habe ich wohl Glück. Sie ist das beste Stück in meinem Kleiderschrank, denn ich habe sie vor der Scheidung gekauft. Damals hatte ich noch nicht das Gefühl, das Geld zusammenhalten zu müssen, und auch mein Job hatte es erfordert, dass ich stets gut gestylt auftrat. Seit damals hat sich mein Kleider-Budget halbiert, und Einkaufstouren zu Jigsaw und Whistles gestatte ich mir mittlerweile nur noch im Ausverkauf. Auch bei den Kindern muss ich sparsamer sein; der Katalog von »Mini Boden« mit den tollen, aber teuren Sachen wandert gleich vom Briefkasten in die Altpapierkiste, und Millie schwärmt jetzt für die Marke »George« von

Asda, einem Wall-Mart-Ableger, wo ein hübsches Sommerkleid schon für vier Pfund zu haben ist.

Mit dem sicheren Gefühl, dass Anna mich durchschaut hat, arbeite ich den Nachmittag über engagiert und mit hoher Konzentration. Als Belohnung erhalte ich von Andy den Bescheid, dass wir endlich beim Problem mit der Verklumpung der Orangenschalen Fortschritte machen. Das ist eine gute Nachricht, denn die Produktion hat sich diesen Monat halbiert und wir bekommen allmählich Anrufe von erzürnten Einzelhändlern, weil ihnen die Ware ausgegangen ist. Außerdem stapeln sich im Lagerhaus mittlerweile die zurückgeschickten Paletten mit der Sorte »Pure Gold«. Bis nächsten Monat müssen wir unbedingt eine Strategie gefunden haben, wie wir die Einzelhändler besänftigen können.

Etwa um halb fünf erlaube ich mir ein paar private Telefonate. Als Erstes rufe ich David an, um mich ein wenig in meinem Ruhm zu sonnen. Es ist nur der Anrufbeantworter dran, also hinterlasse ich eine Nachricht, in der sich, wie ich finde, Triumph und Bescheidenheit die Waage halten. Dann schreibe ich Clara eine SMS, die umgehend beantwortet wird: *Phantastisch. Du bist also doch Superwoman.*

Mein letzter Anruf gilt den Hamiltons. Ich nehme an, es wird zu spät sein, ihren Anruf zu erwidern, wenn ich heimkomme, also beschließe ich, die Gelegenheit beim Schopf zu packen. Halb erwarte ich, wieder den Anrufbeantworter zu hören, aber es nimmt jemand ab.

»Hallo, hier ist Gary. Was kann ich für Sie tun?«

Meine Güte, was wollte ich noch mal sagen? Ich habe alles vergessen. Ach ja. »Hallo, hier ist noch mal Ally James. Ich hab mich gefragt, ob Sie meine Nachricht gehört haben. Es geht um meine Deckenlampen, die mal kontrolliert werden müssten.«

»O ja, sicher. Tut mir leid, ich wollte Sie schon zurückrufen, aber es war sehr viel los.« Also hatte er nach meinem Telefonat vom Freitag noch nicht zurückgerufen. Vielleicht war sein Lächeln ja doch nicht die Einladung gewesen, für die ich es gehalten hatte.

»Schon gut«, sage ich. »Können Sie mich diese Woche dazwischenschieben, sagen wir am Freitagmorgen?«

»Ich seh kurz nach.« Eine Minute Pause tritt ein, begleitet von wildem Papiergeraschel am anderen Ende der Leitung. »Ja, sieht so aus, als ob das klappen würde. Soll ich gleich morgens kommen, so um acht?«

Es ist unmöglich, dass er kommt, wenn die Kinder noch im Haus sind – als Zeugen meiner freizügigen Avancen. Und außerdem muss ich sie um halb neun in die Schule bringen. »Also, eigentlich… Könnten Sie vielleicht so um elf herum kommen?«

»Ja, das müsste gehen. Ich rufe Sie an, wenn ich mich verspäte. Manchmal passiert das am Freitag mit all dem Verkehr und so. Also, bis dann.«

Ich lege den Hörer auf und lehne mich im Stuhl zurück. Wenn ich mir diese Woche so ansehe, wird mir ganz schwindelig vor lauter Aktivitäten. Am Mittwoch treffe ich Alan, am Freitagvormittag Gary, und am Freitagabend findet meine möglicherweise lebensverändernde Imageberatung statt. Und zwischen all diesen Terminen werde ich vermutlich auch Tom zufällig wieder treffen und entscheiden, ob ich die Bekanntschaft mit ihm doch als Versuchskaninchen oder gar als echtes Date intensivieren soll. Oder ob ich ganz auf ihn verzichte. Schon seit Jahren hatte ich keine Woche mehr, die so viele neue Perspektiven bot. Und nicht zuletzt stehe ich ja auch noch unter dem Druck, ein geradezu übermenschliches Maß an Engagement für die Vermarktung von Orangenmarmelade an den Tag zu legen.

Bis zum Seminarabend nächste Woche habe ich so viele Aufgaben erledigt, dass ich alle anderen in den Schatten stelle. Sicher wird keine andere Teilnehmerin so viele Fortschritte in nur einer Woche gemacht haben wie ich.

Ich beschließe, Mel eine E-Mail zu schicken, um ihr von meinen Erfolgen zu berichten.

Von: ally.james@cottage.garden.foods.co.uk
An: mel.atkinson@me.com

Mel,
dachte, dass du vielleicht einen Lagebericht für deine Aufzeichnungen möchtest. Bis jetzt bin ich eine Musterschülerin. Habe zwei Testläufe mit passenden Versuchskaninchen arrangiert, eine Imageveränderungs-Party organisiert (komm bitte rechtzeitig) und meinen Ballast unter dem Kamelienstrauch im Garten vergraben. Wie sich gezeigt hat, war da nicht viel, aber was da war, hatte ein ganz schönes Gewicht.
Freue mich auf den Scheck. Willst du am Samstag mit mir zu Harvey Nicks gehen, um das Geld zu verjubeln?

Von: mel.atkinson@me.com
An: ally.james@cottage.garden.foods.co.uk

Großartig. Aber bleib auf dem Teppich. Will keine, ich wiederhole: keine Freundin, die so ist wie Caroline.
Shoppen bei Harvey Nicks gegen Mittag klingt wunderbar. Dom muss sowieso arbeiten.

18. Erster Versuch

Im Taxi auf meinem Weg zum Bluebird komme ich zu der Überzeugung, dass diese Verabredung eine der größten Dummheiten ist, die ich je begangen habe. Was soll das bringen, mit einem Mann auszugehen, wenn ich kein Interesse an ihm habe und keinerlei Absichten, ihn je wiederzusehen. Ich weiß, man soll eine Person nicht nach dem Äußeren beurteilen. Und eigentlich erledige ich mit diesem Abend ja einfach nur meine Hausaufgaben. Etwas, was ich zur Förderung meines zukünftigen Liebeslebens aufgetragen bekam und worüber ich in zehn Tagen berichten muss. Aber wenn man es genau betrachtet, ist diese Verabredung gemein. Und sie wird mir nur einen unbehaglichen Abend und Alan eine neue Enttäuschung bescheren. Abgesehen davon müsste ich eigentlich den Abend damit verbringen, mir interessante Fakten über Orangenmarmelade für die Radiosendung morgen anzulesen.

Mir ist ein ziemlicher Coup gelungen, mich dort als Gast in die Sendung hineinzuschmuggeln. Unter dem Eindruck von Annas Rüge entschied ich, für unsere Werbekampagne die Ärmel hochzukrempeln, und Nicki und ich verbrachten einen ganzen Vormittag am Telefon. Durch einen erstaunlichen Glücksfall hatte gerade jemand von Frank Cooper's, unserem schärfsten Konkurrenten in der Marmeladenbranche, seinen Auftritt bei der Nachmittags-Talkrunde *Essen der Woche* abgesagt. In dieser Sendung steht in der Regel ein bestimmtes kulinarisches Thema im Mittelpunkt, wie beispielsweise die Geschichte des Christmas-Puddings oder hundertundeine Köstlichkeit mit Pistazien. Morgen jedoch wird der landesweite »Tag der Orangenmarmelade« zelebriert, und die Sendungsmacher halten mich für die Erhörung ihrer verzweifelten Gebete. Sie ahnen nicht, dass es eher umgekehrt ist.

Für heute Abend habe ich ein Outfit gewählt, von dem ich hoffe, dass es mir schmeichelt, ohne allzu aufreizend zu wirken. Einen langen Jeansrock, flache Wildlederstiefel, eine weiße Bluse mit langen Flatterärmeln und meinen Uplifter, der mir darunter ein sicheres Gefühl garantiert. Die Ärmel dieser Bluse haben sich schon oft als ziemlich lästig erwiesen, da sie zwar stilvoll meine Handgelenke umspielen, aber keinerlei praktische Tätigkeiten zulassen. Auf gar keinen Fall sollte man die Bluse beim Kochen an einem Gasherd tragen, aber für einen solchen Restaurantbesuch ist sie vermutlich gerade richtig, solange man keine Suppe bestellt.

Als ich meinen Mantel an der Garderobe abgegeben habe, betrete ich den Barbereich und sehe dort Alan bereits auf einem Sofa sitzen. Er winkt mir zu und steht dann auf, die Hände in den Taschen. Nervös verlagert er sein Gewicht von einem Fuß auf den anderen, während er wartet, bis ich bei ihm bin. Dann tritt ein peinlicher Moment ein, der an eine Begegnung von Charles und Diana auf dem Polofeld erinnert, denn er will mir einen Begrüßungskuss auf die Wange geben, was aber damit endet, dass er in mein Ohr pustet.

»Hallo. Sie sind also gut hergekommen«, sagt er.

»Ja, ganz problemlos. Der Verkehr war nicht allzu schlimm.« Was würden wir Londoner tun, frage ich mich, ohne die Gesprächskatalysatoren, die uns das Dauerthema Großstadtverkehr freundlicherweise bietet?

Wir setzen uns an die entgegengesetzten Enden des

Sofas, aber einander zugewandt. In Sekundenschnelle erscheint ein Kellner, und ich bestelle einen Weißwein. Alan hat bereits ein Bier vor sich stehen.

Die nächsten zehn Minuten sind ein wenig nichtssagend, wie es beim anfänglichen Smalltalk bei Dates so üblich ist. (Hört, hört, ich rede schon wie eine Frau, die jede zweite Nacht ein anderes Date hat.) Wir plaudern noch ein bisschen über den Verkehr, streifen das Wetter und finden heraus, dass wir beide im Moment bei der Arbeit viel zu tun haben; vom Abstieg in die Niederungen eines Gesprächs über die jüngsten Schlagzeilen bewahrt uns nur das Auftauchen des Kellners, der uns zu unserem Tisch geleiten will.

Nachdem wir uns dort niedergelassen haben, wird Alan nach ein paar Minuten merklich lockerer. Es sieht so aus, als hätte die ganze Warterei auf mich und dann auf unseren Tisch ihn bisher davon abgehalten, den Abend zu genießen. Vielleicht hatte er sich Sorgen gemacht, man könnte uns einen Tisch neben der Küchenschwingtür zuweisen und damit seine frühere Behauptung, er habe hier im Lokal als Erbauer der Kamine einen besonderen Status, Lügen strafen.

Alan wählt die Hummercremesuppe, gefolgt von geschmortem Kaninchen (das ist ja lustig). Eine Suppe kommt aus den zuvor erwähnten Gründen für mich nicht in Frage, also wähle ich einen Salat mit Ziegenkäse und als Hauptgang Schwertfisch. Im Gastraum herrscht ziemlicher Trubel und ein hoher Lärmpegel, ganz wie ich es mir erhofft hatte. Es ist die perfekte Atmosphäre für ein Date, das eigentlich gar keines ist.

Wir unterhalten uns eine Weile über meine Arbeit und wie ich in diese Branche gekommen bin. (Alan ist, wie sich herausstellt, eher ein Liebhaber von Erdbeermarmelade.) Dann erzählt er mir, wie er zufällig sein leidenschaftliches Interesse an offenen Kaminen entdeckte, während er eine Lehre im elterlichen Antiquitätengeschäft absolvierte. Er berichtet weiter, dass er die gesamte Erbschaft seiner Großmutter in seinen ersten Laden gesteckt hat, eine Investition, die sich, gemessen an seinen heutigen Referenzen, ganz gut bezahlt gemacht hat.

Als das Kaninchen und der Schwertfisch serviert sind, kommen wir zum Thema Kinder. Über das hinaus, was ich vor ein paar Wochen bei Nick und Kate erfahren habe, weiß ich sehr wenig über seine Töchter, nur Namen und Alter: Georgia und Bella, dreizehn und elf Jahre alt. Jetzt, wo Alan über die beiden spricht – über ihre Leidenschaft für Pferde, über Georgias ersten Disco-Besuch und darüber, dass Bellas langersehnter Aufstieg zur Kapitänin ihrer Basketballmannschaft durch ein gebrochenes Handgelenk zunichte gemacht wurde –, lebt er sichtlich auf und entspannt sich, Muskel für Muskel. Mit jeder weiteren Geschichte werden seine Gesten ein wenig ungezwungener, sein Lächeln breiter und fröhlicher.

Dieser Mann betet seine Kinder wirklich an, denke ich insgeheim. Sie bedeuten ihm alles. Wider besseres Wissen kann ich es mir nicht verkneifen, die Unterhaltung in den Bereich der Gefühle zu lenken.

»Alan, vermissen Sie Ihre Kinder? Ich meine, vermissen Sie es, sie jeden Tag zu sehen?«

Es ist, als hätte ich eine Champagnerflasche entkorkt. »Mein Gott, ja!«, sprudelt es aus ihm heraus. »Das ist das Schlimmste an der ganzen Scheidung. Wissen Sie, Elizabeth hat nicht gearbeitet, also haben die Leute immer angenommen, sie wäre diejenige gewesen, die sich um die Kinder gekümmert hat. Um all die praktischen Dinge wie Erziehung und Ernährung und dergleichen. Ich kann mich erinnern, einmal waren Leute bei uns zu

Hause zum Lunch, und sie sahen all die großen ledergebundenen Fotoalben, die bei uns im Bücherschrank stehen. Sie nahmen eines heraus, und es war zufällig eine Art Chronik von Georgias achtem Lebensjahr, mit lustigen Kindersprüchen und Geburtstagskarten zwischen den Fotos. Und jemand sagte so etwas wie ›Da hat sich aber deine Mummy viel Arbeit gemacht‹, und die Mädchen erwiderten ganz erstaunt: ›Nein, das hat Daddy gemacht.‹ Und so war es auch. Dass ich das jetzt nicht mehr jeden Tag haben kann, bringt mich fast um.

Dann wird er still. »Wissen Sie, es war schrecklich, als meine Ehe zerbrach. Aber wenn ich zurückblicke, dann erkenne ich, was schief gegangen ist. Jetzt bin ich eigentlich erleichtert, dass ich von den Spannungen und Streitereien erlöst bin. Aber ich finde es wirklich schwer, ohne Familienleben auskommen zu müssen.«

Vor mir sitzt ein Mann, der vermutlich nie sagen würde: »Ich will einfach nicht mehr verheiratet sein«, nicht einmal, wenn seine Liebe erloschen wäre. Eine Menge Männer würden sich vermutlich glücklich schätzen, wenn sie es sich wieder in einer schicken kleinen Junggesellenwohnung in der Gegend rund um den Eaton Square bequem machen könnten, während sich ihre Ex-Frauen mit dem Familienleben abplagen, aber er gehört nicht zu ihnen. In vielerlei Hinsicht wäre er ein perfekter Fang. Erfolgreicher Unternehmer, freundlich, liebevoll, nicht unattraktiv. Woran liegt es dann also, dass ich für ihn nicht mehr als Sympathie und eine gewisse Solidarität, die von unserer gemeinsamen Erfahrung herrührt, empfinden kann?

Ich könnte ihm jetzt ebenfalls erzählen, wie sehr ich das Familienleben vermisse. Aber ich bin darauf bedacht, die Stimmung etwas aufzumuntern, also mache ich stattdessen lieber eine fröhliche Bemerkung.

»Aber denken Sie doch einmal an die positiven Seiten, Alan. Sie müssen es dafür auch nicht mit ansehen, wenn Georgia ihren ersten Freund mit nach Hause bringt und er sich als pickliger, ungehobelter und gänzlich unpassender Fünfzehnjähriger ohne jeden schulischen Ehrgeiz entpuppt. Vielleicht bleibt Ihnen zumindest das auf diese Weise erspart.«

Alan lässt sich auf mein Stichwort, alles ein bisschen lockerer zu sehen, ein, und so beklagen wir beide unsere Zukunft als Eltern von weiblichen Teenagern. Dann erzähle ich ihm eine Anekdote über das Entsetzen, das meinen Vater packte, als er meinen allerersten Freund, einen zukünftigen Rockgitarristen names Jed, kennen lernte. Wir plaudern während der Mahlzeit auf dieser Ebene weiter und streifen ausschließlich die Oberfläche von Kummer, Angst und Mitgefühl, in die wir tief hätten eintauchen können.

Ich bin erleichtert, als Alan ohne Zögern die Rechnung übernimmt. Nicht weil ich mich drücken will, meinen Anteil daran selbst zu bezahlen, sondern weil so das unbehagliche Warten auf die Rückkehr des Kellners, auf das übliche Hin und Her beim Auseinanderklamüsern, wie viel Trinkgeld man geben soll, wegfällt, was beim Aufteilen der Rechnung unvermeidlich ist.

Wir treten hinaus in den Märzregen, und Alan schaut sich sogleich in alle Richtungen nach einem Taxi für mich um. Wie durch ein Wunder und entgegen aller Binsenweisheit, dass alle Taxis, sobald es regnet, wie vom Erdboden verschwunden sind, hält fast augenblicklich eines vor uns an.

Dann tut Alan etwas, was mich völlig überrumpelt. Gerade als ich eine Wiederholung seines amateurhaften In-mein-Ohr-Pustens erwarte, fasst er mich bei den Schultern (wodurch mein Uplifter über meine Rippen hochgeschoben wird) und drückt mir einen festen, nicht leidenschaftslosen Kuss auf die Lippen.

»Ally, du bist wirklich eine tolle Frau. Ich würde dich sehr gern wiedersehen. Ich meld mich bei dir.«

Ich murmle etwas davon, dass ich den Abend auch ganz schön fand, und sinke auf den Rücksitz des Wagens. Als mein Taxi wendet und Richtung Stadtrand losfährt, bleibt Alan noch einen Augenblick an der Straße stehen, dann winkt er sich selbst ein Taxi heran und fährt in Richtung Eaton Place zu seiner Dreizimmerwohnung davon.

Verdammter Mist. Und was mache ich jetzt, Marina? Ich bin schrecklich aus der Übung mit all diesen Dingen. Es ist zwar ziemlich einfach, einen Mann loszuwerden, den man nicht leiden kann, aber nicht einen, den man zwar ganz gern mag, aber für den man keinerlei romantische Gefühle empfindet. Wie soll ich denn nein sagen können, wenn er anruft und mich fragt, ob ich mit ihm ins Theater oder ins Kino gehe? Und wie kann ich mit ihm zusammen ausgehen, wenn ich genau weiß, dass jeder gemeinsam verbrachte Abend uns der quälenden, demütigenden Zurückweisung meinerseits einen Schritt näher bringt, gefolgt von gutgemeinten, vermittelnden Telefonanrufen meines Bruders?

Wenn sich die übrigen Versuchskaninchen auch als so schwierige Kandidaten erweisen, dann muss ich mir ernsthaft überlegen, ob ich diese ganzen Maßnahmen zur Neustrukturierung meines Liebeslebens tatsächlich fortsetzen will.

19. Zur Geschichte der Orangenmarmelade

- Orangenmarmelade auf Toast und dazu eine Tasse Tee ist eine moderne Essgewohnheit.
- Bis 1700 galt eine Schale Bier mit etwas hineingebröckeltem Toast als wärmender Start in den Tag. Dann kam die Tee-Revolution, und man trank nun Tee zum Toast.
- Nach landläufiger Meinung geht Orangenmarmelade auf ein Rezept von Janet Keiller zurück. Falsch: Die Ursprünge liegen in Portugal.
- Marmelade tauchte erstmals als feste, zuckrige Masse, hergestellt aus Quitten, verpackt in hölzernen Kisten, in England und Schottland auf. Fünfzehntes Jahrhundert. Keiller erfand das Produkt zwar nicht, vermarktete es aber. Neunzehntes Jahrhundert.
- Fortnum & Mason: neunzehn verschiedene Sorten Orangenmarmelade; Sainsbury's: zwanzig; Waitrose: fünfzehn.
- Begeisterung der Briten für Orangenmarmelade in ihrer ganzen Vielfalt und unwiderstehlichen Köstlichkeit anscheinend ungebrochen.

Den einen oder anderen Fakt habe ich während meiner achtzehn Monate bei Cottage Garden Foods aufgeschnappt. Die übrigen stammen aus einer wahren Fundgrube namens *Das Buch der Orangenmarmelade* von C. Anne Wilson, das ich mir zugelegt habe, als ich von meinem Gastauftritt bei Radio Five erfuhr. Zuvor hatte ich das Internet nach Lektürelisten auf Webseiten durchforstet, die sich mit Orangenmarmelade befassen (dazu gibt es übrigens viele hundert Einträge). Ich bin um fünf Uhr morgens aufgestanden, um mich schon etwas auf die Sendung vorzubereiten, bevor Jack und Millie aufwachten. Auch den restlichen Tag habe ich damit verbracht, mir zwischen Besprechungen und Anrufen auf die Schnelle noch so viel wie möglich anzulesen. Schließlich will ich mich vor Hunderttausenden von Radio-Five-Fans nicht blamieren. Und ich möchte um alles in der Welt vermeiden, dass Anna weiterhin denkt, im Marketing säße eine Niete, die längst ihre innere Kündigung abgegeben hat und sich keinen Deut um das Produkt schert, das sie vermarkten soll. Wenn ich Engagement für ein Programm vortäuschen kann, das darauf abzielt, sich einen Mann zu angeln, dann kann ich mit Sicherheit auch die leidenschaftliche Expertin für Orangenmarmelade mimen.

Um ehrlich zu sein, war die ganze Sache für mich sogar eine ziemliche Überraschung. Zum einen hatte ich keine Ahnung gehabt, dass es da so viel zu wissen gibt. Und zum anderen hatte ich ganz vergessen, wie viel Spaß es bereiten kann, sich mit einer neuen Materie vertraut zu machen. Es war eine geistige Herausforderung, wie eine Prüfung.

Die anderen Gäste in der Sendung sind Hilary Jessop, Kuratorin der Abteilung Esskultur in der derzeit laufenden Ausstellung über das Alltagsleben in der edwardianischen Zeit im Victoria & Albert Museum, Penny Alsthrop, eine Frau aus dem Westen des Landes, die bekannt ist für ihre ausgefallenen Marmeladenkreationen, unter anderem einem (angeblich) ganz besonderen Königinnen-Pudding mit Orangenmarmelade, sowie Frederick Thomas, ein begeisterter Sammler und Experte für den Paddington-Bären. Wir sitzen alle um einen Tisch im Studio und warten darauf, dass unser Gespräch auf Sendung geht. Mit unseren großen Kopfhörern sehen wir aus wie Aliens. Ich habe schon einmal ein Radiointerview gegeben (ein kurzes Gespräch über neue Rougetöne während der Londoner Modewoche, als ich noch bei Chanel war). Aber das ist schon lange her, deshalb bin ich heute ziemlich nervös. Das ist auch Frederick Thomas, der immer wieder seinen Kopfhörer zurechtrückt und reichlich verängstigt auf die technischen Apparaturen hinter mir starrt. Penny Alsthrop dagegen hat sich auf ihrem Stuhl bequem zurückgelehnt und die Beine weit von sich gestreckt, als befinde sie sich bei einem Teestündchen mit ihrer Nachbarin und nicht bei einem Interview in einer Radiosendung mit einer halben Million Zuhörern.

Als wir den Countdown zum Sendebeginn hören, steigt unsere Anspannung noch weiter an, dann legt unser Gastgeber, Danny Gray, mit seiner Anmoderation los. (*Sie werden nie erraten, was mir gerade auf dem Weg hierher passiert ist ... War das nicht eine großartige Sendung gestern? ... Meine Gäste heute sind ...)* Ich höre ihm aufmerksam zu, denn ich vermute, dass er sich gleich mit seiner ersten Frage an mich wenden wird. Schließlich habe ich hier in der Gruppe wohl den besten Gesamtüberblick, und es ist sicher sinnvoll, den Hörern zuerst einmal einige Grundlagenkenntnisse zum Thema Orangenmarmelade zu verschaffen. Später wird er dann zu den feineren Details übergehen, zum Beispiel, warum der Paddington-Bär die Orangenmarmelade einst ausgerechnet im hintersten Winkel von Peru entdeckte.

»Heute ist der zehnte März, und das ist, falls es Ihnen, liebe Hörerinnen und Hörer, noch nicht bekannt war, seit 1995 der Nationale Tag der Orangenmarmelade. Ally James, warum gerade der zehnte März? Warum nicht zum Beispiel der fünfte Juni?«

Ich räuspere mich und mache damit genau das, was ich eigentlich vermeiden wollte. Radio-Profis müssen sich nie räuspern. Sie fangen einfach aus dem Stand heraus an zu reden, sogar ohne hörbar Luft zu holen. »Der zehnte März wurde damals gewählt, weil er den fünfhundertsten Jahrestag des ersten Zollbelegs eines britischen Hafens über die Einfuhr portugiesischer Marmelade im Jahr 1495 markiert. Marmelade wurde zwar vermutlich schon einige Zeit davor in kleinen Mengen eingeführt, aber unbemerkt an den Zollaufsehern vorbei.« Mein Gott, ich klinge so steif wie mein Stuhlrücken und in etwa ebenso interessant.

»Einen Augenblick, Ally. Ich dachte, wir Engländer hätten das Rezept für Orangenmarmelade entdeckt. Stimmt das denn nicht?«

»Nun, das stimmt in der Tat nicht. Die frühesten Einfuhrbelege lassen vermuten, dass Marmelade – oder auf Portugiesisch *marmelos* – ursprünglich aus Quitten hergestellt wurde und aus Portugal kam. Ein Buch aus dem sechzehnten Jahrhundert berichtet von den Mauren in Nordafrika, bei denen die Portugiesen auf den Geschmack der süßen *marmelada* kamen. Man vermutet daher, dass arabische Essgewohnheiten als ursprüngliche Quelle für die Zubereitung in Portugal anzusehen sind.«

»Wie schade! Da habe ich nun immer gedacht, die Engländer – oder zumindest die Schotten – hätten der Welt dieses große Geschenk gemacht«, sagt Danny und hält den Blick weiter auf mich gerichtet. Somit ist klar, dass ich auch auf diese Bemerkung etwas erwidern soll. Ich frage mich, ob sich die anderen Gäste nicht schon langsam darüber ärgern, dass in diesen ersten Minuten der Sendung anscheinend ausschließlich ich zum Zuge komme.

»Nun, ganz falsch lagen Sie damit auch nicht«, erwidere ich tröstend, und meine Stimme klingt allmählich lockerer. »Die bekannteste Geschichte über Orangenmarmelade schlägt sehr wohl eine Brücke zu Schottland: Mary, die Königin der Schotten, bekam die Marmelade angeblich bei der Überfahrt von Calais nach Schottland im Jahr 1561 gegen ihre Seekrankheit verabreicht. Und Janet Keiller aus Dundee war, soweit wir wissen, eine der Ersten, die Marmelade mit in Streifen geschnittener Orangenschale zubereitet hat, so wie wir sie heute kennen. Die Schotten verschoben den Marmeladengenuss auch auf eine neue Tageszeit: Während man sie früher üblicherweise als süßen Nachtisch am Ende des Abendessens gereicht hatte, servierten die Schotten sie als Erste im frühen achtzehnten Jahrhundert zum Frühstück.«

Dann lässt mich Danny für eine Weile vom Haken und wendet sich an Hilary, um herauszufinden, ob die Briten in der edwardianischen Ära tatsächlich so scharf auf Orangenmarmelade waren, wie neulich in einem Bericht zu lesen war. Das stimmt anscheinend tatsächlich. Hilary erzählt, als Orangenmarmelade in der edwardianischen Zeit so groß in Mode gewesen sei, habe Wilkin of Tiptree Preislisten drucken lassen, auf denen nicht weniger als siebenundzwanzig Sorten aufgeführt waren. Auch die Enkelinnen von Königin Victoria, die russische Zarin und die Königin von Griechenland ließen sich angeblich ihre Vorräte von Wilkin of Tiptree aus Essex schicken. Und die Firma Frank Cooper's in Oxford bewahrt noch immer ein Glas Orangenmarmelade auf, das 1911 bei Scotts Nordpol-Expedition als Proviant mitgeführt und dort 1980 in einwandfreiem Zustand entdeckt wurde.

Dann will Danny von Hilary noch ein paar Beispiele für Marmeladenrezepte aus der edwardianischen Zeit hören, bevor er sich an Frederick wendet und ihn bittet, die lustigsten Stellen mit einem Bezug auf Orangenmarmelade aus Michael Bonds Paddington-Bär-Geschichten zu erzählen. Und ich freue mich, dass er ausgerechnet jene Episode erzählt, in der der Paddington-Bär ins Theater geht und seine Marmeladensandwiches den Leuten, die unter seiner Loge im Parkett sitzen, auf den Kopf fallen lässt, denn das ist Millies ganz persönliche Lieblingsgeschichte.

Dann allerdings bringt Danny Frederick in Verlegenheit, als er ihn fragt, wie ausgerechnet ein Bär aus Peru diese Leckerei entdeckt haben könne. Man habe ja nicht gerade den Eindruck, als gehöre Orangenmarmelade zu den südamerikanischen Grundnahrungsmitteln. Frederick steht einen Moment lang völlig auf dem Schlauch. Schließlich ist er ein Experte für den Paddington-Bären und nicht für Orangenmarmelade. Als sich auf seiner Miene gar ein Anflug von Panik abzeichnet, kann ich mich nicht zurückhalten, rettend einzugreifen.

»Danny, vermutlich haben die Südamerikaner ihre Vorliebe für Marmelade tatsächlich von ihren Kolonialherren, den Spaniern und den Portugiesen, übernommen. Außerdem gab es im neunzehnten Jahrhundert auf Kuba eine ziemlich berühmte Firma, die Quittenmarmelade herstellte. Und Kuba liegt ja schließlich nicht allzu weit entfernt von Peru.«

Frederick wirft mir einen dankbaren Blick zu. Hilary hingegen wirkt irgendwie ein bisschen eingeschnappt. Auch sie hat vermutlich diesen Abschnitt im *Buch der Orangenmarmelade* gelesen. Und allem Anschein nach wird zudem Penny allmählich leicht ungeduldig, denn sie hat noch überhaupt keine Gelegenheit gehabt, etwas zu unserem Gespräch beizutragen.

Als Penny dann endlich ihre Chance bekommt, erweist es sich als schwierig, sie wieder zu stoppen. Während sie lang und breit jedes kleinste Detail ihres Rezepts ausbreitet und dann auch noch die Geschichte erzählt, wie und wo sie das erste Mal auf die Zubereitung gekommen ist, sehe ich, dass Danny verzweifelt nach einer Möglichkeit zum Einhaken sucht. Es gibt Leute, die reagieren in einer Unterhaltung einfach nicht auf Einwürfe, nicht einmal in einer Radiosendung, und Penny ist eine davon. Schließlich ist Danny gezwungen, sie ziemlich abrupt zu unterbrechen, und er wendet sich mit einer Frage rasch an mich, bevor sie wieder loslegen kann.

»Ally!«, ruft er mit verzweifeltem Eifer. »Können Sie unsere Hörer überzeugen, warum sie heute, an diesem landesweiten Tag der Orangenmarmelade, alle die Läden stürmen und ein Glas Marmelade kaufen sollten? Ich meine, was ist denn eigentlich so besonders an eingemachtem Orangengelee mit kleinen Schalenstückchen darin?«

Ich habe schon vorher über diese Frage nachgedacht, also bin ich ganz froh, dass Danny sie mir jetzt tatsächlich gestellt hat.

»Noel Coward hat einmal gesagt, ›Esprit sollte eine herrliche Delikatesse sein, so wie Kaviar. Tragen Sie ihn nie so dick auf wie Orangenmarmelade‹, was so klingt, als sei Orangenmarmelade nicht selbst ebenfalls eine herrliche Delikatesse. Aber ich glaube, er hat Unrecht. Für mich ist Orangenmarmelade weit davon entfernt, etwas Alltägliches und Banales zu sein. Sie ist umgeben von einem Hauch von Geheimnis und Luxus, sie schillert in vielen kostbaren Farben und macht gute Laune, was sicher auch der Grund dafür ist, dass sie so oft in der Popkultur auftaucht. Denken Sie nur an Lady Marmalade, der man alles Mögliche vorwerfen kann, aber sicher nicht, dass sie stinknormal und langweilig ist. Oder an die Popgruppe Marmalade aus den sechziger Jahren, die mit dem Beatles-Song ›Ob-La-Di-Ob-La-Da‹ Nummer eins der Hitparade wurden, ganz zu schweigen von der berühmten Frühstücksszene in *Frankensteins Fluch*, dem unvergesslichen Horrorfilm aus den Hammer-Studios. Eine Szene daraus gab dann auch die Anregung zu dem Namen der Website *Pass me the Marmalade*, die sich ausführlich dem britischen Gruselfilm widmet.«

Dannys Miene wirkt noch nicht gelangweilt, also spreche ich einfach weiter. »Orangenmarmelade steht für so viele Dinge. Man assoziiert sie mit Phantasie und sogar mit Halluzinationen – denken Sie nur an die *Marmalade Skies* der Beatles –, und sie gilt auch als Hausmittel für alle möglichen Wehwehchen, zum Beispiel bei verdorbenem Magen, bei Husten und Erkältungen. Und ich wette, Sie wussten nicht, dass sie auch als Aphrodisiakum wirkt: Königin Mary setzte sie ein, um ihrer Ehe mit Philipp von Spanien um 1500 herum zu einem Thronfolger zu verhelfen. Gibt es irgendein anderes Nahrungsmittel, von dem man all das behaupten könnte? Wenn man einmal von Noel Coward absieht, dann schätzen zumindest wir Briten unsere Orangenmarmelade auch heute noch als eine ganz besondere, zeitlose Köstlichkeit.«

»Nun, was könnten wir dem noch hinzufügen?«, sprudelt Danny hervor. »Ich sehe schon, ihr bei Cottage Garden Foods seid wirklich begeistert von eurer Orangenmarmelade, so wie all meine anderen Gäste, die heute hier bei mir waren. Ich glaube, Sie alle haben auch mich ganz hungrig gemacht. Gleich jetzt, wenn ich hier rauskomme, sehe ich zu, dass ich ein Stück Toast und Orangenmarmelade zu meinem Tee auftreiben kann. Bis dahin bedanke ich mich erst einmal bei allen meinen Gästen für eine höchst aufschlussreiche halbe Stunde.«

Ich bin recht zufrieden mit mir und habe den Eindruck, auch Danny ist mir dankbar für meinen abschließenden kleinen Exkurs. Ich habe damit die Sendung am Ende noch einmal sehr gelungen auf den Punkt gebracht und Danny damit diese Mühe erspart. Er winkt und blinzelt mir freundlich zu, als ich meinen Kopfhörer abnehme und mit den anderen das Studio verlasse.

Beim Hinausgehen schießen mir zwei Gedanken durch den Kopf. Zum einen finde ich (und das kommt mir zum ersten Mal in den Sinn), dass ich mich glücklich schätzen kann, für ein Produkt zu arbeiten, das mit einer derart faszinierenden Geschichte verknüpft ist und einen so festen Platz in den Herzen und auf dem Frühstückstisch der britischen Bevölkerung hat. Wie viel besser ist es doch, seine Tage damit zu verbringen, die große Tradition der Orangenmarmelade am Leben zu erhalten oder sich darum zu kümmern, wie man das Verklumpen von Schalenstückchen bei der Herstellung verhindern kann, als sich einfach nur ein schickes neues Design für die Verpackung eines weiteren Rougepuders auszudenken. Zumindest heute fühle ich mich nicht wie eine Produktmanagerin, die bei einem langweiligen Lebensmittelhersteller am Rande der M4 arbeitet. Ich fühle mich eher wie jemand, der sich mit Leib und Seele einsetzt für eine glorreiche Tradition.

Und der zweite Gedanke, der mir nicht mehr aus dem Kopf geht, lautet: Ob Danny Gray wohl verheiratet ist?

20. Erleuchtung

Gestern Abend, als ich von der Arbeit nach Hause kam, habe ich mit Jack und Millie neue Schuhe für die Schule gekauft. Ich weiß nicht, warum, aber ich habe es nie übers Herz gebracht, das Jill aufzutragen. Ich habe kein Problem damit, wenn sie für die beiden Socken kauft oder das ein oder andere kleine Geschenk für einen Kindergeburtstag, aber Schuhe sind irgendwie etwas anderes. Schuhe, Jeans und schöne Pullover – das sind Dinge, die eine Mutter gemeinsam mit ihren Kindern einkaufen sollte, finde ich. Es ist nicht nur deshalb, weil Jill einen zweifelhaften Geschmack hat (was unglücklicherweise der Fall ist), sondern ganz gleich, ob gut oder schlecht, es sollte zumindest mein eigener Geschmack sein.

Als wir wieder nach Hause kamen, hatte ich eine Nachricht von Anna auf dem Anrufbeantworter, die mir zu meinem gelungenen Auftritt in Danny Grays Sendung gratulierte. Sie nannte ihn anregend und gestand, sie habe keine Ahnung gehabt, dass man so viel über Orangenmarmelade wissen könne, geschweige denn, dass ich so viel darüber wüsste. Dann sagte sie noch, ich hätte Cottage Garden Foods wirklich würdig vertreten, und sicher würden sich Frank Cooper's und Robinson's jetzt schwarz ärgern. Anschließend folgte noch eine Nachricht von Alan; er dankte mir für den schönen Abend und versprach, sich wieder zu melden.

Hätte ich den Kopf nicht so voll mit anderen Dingen, dann würde ich mich jetzt vermutlich still in eine Ecke setzen und mich im Ruhm von Annas Nachricht sonnen, mir gleichzeitig aber auch Sorgen wegen Alans Anruf machen. Aber ich habe morgen ein ziemlich volles Programm. Ich will Jacks und Millies neue Schuluniformen kaufen. Dann muss ich noch letzte Vorbereitungen für meine Typberatungs-Party treffen, die heute Abend stattfinden soll. Wenn ich daran denke, verspüre ich zugleich Angst und Neugier. Aber noch drohender und furchterregender ist die Tatsache, dass morgen um elf Uhr ein Elektriker zu mir kommt.

Auf den ersten Blick ist Gary ein ideales Versuchskaninchen. Aber an diesem Morgen bin ich alles andere als sicher, ob es eine gute Idee ist, ihn für einen Praxistest einzusetzen. Ich weiß so wenig über ihn. Er ist nicht wie Alan, der eine Verbindung zu meinem Bruder hat und daher mit hoher Wahrscheinlichkeit kein Geistesgestörter oder Spießer ist. Aber was weiß ich schon über Gary, außer dass ich sein Lächeln sexy finde und dass er sich gut mit Transformatoren auskennt?

Millie hat meine innere Anspannung heute Morgen zu spüren bekommen. Sie konnte sie wohl kaum ignorieren, denn ich tat das unverzeihlichste aller unverzeihlichen Dinge: Ich habe sie angeschrien. Und das, obwohl ich diese ganzen Forschungsergebnisse kenne, die besagen, dass ihr Selbstwertgefühl beeinträchtigt und neuronale Verbindungen im Gehirn zu Dutzenden zerstört werden, wenn man Kinder anschreit. Und ich habe sie angeschrien – weil sie ihren Orangensaft verschüttet hat.

Hier eine kurze Schilderung des Vorfalls, damit ersichtlich wird, wie unangemessen ich reagiert habe: Ich mache Millie darauf aufmerksam, doch bitte ihren Orangensaft etwas weiter von ihrer Müslischale wegzustellen, oder sie werde sicher gleich das Glas umstoßen; Millie aber lässt weiter ihren Orangensaft neben der Müslischale stehen, und das Glas kippt prompt um; in einem Anfall von Ärger stehe ich vom Tisch auf und schimpfe sie aus, wie dumm das war und dass sie auf mich hätte hören sollen; ich wische den Orangensaft mit Küchenpapier auf, das sich dabei natürlich in Fetzen auflöst, denn ganz gleich, was in den Werbespots immer behauptet wird, Küchenpapier ist vollkommen ungeeignet, wenn man mehr als einen Teelöffel Flüssigkeit aufwischen will; ich bin so sauer darüber, dass das Küchenpapier versagt und der Saft jetzt über den Tischrand auf meine helle Lederhandtasche läuft, dass ich als Antwort auf Millies Bemerkung, es sei doch nur Orangensaft und sie hätte das nicht absichtlich gemacht, zu ihr sage (und nun passen Sie gut auf): »Es war nicht nur dumm, so etwas zu tun, SONDERN DU MACHST STÄNDIG SOLCHE SACHEN. DU BIST SO UNGESCHICKT.«

Wie jede gute Mutter weiß, bricht ein solcher Vorwurf jede Regel im Handbuch für Eltern: (1) Niemals schreien; es bedeutet, dass Sie die Kontrolle über die Situation verloren haben. (2) Niemals den Kindern Beleidigungen an den Kopf werfen, in denen herabwürdigende Wörter wie »dumm« oder »ungeschickt« vorkommen. (3) Bei Vorwürfen niemals das Wort »immer« verwenden; wenn Sie Ihrem Kind sagen, dass es »immer« dieses oder jenes tut, wird das zu einer sich selbst erfüllenden Prophezeiung; konzentrieren Sie sich stattdessen ganz auf den aktuellen Vorfall und kritisieren Sie stets nur das Verhalten, nicht die Person.

Das alles weiß ich. Jeder weiß es. Doch sind sich andere auch dessen schon gleich im selben Augenblick bewusst, in dem sie anfangen zu schreien und ihren Kindern Beleidigungen an den Kopf werfen und das Wort »immer« benutzen, so wie ich? Oder sind sie vielleicht doch geduldiger und beißen sich lieber auf die Zunge, bevor ein Vorwurf über ihre Lippen kommt? Sagen sie stattdessen in ruhigem Tonfall: »Nun, das war jetzt ein bisschen dumm, Liebling. Aber das macht nichts. Es wird dir zumindest helfen, dich das nächste Mal daran zu erinnern, dass du deinen Orangensaft nicht so dicht neben deine Müslischale stellst.« Ich bin sicher, das tun andere Leute, daher werde ich innerhalb von Minuten, wenn nicht gar von Sekunden nach meinem Ausbruch bereits von Schuldgefühlen geplagt. Ich werfe die unbrauchbare Küchenpapierrolle in den Mülleimer und gehe um den Tisch herum, um Millie in die Arme zu nehmen. Aber natürlich sträubt sie sich. Ich habe die Kontrolle über die Situation verloren, als ich sie angeschrien habe. Aber jetzt entgleitet mir die Situation völlig, denn ich entschuldige mich für mein schreckliches Verhalten und bitte sie flehentlich um Verzeihung. Und das alles im Beisein von Jack, der den ganzen Vorfall mit offenem Mund beobachtet hat, wobei zweifellos auch einige seiner neuronalen Verbindungen Schaden genommen haben.

Auf dem Weg zur Schule gebe ich mir extra viel Mühe, ruhig und gelassen zu bleiben. Ich schaffe es sogar, als Jack mit seinen neuen Schuhen geradewegs durch eine schlammige Pfütze marschiert. Doch Millie taut erst wieder auf, als wir beim Schultor ankommen; da gibt sie nach und umarmt mich zum Abschied. Das ist das Wunderbare an kleinen Kindern und vermutlich auch die Rettung für alle nicht hundertprozentig perfekten Eltern. Ganz gleich, wie schrecklich man zu ihnen gewesen ist, in der Regel verzeihen sie einem. Sie können anscheinend ihren Zorn auf Dauer einfach nicht aufrechterhalten, so groß ist ihr Bedürfnis, ihre Eltern in einem positiven Licht zu sehen.

Es ging zwar nur um ein Glas Orangensaft, aber der ganze Vorfall hat bei mir ein ungutes Gefühl der Reue und Beunruhigung hinterlassen. Ich wusste, mein Ausbruch war eine Folge der inneren Anspannung, unter der ich stand: zum einen aufgrund der Genugtuung über einen Erfolg bei der Arbeit, zum anderen wegen der nervösen Spannung im Hinblick auf das Treffen mit Gary, das bei näherer Betrachtung leicht in eine ganz falsche Richtung laufen könnte. Als ich unter der Dusche stand, fasste ich gute Vorsätze: Ich will nicht mehr gestatten, dass mir meine Gefühle bezüglich der Arbeit (und bezüglich der Treffen mit meinen Versuchskaninchen) beim Zusammensein mit meinen Kindern in die Quere kommen; ich will von nun an jedes Mal bis zehn zählen, bevor ich anfange zu schimpfen; und falls das Schimpfen absolut nicht zu vermeiden ist, dann will ich dabei die Wörter *dumm* und *ungeschickt* oder gar *schlimm* und *furchtbar* vermeiden.

Nun sitze ich also um zehn vor elf hier in der Küche, als wartete ich auf den Besuch des Kronprinzen von Preußen. Ich habe mir sogar die Haare geföhnt, was ich an einem Freitag selten tue. Und ich habe mir verschiedene Strategien ausgedacht, wie ich die Frage nach einem Date mit Gary in Szene setzen könnte, und versuche mir eine zurechtzulegen, die möglichst spontan wirkt.

Da klingelt es, und ich kann nicht länger über das Problem nachgrübeln. Ich gehe zur Tür und verwuschle mir dabei noch etwas die Frisur (es wäre nicht gut, wenn es aussähe, als hätte ich mich gerade frisch gekämmt). Als ich die Tür aufmache, begrüßt mich Gary mit seinem breiten Lächeln. Es ist noch immer sehr sexy.

»Hallo. Komme wegen der Lampen«, verkündet er.

»Ja, sehr gut«, erwidere ich, und es gelingt mir, erstaunt zu klingen, als hätte ich diesen Termin zwischenzeitlich ganz vergessen.

Gary tritt ein, stampft zuvor aber noch mit seinen

Stiefeln auf dem Fußabstreifer herum, um den Staub abzuschütteln. Dann bleibt er stehen, die Trittleiter über die Schulter gehängt, und wartet auf meine Anweisungen.

»Also, wo soll ich am besten anfangen?«, gibt er mir das Stichwort.

»Nun, in jedem Raum gibt es Deckenlampen, die nicht funktionieren. Ich bin mir nicht sicher, ob es nur an den Glühbirnen liegt, die ausgewechselt werden müssen, oder ob auch die Transformatoren defekt sind«, sage ich, ganz stolz auf mein Wissen über technische Fachausdrücke. »Was es auch sein mag, ich brauche Ihre Hilfe, da ich bei diesen Lampen nicht einmal die Glühbirnen auswechseln kann!«, erkläre ich mit einem Lachen.

»Das glaube ich Ihnen gern. Diese kleinen Klammern an den Lampenschirmen aufzukriegen ist eine Fitzelarbeit, und noch schlimmer ist es, wenn man sie wieder zurückstecken will.« Seine Stimme erinnert mich an jemanden, aber mir fällt nicht ein, an wen.

»Also, wollen Sie lieber oben oder unten anfangen?«, frage ich ihn.

»Wie wär's mit oben?«, fragt er zurück. Jetzt fällt mir ein, warum er für meine Ohren vertraut klingt. Seine Stimme ähnelt der von Johnny Vaughan. Sanft und wissend, mit einer kleinen Spur von Härte darin.

Ich gehe vor ihm die Treppe hinauf und hoffe, dass mein Hintern von seinem Blickwinkel aus nicht allzu fett aussieht. Wir gehen in mein Schlafzimmer, das vorzeigbar ist, denn ich habe alle Unterhosen, BHs und nassen Badetücher in Schubladen oder Wäschekörbe gesteckt. Auch der Stapel Bücher, aufgestellte Geburtstagskarten, herumliegende Fotos und benutzte Papiertaschentücher, die in der Regel auf meinem Nachttisch herumliegen, wurden zusammengeschoben und im Schrank verstaut.

Gary schaltet den Lichtschalter ein und aus, um herauszufinden, was mit dieser Lampe nicht in Ordnung ist, dann stellt er seine Leiter am Fußende des Betts auf.

»Gut, dann lasse ich Sie mal machen«, sage ich in heiterem Ton. Und da mir plötzlich wieder bewusst wird, dass für mich der eigentliche Zweck seines heutigen Besuches darin besteht, eine Art von Beziehung zu ihm aufzubauen, damit ich ihn fragen kann, ob er mit mir ausgeht, füge ich hinzu: »Hätten Sie gern einen Kaffee?«

»Das wäre toll. Einen Löffel Zucker bitte«, sagt er und schenkt mir ein weiteres unwiderstehliches Lächeln, bevor er den Kopf zur Decke wendet, wo er bereits mit einer dieser hundsgemeinen Klammern kämpft.

Während ich den Kaffee koche, suche ich verzweifelt nach einem raffinierten Vorwand, um ein Weilchen mit ihm plaudern zu können. Der Kaffee allein reicht dazu nicht aus. Ich muss einen Anlass finden, dass ich bei ihm im Raum bleiben und mich mit ihm unterhalten kann.

Ich mache zwei Becher Kaffee und gehe damit nach oben. Dort stelle ich fest, dass Gary mit den Lampen beängstigend schnell vorankommt. Er ist jetzt bereits in Millies Zimmer. Ich muss mir unbedingt etwas einfallen lassen.

»Haben Sie etwas dagegen, wenn ich hier bleibe, während Sie arbeiten?«, wage ich mich vor. »Ich wollte vorhin gerade damit anfangen, Millies Kommode aufzuräumen.«

»Das macht mir nichts aus«, erwidert Gary und steigt von seiner Leiter, um sie unter die nächste defekte Lampe zu stellen. »Übrigens, bis jetzt sieht es so aus, als seien nur die Glühbirnen kaputt.«

»Oh, gut«, sage ich und ziehe Millies mittlere Schublade heraus, die glücklicherweise ziemlich unordentlich ist. Gott sei Dank habe ich das hier nicht mehr geschafft, als ich letztes Wochenende die Schränke aufgeräumt habe.

Wir arbeiten die nächsten ein, zwei Minuten schweigend vor uns hin, ich, indem ich die Stapel T-Shirts und Sweatshirts aus Millies Schubladen herausnehme, und Gary, indem er mit einer Zange einen Glühbirnenclip aufbiegt. Ich bin sicher, er wird gleich in Jacks Zimmer und dann im unteren Stockwerk weitermachen, ohne dass wir uns unterhalten haben. Doch dann sagt er etwas, was ich nur als Geschenk des Himmels betrachten kann.

»Also, Ihr Mann ist wohl nicht besonders geschickt in solchen Dingen?«, fragt er und deutet mit einem Kopfnicken zu den Deckenlampen hin.

»Nun, wir sind eigentlich geschieden«, antworte ich. Dann, eifrig darauf bedacht, mir diese Gelegenheit nicht entgehen zu lassen, fahre ich fort: »Nach zwei Jahren Alleinleben bin ich inzwischen ganz gut bei Klempnerarbeiten. Aber alles, was mit Elektrizität zu tun hat, übersteigt meine Fähigkeiten. Wissen Sie, ich bin ein Schreibtischmensch und habe zwei linke Hände.« Also, wenn das jetzt keine Einladung für ihn ist, nachzufragen, was ich denn beruflich mache, dann bin ich mit meinem Latein am Ende.

»Wirklich? Und was machen Sie beruflich, wenn ich fragen darf?«, fragt er und hält inne, um von seiner Leiter zu mir herunterzusehen.

»Ich bin Produktmanagerin bei Cottage Garden Foods. Dort leite ich den Bereich Orangenmarmelade. Also, wenn Sie mal Bedarf an Marmelade haben, dann wissen Sie, an wen Sie sich wenden können.« Im selben Moment hätte ich mir fast auf die Zunge gebissen wegen meines anbiedernden Vorschlags. Wenn er Marmelade will, dann wird er zu Sainsbury's gehen, oder?

»Tatsächlich? Nun, das werde ich mir merken. Zufällig bin ich ein Fan von Orangenmarmelade zum Frühstück«, erwidert er.

»Ach wirklich? Ich möchte wetten, Sie mögen die mit grobgeschnittener Schale, stimmt's? Es ist nachgewiesen, dass Männer ihre Marmelade lieber mit großen Schalenstücken drin mögen. Scott nahm sie auf seine Antarktisexpedition mit, und Hillary schleppte sie den ganzen Weg hinauf bis zum Gipfel des Mount Everest.«

Und schon sind wir mitten im Plaudern und durchlaufen die übliche Diskussionsfolge zum Thema Grobschnitt versus Feinschnitt und Orange versus Grapefruit. Ich bringe ihn mit ein paar Anekdoten über den Paddington-Bären, die ich gestern gehört habe, zum Lachen, und bevor ich mich's versehe, hat er aufgehört, Halteklammern umzubiegen und Glühbirnen auszuwechseln. Er sitzt jetzt auf der untersten Stufe seiner Leiter und lacht, als wäre ich Mr Bean. Zum zweiten Mal in dieser Woche bin ich unendlich dankbar dafür, dass Orangenmarmelade den beruflichen Teil meines Lebens bestimmt.

Schließlich erschöpft sich mein Vorrat an Geschichten, und uns beiden ist klar, dass Gary nun in einem anderen Zimmer weitermachen wird. Ich muss hier bleiben und Millies Kommode fertig aufräumen. Mir fällt partout kein plausibler Grund ein, diese Aufgabe unbeendet zu lassen und etwas Neues in Jacks Zimmer anzufangen.

»Gut, dann gehe ich mal ins nächste Zimmer«, verkündet Gary und klappt seine Leiter zusammen. »Aber Sie müssen mir später unbedingt dieses Marmeladenrezept geben.«

Ich räume Millies Kommode fertig auf und gehe in die Küche hinunter, wo ich so tue, als durchsuchte ich einen Stapel Rechnungen. Ein paar Minuten später höre ich

Gary mit seiner Leiter und dem Werkzeugkasten die Treppe herunterkommen, und er setzt seine Arbeit im Wohnzimmer fort. Dort und im Flur ist er im Nu fertig, und zuletzt ist nur noch die Küche übrig. Ich blicke auf und bemerke, dass es hier nur eine einzelne herunterhängende Glühbirne gibt, ohne Halteklammern an der Lampe. Er wird sich in weniger als drei Minuten verabschieden, wenn mir nichts Entscheidendes einfällt.

Als er in die Küche kommt, deute ich auf die Dunstabzugshaube über dem Herd, und alle guten Vorsätze in Bezug auf sparsame Haushaltsführung verfliegen im Nu. »Wissen Sie, ich habe noch vergessen zu erwähnen, dass die Dunstabzugshaube seit einer Ewigkeit kaputt ist, und das macht mich beim Kochen immer ganz verrückt. Hätten Sie vielleicht Zeit, sich die auch noch anzusehen?«

Gary wirft einen Blick auf seine Uhr und meint dann: »Ja, das müsste gehen.«

Nachdem er die einzelne Glühbirne in der Küche ausgewechselt hat, sehe ich ihm zu, wie er sich hinunterbeugt, damit er einen Blick auf die Unterseite des Dunstabzugs werfen kann. Sein Sweatshirt schiebt sich leicht nach oben und gibt den Blick auf sein Kreuz frei. Kein Gramm Fett sitzt dort. Nicht einmal der geringste Ansatz eines Rettungsrings.

Ich beschließe, dass ein kühner Vorstoß angebracht ist. Jetzt oder nie.

»Gary, machen Sie solche Arbeiten bei sich zu Hause auch? Erwartet Ihre Frau, dass Sie an den Wochenenden im eigenen Haus alle kaputten Sachen reparieren?«

Dann die Antwort, auf die ich gewartet habe. »Ich habe keine Frau, ich lebe allein. Aber natürlich mache ich so ziemlich alle Heimwerkerarbeiten und Elektroinstallationen bei mir selber auch.«

»Ooch, und keiner macht Ihnen dabei einen Kaffee«,

sage ich mitfühlend und kann mein unverhülltes Flirten selbst kaum glauben. Ich frage mich, ob Francesca das in dieser Situation wohl auch so gut hinbekommen hätte. So etwas Durchschaubares habe ich nicht mehr gemacht, seit ich damals in der siebten Klasse Sonny Simpson angerufen und ihm den Song »Sonny« durch den Hörer geschickt habe.

Auch Gary kann es kaum fassen. Er unterbricht seine Arbeit und dreht sich zu mir um. Mit einer weiteren Auflage seines breiten, verführerischen Lächelns erwidert er: »Ja, das ist schon eine Schande, nicht wahr? Ich könnte wirklich jemanden brauchen, der mir mal einen Kaffee kocht.«

Solche Szenen habe ich schon oft in Kinofilmen gesehen. Zwei Menschen stehen sich gegenüber und sehen sich an, als befänden sie sich außerhalb von Raum und Zeit. Und genau das geschieht jetzt auch mit uns. Offensichtlich läuft das immer so ab. Ich bin fest überzeugt, wenn ich diesen Mann jetzt hier sofort auf dem Küchenboden vernaschen wollte, dann könnte ich ihn herumkriegen. Aber das will ich gar nicht. Um mit Marinas Worten zu sprechen: Ich suche keine flüchtigen Abenteuer. Ich bin auf der Suche nach einem Lebenspartner. Und dieser Mann hier ist nichts weiter als ein Versuchskaninchen, wenn auch ein besonders schönes.

Ich reiße meinen Blick von Gary los und gehe zurück hinter den Tisch, wo ich das ziellose Sortieren meiner Rechnungen wieder aufnehme. Ich weiß, was in ein paar Minuten geschehen wird, wenn Gary mit dem Dunstabzug fertig ist. Ich könnte fast mein Leben darauf verwetten.

Und dann kommt es tatsächlich so. Als ich seine Rechnung bezahlt habe und Gary zur Tür bringe, dreht er sich um, stellt seine Leiter ab und sagt: »Also, ich will jetzt nicht aufdringlich sein oder so, aber würden Sie gern mal irgendwann mit mir ausgehen? Wir könnten am nächsten Freitag abends zusammen essen gehen, wenn Sie da noch nichts vorhaben.«

Volltreffer. Ich habe einfach jemanden ins Visier genommen und ihn so lange in die Enge getrieben, bis er mich gefragt hat, ob ich mit ihm ausgehen will. Das ist doch wunderbar, oder nicht? Seit langem habe ich mich nicht mehr so, nun ja, so unwiderstehlich gefühlt. Vielleicht ist ja an der Methode von Marina Boyd wirklich etwas dran. Vielleicht ist die Übung mit den Versuchskaninchen gar nicht so sehr dafür gedacht, den eigenen Horizont zu erweitern und zu erfahren, dass wir niemanden nach dem Äußeren beurteilen sollen. Vielmehr soll sie uns vermutlich die berauschende Erfahrung vermitteln, wie es ist, das Spiel der Liebe wieder zu spielen. Und dabei zu entdecken, dass wir tatsächlich gar nicht mal so schlecht darin sind.

21. Das Interview

Den ganzen Nachmittag über habe ich halb damit gerechnet, Tom zufällig wieder über den Weg zu laufen. Es ist merkwürdig, dass er mir die ganze Woche noch nicht begegnet ist. Wenn man bedenkt, dass ich ihn letzte Woche mindestens zweimal gesehen habe, frage ich mich, ob er wohl seinen Tagesplan geändert hat. Oder vielleicht ist er ja auch irgendwohin verreist. Da Grace noch so klein ist, muss er sich ja nicht an die Ferienzeiten halten wie wir Eltern von schulpflichtigen Kindern.

Mit meinem gestärkten Selbstbewusstsein nach dem Triumph von heute Morgen würde ich sicher, wenn er mir jetzt über den Weg liefe, eine Gelegenheit finden, ihn zu fragen, ob er mit mir ausgeht. Oder ihn dazu bringen, mich zu fragen. Wenn er allerdings nicht auftaucht, bin ich ziemlich machtlos. Ich habe keine Ahnung, wie er mit Nachnamen heißt, und kenne auch seine Adresse nicht. Also kann ich ihn weder anrufen noch sein Haus heimlich beobachten. Und ein weiteres zufälliges Zusammentreffen am frühen Morgen mit den Kindern im Park steht dieses Wochenende auch nicht zur Debatte, da Millie und Jack bei David sind. Vielleicht hätten wir uns doch besser letzte Woche zusammen mit den beiden auf den Heimweg machen sollen. Das wird mir eine Lehre sein, und wahrscheinlich ist es eine, die sogar irgendwo in Marinas Unterlagen steht. Lasse niemals eine Gelegenheit für eine Unterhaltung mit jemandem verstreichen, sei es mit einem Versuchskaninchen oder mit einem echten Dating-Kandidaten. Denn du weißt nie, wann sich eine solche Gelegenheit wieder einmal ergibt.

Seit letztem Wochenende habe ich beschlossen, dass Tom sehr wohl ein geeignetes Versuchskaninchen abgeben könnte. Die Sache mit seiner Frau ist zwar sehr traurig, aber das muss für mich noch lange nicht bedeuten, dass er völlig außer Reichweite ist. Zwar befindet er sich noch mitten in der Trauerphase, aber vielleicht wären ja ein oder zwei harmlose Abendessen genau das, was ihm in seiner jetzigen Situation gut täte.

Doch all diese Überlegungen bleiben reine Theorie, es sei denn ich treffe ihn zufällig wieder. In der Zwischenzeit muss ich einfach andere Dinge auf den Weg bringen. David wird in einer halben Stunde hier vorbeikommen, um Jack und Millie abzuholen, und bald danach werden sich fünf Leute aus meinem Freundeskreis zu einer Typberatungs-Konferenz bei mir versammeln, um mein Image und meine Verpackung zu perfektionieren.

Millie packt ihre Tasche selbst. Sie hat beschlossen, dass ihr Köfferchen auf Rädern mit der Kleinen Meerjungfrau auf der Vorderseite mittlerweile zu kindisch für sie ist, wo sie nun doch schon bald acht wird. Also hat sie mich gebeten, ihr eine Reisetasche von mir zu leihen. Im Augenblick ist sie damit beschäftigt, den halben Inhalt ihres Zimmers hineinzustopfen. Seit ich ihr gesagt habe, dass sie nach dem Halbjahreszeugnis die Schule wechseln kann, hat sie einiges an Selbstbewusstsein und Tatkraft gewonnen. Sicher wird ihr dann an ihrem ersten Schultag dort schon ein bisschen bange sein, aber für den Moment scheint ihr die Aussicht auf den Schulwechsel Auftrieb gegeben zu haben. Ich habe kein Wort mehr darüber gehört, dass die anderen Mädchen gemein zu ihr sind. Entweder haben sie es aufgegeben, da sie wissen, dass ihnen ihr Opfer bald abhanden kommt, oder es macht ihr nichts mehr aus.

Ich wünschte mir, auch Jack würde seinen Koffer selber packen, aber das tut er nicht. Er sitzt in Unterhosen auf dem Boden in seinem Zimmer und spielt »Frontalzusammenstoß« mit seinen Lastwagen. Schließlich ist es ja nicht genug, mehrere große Spielzeug-Lkws zu besitzen und sie auf der Teppich-Autobahn umherzuschieben. Der Clou liegt in dem Geräusch, das sie machen, wenn sie in einem simulierten Miniaturverkehrsunfall zusammenkrachen. Sind eigentlich alle kleinen Jungen so? Woher kommt dieser Wunsch, die Wirkung eines solchen Zusammenpralls zu testen? Aus derselben Quelle wie der Instinkt, einen Stock oder eine Banane als Revolver einzusetzen?

»Hey, Jack. Wir fangen jetzt besser mal an, alles einzupacken, sonst bist du nachher nicht fertig, wenn Daddy kommt.«

»Wann kommt er denn?«, fragt er, ohne den Blick von seinem Verkehrsunfall abzuwenden.

»In etwa einer halben Stunde. Das ist nicht mehr sehr lange. Also lass uns jetzt überlegen, was du mitnehmen willst.« Dann beginnt die vorhersehbare Debatte darüber, welche Sachen er braucht. Ginge es nach ihm, würde er das ganze Wochenende seine Jeans und das Cowboy-Outfit tragen. Aber da spielt David nicht mit. Jacks Köfferchen muss mindestens ein Set passender Kleidung für einen Lunch mit anderen Leuten und einen Kinobesuch enthalten. Es ist nicht so, dass David generell etwas gegen das Cowboy-Outfit einzuwenden hätte. Doch er meint, wir sollten nicht einreißen lassen, dass er die ganze Zeit darin herumtobt. Ich glaube, das hat mehr mit Davids ausgeprägtem Sinn für Ästhetik zu tun als mit irgendwelchen pädagogischen Ideen, was gut ist für Kinder und was nicht.

Um halb sieben klingelt es an der Tür, und Millie stürmt die Treppe hinunter, um aufzumachen. David steht draußen, allein. Keine Chantal. Ich frage mich, ob sie im Auto sitzen geblieben ist oder in seiner Wohnung wartet, wo sie dann alle gemeinsam das Wochenende verbringen.

»Hallo, Ally. Wie geht's?« Er sieht ein bisschen müde aus, als hätte er ein vierundzwanzigstündiges Foto-Shooting hinter sich.

»Hallo. Mir geht's gut. Und dir?«, frage ich zurück.

»Gut, danke.« Er gähnt herzhaft. »Tut mir leid, es war nur eine wirklich stressige Woche. Hoffe, die Kinder haben ein bisschen Verständnis dafür«, sagt er und grinst.

Nachdem sie David umarmt hat, ist Millie wieder abgedüst und sucht ihre (oder besser gesagt: meine) Reisetasche, und Jack kommt auch schon mit seinem Koffer die Treppe heruntergepoltert. Der Koffer ist weiß und hellgrün, und auf der Vorderseite prangt ein Bild von Buzz Lightyear.

»Hi, Dad. Ich habe meine Trucks eingepackt, damit können wir dann spielen«, verkündet er begeistert.

»Großartig. Darauf freue ich mich schon.« David ist jetzt hereingekommen und bleibt am Fuß der Treppe stehen. Er wendet sich an mich. »Und was hast du so geplant am Wochenende?«

»Ach, eigentlich nicht viel. Heute Abend kommen ein paar Freunde vorbei.« Und dann die Lüge: »Und morgen Abend gehe ich mit jemandem zum Essen aus. Ansonsten nichts Besonderes, außer hier zu Hause ein bisschen klar Schiff machen.«

Das habe ich bisher noch nie getan. All die Male, die

ich hier gestanden habe und genau wusste, dass David frisch vom Treffen mit irgendeiner anderen Frau kam oder kurz darauf mit einer ins Bett fallen würde, war es mir nie in den Sinn gekommen, ihm das Vorhandensein eines anderen in meinem Leben vorzugaukeln, und sei es auch nur, um mein Gesicht zu wahren. Auf einmal erscheint mir das als die natürlichste Sache der Welt. Es ist noch nicht einmal eine wirkliche Lüge. Mag sein, dass ich zwar morgen Abend mit niemandem ausgehe, aber ich habe tatsächlich ein Date nächsten Freitag mit Gary, und ich war gerade erst mit Alan zum Abendessen verabredet. Man könnte fast schon behaupten, dass ich mit Männern ausgehe. Mit zwei verschiedenen im Abstand von weniger als zwei Wochen und mit einem dritten, wenn ich das irgendwie noch deichseln kann. David sieht mich neugierig an. Ich frage mich, ob ich irgendetwas ausstrahle, vielleicht eine gewisse Selbstsicherheit, die ihm gar nicht behagt. Dieser Gedanke erfüllt mich mit Genugtuung. Aber vielleicht sieht er mich ja auch nur deshalb so merkwürdig an, weil ich etwas an der Nase habe. Ich wische mir verstohlen mit der Fingerspitze darüber, nur für den Fall.

Millie kommt mit ihrer Reisetasche zurück und stellt sich erwartungsvoll neben Jack auf. Ich habe darauf gewartet, dass sie wieder ihrer üblichen Besorgnis darüber Ausdruck verleiht, dass sie mich am Wochenende einsam hier zurücklässt, aber bis jetzt hat sie noch nichts dergleichen gesagt. Könnte es sein, dass mir auf einmal eine geradezu unangemessene Freude über die Aussicht, zwei Tage ganz für mich allein zu haben, aus allen Knopflöchern strahlt? Oder liegt es eher daran, dass ich mit meiner Lage nicht mehr hadere, sondern ein neues Gefühl für meine eigene Stärke entwickelt habe?

»Also gut. Dann brechen wir auf!«, sagt David. »Jetzt

gehen wir erst mal Pizza essen, und morgen Abend ist Kino angesagt.«

Sie geben ein komisches Bild ab, wie sie alle zugleich versuchen, sich mit den sperrigen Taschen mühsam durch die Eingangstür zu quetschen, und dabei den kleinen Lorbeerbaumkübel auf den Eingangsstufen gefährlich ins Wanken bringen. Es stimmt. Ich bin diesmal wirklich nicht traurig, sie weggehen zu sehen. Irgendetwas ist in mir diese Woche erwacht, etwas vollkommen Losgelöstes von Familie, Heim und Herd. Ich kann es noch nicht genau benennen, aber dieses Gefühl ist alles andere als unangenehm, und ich werde es keinesfalls unterdrücken.

Mel trifft als Erste ein. Wir haben das so geplant, damit sie mich über meine Eindrücke der letzten zehn Tage befragen kann, bevor alle anderen eintrudeln. Jetzt sitzt sie am Küchentisch, den Stift in der Hand, während ich versuche, aus Tomaten und Mangos eine selbstgemachte Salsa zu zaubern. Eigentlich braucht man dazu auch frische Limonen, aber ich habe vergessen, sie auf meine Einkaufsliste zu setzen, also muss es der Limonensirup aus der Flasche tun.

»Okay, fangen wir ganz von vorne an. Sag mir, wie du das Seminar fandest. War es so schrecklich für dich, wie du erwartet hast? Hättest du dich am liebsten unter deinem Stuhl verkrochen? Oder vielleicht Marina Boyd mit ihrem eigenen Mikrofon erschlagen?«

»Na ja …« Ich denke einen Augenblick nach und versuche mich an die genaue Abfolge von Gedanken und Gefühlen zu erinnern, die ich am Dienstag vor einer Woche durchlaufen habe. »Ich glaube, am Anfang fand ich es schon ziemlich schrecklich. Oder vielleicht ist ›schrecklich‹ ein zu krasses Wort. Aber davor war ich überzeugt, dass ich über dem Ganzen stehen und alles ziemlich lächerlich finden würde. Und gewappnet mit dieser Skepsis habe ich dann den Saal betreten. Eigentlich fühlte ich mich eher als Beobachterin. Ein bisschen so wie du.«

»Gut. Und was ist dann passiert?«, drängt mich Mel.

»Dann habe ich festgestellt, dass die Leute im Raum keinesfalls irgendwelche Freaks waren. Sie sahen mehr oder weniger aus wie normale, durchschnittliche Frauen. Wie ein Querschnitt von Leuten, die man auch im Supermarkt oder an den Schultoren antreffen könnte.«

»Aber hör mal«, unterbricht mich Mel. »Hast du etwa die Schreckschraube in den Netzstrümpfen und den roten Stiefeln nicht gesehen? Oder die eine, die ihr Gesicht mit diesen Unmengen orangefarbener Grundierung zugekleistert hatte? Und was ist mit dieser Caroline, die jeden Bezug zum wahren Leben gekappt hat, nur damit sie die nächsten Monate Vollzeit auf Männerfang gehen kann?«

»Oh, ich weiß schon. Es gab ein paar Extremfälle. Leute, bei denen einem gleich klar ist, dass sie nie deine besten Freundinnen werden. Aber zum großen Teil fand ich die Teilnehmerinnen ziemlich normal.«

»Gut, und wie ging es weiter? Was hast du dann gedacht?« Mel lehnt sich mit ihrem Glas Wein in der Hand zurück und wartet darauf, dass wahre Perlen von zitierfähigen Sätzen für ihren Artikel aus meinem Mund kommen.

»Na ja, ich hab zugehört, was Marina zu sagen hatte, und zunächst habe ich gar nichts begriffen. Das alles klang für mich ziemlich verstiegen. Und dieses ganze Gerede über die acht P sagte mir überhaupt nicht zu – dieses ganze Marketing-Vokabular. Und anschließend fand ich es wirklich oberpeinlich, sich in diesen Kleingruppen zusammenzusetzen und zu überlegen, wie hoch unser persönlicher Einsatz für das Programm sein soll. Ich war auf so etwas überhaupt nicht vorbereitet. Aber das Nächste hat mich dann schon wieder irgendwie gepackt.«

»Und was war das?« Mel setzt sich wieder aufrechter hin und hält den Stift gezückt.

»Der Hinweis, dass wir unseren seelischen Ballast vergraben sollen. Mir leuchtete ein, dass wir keine Fortschritte im Leben machen können, bevor wir nicht die Dinge, die uns blockieren, entweder vollkommen akzeptiert oder aus dem Weg geräumt haben. Was auch immer. Und, weißt du, ich bin heimgekommen und habe gleich am nächsten Abend diese Übung mit dem Ballast-Loswerden ausprobiert.«

»Ja, das hast du erzählt. Ich hab gedacht, du machst einen Scherz.« Mel sieht mich ungläubig an. Keine Ahnung, was sie eigentlich erwartet hat. Sie weiß, sobald ich mich erst einmal für eine Sache entschieden habe, muss ich sie auch richtig tun. Sicher war das ja auch mit ein Grund, warum sie für diese kleine Scharade ausgerechnet mich ausgewählt hat.

»Nein, das war kein Scherz«, sage ich und presse das letzte bisschen Mangosaft aus dem Fruchtfleisch am Stein. »Ich habe David sozusagen in eine Kiste gesteckt – David und die ganze Vorstellung von uns als vierköpfige Familie, diese ganze romantische Gefühlsduselei. Ich bin in den Garten gegangen und habe dort alles begraben. Ich war wirklich, wirklich traurig. So traurig, dass ich mindestens zehn Minuten lang geweint habe. Und das muss schon etwas heißen, denn es war an dem Abend verdammt kalt. Aber ich war auch erleichtert. So, als hätte ich eine wichtige Entscheidung getroffen oder als wäre ich eine schwere Last losgeworden.«

»Wow. Und das nur, weil du ein Loch gegraben und eine Kiste verbuddelt hast?«

»Ich glaube schon. Jedenfalls habe ich dann beschlossen, auch die restlichen Hausaufgaben in Angriff zu nehmen. Du erinnerst dich doch an unsere Anweisungen. Wir sollten diese Imageerneuerungs-Konferenz organisieren – was ich, wie du siehst, getan habe – und drei Übungs-Dates mit unpassenden Männern absolvieren. Mit Versuchskaninchen, wie Marina sie nennt.«

»Ja. Und ich dachte, das sei auch nur ein Scherz von dir gewesen.« Mel ist offensichtlich ganz verblüfft über meine Gewissenhaftigkeit.

»Absolut nicht. Das war mein voller Ernst. Ich bin mit diesem Freund meines Bruders ausgegangen, dem ich ursprünglich einen Korb gegeben hatte. Er ist zweiundvierzig und hat zwei Töchter. Ein netter Kerl, aber nicht mein Typ. Dann – und das wirst du mir nie im Leben glauben – habe ich einen Elektriker zu mir eingeladen, unter dem Vorwand, er solle meine Deckenlampen reparieren. Als er kam, habe ich so lange schamlos mit ihm geflirtet, bis er sich mit mir verabredet hat. Wir gehen nächsten Freitag zusammen aus.« Ich blicke sie mit unverhohlen triumphierender Miene an.

»Das schlägt nun wirklich dem Fass den Boden aus!«, ruft Mel entgeistert aus.

»Warte nur ab, es wird noch besser.« Langsam macht mir die Sache wirklich Spaß. Ich kann mich nicht erinnern, wann ich das letzte Mal Mel und Clara solche Geschichten zu erzählen hatte. Vielmehr – hatte ich überhaupt jemals solche Geschichten zu erzählen?

»Irgendwann standen wir hier in der Küche, etwa zwei Meter voneinander entfernt, und sahen uns einfach nur an. Da war diese Spannung zwischen uns, eine Art Hitze. Genauso, wie man es in Filmen immer sieht, wenn zwei völlig Fremde kurz davor sind, sich aufeinander zu stürzen.«

»Das nennt man Begierde, Ally. Du hast es doch nicht getan, oder?«

»Nein. Ich hab mich zusammengerissen. Ich hatte keine Lust auf Sex mit einem Fremden auf meinem Küchenboden an einem Freitag vor zwölf Uhr mittags. Aber es war definitiv ein aufregendes Gefühl.«

»Mein Gott, Ally. Ich weiß nicht, ob ich dir gratulieren oder mich für dich schämen soll.« An ihrer Miene kann ich ablesen, dass sie sich kein bisschen schämt. Es ist ein merkwürdiger Drahtseilakt, den wir Frauen vollführen, wenn wir über Sex sprechen – wir verhüllen unsere wahren sexuellen Wünsche und Erlebnisse und stellen uns nach außen hin als das brave, sittsame Mädchen dar.

»Und weißt du, das Beste an diesem Gefühl war gar nicht das Begehren oder dass es zwischen uns knisterte, sondern das Bewusstsein, dass ich das alles genau so eingefädelt hatte. Ich fühlte mich, als hätte ich mich von etwas befreit. In den letzten beiden Jahren habe ich mich vermutlich so sehr darauf konzentriert, meine zusammengeschrumpfte kleine Familie am Laufen zu halten, dass ich mich fest hinter Schloss und Riegel verbarrikadiert habe. Es sollte nur ja niemand hereinkommen und wieder alles in Unordnung bringen. Ich bin sicher, ich habe dabei gewissermaßen unsichtbare Rauchzeichen gesendet, die besagten: Bleib mir vom Leib. Kein Interesse.«

Mels Lippen umspielt ein wissendes Lächeln. Hat sie mir das, was ich ihr jetzt erzähle, schon lange selbst einmal sagen wollen?

»Ausgezeichnet. Und was ist mit dem dritten Versuchskaninchen?«

»Das dritte ist mir noch nicht in die Falle gegangen. Aber ich habe schon eines im Visier, einen sehr netten Amerikaner, mit dem ich ein paarmal hier in der Gegend zufällig zusammengetroffen bin. Bei einer unserer Begegnungen am letzten Sonntag habe ich allerdings ein bisschen nachgeholfen – ich sah ihn hier vor dem Haus Richtung Park gehen und habe Jack und Millie praktisch ebenfalls dorthin gezerrt. Ich weiß nicht so ganz, wie ich ihn einschätzen soll – er erholt sich derzeit noch vom tragischen Verlust seiner Frau und ist sicher noch sehr verletzlich. Aber mal miteinander ausgehen kann ihm ja nicht schaden. Das Problem ist nur, ich habe ihn seit unserem zufälligen Treffen im Park nicht mehr gesehen.«

»Das sind ja wirklich tolle Ergebnisse, Ally«, sagt Mel bewundernd. Sie nippt vorsichtig an ihrem fast leeren Glas und reicht mir die Flasche herüber. »Ich bin tief beeindruckt.«

»Und dabei bin ich ja noch nicht einmal neu gestylt. Stell dir nur vor, was ich dann erst zustande bringe!«

»Und vergiss nicht das Telemarketing. Du wirst nicht mehr aufzuhalten sein, wenn Marina dich nächste Woche erst mal richtig auf Trab bringt!«

»Erinnere mich nicht daran«, erwidere ich stöhnend, denn plötzlich fallen mir wieder diejenigen Punkte auf Marinas Programm ein, die ich äußerst abschreckend finde. Ein kleiner Erfolg beim Flirten hat mir vielleicht ein kurzes Hochgefühl verschafft, aber sicher kann ich mich nicht zu einer Selbstpromotion-Kampagne mit Direktmailing und Telemarketing überwinden. Das ist dann vielleicht der Zeitpunkt, an dem sich Marinas und meine Wege trennen müssen.

»Übrigens«, sagt Mel. »Ich habe selber auch ein paar Neuigkeiten. Sitzt du bequem?«

»Jetzt schon«, sage ich und lasse mich ihr gegenüber auf einen Stuhl fallen.

»Ich bin schwanger!«, platzt sie fröhlich heraus und zieht die Schultern hoch wie ein verlegenes kleines Mädchen.

Ich springe von meinem Stuhl auf und laufe um den Tisch, um sie zu umarmen. Mel hat schon ganz feuchte Augen, und das erweist sich als ansteckend.

Das sind ja umwerfende Neuigkeiten. Mel hat nie einen wirklich brennenden Wunsch nach Kindern geäußert. Sie und Dom genießen ihr leicht chaotisches Bohemienleben, sie durchstreifen nächtelang nur Insidern bekannte Klubs, schlafen samstags und sonntags gern lange aus und lieben spontane Wochenend-Kurztrips. Eines Tages wollten sie vielleicht gern einmal Kinder haben, aber da Dom so entspannt in den Tag hineinlebt und Mel ständig in Hektik und Chaos versinkt, musste man den Eindruck gewinnen, dass es nie dazu kommen würde. Und jetzt ist es doch eingetreten.

»Ja, ausgerechnet, als ich beschlossen habe, ganz ehrgeizig zu werden und um eine Redakteurinnenstelle zu kämpfen. Ich war schon immer berühmt für mein hervorragendes Timing«, murrt sie, aber es klingt keineswegs überzeugend, und die Begeisterung strahlt ihr aus allen Knopflöchern.

Mel und ich halten uns eine Weile fest in den Armen. Dann fällt uns plötzlich siedend heiß etwas ein, und wir rufen beide gleichzeitig aus: »Sag bloß Clara nichts davon.«

22. Typberatung für Ally

Mel, Lisa, Sara und George sitzen in meinem Wohnzimmer und probieren gerade meine selbstgemachte Salsa und das gekaufte Hummus, als Clara hereinkommt. Mein Plan war gewesen, Clara den anderen so zu präsentieren, als mache sie eine Ausbildung zur Stilberaterin und Persönlichkeitstrainerin, aber plötzlich sehe ich keine Veranlassung mehr zum Schwindeln. Wenn ich beutegierige Signale an einen Elektriker aussenden kann, den ich davor nur einmal gesehen habe, dann kann ich sicher auch mit dem Spott und Gelächter umgehen, die mein Geständnis über den wahren Sinn und Zweck dieses Abends unter Umständen hervorruft.

»Clara, das ist George, das sind Lisa und Sara, und Mel kennst du ja. Für euch anderen, das ist Clara, eine meiner ältesten Freundinnen.«

Alle erheben ihre Gläser auf Clara, die auf dem Veloursessel neben dem Kamin Platz nimmt. Dann hole ich tief Luft und fahre fort.

»Clara ist eine erfolgreiche Managementberaterin und hat keinerlei Absichten, Stilberaterin und Persönlichkeits-Coach zu werden. Um ehrlich zu sein, habe ich euch alle unter Vorspiegelung falscher Tatsachen hierher gelockt. Die Wahrheit ist, dass ich an einer Seminarreihe teilnehme, die Frauen helfen soll, ihren Traumpartner fürs Leben zu finden. Ich muss dafür einen Abend wie diesen organisieren, um mich für die ganze Unternehmung neu zu stylen und mir ein verbessertes Image zuzulegen. Die Leiterin dieser Seminare ist der festen

Überzeugung, dass auch bei der Suche nach der großen Liebe geschäftliche Prinzipien Anwendung finden sollten.«

George sieht ziemlich bestürzt drein. Ich fühle mich schuldig, weil ich ihn gezwungen habe, sich mit so einem neumodischen Konzept wie Stilberatung und Persönlichkeits-Coaching auseinander zu setzen, und ihm dann auch noch das Vergnügen verweigere, erste Erfahrungen damit an der eigenen Person zu machen. Jetzt muss er obendrein die schockierende Tatsache verdauen, dass es gewerbsmäßige Kurse für Frauen auf der Suche nach einem Ehemann gibt. Ich versuche, ihn eiligst zu besänftigen.

»George, eigentlich haben Sie mit dazu beigetragen, dass ich beschlossen habe, an diesen Seminaren teilzunehmen. Erinnern Sie sich noch, dass Sie mir von Francesca erzählt haben, der Kundin, die ihr Liebesleben selbst in die Hand genommen hat? Die sich geweigert hat zu akzeptieren, dass das Leben an ihr vorbeigeht? Nun, als Mel mich fragte, ob ich an dem Kurs teilnehmen und ihr gestatten würde, über meine Erfahrungen in ihrem Magazin zu schreiben, habe ich mich an Ihre Francesca erinnert und mir gedacht: Warum nicht? Warum soll ich Mel nicht dabei helfen, ihre Story zu bekommen, und vielleicht, als Nebeneffekt, sogar selber noch ein paar Dinge dazulernen?«

»Nun, ich zumindest bin erleichtert, dass du jetzt allen reinen Wein eingeschenkt hast«, sagt Clara. »Ich weiß nämlich nicht, ob ich es geschafft hätte, über die erste halbe Stunde hinaus den Schein zu wahren.«

»Also wirklich, Ally. Sie kleine Lügnerin. Dafür sollte ich Ihnen eigentlich den Mund mit Haarfarbe auswaschen!«, schimpft George. Er hat seinen anfänglichen Schock darüber, dass ich ihn so hinters Licht geführt habe, überwunden und ist auf dem besten Wege, den Abend mit seiner üblichen Fröhlichkeit zu genießen.

»Du bist wirklich mutig, Ally«, staunt Sara. »Ich habe im Fernsehen einen Bericht über diese Art von Seminaren gesehen. Für so etwas wäre ich viel zu schüchtern!«

Nur Lisa hält sich mit ihrer Meinung auffällig zurück. Sie sieht mich von der anderen Seite des Zimmers mit zusammengekniffenen Augen an.

»Und, Lisa, was hältst du davon? Bist du einverstanden, mir und Mel zu helfen?«

Bevor Lisa antwortet, lässt sie ein unbehagliches Schweigen entstehen. »Na ja. Natürlich werde ich euch helfen, wenn ihr das wollt. Aber ehrlich gesagt finde ich diese ganze Idee lächerlich. Warum sollte man einen Kurs oder ein Buch oder sonst irgendetwas brauchen, um einen netten Mann kennen zu lernen? Das ist doch alles Unsinn. Und die Vorstellung, dass man sich so radikal verändern soll, um einem Mann zu gefallen, ist einfach widerwärtig.«

Lisa war noch nie eine, die mit ihrer Meinung hinter dem Berg gehalten hat. Abgesehen natürlich von der Tatsache, dass sie ein Jahr lang ruhig und verständnisvoll blieb, als ihr Freund ständig neue Ausflüchte vorbrachte, nur damit er sie nicht seiner Mutter vorstellen musste.

»Ich weiß schon. Wirklich, genau das habe ich zunächst auch gedacht. Aber inzwischen sehe ich das Ganze etwas gelassener. Ob du es glaubst oder nicht, manches von dem, was diese Frau zu sagen hat, ist durchaus sinnvoll, und ich habe es nützlich gefunden. Das Übrige machen wir einfach aus Spaß mit, damit Mel ihren Artikel darüber schreiben kann. Nicht wahr, Mel?«

»Genau. Ihr seid nur zum Schweigen über Allys Identität verpflichtet. Wir haben beschlossen, für sie das Pseudonym Francesca zu verwenden«, fügt sie, an George gewandt, noch lächelnd hinzu.

»Wunderbar«, schnurrt George.

Mel steht auf und reicht die Salsa und die Chips herum, und ich schenke allen Wein nach. Lisas Unwillen ist deutlich spürbar, aber ich hoffe, sie lässt sich von der fröhlichen Begeisterung der anderen anstecken. Bald wird sie sicher auch einsehen, dass alles nur ein harmloser Spaß ist.

Clara teilt dann die Unterlagen aus, die ich ihr Anfang der Woche gefaxt habe, als ich noch gedacht hatte, dass sie als Leiterin des Abends fungieren würde. Auf dem ersten Blatt stehen Richtlinien darüber, wie eine solche Imageerneuerungs-Konferenz genau ablaufen soll. Die Liste ist ziemlich einschüchternd, selbst für mich, die sie zuvor schon gesehen hat. Sie umfasst fünfundzwanzig Tagesordnungspunkte, darunter Make-up, Schmuck, Kleidung (Ausgeh- und Freizeitkleidung), Parfum und Körperhaltung. Selbst mein Atem und mein Lachen sollen einer genauen Beurteilung unterzogen werden. Der Himmel weiß, wo wir anfangen sollen. Oder wer überhaupt den Mut dazu aufbringt.

Dann wird mir aber klar, dass ich eigentlich diejenige bin, die den Mut aufbringen muss. Bei aller Aufregung der letzten Woche und der Unterhaltung vorhin mit Mel habe ich ganz vergessen, dass ich möglicherweise an diesem Abend eine Menge Kritik einstecken muss. Es könnte sogar passieren, dass jemand meine Gefühle verletzt. Ich tröste mich mit dem Gedanken, dass es sicher besser ist, jetzt meine zum Himmel schreienden Defizite genannt zu bekommen, als treudoof weitere zwanzig Jahre damit zu leben, ohne sie zu kennen.

George macht dankenswerterweise den Anfang. »Sie wissen, ich halte Sie für perfekt, Ally. Fast in jeder Hinsicht. Ich finde es sehr schwer, Ihnen zu sagen, dass Sie etwas ändern sollen.«

Aber. Da kommt jetzt gleich noch ein großes Aber.

»Aber«, fährt er fort, »ich finde, Sie könnten einen ausdrucksvolleren Duft vertragen. Oder mehr von dem, den Sie verwenden. Ich kann kaum je ein Parfum an Ihnen riechen, und ich komme ziemlich dicht an Sie heran.«

Ich atme erleichtert auf. Wenn wir schon gleich zu Beginn offen über meinen Mundgeruch gesprochen hätten, weiß ich nicht, ob ich es ertragen hätte. Aber zu wenig Parfum? Damit kann ich umgehen. Ich könnte George sogar entgegenhalten, dass er mein Parfum vielleicht nicht riechen kann, weil sein Geruchssinn durch die Haarspraywolken, denen er den ganzen Tag ausgesetzt ist, inzwischen abgestumpft ist.

Ich weiß nicht genau, was wir als Nächstes besprechen sollen. Wir brauchen eindeutig doch eine Art Moderatorin für unsere Konferenz, und ich werfe Clara einen flehenden Blick zu. In ihrer üblichen zupackenden Art übernimmt sie diese Aufgabe sofort.

»Also, alle einverstanden mit dem, was George gesagt hat? Müsste Ally der Verwendung ihres Parfums größere Aufmerksamkeit schenken, oder, besser gesagt, müsste sie einfach mehr davon verwenden?«

Die anderen erwecken den Anschein tiefer Nachdenklichkeit, dann sagt Sara: »Nun, ich muss ja gerade etwas sagen. Ich rieche immer nach Babyspucke. Aber da es nun einmal erwähnt wurde: Ich habe überhaupt noch nie ein Parfum an dir bemerkt, Ally. Und ich glaube, das könnte nicht schaden. Charles bemerkt es immer, wenn ich gut rieche, und eigentlich will ich auch immer Parfum auflegen. Aber meist vergesse ich es einfach.«

Ich habe fünfzehn Jahre lang Chanel Nummer 19 getragen. Ausprobiert habe ich auch andere Parfums –

Kenzo, Joseph sowie Poison –, aber ich fand alle immer zu aufdringlich. Chanel ist leicht, zart und lieblich, Nummer 19 sogar noch angenehmer als Nummer 5 oder Coco. Ich bin nicht bereit, es gegen ein anderes einzutauschen. Aber ich werde überlegen, ob ich mir Eau de Parfum statt des preisgünstigeren Eau de Toilette gönne, wenn eine stärkere Duftwirkung gewünscht ist.

»Schön. Das ist eine gute Idee«, verkünde ich. Ich will den anderen zeigen, dass ich offen für ihre Vorschläge bin. Es gibt nichts Schlimmeres als jemanden, der nach einem Feedback fragt und dann beleidigt ist, wenn es nicht positiv ausfällt.

Clara als frisch gekürte Moderatorin versucht das Gespräch am Laufen zu halten. »Also, weitere Feedbacks von irgendjemandem?«

Wieder erhebt Sara die Stimme. Sie steigt wirklich in diese Aufgabe ein. Vielleicht plant sie ja insgeheim auch schon so eine Veranstaltung für sich selbst.

»Nun, einmal mehr sollte ich eigentlich zu diesem Punkt den Mund halten, weil ich selber immer in alten Jogginghosen und T-Shirts zu Hause herumsitze. Aber dann bin ich ja wiederum auch nicht aktiv auf der Suche nach dem Richtigen. Also, ich würde sagen, Ally, dass du vielleicht in einige Stücke wirklich schöner Freizeitkleidung investieren solltest. Eine Jogginghose ist zwar schön und gut, aber warum nicht eine mit einem gewissen Schick? Und dazu ein Paar dieser Laufschuhe, die mit den Streifen? Ich meine nur, es würde sicher helfen, wenn du ein bisschen peppiger aussehen würdest, auch wenn du nur zu Hause herumlümmelst.«

Natürlich hat sie Recht. Sie und ich machen gelegentlich zusammen lange Aerobic-Spaziergänge im Park (wobei der Aerobic-Aspekt großenteils aus unserem pausenlosen Geschnatter besteht). Zu diesen sportlichen

Unternehmungen ziehe ich unweigerlich immer meine ältesten Klamotten an. Bisher habe ich das wenige, was mir als Kleiderbudget zur Verfügung steht, eher in Sachen für die Arbeit oder zum Ausgehen am Wochenende investiert, wie zum Beispiel in meinen Max-Mara-Pullover. Aber jetzt, wo ich tausend Pfund ausgeben kann, sollte ich mir wirklich ein paar schickere Freizeitklamotten leisten.

»Einverstanden. Diese Idee gefällt mir auch ganz gut«, sage ich an alle gewandt. »Gleich nachher, wenn ihr weg seid, wandern diese blauen Schlabberhosen direkt in den Mülleimer.« Ich bin der Traum jeder Imageerneuerungs-Party. Kaum jemand ist wohl offener für konstruktive Kritik als ich!

»Und weißt du, was mir noch einfällt?«, sagt Mel, die meines Erachtens gar nicht dafür vorgesehen war, an diesem Abend eine Kritikerrolle zu übernehmen. »Ich würde versuchen, diese paar Kilo abzunehmen, über die du ständig jammerst. Für siebenunddreißig bist du zwar verdammt gut in Form, Ally, und wenn du dir nicht fest vorgenommen hättest, dich wieder mit Männern zu verabreden, dann würde ich sagen, sei's drum. Aber diese überflüssigen Pfunde sitzen bei dir am Bauch, direkt über dem Jeansbund. Glaub mir, ich kenne das aus eigener Erfahrung. Und man sollte sich um so etwas einfach keine Gedanken machen müssen, wenn man gerade überlegt, ob man die Kleider von sich werfen und sich mit irgendjemandem, den man kaum kennt, auf dem Küchenboden vergnügen will.«

Ich werfe ihr einen Blick zu, der besagt, dass ich ihr gleich die Salsa über den Kopf gieße, wenn sie noch einen Ton sagt. Ich will nicht, dass die anderen von meiner erotischen Versuchung in der Küche erfahren, schon gar nicht George. Ich weiß, er hat etwas übrig für couragiertes Flirten, aber für hemmungslose Begierde? Sicher nicht. Nicht einmal in der Phantasie.

Glücklicherweise müssen die anderen darüber einfach nur lachen, als sei diese Vorstellung völlig abwegig. Sara bringt Mels freche Bemerkung wirksam zum Schweigen, indem sie dazwischenruft: »Ich weiß, was du meinst. Bei mir sitzen hier vorn auch mindestens zwei Kilo. Wahrscheinlich sogar fünf. Lass uns die doch zusammen loswerden, Ally. Wir könnten uns gegenseitig motivieren, damit wir bald wieder auf einem schmaleren und weniger kurvenreichen Pfad der Tugend wandeln.«

»Aber das ist doch so ein Klischee, findet ihr nicht?«, stöhne ich auf. »Willst du einen Mann kennen lernen? Dann musst du unbedingt abnehmen. Das kann doch nicht die Lösung sein.«

»Vielleicht ist es nicht die Lösung, Schätzchen, aber es kann sicher nicht schaden«, meint Clara mit gedehnter Stimme. »Es ist einfach eine Sorge weniger.« Die hat gut reden. Sie nimmt nie auch nur ein Gramm zu; andererseits habe ich sie noch nie dabei ertappt, dass sie mal einen Keks gegessen hätte.

Ich will versuchen, die Pfunde loszuwerden, aber ich werde mich standhaft weigern, zu den Weight Watchers zu gehen. Zwischen Marinas Seminaren und den Treffen der Weight Watchers wäre ich in großer Gefahr, durch eine Überdosis an unterstützendem Gruppendruck zu ersticken.

»Und wie steht es mit meinem Make-up?«, frage ich, um das Thema zu wechseln. »Neulich ist mir aufgefallen, dass ich seit über zehn Jahren meine Augen immer genau gleich schminke. Gibt es da denn überhaupt keine revolutionären Änderungsvorschläge von euch?«

»O doch, unbedingt. Ich habe vor kurzem ein Make-up von Mac gekauft, und da haben sie mir ein Lidschatten-Pröbchen mitgegeben. Ich zeig es euch mal.« Mel nimmt ihren Schminkbeutel aus ihrer Fransentasche und weist mich an, mich aufrecht hinzusetzen und den Kopf zurückzubeugen. Dann legt sie eine raffinierte Kombination aus rosafarbenem und braunem Lidschatten auf und hält mir anschließend ihren Make-up-Spiegel vors Gesicht, damit ich das Ergebnis begutachten kann. Alle anderen versammeln sich um mich herum, und ich fühle mich ein wenig wie eine Patientin in *Emergency Room*.

»Wie findest du es?«

Da Mel auch nicht den kleinsten Hauch meines blaugrünen Kajalstifts verwendet hat, bin ich ein wenig skeptisch. Und meine Augen sehen zunächst gar nicht wie meine aus. Aber ich muss zugeben, dass mir der Gesamteindruck ganz gut gefällt.

»Da musst du dort ja wohl für über hundert Pfund eingekauft haben. Aber es gefällt mir schon. Vielleicht gebe ich morgen einen Teil deiner tausend Pfund für Lidschatten aus.«

Nun beschließt Clara, dass ein Tempowechsel angesagt ist. »Wisst ihr was«, schlägt sie vor. »Warum machen wir es nicht wie bei Trinny und Susannah in ihrer Fernsehsendung: Wir gehen die Kleider in Allys Schrank durch und misten alle Sachen aus, von denen wir meinen, dass sie furchtbar an ihr aussehen.«

Und so landen sechs Erwachsene in meinem Schlafzimmer, bunt verteilt zwischen Bergen von Klamotten. George fühlt sich anscheinend trotzdem ganz wohl, auch wenn er der einzige Mann im Raum ist. Auf dem Kopf trägt er einen riesigen pinkfarbenen, mit Federn geschmückten Hut, den ich vor zehn Jahren einmal in Ascot getragen habe. Er liegt auf einen Ellbogen gestützt auf meinem Bett und wirft Kleidungsstücke, die Clara ihm reicht, auf verschiedene Haufen. Ein paar einzelne

Stücke muss ich anprobieren, aber die meisten können nach kurzer Begutachtung auf dem Bügel entweder zurückgehängt oder beiseite gelegt werden.

Selbst Lisa hat ihren Spaß daran. Sie trägt die schwer kritisierten Jogginghosen wie einen Schal um ihren Hals und hat sicher schon ihr viertes Glas Wein intus. Als ich gerade eine beigefarbene Cordjacke anprobiere, hebt sie ihr Glas und bittet alle um Aufmerksamkeit.

»Ich habe noch einen Vorschlag für dich, Ally, und ich hoffe, du kriegst ihn nicht in den falschen Hals«, sagt sie. »Weißt du, was mir aufgefallen ist? Ich habe schon öfter bemerkt, dass du um dich herum eine Art Schutzpanzer trägst. Du bist ein bisschen kratzbürstig gegenüber Männern. Das meinst du vermutlich gar nicht so. Und manchmal sind die Kerle ja auch richtige Vollidioten, in solch einem Fall hast du natürlich sowieso Recht. Aber in allen anderen Fällen könnte es vielleicht hilfreich sein, wenn du ein wenig lockerer wirst. Ich glaube, das würde viel mehr bewirken als dieses ganze Durchforsten deines Kleiderschranks.«

Ich werfe Mel einen Blick zu, und sie sieht mich mit derselben Miene an, die ich schon früher an diesem Abend, vorhin in der Küche, an ihr bemerkt habe. Also hat Lisa etwas angesprochen, was mir alle schon immer mal sagen wollten.

Entspann dich. Relax. Öffne dich. Riskiere doch einfach mal wieder einen Flirt. Wie kommt es, dass es eine inszenierte Typberatungs-Party und drei Flaschen Wein gebraucht hat, damit die anderen mir das sagen konnten?

Ich hätte das Ganze wirklich geschickter planen müssen. Wir sind nun mit dem Programmpunkt ›Perfekte Verpackung‹ fertig und gehen wieder nach unten, um uns der Verbesserung meines Marken-Images zu widmen. Das ist bei weitem der schwierigste Teil, aber die feuchtfröhliche Stimmung, in der wir alle sind, macht es ziemlich unwahrscheinlich, dass wir zu einem vernünftigen Ergebnis kommen. Mel ist beschwipst, obwohl sie den ganzen Abend nur an einem einzigen Glas Wein genippt hat. (Ich schätze, das hat sie auch nur getan, um bei Clara keinerlei Verdacht zu erregen, was ihre große Neuigkeit anbelangt.) Lisa liest uns von der zweiten Seite der Seminarunterlagen laut vor, und die anderen können kaum an sich halten und verschlucken sich fast vor Lachen.

»Hier heißt es, wir sollen alle Charaktereigenschaften von Ally aufzählen und dann die drei auswählen, die sie am besten beschreiben und auch für andere Leute besonders attraktiv machen. Also hört euch einmal die Beispiele an. Seid ihr bereit?« Lisa blickt in die Gesichter der anderen, und es sieht so aus, als würden sie gleich wieder loslachen.

»Das ist anscheinend ein gutes Image: ›Extrovertiert, geistreich, Krankenschwester‹. Und so soll man seine Marke NICHT definieren: ›Sommersprossig, temperamentvoll, Reisekauffrau‹ oder ›Sinnlich, abenteuerlustig, flotter Feger‹ – das ist anscheinend zu offensichtlich. Die Leute denken dann, du bist auf der Suche nach flüchtigen Affären.«

»Meine Güte, was soll denn eigentlich mit diesem ganzen Marken-Dingsbums bezweckt werden?«, fragt George.

»Warte doch. Das kann ich dir gleich sagen«, ruft Lisa. »Es bietet uns die Möglichkeit, Ally in kurzen, knappen

Worten den Leuten zu beschreiben, von denen wir meinen, sie könnten an ihr interessiert sein. Und für sie ist es eine Kurzzusammenfassung, um sich selbst zu beschreiben, wenn sie sich bei all diesen Internet-Partnerbörsen registrieren lassen will. Und außerdem braucht sie ja auch noch einen Werbeslogan für ihren Flyer.«

Ach ja. Den hatte ich ganz vergessen. Ich weiß, dass mir diese Punkte im zweiten Seminar drohen, ein paar Hürden, von denen ich ziemlich sicher weiß, dass ich sie nicht so ohne weiteres überwinden werde. George ist inzwischen leicht verwirrt (»Wofür denn das, einen Flyer?«), und Sara kann es einfach nicht fassen (»Wie bitte? Ja, soll man den etwa in Pubs und Restaurants oder dergleichen auslegen?«).

Aber Lisa referiert unbeirrt weiter aus den Unterlagen vor ihr. »Hört euch das mal an«, sagt sie in ungläubigem Ton. »Wie wär's mit ›Intellektuell, Presbyterianerin, Krankenschwester‹. Oder mit ›Witzig, Schottin, Lehrerin‹. Ich schätze, wenn ich ein Mann wäre und gezwungen , mich zwischen diesen beiden Frauen zu entscheiden, dann würde ich auf die Äußeren Hebriden flüchten.«

»Nun denn. Wie würdet ihr mich beschreiben? ›Eher klein, nachlässig gekleidet, ein paar Kilos zu viel‹?«, frage ich keck in die Runde.

»Oder ›Kühl wirkende Alleinerziehende mit Leidenschaft für Orangenmarmelade‹«, frotzelt Mel.

»Nein, nein. Wie wär's damit? ›Herrschsüchtige‹ – ja, das bist du, ein bisschen zumindest – ›herrschsüchtige Sexhungrige, mit zweifelhaften hausfraulichen Reinlichkeitsstandards‹. Also, sieh dir das mal an, Ally! Du solltest dich schämen«, sagt Sara und hält einen schmutzigen Socken hoch, den sie unter einem Sofakissen gefunden hat.

Wir haben wirklich einen Riesenspaß. Es ist viel einfacher und lustiger, sich abschreckende Persönlichkeitsmerkmale auszudenken als solche, die man tatsächlich mit ernster Miene vertreten könnte. Wir machen in diesem Stil noch eine Viertelstunde weiter und lassen uns immer haarsträubendere Beschreibungen von mir einfallen. Am Ende ist es halb zwölf, und wir sind alle ziemlich müde. Ich denke, wir müssen für heute Abend einfach Schluss machen und mein Marken-Image so lassen, wie es ist. Da fällt mir plötzlich etwas ein, was ich oben in meinem Schlafzimmer aufbewahrt habe.

»Wartet mal einen Augenblick«, sage ich, als sei hier irgendjemand noch in der Lage, sich schnell zu bewegen.

In der obersten Schublade meiner Kommode finde ich, wonach ich gesucht habe. Es ist eine Muttertagskarte, die mir Millie letztes Jahr gebastelt hat. Auf der Vorderseite hat sie ein Bild von mir gemalt. Ich sehe dünner aus als im wirklichen Leben und bin bekleidet mit einem blauen Minirock und pinkfarbenen Stiefeletten. Unter dem Bild steht *Meine Mummy.*

Ich klappe die Karte auf, um Millies handgeschriebene Zeilen zu lesen. Sie lauten fast so, wie ich sie in Erinnerung hatte.

An meine Mummy. Du bist hübsch und nett und lustig. Und manchmal auch sehr klug. (Jetzt fällt es mir wieder ein. Diese Karte entstand, drei Tage nachdem ich Millie dabei helfen konnte, ein Blockhaus für ihr Geschichtsprojekt zu bauen. Die Wände fertigten wir aus Zuckerstangen, und das Dach bestand aus Frühstücksflocken, die wir mit Zuckerguss am Haus befestigt hatten.)

Bin ich das? Könnte ich mit dieser Beschreibung als Marken-Image leben?

Mir scheint es genauso gut wie irgendein anderes, das wir uns noch ausdenken könnten. Die Eigenschaften sind zwar ein wenig fad und vage, aber alle interessanteren klingen zwangsläufig falsch und selbstbeweihräuchernd oder öffnen Fehlinterpretationen Tür und Tor. Nehmen wir zum Beispiel *attraktiv.* Legt das nicht sofort den Schluss nahe: *nicht hübsch genug, eigentlich ziemlich unscheinbar*? Oder die Wörter *selbstbewusst, anspruchsvoll,* die sofort die Frage aufwerfen: *Emanze? Karrierefrau?* Und *treu?* Das heißt wohl, man wird sie nie wieder los. *Unkompliziert? Pferde stehlen?* Klingt total nervig. Wenn man eine Person so beschreiben müsste, würde man sich doch lieber nach jemand umsehen, der eigenwilliger, aber interessanter ist.

Sogar *klug* klingt für mich schon zweifelhaft und muss eventuell noch weggelassen werden. Ich bleibe bei *nett, hübsch und lustig,* ganz gleich, wie fad es klingt. Ich nehme die Karte mit nach unten, wo Lisa bereits eingenickt ist, während die anderen die Lieder einer CD von Jamie Cullam, die Mel aufgelegt hat, mitsummen.

»Ich hab's«, verkünde ich denen, die noch wach sind. »Seht euch das an.« Ich strecke Sara Millies Karte entgegen.

»An meine Mummy. Du bist hübsch und nett und lustig. Und manchmal sehr klug«, liest Sara von der Karte ab.

»Das ist perfekt«, beschließt Clara, gähnt und greift nach ihrer Tasche.

»Großartig. Das passt gut. Das mit dem *klug* kannst du ja einfach weglassen, das klingt ein bisschen angeberisch«, meint Mel.

Dieser Abend ist mittlerweile eindeutig aus dem Ruder gelaufen. Schließlich kann man von seinen Gästen auch nur eine gewisse Zeit lang erwarten, dass sie voll auf einen Einzelnen konzentriert bleiben. Dennoch haben alle konstruktiv mitgearbeitet. Und jetzt wollen sie eindeutig nach Hause gehen. Es ist nicht so, dass irgendjemand von ihnen meinem Image-Wechsel besondere Beachtung schenken wird. Sie werden über mich dasselbe sagen wie seit eh und je. Und wenn sie mal sauer auf mich sind, dann wird ihr Urteil eben ein bisschen weniger schmeichelhaft ausfallen. Aber gegen so was ist schließlich kein Kraut gewachsen.

Das Wichtigere scheint mir zu sein, dass ich eigentlich ganz nett bin und – an einem guten Tag – fast hübsch zu nennen. Ich kann nicht gut Witze erzählen, aber ich weiß, dass ich ganz amüsant sein kann, wenn ich in der richtigen Stimmung bin. Das ist schließlich kein allzu schlechtes Marken-Image. Eigentlich müsste ich ein ziemlich guter Fang sein.

Als die anderen schon gegangen sind, bleiben Clara und ich, auf das Sofa hingelümmelt, zurück und warten auf ihr Taxi. Sie hat wie üblich eines der traditionellen schwarzen Taxis geordert (die neumodischen Minicabs findet sie schrecklich), und das bedeutet natürlich, dass sie eine Weile warten muss.

Heute Abend ist sie mir ganz fröhlich vorgekommen, verglichen mit den letzten paar Malen, bei denen wir miteinander gesprochen haben. Vielleicht hat die Lächerlichkeit dieser ganzen Image-Konferenz sie ein bisschen von ihren eigenen Problemen abgelenkt.

Ich erzähle ihr zum Abschluss noch die gleichen Geschichten wie vorhin Mel – über das Vergraben meines Ballasts und über Alan und Gary und Tom. »Und, was denkst du jetzt, Clara? Meinst du, ich bin verrückt geworden?«, frage ich und erwarte schon halb, dass sie mit Ja antwortet.

»Willst du wirklich wissen, was ich denke?«, fragt sie mit einem tiefen Seufzer. »Ich wünschte mir, ein paar

Marketingstrategien könnten für mich das leisten, was sie bei dir anscheinend bewirken. Wenn mir das Schwangerwerden nur dadurch schon gelingen würde, dass ich ein paar mutige Schritte wage und ein paar oberflächliche Dinge an mir ändere, wäre das nicht großartig?«

Da hat sie allerdings Recht.

23. You said no

Ich muss etwas gestehen. Ich bin ein Fan von »Busted«. Oft schnappe ich mir Millies neueste CD dieser Boy Group und höre sie mir beim Kochen an. Ich mag ihren beschwingten Sound und wie sie mit ihren Gitarren auf der Bühne herumhüpfen – vielleicht weil mich das an die Bands erinnert, zu deren Musik ich in meiner Teenie-Zeit in Schulturnhallen getanzt habe. Wenn ich genauer darüber nachdenke, ist Busted genau die Art von Band, die mein erster Freund Jed vermutlich damals gründen wollte; und auch ich muss zu der Zeit gedacht haben, er hätte das Zeug zum Star. Mittlerweile sehe ich jedoch, dass er meilenweit unter diesem Niveau war.

Aber darum geht es gar nicht. Mein eigentliches Geständnis ist, dass die Musik von Busted in mir gleichzeitig Gefühle von mütterlichem Stolz und sexueller Teenager-Sehnsucht wachruft. Neulich abends sah ich sie im Fernsehen, wo sie von Jonathon Ross interviewt wurden. Und als sie da so milchgesichtig und unschuldig saßen, wie das nur achtzehnjährige Jungs können, fühlte ich mich wie ihre Mutter oder ihre Tante, die in aufrichtiger Bewunderung ihres Talents und ihres ungekünstelten Wesens übers ganze Gesicht strahlt.

Dann spielten sie ihre neue Hitsingle, und ich schmolz nur so dahin. Charlie kroch fast ins Mikrofon und sang etwas über eine heiße Uniform, und ich spürte eine Woge von so etwas wie Verlangen. Ich sage ausdrücklich »so etwas wie Verlangen«, denn es ist nichts, was tatsächlich vorhanden ist, nicht einmal, wenn man es gerade in seinem eigenen Körper verspürt. Es ist ein bisschen wie eine Phantasie oder eine Erinnerung. Sozusagen ein erinnertes Verlangen, ausgegraben aus Teilen seiner früheren Persönlichkeit, die man schon lange vergessen hatte. Und es wird stets gedämpft durch das Wissen, dass man stolz wäre, ihre Mutter zu sein (ein Gedanke, der einem nie kommen würde, wenn man tatsächlich sechzehn ist und in Gegenwart einer Band vor der Bühne herumzappelt).

Ist es das, was mit einem geschieht, wenn man siebenunddreißig und Mutter ist? Wenn man fast schon über dieses Alter hinaus ist, aber noch nicht ganz? Ich habe einmal einen Artikel über erwachsene Frauen gelesen, die Fans von Boy Groups sind. Eine von ihnen hatte einen Schrein der Verehrung von »Westlife« in ihrer Küche. Eine andere folgt der Band zu jedem ihrer Tourneeauftritte. Beide wurden von ihren Töchtern im Teenager-Alter als »peinlich« betitelt. So schlimm bin ich nun auch wieder nicht. Aber ich bin durchaus noch in der Lage, nachzuempfinden, warum der ganze Wirbel um diese Jungs gemacht wird.

Busted dröhnt in diesem Augenblick aus einem Lautsprecher, der wohl direkt vor der engen Umkleidekabine angebracht sein muss, in der ich mich gerade durch einen Berg sportlicher Freizeitkleidung arbeite. Als ich jetzt ausgerechnet noch ihr Lied »You Said No« zu hören bekomme, nachdem ich vorhin den größten Teil des Vormittags damit verbracht habe, zwischen den Jalousien auf die Straße hinunterzuspähen, ob ich Tom vorbeigehen sehe, komme ich mir wirklich fast vor wie ein sechzehnjähriger Teenie.

Tom tauchte den ganzen Morgen nicht auf. Nicht um halb acht, als ich dachte, er könnte vielleicht zum Park unterwegs sein, um die Nebenwirkungen eines zu frühen Gewecktwerdens durch Grace zu vertreiben; nicht um halb neun, als ich dachte, er könnte mit der wieder eingeschlafenen Grace im Buggy zurückkommen. Und auch nicht während der nächsten zwei Stunden, als ich gehofft hatte, er könnte auf dem Weg zum Einkaufen zufällig an meiner Haustür vorbeikommen. Natürlich konnte ich immer nur in unregelmäßigen Abständen aus dem Fenster spähen und nicht dauernd mit einem Fernglas Wache halten. Also ist es auch durchaus möglich, dass er vorbeigegangen ist, als ich gerade eine Tasse Tee kochte oder die Absatzprognose für eine unserer Orangengelee-Sorten durchsah, die ich eigentlich überarbeiten sollte.

»Wie sehen die Sachen aus? Kommst du mal raus und führst sie mir vor?«, ruft Mel vor der Tür der Umkleidekabine.

Ich öffne die Tür einen Spaltbreit. »Nur noch eine Sekunde. Ich bin fast fertig.«

Ein paar Augenblicke später trete ich heraus, bekleidet mit einem hellrosa Trainingsanzug, dessen Oberteil an der Hüfte wunderschön sitzt, fast so wie ein Outfit, das J-Lo tragen würde – zusammen mit einer rosafarben getönten Sonnenbrille.

Unglücklicherweise ist der Bund der Hose so tief angesetzt, dass es fast schon unanständig aussieht. Nicht nur der Gummibund meiner Unterhose schaut oben heraus, sondern auch noch ein breites Stück weißes Lycra. Ich bin mir nicht sicher, ob überhaupt Unterhosen hergestellt werden, die klein genug sind, dass sie von Hosen wie diesen bedeckt werden. Sicher würde selbst der winzigste Tanga-Slip noch über dem Taillenbund hervorspitzen (der gute zehn Zentimeter unterhalb der Taille sitzt und seinen Namen daher gar nicht verdient).

»O Gott. Der passt ja gar nicht!« Mel biegt sich vor

Lachen. »Ich habe neulich ein junges Mädchen in einem solchen Anzug gesehen. Der halbe Hintern schaute heraus, und ich dachte mir nur: Lass es sein!«

»Also liegt es nicht nur daran, dass ich siebenunddreißig bin und ein paar überflüssige Pfunde mit mir herumtrage?«

»Nein, Ally. Das ist nicht der Grund. Probier die anderen Sachen an.«

Ich gehe gehorsam in mein Kabuff zurück und nehme einen anderen Trainingsanzug vom Bügel. Er ist blassblau, mit einem weißen Streifen an der äußeren Seitennaht, und auf den ersten Blick etwas dezenter geschnitten. Als ich die Tür der Umkleidekabine öffne, schlägt sich Mel die Hand vor den Mund und ruft aus: »Der ist perfekt! Er steht dir so gut, dass ich nicht zulassen werde, dass du ohne ihn hier rausgehst. Jetzt brauchst du nur noch das perfekt passende weiße T-Shirt zum Daruntertragen.«

Mel macht sich auf die Suche nach einem weißen T-Shirt, während ich die nächste Hose anprobiere. Ich bin mir bei dieser nicht ganz sicher: Es ist keine Trainingshose, aber auch keine normale Hose. Sie ist eine Art Zwischending, und ich finde, sie sieht ganz toll aus und wird sicher Saras Kriterien für schicke und gleichzeitig legere Kleidung erfüllen. Ich trage sie, als Mel mit drei T-Shirts zurückkommt. Sie bleibt vor mir stehen und begutachtet mich mit Kennermiene, den Zeigefinger an Lippen und Nase gedrückt.

»Die gefällt mir. Sie ist ein bisschen eng, aber wenn du diese überflüssigen Pfunde los bist, dann sitzt sie perfekt. Ich finde, du solltest sie nehmen«, verkündet sie.

So endet unsere Shoppingtour. Wir bezahlen zwei der T-Shirts, den blassblauen Trainingsanzug und die schwarze elegant-legere Hose, was meinen bisher ausgegebenen Gesamtbetrag auf 715 Pfund erhöht. Schon bevor wir in diese Abteilung hier kamen, hatten wir es geschafft, 565 Pfund auszugeben: mit dem Kauf von ganz besonderen Laufschuhen (beige und weiß mit einem roten Streifen auf einer Seite, 70 £), einem Paar cremefarbener imitierter Todd-Slipper (65 £), einem phantastischen Trenchcoat mit Gürtel (155 £), Lidschatten von Mac in verschiedenen Farbtönen (65 £), einer Flasche Chanel Nummer 19 Eau de Parfum (120 £!) und drei neuen BHs mit Drahtbügel (fuchsiafarben, geblümt und schwarz, 90 £, aber ein gutes Stück günstiger als bei Rigby und Peller). Ich habe beschlossen, dass der Rest meiner tausend Pfund für einen anderen Tag aufgespart werden muss. Ich weiß ja nicht, was von mir nach dem nächsten Seminar noch alles gefordert wird.

Mel und ich genehmigen uns ein spätes Mittagessen im Café im fünften Stock, bei dem Mel unübersehbar für zwei isst und dabei gleichzeitig versucht, aus mir noch ein paar letzte Statements für ihren ersten Artikel herauszupressen. Das druckfertige Manuskript ist nächste Woche fällig. Ich habe ihr schon fast alles mitgeteilt, also gibt es nicht mehr viel hinzuzufügen, außer einem Kommentar über die Typberatungs-Party am Freitagabend.

»Mir hat das wirklich Spaß gemacht. Ich hatte eigentlich erwartet, es könnte ziemlich peinlich werden, du weißt schon. Aber es war richtig lustig. Und ich habe so etwas wie einen Tritt in den Hintern gebraucht, damit ich mir die Mühe mache und ein paar neue Klamotten kaufe – und damit ich endlich diese überflüssigen Pfunde loswerde.«

»Ich glaube, allen anderen hat es auch viel Spaß gemacht«, sagt Mel und nickt. »Sogar Lisa. Ist sie immer so schrecklich dominant?«

»Nun, sie ist ziemlich eigensinnig, aber normalerweise

tritt sie nicht so ruppig auf.« Ich denke eine Minute lang über Lisa nach und versuche zu ergründen, warum sie anfangs so schroff auf den Anlass unseres Treffens reagiert hat. Warum hatte ihr das so viel ausgemacht?

Und dann dämmert es mir. Wir haben bei ihr einen Nerv getroffen. Lisa hat gerade erst mit Mike Schluss gemacht, und sie fragt sich vermutlich, wie und ob sie sich erneut auf die Suche nach dem Richtigen machen soll. Sie weiß, dass sie ganz von vorn anfangen muss, dass es Anstrengung kostet und dass sie vielleicht sogar ein paar Dinge ändern muss, um einem Mann zu gefallen. Der bloße Gedanke daran erfüllt sie wahrscheinlich mit Angst und Schrecken. Und der Gedanke, dass es vielleicht nicht genug sein könnte, einfach durchs Leben zu gehen und darauf zu hoffen, dass einem zufällig jemand über den Weg läuft, dass sie selbst vielleicht die Initiative ergreifen – *proaktiv werden* – muss, wie es Marina fordert, ist für sie im Augenblick einfach noch eine zu schreckliche Vorstellung.

Ich teile Mel meine Vermutung mit, und sie nickt zustimmend. »Das ist wirklich gut beobachtet. Faszinierend. Kann ich das in meinem Artikel schreiben, wenn ich die Namen ändere?«

»Du spinnst wohl! Lisa wird den sicher lesen und sofort merken, dass von ihr die Rede ist. Das ist nicht fair. Mag ja sein, dass ich mich bereit erklärt habe, über meine Erfahrungen zu sprechen, aber sie hat das nicht getan.«

Mel zieht ein enttäuschtes Gesicht, aber sie versucht nicht, mich umzustimmen. Schließlich ist sie eine Journalistin, die etwas auf ihre Integrität hält.

Am Sonntagmorgen schaffe ich es, die Absatzprognose fertig zu stellen, und mache anschließend einen Ausflug ins Fitnessstudio, zum ersten Mal seit etwa drei Wochen. Ich denke, es wird einfacher sein, mir die sieben Pfund abzutrainieren, als sie mir abzuhungern. In meinen neuen blauen Trainingshosen und einem weißen T-Shirt (das, wie ich weiß, eher für einen Spaziergang im Park geeignet ist als für schweißtreibende Fitnessübungen) fühle ich mich auf dem Stepper ganz wohl, obwohl ich das Training dennoch stinklangweilig finde.

In meiner Abwesenheit ruft Alan wieder an. Dieses Mal bittet er mich, ihn zurückzurufen, was mich ziemlich beunruhigt. Ich beschließe, es nicht sofort zu tun. Stattdessen verbringe ich den restlichen Sonntag zwischen Küche (nur Tee und Cola Light) und Sofa, lese einen Roman von Anne Tyler und sehe mir im Fernsehen eine Wiederholung von *Casablanca* an. Ich bin solche einsamen Tage gewohnt. Als ich noch jünger war, fand ich sie ziemlich besorgniserregend. Selbst wenn ich einmal einen richtig faulen Tag verbringen wollte, musste ich dabei immer in Gesellschaft sein. Aber inzwischen habe ich diese krankhafte Angst vor dem Alleinsein überwunden, zum Teil aus schierer Notwendigkeit. Eine alleinerziehende Mutter hat keine andere Wahl. An den Wochenenden, die sie ohne ihre Kinder verbringt, kann sie kaum es erwarten, dass all ihre Bekannten ihre Familien im Stich lassen, um den Tag mit ihr im Wellnesscenter oder mit dem Anschauen alter Filme zu verbringen. Ich hatte bisher immer noch das Glück, dass weder Clara noch Mel Kinder haben und somit Zeit, mit mir gemeinsam hin und wieder einen Einkaufsbummel mit Lunch bei Harvey Nicks oder dergleichen zu unternehmen.

Am Nachmittag höre ich das Handy piepen; jemand hat mir eine SMS geschickt. Sie stammt von Lisa. *Ich kenn da so einen Typen, einen nasebohrenden, dummen Chauvi. Interessiert?* Sie hat sich offensichtlich von ihrer spontanen Entrüstung vollkommen erholt und sich auf herzhaften Spott verlegt. Ich schicke ihr eine SMS zurück: *Sorry, interessiere mich nur für nasebohrenden Chauvi, wenn auch intelligent und reich.*

Etwa um sechs Uhr höre ich draußen Stimmen, noch ein Stück entfernt auf der Straße, und weiß, dass Jack und Millie wieder zu Hause sind. Ich stehe, noch bevor sie geläutet haben, an der Tür und sehe ihnen zu, wie sie ihr Gepäck für den kurzen Weg zum Haus bereitmachen. Jack, indem er den Griff an seinem Trolley herauszieht und sich hinunterbeugt, um zu sehen, ob die Rollen gerade stehen, und Millie, indem sie meine Tasche über ihre Schulter hievt und sich unter der Last nach vorn beugt.

Ich umarme sie beide, als sie zur Tür hereinkommen, und alles erscheint vollkommen normal, bis David plötzlich sagt: »Wäre toll, wenn du ein Bier für mich hättest. Ich bin am Verdursten.«

Ich bin so verblüfft, dass meine Stimme bei der Antwort ein wenig brüchig klingt. »Oh, klar. Ich sehe nur schnell nach, ob ich wirklich welches da habe. Sonst müsstest du mit einer Tasse Tee vorlieb nehmen.«

Jack und Millie stürmen nach oben, um ihre Zimmer zu inspizieren, und David und ich gehen in die Küche. Es stellt sich heraus, dass ich tatsächlich Bier dahabe. Drei Flaschen. Ich biete David eine an und beschließe, mir auch eine zu gönnen. Als ich mein Bier in ein Glas gieße, gehe ich im Geiste alle Möglichkeiten durch, die David veranlasst haben könnten, zu fragen, ob er mit reinkommen darf. Ich entscheide mich dafür, dass er mir etwas Wichtiges mitzuteilen hat, etwas, was man nicht gut am Telefon sagen kann. Er wird mir wohl jetzt sagen, dass er und Chantal heiraten wollen, da bin ich mir ziemlich sicher. Mir wird ganz flau im Magen, und ich bin froh, dass ich am Nachmittag nicht viel mehr als Cola Light zu mir genommen habe.

Ich nehme meinen ganzen Mut zusammen, drehe mich um und gehe zum Tisch hinüber. Aber ich schaffe es nicht, mich ihm gegenüber hinzusetzen, daher lehne ich mich mit dem Hintern gegen das Ende der Arbeitsplatte neben dem Tisch. Das Deckenlicht mit neuer Glühbirne scheint direkt auf seinen Kopf herunter wie ein Scheinwerfer. Ich versuche ein beiläufiges Lächeln und sage dann: »Also?«

»Alsooo, die Kinder waren großartig dieses Wochenende. Wirklich ganz große Klasse. Millie macht einen viel glücklicheren Eindruck. Ich wollte dir sagen, dass ich es toll finde, wie du das hinbekommen hast, das mit dem Schulwechsel. Ich hätte nicht gedacht, dass dir das gelingen würde, aber du hast es tatsächlich geschafft.«

Ach, du meine Güte. Jetzt rede nicht um den heißen Brei herum. Lass mich nicht so lange zappeln.

»Ja, ich hoffe, es klappt alles. Aber ich glaube schon. Alles ist besser als das, was sie in Hazlecroft ertragen musste. Und um ehrlich zu sein, ich war sowieso nicht so begeistert von der Schule. Auch nicht bei Jack. Sie scheinen dort nicht in der Lage zu sein, auf die einzelnen Kinder einzugehen und zu verstehen, dass ein fünfjähriger Junge wie er vielleicht ein wenig Schwierigkeiten hat, sich hinter das Einmaleins zu klemmen, und dass er vielleicht eine besondere Ermunterung braucht.«

Auch ich schweife also vom eigentlichen Thema ab, denn genauso wenig, wie ich mich von David länger auf die Folter spannen lassen will, möchte ich mich mit seiner besonderen Neuigkeit befassen. Daher höre ich nun weiter mit gemischten Gefühlen zu, als er mir vom Wochenende zu erzählen beginnt, was sie alles zusammen gemacht, was sie gegessen und was die beiden gesagt haben, was ihn zum Lachen brachte. Jedes Vergnügen, das ich beim Zuhören haben könnte, wird erstickt durch die Furcht, was wohl als Nächstes kommen wird.

Was dann als Nächstes kommt, ist in der Tat zum Fürchten, aber es ist nicht das, was ich erwartet hatte.

»Also«, beginnt er, beugt sich vor und stellt seine Bierflasche auf dem Tisch ab. »Ich dachte mir, vielleicht wäre es ganz schön, wenn wir irgendwann einmal alle zusammen, als Familie, etwas unternehmen könnten. Ich weiß, nächstes Wochenende hast du die Kinder, aber vielleicht könnten wir uns am Sonntag alle zum Mittagessen treffen. Was hältst du davon?«

Mittagessen am nächsten Sonntag? Zusammen? Was geht hier vor?

»Oh. Nun ja, das wäre ganz nett. Den Kindern würde es wahrscheinlich gefallen. Aber meinst du nicht, es könnte sie etwas durcheinander bringen?«

»Nein, warum denn? Sicher treffen sich auch andere geschiedene Eltern ab und zu gemeinsam mit ihren Kindern. Das ist doch etwas ganz Normales.«

Selbstverständlich ist es das. Ich bin wohl wieder überempfindlich. Vielleicht versucht David uns in eine neue, reifere Phase unserer Scheidung zu drängen, eine, in der wir gewissermaßen Freunde werden können, zum Wohle unserer Kinder. Damit kann ich leben.

Als David gegangen und Jack im Bett ist, liegen Millie und ich auf ihrem Bett und lesen gemeinsam noch etwas. Sie braucht mich nicht mehr wirklich zum Vorlesen, aber ab und zu tue ich es immer noch gern. In der Regel lese ich ihr dann etwas vollkommen anderes vor als das, was sie normalerweise liest, zarte oder phantasievolle

Geschichten, die eher auf eine Fünfjährige zugeschnitten sind. Heute Abend ist es *Für Hund und Katz ist auch noch Platz.* Aber bevor ich noch zu der Stelle über den wundersamen neuen Hexenbesen mit einem Nest für den Vogel und einer Badewanne für den Frosch komme, dreht sich Millie auf die Seite und zieht Puh den Bären zu sich heran. Ich beuge mich hinunter, um ihr einen Kuss zu geben, und lasse meine Lippen einen langen Augenblick an ihrer Wange.

Gerade als ich das Licht an der Tür ausmachen will, ertönt ihre Stimme tief aus dem Kissen.

»Mummy?«

»Ja, mein Schatz. Was ist?«

»Daddy sagt, er und Chantal werden sich nicht mehr sehen.«

Ich schiebe meine eigenen Gefühle über diese Neuigkeit für eine Minute beiseite. »Und was denkst du darüber, Mill?«

»Es ist gut. Ganz okay. Sie war nett, aber so nett nun auch wieder nicht. Daddy sagt, du bist viel netter.«

Was zum Teufel geht hier vor?

24. Musterschülerin

Die Erste, die ich entdecke, als ich von der viel zu schnell rotierenden Drehtür im Savoy-Hotel herausgeschleudert werde, ist Angie. Sie trägt wieder ein Twinset, diesmal ein blassgrünes, und strahlt mich an, als sie stehen bleibt, um auf mich zu warten. Als ich sie erreiche, hebt sie leicht die Schultern und reckt ihr Kinn, als wolle sie sagen: Ist das nicht aufregend?

»Ist das nicht aufregend?«

»Schon ein bisschen«, bestätige ich. Und das ist nicht gelogen. Letzte Nacht fiel es mir schwer, einzuschlafen, und ich schrieb das der Vorfreude auf den kommenden Abend zu. Ich weiß nicht genau, worauf ich mich eigentlich freue – darauf, Angie und Claudia wiederzusehen und zu hören, wie es ihnen ergangen ist, oder darauf, ein paar weitere kostbare Tipps von Marina mit nach Hause zu nehmen. Oder vielleicht einfach auf die stille Befriedigung, dazusitzen und Marina zuzuhören, wie sie die Ratschläge der letzten Woche rekapituliert, und zu wissen, dass ich sie ganz gut umsetzen konnte. Wie damals jene Genugtuung, eine der wenigen in der Klasse zu sein, die sich tatsächlich für das Aufsatzthema über die weiblichen Rollenbilder bei Shakespeare entschieden hat.

Dieser Abend ist auch eine willkommene Ablenkung von Grübeleien über David. Sein Verhalten am Sonntag beunruhigt und verwirrt mich zutiefst. Es widerspricht dem Verhaltenskodex, den wir uns auferlegt haben, völlig. Und es kommt wie aus heiterem Himmel. Nicht, dass seine Trennung von Chantal so überraschend für mich wäre – schließlich ist das nur eine aus einer langen Serie von Trennungen, selbst wenn die Beziehung zwischen ihm und Chantal stabiler schien als die vorhergehenden. Aber bisher hat er nach einer Trennung nie ein gemeinsames Sonntagsessen vorgeschlagen. Und Millie hat nie zuvor irgendetwas gesagt, was auch nur im Entferntesten so geklungen hätte wie »Daddy findet dich netter als sie«. Hat sie sich das ausgedacht, oder hat er es tatsächlich gesagt? Und wenn er es wirklich gesagt hat, warum? Warum sollte er bei den Kindern all diese verwirrenden Emotionen aufrühren? Ein Mädchen, dessen romantische Gefühle inzwischen durch den wiederholten Videokonsum von *Die Schöne und das Biest* und *Pocahontas* geweckt sind, muss geradezu zwangsläufig eine solche Aussage fehlinterpretieren.

Angie und ich machen uns auf den Weg zum Wessex-Saal, in dem es bereits hoch hergeht. In den Gängen und am Rand stehen Frauen in Zweier-, Dreier- und Vierergruppen, manche flüstern in verschwörerischem Ton miteinander, andere kichern laut. Ein paar Frauen haben sich schon ruhig auf ihre Plätze gesetzt, aber nicht viele. Ich entdecke eine in schwarzen Steghosen und weißen Stöckelschuhen, die eindeutig noch nicht dazugekommen ist, ihre Typberatungs-Party zu organisieren.

Angie und ich entscheiden uns für Sitzplätze in der Mitte, etwa in der zehnten Reihe. Gerade als wir Platz nehmen wollen, tippt mir Claudia auf die Schulter.

»Hallo, Ally«, sagt sie mit ihrer rauchigen Stimme.

Ich wende mich ihr zu, und sie küsst mich zur Begrüßung auf beide Wangen. Keine flüchtigen doppelseitigen Küsschen, sondern solche voll herzlicher südeuropäischer Wärme. Ich bemerke, dass sie wieder Jeans trägt, aber diesmal mit einer perfekt sitzenden, weißen Bluse und einem braunen Ledergürtel. Das Prädikat

›sexy‹ kann man dieser Frau nun wirklich nicht absprechen.

»Claudia, hallo! Wie ist es dir ergangen?«

»Richtig gut, und dir?«

»Mir auch gut. Sogar ziemlich gut. Ich hatte zwei ganz ereignisreiche Wochen.«

»Wirklich? Das musst du mir erzählen.«

Ich würde es ihr gern erzählen, aber gerade in diesem Augenblick versucht sich jemand an uns vorbeizudrängen, um auf die andere Seite des Raumes zu gelangen. Und dann steht schon Marinas Assistentin am Mikrofon und bittet: »Meine Damen, würden Sie bitte Ihre Plätze einnehmen.«

Angie, Claudia und ich setzen uns nebeneinander. Ich kann weder Louise noch Katherine oder Nancy sehen, aber ich bin sicher, dass sie da sind. Die beängstigend übereifrige Caroline sitzt in der ersten Reihe, und zwei Reihen hinter ihr entdecke ich Mels Lieblingsteilnehmerin, die mit den Netzstrümpfen und den roten Stiefeln. Mel selbst ist natürlich nirgends zu sehen; sie durfte nicht noch einmal kommen und wird sich völlig auf meine Schilderung des Abends verlassen müssen.

Eine strahlende Marina tritt auf das Podium; sie trägt einen langen cremefarbenen Seidenrock mit Bluse. Ihr blondes Haar ist zu einem adretten Pferdeschwanz zusammengebunden und gibt den Blick frei auf eine äußerst eindrucksvolle goldene Halskette. Vom Publikum wird sie mit einem fast noch tosenderen Applaus als vor zwei Wochen begrüßt, falls das überhaupt noch möglich ist. Sie lässt ihren Blick eine halbe Minute lang durch den Saal schweifen und wartet darauf, dass die Begeisterung sich legt. Als das nicht der Fall ist, macht sie mit der Hand ihre charakteristische Geste.

»Hallo, meine Damen. Wie geht es Ihnen heute Abend?«

Aus dem Publikum erhebt sich ein Chor: »Gut.« Ich bin leicht überrascht, dass auch ich einstimme. Für eine, die sich seit jeher unbehaglich fühlt, mit der Herde zu laufen, kommt es mir ziemlich selbstverständlich über die Lippen.

»Nun, das freut mich sehr«, sagt Marina. »Aber ich habe mir schon gedacht, dies zu hören, denn in der Regel fühlen sich die Teilnehmerinnen ziemlich gut nach dem ersten Seminar. Dieser letzte Abend hat, so hoffe ich, Ihr Bewusstsein für neue Möglichkeiten geweckt, und auch für neue Wege, diese zu nutzen. Er hat Ihnen gezeigt, dass Sie nichts zu befürchten haben. Dass Sie Ihr Liebesleben tatsächlich selbst in die Hand nehmen können.« Marina legt eine bedeutungsschwere Pause ein und lässt den Blick über das Publikum schweifen. Ich könnte schwören, dass ihr Blick auf mir länger ruht als die Nanosekunde, die sie anderen gewährt.

»Das letzte Mal haben wir die ersten vier P des proaktiven Partnerschafts-Programms kennen gelernt. Zunächst, wie wichtig Planung ist – und das umfasst alles, was uns dabei hilft, dem Programm erste Priorität einzuräumen und unseren Ballast abzuwerfen. Als Zweites haben wir erfahren, wie bedeutsam unser Produkt ist – das sind Sie selbst –, damit wir verstehen, mit welchem Image wir dieses Produkt ausstatten. Drittens müssen wir uns um die Perfekte Verpackung kümmern, und das heißt nichts anderes, als dass wir uns bemühen, aus unserem Typ, aus unserer Marke, das Beste zu machen. Und last but not least: Praxis! Dass Sie aus Ihrem Schneckenhaus herauskriechen, dass Sie experimentieren und eine bessere Vorstellung davon bekommen, was Sie für ein Typ sind und was Ihr persönlicher Stil sein könnte. Heute Abend werden wir zu den nächsten drei P übergehen: Promotion, Positionierung am Markt und Produktpräsentation. Aber zunächst möchte ich noch ausführlich von Ihnen hören, wie es Ihnen ergangen ist. Ich bin mir sicher, auch Ihre neuen Freundinnen hier interessiert das brennend.«

Der Raum füllt sich mit dem Gemurmel von Kommentaren der Sitznachbarinnen. Dann gibt uns Marina ihre Anweisungen. »Was ich jetzt gerne mit Ihnen machen würde, ist Folgendes«, beginnt sie. »Ich möchte, dass ein paar Mutige, die finden, sie haben zwei gute Wochen verbracht, sich melden und uns darüber berichten. Dann möchte ich, dass wir uns so wie letztes Mal in Kleingruppen aufteilen und unsere Geschichten untereinander austauschen – natürlich die Erfolgsgeschichten, aber auch die weniger schönen oder weniger spektakulären. Auf diese Weise können wir den Frauen Unterstützung geben, denen die Programmprinzipien schwerer fallen als anderen. Also, wer kann uns eine gute Geschichte erzählen? Sie muss nicht perfekt sein. Ich erwarte nicht, dass Sie es alle geschafft haben, die ersten vier P abzuarbeiten. Ich würde mich auch schon freuen, nur von ein paar kleinen Fortschritten zu hören, die vielleicht ein oder zwei P betreffen.«

Wir alle sehen uns um und fragen uns insgeheim, wer sich wohl freiwillig melden wird. Dann tritt eine Stille ein, die mit jeder Sekunde unerträglicher wird. Marina blickt nach links und nach rechts und versucht, eine von uns zu ermutigen, sich zu präsentieren. Claudia knufft mich mit dem Ellbogen in die Rippen und flüstert mir zu: »Du hast doch gesagt, du hättest ein paar gute Wochen hinter dir.« Ich tue so, als hätte ich sie nicht gehört. Zwar habe ich ein ziemlich gutes Gefühl darüber, wie es für mich in den vergangenen zwei Wochen gelaufen ist, dennoch würde ich lieber in der Kleingruppe davon berichten als vor dem ganzen Publikum.

Aber es ist schon zu spät. Marina, die offensichtlich über Adleraugen verfügt, hat den Rippenstoß bemerkt, und da sie verzweifelt nach einer Freiwilligen sucht, hat sie mich natürlich im Handumdrehen dazu auserkoren.

»Ja, warum nicht Sie dort, die blonde Frau in der Mitte. Sie sehen so aus, aus würden Sie uns gerne Ihre Geschichte erzählen.«

Mist. Wenn ich einfach ungerührt sitzen bleibe, dann erkennt sie vielleicht, dass sie sich geirrt hat.

»Würden Sie gern nach vorn kommen und hier neben mir stehen?«

Nein, das würde ich gar nicht gern. Aber ich tue es trotzdem. Ich arbeite mich langsam Schritt für Schritt durch meine Reihe und hinaus auf den Mittelgang. Dann beginne ich meinen scheinbar endlos langen Weg hin zum Podium, wobei ich genau spüre, dass die Augen aller Anwesenden auf mich gerichtet sind. Jetzt wünsche ich mir, ich würde etwas Schickeres tragen, zum Beispiel Schuhe mit hohen Absätzen, und nicht dieses doch sehr nüchterne Outfit mit grauem Hosenanzug und flachen schwarzen Stiefeln, so als käme ich direkt von der Arbeit.

Als ich bei Marina ankomme, streckt sie mir die Arme entgegen, als wolle sie mich an sich ziehen. Aber sie nimmt doch nur meine rechte Hand und drückt sie, vermutlich ein Versuch, mir das Lampenfieber vor meinem drohenden peinlichen Auftritt zu nehmen.

»Und, Sie sind?«

»Ally James.«

»Hallo, Ally. Ich freue mich sehr, Sie kennen zu lernen. Können Sie uns berichten, wie es Ihnen in den letzten zwei Wochen ergangen ist? Haben Sie in irgendeiner Situation besonderes Glück gehabt, irgendwelche großartigen Erfahrungen oder Entdeckungen gemacht?«

Als ich in das Meer von erwartungsvollen Gesichtern vor mir blicke, wünsche ich mir, ich müsste nur einen Vortrag über die verschiedenen Produktionsverfahren halten, die bei der Herstellung von fein- oder grobgeschnittener Orangenmarmelade zur Anwendung kommen. Oder eine weitere Radio-Talkrunde bei Danny Grays *Essen der Woche* bestreiten. Selbst das eigenhändige Füllen von dreihundert Marmeladengläschen mit Krimskrams für die Schultombola wäre jetzt eindeutig vorzuziehen. Alles wäre besser als das hier.

»Nur Mut, Ally. Sicher haben Sie uns etwas Interessantes zu erzählen. Bitte sprechen Sie freiheraus, Sie brauchen keine Scheu zu haben.«

Langsam fühle ich mich wie eine Fünfjährige, die sich freiwillig zum Vorzeigen ihres selbstgefertigten Kunstwerks gemeldet hat, dann aber, als sie erst einmal vor der Klasse steht, die Herausforderung, vor fünfzehn anderen Fünfjährigen zu sprechen, nicht ertragen kann. Reiß dich zusammen, Ally!

»Tut mir leid«, sage ich. Das ist immer ein schlechter Auftakt. Er verfestigt das Bild von Unvermögen, das sich bereits in die Köpfe der Anwesenden eingeschlichen hat. »Ich muss zugeben, dass ich schon irgendwie skeptisch war, als ich das erste Mal hierher kam. Ich konnte mir einfach nicht vorstellen, dass eine solche Methode bei mir funktionieren könnte.« Ich beiße mir gerade noch rechtzeitig auf die Zunge, bevor mir irgendwelche abfälligen Bemerkungen über die mir allzu weit hergeholten acht P herausrutschen. Oder über Marinas Konzept, sich selbst zu promoten, das ich sicher immer lächerlich finden werde.

»Doch nach dem Seminar habe ich beschlossen, einfach einmal einen Versuch zu wagen. Die Dinge durchzuführen, die Sie vorgeschlagen haben. Vermutlich habe ich das Ganze ein wenig als sportliche Herausforderung gesehen. Ich begann also damit, meinen Ballast zu begraben, und zwar bei uns im Garten. Und ich war verblüfft, wie gut mir das tat.«

»Erzählen Sie uns doch bitte, Ally, worin denn genau Ihr Ballast bestand. Das würden wir sicher alle sehr gern erfahren«, unterbricht mich Marina.

O, Mist! Da geht es schon los. »Nun, ich bin geschieden. Und ich glaube, dass mein Ex-Mann und auch die ganze Aufgabe, unsere kleine Familie intakt zu halten, in meinem Bewusstsein bisher sehr viel Raum eingenommen haben. Nicht, dass ich wieder mit ihm zusammen sein wollte. Darum ging es eigentlich gar nicht. Aber gleichzeitig konnte ich ihn auch nicht loslassen. Und ich habe gemerkt, dass ich einfach die Illusion nicht aufgeben wollte, diese perfekte kleine Familie zu haben.«

Das leise Raunen tiefer Seufzer und anteilnehmender »Ahs« durchbricht die Stille im Saal. Es signalisiert Verständnis und erleichtert mir das Weitererzählen.

»Also, jedenfalls habe ich ein Foto von dieser perfekten Familie genommen, habe es in eine Schachtel gelegt und habe die Schachtel begraben. Absurd, nicht?« Natürlich weiß ich, dass Marina das keinesfalls absurd finden wird. Sie hat sich die ganze Idee ja schließlich ausgedacht. Aber die Handlung hat trotzdem etwas Befremdliches an sich, und daher will ich das auch so zum Ausdruck bringen.

Marina ignoriert meine Bemerkung und ermutigt mich mit einem kaum merklichen Kopfnicken, fortzufahren. Es ist eine subtile Geste, wie ein angedeutetes Zuwinken.

»Anschließend fühlte ich mich jedenfalls besser. Es klingt jetzt vielleicht banal, aber ich hatte das Gefühl, als hätte ich eine Art Entscheidung getroffen. Also machte ich mit dem Programm weiter und organisierte meine Imageerneuerungs-Party, die sich als großer Spaß für uns alle herausstellte. Meine Freunde gaben mir einige wertvolle Hinweise, und eine Bekannte meinte, ich hätte eine irgendwie abweisende Ausstrahlung, und das müsste ich unbedingt ändern.«

»Gut, sehr gut«, fasst Marina zusammen und wendet sich dann an das Publikum. »Sehen Sie, meine Damen? Mit Perfekter Verpackung ist nicht nur gemeint, was wir anhaben oder wie wir uns frisieren. Es geht dabei auch um Körpersprache. Bitte erzählen Sie weiter, Ally.«

»Nun, da gibt es eigentlich nicht mehr viel zu berichten. Außer dass ich tatsächlich zwei von drei jener Übungs-Rendezvous, die Sie vorgeschlagen haben, in die Tat umgesetzt habe. Ich bin mit einem Mann ausgegangen, dem ich zunächst einen Korb gegeben hatte. Er war nicht mein Typ, und ich wusste, dass ich nichts für ihn empfinden würde, aber ich bin zu der Verabredung trotzdem hingegangen.«

»Und was haben Sie dabei gelernt, Ally?« Sie lässt nicht locker, diese Marina. Die Frau ist fest entschlossen, auch noch den letzten Tropfen an Erkenntnis aus meinen Geschichten herauszupressen, für den Fall, dass sich keine weitere Teilnehmerin freiwillig meldet.

»Ich bin mir nicht ganz sicher. Vielleicht habe ich die Erfahrung gemacht, dass er mich mochte. Dass man mich mögen kann, nehme ich mal an.« Das muss die richtige Antwort gewesen sein, denn Marina nickt und lächelt bedeutungsvoll.

Ich erzähle weiter. »Dann habe ich etwas gemacht, etwas, von dem ich immer noch nicht glauben kann, dass ich es getan habe. Ich habe einen Elektriker, den ich als ganz sympathisch in Erinnerung hatte, angerufen und mit ihm einen Termin ausgemacht, damit er bei uns im

Haus die Deckenlampen repariert. Und als er da war, habe ich mit ihm auf Teufel komm raus geflirtet. Ich ließ unmissverständlich durchblicken, dass ich an ihm interessiert war – er musste meine Absichten eindeutig erkennen. Ich hatte damit gerechnet, dass ich am Ende die Initiative ergreifen und ihn fragen müsste, ob er mit mir ausgeht, aber schließlich hat er mich sogar von sich aus gefragt. Wir haben uns für diesen Freitag verabredet.«

Das Publikum bricht in spontanen Jubel aus, und Marina hält ihre Hände fest zusammengepresst an die Lippen, nicht zum Gebet, sondern als Ausdruck höchster Freude. Als Jubel und Beifall abebben, wendet sich Marina an das Publikum, vermutlich, um die Punkte zusammenzufassen, die die Teilnehmerinnen aus meiner Geschichte lernen können. Das kann ich ihr auch nur raten, denn weitere Geschichten sind von mir nicht zu erwarten. Ich habe keinesfalls die Absicht, über zügellose Begierden unter der Dunstabzugshaube zu berichten.

»Das, meine lieben Damen, nenne ich einen Erfolg. Durch Allys proaktives Verhalten und dadurch, dass sie aus sich herausgegangen ist, hat sie einige neue Dinge erfahren. Einige sehr wertvolle Dinge. Zum Beispiel, dass sie selbst die Initiative ergreifen kann. Dass sie liebenswert ist. Dass sie flirten kann – und sogar sehr erfolgreich. Und abgesehen von alldem, wird sie bald ihr zweites Date innnerhalb von zwei Wochen haben. Allein das ist schon gut für die Seele. Viel besser, als zu Hause zu sitzen und vor dem Fernseher Fünf-Minuten-Terrinen zu löffeln. Danke, Ally, dass Sie bereit waren, uns an Ihrem Erfolg teilhaben zu lassen. Und nun, wer möchte uns noch über seine Erlebnisse berichten?«

Ich bin also entlassen und gehe durch den Mittelgang zu meinem Sitzplatz zurück. Dabei sehe ich, dass es jetzt aus dem Publikum jede Menge Meldungen gibt. Jetzt will jede Zeugnis ablegen. Als ich mich in meiner Reihe an den anderen vorbeidränge und auf meinen Platz setze, beugen sich sowohl Angie als auch Claudia zu mir herüber und drücken mir den Arm. »Gut gemacht, du«, sagt Angie. »Ich wünsche mir, ich hätte auch so viel geschafft. Du bist geradezu ein Vorbild.«

Ein Vorbild? Mein Gott, bitte lass das nicht zu. Ich will kein Vorbild sein für einen ganzen Saal weiblicher Singles, die so verzweifelt ihr Leben ändern wollen, dass sie fünfhundert Pfund für eine Seminarreihe gezahlt haben, bei der sie lernen, wie sie das anstellen sollen. Ich bin sehr glücklich über meine Fortschritte, für mich persönlich, ganz im Stillen, aber ich möchte für niemanden ein Vorbild sein.

Am Ende hat Marina drei statt der einen Freiwilligen, um die sie gebeten hatte, so eifrig und hartnäckig wedeln nun die ausgestreckten Arme in der Luft. Da meine Feuerprobe jetzt vorüber ist, kann ich mich zurücklehnen und mir zufrieden die Geschichten der anderen Teilnehmerinnen, die jetzt vorne stehen, anhören. Eine Frau, Christina, berichtet uns, wie sie mit einem Versuchskaninchen ausging und feststellte, dass sie diesen Mann eigentlich sehr gern mag. Für dieses Wochenende haben sie schon ein weiteres Treffen ausgemacht. Dann lachen wir schallend über den Bericht einer Frau mit kurzgeschnittenem rotem Haar über ihre Imageerneuerungs-Konferenz. Anscheinend haben ihre Freundinnen und Freunde kein Blatt vor den Mund genommen, und sie hatte nach dem Abend eine drei Seiten lange Liste zusammen, worüber sie anscheinend hocherfreut ist. Erst als sie sich wieder setzt, erkenne ich sie als die chronisch schüchterne Karen vom ersten Treffen, die mit der schulterlangen roten Dauerwelle.

Ich erwarte fast, dass Caroline als Nächste aufs Podium stürmt, um uns an ihrem Erfolg teilhaben zu lassen. Aber sie tritt nicht in Erscheinung. Entweder ist sie ein sehr verschwiegener Typ, oder sie hat nicht viel Glück gehabt, was ziemlich traurig wäre in Anbetracht der Tatsache, dass sie zu diesem Zweck extra ihren Job aufgegeben hat. Doch die letzte Geschichte ist nun tatsächlich traurig. Sie stammt von einer Frau, die es schon zur Hälfte geschafft hatte, ihren Ballast zu begraben. Doch dann stellte sie fest, dass sie innerlich noch nicht bereit dazu war, und musste ihre Schachtel wieder ausgraben. Marina umarmt und beschwichtigt sie, dass sie genau das Richtige getan hat: Es habe keinen Sinn, Dinge zu erzwingen. Alles brauche eben seine Zeit, und sie solle es einfach die Woche darauf wieder versuchen.

Während wir zuhören, beugt sich Claudia zu mir und sagt: »Ich fürchte, ich habe das alles nicht gemacht. Ich bin gar nicht so weit gekommen. Aber ich habe mit jemandem aus meinem Shiatsu-Kurs geschlafen.« Sie kichert über meinen erstaunten Gesichtsausdruck. »Ich erzähl's dir in der Pause«, verspricht sie.

Die Pause kann gar nicht schnell genug kommen. Angie und ich bilden ein Grüppchen, um Claudia zuzuhören. In letzter Minute gesellt sich noch Louise zu uns, die in einem enganliegenden Pulloverkleid sehr hübsch aussieht. Das rostfarbene Kostüm ist anscheinend bei den Altkleidern gelandet.

»Also …?«, frage ich, damit Claudia nicht noch in letzter Minute in einem Anfall von diskreter Zugeknöpftheit einen Rückzieher macht.

»Also, es gibt da diesen Mann in meinem Shiatsu-Kurs. Er ist mir schon seit längerem aufgefallen. Jedenfalls, die letzten beiden Male, als ich dort war, habe ich bemerkt, dass er mich irgendwie angesehen hat, ihr wisst schon. Ich konnte seinen Blick richtiggehend auf meinem

Körper spüren. Und anstatt so zu tun, als wäre nichts, habe ich einfach angefangen, seinen Blick zu erwidern.« Sie macht eine Pause und nippt an ihrem Wein.

»Und was ist dann geschehen?«, fragt Angie.

»Dann haben wir nach dem Kurs in der Saftbar noch etwas zusammen getrunken und sind danach zum Essen ausgegangen und anschließend in meine Wohnung. Ja – das war's eigentlich schon.«

»Und wie war er?«, will Angie gleich wissen. »Ist er ein passendes Versuchsdingens?«

»Ist mir ziemlich schnurz, ob er ein Kaninchen ist oder vielleicht auch eine arme Labormaus. Ich weiß nur, er sieht toll aus, ist fünfundzwanzig, und ich hatte noch nie besseren Sex.«

Man hört, dass Louise erschrocken nach Luft schnappt. Ihr ist sicher gerade eingefallen, dass uns Marina geraten hat, beim ersten Rendezvous nie mit einem Mann zu schlafen. Aber vielleicht wünscht sie sich ja auch, sie selbst hätte so tollen Sex. Oder wenn ich es recht bedenke, da sie uns gesagt hat, sie hätte noch nie eine Beziehung gehabt, wünscht sie sich wohl, sie hätte überhaupt einmal Sex. Punkt.

»Ach, du meine Güte«, staunt Angie, die vor lauter Verwunderung den Mund gar nicht wieder zubekommt. »Das ist ja wirklich toll. Wirst du ihn wiedersehen?«

»Ich habe ihn seither jeden Abend getroffen«, erklärt Claudia. »Das ist heute mein erster freier Abend.«

Da haben wir's. Ich habe mich gefragt, warum eine Frau wie sie einen solchen Kurs braucht, und ich hatte Recht damit. Claudia hätte sich diesen Shiatsu-Adonis auch an Land ziehen können, ohne je einen Fuß in Marinas Seminar gesetzt zu haben. Ich bin wirklich überrascht, dass sie es vorher nicht geschafft hat. Dabei ist sie genau der Typ Frau, dem man es ohne weiteres zutrauen würde, eine funktionierende Beziehung mit einem viel jüngeren Mann zustande zu bringen.

»Also, ich denke mal, du wirst in Zukunft hier nicht mehr aufkreuzen?«, sage ich.

»O doch, wahrscheinlich schon. Es hält mich bei der Stange. Und abgesehen davon kann ich euch alle doch nicht mitten im Programm einfach im Stich lassen!«

Louise sieht Claudia bewundernd an. Claudia erwidert ihren Blick mit einem Lächeln und fragt dann: »Und wie geht es dir, Louise? Du siehst gut aus.«

Louise richtet sich stolz auf, um ihr Kleid zu zeigen. »Ja, das habe ich neu. Eine Freundin hat mir dazu geraten. Sie hat die Hälfte meiner Klamotten aus meinem Schrank verbannt und gesagt, ich solle mir neue kaufen, und zwar *bevor* ich abnehme. Aber ich habe noch etwas Besseres gemacht. Nicht so was wie du, Claudia. Das könnte ich nicht. Aber immerhin.«

»Was denn? Erzähl!«, ermutige ich sie.

»Ich bin bei meiner Mutter ausgezogen. Eine Wohnung habe ich zwar noch nicht, aber ich wohne bei einer Arbeitskollegin, bis ich selber etwas finde. Und wisst ihr, was ich entdeckt habe? Mein größter Ballast war nicht mein Gewicht – obgleich das natürlich schon ein Problem ist. Aber ich kam mir einfach immer noch vor wie ein kleines Mädchen, weil ich bei meiner Mum gewohnt habe. Und ich habe mich die ganze Zeit dafür verantwortlich gefühlt, ihr Gesellschaft zu leisten. Dann habe ich beschlossen, das alles über Bord zu werfen, und bin ausgezogen. Mum war natürlich ziemlich schockiert.«

Wir alle murmeln »Gut gemacht« und »Herzlichen Glückwunsch«, als hätte Louise gerade mehrere Shiatsu-Lehrer in rascher Folge vernascht. Sie ist ganz offensichtlich hocherfreut über das, was sie bisher erreicht hat. Und wenn man sie und Claudia so nebeneinander stehen sieht, dann kann man kaum sagen, welche von beiden mehr Freude ausstrahlt.

Am Mittwochmorgen rufe ich Mel an, um sie auf den neuesten Stand zu bringen. Ich höre, dass sie wild auf die Tasten ihres Laptops einhämmert, während ich erzähle.

»Du machst wohl Witze? Fünfundzwanzig Jahre alt? Meine Güte, die geht aber ran!«

»Hmm. Toll, nicht? Alle machten den Anschein, als hätten sie was zu erzählen. Außer der armen Angie. Die stand einfach immer nur da und hat nett gelächelt und allen gut zugeredet, so, wie sie es immer tut. Als ich sie dann direkt gefragt habe, wie es bei ihr läuft, wollte sie offensichtlich nicht darüber reden. Sie ist immer sofort allen Fragen ausgewichen.«

»Vielleicht hat sie ja einen Neunzehnjährigen gefunden, und es ist ihr zu peinlich, darüber zu sprechen.«

»Wer weiß. Jedenfalls beginnt jetzt der wirklich schwere Teil. Marina hat uns gestern Abend alles über Eigenvermarktung beigebracht. Du errätst niemals, was für Aufgaben wir diese Woche erfüllen müssen.«

»Erzähl schon. Ich will richtig schockiert werden.«

»Als Erstes müssen wir einen Flyer gestalten, sozusagen eine Direktwerbung für uns selbst. Darüber später Genaueres. Dann müssen wir mit Telefonmarketing beginnen, und zwar folgendermaßen: Wir müssen fünf Leute anrufen und sie bitten, uns irgendjemandem vorzustellen. Und als Letztes – du weißt ja, ihr besonderes Steckenpferd sind dreigeteilte Übungen – sollen wir einen Plan aufstellen, wie wir uns als Produkt richtig am Markt positionieren.«

»Was meint sie damit?«

»Das ist ein Plan, der uns dabei helfen soll, unsere bisherigen Verhaltensmuster, was Aktivitäten anbelangt, zu verändern. Wir sollen also einmal die gewohnten Bahnen verlassen und neue Orte ausprobieren, um die Chance zu erhöhen, ganz unterschiedliche Arten von Männern kennen zu lernen. Das könnte schon etwas so Banales sein, wie einfach mal bei Waitrose einzukaufen statt immer bei Tesco.«

»Nun, das hört sich allerdings nicht allzu schlimm an«, wendet Mel ein.

»Nein. Meine Unkenrufe beziehen sich auf die Partnerschaftsbörsen im Internet. Unsere Aufgaben zur Perfekten Positionierung am Markt umfassen die Anmeldung bei mindestens einer Online-Partnerbörse, und es wird erwartet, dass wir unsere Image-Kurzbeschreibung und eventuell sogar eine digitale Version unseres Selbstmarketing-Flyers dort ins Netz stellen.«

»Himmel noch mal! Das kannst du doch nicht machen, Ally.«

»Ich weiß selber verdammt gut, dass ich das nicht machen kann. Aber es sieht so aus, als müsste ich es tun, um meinen Teil des Deals zu erfüllen. Das musst du gerade sagen – nur weil jetzt ein paar schwierigere Hürden zu überwinden sind! Soll ich dich daran erinnern, für wen ich das alles hier tue?«

»Du hast Recht. Hör mal, ich helfe dir. Ich werde mal in der Redaktion herumfragen, welches die besten Online-Partnerschaftsbörsen und Dating-Websites sind. Die seriösesten. Ich wette, es gibt eine Menge Leute, bei denen du nie vermuten würdest, dass sie bei so was mitmachen. In der Zwischenzeit sorgst du dafür, dass du mit deinen anderen Projekten vorankommst. Schließlich ist heute schon Mittwoch, das heißt, dir bleiben nur noch zweieinhalb Tage, um dich auf dein Treffen mit Mr Elektroschrauber vorzubereiten.«

25. Rundruf an alle Mums

Mein bevorstehender Ausflug in den Cyberspace hat mich auf eine Idee gebracht. Vielleicht gibt es ja auch eine Website, die Clara helfen könnte. Der Chatroom von Mumsworld.com ist sicher voll mit Müttern, die Schwierigkeiten hatten, beim ersten Anlauf schwanger zu werden, vielleicht sind dort sogar Frauen registriert, die ebenfalls gerade versuchen, schwanger zu werden.

Claras Ärzte haben bisher keine Erklärung dafür, warum sie und Jonathon bei ihren Bemühungen keinen Erfolg haben. Bei beiden ist offensichtlich alles so weit in Ordnung. Er hat keine unterdurchschnittliche Anzahl an Spermien oder solche, die zu langsam schwimmen. Und auch bei ihr ist nie eine Endometriose oder dergleichen diagnostiziert worden. *Vermutlich einfach ein Fall von alten Eiern.* Das war die beste Erklärung, die ein Arzt zu bieten hatte. Wenn Clara sich nicht der Prozedur der künstlichen Befruchtung unterziehen will, dann weiß ich beim besten Willen nicht, was ich ihr noch raten könnte. Ich hatte beim ersten Mal (offensichtlich) keinerlei Schwierigkeiten, schwanger zu werden. Und mit Jack klappte es praktisch innerhalb von Minuten, nachdem David zu mir gesagt hatte: »Also gut, dann machen wir mal noch ein weiteres Baby.«

Clara wird nie von sich aus einen Chatroom besuchen. Selbsthilfe-Ratgeber (für andere) zu kaufen ist eine Sache; sich über persönliche Angelegenheiten mit Fremden (deren Ratschläge und Meinungen ja schließlich verrückt, unmoralisch oder in anderer Weise unpassend sein könnten) auszutauschen, ist etwas ganz anderes. Aber Mumsworld.com hat mich davon überzeugt, dass Chatrooms nicht nur abschreckend sein müssen. Außerdem kann man ja die unpassenden Antworten immer noch ignorieren.

Ich denke mir, ein wenig Einmischung kann bei Clara nicht schaden, und sende eine Frage an Mumsworld. Dazu muss ich erst meine Mitgliedschaft erneuern, da die alte abgelaufen ist.

Liebe Mums,
eine sehr liebe Freundin von mir hat große Schwierigkeiten, schwanger zu werden. Sie ist 38, gilt aber als kerngesund, und die Ärzte können keine Ursache finden, weder bei ihr noch bei ihrem Mann. Sie versuchen es seit über einem Jahr, und sie ist vollkommen verzweifelt.
Hat irgendjemand einen guten Rat?

Am Ende des Tages, einem Donnerstag (mein Gott, sind diese Mumsworld-Frauen effizient), habe ich sechzehn Antworten auf meine Anfrage. Viele davon enthalten Tipps zum Sex zur richtigen Zeit des Monats, in der richtigen Stellung oder sogar im richtigen Raum des Hauses (das Beste ist, man lässt sich den von einer Feng-Shui-Beraterin nennen). Dann gibt es Vorschläge für die richtigen Nahrungsmittel und Vitamine und eine komplette Mail darüber, wie man einen Jungen bekommt, indem man sein eigenes Denkschema steuert. Alle diese Ratschläge sind gut gemeint, aber sie werden jemanden wie Clara wohl kaum überzeugen. Nur eine weiter unten vielleicht, die so klingt, als sei sie ausdrücklich auf Clara gemünzt.

Liebe Freundin,
vor drei Jahren befand ich mich in derselben Lage wie deine Freundin, nur war ich bereits vierzig, also war das wirklich eine

schlechte Nachricht. Ich arbeitete damals vierzehn Stunden am Tag im Investment-Banking und musste mehrmals pro Woche irgendwohin fliegen. Mein Mann und ich hatten kaum Sex, geschweige denn zur richtigen Tageszeit oder zum richtigen Zeitpunkt im Monat. Schließlich fragte mich jemand: Wie sehr wünschst du dir dieses Kind? Denn wenn du es dir wirklich wünschst, dann musst du ihm Priorität einräumen. All das zu erfüllen, was du ihm abverlangst, und dazu noch ein Baby zu bekommen ist ein zu großer Stress für deinen Körper, daher musst du eine Entscheidung treffen.

Das tat ich dann auch. Ich traf die Entscheidung, mich eine Weile aus dem gnadenlosen Konkurrenzkampf zurückzuziehen und mich ganz darauf zu konzentrieren, das Leben zu genießen und zu versuchen, ein Baby zu bekommen. Es war ein gewaltiger Entschluss für uns beide und bedeutete eine Menge finanzieller Opfer. Aber ich wusste, wenn ich nicht alles daransetzte, dann würde ich nie erfahren, was hätte geschehen können. Und ich wollte nicht mein restliches Leben damit verbringen, dem nachzutrauern.

Jetzt arbeite ich wieder, allerdings nicht mehr im Investment-Banking. Und ich habe eine kleine Tochter, die jetzt achtzehn Monate alt wird. Ich will damit nicht sagen, dass deine Freundin auch so viel Glück haben wird. Aber es könnte sein. Und sie verdient es, sich diese Chance zu geben.

Alice

Direkt nach Alice' Mail folgte eine von einer Frau namens Monica, die steif und fest behauptet, der Schlüssel zur Empfängnis liege darin, sich nach dem Sex zwei Stunden lang mit dem Kopf nach unten irgendwo hinzuhängen. Wie ich schon sagte, wenn man sich in einen Chatroom wagt, muss man bereit sein, sich das Passende herauszupicken und den Rest zu vergessen.

Vielleicht haben Alice und Jonathon ihre Erfahrungen untereinander ausgetauscht. Kann sein, dass sie auch beide Recht mit ihren Vermutungen haben. Vielleicht läuft Clara in ihrem Unterbewusstsein ja wirklich vor dem Kinderkriegen davon, indem sie ihr Leben auf eine Art und Weise weiterführt, bei der ein Schwangerwerden ein Ding der Unmöglichkeit ist. Sowohl biologisch als auch praktisch.

Aber wie erklärt man einer Frau, die den größten Teil der vergangenen siebzehn Jahre damit verbracht hat, ihre Karriere voranzutreiben, dass sie sich aus dem Wettbewerb zurückziehen muss, um Mutter werden zu können? (Schlimmer noch, wie bringt man ihr bei, dass es vielleicht bedeuten wird, die Hosenanzüge von Joseph, die Prada-Handtaschen und die Ferragamo-Schuhe, die sie inzwischen als Basics ihrer Garderobe betrachtet, dafür zu opfern?) Clara behauptet immer steif und fest, dass sie ihren Job nur so, wie sie es tut, machen kann (Überstunden leisten, viel herumreisen und die PowerPoint-Wichser mit ihren eigenen Waffen schlagen). Es besteht keine Aussicht, dass sie jemandem zuhört, der ihr sagt, sie solle für eine Weile kürzer treten. Der Überbringer dieser Nachricht wird nicht nur erschossen, sondern auf die Streckbank gespannt, gehängt und gevierteilt.

Es muss eine andere Möglichkeit geben, Clara zu ermutigen, etwas Neues auszuprobieren. Ich kann mir nicht vorstellen, was derzeit gerade das Richtige wäre, aber ich bin ganz sicher, dass es mir noch einfallen wird.

26. Über Brackwasserbewohner

Frage: Was habe ich mit Krabben, Seeanemonen und Muscheln gemeinsam?

Antwort: Wir haben alle kein Rückgrat.

Alan erwischte mich gestern Abend eiskalt. Er fragte mich, ob ich mit ihm übernächste Woche ins Theater gehen möchte. Da ich nicht wusste, wie ich *nein* sagen sollte, habe ich *ja* gesagt.

Hm. Wenn mein Bruder Meeresbiologe wäre, würde ich jetzt nicht in diesem Schlamassel stecken.

27. Zu viel Exotik

»H-U-T. Was heißt das, Jack? Sag mir zuerst die Buchstaben einzeln und dann alle zusammen.«

Eigentlich habe ich freitags frei, aber es hat sich allmählich eingeschlichen, dass ich dann doch zur Arbeit muss. Paul Delaney ist ganz aus dem Häuschen wegen der neuen Werbekampagne, die er und sein Team entwickelt haben, und er behauptet steif und fest, die Besprechung könne nicht bis nächste Woche warten. Also fahre ich für zwei Stunden in die Firma, sobald ich die Kinder in der Schule abgegeben habe. Der Stolperstein ist Jack, mit dem ich im Auto vor dem Schultor noch lesen üben muss. Millie sitzt derweil auf dem Rücksitz und liest ihr eigenes Buch, während ich versuche, Jack zu überreden, die letzte Hälfte seiner Leseaufgabe zu bewältigen.

Jack starrt mit angespannter Miene auf die Seite. »H-U-T – Hit!«, ruft er erleichtert.

»Also, Jack! Du versuchst es gar nicht richtig! Wie kann H-U-T Hit heißen? Konzentrier dich. Versuch es mal mit dem hier.« Ich deute auf ein anderes Wort.

»T-O-R. Toooaaarrr. Torwart!«

Das hält man ja im Kopf nicht aus! Vermutlich werde ich ihn gleich erwürgen, wenn wir nicht augenblicklich aufhören. Ist mein Sohn der Einzige in der ersten Klasse, der es nicht schafft, die Verbindung von Buchstaben zu Wörtern herzustellen?

»Das reicht jetzt«, fauche ich und schlage das Buch heftig zu. Doch dann fällt mir der Vorfall mit dem Orangensaft wieder ein und meine Schuldgefühle, dass ich neuronale Vernetzungen zerstört haben könnte, und ich werde ein wenig milder. »Das hast du sehr gut gemacht, Jack. Wir üben später weiter.« (Kinder anzuschreien zerstört neuronale Vernetzungen, Lob aber lässt sie anscheinend wie verrückt sprießen.) In sein Lese-Übungsheft schreibe ich daher rasch eine Nachricht an seine Lehrerin. *Mrs Lindhurst, bei Jack heute keine volle Konzentration möglich. Können wir bitte diese Übung heute Abend noch mal versuchen?* So. Zumindest weiß sie jetzt, dass ich mit ihm geübt habe.

»Also gut, ihr beiden. Dann gehen wir mal.« Wir steigen alle aus dem Auto und gehen Richtung Eingang. Millie liest dabei weiter in ihrem Buch, bis wir an der Treppe sind. Ich bin sicher, das ist auch ein Grund dafür, warum sie an dieser Schule zur Zielscheibe wurde, denn das hier ist ein Ort, an dem ihre Art des stillen, in sich gekehrten Wissensdurstes nicht positiv gesehen wird. Hier sind forsche Selbstsicherheit und energischer Einsatz gefordert. Aber es hat keinen Sinn, sich jetzt noch weiter damit aufzuhalten, an dieser Schule bleibt sie ja nur noch drei Wochen.

Bloß noch drei Wochen Schule! Das bedeutet, knapp drei Wochen bis zu den Osterferien und bis zum Frühlingsfest und bis zu den Tombola-Gläschen, für die ich bisher noch keinen Finger gerührt habe. Ich hatte eigentlich vorgehabt, an alle Mütter in Millies Klasse eine kurze Nachricht zu schicken und sie zu bitten, dass jede von ihnen ein paar Gläschen vorbereitet, oder zumindest ein paar von den Müttern anzusprechen, die ich vom Spielplatz her kenne. Aber diese ganze Aufgabe ist irgendwie vom Radarschirm meiner Aufmerksamkeit verschwunden. Ich glaube allerdings nicht, dass sie bei Ellie Masterson ebenfalls ins Abseits geraten ist, denn sie pirscht sich gerade mit leicht vorwurfsvoller Miene an mich heran.

»Ally, Helen hat mir gesagt, dass Sie sich um die Marmeladengläschen kümmern. Stimmt das?«

»Ja. Das stimmt.«

»Ah, gut. Ich habe mir schon mal erlaubt, selber ein Dutzend vorzubereiten.« Ellie reicht mir eine Plastiktüte mit klirrenden Gläschen. »Haben Sie schon viele zusammen?«

Hat sie es etwa gerochen, dass ich dieser Aufgabe nicht gewachsen bin? Ich frage mich das ernstlich. Oder hat Helen Chambers sie dazu angestachelt und will mir auf diese Weise indirekt zu verstehen geben, dass ich mal in die Gänge kommen soll?

»Nein, noch nicht viele. Ich meine, ein paar schon. Von den Müttern, bei denen ich es geschafft habe zu fragen. Aber ich muss wirklich einmal bei allen herumfragen. Vielen Dank für die hier. Das ist wirklich nett von Ihnen. Und sie sehen so hübsch aus!«, sage ich bewundernd und spähe in die Plastiktüte.

Ellies Gläschen sind bunt und lustig und gefüllt mit winzigen Matchbox-Autos oder Glitzerperlen und allerhand kleinen Sachen, die Kindern unter sieben sicher gefallen. Jedes Gläschen ist liebevoll mit einem kleinen, runden grün-weiß karierten Tuch zugebunden und mit einem Schleifchen versehen. Es wird schwierig werden, diese Vorlage zu toppen.

In der U-Bahn kritzle ich das Wort *Tombola* in riesigen schwarzen Buchstaben quer über eine ganze Seite meines Terminkalenders, damit ich diese verflixte Sache bloß nicht wieder vergesse. Dann denke ich über die geplante Geschäftsreise nach Valencia zur Kontaktpflege mit den Lieferanten nach, die mir, wie sich herausstellt, noch mehr Kopfzerbrechen bereitet, als ich sowieso schon befürchtet hatte. Die Zeit, die für mich günstig wäre, ist die Woche direkt vor Ostern, aber da passt es den Plantagenbauern nicht. Auch für Mum und Dad, die ich zum Kinderhüten fest einplanen muss, ist es nicht die beste Zeit: Dad hat eine seit langem ausgemachte Verabredung zum Golfen mit einigen alten Arbeitskollegen und Mum einen Termin beim Spezialisten wegen ihrer schmerzenden Hüfte. Beide haben angeboten, ihre Termine für mich zu verlegen (so unendlich weit geht ihre Selbstlosigkeit), aber ich weiß, wie lange es dauert, bis man einen Termin beim Spezialisten bekommt. Oder welche Allüren eine Gruppe siebzigjähriger Herren an den Tag legen kann, wenn man ihr bei ihren Plänen ins Gehege kommt. Also treffe ich andere Vereinbarungen für den ersten Tag meiner höchstwahrscheinlich dreitägigen Abwesenheit (was Telefonate mit David, Mel und Clara, in dieser Reihenfolge, nach sich zieht), und ich habe Mum und Dad gebeten, am zweiten Tag einzuspringen, falls es ihnen passt.

Jill brauche ich gar nicht erst zu fragen, denn sie bleibt nie irgendwo über Nacht. Sie hat diese »Marotte« (ihre Bezeichnung, nicht meine), dass sie nachts in ihrem eigenen Bett schlafen muss. Anscheinend haben sie und ihr Mann in zwanzig Jahren nicht eine Nacht getrennt verbracht, und sie würde das eheliche Bett nicht einmal jetzt verlassen, wo er seit sieben Jahren tot ist. Sie hat mich ausdrücklich auf diese Einschränkung hingewiesen, als ich sie vor zwei Jahren als Betreuerin für die Zeit nach der Schule engagiert habe, also kann ich jetzt schwerlich die Eckpunkte unserer Vereinbarung verschieben. Und sie ist für mich in vielerlei Hinsicht so unbezahlbar – es ist nämlich praktisch unmöglich, eine Babysitterin zu finden, die sich mit diesen ungewöhnlichen Zeiten von drei Uhr bis sieben Uhr nachmittags einverstanden erklärt, um nur einen Vorzug zu nennen –, dass ich ihr ein paar Marotten ruhig nachsehen kann. Ich finde, eine fünfzigjährige Witwe, deren einziges Hobby eine allwöchentliche Ergänzung ihrer umfangreichen Teddysammlung ist, hat das Recht auf ein paar Eigenheiten, solange sie liebevoll mit meinen Kindern umgeht und mich sonst nicht im Stich lässt.

Ich komme zehn Minuten zu spät zu meiner Besprechung und treffe Nicki, Paul Delaney und zwei Agenturmitarbeiter an, die am einen Ende des langen Konferenztischs die Köpfe über etwas zusammenstecken. Sie blicken alle gleichzeitig auf, als ich eintrete, und Nicki winkt mir zu.

»Ally, komm schnell. Ich glaube, du wirst begeistert sein.«

Auf dem Tisch ausgebreitet liegen drei A2-Kartons, jeder mit einem Entwurf. Der Sonnenuntergang am Strand aus Pauls ersten Versuchen ist in einem Entwurf immer noch vertreten. Nur ist der Strand jetzt kein weißsandiges Bahama-Paradies mehr, sondern ein englischer Strand mit Kieselsteinen und mattbraunem Sand. Und statt dieses irgendwie haarsträubenden Motivs mit dem knutschenden Liebespaar vor einer Strandbar mit baumelnden Marmeladengläschen sieht man jetzt einen Bären, der mit seiner Pfote Orangenmarmelade aus einem Glas nascht. Natürlich handelt es sich dabei um Paddington-Bär mit seinem roten Schlapphut, der auf einem ramponierten, mit Aufklebern übersäten Koffer sitzt. Der Werbespruch lautet: *Sevilla Sunset. Schmeckt so verlockend, dass ein Bär es an einem englischen Strand aushält.*

Ich blicke vom Foto auf und in vier erwartungsvolle Gesichter. Nur Nickis strahlt Zuversicht aus. Pauls Miene gleicht der eines Kaninchens vor einer Schlange, die jeden Augenblick zuschnappen kann.

»Das ist ja der Paddington-Bär«, sage ich unnötigerweise. »Gute Idee.«

Nun kann Paul es kaum erwarten, mich darüber in Kenntnis zu setzen, was für eine geniale Idee das ist. »Große Klasse, nicht war? Als ich Sie letzte Woche im Radio hörte, dachte ich mir sofort: ›Das ist es!‹ All diese interessanten Details, an die Sie uns erinnert haben – von der faszinierenden Geschichte der Orangenmarmelade bis hin zu den berühmten Menschen, die so verrückt danach waren –, das alles erschien uns einfach zu gut, um außer Acht gelassen zu werden. Und es eignet sich perfekt für die Einführung einer neuen Sorte. Sehen Sie sich nur die beiden nächsten Entwürfe an.«

Ich schaue mir das zweite Bild auf dem Tisch genauer an, auf dem ich jetzt Königin Mary von Schottland erkenne. Sie liegt in einer Schiffskoje und bekommt gerade von einem zahnlosen Matrosen mit dem Teelöffel Orangenmarmelade verabreicht; ein tieforangeroter Sonnenuntergang leuchtet von draußen durch das Bullauge herein. Die Werbezeile hier lautet: *Wenn es doch nur schon Sevilla Sunset gegeben hätte, als Queen Mary in Nöten war.* Das dritte Bild zeigt König Heinrich VIII., dem ein Glas Orangenmarmelade dargebracht wird mit dem Spruch: *Sevilla Sunset. Gut genug für ein königliches Geschenk*. Auf diesem Bild geht die Sonne über den Hügeln hinter seinem Thron unter. Ich sehe jetzt, dass auf allen drei Entwürfen unten noch eine zweite, kleinere Textzeile steht: *Orangenmarmelade. Eine große britische Tradition.*

»Und, was meinen Sie?«, fragt mich Paul erwartungsvoll. Er ist nicht allzu cool, unser Paul. Könnte ein bisschen mehr von dieser eisigen Arroganz vertragen, die so viele Werbefritzen an sich haben.

»Ich finde es große Klasse.« Und das stimmt auch. Ich

glaube zwar, die Kampagne könnte noch etwas Überarbeitung vertragen, aber sie ist wirklich ziemlich gut. Kein Vergleich mit den Vorgängerversionen. Orangenmarmelade an sich und ihre bewegte Geschichte sind bereits exotisch genug; da brauchen wir nicht noch abgedroschene und aufdringliche Anspielungen auf Liebespaare und Sonnenuntergänge auf Mauritius.

Paul reckt die Faust in die Luft und Nicki klatscht begeistert. Die anderen beiden sind nicht ganz sicher, wie sie sich verhalten sollen. Aber da offensichtlich Freude angesagt ist, gestatten sie sich, ein dünnes Lächeln über ihre Gesichter huschen zu lassen.

Noch etwa eine Stunde lang besprechen wir weitere Einzelheiten der Kampagne. Sollen die Texte genau so lauten, oder wäre eine andere Formulierung besser? Können wir sicher sein, dass die Leute die historischen Persönlichkeiten erkennen, oder müssen wir noch deutlichere Hinweise anbringen? Müssen wir eine Kurzversion der Geschichte in eine Ecke jeder Anzeige platzieren oder auf die gegenüberliegende Seite – nur für den Fall, dass die Leser die Anspielung nicht verstehen?

Aber im Wesentlichen sind wir am Ziel. Wir haben die Grundidee gefunden. Alles Weitere dreht sich nur noch um die Ausarbeitung, und das ist der Job von Paul und seinen beiden Getreuen, die wie wild Notizen auf ihre Unterlagen kritzeln. Ich lehne mich eine Weile in meinem Stuhl zurück, um nach der angespannten Diskussion eine Verschnaufpause einzulegen. Dabei sende ich im Geiste einen stillen, aber herzlichen Dank an C. Anne Wilson. Und kaum zu glauben, in meiner Dankbarkeit gegenüber C. Anne schwingt auch eine Spur von Anerkennung für Anna Wyatt mit. Denn was immer man sonst über sie sagen mag, sie hat mir den Anstoß dazu gegeben, mich aus dieser beruflichen Durststrecke herauszureißen, auf der ich mich jetzt länger als ein Jahr dahingeschleppt habe. Hat sie mir nicht einmal mehr diesen Leitsatz ins Gedächtnis gerufen, den mir mein Vater, als ich aufwuchs, sicher tausendmal vorgebetet hat und den ich sicher oftmals mit Augenverdrehen und genervten Seufzern quittiert habe? Und dennoch ist er mir irgendwie in Fleisch und Blut übergegangen: Wenn eine Sache es wert ist, getan zu werden, dann ist sie es wert, gut getan zu werden.

Doch weder Anna Wyatt noch C. Anne Wilson sind hilfreich, wenn man sich für das passende Outfit für ein Rendezvous mit einem Elektriker entscheiden muss, mit dem man gewagte Anspielungen ausgetauscht hat. Laut Garys Nachricht von heute Nachmittag auf meinem Anrufbeantworter werden wir uns zunächst im Sparrow treffen und dann zu einem Italiener in der Nähe essen gehen, wo er schon einmal gewesen ist. Für mich klingt das nach Jeans und Bluse. Aber welche Bluse? Dieser Wahl kommt eine entscheidende Bedeutung zu. Im Zwiegespräch mit mir selbst, das so klingt, als sei es direkt aus Marinas Unterlagen entnommen, beschließe ich, dass diese Bluse weder zu eng noch zu weit, weder zu tief ausgeschnitten noch zu matronenhaft, weder zu schlicht (man strengt sich nicht genug an) noch zu ausgefallen (man trägt zu dick auf) sein soll.

In meiner gesamten Garderobe gibt es kein einziges Kleidungsstück, das all diesen Anforderungen entspricht. Da die Zeit knapp wird, entscheide ich mich für meinen V-Ausschnitt-Pullover von Max Mara und lasse ein weißes Spitzenhemdchen oben herausschauen, anstatt wie sonst üblich eine weiße Bluse oder ein hochgeschlossenes T-Shirt darunter zu tragen. Meinen Uplifter habe ich gegen den neuerworbenen blumengemusterten Bügel-BH eingetauscht.

Ich gehe hinunter ins Wohnzimmer, wo sich Jill (die nichts dagegen hat, abends zu babysitten, nur über Nacht eben nicht) zusammen mit Millie eine Folge von *Einsatz in 4 Wänden* ansieht. Jack liegt auf dem Boden und bringt seine Spielzeugsoldaten in Formation. Als ich ins Zimmer trete, blickt Millie auf und schafft es im Handumdrehen, mein sowieso schon erschüttertes Selbstvertrauen gänzlich zunichte zu machen.

»Mummy, willst du immer noch ausgehen? Du hast dich ja gar nicht besonders schick gemacht.«

»Ja, ich gehe schon noch aus. Allerdings nur in ein Pub, also muss ich mich nicht besonders schick machen. Aber ich sehe doch gut aus, oder? Ich hab mir die Augen geschminkt, sieh mal«, sage ich und beuge mich zu ihr hinunter, damit sie meinen schimmernden braunen und rosafarbenen Lidschatten inspizieren kann. Ich habe ihn mit äußerster Sorgfalt aufgetragen, die hoffentlich der Kunstfertigkeit gleichkommt, die Mel letzte Woche bei mir unter Beweis gestellt hat.

»Ooh ja. Das sieht gut aus«, lobt sie. »Und du riechst auch gut.«

»Fein. Nun seid bitte brav bei Jill. Bettgehzeit um acht Uhr für dich, Jack, und halb neun für dich, Millie. Jill, ich werde nicht zu spät zurück sein.«

Jill hat mir schon gesagt, dass ich heute nicht zu spät heimkommen darf, weil sie früh am nächsten Morgen nach Swanage zu einer Sammlerbörse für antike Teddybären fahren will. Aber dafür bin ich ihr eigentlich ganz dankbar. Eine feste zeitliche Begrenzung wird verhindern, dass ich mich, wenn ich einen über den Durst getrunken habe, zu etwas hinreißen lasse, was ich später dann bereue.

Das Sparrow ist nur fünf Minuten von unserem Haus entfernt. Je näher ich komme, desto stärker fühle ich den nahezu überwältigenden Wunsch, umzukehren und in die entgegengesetzte Richtung davonzulaufen. So etwas ist sonst eigentlich gar nicht meine Art. Ich bin hin und her gerissen. Letzte Woche und auch noch in dem Augenblick, als ich meine Triumphe vor dem Seminar ausgebreitet habe, schien mir das Ganze eine gute Idee zu sein. Aber jetzt kommt mir die Aussicht, allein in ein Pub zu gehen und dort jemanden zu treffen, über den ich nichts weiß, außer dass er höchstwahrscheinlich nicht mein Typ ist, nur noch völlig absurd vor. Im Augenblick würde ich wirklich viel lieber zu Hause vor dem Fernseher sitzen und anderen Leuten in *Friends* dabei zusehen, wie sie ihre nervenaufreibenden Dates absolvieren.

Was mich dann am Eingang des Pubs doch davon abhält, auf dem Absatz kehrtzumachen und zurück nach Hause zu rennen, kann ich nicht mit Sicherheit sagen. Aber als ich erst einmal drinnen bin, weiß ich genau, was mich zurückhält. Denn ich entdecke ihn sofort, wie er sich aufreizend vor seinem Bier auf einem Eckplatz lümmelt. Mir bleibt, wie man so schön sagt, die Luft weg, teils durch seinen bloßen Anblick, teils durch die Erinnerung an die Gefühle, die ich letzte Woche bei mir in der Küche verspürt habe. Diese plötzliche Hitze und das Knistern. Das flaue Gefühl im Magen. Und das alles, noch bevor wir auch nur ein Wort miteinander gewechselt haben. Ruhig Blut, Mädchen!

Gary sieht mich durchs Pub gehen und erhebt sich von seinem Platz. »Hi«, sagt er und begrüßt mich mit einem Kuss auf die Wange. Dann rückt er zur Seite, um mir Platz zu machen. Jetzt bin ich wirklich in der Klemme, denke ich: Es gibt nicht einmal einen Tisch zwischen uns, der mich vor mir selber bewahrt.

Er wirkt kein bisschen nervös. Offensichtlich hat er seine Gefühle und Triebe gut unter Kontrolle. Aber vielleicht ist er solche Treffen ja auch gewöhnt. Oder ich habe die Zeichen letzte Woche falsch gedeutet, und er steht gar nicht so besonders auf mich.

Er fragt mich, was ich gern trinken möchte, bestellt für mich und wendet sich mir zu. Dabei legt er sein Knie angewinkelt auf die gepolsterte Bank. »Also, funktionieren die Lampen, wie sie sollen?«, fragt er. So wie seine Augen dabei funkeln, könnte man meinen, er hätte mich gerade gefragt, wie ich meinen neuen Vibrator finde.

Ich habe also die Zeichen keineswegs falsch gedeutet.

»Ganz gut, glaube ich. Zumindest ist mir bislang keine auf den Kopf gefallen.«

»Das ist gut. Ich lege immer Wert darauf, solide Arbeit zu machen.«

Eine Pause tritt ein. Wo sollen wir anknüpfen? Wir müssen so ziemlich bei null anfangen und uns irgendeinen Gesprächsrahmen für diesen Abend schaffen. Ich entscheide mich für die banale, aber bei einem Handwerker sicher nicht unpassende Frage, wie sein Tag war.

»Hatten Sie einen anstrengenden Tag heute? So mit einem Termin nach dem anderen und vielen Aufträgen?«

»Nö. War nicht so schlimm. Hatte heute Morgen noch ein paar andere Dinge zu erledigen und hab daher nur ein oder zwei Elektroarbeiten gemacht. Mit meinem Dad zusammen.«

Die Erwähnung seines Dads bietet mir den Strohhalm, nach dem ich greifen kann.

»Kommen Sie gut aus mit Ihrem Dad? Ich meine, ist es schwierig, mit ihm zusammen zu arbeiten?«

»Nö. Er ist wirklich ein gemütlicher Typ. Wir kommen echt gut miteinander aus. Ich arbeite eigentlich nur so viel, wie ich will. Kein Druck.«

Also ist er eher ein lockerer Typ. Überarbeitet sich

nicht. Kommt und geht gern, wie es ihm gefällt. Würde ich ihn als langfristigen Partner auf den Prüfstand stellen, so wäre das ein klares Argument gegen ihn. Aber im Augenblick klingt es ganz reizvoll.

»Übrigens«, schlägt er vor. »Können wir uns nicht duzen? Das ›Sie‹ kommt mir so komisch vor.«

»Oh, ja klar. Ich heiße Ally«, stottere ich etwas überrumpelt, und ein kurzes Schweigen tritt ein.

»Und wie ist das mit deinen Eltern?«, führt er unseren Gesprächsfaden fort. »Kommst du gut mit ihnen aus?« Wie kommt es, dass zwei Leute über dreißig den gemeinsamen Abend damit beginnen, indem sie sich gegenseitig über ihre Eltern ausfragen? Es ist, als versuchten wir, sicheren Boden unter die Füße zu bekommen, weit weg von dem Treibsand, in den wir letzte Woche beinahe hineingeraten wären.

»Meine Eltern sind eigentlich ganz große Klasse. Sie haben mir in den vergangenen zwei Jahren den Rücken gestärkt, nun, eigentlich schon zeit meines Lebens. Sie akzeptieren fast alles, was ich mache. Und sie helfen aus, wann immer sie können. Aber jetzt sind sie beide fast siebzig, also hat das natürlich seine Grenzen.«

»Meine Mum ist schon vor langer Zeit gestorben«, erklärt er. »Also gibt es jetzt nur noch mich und meinen Dad und meinen Bruder.«

»Oh, das tut mir leid. Dein Bruder – wie ist der so?«

Jetzt, wo wir das Thema Familie beackern, sind die Möglichkeiten endlos. Ich erfahre etwas über Garys Bruder (einen Maler und Innenausstatter, ebenfalls unverheiratet), und Gary hört mir zu, was ich über Nick und Kate und meine Neffen und über Jack und Millie erzähle. Wir bleiben so etwa eine halbe Stunde bei diesem Thema, und unsere triebhaften Regungen köcheln sanft im Hintergrund. Als diese Unterhaltung zu Ende ist und ich bei meinem zweiten (sehr großen) Glas Wein angelangt bin, weiß ich, dass er zweiunddreißig ist. In meinem jetzigen Zustand bereitet mir das nicht so sehr Sorgen, sondern stachelt mich vielmehr weiter an.

Dann auf einmal, mitten in unserer Unterhaltung, legt Gary den Arm über die Rückenlehne und rutscht ein Stück näher zu mir heran. Ich spüre seinen Arm plötzlich ganz deutlich, quälend nahe an meiner Schulter. Dann beugt er sich ebenso unerwartet zu mir herüber, und ich bin mir sicher, dass er mich küssen will – hier, unter den hellen Lampen des Sparrow, umgeben von Tischen voll mit jungen Kerlen, die die Zeit bis zu ihrem unvermeidlichen Curry beim Inder mit ein paar Bier überbrücken.

Doch anstatt mich zu küssen, flüstert er mir nur zu: »Ich kriege langsam Appetit. Du nicht auch?« Ich bin ganz schwach vor lauter Hunger.

Dieser Hunger lässt sich zwar nicht beim Italiener stillen, aber ich erhebe keine Einwände, und wir machen uns auf den Weg. Gary legt mir seine Hand aufs Kreuz und geleitet mich auf die Straße hinaus Richtung Giovanni's, seinem Lieblingsitaliener. Er ist sich sicher, dass es mir dort auch sehr gut gefallen wird. Nach ein paar Sekunden unseres kurzen Spaziergangs fasst er mich bei der Hand. Das geht alles zu schnell, ich weiß, aber gleichzeitig fühlt es sich irgendwie ganz natürlich, ja sogar selbstverständlich an. Giovanni's ist klein, und man sitzt ziemlich dicht gedrängt. Auch die Tische sind winzig, und als wir in der Ecke nahe beim Fenster Platz nehmen, beuge ich mich vor und versenge dabei fast meine Haare an der Kerze, die auf dem Tisch steht. Unsere Knie sind unter dem Tisch nur Millimeter voneinander entfernt, und es besteht keine Notwendigkeit, sich vorzubeugen, um den anderen besser zu verstehen. Näher können wir nun nicht mehr zusammenrücken. Wenn all das zu seiner Strategie gehört, dann ist sie ziemlich gut. Bei einem Essen mit Alan hätte sie nicht funktioniert, aber heute Abend wirkt sie Wunder.

Wie durch einen Nebel hindurch höre ich mich Linguine mit Meeresfrüchten und einen Salat als Beilage bestellen. Und dann rühre ich das Essen kaum an, so sehr bin ich durch unsere Unterhaltung abgelenkt. Es stellt sich heraus, dass Gary ein Fan von Hemingway ist und alle seine Romane und jede Biographie gelesen hat, die jemals über ihn geschrieben wurde. (Ich klopfe mir im Geiste auf die Finger, dass ich ihm vor unserem Treffen das Etikett »vermutlich nicht sonderlich belesen« angeheftet habe). Als wir mit Ernest durch sind, fangen wir an herumzublödeln – Witzeleien und Flirten und immer wieder Lachen. Die ganze Zeit über schaue ich in seine schokoladenbraunen Augen und auf den pechschwarzen Haarschopf, der ihm ständig in die Stirn fällt. In meiner Phantasie sehe ich immer wieder den Streifen nackter Haut über seinem Jeansbund, von dem ich letzte Woche einen Blick erhascht habe. Und ich bade geradezu in seinem bezaubernden Lächeln. Einer seiner Schneidezähne im Oberkiefer ist ein bisschen vor den anderen geschoben, was seinem Gesicht einen spitzbübischen Ausdruck verleiht.

Später werde ich erkennen, dass mich seine dunklen Augen und Haare an David erinnern. Aber so weit denke ich im Augenblick noch nicht. Ich gehe ganz auf in dieser berauschenden Erfahrung, über einer rot-weiß karierten Tischdecke, zwar in gedämpftem Kerzenlicht, aber unter den Blicken von fünfundzwanzig anderen Gästen angehimmelt zu werden.

Der Kellner räumt meine restlichen Linguine und Garys leere Muschelschalen weg, während wir beide verlegen die Stiele unserer Rotweingläser zwischen den Fingern drehen. Dann, gerade als ich aus dem Augenwinkel den Kellner mit der Dessertkarte an unseren Tisch zurückkehren sehe, hebt Gary mit einem Finger mein Kinn an und küsst mich. Der erste Kuss ist sanft und gesittet. Der zweite schon nicht mehr. Als ich wieder aufblicke, hat sich der Kellner verzogen. Wir haben ganz offensichtlich keinen Bedarf an Dessert.

Ich hoffe auf einen weiteren Kuss wie den zweiten, aber nun flüstert mir Gary etwas zu, das so klingt wie »Ich muss dir ein Geheimnis erzählen«.

»Nur zu. Erzähle«, sage ich. Was kommt jetzt? Noch mehr Nonsens und Turteln? Dass er schon all die Monate, seit er zum ersten Mal mit seinem Vater in mein Haus kam, in mich verschossen ist?

»Ich bin nicht nur ein stinknormaler Elektriker, musst du wissen. Ich habe noch einen anderen Job. Etwas viel Interessanteres.«

Was kommt da als Nächstes?, frage ich mich. Über das Thema Job sind wir doch inzwischen längst hinaus? Meine Neugier ist geweckt.

»Willst du wissen, was ich mache?«

»Natürlich«, sage ich lächelnd.

»Ich leite eine Tanztruppe – Striptease und exotische Sachen für bestimmte Clubs. Heute habe ich die meiste Zeit damit verbracht. Normalerweise kommen die Mädchen zum Vortanzen ja in Bikinis, Strapsen, Spitzendessous und dergleichen. Aber heute war eine in Schwesterntracht da. Und weißt du, was ich den ganzen Tag über gedacht habe? Ich würde dich so gern mal in dieser Schwesterntracht sehen.«

Dann küsst er mich wieder. Sogar noch weniger sanft und gesittet als das letzte Mal. So wenig gesittet, dass ich fast anfange zu würgen.

»Na, wie wär's? Wirst du das mal für mich machen?«, fragt er, als er seine Zunge aus meinem Rachen zurückgezogen hat.

Wie eine Pfütze in der heißen Mittagssonne hat sich mein Begehren verflüchtigt. Ich bin nicht der Typ für Verkleidungsspielchen beim Sex. Und der Gedanke an Männer, die darauf stehen, hat mich immer irgendwie abgestoßen. Innerhalb von eineinhalb Minuten hat Gary es geschafft, eine Woche angestauter Begierde auszulöschen und das Potential von zwei perfekt gelungenen Küssen zu verspielen.

Ich lasse Gary nicht merken, wie sehr mich seine Striptease-Tanztruppe und die Idee mit der Schwesterntracht abgetörnt haben. Ich scherze weiter mit ihm, während wir die Rechnung bezahlen, und überspiele alles mit einer aufgesetzten Leichtigkeit. Schwesterntracht? Stewardess würde viel besser zu mir passen, findest du nicht? Nein, ich kann nicht mehr auf einen Kaffee zu dir mitkommen, weil ich nach Hause muss, um Jill zu erlösen. Morgen großer Teddy-Kongress. Sicher, wir können wieder mal zusammen essen gehen, aber in den nächsten paar Wochen habe ich sehr viel um die Ohren. Extrem viel.

Ich glaube, er ist ein bisschen aus dem Konzept gebracht durch das abrupte Ende dessen, was als ein so vielversprechender Abend begann. Als wir vor meinem Haus ankommen, berühre ich mit der Hand meine Lippen und dann seine, anstatt ihm zu erlauben, mir eine neuerliche Zungenbehandlung zukommen zu lassen. Anschließend verschwinde ich sofort durch unsere Eingangstür und rufe ihm vorher noch »Vielen Dank für das Abendessen« zu.

Vielleicht bin ich ja hochgradig verklemmt. Mag sein, dass andere Frauen auf seine Vorstellungen eingegangen wären, weil er so attraktiv ist. Vielleicht empfinden andere seinen Nebenberuf in Sachen Reizwäsche ja sogar als spannend. Als etwas, das ihrer Beziehung mehr Würze verleiht.

Ich bin enttäuscht, aber diese Enttäuschung wird gedämpft durch die Erleichterung, wieder heil zurück in meinem kleinen Haus zu sein und zu wissen, dass ich gleich allein in mein Schlafzimmer hinaufgehen und in meinem Flanellpyjama schlafen kann. Dieser Abend hat mir eine heilsame Lektion erteilt, genau die Lektion, die Marina mir zugedacht hat: Beurteile nie jemanden nach seinem Äußeren. Exotisches kommt in vielerlei Verpackungen daher, entpuppt sich aber nicht immer als dein Geschmack.

28. Großeinkauf

Von Versuchskaninchen habe ich jetzt erst mal die Nase voll. Bis zu einem gewissen Punkt sind sie ja ganz gut. Und ich nehme an, sie haben auch bei mir ihren Zweck erfüllt. Ich fühle mich jetzt anders als vor zwei Wochen – so, als hätte ich nach zwei Jahren im Dämmerschlaf meine dicken Decken weggeworfen und mich entschlossen, nun endlich aus dem Bett zu kommen.

Aber letztendlich sind Versuchskaninchen einfach zu viel Aufwand. Wenn du mit Männern ausgehst, bei denen du von vornherein weißt, dass sie nicht dein Typ sind, dann kann der Schuss auch nach hinten losgehen. Jetzt habe ich die Misere, dass Alan zweimal die Woche anruft, und wahrscheinlich obendrein noch einen Stalker am Hals, der mir mit einer Schwesterntracht vor der Nase herumwedelt. Ich besitze nicht die Nerven, dieses Prozedere noch mit einer dritten Testperson durchzuführen. Daher habe ich beschlossen, die Übung mit den Versuchskaninchen auszusetzen und mit dem Programm fortzufahren.

Es wird hilfreicher sein, sich an jene Punkte von Marinas Programm zu halten, bei denen ich die erforderlichen Aktivitäten selbst unter Kontrolle habe. Zum Beispiel die bessere Positionierung am Markt. Dabei kann ich entscheiden, wohin ich gehe und mit wem ich Blickkontakt aufnehme, wenn ich dort bin. Meinetwegen nehme ich dazu auch eine der empfohlenen Requisiten zur Produktpräsentation mit, aber wenn mich irgendjemand daraufhin anspricht, der mir nicht zusagt, dann lasse ich ihn ins Leere laufen. Dieser Unfug, Leute sozusagen auszutesten, ob sie zu mir passen, und dabei meine Kontaktmöglichkeiten zu erweitern, hört bei mir ab jetzt auf. Von nun an setze ich nur noch auf meine Favoriten.

Als Erstes auf meiner Erledigungsliste steht heute der wöchentliche Großeinkauf, zu dem Millie, Jack und ich gerade unterwegs sind. Normalerweise kaufe ich bei Tesco ein, aber im Interesse des Ausprobierens neuer Örtlichkeiten fahren wir heute zu Waitrose. Das ist etwas weiter und ein gutes Stück teurer, aber einmal ist keinmal. Ich hasse es, mit den Kindern im Schlepptau einkaufen zu gehen, aber heute habe ich keine andere Wahl. Ich habe sie mit dem Versprechen bestochen, dass sie sich beide je drei Sachen in den Einkaufswagen legen dürfen, ganz gleich, wie ungesund ihre Wahl ausfällt.

Bei Waitrose ist die Hölle los, selbst um halb zehn Uhr morgens. Waitrose-Kunden sind offensichtlich Leute, die ihre Einkäufe erledigt haben wollen, bevor sie sich dann interessanteren Tätigkeiten widmen. Ich habe früher auch hier eingekauft, aber in der Zwischenzeit hatte ich einen der größten Vorteile dieses Ladens völlig vergessen: Hier bekommt man Skippy-Erdnussbutter, die mir Clara einmal empfohlen hat und die ich nun für die einzige Erdnussbutter halte, die sich zu essen lohnt. Ein paar Dinge bekommen wir Briten nicht halb so gut hin wie die Amerikaner, und eines davon ist Erdnussbutter.

Wir kaufen für die ganze Woche ein und müssen zusätzlich noch alles für das Sonntagsessen mit David besorgen. Also habe ich große Probleme, die Mengen abzuschätzen. Das ist nicht ungewöhnlich für einen alleinerziehenden Elternteil, der nur jedes zweite Wochenende die ganze Familie durchfüttern muss. Das Einkaufen gerät vollkommen aus dem Rhythmus. In manchen Wochen kauft man Brathähnchen in Familiengröße und riesige Tüten voll gefrorener Truthahn-Nuggets und Großpackungen Kekse zur Vorbereitung auf ein Wochenende mit zwei kleinen Kindern und ihren Freundinnen und Freunden. Die Woche darauf schnappt man sich Einzelportionen Frischkäse und kleine Salatbeutel wie alle anderen Singles auch. Und diese Woche, wo ich beide Kinder und dazu noch David bewirten muss, fühle ich mich kurzzeitig überfordert.

Um die Verwirrung perfekt zu machen, stellt mir Jack, der sich geweigert hat, im Einkaufswagen zu sitzen, und jetzt gefährlich nahe vor den Vorderrädern herumstolpert, ausgerechnet in dem Augenblick, als ich versuche, mich zwischen Lamm und Hähnchen zu entscheiden, eine dringende Frage.

»Mum, weißt du, wo das ganze A-a hingeht, wenn es aus dem Klo kommt?«

»Was? Oh, nein, keine Ahnung.« Ich hab so das Gefühl, dass er es mir gleich sagen wird.

»Ich erklär's dir. Es flutscht in eine große, gewuchtige Röhre und fährt dann – so, wie wir zum Strand fahren – es fährt dann den ganzen Weg bis zum Meer und dort schwimmt es ins Meer raus. Und deswegen ist das Meer auch so dreckig.«

»Hmm. Aber ich bin mir sicher, dass das Wasser vorher noch sauber gemacht wird, bevor es ins Meer kommt, Jack«, sage ich und inspiziere die Hähnchen, um eines zu erwischen, an dem tatsächlich auch etwas Fleisch dran ist.

»Nein, wird es nicht. Es wird nicht sauber gemacht!« Gelegentlich kann er sehr wütend werden, wenn man ihm bei etwas widerspricht, von dem er behauptet, dass er es in der Schule gelernt hat. Normalerweise ist es dann das Beste, klein beizugeben.

»Ach du meine Güte. Nun ja, das ist wirklich ein großes Problem, finde ich auch.« Dann probiere ich es mit Ablenkung. »Also, Jack, was für ein Gemüse sollen wir morgen kochen, wenn Daddy zum Essen kommt?«

»Warum kommt Daddy zum Essen?«, ruft Millie dazwischen, die bis jetzt ein Engel gewesen ist und eifrig zwischen den Regalen herumwuselt, um eine Flasche Ketchup oder eine Packung Reis zu holen.

»Weil wir uns gedacht haben, dass es ganz schön wäre, zur Abwechslung wieder mal ein wenig Zeit als Familie zu verbringen.«

Das stimmt doch, oder nicht?

»Wir sind ja immer noch eine Familie, auch wenn Daddy und ich nicht mehr zusammenwohnen.«

Auch das stimmt, vermute ich mal. Bitte, bitte fragt mich jetzt nicht, warum Daddy und ich nicht mehr zusammenwohnen. Nicht schon wieder.

»Oh.« Millie strengt sich sichtlich an, diese Information zu verdauen. »Machen wir das jetzt jede Woche?«

»Ich glaube nicht, Schatz. Vielleicht ab und zu mal.«

Dann schicke ich beide Kinder los, sie sollen sich ihr Lieblingsgemüse selbst auswählen. In der Zwischenzeit suche ich im Regal für Brotaufstriche nach Erdnussbutter und stelle dabei mit Genugtuung fest, dass den Marmeladen von Cottage Garden Foods genauso viel Regalfläche eingeräumt wurde wie Frank Cooper's und dieser Edelmarke mit dem französischen Namen. Millie kommt mit einem Brokkolikopf und ein paar Karotten zum Einkaufswagen zurück. Jack schafft ein großes Teil heran, das ein wenig einer überdimensionierten Artischocke ähnelt.

»Jack, ich bin mir nicht sicher, wie man das kocht.«

»Aber Mummy, du hast doch gesagt, wir können uns aussuchen, was wir wollen. Das sieht interessant aus.«

»Da hast du Recht. Leg es in den Wagen«, sage ich resigniert. Wir sind fast am Ende der Expedition angelangt, und bis jetzt hat es noch keinen größeren Nervenzusammenbruch oder Jähzornanfall gegeben, also muss ich mich glücklich schätzen. Ich bleibe nur noch ein paarmal kurz stehen, um Wein, Cola Light und Apfelsaft in meinen Wagen zu laden, aber ansonsten steuern wir auf direktem Weg eine der Kassen an.

Ich habe Glück, denn ich habe meinen Wagen an eine Kasse geschoben, an der bereits ein eifrig aussehender Helfer mit mehreren aufgefalteten Plastiktüten bereitsteht. »Hätten Sie es lieber, wenn ich die Artikel aus dem Wagen aufs Band lege, oder soll ich sie in Tüten packen?«

Donnerwetter! Bisher hatte ich keine Ahnung gehabt, dass ich da die Wahl haben könnte. »Ich lege die Waren aufs Band, vielen Dank. Und Sie packen sie dann in die Tüten.«

Und so beginnen wir. Als der Wagen halb leer ist, besteht Jack darauf, sich hineinzustellen und mitzuhelfen, die restlichen Sachen auszuladen, und ich brauche jedes Fitzelchen meiner Selbstbeherrschung, um keinen Schreikrampf zu bekommen, als er sich auf die Bio-Strauchtomaten stellt. Aber ich werde von der Beobachtung weiterer Missgeschicke abgelenkt, als ich die Miene des Angestellten bemerke, der die Waren am anderen Ende vom Laufband nimmt und sie mit Bedacht in die Plastiktüten packt; sie schwankt zwischen leicht belustigt und rundheraus missbilligend. Er hat mich als zerstreute und schlechtorganisierte Kundin identifiziert, darauf wette ich. Im Wagen lagen die Milchprodukte mitten zwischen den Früchten und rohes Fleisch zwischen den Schachteln mit Frühstücksflocken. Und das Weißbrot war ganz nach unten geraten, direkt unter die Packungen mit Mehl, und alle drei Brotlaibe sind jetzt zu einer verkrümmten V-Form zusammengedrückt.

Da mittlerweile die letzten Artikel auf dem Laufband liegen und Jack ans andere Ende gegangen ist, um dem eifrigen Helfer beizustehen, beginne ich mit der Suche nach meiner Scheckkarte, die ein gutes Versteck zwischen Dutzenden von Kassenzetteln gefunden hat, die ich in meine Brieftasche gestopft habe. Schließlich orte ich die Karte und nehme mir eine große Ausräumaktion meiner Brieftasche vor, sobald ich zu Hause bin. Dann blicke ich wieder auf und zufällig zur benachbarten Kasse hinüber, und dort steht er.

Tom lädt Lebensmittel auf das Laufband, und Grace sitzt im Einkaufswagen und lutscht an einem Vollkornkeks. Ich bin völlig überrumpelt bei seinem Anblick. Glücklicherweise schreitet Millie ein.

»Mummy, sieh mal. Da ist Grace!«

»Oh, ja. Stimmt!«

Millie winkt Grace zu, und die winkt zurück, was Tom dazu bewegt, sich umzudrehen und nachzusehen, wem sie zuwinkt. Er erkennt zuerst Millie, dann finden seine Augen mich, und ein breites Lächeln erscheint auf seinem Gesicht. Nicht das starre Lächeln von jemandem, der sich fragt, wie er, ohne in eine lange Unterhaltung verwickelt zu werden, entkommen kann. Sondern ein Lächeln, das ausdrückt, dass er sich aufrichtig freut, mich zu sehen.

»Wie geht's?«, fragt er über den Kopf der Kassiererin hinweg.

»Bin froh, wenn ich das hinter mir habe«, seufze ich.

»Ich auch«, erwidert er.

Meine Einkäufe sind jetzt alle in Tüten verstaut, und ich erledige die Bezahlung. Mein Parkplatzticket wird noch abgestempelt, und ich stopfe meine Kreditkarte in meine Brieftasche zurück. Die ganze Zeit spreche ich insgeheim mit mir meine nächsten Schritte durch. Soll ich warten, während er bezahlt, oder ist das zu aufdringlich?

Kann ich eine Ausrede finden, die uns hier an der Kasse aufhält – indem ich vielleicht etwas zu essen suche, um Jack bei Laune zu halten?

Dann fällt mir wieder ein, dass ich eigentlich die Sache mit den Versuchskaninchen lassen wollte, und ich überlege, ob ich ihm einfach zuwinken und mit lässiger Miene verschwinden soll. Aber das kommt mir komisch vor. Hier bietet sich eine Gelegenheit, und aus irgendeinem Grund bin ich der Meinung, ich sollte sie nicht ungenutzt verstreichen lassen.

Also schiebe ich den Einkaufswagen auf die freie Fläche hinter der Kasse und mache mich dort ganz bewusst zu schaffen. »Jack, möchtest du einen dieser Schokokekse, die du dir ausgesucht hast?«

»Oooh ja«, jauchzt er und hüpft auf und ab.

»Ich auch«, sagt Millie.

Ich fange an, in den Plastiktüten herumzuwühlen, denn ich bin mir wirklich nicht sicher, in welcher die Schokokekse verstaut sind. Zumindest dauert die Suche lange genug, dass Tom bezahlen und mit seinem Einkaufswagen auf uns zusteuern kann. Wer muss schon all diese Requisiten als Plauderanreize mit sich herumschleppen, wenn man Kinder hat, denke ich mir.

»Ich habe Sie hier noch nie gesehen«, bemerkt Tom. »Normalerweise treffe ich beim Einkaufen jede Woche auf dieselben Gesichter.«

»Ich hab früher eigentlich auch hier eingekauft«, lüge ich schamlos. »Dann habe ich beschlossen, Tesco auszuprobieren, aber hin und wieder brauche ich Abwechslung. Hier gibt es eine größere Auswahl an Schokokeksen.« Ich deute auf Jack, dem – kaum ist er ein paar Sekunden lang mit einem Schokokeks beschäftigt – offensichtlich bereits eine zweite Oberlippe gewachsen ist, dick und schokoladeverschmiert.

Tom muss lachen, dreht sich um und deutet auf Grace, die mittlerweile schon ihren zweiten Keks verdrückt. »Das ist der Grund, warum ich konsequent auf schlichten Vollkornkeksen bestehe.«

Millie fängt an, Grace zu kitzeln, und dann tut sie so, als wolle sie ihr den Keks klauen. Tom und ich sehen den beiden zu. Ich frage mich, ob er einfach nur den Augenblick genießt oder wie ich nach einer Möglichkeit sucht, ihn zu verlängern.

Offensichtlich Ersteres. »Also, man sieht sich«, sagt er plötzlich.

»Oh, ja. Bis dann. Vielleicht im Park.« Ich hoffe, das klang jetzt nicht allzu verzweifelt.

Tom lächelt mir zu und schiebt Grace Richtung Ausgang. Und ich mache mich an die Arbeit, die Tüten im Einkaufswagen anders hinzustellen, damit die oberen nicht herunterfallen, wenn wir über den Parkplatz gehen. Dabei versuche ich so zu tun (für wen eigentlich, frage ich mich ernstlich), als wären mir Toms abrupter Aufbruch und seine scheinbare Gleichgültigkeit vollkommen schnuppe.

Vermutlich ist alles nur zu meinem Besten. Ganz sicher sogar. Ich habe keine Zeit mehr für Versuchskaninchen, und er ist wahrscheinlich noch nicht zu irgendetwas anderem bereit. Jemand, der erst vor einem Jahr seine Partnerin verloren hat, ist sicher nicht in der seelischen Verfassung, sich einer neuen Frau zuzuwenden. Und schon gar nicht einer, die selbst noch kaum über ihren eigenen Verlust hinweggekommen ist. Er würde insgeheim sicher ständig Vergleiche anstellen. Seine Frau war vermutlich perfekt – hübsch und nett und wahrscheinlich auch klug. Und ich bin sicher, ich würde da den Kürzeren ziehen.

Und so etwas kann ich jetzt nicht brauchen, oder?

29. Berührungen

Früher habe ich jede Woche das Sonntagsessen gekocht. Schweinebraten mit Kruste. Lamm mit Rosmarin und Knoblauch. Pastete. Alles, was man so am Sonntag gern isst. Aber es hat mich nie so viel Nerven gekostet wie diesmal. Dabei gibt es nur Brathähnchen.

Millie hat mir mit dem Brokkoli und den Karotten geholfen und auch mit der Streuselmischung, die auf den Apfelkuchen kommt. Jacks monströses Artischockendingsbums liegt unberührt auf der Fensterbank. Total misslungen sind mir die Kartoffeln, die völlig zerkocht sind, sie taugen nicht einmal mehr für guten Kartoffelbrei. Ich überlege, ob ich schnell zum Supermarkt an der Tankstelle laufen soll. Vielleicht haben sie dort diese tiefgefrorenen Bratkartoffeln. Aber dann beschließe ich, einfach eine neue Ladung Kartoffeln zu schälen und noch einmal von vorne anzufangen. Währenddessen decken Jack und Millie den Tisch, und ich schiele zu der Flasche Weißwein hinüber, die ich zu öffnen gedenke, sobald ein halbwegs ziviler Zeitpunkt dafür gekommen ist. Ich denke mir, Viertel vor zwölf ist ein akzeptabler Kompromiss.

Als der große Zeiger auf die Neun springt, greife ich gierig wie der sprichwörtliche Verdurstende in der Wüste nach der Flasche. Die ersten zwei Schlückchen wirken herrlich beruhigend, worüber ich wirklich sehr froh bin. Ich muss unbedingt ruhig und gefasst sein, wenn David kommt. Alles muss ganz entspannt und angenehm für Jack und Millie aussehen. (Mir wird klar, dass das ziemlich viel verlangt ist, wenn man bedenkt, dass perfekte, intakte Familien im ganzen Land immer wieder über die Zubereitung des Sonntagsbratens in Streit geraten, und mehr als nur ein paar dieser Familienmitglieder stürmen dann wutschnaubend ins Pub, um dort ihr erhitztes Gemüt ein bisschen abzukühlen.)

Als es an der Tür klingelt, bleibe ich wie festgenagelt vor dem zweiten Topf mit kochenden Kartoffeln stehen. Ich benutze als Ausrede, dass ich ihn nicht aus den Augen lassen will, damit die Kartoffeln nicht wieder verkochen, und schicke Millie zum Türöffnen. So etwas würde meine panische Angst vor bösen Fremden normalerweise nie zulassen.

»Ist schon okay, Millie. Das ist ganz sicher Daddy«, versichere ich ihr.

Von der Küche aus höre ich Millies freudiges Jauchzen, als David hereinkommt, gefolgt von Jacks Geräuschimitation einer Gewehrsalve. Jack begrüßt die Leute gern, indem er sie erschießt. Das ist ein Zeichen seiner Zuneigung.

Alle drei kommen zusammen in die Küche. David hält Jack auf einem Arm, und Millie klammert sich an den anderen. Sie strahlt wie ein Honigkuchenpferdchen, und mir wird auf einmal klar, was heute für ein großer Tag für sie sein muss: Die beiden Menschen, die sie am meisten liebt auf der ganzen Welt, essen zusammen zu Mittag. Ich hoffe, sie betrachtet unser Zusammensein nicht als Vorzeichen für große zukünftige Veränderungen, aber ich befürchte, sie wird das unweigerlich so auffassen.

»Hallo, Ally«, sagt David. »Riecht gut.«

»Hallo. Ja, ich glaube, es ist etwas geworden. Jack und Millie haben schwer geschuftet. Du solltest mal den Apfelkuchen sehen.«

»Wirklich? Habt ihr beiden Mummy geholfen? Das finde ich aber toll.«

»Wein?« Ich hebe mit fragender Miene mein Glas hoch.

»Gern. Warum nicht?«, erwidert David und lässt Jack auf den Boden plumpsen. Dann geht er zur Hintertür und blickt auf den winzigen Garten hinaus, der völlig verwahrlost ist. Das Schlimme am Frühlingsanfang ist, dass alles plötzlich wie wild zu wachsen anfängt, bevor man überhaupt nur daran denken kann, sich an die Arbeit zu machen.

»Sieht schön aus, der Garten«, sagt er.

»Hör auf. Ich habe nicht viel Zeit gehabt.«

»Nein, wirklich. Ich meine es ernst. Sieht gut aus.«

Wen will er damit zum Narren halten? Probiert er gerade irgendeine neue Schmeichelmasche aus, indem er mir Komplimente über meine hausfraulichen Fähigkeiten macht?

Aber schließlich kann man nur eine gewisse Zeit auf einen Garten hinausstarren, der nicht größer als fünf Quadratmeter und völlig überwuchert ist vom ersten Unkraut und zerzausten Narzissen. Sobald ich die Kartoffeln abgegossen und sie zum Abkühlen beiseite gestellt habe, gehen wir ins Wohnzimmer hinüber. Jack und Millie wollen vor dem Essen Karten spielen. Wir einigen uns, damit Jack auch mitspielen kann, auf Schnippschnapp, worüber Millie ganz enttäuscht ist. Sie hat Rommé spielen gelernt und möchte das David gern vorführen.

»Du und ich, wir spielen später Rommé zusammen, Mill«, sagt David tröstend zu ihr und verwuschelt ihr die Haare.

Beim Schnippschnapp geht es natürlich wie üblich hoch her, was David und mich davor bewahrt, allzu viel reden zu müssen. Sobald jedoch eine Pause eintritt, füllt Jack sie sofort mit Fragen und Geschichten, die für uns irgendwie völlig aus der Luft gegriffen scheinen, für ihn aber durchaus in einem logischen Zusammenhang stehen.

»Dad, meinst du, in Peru kann man gut auf Bärenjagd gehen?«

»Da wär ich mir nicht so sicher, Jack. Warum?«

»Weil, wenn ich älter bin, so siebzehn oder so, dann will ich mit dir auf die Jagd gehen. Auf Bären. Wir könnten vorher nach Cowboyland fahren und uns dort ein paar gute Gewehre kaufen.«

»Und wo ist Cowboyland?«, will David wissen.

»Du weißt schon. Mexiko. Oder Nexus.«

»Du meinst wohl Texas?«

»Ja, Texas. Können wir da hingehen, Dad? Wenn ich siebzehn bin?«

»Klingt gut«, stimmt David zu. Bis siebzehn ist es noch eine gute Weile hin, und wenn es dann so weit ist, hat Jacks Interesse an Gewehren oder an Bären hoffentlich nachgelassen.

David und ich tauschen über Jacks Kopf hinweg einen Blick, und David unterdrückt ein Lächeln. Genau das habe ich so sehr vermisst. Es gibt kaum etwas Schöneres, als mit dem anderen Elternteil das amüsierte Erstaunen über den eigenen Nachwuchs zu teilen. Nichts auf der Welt ist damit vergleichbar. Ich hatte gedacht, ich würde das nie wieder erleben. Aber vielleicht gibt es ja Hoffnung für David und mich. Vielleicht können wir unsere Scheidung zu einer Form weiterentwickeln, in der gemeinsame Erfahrungen wie diese Platz haben.

Nach unserem Schnippschnapp-Spiel machen wir uns alle an die letzten Vorbereitungen fürs Essen. David stampft die Kartoffeln – die einzige kulinarische Aufgabe, in der er tatsächlich sehr versiert ist –, während ich das Hähnchen tranchiere und versuche, eine Soße anzurühren. Sie schmeckt nicht so, wie sie soll, also gieße ich sicherheitshalber noch ein Glas Weißwein dazu, bevor ich unsere Gläser nachfülle. Millie legt die Servietten auf den Tisch und zündet eine Kerze an, während Jack sich auf das Mahl vorbereitet, indem er rechts und links von seinem Teller seine Revolver ablegt.

Die Unterhaltung beim Essen dreht sich vorwiegend um die Kinder, was mir nichts ausmacht. Millie erzählt David, wie sehr sie sich auf ihre neue Schule freut, und Jack protestiert gleich, dass er gar nicht einsieht, warum er überhaupt in die Schule gehen soll. Dann sprechen wir über die bevorstehende Ankunft von Millies Kaninchen. Bis zu ihrem Geburtstag ist es nur noch einen Monat hin, also sollte ich langsam mal in die Gänge kommen. Muss man Kaninchen eigentlich vorbestellen oder kann man einfach in eine Tierhandlung gehen und davon ausgehen, dass man das perfekte Exemplar gleich findet? Jack fragt, wann auch er ein Haustier haben darf. Dabei schwebt ihm eine Rennmaus vor.

»Ich mag keine Rennmäuse, Jack«, sage ich. »Ich finde ihre Schwänze so eklig. Wie wäre es mit einem Hamster?«

»Nein, Harry hat eine Rennmaus«, sagt Jack unerbittlich.

»Cowboys haben keine Rennmäuse, Jack«, kommt mir David zu Hilfe. »Hamster sind viel eher was für Cowboys.«

»Oh«, sagt Jack und versinkt in tiefes Nachdenken. David überrascht mich. Normalerweise geht er nicht so zartfühlend mit solchen kindlichen Schicksalsfragen um. Er sagt nein, und das war's dann; von den Kindern wird erwartet, dass sie das akzeptieren. Eine solch phantasievolle Überredungskunst ist ganz neu bei ihm.

Wir entscheiden alle, dass wir viel zu satt sind, um

jetzt gleich den Apfelkuchen zu essen. Also dürfen Jack und Millie aufstehen und stürmen hinüber ins Wohnzimmer, um sich *Tschitty Tschitty Bäng Bäng* anzusehen, den ich zu diesem Anlass ausgeliehen habe. Es ist der Film, auf den sich die beiden als Kompromiss zwischen *Das doppelte Lottchen* (Millies Wahl) und *Die Glorreichen Sieben* (Jacks Wahl) geeinigt haben. Ich musste nicht lange nachdenken, um an diesem Wochenende gegen *Das doppelte Lottchen* mein Veto einzulegen; ein Film über ein geschiedenes Paar, dessen Liebe durch die Ränke ihrer beiden Töchter wieder neu angefacht wird, könnte am heutigen Tag das gemeinsame Videogucken zu einer unbehaglichen Angelegenheit werden lassen.

Sobald wir allein am Tisch sitzen, verstummen David und ich augenblicklich. Und da ich seit jeher drückendes Schweigen fürchte und mein Selbstvertrauen durch den Wein gestiegen ist, frage ich David nach Chantal.

»Millie hat mir gesagt, dass du dich nicht mehr mit Chantal triffst.«

»Oh, das hat sie dir erzählt? Ja. Es stimmt schon. Hat einfach nicht geklappt mit uns beiden. Sie mit den Kindern zusammenzubringen war ein großer Schritt, und der hat wahrscheinlich alles ans Licht gebracht. Sie ist nicht die Frau, für die ich sie gehalten habe.«

»Und was war das für eine Frau, für die du sie gehalten hast?«

So genau will ich es eigentlich gar nicht wissen, daher bin ich ganz froh, dass David meine Frage ignoriert und seinerseits fragt: »Dir jedenfalls scheint es wirklich gut zu gehen? Wie läuft denn alles so?«

»Ja, das stimmt, mir geht es gut«, erwidere ich. »Mit der Arbeit läuft zurzeit alles rund. Wir haben eine gute Werbekampagne auf den Weg gebracht, und ich bin jetzt generell viel zufriedener damit, für Cottage Garden Foods zu arbeiten, als noch vor einem Jahr. Ich bin zu dem Schluss gekommen, dass Orangenmarmelade gar nicht so fad ist. Mittlerweile bin ich mir nicht mal mehr so sicher, ob es mich überhaupt noch in diese Glitzerwelt der Kosmetikbranche ziehen würde.«

»Charles hat mir erzählt, dass er dich im Radio gehört hat. Er meinte, du hast wirklich Eindruck hinterlassen.« Sara und Charles waren ein befreundetes Paar, das wir öfter mal gemeinsam besucht haben, als wir noch verheiratet waren.

»Da bin ich mir nicht so sicher, aber es hat Spaß gemacht. Jedenfalls habe ich mir fest vorgenommen, die Arbeit positiver zu sehen. Ansonsten vergiftet das irgendwie auch alles andere. Und der Rest läuft eigentlich wirklich ziemlich gut. Wir sind ganz zufrieden.«

»Auch glücklich?«, fragt er. Diese Frage trifft mich wie ein Dolchstoß.

»Glücklich? Ja. Ich denke, das bin ich.«

»Gut«, erwidert er, aber sein Gesicht verrät etwas, das eher nach Bedauern aussieht. Oder bilde ich mir das nur ein?

»Sollen wir unseren Nachtisch im Wohnzimmer essen und uns mit den Kindern den Film anschauen?«, frage ich, in der Hoffnung, damit den beunruhigenden Untiefen unseres Gesprächs zu entfliehen.

»Klar. Gute Idee«, erwidert er und trinkt seinen Wein aus. »Hast du davon noch was auf Lager?«

Es ist noch was auf Lager, und ich schenke ihm nach, bevor ich vier Portionen Apfelkuchen mit Vanilleeis austeile. Wir beide tragen die Schälchen hinüber ins Wohnzimmer, wo Jack mit großen Augen zusieht, wie das Zauberauto zu seinem ersten Flug abhebt. Schließlich sitzen David und ich, die Kinder zwischen uns eingequetscht, jeweils auf einer Seite des Sofas, und alle versuchen umständlich, ihren Nachtisch zu essen, ohne den anderen mit dem Ellbogen k. o. zu schlagen oder sich mit Eiscreme zu bekleckern.

So verbringen wir die nächsten eineinhalb Stunden. Draußen regnet es, also schlägt keiner einen Spaziergang oder eine Radtour vor. Etwa die Hälfte des Films über lachen sich sowohl David als auch Jack kaputt, während Millie und ich mit ernstem Gesicht dasitzen. Ich schaue zu David hinüber, weil ich erwarte, dass er gebannt auf den Bildschirm starrt, doch stattdessen treffen sich unsere Blicke und verhaken sich ineinander. Seine ausdrucksvollen braunen Augen, über die ich zu Mel einmal sagte, sie seien tiefer und süßer als ein Topf geschmolzener Milchschokolade, blicken mich an. Für einen sehr langen Moment und nicht im Entferntesten zufällig. Als ich den Blick abwende, tun wir beide, als sei nichts gewesen, und zeigen uns abwechselnd belustigt und genervt von Dick Van Dyke. Aber wir beide wissen, dass David mit seinem Blick etwas sagen wollte und dass dieser Blick die Lage verändert hat.

Nach dem Film hält David sein Versprechen, das er Millie gegeben hat, und die beiden spielen eine Zeit lang Rommé. Ich bin froh, dass ich in der Küche aufräumen kann, denn das gibt mir Zeit, meinen Kopf wieder ein wenig klar zu bekommen und die Nachwirkungen des Weins zu vertreiben. Ins Wohnzimmer komme ich gerade dann wieder zurück, als David von seiner knienden Stellung vor dem Couchtisch aufsteht.

»Ich gehe jetzt besser mal. Muss noch einiges für einen Fototermin morgen früh vorbereiten«, sagt er.

»Gut. Es war schön, dich zu sehen, nicht wahr, ihr beiden?«, frage ich, an Jack und Millie gewandt.

Sie stimmen mir beide zu und umarmen David zum

Abschied. Dann bringe ich ihn zur Tür. Er wirft sich seine Jacke über, die er ans Treppengeländer gehängt hat, ein ramponiertes braunes Lederteil, das ich immer besonders gern gemocht habe.

Als er die Tür schon aufgemacht hat und ich eigentlich erwarte, dass er gleich weg ist, dreht er sich noch einmal um, legt mir die Hand auf meinen Oberarm und drückt ihn. Er hat mich zwei Jahre lang nicht angefasst, daher hat diese Berührung für mich die gleiche Wirkung, als hätte er mich an sich gezogen und meine Hüften an seine gepresst. Ich bin sprachlos. Also sage ich auch nichts. Er lächelt und sagt auf Wiedersehen, und ich stehe einfach nur da und blicke ihm nach.

Als er nicht mehr zu sehen ist und ich die Tür zumache, fällt mein Blick auf den Boden, und ich sehe ein schmales weißes Kuvert. Jemand muss es heute Nachmittag durch den Briefschlitz gesteckt haben. Ich hebe es auf und finde darin eine handgeschriebene Notiz.

Ally,
ich dachte, es wäre vielleicht ganz schön, wenn wir mal zusammen Kaffee trinken gehen würden. Rufst du mich an?
Tom
0208 947 8891

Ich atme geräuschvoll aus, wobei mir erst bewusst wird, dass ich die ganze Zeit über die Luft angehalten hatte. Ich könnte nicht sagen, ob ich vor Glück oder vor Schreck erstarrt bin. Kann man auch beides zugleich sein? Keines dieser beiden Ereignisse sollte je eintreten, keines hätte ich erwartet, und jetzt passiert alles gleichzeitig.

Und dabei hatte ich gedacht, in nächster Zukunft

stünde nichts weiter an als eine Reihe ungewollter Verabredungen zum Essen mit einem biederen Kaminbauer und lästige Anträge von einem Typen, der auf Doktorspielchen steht.

Teil 3

30. Aufmunterung

Nichts ist wirkungsvoller beim Abnehmen als Stress und Liebeskummer. Anscheinend leide ich an einer merkwürdigen Kombination aus beidem und habe daher in der vergangenen Woche vier Pfund verloren, den größten Teil davon seit letztem Freitag. Schmetterlinge im Bauch, einhergehend mit intensivem sexuellem Verlangen, gefolgt von schockartiger Fassungslosigkeit und enttäuschten Hoffnungen: zwei Pfund; sorgenvolles Grübeln wegen bevorstehenden Mittagessens mit Ex-Mann: ein Pfund; leise Panik über liebevollen Blick und herzlichen Armdruck von Ex-Mann, gefolgt von freudigem Erstaunen über Entdeckung einer Notiz von zuvor als *nicht interessiert* eingestufter männlicher Zufallsbekanntschaft: ein Pfund. Hinzu kommt, dass ich am Freitagabend kaum etwas von meinen Linguine angerührt habe.

Natürlich ist Stress ein viel zu starker Ausdruck für das, was ich diese Woche erlebt habe. Ein gesteigertes Maß an erwartungsvoller und ängstlicher Spannung angesichts der neuen Turbulenzen, in die mein Leben geraten ist, wäre treffender. Es geht ja auch nicht um eine neue Liebe. Ich habe die ganz schwachen Regungen einer alten Liebe verspürt und ansatzweise so etwas wie neue Verliebtheit. Doch die Kombination von alldem bringt mich ganz schön auf Trab, und das bedeutet definitiv, dass ich mich nicht zu den Weight Watchers bemühen muss.

In meinem Kopf und in meinem Leben geht es derzeit so kunterbunt durcheinander, dass ich mir gar nicht vorstellen kann, wie ich mit einem weiteren halben Dutzend Dates überhaupt zurande kommen sollte. Deshalb habe ich Mels E-Mail zwar den ganzen Vormittag über immer wieder gelesen, aber noch nichts Weiteres unternommen. Sie hat mir die Namen der drei besten Internet-Partnerbörsen geschickt, die von Leuten empfohlen wurden, auf deren Urteil sie vertraut. Eine dieser Partnerbörsen kenne ich von den häufigen Spam-Mails in meinem Posteingang: WirBeide.com. Die beiden anderen sind Traumpartner.com und PerfectPartnership.com. Ich weiß nicht, welcher der drei ich aufgrund von rationalen Kriterien den Vorzug geben soll, daher entscheide ich mich für PerfectPartnership.com. Der Name erinnert mich an Marinas Programm und fängt ebenfalls mit P an, das stellt für mich eine gewisse logische Konsequenz dar.

Kurz vor der Mittagspause logge ich mich bei Perfect-Partnership ein und unterziehe mich der langwierigen Registrierung. Mir ist bewusst, dass ich vermutlich ein paar Vorschriften verletze, wenn ich dazu meinen PC bei der Arbeit benutze. Doch irgendwie erscheint es mir sicherer, so etwas vom Arbeitsplatz aus zu tun. Ich habe ja sowieso fest vor, mich sofort wieder dort abzumelden, sobald ich mit dem Internet-Dating so viele Erfahrungen gesammelt habe, dass Mel etwas darüber zu berichten hat. Da ich bereits einen Großteil der tausend Pfund, die ich von ihrer Zeitschrift bekommen hatte, ausgegeben habe, fühle ich mich verpflichtet, zumindest den Anschein zu erwecken, dass ich engagiert an Marinas Partnerschafts-Programm teilnehme.

Ich stolpere schon bei der ersten Hürde, denn mir fällt für das Kästchen BENUTZERNAME nichts Passendes ein. Man soll dabei, aus offensichtlichen Gründen, nicht den eigenen Namen verwenden, also wählen die meisten bei der Registrierung Pseudonyme, die sich immer durch eine von drei Eigenschaften auszeichnen: Sie sind entweder witzig, niedlich oder absolut geschmacklos. Meine Imageerneuerungs-Party hat mir für diese Art der Selbstdarstellung keine brauchbaren Hinweise gegeben, da sich nichts, was uns als Werbeslogan eingefallen ist, als aussagekräftiges Pseudonym eignet. Also greife ich auf Altbewährtes zurück und tippe in das leere Kästchen »Francesca«.

Dann fülle ich die üblichen Felder zu Alter, Größe, Haarfarbe, Beruf und so weiter aus, bevor ich mich mit einem einschüchternd großen weißen Kasten konfrontiert sehe, in den ich mit fünfzig Worten eine Selbstbeschreibung eingeben soll. Ich vermute mal, hier wäre die perfekte Gelegenheit, eine digitale Version meines Flyers anzuhängen, aber ich habe keinen gemacht und werde das vermutlich auch nie tun. Also bin ich gezwungen, bei null anzufangen und mir etwas Flottes aus den Fingern zu saugen. Mein erster Versuch ist so langweilig, dass sogar ich beim nochmaligen Überlesen fast einschlafe. Dagegen klingt selbst so etwas wie *katholische, kulturell interessierte Zahnhygienikerin* noch aufregend.

Ich bin Francesca, eine siebenunddreißigjährige alleinerziehende Mutter mit zwei kleinen Kindern. Ich arbeite im Marketing, und meine Hobbys sind Kochen, Reiten und Skifahren. Ich bin sportlich und gesund und gehe gern ins Fitnessstudio, aber auch ins Theater oder zum Essen; am liebsten mag ich japanische oder italienische Küche.

Bei den Hobbys habe ich mir viel dichterische Freiheit gestattet. Vor neun Jahren war ich das letzte Mal beim Skifahren; das Einzige, was ich derzeit koche, sind Fischstäbchen und Würstchen und gelegentlich mal ein Braten für Gäste, aber mit Sicherheit verbringe ich keine

Abende damit, über Kochbüchern zu brüten und mir neue Menükombinationen auszudenken; und zum Reiten, das einst eine große Leidenschaft von mir war, schaffe ich es mittlerweile vielleicht zweimal im Jahr. Wie soll man auch Zeit für Hobbys haben, wenn man arbeitet und zwei Kinder großzieht? Hin und wieder ein paar Aktivitäten aufrechtzuerhalten, die man gern macht und die weder unter die Rubrik Arbeit noch unter Kinderbetreuung fallen, ist schon das Äußerste.

Vielleicht liegt das Geheimnis ja darin, sich kurz zu fassen. Oder die eigenen Eigenschaften und Qualitäten mit ironischem Understatement zu verschleiern. Auf diese Weise eliminiert man alle Humorlosen und Machos, die solche Dates wie Jagdtrophäen sammeln. Ich versuche es noch einmal.

Francesca. Bin einigermaßen ordentlich. Tochter hält mich zumindest für brauchbar intelligent. Keine Zeit für Hobbys, da mit Beruf und zwei Kindern vollbeschäftigt, doch irgendwann ist sicher mal wieder im Winter Skifahren und im Sommer Reiten angesagt. Wäre gern eine gute Köchin, aber die kulinarischen Vorlieben meines Nachwuchses und extreme Zeitknappheit haben einst vielversprechende Talente verkümmern lassen.

Klingt schon besser. Jemand, der darauf antwortet, kann zumindest kein absoluter Unsympath sein. Aus dieser Beschreibung lassen sich nicht der geringste Hinweis auf irgendwelche besonderen Vorzüge und auch keinerlei Ambitionen auf Intimitäten herauslesen. Für meine Zwecke sollte sie daher vollkommen genügen. Ich gebe meine Kreditkartennummer ein, drücke mir selbst fest die Daumen und klicke auf »Senden«.

In der Mittagspause gönne ich mir heute nur ein Sandwich aus Emilias Café, damit ich noch einige Erledigungen machen kann. Die wichtigste führt mich zu Dixons, wo ich meine Digitalkamera gekauft habe. Dort will ich fragen, warum alle meine Aufnahmen immer so blass und unscharf sind. Ich weiß, es muss irgendwie an der Einstellung – Innen- oder Außenaufnahme – oder an der Blitzlichtautomatik liegen, aber ich finde einfach nicht heraus, wie ich das Problem beheben kann.

Der hilfsbereite Verkäufer in der Abteilung »Digitale Kleingeräte«, der laut seines Namensschildchens Don heißt, erklärt mir, ich hätte, wie richtig vermutet, irrtümlicherweise Innenaufnahmen mit aktivierter Außen- bzw. Nachtaufnahmen-Einstellung gemacht. Aber damit nicht genug. Anscheinend ist auch die Auflösung vollkommen falsch gewählt. Die Auflösung? Ja, die muss dafür bei 240 eingestellt sein und nicht bei 125. Ach so … Möchten Sie, dass ich es für Sie richtig einstelle? Ja bitte, da wäre ich Ihnen sehr dankbar.

Während Don noch an der richtigen Auflösung herumtüftelt, lobt er meine Kamera. »Das ist wirklich ein Prachtstück«, meint er. »Mein Bruder hat auch so eine. Er lebt jetzt in Kanada. Schickt mir die tollsten Aufnahmen von den Rocky Mountains und so.«

»Kanada? Das ist ja toll«, bemerke ich höflich.

»Ja. Er ist sehr gern dort. Früher hat er auch hier gelebt, aber dann hat er diese Frau aus Kanada getroffen, wie das halt so geht. Jetzt ist er schon sieben Jahre dort. Hat sie übers Internet kennen gelernt, wissen Sie.«

All die Jahre habe ich nie von jemandem gehört, der von diesen Internet-Partnerbörsen Gebrauch gemacht hätte. Und jetzt komme ich hierher, kurz nachdem ich bei einer von ihnen mein eigenes Profil eingegeben habe, und die erste Person, mit der ich mich unterhalte, kennt tatsächlich jemanden, für den das Internet ein Märchen wahr werden ließ, und von da an lebten sie glücklich und zufrieden …

»Tatsächlich?«, bemerke ich. »Das ist ja erstaunlich. Wie ist das zustande gekommen?«

»Sie haben sich über einen dieser Chatrooms kennen gelernt und begannen sich zu schreiben. Dann, nach etwa zwei Monaten, hat sie ihn zu sich nach drüben eingeladen. Er wusste, dass es ein großes Risiko war. Ich meine, er hatte sie davor nie getroffen, nur ein Foto gesehen. Aber er ist trotzdem gefahren. Und jetzt sagt er immer, es sei das Beste gewesen, was er je gemacht hat.« Mein neuer Bekannter reicht mir die perfekt eingestellte Kamera mit einer kleinen Verbeugung und einem breiten Lächeln, das seine Wangen zu zwei rosigen Halbkugeln formt, die von unten gegen seine runde Nickelbrille drücken. »Läuft allerdings nicht immer so glatt, nicht wahr? Da muss man viel Glück haben. Ich bin seit fünf Jahren geschieden, aber so etwas könnte ich mir für mich persönlich nicht vorstellen.«

»Nein. Ich auch nicht«, stimme ich ihm zu und verstaue die Kamera in meiner Tasche. »Vielen Dank jedenfalls, dass Sie den Apparat richtig eingestellt haben. Ich hätte sonst meine Fotoalben weiter mit diesen verunglückten Bildern voll geklebt.«

»Gerne. Jederzeit. Ich bin immer da.«

Dons Worte gehen mir weiter durch den Kopf, als ich aus dem Geschäft gehe. Vielleicht hat bei Dons Bruder das Internet bei der Partnersuche Wunder gewirkt, aber es ist zweifellos eine riskante Methode. Zwar ist es jetzt zu spät, meine Registrierung rückgängig zu machen, aber das bedeutet ja nicht, dass ich auf die Nachrichten, die ich bekomme, tatsächlich auch antworten muss. Die Taste für »Löschen« könnte sich von nun an durchaus als das praktischste Dating-Instrument herausstellen, das ich zur Verfügung habe.

Überhaupt, wer braucht eigentlich Internet-Partnerschaftsbörsen, wenn es Leute wie Don gibt, die nur zu gern über den Ladentisch einer Fotoabteilung hinweg zu einem kleinen Plausch bereit sind. In den letzten paar Wochen kam es mir fast so vor, als sei die Welt voller Leute wie Don. Wäre man an einem Typ wie ihm interessiert, dann könnte man wohl problemlos ein Date einfädeln. Man müsste nur mit irgendeinem fehlerhaften Elektrogerät einmal pro Woche bei Dixons aufkreuzen, und er würde bald merken, woran es wirklich fehlt. Oder wenn man eher der Starbucks-Typ ist, dann wäre es auch nicht schwierig, dort jemanden kennen zu lernen. Mir ist aufgefallen, dass in der Filiale ganz bei uns in der Nähe seit drei Wochen jeden Morgen, wenn wir in die Schule fahren, derselbe Mann am Fenster sitzt. Das ist bei ihm eindeutig zur Gewohnheit geworden, und wenn man sich die auch zulegt, kann man es vermutlich innerhalb von zwei Wochen schaffen, sich mit ihm seinen Apfel- und Zimtmuffin zu teilen.

Es gibt wirklich keinen Mangel an Gelegenheiten, Männer kennen zu lernen. Aber einen mit dem gewissen Etwas zu finden, einen, in den man sich unsterblich verlieben kann? Das ist etwas ganz anderes. Und alle Partnerschaftsbörsen im ganzen Cyberspace können einem da wohl nicht wirklich weiterhelfen.

Nach der Arbeit und sobald die Kinder endlich im Bett sind, mache ich es mir mit dem Telefon auf dem Sofa gemütlich und versuche, all meinen Mut zusammenzukratzen und Toms Nummer zu wählen. Ich kann eigentlich gar nicht verstehen, warum mir das so schwer fällt. Er will doch schließlich mit mir nur einen Kaffee trinken gehen. Und ich weiß schon einiges über ihn – viel mehr, als ich über Gary wusste, als ich mich mit ihm zum Abendessen verabredet habe. Vielleicht ist es ja der Ton in der

Stimme, der die Sache so schwierig macht. Damit meine ich natürlich, in meiner Stimme. Soll ich eher fröhlich und unbefangen klingen, wie die nette Nachbarin, die ihm in einer schwierigen Zeit eine Stütze sein will und ihm anbietet, auch einmal auf Grace aufzupassen, wenn er eine Verschnaufpause braucht? Oder soll ich so klingen wie eine Frau, die nichts dagegen hätte, ihn auf dem Weg zurück in ein normales Leben mit einer kleinen Liebesaffäre von seinem Kummer abzulenken? Würde es mir denn genügen, diese Frau zu sein? Aber wenn ich nicht nur eine hilfsbereite Nachbarin sein will, dann bleibt mir wohl nichts anderes übrig. Denn sicher ist er nicht dazu bereit, sich neu zu verlieben, wenn er noch so sehr unter seinem Verlust leidet.

Schließlich sage ich mir, dass ich viel zu viel Tamtam um diese Geschichte mache. Ich werde einfach ganz neutral sprechen. Freundlich, aber leicht distanziert. Erst mal sehen, wie sich das Ganze anlässt. Ich habe gerade seine Nummer zur Hälfte gewählt, als plötzlich das Telefon in meiner Hand zu klingeln anfängt.

»Hallo?«

»Hallo, Ally?«, sagt eine vertraute Frauenstimme.

»Ja. Am Apparat.«

»Ally, hier spricht Angie. Aus dem Kurs im Savoy.«

»Angie! Wie schön, von dir zu hören. Wie geht es dir?«

»Ach, nicht so besonders, wenn ich ehrlich sein soll. Darum rufe ich auch an. Ich dachte, du könntest mir vielleicht dabei helfen, ein paar Dinge klarer zu sehen. Du machst auf mich den Eindruck, als wüsstest du immer, wo's langgeht.«

»Da wäre ich mir nicht so sicher. Aber ich versuch's mal. Wo hakt es denn?«

»Ach, so genau weiß ich das gar nicht. Mir kommt es nur so vor, als kriege ich gar nichts auf die Reihe. Ich gehe voller Elan aus diesen Seminaren nach Hause, aber wenn es darangeht, tatsächlich etwas von den Tipps umzusetzen, dann bin ich wie gelähmt. Die Sache mit dem Begraben des Ballasts habe ich zwar gerade noch geschafft, aber alles Weitere? Ich habe noch nichts davon angepackt.«

»Angie, du solltest nicht so streng mit dir sein. Das Tempo, das Marina vorgibt, ist ja auch ganz schön fordernd. Aber das liegt vermutlich eher an ihrem straffen Tourneeplan, und sie kann zeitlich keine Rücksicht darauf nehmen, was für ihre Teilnehmerinnen das Beste ist. Ich bin sicher, dass du die Aufgaben auch dann noch erledigen kannst, wenn es bei dir passt.«

»Aber was ist, wenn es bei mir nie passt? Wenn ich mich einfach nie dazu überwinden kann, etwas zu tun?«

»Nun, das kann ich mir nicht vorstellen. Du hast fünfhundert Pfund bezahlt. Und du würdest nie zulassen, dass das vollkommen verschwendet war. Aber was hindert dich denn deiner Meinung nach an der Ausführung?«

Ein drückendes Schweigen tritt ein, bevor Angie antwortet. »Ich habe schreckliche Angst. Angst davor, mich lächerlich zu machen. Ich habe Angst, Leute wegen dieser blöden Aufgabe mit den Versuchskaninchen anzurufen und mir dabei lauter Körbe zu holen. Angst davor, Leute zu fragen, was ich ihrer Meinung nach an mir ändern müsste, und dass sie dann vielleicht zu mir sagen, alles. Und dann denke ich mir einfach immer wieder: Vielleicht ist es ja auch ganz gut so, wie es ist. Warum alles durcheinander bringen?«

Auweia! Das klingt mir aber nach einer ganzen Menge von noch nicht begrabenem Ballast. »Angie, ich verstehe voll und ganz, warum du vor diesen Dingen Angst hast. Standen sie denn auch auf der Liste, die du begraben hast?«

»Nein. Das wusste ich damals alles noch nicht. Das Schlimmste, was auf dieser Liste stand, war etwas, was mir mein Mann immer wieder vorgeworfen hat. Dass ich, du weißt schon, nicht besonders experimentierfreudig bin.«

Ich meine zu wissen, was für eine Art von Experimenten sie meint. »Nun, Experimentierfreude ist auch nicht so toll, wie es immer klingt. Wenn es allerdings das ist, Angie, was dich so sehr hemmt – Angst vor Veränderung, Angst vor Zurückweisung –, dann solltest du vielleicht alle diese Dinge auf eine neue Liste schreiben und sie dann in einem ganz tiefen Loch vergraben. Und anschließend solltest du für dich noch eine weitere Liste schreiben, auf der du all die positiven Dinge notierst, die daraus erwachsen könnten. Und die hängst du an deine Kühlschranktür oder steckst sie in deine Handtasche. Und wenn du irgendetwas tun musst, was dir schwer fällt, dann nimmst du dir die Liste vor, um dich daran zu erinnern.«

»Das ist eine gute Idee«, sagt sie. Ich kann sie förmlich nachdenken hören.

»Also, was könntest du deiner Meinung nach auf deine Positiv-Liste setzen?«, frage ich, sehr darauf bedacht, keine Gesprächspausen entstehen zu lassen, in denen gleich wieder neue Ängste ins Kraut schießen könnten. »Kameradschaft? Jemanden zu haben, der dir auch mal einen Tee ans Bett bringt? Oder jemanden, der dir die Fingerspitzen küsst? Oder der den Müll runterbringt?«

»Das weiß ich eigentlich gar nicht so genau. Klingt alles ziemlich gut!«

»Nun, wenn dir nichts Konkretes in den Sinn kommt, vielleicht kannst du ja auch ein Gefühl damit verbinden. Weißt du, was ich tun würde? Ich würde mir die schönste Liebesszene aus meinem Lieblingsfilm vorstellen und sie auf einem Blatt Papier aufschreiben. Und jedes Mal, wenn du meinst, du bringst es nicht über dich, irgendeine bestimmte Sache zu tun, dann liest du dir das Blatt durch und erinnerst dich an all die Dinge, die du an dieser Szene so sehr liebst. Wie du dich dabei fühlst und was dir an Wünschen für dein eigenes Leben einfällt. Vielleicht hilft dir das ja. Denn du musst schon eine perfekte Vorstellung im Kopf haben, für die sich diese ganze Jagd auch lohnt.«

»*Ein Offizier und Gentleman!*«, antwortet sie wie aus der Pistole geschossen. »Diese Szene, wo er mit dem Motorrad vorfährt und in die Fabrik marschiert und sie auf seinen Armen heraussträgt. Und als sie in seinen Armen liegt, nimmt sie ihm die Kappe vom Kopf und setzt sie sich selber auf. Kannst du dich daran erinnern?«

»Da, siehst du! Und genau diese Frau wirst du sein. Du musst dir dieses Bild einfach ganz fest einprägen. Dann lohnt sich dieser ganze Unfug wenigstens.«

»Aber so wird es bei mir nie sein. Richard Gere wird nicht vorfahren und mich auf seinen Armen aus unserem Baubüro tragen.«

»Der vielleicht nicht, aber dein ganz eigener Richard Gere. Menschenskind, Deborah Dingsbums – wie heißt sie doch gleich wieder – hat sogar in einer Fabrik gearbeitet, wo man wahrscheinlich den ganzen Tag auch noch diese komischen Haarnetze tragen muss. Verglichen mit ihr bist du, wenn du in einem deiner wunderschönen Pullover und mit deiner bezaubernden Telefonstimme an deinem Schreibtisch sitzt, geradezu eine Schönheitskönigin.«

Angie muss lachen. »Findest du?«

»Natürlich. Wenn du auflegst, dann möchte ich, dass du all diese Ängste, von denen du mir gerade erzählt hast, auf ein Blatt Papier schreibst, das Blatt in eine

Schachtel legst und sie draußen vergräbst. Spuck zur Sicherheit noch auf die Liste drauf, wenn du sie in die Schachtel legst. Anschließend gehst du schnurstracks in einen Videoladen und leihst dir *Ein Offizier und Gentleman* aus und siehst dir deine Lieblingsszenen an, bis sie sich dir ganz fest ins Gedächtnis eingeprägt haben. Morgen versuchst du dann einfach nur eine Sache anders zu machen. Vielleicht kannst du einen Mann anrufen, der als Versuchskaninchen herhalten könnte, oder jemanden aus deinem Bekanntenkreis, der vielleicht ein passendes kennen könnte. Mehr nicht. Wirst du das tun?«

»Wenn du es sagst«, erwidert sie und muss wieder lachen. »Vielen, vielen Dank, dass du mir so gut zugeredet hast, Ally. Du warst wirklich eine große Hilfe.«

»Gern geschehen. Ich weiß genau, wie du dich fühlst, wirklich. Wir haben alle ein bisschen Schiss. Und wenn du mich fragst, ich glaube, du kannst diese Imageerneuerungs-Party weglassen. Ich finde dich großartig, so wie du bist. Du bist hübsch und warmherzig und voller Lebenslust. Was kann ein Mann mehr erwarten?«

Ich wollte ja eigentlich gar kein Vorbild sein, aber was blieb mir anderes übrig?

31. Perfekte Partnerschaft

Hätte ich gewusst, was passiert, wenn man sich bei einer Internet-Partnerschaftsbörse registriert, dann hätte ich mich nie über die vielen Viagra-Werbemails jeden Morgen in meinem Posteingang beschwert. Die Industrie für sexuelle Leistungssteigerung ist harmlos im Vergleich zum Dating-Gewerbe. Als ich mich bei PerfectPartnership.com einlogge und meine persönliche Mailbox öffne, warten auf mich hundertfünfzig Nachrichten. Ich fühle mich wie Bruce in *Bruce Allmächtig*, als er dieser Flut der an ihn gerichteten Gebete nicht mehr Herr wird.

Die E-Mails stammen von Leuten wie einem gewissen »Scharf« aus Kedleston oder einem »Hot Sauce«, aber auch ein ganz normaler »Barry« oder »Len« sind darunter. Ich scheue davor zurück, sie alle oder ehrlich gesagt auch nur eine einzige zu öffnen, lese aber doch aus irgendeiner seltsamen Mischung von Abscheu und Neugier heraus die von Barry. In seiner Betreffzeile steht *Ich reite auch so gern wie du*, und der Text dazu lautet:

Liebe Francesca, ich fand es toll gestern, dein Profil zu lesen. Auch ich liebe Skifahren und vor allem Reiten. Beides stillt meinen Drang nach wahrer Freiheit, und vielleicht geht es dir ebenso. Du klingst wie eine Frau, die sich nach freier Liebe mit einem freien Geist sehnt. Ich würde dich gern besser kennen lernen. Wir könnten zusammen zu ungeahnten Höhen aufsteigen. Würde gern mehr von dir erfahren.

Von einem verwandten freien Geist, Barry

Wenn man aus meiner Selbstbeschreibung auch nur ansatzweise etwas von einem »freien Geist« herauslesen kann, dann muss es bei Partnerbörsen irgendeine Art von mir nicht bekanntem Geheimcode geben. Ich hatte eigentlich gedacht, ich hätte von mir das Bild einer leicht gestressten, aber ganz netten Vorstadt-Mum skizziert. Ich dachte, mit dieser Strategie kanalisiere ich die Erwartungen so, dass sich die Antworten auf eine vernünftige Auswahl beschränken. Stattdessen habe ich anscheinend ein Image vermittelt, das stark an Daryl Hannah in *Splash* erinnert. Und als ich dann doch noch die Mail von Hot Sauce öffne, dämmert mir, dass mein Image wohl auch Elemente von Sharon Stone in *Basic Instinct* enthält.

Die Vorstellung, wie du auf einem Pferd reitest, macht mich ganz heiß. Keine Zeit zum Kochen? Ich koche für dich. Werde dich sicher nicht enttäuschen. Ich koche immer mit ganz viel Sauce. Erwarte eine Einladung zum Abendessen.

Hot Sauce

Da ich mir gut vorstellen kann, dass sich Mel über meine ersten und letzten Abenteuer im Dating-Cyberspace köstlich amüsieren wird, kopiere ich die beiden Mails und leite sie an Mel weiter. Dann überfällt mich plötzlich die Horrorvorstellung, dass Nicki oder Anna Wyatt an meinem Schreibtisch auftauchen könnten, und ich lösche beide Mails. Ich will gerade die weiteren einhundertachtundvierzig Mails markieren und mich der Funktion *Alle löschen* bedienen, als mir eine Betreffzeile ins Auge sticht. Die Mail stammt von einem gewissen *M*, und in der Betreffzeile steht einfach *Hallo*.

Hallo, Francesca, ich bin auch alleinerziehend, da meine Frau gestorben ist. Ist alles kein Kinderspiel, nicht wahr? Die Erinnerungen an all das aufzugeben, was man mit dem Partner geteilt hat, ist nicht leicht. Aber jemand hat mir gesagt, das Leben müsse weitergehen, und dafür soll meine Mail ein Zeichen sein. Ihre Beschreibung ist die erste, bei der ich mir gedacht habe: »Sieh mal an, es gibt da draußen noch ein menschliches Wesen, mit dem ich mich gerne einmal unterhalten würde.« Ich fand, das sollte ich Ihnen mitteilen. Viel Glück.

M

Keine Aufforderung, nackt auf einem ungesattelten Pferd mit wehenden Haaren durch den Wind zu reiten. Kein Angebot, meinen Körper mit heißer Sauce zu übergießen. Eigentlich überhaupt keine Einladung zu irgendetwas. Wie klug. Und wie geheimnisvoll. Ich beschließe, diese eine Mail noch eine Weile zu behalten. Der Rest wird gelöscht, und zwar sofort.

Bei Ms Mail fällt mir wieder ein, dass ich immer noch nicht bei Tom angerufen habe. Nach dem Gespräch mit Angie war auch noch mein letztes Restchen an Mut versiegt, so als hätte ich ihn Angie eingeflößt, ohne davor sicherzustellen, dass für mich selbst noch genug übrig bleibt.

Der hektische dritte Stock bei Cottage Garden Foods ist kein Ort für einen solchen Anruf, also schnappe ich mir mein Handy und mache mich auf, um mir einen Cappuccino zu holen. Dann gehe ich aus dem Gebäude, finde einen Platz auf dem Mäuerchen um den Brunnen im Hof und wähle Toms Nummer. Es ist zehn Uhr vormittags, also müsste Grace in der Krippe sein und Tom müsste ... Tja, was eigentlich? Ich habe keine Ahnung, was er beruflich macht. Ich hoffe nur, es hat nichts mit Stripteasetänzerinnen zu tun.

»Hallo, hier ist Tom.«

»Tom«, sage ich mit gepresster Stimme. »Hier spricht Ally. Aus dem Park. Und bei Waitrose haben wir uns neulich auch getroffen.« Meine Güte. Er braucht ja schließlich keine Aufzählung der örtlichen Infrastruktur.

»Hallo, Ally. Freut mich, dass Sie anrufen. Ich war mir nicht ganz sicher, ob Sie es tun würden. Es war ein bisschen komisch von mir, einfach einen Brief einzuwerfen, aber ich hatte keine Ahnung, wie ich sonst an Sie rankommen sollte.«

Mensch, das ist ja wirklich ein sympathischer und unkomplizierter Typ. Keine Spur von affiger Flirterei und sonstigen Spielchen.

»Nun, Sie haben ja immer noch die Möglichkeit, mich wieder über den Haufen zu rennen«, wende ich ein.

»Stimmt. Das muss ich mir merken. Jedenfalls, was meinen Sie? Hätten Sie Lust, mal einen Kaffee mit mir zu trinken oder abends essen zu gehen? Es wäre schön, jemand Nettes in der Nachbarschaft zu kennen.«

Jemand Nettes in der Nachbarschaft. Das sagt natürlich einiges aus.

»Ja, das wäre sehr schön«, erwidere ich. »Wann passt es Ihnen denn?«

»Ach, eigentlich jederzeit. Wie wär's mit Freitagmorgen? Arbeiten Sie da?«

»Nein. Freitags habe ich meistens frei. Treffen wir uns doch bei Suzette's, gegenüber von Starbucks. Dort ist der Kaffee besser, und es ist weniger los.«

»Prima. Dann so um zehn?«

»Zehn ist gut. Bis dann.«

Ich stehe nicht sofort von meinem Platz auf dem Brunnenrand auf, sondern starre geistesabwesend auf mein Handy. In diesem Augenblick fühle ich mich ein bisschen so, wie Angie es beschrieben hat: gelähmt vor Angst. Nur kann ich, anders als sie, den Grund dafür nicht genau bestimmen. Habe ich Angst davor, mich in Tom zu verlieben, während er an mir nur als einer netten Freundin interessiert ist, mit der er hin und wieder mal einen Kaffee trinken gehen kann? Oder bereitet mir der Gedanke Sorgen, mich mit jemandem einzulassen, dessen Herz noch ganz vom Kummer gefangen ist? Vielleicht hat meine Angst aber auch gar nichts mit Tom zu tun.

Es gelingt mir, mich aus meiner verwirrten Grübelei herauszureißen und auf den Weg zu machen, um mir noch einen Kaffee zu holen, da klingelt mein Handy. Auf dem Display erscheint Davids Name.

»Hallo, David.«

»Hallo, störe ich dich gerade?«, fragt er.

»Nein. Es geht schon. Im Moment mache ich Kaffeepause«, sage ich. »Was ist? Gibt es ein Problem mit dem Wochenende?«

»Nein, das nicht gerade. Kein Problem. Ich hatte mir nur gedacht, ich könnte eigentlich mit Jack und Millie ans Meer fahren, und wollte dich fragen, ob du Lust hast mitzukommen.«

Ob ich übers Wochenende mit meinem Ex-Mann und unseren Kindern wegfahren will? Ans Meer? Ist er jetzt völlig durchgeknallt?

»Warum?«, ist noch das Beste, was mir dazu einfällt.

»Warum? Weil es doch ganz schön wäre, findest du nicht? Die Kinder würden es sicher toll finden.«

»Das meine ich nicht, David. Warum? Warum jetzt? Was steckt dahinter?«

Ein kurzes Schweigen entsteht, und vielleicht versucht David in der Zwischenzeit zu begreifen, warum, warum jetzt, und was dahinter steckt.

»Ally, ich hatte einfach nur plötzlich Lust dazu. Ich vermisse dich. Ich vermisse das, was wir einmal hatten.

Ich will nichts weiter als mit uns allen ans Meer fahren. Ist das so schlimm?«

Wenn Davids Hand auf meinem Arm am Sonntag Gefühle in mir geweckt hatte, von denen ich glaubte, ich hätte gründlich mit ihnen aufgeräumt, dann schaffen es spätestens diese Worte, mich wieder zurückzuwerfen. Und tatsächlich. Als ich mich wieder auf den Rand des Brunnens mit den vielen Kupfermünzen auf dem Beckengrund setze, zittern mir gefährlich die Knie.

»David, ich weiß nicht. Ich hab keine Ahnung, was das bringen soll.«

»Ach, komm schon, Al. Was könnte es schon schaden?«

Eine Menge.

»Also gut. Okay.«

Es ist wahr. Ich habe einfach kein Rückgrat. Ich kann nicht nein sagen, wenn ich mit einem Mann, den ich nicht attraktiv finde, ins Theater gehen soll, und ich schaffe es auch nicht, zu einem Wochenende mit einem Mann nein zu sagen, zu dem ich mich keineswegs mehr hingezogen fühlen sollte. Ich erwarte vier Tage lang nichts als Probleme, aber ich bin machtlos dagegen, mit fliegenden Fahnen in mein Unglück zu laufen. Bei Elizabeth Taylor sagt man, ihre achte Ehe sei der Triumph des Optimismus über die Erfahrung. Da ist was dran.

Am Ende des Tages bin ich ganz erschöpft. Nicht etwa, wie es eigentlich sein sollte, wegen meiner Sorgen über die bevorstehende Markteinführung von *Sevilla Sunset* oder darüber, dass die Absatzzahlen für *Pure Gold* alarmierend niedrig sind. Nein, ich bin erschöpft vom Grübeln über Davids Anruf. Und vom ständigen Löschen von Zuschriften aus meinem Maileingangsordner bei PerfectPartnership.com. Ich wühle mich gerade durch die heute Nachmittag noch eingetroffenen Mails und schwöre mir, nie wieder auf diese Website zu gehen, da steht plötzlich Lisa neben mir.

»Hallo«, sagt sie mit gedämpfter Stimme. Die Tatsache, dass sie so leise spricht, ist ein sicherer Hinweis darauf, dass sie mich nicht über die Pläne zur Markteinführung des neuen Chutneys mit Schwarzen Johannisbeeren und Zwiebeln in Kenntnis will.

»Hallo«, raune ich zurück und gebe mir Mühe, meine Stimme nicht so klingen zu lassen, als sei ich selbstsüchtig nur mit meinen eigenen Angelegenheiten beschäftigt, obwohl mir diese gerade auf dramatische Weise entgleiten.

»Du errätst nie, was passiert ist«, sagt sie.

Nein, ich hätte tatsächlich niemals erraten, dass Lisa innerhalb von zwei Wochen nach der Trennung von ihrem Freund die Liebe ihres Lebens kennen gelernt hat. Wer hätte sich je träumen lassen, dass sie ihn ausgerechnet dann treffen würde, wenn sie zu Hause – schlimmer noch, bei ihrer Mutter zu Hause – sitzt und an einem Tässchen Earl Grey Tea nippt? Und das, obwohl es doch angeblich ein absolutes Muss ist, unter Leute zu gehen, wenn man jemanden kennen lernen will? Wer hätte je vorhersagen können, dass sich ausgerechnet Lisa, die den Einsatz von Marketing-Strategien beim Männerfang kategorisch ablehnt, so rasch ihren Traumprinzen angeln würde? Während diejenige, die alle diese cleveren Methoden befolgt, nun fast in einer E-Mail-Flut von Cybersex-Lustmolchen ertrinkt, nur um sich gleich darauf in eine hoffnungslose Episode mit ihrem Ex-Mann und in eine gleichermaßen fruchtlose Rolle als Ein-Frau-Selbsthilfegruppe für einen trauernden Witwer zu stürzen.

Und da sagt mein Bruder noch, ich wäre jemand, der immer bekommt, was er will.

32. Die Entscheidung

Lisa kennt Matthew schon die längste Zeit ihres Lebens. Er ist buchstäblich der Junge von nebenan. Als Lisa noch klein war, aßen ihre Familien am Sonntag gemeinsam zu Mittag, sie verbrachten verregnete Wochenenden auf dem Land, und als die Kinder älter wurden, trafen sie sich auf den Partys zum sechzehnten und achtzehnten Geburtstag im Freundeskreis wieder. Dann ging Matthew zum Studieren fort, und sie sahen sich ein paar Jahre lang nicht. Anschließend zog er für seine Firma nach New York, und Lisa musste ihn sich notgedrungen aus dem Kopf schlagen. Ab und zu hörte sie von ihrer Mutter etwas über ihn, und einmal hätten sie sich durch Zufall fast wieder getroffen, als er ihren Eltern am Abend vor deren alljährlicher Guy-Fawkes-Party einen spontanen Kurzbesuch abstattete.

Dann, am Morgen vor zwei Wochen, nachdem sich Lisa bei meiner Imageerneuerungs-Party einen schrecklichen Kater geholt hat, sitzt sie in der Küche des elterlichen Bauernhofes bei Petworth. Sie will dort vermutlich, unterstützt durch eine heilende Dosis mütterlicher Zuwendung und Kochkunst, ihre Wunden lecken, die seit ihrer Trennung von Mike noch nicht verheilt sind. Plötzlich verkündet ihre Mutter, dass Matthew die Woche zuvor angerufen hat und nachmittags auf eine Tasse Tee vorbeischauen will. Zu diesem Zeitpunkt, das heißt so um die Mittagszeit, hat sich Lisa mit ungewaschenen Haaren und vor Übelkeit ganz grün im Gesicht in ihren ältesten Jeans und einer Bluse gerade zu ihr gesetzt. Doch mit dieser Vorwarnzeit von drei Stunden gelingt es ihr, wieder etwas Farbe auf ihre Wangen und Glanz in ihr Haar zu zaubern. Dann kommt Matthew zum Teetrinken und bleibt zum Abendessen und auch noch über Nacht. Lisas altes Kinderzimmer liegt auf der anderen Seite des Flurs, gegenüber dem Gästezimmer, wo Matthew untergebracht ist. Und das macht es bemerkenswert einfach, ihre sich immer höher schraubenden Phantasien, denen sich die beiden während des Teetrinkens, des Abendessens und der zwei quälend langen Stunden Scrabble mit Lisas Eltern hingegeben haben, auch in die Tat umzusetzen.

Am nächsten Tag halten sie wie Teenager unter den gestrengen Blicken missbilligender Eltern verstohlen Händchen unter der Tischdecke oder tauschen heimlich hinter der Hecke heiße Küsse aus. Lisas Eltern wundern sich scheinbar kaum darüber, warum Matthew Samstagnacht und jetzt auch noch den ganzen Sonntag über dageblieben ist. Sie haben allerdings überhaupt nichts dagegen und kaufen ihm anscheinend seine Geschichte ab, dass er einen Anruf aufs Handy bekam und seine Verabredung zum Lunch in London abgesagt wurde. Am Sonntagabend entschließen sich dann die beiden frisch Verliebten, zusammen den Zug zurück nach London zu nehmen, und konfrontieren darin zweifellos alle Mitreisenden, die das Pech haben, um achtzehn Uhr zehn im Zug von Petworth nach Waterloo zu sitzen, mit ihrer neuentdeckten Leidenschaft.

Das ist die Vollversion der Geschichte, die mir Lisa in Kurzfassung vergangenen Dienstagnachmittag erzählt hat. Sie weicht im Wesentlichen kaum von ihrem ersten Bericht ab, doch hat die Verliebtheit anscheinend ihr Gedächtnis so sehr in Mitleidenschaft gezogen, dass sie Mühe hat, sich daran zu erinnern, welche Details sie bereits erwähnt hat. Aber vielleicht liegt das ja auch nur daran, dass sie alles mit Begeisterung immer wieder bis in die kleinste Einzelheit erzählt, als könne sie dadurch diese eindeutig folgenreichen vierundzwanzig Stunden noch einmal nacherleben.

»Und du meinst wirklich, deine Eltern haben keinerlei Verdacht geschöpft?«, frage ich zweifelnd.

»Nun, am Ende vielleicht schon. Aber meine Mutter ist in solchen Dingen erstaunlich schwer von Begriff. Sie ist immer viel zu sehr damit beschäftigt, wie sie die hintere Weide am besten düngen soll oder ob sie beim Scrabble gewinnt. Und natürlich hat sie auch tatsächlich gewonnen, denn ich habe nur dummes Zeug gelegt, mit dem man keine hohe Punktzahl bekommt, weil ich mich nicht konzentrieren konnte.«

»Aber mittlerweile wissen sie es doch sicher?«

»Nein, eigentlich nicht. Wir sind ja seither die ganze Zeit hier gewesen. Und, um ganz ehrlich zu sein, wir waren so viel zusammen, dass ich kaum Gelegenheit hatte, mit irgendjemandem zu telefonieren. Hast du bemerkt, dass ich letzte Woche drei Tage lang gar nicht da war?«

Das zweite Mal innerhalb von vierzehn Tagen höre ich nun von Leuten, die sich so stürmisch ineinander verliebt haben, dass sie sich nicht einmal für einen Abend voneinander losreißen können. Langsam reicht es. Bei genauerer Überlegung fällt mir tatsächlich auf, dass ich Lisa letzte Woche kaum gesehen habe, aber ich war wohl selber so sehr mit meinen eigenen Problemen beschäftigt, dass ich gar nicht nachgefragt habe, wo sie ist.

»Stimmt. Ich habe mich schon gefragt, was mit dir ist.«

»Ich konnte es einfach nicht verkraften. Also hab ich drei Tage Urlaub genommen. Bei uns ist im Augenblick nicht viel los, also hat es anscheinend niemanden gestört. Und die Sache war es wert.«

Ich will eigentlich gar nicht so genau wissen, warum es die Sache wert war. Letzte Woche wäre ich vielleicht noch in der Stimmung gewesen, mir jedes kleinste Detail anzuhören, aber diese Woche fühle ich mich nicht stark genug.

»Nun ja, aber wie geht es dir eigentlich? Wie läuft es?«, fragt Lisa und macht einen vergeblichen Versuch, die Freude, die ihr aus allen Knopflöchern strahlt, eine oder zwei Minuten lang zu unterdrücken.

Heute ist Mittwoch und wir sitzen gerade in der Mittagspause bei zwei Tellern Pasta in Papa Ciccia's. Vermutlich kann ich Lisa hier und jetzt ebenso gut wegen meiner Zwickmühle um Rat fragen als bei jeder anderen Gelegenheit. Ich bin mir zwar nicht sicher, ob sie im Augenblick, wo sie verständlicherweise so sehr mit ihren eigenen Dingen beschäftigt ist, das nötige Einfühlungsvermögen aufbringt. Aber einen Versuch ist es wert.

»Weißt du, seit jenem Freitagabend, als du bei mir zu Hause warst, ist eine Menge passiert.«

»Tatsächlich, was denn?«

»Nun, um es kurz zu machen: David ist zum Essen bei uns gewesen und hat mich dabei schon immer ziemlich merkwürdig angesehen. Dann hat er mich gefragt, ob ich nicht dieses Wochenende mit ihm und den Kindern wegfahren möchte. Das war's im Wesentlichen. Ich habe ja gesagt, aber ich bin mir trotzdem nicht ganz schlüssig, ob ich tatsächlich mitfahren soll. Nun ja, und dann ist da noch dieser Typ, dem ich in letzter Zeit irgendwie ständig über den Weg laufe. Zunächst hatte ich eigentlich gedacht, er sei nicht interessiert, aber nun hat er mich gefragt, ob wir uns am Freitag treffen. Ich weiß nicht, ob er nur will, dass wir gute Freunde werden, oder ob er an etwas anderem interessiert ist.«

»Eins nach dem anderen. Das ist ja eine Menge auf

einmal. Zuerst mal die Sache mit David. Warum will er, dass du mitfährst?«

»Das ist genau der Punkt. Ich kann mir nicht erklären, warum. Er hat gesagt, er vermisst, was wir einmal zusammen hatten. Aber ich weiß wirklich nicht.«

»Natürlich vermisst er, was ihr einmal zusammen hattet! Er hat es ja auch nach allen Regeln der Kunst vermasselt.«

»Ich weiß. Aber was ist, wenn er es wirklich ehrlich meint? Wenn er seine Lektion gelernt hat und es noch einmal aufrichtig versuchen will? Bin ich es dann nicht den Kindern schuldig, der Sache eine zweite Chance zu geben?«

»Aber was ist, wenn er seine Lektion gar nicht gelernt hat? Vielleicht ist er im Moment einfach nur sentimental drauf, weil er niemanden hat, und ist deshalb wieder ganz scharf auf dich? Vielleicht braucht er nur ein bisschen Trost, damit du ihm über seine Nach-Charmaine-Phase hinweghilfst?«

»Chantal. Sie heißt Chantal«, korrigiere ich sie, als müsse ich mich verteidigen.

»Wie auch immer. Was ist, wenn er nur das im Sinn hat, Ally? Das musst du bedenken, denn es ist immerhin möglich, und in diese Situation möchtest du ja wohl nicht geraten.«

»Aber ich glaube, nicht einmal David ist so egoistisch, etwas aus derartigen Motiven heraus zu tun, wenn er der Sache nicht zumindest eine realistische Chance einräumt. Das würde er den Kindern nicht antun.«

»Meinst du wirklich? Vielleicht erkennt er die Tragweite ja nicht so klar wie du. Du hast schließlich immer gesagt, er sei ein Traumtänzer.«

Schon komisch, dass Lisa so schonungslos offen sein kann, wenn es um anderer Leute Beziehungskisten geht, wo sie doch früher bei ihrer eigenen immer gleich so empfindlich reagiert hat. Jetzt haben ihre Ratschläge noch an Autorität gewonnen, da sie anscheinend überzeugt ist, gerade am Beginn einer perfekten Partnerschaft zu stehen.

Ich weiß nicht, was ich Lisa antworten soll, also drehe ich eine weitere Gabel voll Pasta und sage lieber nichts. Vermutlich hat sie Recht. Ich weiß das. Aber wenn nur die geringste Möglichkeit besteht, dass sie sich irrt, bin ich es dann nicht mir selbst, vor allem aber Jack und Millie schuldig, das herauszufinden?

Zu Lisas Meinung bezüglich meines Dilemmas, in dem ich mit Tom stecke, kamen wir gar nicht mehr. Aber das macht nichts. Eigentlich ist es ja auch noch gar kein richtiges Dilemma. Aber David und das Wochenende, das ist eines, aus dem ich unbedingt einen Ausweg finden muss. Ich habe zwar gesagt, ich werde mitfahren, aber es bleiben mir immer noch zwei Tage Zeit, meine Meinung zu ändern.

Die Einzige, deren Meinung zu diesem Thema mir wirklich etwas bedeutet, ist Millie. Ich werde sie natürlich nicht fragen, ob David vielleicht nur sentimentale Anwandlungen hat und deshalb im Moment so scharf auf mich ist. Aber ich möchte unbedingt wissen, was sie von der Idee hält, dass wir alle zusammen wegfahren. Doch heute Abend ist vielleicht nicht der ideale Zeitpunkt, das Thema zur Sprache zu bringen, denn sie ist ganz damit beschäftigt, dass ihre Freundin mitten in der Woche bei ihr übernachtet. Charlotte aus der Nachbarschaft bleibt heute bei uns, weil ihre Eltern wegen einer geschäftlichen Angelegenheit nach Bath fahren und dort übernachten müssen. Millie hat mit den Vorbereitungen alle Hände voll zu tun. Wir haben in Millies Zimmer neben ihrem Bett schon ein Lager vorbereitet, und jetzt umgibt sie es gerade mit Stofftieren, damit sich Charlotte darin ganz zu Hause fühlen kann.

Wenn ich es recht bedenke, dann ist vielleicht gerade jetzt, wo Millie in Gedanken anderweitig so beschäftigt und glücklich ist, der richtige Zeitpunkt, die Sache mit dem Wochenende anzusprechen.

»Millie, hat Daddy schon davon gesprochen, dass er dieses Wochenende mit euch ans Meer fahren will?«

»Ja, das hat er mir letzte Woche gesagt«, erwidert sie und setzt behutsam ihre Angelina Ballerina aufs Kopfkissen.

»Und hat er auch gesagt, dass ich vielleicht mitkomme?«

»Nein«, antwortet sie und blickt zu mir auf.

»Nun ja, ich habe mir überlegt, ich könnte ja vielleicht mit euch fahren. Ich bin sehr gern am Meer, und eigentlich wäre es schade, wenn ihr alle diesen Ausflug ohne mich genießt. Was würdest du davon halten?«

Millie setzt sich auf ihre Fersen und denkt nach. »Und wo schlafen wir dann alle?« Sie ist nicht von gestern, meine Kleine. Trifft mit ihrer Frage gleich den Kern der Sache.

»Ich denke, du und Jack, ihr teilt euch ein Zimmer, und Daddy hat eins für sich und ich eins für mich.«

Dann eine weitere Frage, die wie ein Pfeil meine schwammigen Erklärungsversuche durchdringt: »Heißt das, du und Daddy, ihr kommt wieder zusammen?«

»Nein, mein Schatz. Das heißt es nicht. Es bedeutet, dass Daddy und ich Freunde sind, und wir beide verbringen gern unsere Zeit mit dir und Jack. Und daher könnten wir ab und zu vielleicht alle gemeinsam etwas unternehmen. So wie letzte Woche, als wir zusammen zu Mittag gegessen haben. Verstehst du?«

Millie macht ein enttäuschtes Gesicht. Wieder einmal frage ich mich, wann Kinder es nach einer Scheidung aufgeben, auf Versöhnung zu hoffen. Eine Frau hat mir einmal erzählt, ihr Sohn habe erst damit aufgehört, sie zu fragen, ob sie und ihr Ex-Mann wieder zusammenkämen, als er fünfzehn war und ihr Ex-Mann mit seiner neuen Frau ein Baby bekam. Dafür mache ich solche blöden Filme wie *Das doppelte Lottchen* verantwortlich.

»Was meinst du, Millie? Hättest du es gern, wenn ich mitkomme, oder soll ich lieber daheim bleiben, und ihr beiden fahrt mit Daddy?«

»Ich finde, du sollst mitkommen«, entscheidet sie. »Wir werden es alle schön zusammen haben.« In diesem Moment blicken ihre Augen eher wie die einer weisen alten Frau als die eines siebenjährigen Mädchens.

»Also gut. Dann fahre ich mit euch.« Ich küsse sie auf den Scheitel und gehe hinaus, um Platz für Braunbär zu machen, zwischen Angelina und Puh.

33. Verabredung zum Kaffee

Es ist merkwürdig, wie manche Dinge, die zu irgendeinem Zeitpunkt im Leben erdrückend scheinen, im Rückblick ziemlich belanglos wirken. Das erste Mal, wenn man vor fünfzig Leuten reden soll, meint man, jeden Augenblick ohnmächtig auf den Overhead-Projektor zu kippen, noch bevor man es geschafft hat, auch nur drei Sätze hervorzustottern. Fünf Jahre und mehrere Dutzend Vorträge später kann man sich kaum noch daran erinnern, worüber man sich eigentlich damals so aufgeregt hat. Selbst die Schrecken der Geburt rücken auf diese Weise beschönigt in die Ferne der Vergangenheit. Man kann einer Schwangeren, die fragt, »Wie ist es wirklich?«, im Medizinerjargon noch ganz gut die Abläufe beschreiben, aber man kann sich nicht wirklich daran erinnern, wie es sich tatsächlich angefühlt hat.

Dabei blicke ich noch nicht einmal aus der Vergangenheit auf den Freitag zurück, doch bereits jetzt hat er in meinem Bewusstsein die übermächtige Bedeutung verloren, die ich ihm noch Anfang der Woche beigemessen hatte. Die Vorbereitungen – einerseits die gedanklichen und andererseits die ganz praktischen – auf das Wochenende mit David und den Kindern haben jede etwaige Beklommenheit wegen der Verabredung zum Kaffee mit Tom in den Schatten gestellt. Verglichen mit dem emotionalen Potential eines Wochenendes mit meinem Ex-Mann erscheint mir ein Cappuccino mit einem attraktiven Bekannten aus der Nachbarschaft, der vielleicht, vielleicht aber auch nicht, an mir interessiert ist, fast wie eine Bagatelle.

Dennoch verspüre ich ein leises Flattern im Bauch, als ich Tom an einem kleinen runden Tisch am anderen Ende von Suzette's sitzen sehe, direkt vor der Vitrine mit den Kuchenspezialitäten. Zuerst erkenne ich ihn gar nicht, doch dann sehe ich, dass er sich die Haare hat schneiden lassen. Sehr kurz, zu einer dieser Frisuren, bei der die Haare raffiniert in alle Richtungen vom Kopf abstehen. Verschwunden sind die langen aschblonden Strähnen, die ihm der Wind in die Augen blies, was ihn für mich ein wenig entzaubert.

Er sieht mich nicht an den Tisch kommen, sondern blickt erst, als ich mich hinsetze, von einem Notizbuch auf, in das er eifrig geschrieben hat.

»Oh, tut mir leid. Ich war so in Gedanken, dass ich gar nicht gesehen habe, wie Sie hereinkamen«, entschuldigt er sich. Dabei legt er sein Notizbuch mit der Schrift nach unten auf den Tisch und stellt seine Kaffeetasse darauf. »Soll ich Ihnen einen Kaffee holen?«

»Das wäre schön. Einen Cappuccino mit fettarmer Milch, bitte.«

Tom geht zur Theke, um meinen Kaffee zu bestellen. Er wird allerdings von der Frau hinter dem Tresen wieder weggeschickt, da sie offenbar meinen Kaffee selbst an den Tisch bringen will, wenn er fertig ist. Dreißig Sekunden später sitzt Tom wieder vor mir.

Wir bringen das Frageritual des *Wie geht es Ihnen* und des *Danke, gut* hinter uns, das in diesem Stadium des Kennenlernens noch vollkommen bedeutungslos für uns ist, da wir keine Ahnung haben, was derzeit im Leben des anderen gerade abläuft und wieso es uns gut oder schlecht gehen könnte. Dann deute ich auf das Notizbuch unter Toms Kaffeetasse.

»Woran haben Sie gerade gearbeitet?«, will ich wissen. Die Frage wirkt vielleicht ein bisschen neugierig, aber ich bin nicht in der Stimmung für einen Vormittag voller nichtssagendem Smalltalk.

»Ach, nur an einigen Ideen für ein Drehbuch, das mir zurzeit etwas Kopfzerbrechen bereitet.«

»Ein Drehbuch? Sind Sie Drehbuchautor?«

»Ja. Normalerweise. Ich habe ein Jahr lang nicht viel zustande gebracht – wegen Grace und allem –, aber ich versuche, langsam wieder reinzukommen. Wenn man erst mal den Faden verloren hat, ist es ziemlich schwierig, ihn wieder aufzunehmen und den richtigen Einstieg zu finden.«

»Das ist ja spannend«, sage ich. »Was für Drehbücher schreiben Sie so?«

»Meist fürs Fernsehen. Und quer durch den Gemüsegarten. Erinnern Sie sich an diese tragikomische Serie *Kleine Füße*? Das Drehbuch war von mir. Und das Jahr davor habe ich ein Polizeidrama gemacht. Als Amerikaner sind wir hier sehr gefragt – solange wir wissen, welche Regeln wir befolgen und welche wir brechen müssen.«

»Hmm. Dagegen kommt mir mein Job ja geradezu langweilig vor«, scherze ich.

»Und was ist Ihr Job?«, fragt er und beugt sich lächelnd vor.

»Orangenmarmelade. Ich arbeite im Marketing.«

»Wirklich? Nun, was ist da so langweilig dran? Die Welt braucht gute Orangenmarmelade«, sagt er noch immer lächelnd.

»Nun ja«, erwidere ich, darauf bedacht, die Unterhaltung dieses Mal vom Thema Orangenmarmelade abzulenken. Irgendwie erscheint es mir zu trivial, wo ich doch weiß, dass es andere Fragen gibt, die wir klären müssen. »Wie lange leben Sie schon hier in der Gegend, Grace und Sie?«

»Seit drei Jahren. Jenny – das war meine Frau – und ich sind von Fulham hierher gezogen, kurz bevor Grace geboren wurde. Eigentlich meint man ja oft, wenn man jemanden verloren hat, dann will man einen Strich ziehen und so schnell wie möglich ein neues Leben beginnen, aber bei mir war das nicht so. Ich wollte dort bleiben, wo es sich wie zu Hause anfühlte, besonders auch wegen Grace. Ich war eine Zeit lang so einsam, und wenn ich damals nicht an denselben, mir vertrauten Häusern hätte vorbeigehen können, dann wäre ich verloren gewesen.«

»Das muss schrecklich für Sie gewesen sein. Wie ist sie gestorben?«

»Sie hatte Lymphdrüsenkrebs und ist innerhalb von sechs Monaten gestorben, also hatten wir nicht wirklich viel Zeit. Sie war dreiunddreißig.«

Seine graugrünen Augen blicken direkt in meine. Ich erwidere seinen Blick und lächle teilnahmsvoll. Dann sitzen wir ein oder zwei Augenblicke da und sagen nichts. Ich stelle zu meiner Überraschung fest, dass sich das vollkommen natürlich anfühlt. Dieses Mal herrscht zwischen uns keine peinliche Verlegenheit, und es besteht auch keine Notwendigkeit, das Schweigen mit nichtssagenden Bemerkungen zu stören. Als ich doch wieder etwas sage, dann nicht aus dem panischen Wunsch heraus, die Stille zu durchbrechen, sondern weil ich wirklich mehr wissen möchte.

»Und wie haben Sie diese Situation gemeistert, mit Grace und Ihrer Arbeit und allem? Haben Sie Leute, die Ihnen helfen?«

»Sicher«, sagt er. »Mein Eltern leben zwar in Maryland, aber Jennys Eltern waren sehr nett. Und ihre Schwester gibt sich auch große Mühe, obwohl sie in Norwich wohnt, daher ist es nicht leicht für sie, mir unter die Arme zu greifen. Aber ich kann mich nicht beklagen. Ich muss einfach mit der Situation zurechtkommen. Ich habe glücklicherweise eine Arbeit, bei der ich viel von zu Hause aus erledigen kann. Im Augenblick muss ich nur zum ersten Mal seit einem Jahr wieder irgendetwas zustande bringen, bevor ich vollkommen Bankrott gehe!« Er schweigt eine Weile und sagt dann: »Aber erzählen Sir mir doch etwas von sich. Es muss ja bei Ihnen im Leben noch mehr geben als Orangenmarmelade. Ich weiß nur, dass Sie und Ihr Mann nicht mehr zusammen sind. Das hat mir Jack damals im Park erzählt.«

»Kinder sind manchmal ganz nützlich, nicht? Plaudern all die Dinge aus, die wir lieber verschweigen. Aber es stimmt. David und ich sind geschieden.«

»Ist es schwierig?«

Ich kann mir nicht ganz erklären, wie Tom und ich alle artigen Fragen wie »Wo sind Sie in die Schule gegangen?« und »Wie wurden Sie Drehbuchautor?« oder auch »Wie lange sind Sie schon geschieden?« übersprungen haben und geradewegs zu »Ist es schwierig?« übergegangen sind. Aber ebenso wie bei dem unangestrengten Schweigen vor ein paar Augenblicken fühlt sich auch das vollkommen natürlich an. Eigentlich scheint zwischen uns kaum irgendeine andere Art von Gespräch sinnvoll.

»Es war sehr schwer. Jetzt ist es nicht mehr so schwer, aber auch noch nicht leicht.« Das war jetzt aber wirklich eine Untertreibung. »Ich kann es natürlich nicht damit vergleichen, wie es ist, jemanden durch eine Krankheit zu verlieren, aber Scheidung ist vermutlich irgendwie auch eine Art Tod. Der Tod des Lebens, das man zusammen hatte, und des Lebens, auf das man einmal gehofft hat. Klingt das jetzt zu sentimental?«

»Überhaupt nicht«, sagt er. »Sentimental sein ist ja auch nichts Schlimmes.« Da ist es wieder, dieses warmherzige, schmelzende Lächeln. Wie Ahornsirup, der über einen Pfannkuchen läuft.

»Aber ich denke, wir haben eine gute Regelung gefunden. Die Kinder haben sich, so gut sie können, damit arrangiert, und David und ich treten anscheinend gerade in eine neue Phase unserer Scheidung ein, die fast ein wenig so aussieht wie Freundschaft.« Diese letzten Worte kommen mir nur schwer über die Lippen, und ich trinke einen Schluck Kaffee, um die Unaufrichtigkeit in meiner Stimme zu verschleiern, die nach meinem Empfinden jeder, der hier im Suzette's sitzt, herausgehört haben muss.

»Kinder sind erstaunlich, nicht wahr? Man hat solche Angst, dass sie zusammenbrechen, wenn schreckliche Dinge passieren, aber sie finden dann doch etwas, was ihnen Halt gibt. Ich will damit nicht sagen, dass Grace nicht gelitten hat. Und ich bin sicher, dass das auch noch lange nicht zu Ende ist. Aber Kinder haben die Strategie, immer einen Tag nach dem anderen zu überleben. Ist Ihnen das nicht auch aufgefallen?«

»Da haben Sie Recht«, erwidere ich. Dann legen wir wieder eine unserer nicht unangenehmen Schweigeminuten ein. Die Pause ist so wohltuend, dass ich einen Vorstoß wage.

»Tom, darf ich Ihnen eine Frage stellen? Warum haben Sie mich gefragt, ob ich mich hier mit Ihnen treffen möchte?«

»Wollen Sie eine ehrliche Antwort?«

»Ich bitte darum.« Ich bereite mich innerlich zwar darauf vor, die Antwort zu hören, wie wichtig es doch sei, Freunde in der Nachbarschaft zu haben und Leute, mit denen man sich ernsthaft unterhalten kann. Aber ich kenne jetzt die Antwort, die ich hören will.

»Ich dachte mir, es gibt zwischen uns dieses Gefühl von Verbundenheit. Jedes Mal, wenn ich Sie sah, wurde es stärker. Also habe ich mir gedacht, was soll's, einen Versuch ist es wert.«

»Was, ein Gefühl von Verbundenheit über Waitrose-Einkaufswagen hinweg?«, frage ich mit gespielter Heiterkeit.

»Ja, gerade bei Waitrose ist es mir aufgefallen. Dort war es am stärksten. Da habe ich sogar die Flucht ergriffen. Ein Teil von mir denkt immer: So was kannst du doch nicht machen.«

Ja, dieses Gefühl kenne ich. Ein Teil von mir denkt auch immer: So was kannst du doch nicht machen.

»Jedenfalls, sagen Sie mir bitte, wenn mich mein Gefühl täuscht. Das verkrafte ich schon. Ich habe eine Menge Schlimmeres durchgemacht.«

Heute Abend um fünf Uhr werde ich mit meinem Ex-Mann und unseren beiden Kindern ans Meer fahren. Was dabei herauskommt, weiß ich noch nicht so genau. Vielleicht bauen wir platonische, reife Sandburgen am Strand oder tauchen unsere Zehen in gefährliche Gewässer, und ich werde bereuen, dass ich mich in seine Nähe begeben habe. Aber Tom liegt auch nicht falsch mit seinem Gefühl.

»Nein, Ihr Gefühl täuscht Sie keineswegs«, sage ich.

34. Gefährliche Gewässer

Tom und ich haben uns für Montagabend wieder verabredet. Zunächst hatte er Samstag vorgeschlagen, aber ich murmelte, dass ich mit den Kindern meine Eltern besuchen wolle. Dann schlug er Dienstag vor, und ich erfand ein Abendessen mit ein paar wichtigen Einzelhandelskunden. Ich habe nur ungern gleich am Anfang zu solchen Notlügen gegriffen, aber ihm über das kommende Wochenende mit meinem Ex-Mann, gefolgt von einem Coaching-Seminar zur Perfekten Partnerschaft, reinen Wein einzuschenken hätte sicher die zarten Anfänge unserer aufkeimenden Beziehung gleich wieder erstickt. Also einigten wir uns auf Montagabend. Kino und Abendessen.

Den restlichen Freitag verbrachte ich vor allem mit Wäschewaschen und Packen. Dazwischen schaffte ich es, einen ziemlich verzweifelten Hilferuf an die Mütter der Kinder in Millies Klasse aufs Papier zu bringen. Darin flehte ich sie an, mir mit den Marmeladengläschen für die Tombola zu helfen und mir nachzusehen, dass ich mich so schrecklich spät damit melde. Nachdem ich den Brief (ziemlich verlegen) auf dem Schulhof verteilt hatte, brachte ich Jack und Millie schnellstens nach Hause, um ihnen vor Davids Ankunft noch einen Happen zu essen zu machen.

Jack ist schon ganz aus dem Häuschen vor Aufregung. Er wollte unbedingt für die Autofahrt schon seinen Tauchanzug anziehen, und nur meine Warnung, dass er darin dann nicht am Straßenrand Pipi machen könne, brachte ihn schließlich dazu, sich doch lieber für seine Jeans zu entscheiden. Aber er bestand darauf, den Tauchanzug in greifbarer Nähe zu haben, also hängt er jetzt über seinem Koffer, der darauf wartet, im Auto verstaut zu werden.

Wir nehmen meinen Wagen, da er geräumiger ist als Davids. Und David kommt, da er noch nie gern mit öffentlichen Verkehrsmitteln gefahren ist, mit dem Taxi. Er wirkt auf mich ziemlich nervös, als wir unsere Taschen ins Auto laden. Entweder ist er noch gestresst von der Arbeit, oder er bedauert inzwischen, dass er diesen kleinen Ausflug vorgeschlagen hat. Wem versuche ich da gerade etwas vorzuschwindeln? Dies ist nämlich keineswegs nur ein kleiner Ausflug. Wenn ich mir diesen Kofferraum voller Taschen und Fischernetze richtig betrachte, dann ist nicht zu übersehen, dass es eine Reise mit gewaltigen Konsequenzen ist.

Eigentlich sind wir früher immer am liebsten nach Cornwall gefahren, aber das ist für zwei Tage zu weit. Also steuern wir Barton-on-Sea an, das nur zwei Stunden entfernt ist und uns durch die mit Ponys bevölkerten Moore des New Forest führt. Es ist ein komisches Gefühl, mich wieder auf dem Fahrersitz neben David zu befinden, und noch komischer wird es, als wir alle auf der M3-Autobahn *Ich sehe was, was du nicht siehst* spielen. Ich bin kein großer Fan von Gemeinschaftsspielen im Auto und habe es lieber, wenn jeder in seine eigenen Tagträume versinkt oder Kinderkassetten anhört und dabei versonnen aus dem Fenster sieht. Nach etwa fünfundvierzig Minuten Fahrt ist es für mich daher eine gewisse Erleichterung, als Jack verkündet, dass er jetzt genügend rote Autos gezählt hat, und sich die Kopfhörer aufsetzt.

Millie und Jack werden aus ihren Tagträumen herausgerissen, als wir das erste Fohlen entdecken, das am Straßenrand am Gras knabbert, während seine Mutter beschützend hinter ihm steht. Es ist ein berührender Anblick, das muss ich zugeben. Wilde Ponys auf dem heidekrautbedeckten Moor im schwindenden Licht eines Vorfrühlingstages.

»Mummy, sieh doch nur die Stute dort. Sie hat zwei Babys!« Millie ist überwältigt von dem Anblick.

»Und dort drüben, hinter dem Baum, da ist noch eins!«, ruft Jack aufgeregt.

Dann folgen die unvermeidlichen Fragen, warum wir keines mit nach Hause nehmen können, schließlich gehören sie doch niemandem. Könnten wir sie nicht bei uns im Garten unterbringen, oder wenn der nicht groß genug ist, dann eben in Mrs Jacksons Garten, das ist ein Eckgrundstück und deswegen viel größer? Wir könnten mit ihnen im Park spazieren gehen und sie am Pfosten des Klettergerüsts festbinden, wenn sie Gras fressen wollen, schlägt Jack eifrig vor.

Wir diskutieren immer noch die Möglichkeiten, zu Hause in der Rosemere Road Ponys zu halten, als wir auf den Hotelparkplatz fahren. Das Hotel ist ein kleiner, Familienbetrieb, von dem David durch eine Freundin erfahren hat (was für eine Art von Freundin, will ich gar nicht so genau wissen). Der weiße Anstrich an den Außenmauern blättert an einigen Stellen schon ab, und die Glyzinien im Vorgarten sehen nicht gerade sehr gepflegt aus, aber das Haus wirkt gemütlich. Perfekt für ein Wochenende mit den Kindern, denn in jedem gehobeneren Ambiente wären die nächsten achtundvierzig Stunden notgedrungen in permanente Ermahnungen an Jack ausgeartet.

David holt die Taschen aus dem Wagen, und ich checke bei den Besitzern, Herrn und Frau Jessop, ein. Es ist sofort unschwer zu erkennen, dass Mrs Jessop im Haus die Hosen anhat; Mr Jessop steht zunächst untätig herum, bis er dann den vollen Schirmständer mit einem unserer Koffer umstößt. Mrs Jessop sorgt für den ersten peinlichen Moment in einer, wie ich befürchte, langen Reihe derartiger Situationen, als sie sagt: »Ach, was für eine nette Familie Sie doch sind« – und das, gleich nachdem sie mir und David die Schlüssel zu unseren getrennten Schlafzimmern ausgehändigt hat. Aber sie macht mir einen viel zu netten Eindruck, als dass sie das als spöttische Anmerkung gemeint haben könnte. Ich bin mir allerdings ziemlich sicher, dass sie sich über die Zimmerverteilung so ihre eigenen Gedanken macht.

Zwei unserer Zimmer liegen nebeneinander und das dritte gegenüber auf dem Flur in einem Seitenflügel des Siebzehn-Zimmer-Hauses. Wir brauchen eine Weile, bis wir uns eingerichtet haben, zum Teil, weil Jack und Millie darauf bestehen, jedes der drei Zimmer beim Auspacken aufs genaueste zu inspizieren und die kleinen Toblerone-Täfelchen und Päckchen mit Shortbread-Keksen in den Körbchen auf den Fernsehapparaten nachzuzählen. Also schaffen wir es erst, ein paar Minuten bevor die Küche schließt, in den Speisesaal hinunter. Jack und Millie quengeln heute nicht, wann sie endlich was zu essen kriegen; vermutlich hat das etwas mit den zwei großen Tüten Chips und der Familienpackung Weingummi zu tun, die sie während der Fahrt verdrückt haben. Ich bin auch nicht besonders hungrig, aber froh über den festen Rahmen einer Mahlzeit, denn er hilft mir dabei, mein nervöses Flattern vor der kommenden Nacht zu verbergen.

Zu dieser späten Stunde ist der Küchenchef anscheinend nicht gewillt, noch irgendeines der interessanteren Gerichte auf der Speisekarte zuzubereiten, aber er macht uns gerne noch vier Omelettes, und dazu gibt es Pommes und einen Tomatensalat. Das ist für uns alle genau das Richtige. Jack wird sowieso nur in seinem Essen herumstochern, und außerdem werden den beiden über kurz oder lang die Augen zufallen.

Beim Abendessen sprechen wir von nicht viel anderem als unseren Plänen fürs Wochenende, und wir beschließen mehrere Ausflüge zum Strand, eine Besichtigung von Highcliffe Castle und einen Besuch im Automobilmuseum in Beaulieu. Jack ist besonders scharf auf das Automobilmuseum, aber auch die Burg hat ihre Reize, denn es besteht ja durchaus die Möglichkeit, dass er auf dem Burghof einen echten, lebendigen Ritter treffen wird.

Die ganze Zeit über verhalten David und ich uns wie flüchtige Bekannte; unsere ganze Herzlichkeit und Vertrautheit ist auf die Kinder gerichtet, und für unseren eigenen Austausch wahren wir nur die Höflichkeit. Keine Spur heute Abend von einem Blick, wie wir ihn während *Tschitty Tschitty Bäng Bäng* getauscht haben, und keine Wiederholung der herzlichen Berührung. Dennoch fühle ich mich im Verlauf des Essens eher entspannter als unbehaglicher, was nach zwei Jahren, in denen wir es kaum im selben Raum ausgehalten haben, schon viel wert ist. Und als der Nachtisch mit Eiscreme gebracht wird, überkommt mich eine merkwürdige Art von Fatalismus, was dieses Wochenende anbelangt. So à la Doris Day: *Qué será será.*

Ich merke auf einmal, dass sich in meinem Inneren etwas gelöst hat. Ich sehne mich nicht mehr verzweifelt danach, dass David mich noch liebt, wie in der ersten Zeit nach der Trennung und auch später noch so oft. Ich hoffe nicht mehr verzweifelt darauf, dass er mich berührt oder aber, später dann, dass er mich nicht berührt. Ich spüre in diesem Augenblick – und zweifellos mit einem falschen Gefühl der Selbstsicherheit –, dass ich vermutlich fast jede dieser Möglichkeiten überleben würde. Ich weiß nicht, ob ich das den zwei Jahren verdanke, in denen ich mich darum bemüht habe, über den Verlust hinwegzukommen, oder schlicht und einfach Tom.

Bald darauf sind wir alle reif fürs Bett. Millie und Jack haben einen kurzen Disput darüber, wer auf welcher Seite des Betts schlafen soll, aber ohne rechtes Engagement, also ist das Problem rasch gelöst. Ich packe sie in das durchgelegene Doppelbett, ziehe ihnen das verblasste, orangefarben geblümte Federbett bis zum Kinn und versichere beiden hoch und heilig, dass David und ich in den Zimmern direkt nebenan schlafen und wir unsere Türen nicht abschließen. Wir geben beiden einen Gutenachtkuss, und dann stehen wir plötzlich zusammen vor ihrem Zimmer. Jeder greift nach dem Türgriff seines eigenen Zimmers, bereit, dem bevorstehenden heiklen Moment mit Würde zu entrinnen.

»Also dann, schlaf gut«, sagt er.

»Du auch. Bis morgen.« Ich lächle.

Und das war's dann.

Man wird Ende März wohl kaum Traumwetter an einem englischen Strand erwarten können, und wir haben auch keines. Wir sitzen dick eingemummelt vor unserer riesigen Sandburg, und David und ich wenden unser Gesicht jedes Mal begierig der Sonne zu, wenn sich ein Strahl durch die Wolkendecke stiehlt. Sobald das dann tatsächlich einmal der Fall ist, würde man schwören, es sei Mitte Juli an der Riviera. Aber dann verschwindet die Sonne wieder und lässt uns bibbernd zurück. Die sporadischen Regenschauer tragen noch zur Vielseitigkeit des Wetters bei.

Heute Morgen war es allerdings noch keineswegs wechselhaft gewesen, sondern es nieselte aus einem grauverhangenen Himmel. Also beschlossen wir, uns Highcliffe Castle anzusehen, und hofften auf besseres Wetter am Nachmittag. In der Broschüre des Fremdenverkehrsamtes wird die Attraktion als »das bedeutendste erhaltene Beispiel pittoresk-romantischer Architektur« beschrieben, was sofort Davids fotografisch-schöpferische Ader weckte. Unglücklicherweise haben die Jahre leerer Gemeindekassen und die modernen Reihenhäuser, die man bis zur Burgmauer emporkriechen ließ, dem einstmals sicher imposanten Bauwerk viel von seinem Zauber genommen. Wir blieben weniger als eine Stunde, und die meiste Zeit davon rief Jack aus Leibeskräften jedes Mal, wenn er um eine Ecke bog: »Ritter Stuart, ich weiß, dass du hier irgendwo steckst!«

Immerhin bot uns das malerische Äußere von Highcliffe Castle jede Menge Inspirationen für die Gestaltung unserer Sandburg am Nachmittag. Millie ritzt mit einem Stöckchen ein feines Spitzen-Dekor in die Mauern eines Turms, während Jack, passend in seinen Tauchanzug gekleidet, sich der Aufgabe widmet, den Burggraben mit Wasser zu füllen. Davids Funktion sind Gesamtentwurf und Bauaufsicht und meine das Sammeln bunter Steinchen für die Zinnen.

Nicht einen Augenblick an diesem Nachmittag rechne ich damit, dass David später am Tag in meinem Bett landen wird. Nicht, als wir Seite an Seite unter Millies umsichtiger Anleitung Steinchen auf die Türme setzen, nicht, als wir alle zusammengekuschelt unter einem großen Regenschirm unser Picknick verspeisen und darauf warten, dass ein besonders heftiger Schauer nachlässt. Auch nicht während unseres kläglichen Versuchs, Familien-Rundball mit zwei gegnerischen Mannschaften zu spielen, ja nicht einmal, als die Kinder im Bett sind und David einen spätabendlichen Spaziergang über das Hotelgelände vorschlägt und mir dabei gesteht, dass er die Nase voll hat, sich mit Frauen wie Chantal zu treffen.

Ich rechne überhaupt nicht damit, bis sich David, kurz nachdem wir uns gute Nacht gesagt haben und ich meine Zimmertür aufmache, an meinen Türrahmen lehnt und dabei sein graues T-Shirt über den Bund seiner Jeans hochrutscht. Er sieht mich nur an, ohne zu lächeln und ohne ein Wort. Dann streckt er die Arme aus, zieht mich an sich und gibt mir den zärtlichsten aller Küsse auf die Nasenspitze.

Nun ja, könnten Sie so etwas widerstehen?

Ich würde gern sagen, dass wir eng umschlungen eingeschlafen wären, aber ich kann vor lauter Sorge kaum ein Auge zutun: Ich muss nämlich unbedingt David morgen wieder sicher in sein Zimmer zurückbugsieren, bevor die Kinder aufwachen. Aber er schläft tief und fest, also beobachte ich ihn. Als er von mir abgewandt liegt, begutachte ich sein Haar, das immer noch dicht und lockig, aber kürzer als früher ist. Dann seine breiten Schultern, deren zarte Haut sanft im schmalen Streifen Mondlicht schimmert, das durch einen Spalt zwischen den Vorhängen hindurchscheint. Als er mir das Gesicht zuwendet, betrachte ich das rhythmische Heben und Senken seines Brustkorbs und die Augenbewegungen unter seinen Lidern.

Und da schwindet auf einmal dieses brüchige Gefühl von Ruhe und Selbstsicherheit, in dem ich am Abend zuvor noch geschwelgt hatte. Ich staune darüber, wie leicht es wäre, wieder in meine alte Rolle zu schlüpfen, ihn zu lieben. Wie leicht, ihn wieder in mein Leben zu lassen.

Und was für eine Zeitverschwendung es doch gewesen ist, dieses Loch unter meinem Kamelienstrauch zu buddeln.

35. Tanz auf zwei Hochzeiten

»Du tanzt auf zwei Hochzeiten, und das ist gefährlich«, redet mir Clara ins Gewissen, als ich ihr alles erzähle. Mel war da weniger streng. »Was für ein Erfolg, wenn du mich fragst«, findet sie. Die Journalistin in ihr freut sich natürlich über die Wendung, die das ihrer Story geben könnte.

Ich selbst befinde mich gewissermaßen in einem Ausnahmezustand, und das seit dem Augenblick, in dem Davids Lippen meine Nasenspitze berührten. Dies konnte ich aber ziemlich perfekt verbergen, denn ich war gezwungen, meinen inneren Aufruhr während des Besuchs im Automobilmuseum, bei einem Lunch im Pub und auf der dreistündigen Heimfahrt unter dem Gewand elterlicher Zufriedenheit zu tarnen. Ich fühlte mich ein bisschen wie Lisa, die ihre amourösen Spielchen heimlich unter den Blicken ihrer Eltern trieb. Nur dass meine Spielchen vor allem in meinem Kopf stattfanden; David und ich waren ein Musterbeispiel an Diskretion und gestatteten uns nur einen Kuss hinter einer historischen Trambahn aus dem neunzehnten Jahrhundert und eine zärtliche Berührung unserer Finger, als wir uns im Auto die Straßenkarte reichten. Als wir zu Hause eintrafen, kam er nicht einmal mehr mit herein, vermutlich aus Angst, das Bett oben im Schlafzimmer könne eine zu große Versuchung sein, als dass wir in der Lage wären zu widerstehen. Das Schlafzimmer ist einfach ein absolutes Sperrgebiet. Noch.

Am Montagabend, als ich auf Tom wartete, schwankte

ich zwischen Ratlosigkeit und Selbstvorwürfen. Denn ich freute mich darauf, Tom zu sehen. Wirklich. Aber dann fragte ich mich, wie das sein könne, wenn meine Gedanken, selbst als ich Millie dabei helfe, ihre Mathehausaufgaben zu Ende zu bringen, ständig um David kreisen. Darum, wie toll er aussah, bevor er in mein Zimmer kam, und um seine Augen, die auf das anspielten, was anschließend folgen sollte. Und um das, was schließlich folgte.

Ich tröste mich damit, dass ich im selben Moment damit aufhörte, an David zu denken, als Tom eintraf. Keine Ahnung, was das über mich aussagt, aber sicher etwas Positives. Wenn ich es schaffe, vier Stunden lang nicht mehr an David zu denken, und einen Adrenalinstoß bekomme, wenn mein Arm im Kino zufällig den meines Sitznachbarn streift, dann ist sicher noch nicht alles verloren. Ich laufe also nicht Gefahr, mein in zwei Jahren mühsam wiederhergestelltes Selbstvertrauen aufs Spiel zu setzen, nur um mich zurück in die Arme eines Mannes zu flüchten, der nicht treu sein kann. Zumindest noch nicht.

Tom hat nichts an sich, was man nicht mögen könnte. Selbst sein Haarschnitt ist mir ans Herz gewachsen. Aber was ich an ihm am meisten schätze, ist seine erfrischend direkte Art. Keine Spur von aufgesetzter Überlegenheit, kein Machogehabe, sondern eindeutige Klasse. Und das ist keineswegs langweilig, sondern eine echte Herausforderung. Denn man fragt sich, wie man je dasselbe Maß an Aufrichtigkeit und Natürlichkeit aufbringen soll.

Ebenso wie es Männer gibt, die auf schöne Beine oder auf rassige Kurven stehen, gibt es Frauen, die auf eine bestimmte Art von Lächeln fliegen. Und ich bin eine davon. Das Lächeln eines Mannes kann mich in null Komma nichts völlig abtörnen oder mich wie einen Fisch an Land ziehen. Davids Lächeln ist selbstbewusst und sexy, und ich konnte ihm immer nur schwer widerstehen. Mr Elektroschrauber hat ein frivoles Lächeln, und er hat es ja auch, wie ich inzwischen weiß, faustdick hinter den Ohren. Toms Lächeln ist anders als das dieser beiden. Es ist warmherzig und lebendig, und man hat das Gefühl, dass noch viel dahintersteckt.

Nachdem ich einen ganzen Abend lang von Tom angelächelt wurde, weiß ich nicht viel mehr, als dass ich noch nicht genug davon habe. Auch wenn ich etwas eingeschüchtert bin beim Gedanken an seine Frau – sie war Ärztin und obendrein noch eine gute Mutter. Ich bat ihn, ein Foto von ihr sehen zu können, nur um alle Spekulationen über ihr Aussehen aus meinem Kopf zu verbannen, und sie sah genauso aus, wie ich sie mir vorgestellt hatte: ein natürliches Gesicht, dunkle Haare, hübsch, aber nicht gestylt. Als ich die dunklen Haare sah, war ich einigermaßen beruhigt. Zumindest hat er nicht diese Macke wie Boris Becker oder Rod Stewart, die immer nach dem exakten Ebenbild ihrer Verflossenen suchen.

Über Jenny haben wir den ganzen Abend nicht gesprochen. Besser gesagt, wir haben über sie nicht mehr als ein paar Minuten gesprochen, und auch das nur, weil ich davon anfing. Die übrige Zeit haben wir über mich und die Kinder gesprochen, darüber, warum ich von Chanel weggegangen bin und wie er dazu kam, Drehbücher zu schreiben. (Wir machten einen großen Bogen um das Thema David, denn ich hätte wohl kaum darüber sprechen können, wie ich es geschafft habe, über die Beziehung mit ihm endgültig hinwegzukommen.) Und wir lachten viel. Denn hinter Toms breitem Lächeln verbirgt sich ein trockener Humor, der einen immer wieder aufs Neue überrascht.

Unser erster Kuss war sehr behutsam. Wir hielten uns beide zurück, so dass er nichts Besitzergreifendes an sich hatte. Man könnte wohl sagen, es war ein Kuss, der immer mehr Macht über uns gewann. Als sich unsere Lippen wieder trennten, blickte Tom mich an und lächelte scheu, und ich streckte meine Hand aus und erforschte mit einer Fingerspitze diese faszinierende Falte auf seiner Wange.

Ich kehrte also aus Barton-on-Sea innerlich tief aufgewühlt und gespalten nach Hause zurück, und dieser Zustand hat sich bis jetzt noch nicht gelegt. Auch nachdem ich die Meinung von Clara und Mel eingeholt habe, bin ich nicht viel schlauer, was ich jetzt tun soll. Schon der bloße Gedanke daran, noch mehr Verwirrung zu stiften, wenn ich heute Abend in Marinas Seminar die letzten Strategien zum Männerfang umsetzen muss, erfüllt mich mit Angst und Schrecken. Ich brauche dringend einen guten Rat und keineswegs eine weitere Liste mit Aufgaben.

Seit ich mich damals an die Website Mumsworld.com wandte, um mir Rückenstärkung zu verschaffen, dass ich keineswegs eine Rabenmutter bin, nur weil ich lieber in der Küche stehe und zwei Dutzend Rumkugeln rolle oder den Ofen putze, als stundenlang auf dem Boden zu sitzen und mit meinen kleinen Kindern zu spielen, habe ich mich in keinem Chatroom mehr für einen persönlichen Ratschlag zu Wort gemeldet. Ich bin mir nicht sicher, ob es diesmal sinnvoll ist, aber ich kenne einfach sonst niemanden, der mir Antwort auf ein paar Fragen geben kann, die mich so brennend interessieren. Ich kenne keinen anderen Witwer als Tom, und ihn kann ich schließlich nicht fragen.

Lieber M,
vielen Dank für Ihre Antwort auf meine Mail. Sie war die erste, von der ich dachte: »Da spricht ein Mensch mit Herz.« Und nun dachte ich mir, Sie waren so freundlich, dass Sie vermutlich nichts dagegen hätten, mir einen Rat zu geben, so von Mensch zu Mensch. Würden Sie das für mich tun? Selbst wenn es bedeutet, dass ich mich vielleicht nie dafür revanchieren kann?
Herzlich,
Francesca

Liebe Francesca,
viele Leute haben mir im letzten Jahr jede Menge guter Ratschläge gegeben, und ich habe manchen davon mit tiefer Dankbarkeit angenommen. Wie könnte ich Ihnen also meinen Rat versagen? Jedenfalls erwarte ich deshalb noch lange nicht, dass Sie sich dafür in irgendeiner Weise revanchieren. Bitte denken Sie daran: Ich habe mich nur auf wohlmeinendes Drängen hin auf dieser Website registrieren lassen.
Herzlich,
M

Lieber M,
hier also meine Situation: Bin geschieden, aber Ex-Mann macht wieder Annäherungsversuche. Das ist die eine Sache, bei der Sie mir wahrscheinlich nicht helfen können. Die andere Sache ist, dass ich nun einen wundervollen Mann kennen gelernt habe, der letztes Jahr seine Frau verloren hat. Er sagt, er spürt zwischen uns eine Seelenverwandtschaft. Ist das möglich? Oder laufe ich Gefahr, als menschliches Papiertaschentuch zum Tränentrocknen benutzt zu werden?
Ihre dankbare
F

Liebe F,
hat dieser wundervolle Mann seine Frau geliebt?
M

Lieber M,
habe ihn das nicht direkt gefragt, aber mein Gefühl sagt ja. Meinem Eindruck nach ist er ein liebenswerter, sensibler Mann, den ein schwerer Schicksalsschlag ereilt hat. Meine Frage: Kann ein Mann, der seine Frau von ganzem Herzen geliebt hat, eine andere ebenso sehr lieben?

Liebe Grüße
F

Liebe F,
wissen Sie, was Eltern zu ihrem ersten Kind sagen, wenn sie das zweite bekommen? Sie sagen: Wenn wir ein weiteres Kind bekommen, dann werden unsere Herzen einfach größer, damit ihr beide darin Platz habt. Ich hoffe das Gleiche auch für Partner. Nur weil wir einen Menschen geliebt haben, der gestorben ist oder von dem wir uns haben scheiden lassen, heißt das nicht, dass wir einem anderen Menschen jetzt weniger Liebe zu geben haben. Und unseren neuen Partner zu lieben heißt nicht, dass wir dem anderen gegenüber untreu werden müssen. Können Sie sich vorstellen, dass Ihre Liebe für Ihr zweites Kind dem ersten ein Stück von Ihrer Liebe weggenommen hat? Unvorstellbar, nicht? Vielleicht ist das ja die Antwort. Ich hoffe es zumindest.
Mit liebevollen Grüßen
M

Lieber M,
viel Stoff zum Nachdenken. Was mir Sorgen macht, ist die Frage, wann die Zeit für einen Neuanfang gekommen ist. Meinen Sie, es gibt ein »zu früh«? Bin ich so etwas wie eine Wegbereiterin zurück in ein normales Leben? Wenn ja, dann kein Interesse. War vielleicht Wegbereiterin für Ex-Mann, was schon schlimm genug ist.
Wären Sie dazu bereit, wieder eine neue Frau kennen zu lernen? Könnten Sie eine Seelenverwandtschaft bei einem anderen Menschen empfinden, wenn der geliebte Partner erst ein Jahr zuvor gestorben ist?
Herzliche Grüße
F

Liebe F,
habe erst kürzlich jemanden kennen gelernt. Fühlt sich bis jetzt richtig an, bin aber trotzdem misstrauisch. Versuche, nicht zu viel darüber nachzugrübeln. Beantwortet das Ihre Frage?
Sie klingen sehr nett. Schade, hätte Sie gern kennen gelernt.
Wie immer mit lieben Grüßen
M

36. Zu viele Herzen

Als ich am Dienstag in Marinas letztem Seminar sitze, könnte ich ebenso gut im brasilianischen Regenwald sein, denn ich bin überhaupt nicht fähig, noch irgendetwas aufzunehmen. Marina ist heute Abend in besonders überschwänglicher Stimmung. Wir kommen zum letzten P – Permanenz –, nachdem wir ein halbes Dutzend Erfahrungsberichte über erfolgreiche Positionierung am Markt, Promotion und PR sowie Produktpräsentation gehört haben. Als ich einmal mehr versuche, mich auf den Vortrag zu konzentrieren, hält Marina gerade einen Promotion-Flyer in die Höhe, den eine Frau namens Kelly erstellt hat. Die Kurzformel ihres Markenimages lautet *abenteuerlustig, sportlich, fürsorglich,* und sie hat zu jeder ihrer Markeneigenschaften ein passendes Foto auf der Titelseite ihres Flyers platziert. Wenn man ihn aufschlägt, liest man eine zu Herzen gehende Bitte an ihre Freunde und Bekannten, sie Menschen vorzustellen, von denen sie meinen, dass ihnen ihr Markenimage zusagen könnte.

Angie stupst mich in die Rippen und flüstert mir zu: »Das geht einen Schritt zu weit, findest du nicht?« Sie hofft wahrscheinlich inständig auf meine Zustimmung, denn wenn ich ihr nun sage, dass auch ich fünfhundert Exemplare meines Flyers habe drucken lassen, wird sie sich veranlasst fühlen, meinem Beispiel zu folgen.

»Absolut«, pflichte ich ihr bei. »Konnte mich nicht dazu aufraffen, dieses spezielle P zu erfüllen.«

Für mich kann die Pause gar nicht schnell genug kommen. In meinem Kopf wirbeln die Gedanken nur so herum, und ich kann mich nicht auf Marinas eindringliche Belehrungen konzentrieren. Ich bin viel zu sehr mit mir selbst beschäftigt, als dass ich eine angemessene Anteilnahme an den Fortschritten irgendeiner der anderen hundertneunundvierzig Teilnehmerinnen im Raum aufbringen könnte, außer vielleicht an denen von Angie, Claudia und Louise.

Als wir mit unseren Weingläsern in einem Grüppchen beisammenstehen, beginnt Angie als Erste zu erzählen. »Ally, ich bin dir sehr dankbar für das, was du neulich abends am Telefon zu mir gesagt hast.«

»Ja, wirklich? Es freut mich, wenn es dir weitergeholfen hat. Aber ich kann mich gar nicht erinnern, dass es irgendetwas schrecklich Erkenntnisreiches gewesen ist«, erwidere ich. »Du wusstest das doch alles sicher schon irgendwie. Aber manchmal hilft es, wenn jemand anders das auch noch mal ausspricht.«

»Nun, ganz gleich, was du gesagt hast, es hat mir zumindest den entscheidenden Anstoß gegeben. Ich hab genau das gemacht, was du vorgeschlagen hast. Sogar das trage ich jetzt mit mir herum.« Sie zieht ein ausgeschnittenes Zeitschriftenfoto aus ihrer Handtasche und hält es hoch. Als ich genauer hinsehe, erkenne ich, dass es tatsächlich das Foto von der Videohülle ihres Lieblingsfilms ist – das Bild von Richard Gere, der gerade Debra Winger auf seinen Armen aus der Fabrik heraussträgt. Die anderen sind ganz perplex, als sie es sehen, bis Angie ihnen erklärt, was es damit auf sich hat.

»Jedenfalls«, fährt Angie fort, »habe ich tatsächlich eine Freundin angerufen, Della, und sie gefragt, ob sie jemanden weiß, dem sie mich vorstellen könnte. Zunächst meinte sie, da gäbe es niemanden, ich hätte schon alle Männer in ihrem Freundeskreis kennen gelernt. Aber zwei Tage später rief sie zurück und fragte mich, ob ich Lust hätte, den Bruder des Fußballteamkollegen ihres Mannes kennen zu lernen. Ihr sei gerade erst wieder eingefallen, dass er sich von einer Frau getrennt habe. Und jetzt gehe ich dieses Wochenende mit ihm aus. Wie hört sich das an? Wie ein Erfolgserlebnis? Das erste Date seit vier Jahren!«

»Angie, das ist ja großartig«, sprudelt Louise begeistert hervor. »Sobald ich ein paar Pfunde verloren habe, werde ich genau das Gleiche tun wie du. Jetzt im Augenblick genieße ich es in vollen Zügen, dass ich mit meiner Freundin zusammenwohne. Wenn ich gewusst hätte, wie toll das ist, wäre ich schon vor Jahren daheim ausgezogen.«

Doch da sagt plötzlich eine Stimme: »Warum warten, bis Sie ein paar Pfunde verloren haben? Sie wissen doch, wie ich darüber denke.« Marina steht plötzlich in unserem kleinen Kreis, zwischen Angie und Louise. Sie blickt Louise eindringlich an, als wolle sie unterstreichen, dass ihre Frage keineswegs nur rhetorisch gemeint war.

»Ich weiß nicht«, stottert Louise. »Es ist nur so, dass ich mich eigentlich nicht in einen Mann verlieben will, der sich in mich verliebt, weil ich dick bin und der dann vielleicht erwartet, dass ich auch so bleibe. Sie wissen schon, einer von diesen Typen, die auf fette Frauen stehen. So einen will ich nicht. Da sitze ich nachher nur wieder in der Falle, und ich habe die Nase voll davon, in einer Falle zu sitzen.«

Das ist die treffendste Formulierung einer vernünftigen Erklärung, die ich je gehört habe, und ich hoffe, Marina lässt Louise in diesem Punkt Gerechtigkeit widerfahren. Sie neigt den Kopf zur Seite und blickt Louise eine Weile forschend an, dann sagt sie: »Gut, Louise. Das ist eine sehr positive Betrachtungsweise. Du legst einfach mit dem Programm los, wenn du dazu bereit bist. Aber vergiss in der Zwischenzeit nicht, was du hier gelernt hast. Ich hoffe, du wirst dir dann von all den Freundinnen, die du hier kennen gelernt hast, Unterstützung und Anregung holen.«

Wir alle sind uns der Verantwortung bewusst, die Marina uns soeben auferlegt hat. Claudia wirkt etwas verunsichert; sie macht sich vermutlich Sorgen, dass sich Marina gleich an sie wenden und sie fragen wird, welche positiven Schritte sie unternommen hat, um einen passenden Partner zu finden. Ich weiß von ihren geflüsterten Zwischenbemerkungen während des Vortrags, dass ihr Aktionsplan bisher nicht viel mehr als allnächtliche Liebesspiele mit ihrem Shiatsu-Sonnyboy umfasst hat. Ich persönlich finde jedoch, wenn die beiden nach einem Monat immer noch jede Nacht miteinander schlafen, dann ist da sicher etwas dran an dieser Beziehung, und Marina könnte durchaus beeindruckt davon sein. Aber Claudia hat keine Lust, ihr davon zu erzählen. Sie murmelt etwas wie, dass sie sich ein Taschentuch holen muss, und entfernt sich aus der Runde. Also wendet sich Marina an mich.

»Und bei Ihnen, Ally. Wie läuft es? Ich war letztes Mal sehr beeindruckt von Ihrer Geschichte.«

In diesem Augenblick habe ich noch die Wahl, allerdings muss ich mich rasch entscheiden: Ich kann lächeln und sagen »Alles bestens« und dann hoffen, dass Marina zu einem anderen Grüppchen weitergeht. Oder ich kann ihr, Louise und Angie von meinem Dilemma erzählen. Aber da wird mir die Entscheidung bereits abgenommen, denn Marina verfügt über ein inneres Radarsystem, und sie hat damit einige Signale empfangen, die ihrer Ansicht nach eingehender geprüft werden müssen.

»Jetzt kommen Sie schon, Ally. Sie sehen heute gar

nicht besonders glücklich aus. Woran liegt das? Lassen Sie uns daran teilhaben.«

Also tue ich, was sie sagt. Mitten im Wessex-Saal unter dem gewaltigen dreistöckigen Kronleuchter nehme ich Marinas Zeit mindestens fünfzehn Minuten lang ausschließlich für mich in Anspruch. Sie ist so gefesselt von meiner Geschichte, dass sie ihre Assistentin wegscheucht, als diese ihr den Countdown für das Ende der Pause andeuten will.

Ich bin sicher, dass sie sich ungemein darüber freut, dass mir ihre Übungen mit den Versuchskaninchen und der Positionierung am Markt tatsächlich reale Chancen eröffnet haben, einen Partner kennen zu lernen. Sogar in der Gary-Episode kann sie einen Sinn erkennen, obwohl sie umgehend klarstellt, dass Versuchskaninchen am besten dann funktionieren, wenn es sich dabei nicht um Männer handelt, die auf uns eine unangemessene körperliche Anziehungskraft ausüben. Sie ist aufrichtig interessiert an dem Dilemma, in das ich aufgrund ihres Programms geraten bin, aber letztendlich kann sie mir auch nicht dabei helfen, aus dieser Zwickmühle wieder herauszukommen.

»Die letztendliche Entscheidung zu treffen, Ally, das kann Ihnen keines der acht P abnehmen. Man kann ein Pferd zur Tränke führen, wie man so schön sagt, aber trinken muss es selber. Jetzt müssen Sie ganz auf die Stimme Ihres Herzens vertrauen, auf welche Beziehung Sie setzen sollen.«

Wenn das so einfach wäre. Das Problem liegt darin, dass wir es hier nicht nur mit meinem Herzen zu tun haben. Da gibt es noch Davids Herz und den leisen Zweifel, ob es tatsächlich zur Hingabe fähig ist. Dann ist da auch noch Toms Herz und die Frage, ob es so gebrochen ist, dass jede, die die Lücke füllen will, die Jennys Tod gerissen hat, immer nur zweite Wahl bleiben wird. Und nicht zuletzt sind da auch noch drei kleine Herzen beteiligt, von denen ich bei zweien weiß, dass sie einen falschen Neuanfang nicht mehr verkraften würden.

Nur eines ist sicher. Ich bin nicht mehr mit Feuereifer bei der Sache. In diesem Punkt hat Marina Recht: Nichts, was ich hier heute Abend lerne und erfahre, und kein Kunstgriff des Dating-Handwerks wird mir meine Entscheidung abnehmen können. Das ist für mich jetzt alles ohne Belang. Als wir daher am Ende gebeten werden, aufzustehen, uns an den Händen zu halten und zu geloben, uns gegenseitig zu unterstützen (ich wusste genau, dass das noch kommen würde), habe ich irgendwie ein bisschen das Gefühl, nicht ganz aufrichtig zu sein. Ich habe keine Absicht, eine Selbsthilfegruppe zu bilden, um die gute Arbeit, mit der wir hier alle begonnen haben, weiterzuführen oder tatsächlich die Strategien, die Marina uns sorgfältig in den Unterlagen zusammengestellt hat, weiter in die Tat umzusetzen.

Natürlich werde ich Angie, Claudia und Louise vermissen. Und es kann sogar sein, dass wir weiterhin Kontakt halten. Ich fände es schade, auseinander zu gehen und nicht mehr zu erfahren, ob Angies Rendezvous mit dem Freund des Bruders ihrer Freundin (oder war es der Bruder von einem Kumpel ihres Mannes?) ein Erfolg gewesen ist. Ich würde auch gern mitbekommen, wie Louise sich in ihrem neuen, unabhängigen Leben einrichtet und ob sie die zwölf Kilo los wird, die sie sich als Ziel gesetzt hat. Und ich werde nicht ruhen, bevor ich weiß, wie Claudias Geschichte ausgegangen ist. Ich finde, ihr Fünfundzwanzigjähriger wäre verrückt, sie gehen zu lassen, und ich hoffe, er ist klug genug, das zu erkennen.

Als sich vor dem Savoy unsere Wege trennen, frage ich

mich, was die anderen nun wohl über mich denken. Sind sie genauso neugierig, zu erfahren, wie sich die Sache bei mir weiterentwickelt? Würden sie mich in die eine oder andere Richtung drängen wollen? Sie haben alle aufmerksam zugehört, aber keine wusste einen Ausweg aus meiner Sackgasse. Das Beste, was jemand zu sagen hatte, war, ich solle einfach abwarten und Tee trinken. Ganz relaxt zusehen, wie sich die Sache weiterentwickelt. Aber hilft das wirklich?

Es hilft, wie sich alsbald herausstellt.

37. Noch ein Begräbnis

Diverse wichtige oder gar erschütternde Anrufe am Mittwoch: einer von mir bei Alan, in dem ich ihm erkläre, dass ich nicht mit ihm ausgehen kann, weil ich mit einem anderen Mann eine Beziehung angefangen habe (eigentlich mit zwei Männern); einer von Tom bei mir, in dem er fragt, ob wir uns am Wochenende sehen können; einer von David bei mir, in dem er mir mitteilt, er glaube, er sei vielleicht noch immer oder vielleicht auch wieder in mich verliebt – *vielleicht;* und einer von mir bei Strand Hair Design; ich möchte mir einen Termin für eine Strähnchenbehandlung bei George geben lassen und erfahre, dass er verstorben ist.

Ich kann es nicht fassen, und meine ersten Worte verraten das deutlich. »Nein! Sie machen wohl Witze?« Als ob irgendjemand über so etwas Witze machen würde.

»Doch, es stimmt, meine Liebe«, erwidert Grant, der Besitzer des Salons. »Er ist letzte Nacht gestorben. An einem Herzschlag.«

»An einem Herzschlag? Aber er war doch immer so schlank und fit. Und er hat nicht mal geraucht.«

»Ich weiß. Die Ärzte meinen, es kam vielleicht vom Asthma. Er war sogar bereits im Krankenhaus, als es passiert ist. Dort war er allerdings wegen einer Lebensmittelvergiftung. Hat sich wieder mal Hühnchen gekocht.«

Georges Kochversuche endeten jedes Mal mit einer Lebensmittelvergiftung. Aus diesem Grund nahm er auch die meisten seiner Mahlzeiten in einem Bistro in der Nähe seiner Wohnung ein. Dort hatte er seinen eigenen Tisch und viele Bekannte unter den immer zahlreich anwesenden Stammgästen gehabt, und er bekam sogar eine halbe Flasche Wein gratis zu jedem Essen.

»Mein Gott. Ich kann es einfach nicht glauben. Was für eine entsetzliche Nachricht. Sie sind sicher auch am Boden zerstört«, sage ich zu Grant.

»Es ist ein großer Verlust. Ein gewaltiger Verlust. Und ich habe es selber noch gar nicht ganz begriffen.«

»Und wie nimmt es sein Sohn auf?«, frage ich. George hat einen zweiundzwanzigjährigen Sohn, einen hoffnungsvollen Jungregisseur.

»Er ist natürlich tief betroffen, wie Sie sich vorstellen können. Aber er ist ein starker Junge. Ein großartiger Junge. Er hat statt Blumen am Grab um Spenden für die Kinder-Asthma-Liga gebeten.«

Das Begräbnis ist am Samstagmorgen. David erklärt sich bereit, die Kinder zu nehmen, und ich gehe allein. Als ich in die Kirche komme, sind schon mindestens zweihundert Trauergäste da, viele von ihnen Frauen. Sie waren Georges Kundinnen, die nun ihre gutgeschnittenen Kostüme und geschmackvollen kleinen Hüte zur letzten Ehre eines Mann tragen, der fest daran glaubte, dass ein bisschen Luxus das Leben schöner macht. Ein Kaschmirpullover, ab und zu eine Flasche Moët, eine einzelne frische Rose in jeder Vase im Salon. Ein gutes Parfum in perfekter Dosierung.

Wie ich sind viele von ihnen zehn oder zwanzig Jahre lang regelmäßig zu George gegangen. Da kommt eine Menge Zeit für Gespräche zusammen. Vielleicht mehr als mit manch anderem aus dem Freundeskreis oder der Familie. Es gibt nicht viele Menschen, mit denen ich alle sechs Wochen drei oder vier Stunden ununterbrochen verbracht habe, und das auch noch in einer Form von Therapie. Einer Therapie *light* gewissermaßen, bei der man dazu eingeladen war, all seine Gedanken loszuwerden, seien sie nun angenehm gewesen oder nicht, über die aktuellen Nachrichten oder den Prominentenklatsch zu sprechen und über die eigenen oder Georges jüngste Abenteuer, Missgeschicke und Dilemmas zu lachen. Nicht jeder Friseur kann eine solche Art von Beziehung herstellen, aber George konnte es.

Viele der Frauen hier haben sich ebenso wie George in Momenten gesehen, in denen sie am wenigsten präsentabel waren. Das Aussehen kaum einer Frau verträgt eine Betrachtung von nahem, wenn ihr Haar in hundert quadratische Alufolie-Blättchen verpackt, ihr Gesicht entblößt und nach kräftigem Haarewaschen und -auskämmen dem Blick schutzlos ausgeliefert ist. Aber in einem Friseursalon scheint das niemandem etwas auszumachen. Für Frauen, denen es nur darum geht, ihr Aussehen zu verbessern, spürt man an diesem Ort erstaunlich wenig von Eitelkeit.

Ich finde einen Platz außen in einer Reihe neben einer Frau und ihrer Tochter, die ich vom Salon her kenne. Die Frau kam jeden Monat von Nottingham nach London, um sich von George die Haare schneiden zu lassen, so groß war ihre Hingabe. Ihre Tochter, Elena, hat herrliches, dichtes dunkles Haar, das ihr in sanften Wellen auf die Schultern fällt. Sie legte ihre eigenen Termine bei George immer mit denen ihrer Mutter zusammen. Zum einen, damit sie Zeit miteinander verbringen konnten, zum anderen aber auch, um sich ihren Vorrat an teuren Shampoos, Conditioners und Pflegekuren, die sie von ihrem eigenen Gehalt nicht kaufen konnte, von ihrer Mutter wieder aufstocken zu lassen.

Es ist schwierig, an diesem Gottesdienst teilzunehmen, ohne dass einem die Tränen in den Augen stehen, und nur bei wenigen ist das nicht der Fall. Die Lieder sind wunderschön ausgewählt, und ein langjähriger Freund von George singt ein ergreifendes Solo. Doch am bewegendsten ist die Ansprache, die sein Sohn Damian hält, ein junger Mann, der in einem viel zu jungen Alter dieser traurigen Situation gerecht werden muss. Er ist dem völlig gewachsen und tröstet uns, auch wenn er uns zugleich das Ausmaß unseres Verlustes bewusst macht.

»Zunächst muss ich mich entschuldigen«, beginnt er. »Falls Sie sich fragen, wo dieser starke Kölnisch-Wasser-Duft herkommt ...« Er wirft einen Blick hinter sich zum Sarg seines Vaters, und einige aus der Trauergemeinde fangen an zu lächeln, dann brechen sie in ein gedämpftes Lachen aus. Alle Anwesenden atmen auf, die Erleichterung ist nahezu greifbar.

Damian spricht weiter und erzählt uns viele Geschichten, die wir alle schon gehört haben, und dazu ein paar, die wir noch nicht kennen. Diejenigen, die erst seit kurzem in diesen Salon gehen, erstaunt es vielleicht, zu erfahren, dass George einst ein Topmodel war und im Studio 54 mit Promis wie Bianca Jagger getanzt hat. Glamour, Understatement und Eleganz. Das waren die Wörter, die man ganz selbstverständlich mit George in Verbindung brachte. Aber er war mehr als nur ein Mann mit Stil und einem teuren Geschmack. Er besaß auch Entschlossenheit und Mut, was sich am deutlichsten zeigte, als er einmal den Diebstahl seiner Rolex vereitelte, indem er einen Föhn am Kabel um sich herumschwang und damit den bewaffneten Täter an der Schläfe traf. Alle anderen im Salon hatten sich hinter ihren Frisierstühlen verkrochen.

Nach dem Gottesdienst ergeben sich im Innenhof des Restaurants, wo wir alle zusammenkommen, lebhafte

Gespräche, und die Anwesenden tauschen ihre Geschichten über George aus. Grant, der ihn über fünfzehn Jahre gekannt hat, wirkt verloren. Er murmelt immer wieder in seinem abgehackten schottischen Akzent: »Ein großer Verlust. So ein Verlust.« Grant war der ruhige Gegenpol zu Georges Überschwänglichkeit und Leichtigkeit, aber ihre Gemeinsamkeit war der trockene Humor. Wann immer man bei einem Besuch einfach nur dasitzen und zuhören wollte, konnte man sich über das Geplänkel zwischen den beiden über dem Klappern der Scheren und dem monotonen Brummen der Haarföhne köstlich amüsieren. Die meiste Zeit dieser Gedenkfeier sitzen Grant und Damian ganz nah beieinander, vielleicht weil sie spüren, dass sie beide der Verlust am härtesten trifft.

Ich kenne nicht viele Leute hier, nur etwa ein Dutzend, mit denen ich zufällig über die Jahre hinweg öfter mal zur gleichen Zeit einen Termin hatte. Eine Weile plaudere ich mit Elena und ihrer Mutter, Carole, dann beklage ich mit einer eleganten Frau unseren gemeinsamen Verlust. Sie hat aschblondes Haar, das von einer Schildpattspange zu einem ordentlichen Pferdeschwanz zusammengehalten wird, ist schätzungsweise Ende vierzig und trägt das bestsitzende schwarze Kostüm, das ich je gesehen habe.

»Schrecklich. Ich weiß gar nicht, wie wir das verkraften sollen«, sagt sie und schüttelt den Kopf, bevor sie wieder an ihrem Weinglas nippt.

»Ja, es ist unfassbar, finden Sie nicht auch? Man kann es kaum glauben«, erwidere ich.

»Soll ich Ihnen sagen, was ich am meisten an ihm mochte?«, fragt sie von sich aus. »Er hat mir das Gefühl gegeben, dass ich toll aussehe. Selbst wenn es in meinem Leben gerade trostlos zuging, hat er es geschafft, dass ich mich als schön und als etwas Besonderes empfunden habe. In der ersten Zeit nach meiner Scheidung habe ich jede Woche einen Termin bei ihm gemacht, nur damit ich ihn sehen konnte. Und er hat jedes Mal zu mir gesagt: ›Francesca, Sie werden wieder glücklich. Sie finden einen anderen Mann, der Sie anbeten wird. Sie werden schon sehen.‹«

Ich kann kaum glauben, dass ich der Frau gegenüber stehe, deren Namen ich als Pseudonym geklaut habe. Eine Frau, die auf merkwürdige Weise für diese Neuauflage meines Liebeslebens mitverantwortlich ist, oder aber für das Dilemma, in dem ich mich jetzt befinde, je nachdem, wie man es betrachtet. Aber das ist auch nicht weiter verwunderlich. Natürlich war klar, dass sie da sein würde.

Bei Beerdigungen werden Gefühle geweckt, die eine sofortige Vertrautheit mit anderen erzeugen. Also sage ich zu ihr: »George hat Sie wirklich verehrt. Er hat mir gesagt, er habe sehr bewundert, wie Sie nach Ihrer Scheidung Ihr Leben selbst in die Hand genommen haben und nicht in Selbstmitleid versunken sind.«

»Ach, wirklich? Nun, ich muss Ihnen sagen, meine Liebe, am Anfang gab es viele Momente, in denen ich mir selbst sehr leid tat. Aber George hat mir dabei geholfen, aus diesem Loch herauszukommen. Aber warum hat er anderen Leuten eigentlich Geschichten von mir erzählt?« Sie lächelt verschmitzt, so als störe es sie keineswegs, dass ihr Leben ausführlich erörtert wurde.

»Er meinte, es könnte mir helfen. Ich bin selber geschieden, müssen Sie wissen, und ich habe ihn gefragt, ob er Frauen kennt, denen es besser als mir gelungen ist, wieder neu anzufangen. Sie wissen schon, sich wieder nach draußen zu wagen und Jagdgeist zu zeigen.«

Als sie das hört, sagt Francesca zu mir: »Kommen Sie,

kommen Sie.« Sie geht mit mir zu einem kleinen runden Tisch und nimmt im Vorbeigehen noch zwei volle Weingläser von einem Tablett. Wir setzen uns für die nächste Stunde an diesen Tisch und achten gar nicht mehr auf die Unterhaltung um uns herum. Francesca erzählt mir alles über ihre Ehe mit einem wohlhabenden Mann, der mit Polopferden sein Geld verdiente und sie wegen seiner Sekretärin verließ. (»Es war wie in einem schlechten Roman, einfach jämmerlich, finden Sie nicht?«) Sie erzählt mir weiter, wie elend, wertlos und unattraktiv sie sich danach fühlte. Und von all den Fehlern, die ihr zu Anfang unterliefen, als sie begann, sich wieder mit Männern zu verabreden. Und von dem gewaltigen Spaß, den sie trotzdem hatte, auch während sie ihr unterliefen.

»Es war die Sache wert«, sagt sie. »Denn ich habe auf diesem Weg eine Menge über mich selbst herausgefunden und gemerkt, dass ich mit dem falschen Mann verheiratet war. Und ich habe mir geschworen, vor meinem fünfzigsten Geburtstag den richtigen zu finden.«

»Und, ist Ihnen das gelungen?«, frage ich.

»Ich bin fast am Ziel«, sagt sie lächelnd. »Fast dort angekommen. Ich meine, ich könnte ihn gefunden haben. Es ist nur, er weiß das noch nicht.« Sie blinzelt mir zu und fährt fort: »Ich werde Ende des Jahres fünfzig. Also drücken Sie mir die Daumen!« Mit verschmitztem Augenzwinkern prostet sie mir zu, und wir stoßen miteinander an.

»Wie muss ich ihn mir vorstellen? Ihren Auserwählten?« Ich frage jetzt nicht nur aus Höflichkeit, denn aus naheliegenden Gründen interessiert mich ihre Antwort brennend.

»Ach, er ist einfach ein liebenswerter Mensch. Nicht perfekt, wissen Sie. Und niemand, den ich vor zehn Jahren besonders beachtet hätte. Aber ich glaube, ich bin mittlerweile viel erwachsener geworden. Ich habe jetzt einen Mann wie ihn richtig schätzen gelernt. Er ist ehrlich und geradlinig. Keine Spielchen. Das ist so sexy, finden Sie nicht?«

Ich lasse Francescas Worte auf mich wirken und sehe ihr dabei zu, wie sie sich ein Wachtelei in den Mund steckt.

»Da haben Sie wohl Recht«, erwidere ich.

38. Listen

Marina hält Listen für eine gute Sache. Sie meint, sie bringen Klarheit in verworrene Dinge und es gebe nichts so Verworrenes wie die Liebe. Ich könnte gerade jetzt ein bisschen Klarheit gut gebrauchen, also stelle ich ein paar ganz persönliche Listen auf.

Dinge, die ich an David geliebt habe:

Seine Augen, braun wie Milchschokolade. Augen, in denen man versinken kann.

Unerschütterliches Selbstvertrauen. An der Grenze zur Arroganz, aber sehr sexy.

Schultern.

Mund.

Haare. Genau die richtige Länge zum Verwuscheln.

Genial in Bildkomposition.

Dass er mich klug und entschlussfreudig fand und es mochte, wenn ich mit ihm diskutierte.

Von der Größe her perfekt für mich.

Seinen Sinn für Romantik. Dass er sich in unsere Ehe gestürzt hat wie in ein gewaltiges Abenteuer.

Dass er Jack und Millie liebt und sie ihn vergöttern.

Dass er bei banalen Haushaltstätigkeiten zwei linke Hände hat, aber sobald etwas Kompliziertes anstand, überraschte er alle mit seinem Geschick .

Seine Überraschungen, ganz allgemein.

Wie er aussieht, wenn er gegen einen Türrahmen gelehnt dasteht, in einem ausgeleierten grauen T-Shirt, und mich schweigend ansieht.

Dinge, die ich (vielleicht) an Tom lieben könnte:

Schöne graugrüne Augen. Trauriger und zugleich lächelnder Blick.

Aufrichtig, aber nicht rührselig. Kann über seine Frau sprechen und dabei gefasst bleiben. Woher nimmt er nur diese innere Stärke?

Wunderschönes, herzliches Lächeln. Wie Ahornsirup. Und diese Falte in seinem Mundwinkel, wenn er lächelt. Sein Humor. Sein ansteckendes Lachen.

Bauch?

Faszinierende Stimme. Fahre total auf seinen Südstaatenakzent ab.

Kann hervorragend mit Sprache umgehen.

Dass er Sätze wie »Es gibt zwischen uns dieses Gefühl von Verbundenheit« am helllichten Tag in einem Café über die Lippen bringt, ohne das Sicherheitsnetz von Alkohol und Dunkelheit.

Groß genug, um mich wie R. Gere auf den Armen zu tragen.

Aufrichtig. Geradlinig.

Guter Vater. Geht mit Grace schon im Morgengrauen auf den Spielplatz. Weiß so gut Bescheid, dass er einen Vorrat an Vollkornkeksen zum Einkauf bei Waitrose mitnimmt.

Ist immer für Überraschungen gut. Vorschlag zum Kaffeetrinken im Briefkasten sehr überraschend.

Gespräch im Café auch voller Überraschungen.

Gründe, sich nicht neu in David zu verlieben:

Großes Risiko. Meint er es wirklich ernst? Kann die Katze das Mausen lassen? Warum kommt er gerade jetzt wieder angeschlichen? Wo ich ihn doch schon unterm Kamelienstrauch begraben habe. Zu spät?

Gründe, Tom nicht mehr zu sehen:

Großes Risiko. Vermutlich noch nicht bereit für neue Liebe. Bin für ihn vielleicht Übergangsfrau. Oder eine, die ihm das Leben mit Grace einfacher macht. (Aber eigentlich wirkt er nicht berechnend, oder?)

Gründe für eine rasche Entscheidung:

Nicht fair, zwei Beziehungen parallel laufen zu lassen.

Dieser Fall eine Ausnahme?

Wenn ich mit Tom ins Bett gehe, dann überhaupt nicht fair beiden gegenüber. Oder ausnahmsweise doch?

Gründe für Abwarten, was sich entwickelt:

Kann jetzt keine vernünftige Entscheidung treffen, kenne Tom noch nicht lange genug.

Werde vermutlich nicht so bald mit Tom schlafen, also noch viel Zeit, bevor ich zum Flittchen werde.

Einfach auf Wink des Schicksals warten?

Na ja, das hilft nun auch nicht gerade viel weiter.

39. Ein Spagat

Die Reise nach Valencia passt zeitlich wie die Faust aufs Auge. Georges Beerdigung und meine innere Verfassung sind nicht gerade ideal für eine dreitägige Geschäftsreise mit dem Besuch von Orangenplantagen, wie angenehm das für andere auch immer klingen mag.

Ich will damit nicht sagen, dass es mir schlecht geht. Im Gegenteil, die meiste Zeit bin ich vollkommen euphorisch vor Aufregung und Freude. Wie ein junges Mädchen, das plötzlich entdeckt, dass es die Ballkönigin ist, und von einem Tanzpartner zum nächsten wirbelt, während die Freundinnen dem Treiben ungläubig und eifersüchtig zusehen. Ich genieße die plötzliche Aufmerksamkeit, die mir zuteil wird, und auch den Nervenkitzel des Frischverliebtseins – aber müssen es denn gleich zwei auf einmal sein?

David und ich haben die Sonntagnacht zusammen verbracht, und er hat sich noch vor dem Morgengrauen still und leise wieder zu sich nach Hause verzogen. Mir ist vollkommen klar, dass das nicht richtig war: Die Kinder waren im Haus und hätten aufwachen können, und wir lagen in unserem früheren Ehebett, was nur noch weiter zur Verwirrung der Gefühle beiträgt. Wenn wir so weitermachen, lässt sich das alles bald sicher nicht mehr verheimlichen und wird nur Unruhe stiften. Aber nachdem ich alle Gründe aufgelistet hatte, warum ich David geliebt habe, war ich noch weniger in der Lage, sie beiseite zu schieben. Und meine Bedenken, dass unser Treffen ein riskantes Unterfangen ist, konnte ich irgendwie perfekt ignorieren.

Was die Sache noch weiter verschlimmert: In der Nacht vor meiner Abreise nach Spanien überquerte ich die Grenze zwischen verwirrter Frau, die vernünftige Maßnahmen ergreift, um sich über ihre Gefühle zu zwei Männern klar zu werden, und gemeinem Flittchen, das zwei Beziehungen parallel am Laufen hat. Es stellt sich nun heraus, dass das Aufstellen der Liste aller Dinge, die ich an Tom mag, ihn nur noch unwiderstehlicher für mich machte. Diese Liste muss ich nämlich jetzt noch ergänzen: hat keinen Bauchansatz; ist ein zuvorkommender Liebhaber; ist große Klasse im Küssen. Wirklich ganz große Klasse.

Und so war das ja auch alles gar nicht geplant gewesen. Aber ich hatte Tom eine Woche lang nicht gesehen, und als er hörte, dass ich drei Tage lang weg sein würde, schlug er vor, für Grace einen Babysitter zu besorgen und auf einen Sprung zu mir herüberzukommen. Als wir etwas zusammen getrunken hatten und uns an der Eingangstür verabschieden wollten, artete unser Gutenachtkuss rasch aus in einen ungezügelten, unaufhaltbaren Ausbruch der Leidenschaft. Diesmal zögerte er nicht, mich zu küssen. Es war, als hätte er sich selbst die Erlaubnis dazu erteilt. Ich sagte: »Bleib doch noch«, was er damit beantwortete, dass er mich auf die Arme nahm, meine Beine um seine Hüften legte und auf die Treppe zuging. Einen Augenblick erinnerte ich mich wie in einem Déjà-vu an Angie mit Richard Gere, und ich musste lächeln. Doch ich mahnte auch gleich zur Vorsicht: »Nicht nach oben. Die Kinder ...«, und zeigte Richtung Wohnzimmer, wo wir gemeinsam auf dem Sofa niedersanken. Von diesem Augenblick an war mein Verstand leicht benebelt, und ab einem bestimmten Punkt hörte ich ganz auf zu denken. Aber an eines erinnere ich mich noch ganz genau: Ich sagte mir, was für ein Glück, dass ich mich heute Morgen für den fuchsienroten BH entschieden habe.

Am Ende dieses Abends lagen wir auf dem Wohnzimmerboden, in eine Decke von der Sofalehne gewickelt, und lachten im Flüsterton, damit unsere Stimmen nicht das Erscheinen eines kleinen Persönchens an der Tür provozierten. Tom sagte: »Dies hier ist so unglaublich für mich. Das kannst du dir gar nicht vorstellen.« Und ich dachte mir insgeheim, vielleicht kann ich mir das sogar sehr gut vorstellen. Als es schon ziemlich spät war und mein Gesicht noch immer an all den Stellen glühte, die er gerade geküsst hatte, sagte er: »Könntest du mir einen Gefallen tun und mit dem Küssen aufhören, sonst komme ich nie hier weg. Und ich muss jetzt unbedingt gehen.« Ich setzte mich in die Decke gewickelt auf das Sofa und sah ihm beim Anziehen zu. Dann brachte ich ihn zur Tür, und er sagte zum Abschied: »Lass uns das Gutenachtsagen noch einmal versuchen. Vielleicht funktioniert es ja diesmal.« Dann eilte er schuldbewusst nach Hause, um seiner Babysitterin zu erklären, warum er zwei Stunden länger als geplant weggeblieben war, und das an einem Abend, wo sie am nächsten Morgen in die Schule musste.

Die paar Tage in Valencia geben mir die Chance, die Sache mit kühlerem Kopf und einem gewissen Abstand zu betrachten. Zumindest hält mich die Reise eine Weile von beiden fern, und ich habe Gelegenheit, über mein weiteres Vorgehen nachzudenken. Und das muss ich unbedingt. Jetzt, wo ich die Grenze überschritten habe, kann ich nicht einfach so weitermachen. Francesca würde das vielleicht noch billigen, aber George niemals. Als ich Clara vom Flughafen aus anrufe und ihr alles erzähle, ernte ich ebenfalls keinerlei Zustimmung.

»Was habe ich dir gesagt, Schätzchen? Du sollst nie

auf zwei Hochzeiten gleichzeitig tanzen!«, ruft sie aufgebracht aus. »Ich wusste, dass das in einem Spagat endet. Du musst in dir unbedingt Klarheit schaffen.« Jetzt wird sie sicher gleich in die Buchhandlung laufen und irgendeinen Ratgeber zum Thema *Die richtige Wahl – zwischen zwei Partnern entscheiden* oder *Klarheit in Gefühlsdingen* aus dem Regal ziehen.

»So einfach ist das nicht, Clara«, verteidige ich mich. »Es ist ja nicht so, dass das alles mit Absicht geschehen ist. Wenn Mel mich nicht in dieses proaktive Partnerschafts-Programm geschleppt hätte, dann wäre ich jetzt niemals in dieser Situation. Ich hätte Tom gar nicht erst kennen gelernt. Und wenn ich genauer darüber nachdenke, wäre vermutlich auch David nicht wieder auf der Bildfläche erschienen. Ich bin mir sicher, dass er das nur aus der unbewussten Angst heraus getan hat, dass ich mich allmählich innerlich von ihm entferne. Das hat ihm den Anstoß zum Handeln gegeben.«

Clara will gerade zu einer Erwiderung ansetzen (»Ja, aber das zeigt dir doch ...«), aber da gibt mein Handy mitten im Satz den Geist auf, und ich bekomme das Wesentliche gar nicht mehr mit. Und überhaupt muss ich mich jetzt auf den Weg zum Gate machen. Während ich dorthin laufe, werfe ich einen prüfenden Blick auf meine Uhr und sehe, dass es inzwischen fast drei Uhr ist. Jetzt beginnt jeden Moment die komplexe Abfolge des Kinderbetreuungs-Arrangements, das ich für meine Abwesenheit getroffen habe: David hat sich freiwillig gemeldet, heute nach dem Abendessen Jill abzulösen und die Nacht über dazubleiben, wodurch er Mel von dieser Verpflichtung entbunden hat. (Das nenne ich bequem. Es ist erstaunlich, wie kooperativ ein Ex-Mann plötzlich wird, sobald wieder Sex im Spiel ist.) Morgen dann treffen Mum und Dad ein und bleiben für zwei Tage. Sie bilden beim Abendessen die Verstärkung für Jill und übernehmen dann allein den Nachtdienst. Auf diese Weise bekommen die Kinder sogar noch mehr Aufmerksamkeit, als ich ihnen je zukommen lassen könnte, wenn ich mit ihnen allein zu Hause wäre.

Während des Fluges grüble ich darüber nach, wie so ein braves Mädchen wie ich in eine derart verworrene und moralisch fragwürdige Situation geraten konnte. Zum einen plagen mich Zweifel darüber, was ich nun weiter tun soll. Das allein ist schon schlimm genug. Und zum anderen bedrücken mich auch noch diese nagenden Selbstvorwürfe. Im Nachhinein sehe ich nämlich ganz deutlich, dass es in jeder einzelnen Situation, in die ich geraten bin, eine bessere Handlungsmöglichkeit gegeben hätte. Ex-Mann schlägt Wochenende am Meer vor? Sage nein und schlage stattdessen ein paar gemeinsame Abendessen zur Sondierung der Lage vor. Ex-Mann steht an der Tür des Hotelzimmers und sieht unsagbar verführerisch aus? Keine Frage: Sofort Tür zumachen und Ex davor stehen lassen! Nett aussehender Mann aus der Nachbarschaft schlägt gemeinsames Kaffeetrinken vor, dann Abendessen? Antworte, du müsstest erst die konfuse neue Situation in der Beziehung zu deinem Ex auseinander klamüsern. Nett aussehender Mann aus der Nachbarschaft erweist sich als viel interessanter und toller, als zunächst vermutet? Ganz gleich, was du tust, aber schlafe dann auf keinen Fall mit Ex-Mann in malerischem glyzinienumranktem Hotel und kurz darauf noch ein weiteres Mal in früherem gemeinsamem Ehebett. Und vor allem, füge diesen Sünden nicht noch weitere hinzu, indem du mit neuem Mann ein paar Tage später ebenfalls schläfst.

Es sieht so aus, als hätte sich mein Urteilsvermögen

eines Nachts, als ich gerade nicht aufgepasst habe, aus dem Staub gemacht. Lisa hat gesagt, ich solle mich stärker öffnen und Männern gegenüber nicht mehr so zugeknöpft sein. Aber ich bin mir ziemlich sicher, dass sie damit etwas anderes gemeint hat. Ich bin jetzt so wenig zugeknöpft, dass ich Gefahr laufe, auseinander zu fallen. Mein innerer Aufruhr ist so groß, dass ich nicht nur jede Minute weiter an Gewicht verliere, sondern auch überhaupt nicht merke, dass unser Flugzeug in Turbulenzen gerät. Kurz vor unserer Landung blicke ich mich zufällig einmal um und sehe, dass meine Mitpassagiere ängstlich ihre Armstützen umklammern und nach den beruhigenden Mienen der Flugbegleiter Ausschau halten; da wird mir klar, dass ich die meisten wetterbedingten Luftlöcher und Erschütterungen gar nicht mitbekommen habe. Mein Magen schlägt auch so schon seit Tagen Purzelbäume, und langsam habe ich mich wohl daran gewöhnt.

Als ich aus dem Flughafengebäude in die duftende Aprilluft hinaustrete, breitet sich ein trügerisches Gefühl der Ruhe in mir aus. Ich bin mir ziemlich sicher, dass es nur kurzfristig anhalten wird, aber ich registriere es mit Dankbarkeit. Mein Blick schweift über die lange Reihe dunkelhaariger Fahrer in schwarzen Hosen, die an ihre Limousinen und Taxis gelehnt dastehen, und sucht nach einem Schild, auf dem »Señora James« steht. Mein Fahrer entdeckt mich im gleichen Augenblick, in dem ich sein Schild sehe, und kommt auf mich zugeeilt.

»Señora James?«

»Ja. Hallo.«

»Bitte, lassen Sie mich nehmen Ihre Tasche. Señor Rico Sie treffen in Hotel.«

Señor Rico ist unser Verbindungsmann zu dem wichtigsten Orangengroßhändler, mit dem Cottage Garden

Foods zusammenarbeitet. Ich habe ihn schon einmal getroffen, als ich damals meine neue Stelle in dieser Branche angetreten habe. Seine Aufgabe wird sein, mich willkommen zu heißen, dafür zu sorgen, dass ich gut untergebracht bin, und mich auf meiner Rundreise zu den wichtigsten Plantagenbesitzern in der Gegend zu begleiten. Solche Freundschaftsbesuche von Produktmanagern und Einkäufern werden wohl zu den einfacheren Seiten seiner Arbeit gehören. Er weiß noch nicht, dass wir auch über einen Vertrag verhandeln müssen, aber da wir die Gespräche darüber vermutlich in einer lebhaften Tapas-Bar führen werden, sollte nicht einmal das allzu sehr in Plackerei ausarten.

Die Fahrt vom Flughafen führt uns zunächst ein paar Meilen weit durch vertrocknete, kahle Felder, aber bereits nach kurzer Zeit sehen wir nur noch Reihen mit blühenden Mandelbäumen und Hektar um Hektar Orangenplantagen. Die Mischung aus frühsommerlich milder Abendluft und dem Duft der Mandelblüte ist berauschend. Ich öffne mein Fenster und halte mein Gesicht in den Fahrtwind und in die letzten wärmenden Strahlen der untergehenden Sonne. Als wir im Hotel ankommen und Señor Rico mich zu meinem Zimmer führt, bin ich so abgeklärt und entspannt, wie es unter den gegebenen Umständen nur möglich ist.

Señor Rico, der davon ausgegangen ist, dass ich nach einem Arbeitstag und dem Flug müde sein könnte, hat umsichtigerweise in meinem Zeitplan genügend Freiraum vorgesehen. Nachdem er mich in meinem Hotel gut untergebracht weiß, verabschiedet er sich höflich und bestätigt mir, dass er mich am folgenden Morgen hier abholen wird. Also habe ich den Abend zur freien Verfügung. Allerdings sehne ich mich nur nach einem Gin Tonic mit ausgiebigem Entspannen in der Badewanne und anschließend nach einem ruhigen Abendessen, bei dem ich mich nicht unterhalten muss.

Mein Zimmer ist dunkel und kühl. Alles ist in Weiß gehalten, außer den Terrakotta-Bodenfliesen und dem einzelnen bunten Teppich am Fußende des Betts. Ich ziehe die Jalousien hoch, mache die Balkontür auf und trete hinaus auf den Minibalkon, der auf einen Innenhof geht. Ein einzelner Mandelbaumzweig hängt über eine Seite des Geländers und verdeckt zum Teil die Sicht auf den Hof und auf die anderen Zimmer. Draußen wird die Luft langsam kühler, aber es ist immer noch hell. Es ist ein friedvolles, unaufdringliches Abendlicht, die Helligkeit des Tages hat alles Gleißende verloren.

Ich gehe ins Badezimmer und lasse Wasser in die Wanne einlaufen, dann lege ich mich aufs Bett und hebe den Telefonhörer ab. Es ist zu spät, um mit Jack und Millie zu sprechen, aber ich kann zumindest nachfragen, wie es ihnen geht. David klingt müde, als er an den Apparat kommt.

»Hallo, hier ist Ally. Ich dachte, ich rufe mal an und frage, ob alles gut läuft.«

»Ja, alles bestens. Die Kinder sind großartig. Ich komme gut zurecht. Weiß sogar noch, wo die Töpfe und Pfannen sind. Und wie geht's dir?«

»Bin ein bisschen müde, aber sonst geht's gut. Ich habe erst morgen geschäftliche Termine, also gehe ich nachher gemütlich zum Abendessen und dann gleich ins Bett.«

»Klingt gut. Ich halte hier unser Bett für dich warm.«

Das Anmaßende hinter den Worten »unser Bett« fällt mir unangenehm auf.

»David, in den letzten zwei Jahren war das mein Bett. Ich bin mir nicht sicher, ob ich schon bereit bin, das so einfach ohne weiteres ›unser Bett‹ zu nennen.«

»Nun, du schienst ziemlich bereit dazu, als du mit mir vor ein paar Nächten darin gelegen hast.«

»Das ist etwas anderes. Das weißt du. Da hast du mich in einem Augenblick erwischt, wo ich alles vergessen hatte, was geschehen ist. Aber diese Dinge sind nun einmal geschehen, und ich kann nicht so tun, als wäre es nicht so.«

»Ich weiß, dass sie geschehen sind, Ally. Und es tut mir ja auch leid. Aber das ist doch Vergangenheit. Das ist aus meinem System gelöscht.«

»Und was ist mit meinem System?«

»Ach, komm schon, Al. Jetzt sei mir gegenüber doch nicht so zickig und kühl. Du bringst das Beste in mir zum Vorschein. Ich brauche dich.«

Ich weiß, dass jetzt eine sanfte, beschwichtigende Antwort angebracht wäre, aber sie kommt mir einfach nicht über die Lippen.

»Jedenfalls können wir das nicht alles am Telefon besprechen. Ich muss jetzt zum Abendessen.«

»Ally, liebst du mich noch oder nicht? Ich hatte nämlich den Eindruck, dass es so ist.«

»David, ich werde dich vermutlich immer lieben. Das heißt aber nicht, dass es für mich einfach ist, mit dir wieder zusammenzukommen, oder dass es mir überhaupt möglich ist.«

»Wenn du mich noch liebst, dann ist das alles, worauf es ankommt, Ally.«

Als ich dann mit meinem Gin Tonic in der Badewanne liege, bin ich innerlich wieder vollkommen aufgewühlt, obwohl ich mich doch eigentlich entspannen sollte. Ist das wirklich alles, worauf es ankommt: dass ich David noch liebe? Sicher kommt es doch auch noch auf ein paar andere Dinge an. Zum Beispiel darauf, dass er vor einiger Zeit dazu bereit war, alles aufs Spiel zu setzen, was wir einmal hatten, und zwei Jahre lang mit einer Frau nach der anderen ins Bett gestiegen ist. Außerdem ist die Frage, ob er zu uns zurückkommt, nicht nur eine Sache zwischen ihm und mir, sondern sie betrifft auch Jack und Millie. Wir können uns keinen weiteren Fehler leisten und sagen, wir probieren es mal und sehen, was dabei herauskommt.

Ja sicher, die Frage, ob er mich noch liebt oder nicht, zählt durchaus. Aber sollte er nicht auch zumindest hoffen, dass ich seine Liebe noch erwidere, und nicht gleich annehmen, dass mein Bett wieder unseres ist, und das alles mit so wenig Anstrengung von seiner Seite? Ich habe vorhin vergessen, ihn danach zu fragen. Daher greife ich, als ich aus dem Bad komme, wieder zum Telefonhörer. Diesmal hört es sich so an, als hätte ich ihn tatsächlich geweckt.

»Hallo. Ich bin's noch mal. Hab ich dich geweckt?«

»Ich hab nur gedöst. Was ist?«

»Ich habe mich bloß gefragt, was du vorhin damit gemeint hast, als du sagtest, dass du mich brauchst.«

Er lacht. »Du bist mir eine! Warum denn auf einmal dieser Ernst?«

»Ich will es einfach wissen, darum!«

»Ich habe das gemeint, was ich gesagt habe. Ich glaube nicht, dass ich mein Leben so wie jetzt weiterführen will. Ich brauche etwas anderes. Ich will das Leben, das wir zusammen hatten. Als wir diesen Tag zusammen verbracht haben, hatte ich ein Gefühl, als käme ich nach Hause, und das hat mir gefallen.«

»Und woher weiß ich, dass du deine Meinung nicht wieder änderst?«

»Das werde ich nicht, Al. Du wirst das nicht zulassen. Ich weiß, dass ich auf dich zählen kann, dass du mich vor mir selber schützen wirst.«

Er lacht, aber ich finde das gar nicht besonders lustig.

Ich sitze an meinem Tisch für eine Person, nippe an meinem Rioja und stochere in meiner Paella herum. Der Speisesaal ist voll, aber glücklicherweise schenkt mir niemand besondere Beachtung. Es gibt noch jemanden, der allein isst, ein nicht unattraktiver Mann, der vermutlich ebenfalls geschäftlich hier zu tun hat. Es amüsiert mich, wenn ich daran denke, dass ich mir noch vor ein paar Wochen vorgestellt hatte, hier jemanden wie ihn kennen zu lernen. Dabei hätte ich irgendeine von Marinas Requisiten oder eine passende Körpersprache eingesetzt, um dem Ganzen Vorschub zu leisten. Aber heute Abend könnte mir nichts ferner liegen. Da hätte ich auch Nicki auf diese Geschäftsreise schicken können, gemessen an meinem Eifer, hier nach Beute Ausschau zu halten.

Ich lasse die Hälfte meiner Paella auf dem Teller und verzichte auf ein Dessert. (Schon ist wieder ein Viertel Kilo runter.) Ich habe nicht die innere Ruhe, um hier sitzen zu bleiben und die Atmosphäre und das Alleinsein zu genießen, also beschließe ich, nach oben zu gehen und mir mit einem Buch die Zeit zu vertreiben. Aber aufs Lesen kann ich mich auch nicht konzentrieren, also klappe ich meinen Laptop auf und logge mich in meine Mailbox bei PerfectPartnership.com ein. Die Dutzende von unbeantworteten Maileingängen beachte ich gar nicht mehr. Ich weiß, ich kann sie alle mit einem Klick löschen, wenn ich das möchte. Ich bin nicht auf die Seite gegangen, um Mails zu lesen, sondern um eine zu schreiben.

Lieber M,
bin vollkommen durcheinander. Laufe Gefahr, mich ernstlich mit zwei Männern einzulassen. Mit Ex-Mann und mit dem netten neu kennen gelernten. Bin gespalten: Ist das Naheliegende auch das Beste? Soll ich der zerbrochenen Ehe eine zweite Chance einräumen? Den Kindern ihren Vater zurückgeben – was übrigens das

Einfachste und durchaus sehr verlockend wäre? Oder soll ich die Gelegenheit eines Neubeginns beim Schopf packen, mit allen Risiken und Chancen?
Gruß
F

Ich warte ein paar Minuten, dann sehe ich im Posteingang nach, ob er geantwortet hat. Aber es ist keine Mail gekommen. Ich lasse den Laptop stehen und ziehe mich aus; dann sehe ich noch einmal nach. Immer noch nichts. Er hat anscheinend Besseres zu tun, als einer Fremden, die er nie gesehen hat, gute Ratschläge zu geben. Dieses Bessere hat vermutlich mit seiner aufkeimenden Liebe zu tun, von der er mir das letzte Mal geschrieben hat. Ich wünsche ihm viel Glück.

Also gehe ich ohne Antwort ins Bett. Am nächsten Morgen ist auch noch keine Antwort da, also breche ich nicht schlauer als zuvor zu meiner Geschäftstour auf. Gekleidet mit einer leichten Hose und Bluse, meinen neuen cremefarbenen Mokassins und einem großen Hut mit breiter Krempe, steige ich in Señor Ricos Cabrio und fühle mich fast so wie Grace Kelly. Doch wie sich bald herausstellt, ist der Hut absolut unpraktisch, denn idealerweise müsste man, damit er auf dem Kopf bleibt, eine Kapuze aus winddichtem Ölzeug darüber tragen. Und da hier so etwas nicht zur Hand ist, bin ich gezwungen, den Hut in der Tasche zu verstauen und ihn gegen die weniger glamouröse, aber wenigstens auf dem Kopf bleibende Baseballkappe auszutauschen.

Señor Ricos Orangengroßhandel ist Abnehmer von über dreitausend Plantagenbesitzern hier in der Region. Ich kann mir nicht vorstellen, dass alle von ihnen charmant und freundlich sind, aber diejenigen, denen er mich heute vorstellt, sind es eindeutig. Mein Liebling ist Angelo Recatala, ein Mann mit zwei jungen Töchtern, der mit seinen beiden Brüdern eine zwölf Hektar große Plantage bewirtschaftet. Sein Betrieb gehört zu den kleineren, die wir besuchen, aber er geht mit so großer Leidenschaft darin auf, dass man sich seiner Begeisterung nicht entziehen kann. In stockendem Englisch, so dass ich ihn kaum verstehen kann, erzählt er mir alles vom Bäumestutzen im Januar und Februar und von der sorgfältigen Beobachtung der Bäume im Sommer bis zur Ernte im September. Ich übertreibe meine Begeisterung über seine neuinstallierte Bewässerungsanlage ein wenig, um seinen Feuereifer nicht zu bremsen.

Señor Recatalas Frau kündigt einen Lunch aus *jamón de bellota* und *parrillada de verduras* an, was sich als saftiger dunkler Schinken mit gegrilltem Gemüse herausstellt. Platten mit weiteren Köstlichkeiten kommen ständig neu auf den Tisch – beeindruckend große Garnelen in Knoblauchbutter und gebratener Tintenfisch mit schwarzer und weißer Mayonnaise. Ich schlinge alles mit großem Appetit hinunter und trinke dazu mehrere Gläser selbstgekelterten Wein. Es ist seit über einer Woche die erste Mahlzeit, die ich vollständig und mit echtem Genuss zu mir nehme.

Wir verabschieden uns herzlich von Señor Recatala und fahren zu einer anderen, viel größeren Plantage. Der Besitzer ist ein neuer Lieferant von uns und unternimmt große Anstrengungen, uns zufrieden zu stellen. Überall sieht man blitzblanke Maschinen und Apparaturen, und die Tropfbewässerungsanlage, auf die Señor Recatala so stolz war, gibt es hier schon seit Jahren. Auf der ganzen Anlage herrscht geschäftiges Treiben, und man sieht viele Arbeiter. Alles hier wirkt wie eine modernere und straffer organisierte Version der Recatala-Plantage, hat aber ebenfalls seinen Reiz.

Von der Schönheit der Landschaft und dem Temperament der Leute wird mir warm ums Herz, aber gleichzeitig erschöpft mich das dichtgedrängte Programm des Tages. Dennoch drängen sich David und Tom und mein ungelöstes Dilemma von Zeit zu Zeit immer noch in meine Gedanken. Ich ertappe mich dabei, dass ich Menschen zwar ansehe, sie aber gar nicht richtig wahrnehme oder in Gesprächen erst mit deutlicher Verzögerung die passende Antwort gebe. Selbst während des lebhaften Abendessens mit Señor Rico und seinen Kollegen, das sich an die Besichtigungstour anschließt, schweifen meine Gedanken immer wieder ab.

Als ich nach dem Abendessen wieder in meinem Hotelzimmer bin, logge ich mich bei PerfectPartnership.com ein, um zu sehen, ob M inzwischen geantwortet hat. Und tatsächlich.

Liebe F,
ist es möglich, dass das Richtige auch gleichzeitig das Neue sein könnte?
M

Ich tippe eine Gegenfrage ein.

Lieber M,
und das heißt?

Ich gehe davon aus, dass ich wieder bis zum nächsten Morgen auf Ms Antwort warten muss, daher bin ich erstaunt, seine Antwort bereits vorzufinden, als ich vom Zähneputzen zurückkomme.

Liebe F,
das heißt, dass es sich für Sie richtig anfühlen muss. Will Ex denn überhaupt aus den richtigen Gründen zurückkommen?
Herzlich,
M

Lieber M,
sagt, er braucht mich. Sagt, er vermisst unser gemeinsames Leben. Sagt, ich schütze ihn vor sich selbst (vor seiner Vorliebe für wechselnde Liebesaffären).

Liebe F,
Motivation des Ex klingt in meinen Ohren nicht so gut. Klingt eher nach Bequemlichkeit.

Lieber M,
eins zu null für Sie!
Aber die Frage, ob neuer Mann zu neuer Liebe bereit ist, bleibt bestehen. Vielleicht hängt er ja auch der Illusion nach, dass ich ihn vor sich selbst schützen werde. Vielleicht will er einfach nur das Loch füllen, das der Tod seiner Frau gerissen hat.

Liebe F,
lassen Sie mich Ihnen etwas über dieses Loch erzählen. Es gibt keinen leichten Weg, es auszufüllen, nicht einmal die Illusion darüber, das jemals zu schaffen. Jedenfalls nicht mit den üblichen Ablenkungsmanövern. Das Beste, was man sich von einer durchschnittlichen Affäre erhoffen kann, ist eine dünne Papierschicht über dem Loch. Denn diese Leere ist so groß, dass nur eine echte Beziehung Hoffnung bietet, sie jemals wieder zu füllen. Es könnte sein, dass Sie herausfinden, dass Ihr neuer Mann deshalb sehr gut einschätzen kann, ob diese Beziehung für ihn etwas Echtes ist, und dass das, was er für Sie fühlt, tatsächlich das Richtige ist.

Lieber M,
wie kann ich das sicher erkennen?

Liebe F,
fragen Sie ihn. Was haben Sie denn zu verlieren? Was ist, wenn er sagt, seit er Sie getroffen habe, sei er nicht mehr derselbe? Was, wenn er Ihnen all das aufzählt, was er an ihnen liebt? Dann würden Sie wissen, dass es ihm nicht um das Überdecken dieses Lochs geht, sondern darum, es wieder neu zu füllen.
Wäre das nicht schön?
Gute Nacht.
M

Ich glaube nicht, dass ich dem noch etwas hinzufügen kann, also logge ich mich aus und gehe ins Bett. Aber nicht einmal die kühlen Baumwolllaken und der Jasminduft, der vom Hof heraufweht, können mich in den Schlaf lullen. Nachdem ich eine Weile so dagelegen und an die Decke gestarrt habe, schalte ich das Licht an und nehme den Telefonhörer wieder zur Hand.

In London ist es ein Uhr früh, aber Tom klingt hellwach. »Ally, bist du zurück?«

»Nein, ich bin immer noch in Spanien. Ich wollte einfach nur deine Stimme hören.« Es gibt zwei Möglichkeiten, die jetzt eintreten können. Entweder eine stille peinliche Ablehnung meines Geständnisses oder ein warmherziges Akzeptieren.

»Wem sagst du das! Ich warte seit zwei Tagen nur darauf, deine Stimme zu hören. Ich vermisse dich. Klingt das jetzt verrückt? Bis vor zwei Wochen bin ich perfekt allein zurechtgekommen, aber jetzt habe ich das Gefühl, ich möchte jede einzelne Minute mit dir verbringen.«

»Tom, an dem Abend, bevor ich weggefahren bin …«

»Ich weiß. Das war vermutlich ein bisschen zu schnell, und wir sollten das Tempo ein wenig drosseln.«

»Nein. Für mich war es nicht zu schnell. Aber vielleicht geht es zu schnell für dich? Solltest du nicht besser erst ein wenig das Terrain erkunden und wieder festen Boden unter den Füßen bekommen? Du weißt schon, mal hier ein kleines, beiläufiges Date, mal dort, oder so.« Bitte lass ihn jetzt nicht zustimmen, dass solche Dates genau seiner Vorstellung entsprechen würden.

»Ich bin nicht der Typ für gelegentliche Dates. War ich noch nie«, erklärt er. »Ich will das alles wirklich.«

Was will er wirklich? Sich selbst vor der Vergangenheit schützen? Oder das Loch überdecken?

»Warum? Warum willst du es, Tom?«

»Warum? Weil ich dich jetzt, wo ich dich kennen gelernt habe, nicht mehr so einfach vergessen und weitermachen kann wie bisher. Das wäre wie ein nochmaliger Verlust. Ich kann dir nichts versprechen, Ally. Ich kann nicht versprechen, dass es mit uns klappt. Aber ich kann dir versprechen, dass ich alles dafür tun werde. Reicht das?«

»Hmm. Für ein Versprechen ist das gar nicht so schlecht«, sage ich und kaue an meiner Lippe.

»Du hast etwas in mir ausgelöst, Ally. Ich weiß nicht, wodurch. Vielleicht durch die ungewöhnliche Art, wie du einen Rugbyball wirfst. Oder wie deine Augen leuchten, wenn du über die große Tradition der Orangenmarmelade sprichst – und dabei mag ich dieses süße Zeug nicht einmal. Oder weil du so großartig mit deinen Kindern umgehst. Und dadurch, wie es sich anfühlt, wenn ich dich küsse. Alles zusammen. Aber besonders das Letzte. Reicht das als Begründung?«

Allerdings.

40. Willkommen daheim

Am zweiten Tag meiner Plantagentour mit Señor Rico wendet er sich mir plötzlich zu und fragt: »Señora James. Ist alles in Ordnung mit Ihnen? Stimmt etwas nicht?«

»Wie bitte? Oh, nein. Alles in Ordnung. Ich war nur gerade in Gedanken versunken.«

»Sind Sie sicher? Sonst können wir vielleicht den Zeitplan für den letzten Nachmittag ändern, wenn Ihnen das lieber wäre.«

»Nein, alles ist bestens. Machen Sie sich keine Sorgen.«

Kein Wunder, dass ich nicht voll konzentriert bei der Sache bin, bei all den Fragen, die mir im Kopf herumschwirren. Weiß David wirklich, was er will? Wie hat er das gestern Abend eigentlich gemeint? Glaube ich Tom, wenn er sagt, er will sich bemühen, dass es mit uns klappt? Kann ich dem Luftsprung vertrauen, den mein Herz dabei vollführt hat? Aber was mich am meisten beunruhigt, ist die Frage: Was soll ich jetzt nur tun?

Zumindest eines habe ich jedoch festgestellt. Ich bin zu dem Schluss gekommen, dass ich genaugenommen doch kein Flittchen bin. Es stimmt zwar, ich habe mit David geschlafen und kurz darauf mit Tom. Aber ich werde nicht eher wieder mit einem von beiden ins Bett steigen, bis alles ins Reine gebracht ist. Also hat es, strenggenommen, keine Überschneidung gegeben.

Der Tag kann für mich gar nicht schnell genug vorübergehen. Ich fürchte, ich war bei unseren Vertragsverhandlungen am Spätnachmittag etwas härter, als ich üblicherweise vielleicht gewesen wäre; ich bin aber so erpicht darauf, den Sechs-Uhr-Flug nach Heathrow zu schaffen, dass ich nicht bereit bin, irgendwelche Abschweifungen vom Thema und ein gemächliches Tempo beim Durchgehen der Klauseln zuzulassen. Und ich bin noch weniger geneigt, bei irgendeinem Vertragspunkt nachzugeben, um jedes weitere Geplänkel bei den folgenden Punkten gleich von vornherein zu unterbinden.

Obwohl ich es kaum erwarten kann, nach Hause zu kommen, verlasse ich die süße, duftende Luft und die freundliche Gesellschaft unserer Geschäftspartner nur ungern. Die zwei Tage hier waren rundherum erfrischend, auch wenn ich die meiste Zeit davon meiner staunenden Bewunderung über Tropfbewässerungssysteme und modernste Zerkleinerungsapparaturen Ausdruck verleihen musste. Ich kann nicht erwarten, in England von einem solchen Traumwetter begrüßt zu werden, sondern werde vermutlich bei Regen mit dem Taxi nach Hause fahren müssen.

Aber keineswegs. England durchlebt gerade einen dieser Sommereinbrüche, die häufig Anfang April auftreten und falsche Hoffnungen wecken – meist ein sicheres Zeichen dafür, dass wir dann im Mai Kälte und Regen im Übermaß bekommen. Als ich aus dem Flughafenterminal in die angenehme Abendluft hinaustrete, erinnert mich das an Valencia; nur die Mandelblüte und die olivhäutigen Fahrer, die sich lässig an ihre Taxis lehnen, fehlen hier.

Als mein Taxi vor unserem Haus anhält, sehe ich bereits Mums Gesicht durch einen Spalt in der Jalousie hervorlugen. Und noch bevor ich dem Fahrer das Geld gegeben habe, steht sie schon neben mir, und Dad schleppt meinen Koffer die Eingangstreppe hinauf. Bei dem Riesenwirbel, den Mum um meine Heimkehr veranstaltet, könnte man meinen, ich wäre sechs Monate lang mit dem Rucksack in Nepal auf Trekkingtour gewesen und nicht bei Wein und gutem Essen im sonnigen Süden, nur zwei Stunden Flugzeit entfernt.

»Liebling, möchtest du eine Tasse Tee?«, fragt sie mich sogleich und sieht lächelnd zu, wie Jack und Millie herbeigestürzt kommen, um mich zu umarmen.

Mums Tee ist nicht zu verachten, so viel durchdachtes und methodisches Vorgehen verwendet sie auf die Zubereitung: frisches Wasser aufkochen (zu wenig Sauerstoff im alten Wasser, das noch im Kessel ist); die Kanne eine Minute lang vorwärmen; drei Teebeutel hineinlegen (zumindest, wenn er für mich ist); viereinhalb Minuten ziehen lassen; dabei nicht umrühren! (keine Turbulenzen erwünscht). Ich versuche erst gar nicht, für meine Eltern Tee zu kochen, wenn sie zu Besuch kommen, denn ich mache immer etwas falsch, und ich kann es dann nicht ertragen, wenn sie höflich, aber mit versteinertem Gesicht dasitzen und jeden Schluck hinunterwürgen.

»Ich bitte darum«, sage ich daher, dann: »Wie geht es meinen beiden Engeln. Ich habe euch so vermisst.« Das stimmt auf eine gewisse Art und Weise, obwohl ich durchaus eingestehen muss, dass sich meine Gedanken häufig auch mit anderen Dingen beschäftigt haben. Wenn ich länger als einen Tag von ihnen getrennt bin, entwickelt mein Körper eine Art unterbewusstes Verlangen nach ihnen. Und nach mehr als zwei Tagen Abwesenheit wird das stille Verlangen zu einem anhaltenden, nicht unterdrückbaren Schmerz. Es kommt mir vollkommen unnatürlich vor, wenn ich nicht die Letzte bin, die sie vor dem Einschlafen sieht, wenn ich nicht weiß, was sie zu essen bekommen haben oder was sie im Laufe des Tages glücklich oder wütend gemacht hat.

Dad hat ihnen gerade im Wohnzimmer vorgelesen,

aber sie wollen, dass ich ihnen die Geschichte zu Ende erzähle. Es ist eine von Jacks Lieblingsgeschichten, über einen kleinen Jungen, der auf mitternächtliche Abenteuer geht und dabei auf Abschleppwagen, lichtscheue Gestalten und große Schatztruhen stößt. Ganz die liebenswürdige ältere Schwester, hört Millie aufmerksam zu, als sei es *Die Prinzessin auf der Erbse.* Gerade als ich fast am Ende angelangt bin, bekomme ich eine perfekt zubereitete Tasse Tee gereicht, an der zu nippen sich aber als sehr schwierig herausstellt, da ich je einen Arm um ein Kind gelegt habe.

Millie fragt, ob ich ihr etwas über Spanien erzähle, also berichte ich über die Einzelheiten, die sie meiner Einschätzung nach interessieren. Dann stürmt Jack davon, um den Atlas zu holen, damit ich ihm zeigen kann, wo genau ich gewesen bin. Als wir gerade über eine zweiseitige Karte von Südspanien gebeugt dasitzen, verkündet Millie eine große Neuigkeit.

»Mummy, du hast Blumen bekommen.«

»Blumen? Wo?« Ich will eigentlich noch fragen »Von wem?«, aber die Aufregung schnürt mir irgendwie die Kehle zu.

»Sie stehen in der Küche«, sagt Mum. »Jemand hat sie heute Morgen hingelegt, als wir die Kinder zur Schule gebracht haben. Wir haben sie draußen auf der Treppenstufe gefunden.«

»Ich hol sie!«, ruft Jack und stürmt in die Küche. Er kommt mit einem kleinen Korb voller Schneeglöckchen und Lilien zurück. An der einen Seite schaut ein blaues Kuvert heraus. Jack nimmt den Brief und reicht ihn mir herüber, seine Augen sind kugelrund vor gespannter Erwartung.

»Wir hatten ziemliche Mühe, gewisse kleine Leute davon abzuhalten, das Kuvert zu öffnen«, sagt Dad. Er zwinkert mir zu und neigt den Kopf in Jacks Richtung, aber ich bin mir sicher, er ist genauso neugierig darauf, die Identität des Absenders zu erfahren, wie Jack.

Die Karte trägt keine Unterschrift, und auch die Notiz klingt ein bisschen geheimnisvoll. *Habe dich vermisst xox.* Aber ich glaube, ich weiß, von wem sie ist.

Keiner der anderen kann den Inhalt lesen, aber ich werde ganz rot und ein verlegenes Lächeln schleicht sich in mein Gesicht. Ich habe das Gefühl, als hätte man mich bei etwas ertappt.

»Wer ist es, Mummy?«, fragt Millie. Hofft sie vielleicht, dass es David ist?, frage ich mich.

»Es ist Grace' Daddy. Erinnerst du dich? Der nette Mann, der mit dir Rugby gespielt hat, Jack.«

Jack blickt verblüfft drein. »Aber warum bekommst du von dem Blumen?«, fragt er entgeistert.

Mum kommt mir zu Hilfe. »Das, meine Lieben, geht euch gar nichts an. Kommt jetzt, lasst Mummy nach oben gehen und sich umziehen, und ich gehe mit euch Zähneputzen.« Und mit diesen Worten scheucht sie die beiden die Treppe hoch, und Dad räuspert sich verlegen und versteckt sich hinter seiner Zeitung.

Ich stehe auf, gebe ihm einen Kuss auf die Stirn und sage dann: »Ich gehe nach oben, mich umziehen. Bin in einer Minute wieder da.« Als ich aus dem Zimmer gehe, sagte er, ohne von der Zeitung aufzublicken: »Hoffe, er ist ein netter Kerl, Liebes.«

Auf Reisen zu gehen bedeutet bei der Rückkehr immer, dass das Ritual des Zubettgehens bei den Kindern mindestens eine Stunde länger dauert als normal. Drei Geschichten statt einer, mehrere Extra-Umarmungen, Dutzende wichtige Gedanken, die geäußert werden müssen. Wie bei jeder anderen Gelegenheit, bei der ich wegfahren musste, gilt das auch heute Abend. Es ist merkwürdig, aber wenn sie mich verlassen, um zu David zu gehen, gilt dieses Prinzip nicht. Nur wenn man von sich aus entscheidet, sie zu verlassen, muss man dafür bezahlen.

Als ich wieder nach unten komme, ist es beinahe neun Uhr, und Mum und Dad sehen sich die Nachrichten an. Ich setze mich neben Mum auf das Sofa, und sie sagt: »Ich hab mir gedacht, dass du sicher im Flugzeug was zu essen bekommst, Liebling, aber wenn du noch Hunger hast, mache ich dir gern was.«

»Nein, nein. Ich habe keinen Hunger«, erwidere ich.

Dann sprechen wir über ihre zwei Tage mit den Kindern und machen zwischendurch eine Pause, um einer besonders amüsanten Meldung in den Nachrichten zuzuhören, als George Bush sich durch eine Pressekonferenz stottert, die ihm anscheinend ziemlich außer Kontrolle geraten ist. Mum erzählt mir, dass sie Jill großartig findet, und wundert sich auch darüber, wie hilfsbereit David plötzlich ist. Währenddessen frage ich mich die ganze Zeit über, ob die beiden mein flaches Atmen und mein Herzklopfen bemerken. Sicher kann Mum das lächerlich schnelle Heben und Senken meines Brustkorbs unter der Bluse sehen.

Schließlich halte ich es nicht länger aus. »Würdet ihr es wirklich sehr unhöflich von mir finden, wenn ich für eine Stunde oder so weggehe? Ich muss noch etwas erledigen.«

Mein Vater sieht verwirrt aus, aber Mum zögert keine Sekunde mit ihrer Antwort. »Natürlich nicht, Liebling. Geh nur. Wir haben ja noch das ganze Wochenende zusammen.«

Und so eile ich, am Ende im Laufschritt, die drei Straßen hinunter, die zwischen meinem Haus und seinem liegen. Ich mache mir keine Gedanken darüber, was ich anhabe oder ob meine Frisur furchtbar aussieht. Ich laufe einfach. Als ich an seiner Tür angekommen bin, sehe ich, dass noch Licht brennt. Aber Grace wird jetzt sicher schon schlafen, also klopfe ich lieber an die Tür, als zu klingeln. Als er aufmacht, breitet sich langsam dieses Ahornsiruplächeln in seinem Gesicht aus. Das als kleines Rinnsal beginnt, aber am Schluss alles überschwemmt.

»Sieh mal an, wer da ist. Die unerschrockene Entdeckungsreisende.«

»Ich wollte nicht bis morgen warten. Ich hoffe, das ist okay.«

»Oh, ich denke, damit kann ich gerade noch leben. Komm rein.« Er zieht mich in den Flur und legt seine Arme um mich, dann küsst er mich sehr zärtlich.

»Ich wollte vorbeikommen und dir etwas sagen.«

»Okay. Ich hol uns was zu trinken, und dann kannst du es mir erzählen«, erwidert er und sieht nicht im Geringsten besorgt darüber aus, was ich ihm wohl zu sagen habe. Er hebt mich auf die Arme, so wie neulich abends, und trägt mich in die Küche, wo er mich auf die Arbeitsplatte setzt und sich mit seinen Händen an meinen Hüften vor mich hinstellt.

»Weißt du noch, am Telefon, als du mir all diese schönen Dinge gesagt hast? Das hat mich komplett überrumpelt, und ich konnte dir gar nichts darauf antworten.«

»Ja, das ist mir auch aufgefallen«, gibt er leichthin zu.

»Nun, ich werde es dir jetzt sagen. Alles, was ich an dir mag. Zuerst mal das hier«, sage ich und zeichne seine Lachfalte auf der Wange mit dem Zeigefinger nach. Die Furche wird tiefer, als sein Lächeln breiter wird.

»Etwas anderes, was ich liebe, ist, dass du daran denkst, einen Vorrat an Vollkornkeksen für Grace mitzunehmen, wenn du mit ihr zu Waitrose einkaufen gehst.«

»Das musst du mir bei Gelegenheit mal genauer erklären«, sagt er, tritt einen Schritt zurück und sieht mich belustigt an.

»Und dann ist da noch die Art, wie du Jack den Rugbyball zugeworfen hast, und die Tatsache, dass du so etwas Verwegenes wie ›Es gibt dieses Gefühl von Verbundenheit zwischen uns‹ mitten in einem Café im hellen Tageslicht sagen konntest, als wir uns gerade erst kennen gelernt hatten. Das liebe ich an dir.«

Er küsst mich, und ich sage: »Und natürlich ist da noch die Tatsache, dass du wunderbar küssen kannst. Du bist ein großartiger Küsser.« Dann fällt mir wieder ein, was mich tatsächlich dazu bewogen hat, hierher zu laufen. »Und du schickst mir Blumen. Danke. Sie sind wunderschön.«

Tom tritt mit verblüfftem Gesichtsausdruck einen Schritt zurück. »Blumen?«

»Die Lilien und Schneeglöckchen, die du zu mir nach Hause geschickt hast.« Ein plötzlicher Schauer durchrieselt mich, denn mir wird schlagartig klar, dass ich vielleicht einen Fehler gemacht haben könnte.

»Ally, ich würde gerne die Blumen für mich beanspruchen, aber ich fürchte, das kann ich nicht. Die müssen von deinem anderen Liebsten sein.«

Ich weiß, dass ich als Antwort auf diese Bemerkung schnellstens sagen müsste: Sei nicht dumm, es gibt keinen anderen Liebsten, dann müssen die Blumen vom Nachbarn sein, auf dessen Katze ich aufgepasst habe, oder von so einem Kerl bei der Arbeit, der sich in mich verguckt hat, oder von meiner Chefin, Anna Wyatt, die mir zu meiner tollen Arbeit in der letzten Zeit gratulieren wollte. Aber stattdessen sitze ich mit leichtgeöffnetem Mund vor ihm. In einer Notlage bin ich noch nie sehr gut darin gewesen, Lügengeschichten zu erfinden.

Toms Miene verdüstert sich ein wenig. »Ally, stehe ich da in Konkurrenz mit einem anderen?«

Ich bin sicher, als er jünger war, war für ihn die Situation, mit einem anderen Mann um die Zuneigung eines Mädchens zu konkurrieren, überhaupt nicht unangenehm. Ich würde sogar darauf wetten, dass er damals die meisten dieser Konkurrenzkämpfe für sich entschieden hat. Aber jetzt, nach alldem, was er durchgemacht hat – nach dem Verlust von Jenny und der Tatsache, nun ganz auf sich selbst gestellt zu sein, der Angst, niemanden mehr zu finden, und der vielleicht noch größeren Angst, als er dann doch wieder jemanden gefunden zu haben schien –, ist vermutlich ein Konkurrenzkampf nicht das erhoffte Szenario.

»Nein. Das nun nicht gerade. Die Dinge sind nur, hm, ein wenig kompliziert.«

»Wie kompliziert?«, fragt er und nimmt seine Hände von meinen Hüften. Er ist nicht abgekühlt, das wäre keine exakte Beschreibung. Er ist auch nicht richtig sauer. Er schafft nur etwas mehr Distanz, was ich ihm nicht verübeln kann. Aber es jagt mir doch ein wenig Angst ein.

»Es ist mein Ex-Mann David. Man könnte sagen, er hat in jüngster Zeit wieder mehr Interesse an mir gezeigt. Ich vermute, er könnte derjenige gewesen sein, der die Blumen geschickt hat.«

Selbstverständlich war es David, der mir die Blumen geschickt hat. Nur mein Wunschdenken hatte mich so sicher gemacht, sie seien von Tom. David war immer schon groß gewesen im Blumenschicken. Romantische Gesten als Entschuldigung für schlechtes Benehmen und dergleichen.

»Ich dachte, ihr seid seit über zwei Jahren geschieden? Und du hast gesagt, er sei mit so vielen anderen Frauen zusammen gewesen, dass du sie schon gar nicht mehr zählen kannst. Warum zeigt er dann jetzt plötzlich Interesse?«

Die Antwort auf diese Frage weiß ich auch nicht so genau, aber ich habe so meine Vermutungen. Ich vergrabe meinen Kopf in den Händen und versuche zu entscheiden, was ich Tom erzählen soll.

»Tom, ich weiß wirklich nicht, warum. Er sagt, er bedauert, was geschehen ist, und vermisst das Leben, das wir einmal hatten. Ich denke, es könnte ihn auch erschreckt haben, als er gesehen hat, dass ich zu guter Letzt begonnen habe, mein Leben weiterzuleben. Als ich beschlossen habe, wieder auszugehen und jemand anderen zu finden, war das vermutlich so etwas wie ein Schock für ihn. Es heißt noch lange nicht, dass seine Gefühle echt sind. Und es heißt auch nicht, dass ich ihn unbedingt zurückhaben will.«

Das »unbedingt« war ein Fehler. Aber Tom geht nicht darauf ein. Er ist viel zu sehr auf den vorherigen Satz konzentriert.

»Halt. Was meinst du damit, du hast beschlossen, auszugehen und jemanden zu finden? Wie genau machst du das? Bin ich das Ergebnis irgendeiner Strategie oder was?«

Habe ich mich aufgemacht, um auf Männerfang zu gehen? Es ist zwar erst sechs Wochen her, seit mich Mel gefragt hat, ob ich ihr bei ihrem Artikel helfe, aber irgendwie ist in dieser Zeit in meinem Kopf alles durcheinander geraten. In einem Moment muss man mich noch unter heftiger Gegenwehr in ein Seminar voll weiblicher Singles ins Savoy schleppen, aber schon im nächsten begrabe ich meinen Ballast, tüftle Dates aus und registriere mich bei Partnerschafts-Websites. Und jage attraktiven Fremden in den Park hinterher. Was ist mit mir geschehen? Wie konnte ich nur in so einer Situation enden?

Aber ist es wirklich so schlimm?

»So, wie du es darstellst, klingt es ja wirklich schrecklich. Aber es ist nicht so schlimm, wie du meinst.«

Könnte es denn noch schlimmer sein?

»Ich wollte damit nur sagen, dass ich in den letzten beiden Jahren nicht wirklich offen für eine neue Beziehung war. Ich habe wahrscheinlich im Unterbewusstsein jeden Gedanken an so etwas abgelehnt. Dann veränderte sich etwas in mir, und ich beschloss, dass es nun der richtige Zeitpunkt war. Es ist purer Zufall, dass ich dich kurz darauf kennen gelernt habe. Und dann begann plötzlich auch David damit, mir diese merkwürdigen Avancen zu machen.«

Toms Miene hat sich ein wenig entspannt, und die Beunruhigung ist aus seinem Blick verschwunden. »Also hast du irgendwie beschlossen, du wärst jetzt reif für etwas Neues, und dann, schwuppdiwupp, hast du mich kennen gelernt. Einfach nur so?«

Ja, einfach so, mit ein paar Details mehr oder weniger. Aber muss er diese Details denn wirklich erfahren? Und ist seine Befremdung, wenn er die Details jetzt erfährt, größer, als wenn er sie später herausfindet und sich dann getäuscht fühlt? Gesetzt den Fall natürlich, es gibt überhaupt ein Später.

»Ja, irgendwie schon«, antworte ich. Und dann erzähle ich ihm alles, ohne Rücksicht auf Verluste. »Meine Freundin Mel hat mich gebeten, an einer Reihe von Seminaren für Frauen teilzunehmen, die einen Ehemann oder Partner oder was auch immer kennen lernen möchten. Sie ist Journalistin, und sie brauchte einen persönlichen Erfahrungsbericht. Also habe ich mich dazu bereit erklärt. Allerdings nur sehr widerwillig, muss ich dazusagen. Aber ich ging zu diesen Seminaren, und ich habe alle Anweisungen befolgt, und so habe ich dich getroffen. Und ich vermute, David hat das alles irgendwie beobachtet und bekam es mit der Angst zu tun.«

Toms Miene verdüstert sich wieder. Diesmal noch stärker als vorhin.

»Also, du gehst zu einem Kurs und befolgst irgendwelche Anweisungen, und schon triffst du mich? Was zum Teufel waren das überhaupt für Anweisungen? Treffen Sie durch Zufall trauernden Witwer auf Kinderspielplatz und becircen Sie ihn mit Ihrem unwiderstehlichen Charme?«

Nun, ja, wenn man es so beschreiben will. Schließlich laufen Marinas raffinierte Tipps und Tricks und ihr ausgeklügelter Marketing-Jargon auf nichts anderes hinaus. Man managt die eigene Lebenssituation so, dass man größere Chancen hat, zufällig jemanden kennen zu lernen, der zu einem passt. Laut Marina kann man den Jackpot innerhalb eines Jahres oder aber, wie in meinem Fall, auch in sechs Wochen knacken. Da ich bei den Vorträgen mit wachsender Begeisterung zugehört habe, kam mir das alles nicht besonders schlimm vor. Aber ich kann mir gut vorstellen, wie das Ganze auf Tom wirken muss. Er hat in den vergangenen sechs Wochen nicht den gleichen Prozess durchlaufen wie ich.

»Ja und nein. Ich meine, ich hatte dich davor auch schon gesehen, und dann sind wir uns direkt vor dem Haus über den Weg gelaufen. Erinnerst du dich? Und eines Tages hab ich beschlossen, dir zu folgen, als ich dich vom Fenster aus am Haus vorbeigehen sah. Danach habe ich immer gehofft, ich würde dich zufällig wiedersehen, aber dem war nicht so. Bis ich einmal ausprobiert habe, zum Einkaufen nicht zu Tesco, wo ich normalerweise hingehe, sondern zu Waitrose zu fahren. Und dort hab ich dich dann tatsächlich wiedergetroffen. Ist das denn so schlimm? Nun mal ehrlich!«

Ich sehe genau, dass er es ziemlich schlimm findet. Ehrlich. Und wenn ich mich in seine Situation hineinversetze, dann kann ich mir vorstellen, dass ich es auch ziemlich schlimm finden würde. Er hatte gedacht, irgendeine gute Fee hätte über ihn gewacht, und er hätte einfach das unglaubliche Glück gehabt, eine Frau zu treffen, mit der er eine tiefe Verbundenheit fühlte. Und nun zerstöre ich ihm diese Illusion und behaupte, im Grunde sei das alles Teil einer ausgetüftelten Strategie gewesen. Und obendrein noch einer Strategie, die zunächst einmal gar nichts mit ihm persönlich zu tun hatte.

»Und dein Ex-Mann? Wie heißt er gleich noch mal? David? Wo passt er jetzt in all das hinein? Hattest du auch einen Plan parat, wie du ihn dir wieder angeln könntest?«

Mein Gott, jetzt beschreibt er mich aber wirklich als ein durchtriebenes Luder. So als sei ich irgendeine eiskalte, intrigante Irre. Wie diese Frau in *Eine verhängnisvolle Affäre.* Aber mit ihr kann man mich doch sicher nicht vergleichen?

»Weißt du, Ally, das ist für mich im Augenblick alles ein bisschen zu viel auf einmal. Ich verstehe es nicht, und es klingt nicht besonders vertrauenerweckend. Erst erzählst du mir von irgendwelchen Verstrickungen mit deinem Ex-Mann, denn so hört sich das für mich zumindest an, dann erklärst du mir, du hättest die ganze Sache mit uns von Anfang an geplant, wie so eine Art bizarren Dating-Wettkampf. Das ist einfach zu verrückt. Und nicht das, was ich erwartet hatte.«

Ich senke den Blick auf meine Beine, die von der Arbeitsplatte herunterbaumeln. Daher kann ich seinen Gesichtsausdruck nicht sehen, als er sagt: »Ich glaube, es ist besser, wenn du jetzt gehst.«

Nun, das ist also das Ende vom Lied. Die ganzen guten Ratschläge von Marina. All die tollen P, die weibliche Solidarität und die wohlmeinende Begeisterung im Savoy. Am Schluss zerbricht all das in tausend Scherben, denn im selben Augenblick, in dem jemand entdeckt, dass man ihn mit Hilfe all dieser Tricks gefunden hat, lässt er einen fallen wie eine heiße Kartoffel. Selbstverständlich lässt er einen dann fallen. Welcher vernünftige Mann will schon mit einer Frau zusammen sein, die so scharf darauf gewesen ist, sich jemanden zu angeln, dass sie bereit war, fünfhundert Pfund zu zahlen, drei Seminare abzusitzen und die darin empfohlenen Anweisungen wie eine brave Streberin zu befolgen?

Tom ist von der Küchentheke zurückgetreten und steht mit in die Hüften gestemmten Händen vor mir. Der Blick aus seinen normalerweise so sanftmütigen und nachsichtigen Augen ist auf einmal hart wie Stahl. Irgendwie erscheint es mir nicht ratsam, eine Diskussion mit ihm vom Zaun zu brechen, und ich bin mir auch gar nicht sicher, was für Argumente ich ins Feld führen könnte. Ich rutsche von der Arbeitsplatte herunter und gehe aus der Küche Richtung Haustür. Als ich dort ankomme, hoffe ich, obgleich ich es nicht erwarte, dass er plötzlich hinter mir auftaucht und mich zurückhält. Ich warte etwa drei Sekunden darauf, die Hand an der Türklinke, aber nichts geschieht. Etwas in mir veranlasst mich jedoch, mich noch einmal umzudrehen und ihm ein letztes Wort durch die lähmende Stille im Flur zuzurufen.

»Tom, es tut mir leid, dass wir uns auf so merkwürdige Weise kennen gelernt haben. Aber dass wir uns kennen gelernt haben, tut mir überhaupt nicht leid. Eine Zeit lang dachte ich, ich habe unbeschreibliches Glück.«

Dann mache ich die Tür auf und gehe die drei Straßen zurück nach Hause. Auf dem Weg bete ich inständig, dass meine Eltern schon ins Bett gegangen sind, damit ich ihretwegen keine gute Laune vortäuschen muss. Es wäre eine so große Enttäuschung für sie, wenn sie mit ansehen müssten, dass so dicht auf Schneeglöckchen und Lilien eine abgrundtiefe Traurigkeit folgt.

Teil 4

41. Abschied vom Chaos

Das Wochenende vergeht wie in Trance. Wie etwas, das man irgendwie durchstehen muss. Ich glaube, es gelingt mir ganz gut, mich zusammenzunehmen, damit meine Eltern nichts merken, ganz zu schweigen von den Kindern. Doch als mich meine Mum zum Abschied umarmt, flüstert sie mir zu: »Es wird alles gut. Du wirst schon sehen«, daher weiß ich, dass sie sehr wohl gemerkt hat, in was für einem seelischen Tief ich die ganze Zeit stecke.

Am Samstag erwarte ich halb, dass Tom anruft oder bei mir vor der Tür steht. Am Sonntag erwarte ich nichts mehr, sondern hoffe nur noch. Am Montag bin ich dann überzeugt, dass es nicht mehr geschehen wird. Und es geschieht auch nicht. Eine ganze Woche vergeht, ohne dass ich ihn auf dem Weg zu Grace' Kinderkrippe am Haus vorbeigehen sehe. Er muss seine Route geändert haben, um mir nicht zu begegnen.

Je mehr Zeit vergeht, desto quälender werden meine Selbstvorwürfe. Inzwischen ist mir sonnenklar, warum Tom bei der Vorstellung, ich hätte ihn nur in Erfüllung meiner Seminar-Hausaufgaben umgarnt, so empört war.

Mel beschwichtigt mich: »Meine Güte, Ally. Hör auf, dich zu zerfleischen. Warum soll das, was du getan hast, so viel schlimmer sein als diese ganzen Speed-Dating-Veranstaltungen?« Aber es ist schlimmer, denn es geschah nicht in gegenseitigem Einverständnis. Wenn sich zwei Menschen beim Speed-Dating treffen – so viel man als Außenstehender auch dagegen einwenden mag –, wird dabei zumindest mit offenen Karten gespielt. Beide

Seiten haben sich ganz bewusst darauf eingelassen, und keiner wird hinters Licht geführt. Doch bei Marinas Methoden ist das anders. Dieses ganze Getue mit den Versuchskaninchen, der Produktpräsentation und der Imageerneuerung – es ist alles völlig einseitig. Was würde Alan beispielsweise sagen, wenn er wüsste, dass ich nur mit ihm ausgegangen bin, weil er nicht mein Typ ist? Ich bin sicher, er würde mich jetzt hassen. So wie Tom.

Jeden Abend, bevor ich ins Bett gehe, trete ich noch einmal in Jacks und Millies Zimmer und gebe ihnen einen Kuss auf den Scheitel. Millie schläft wie eine kleine Prinzessin, die darauf wartet, wachgeküsst zu werden. Stocksteif liegt sie auf dem Rücken, und über ihr Kopfkissen breitet sich ihr goldenes Haar wie das von Rapunzel. Jack finde ich meist mit heruntergestrampeltem Federbett vor. Er liegt auf der Seite, seinen Lieblingshasen unter den Arm geklemmt, und sein Haar ist ganz feucht vom Schwitzen.

Als ich heute Abend eine Schweißperle von Jacks Nasenrücken wische, sehe ich in den geschürzten Lippen und der Wölbung der Wangen seine große Ähnlichkeit mit David. Die unsichtbaren Bande, die sich zwischen Jacks und meinem Herzen erstrecken, ziehen sich zusammen. Vermutlich sollte ich mich besser daran gewöhnen, denn ich werde in Jack und Millie immer auch David erkennen.

Aber sosehr ich es auch versuche, und ich habe es wirklich ernsthaft versucht, ich kann David nicht mehr an meiner Seite sehen. Es ist, als hätte er dadurch, dass er zurückgekommen ist und ein weiteres Mal ein Auge auf mich geworfen hat, nur bewirkt, dass ich jetzt alles deutlich sehen kann, was ich beim ersten Mal nicht klar genug erkannt habe.

David ist attraktiv, leidenschaftlich und interessant, und er verkörpert eine spielerische, unbefangene Jungenhaftigkeit, die ich einmal sehr geliebt habe. Auch jetzt kann ich sie aus der Distanz noch immer schätzen. Aber ich will nicht mehr damit verheiratet sein.

Ich glaube nicht, dass er mich noch einmal glücklich machen kann. Vielleicht haben wir die ganze Liebe, die wir füreinander empfinden konnten, einfach aufgebraucht. Vielleicht steckt aber auch all unsere Liebe jetzt in Jack und Millie.

David war auf einem Fotoshooting, daher ruft er mich erst Mitte der Woche wieder an. Er will mich am Freitag besuchen kommen. Sagt, wir müssen reden. Das müssen wir, ich weiß. Ich weiß nur nicht genau, wie ich die Dinge sagen soll, von denen ich meine, dass sie gesagt werden müssen. Ich hoffe, Claras scharfes Urteilsvermögen wird mir dabei helfen.

Sie ist gerade zu Besuch bei mir, als David anruft. Seit die Kinder im Bett sind, sitzen wir auf meinem Sofa und nippen an unseren Weingläsern. Es ist schon spät, und Clara hat mir auf ihrem Nachhauseweg von einer Geschäftsreise nach Madrid einen Notfallbesuch abgestattet. Von Heathrow nach Notting Hill über Süd-London ist ein weiter Umweg, deshalb bin ich ihr ganz besonders dankbar.

»War das David?«, fragt sie, als ich einhänge und wieder ins Wohnzimmer zurückkomme.

»Ja. Wie hast du das erraten?«

»Konnte es an deinem Tonfall hören. Du hast einen ganz besonderen Ton an dir, wenn du mit ihm sprichst.« Nach einem kurzen Schweigen fragt sie: »Und was wirst du jetzt tun?«

»Ich weiß es nicht genau. Ein Teil von mir meint, ich

solle nachgeben und es noch mal mit ihm probieren. Vielleicht sollte ich einfach abwarten, wie weit wir damit kommen. Aber …«

»Aber was? Bist du dir sicher, dass es nicht richtig wäre? Oder willst du nicht?«

Ich denke eine Weile ernsthaft darüber nach und gebe mir damit die Gelegenheit, meine Überlegungen von gestern Nacht zu widerrufen.

»Ich spüre – und das ist schwer für mich zu glauben –, dass ich nicht mehr will. Jedenfalls nicht ernsthaft genug. Du weißt doch, was er neulich abends zu mir gesagt hat: dass er diesen ganzen Unfug aus seinem System entfernen muss? Nun, ich habe das Gefühl, als hätte ich ihn sozusagen aus meinem System entfernt. Wahrscheinlich liebe ich ihn noch, aber ich bin nicht mehr besessen von der Idee, ihn zu lieben. Zum ersten Mal erkenne ich, dass er vielleicht nicht mein Partner fürs Leben war. Nicht wirklich. Nicht so, wie ich es mir vorgestellt habe. Ich glaube, noch einmal mit ihm zu schlafen war das Beste, was ich tun konnte.«

Clara hebt fragend die Brauen, aber aus ihrem Blick spricht nur freundliches Mitgefühl und über ihre Lippen huscht ein leises Lächeln.

»Wirklich, das meine ich ganz ernst«, versichere ich ihr. »Es ist nicht so, als hätte ich es nicht genossen, das habe ich sehr wohl. Aber es hat irgendwie den Bann gebrochen.«

Clara wiederholt ihre Frage: »Gut, aber was wirst du jetzt tun?«

Ich starre in mein Weinglas, als könnte ich dort irgendeine Art von Antwort finden.

»Ich glaube, ich werde ihm sagen, dass wir uns nicht mehr sehen können. Auf jeden Fall nicht unter den derzeitigen Voraussetzungen.«

Plötzlich steigt in mir eine Welle von Panik hoch. Mein Gott, ich hoffe, ich tue das Richtige. Als ich Tom hatte, oder, um es genauer zu sagen, als ich mir Hoffnungen auf Tom machen konnte, da hatte ich mich noch stark gefühlt. Aber jetzt, wo das nicht mehr der Fall ist, habe ich das Gefühl, als stürzte ich mich in einen Abgrund hinunter. Und tief unten liegt diese einsame Frau aus dem Leserbrief im *Observer* und sieht so niedergeschlagen aus wie eh und je.

Clara sieht mich mit ihren leuchtend blauen Augen durchdringend an. Als hätte sie vor ihrem inneren Auge ebenfalls gerade die Frau aus dem *Observer* hoffnungslos zu uns emporblicken sehen, sagt sie: »Eines Tages findest du den Richtigen, Ally. Das weiß ich genau. Ich habe dich beobachtet. Es war erstaunlich für mich, zu sehen, wie du mit dieser Herausforderung von Mels Artikel umgegangen bist. Und wie du dann tatsächlich alles erfolgreich durchgezogen hast. Gut, vielleicht ist Tom nun doch nicht der Richtige – übrigens will ich damit noch lange nicht sagen, dass er es auf keinen Fall ist –, aber wenn er es nicht ist, dann wird es jemand anders sein. Zumindest hast du dich nicht unterkriegen lassen, und du sitzt hier nicht faul herum und wirst fett und unzufrieden. Und vor allem schlüpfst du nicht in die bequeme Rolle deines alten Lebens zurück und nimmst etwas hin, von dem du genau weißt, dass es nicht das Richtige für dich ist – nur weil es für dich verfügbar wäre.« Sie nimmt einen großen, vernehmlichen Schluck Wein aus ihrem Glas. »Ich habe beschlossen, dass ich genau das Gleiche tun werde wie du.«

Ich blicke entsetzt auf. »Aber Jonathon ...«

»Nein, nein. Das meine ich nicht. Ich meine, ich werde die Dinge selbst in die Hand nehmen und damit aufhören, mich wie ein Opfer zu fühlen. Ich möchte ein Baby.

Und ich werde mein Leben ändern, damit ich die besten Chancen habe, auch tatsächlich eines zu bekommen. Jonathon hatte Recht. Die Chancen, ein Baby zu bekommen, stehen nicht sehr gut, wenn ich drei Nächte pro Woche verreist und die restliche Zeit ständig erschöpft bin. Ich werde eine Auszeit beantragen. Für sechs Monate. Vielleicht auch länger. Ich werde denen in meiner Firma anbieten, in Teilzeit irgendeine Branchenanalyse oder so was zu machen. Wenn sie dem nicht zustimmen, dann ist es mir auch egal. Und wenn die anderen mir meine Kunden abspenstig machen, dann sollen sie eben. Manche Dinge im Leben haben einfach Vorrang.«

Claras Blick sprüht vor lauter Begeisterung.

»Mensch, Clara, ich bin so stolz auf dich. Ich glaube, du tust genau das Richtige.«

»Ja, das glaube ich auch. Ich habe noch keine Ahnung, was mich erwartet, wenn ich einmal wieder in meinen Job zurückkehren will. Oder wie um alles in der Welt wir es anstellen sollen, mit weniger als der Hälfte unseres jetzigen Einkommens über die Runden zu kommen. Aber ich weiß, man darf nicht immer nur auf Nummer Sicher gehen. Manchmal muss man einfach mal etwas riskieren. Und man muss Dinge aufgeben, die sich nicht richtig anfühlen, selbst wenn man das Richtige vielleicht nie bekommt. Findest du nicht?«

Doch, das finde ich auch.

»Und übrigens, ich hab die Sache mit Mel erfahren. Ich weiß, du hast gemeint, sie solle mir nichts sagen, aber ich bin froh, dass sie es getan hat. Es ist mir ganz schön in die Knochen gefahren, als ich es gehört habe. Aber plötzlich war mir bewusst, dass ich das, was sie jetzt hat, so sehr will, dass ich alles dafür tun würde, um es zu bekommen.«

»Al, ich kann nicht glauben, was du mir da sagst.«

Ich sitze auf unserem Sofa, das mit Requisiten ausgestattet ist, die aussehen, als wären sie vom Filmset für *Easy Rider* geklaut. Jack hat die Rücklehne des Sofas zum Pferd umfunktioniert und mit einem behelfsmäßigen Sattel (einem Stück Karton, das er vor der Papiertonne gerettet hat), Zügeln (vier zusammengebundenen Schuhbändern), einer Decke für kalte Nächte und einer Satteltasche, voll gestopft mit Saftpackungen und Schokoriegeln für seine imaginäre Reise, ausstaffiert. Unter keinen Umständen darf irgendetwas daran verändert werden.

David sitzt mir gegenüber auf dem Couchtisch. Er beugt sich zu mir vor, und unsere Köpfe sind so dicht beisammen, dass ich in seinem Atem das Bier vom Mittagessen riechen kann, vermischt mit einem schwachen Seifenduft.

»Du musst nicht glauben, dass das für mich leicht ist. Aber ich weiß tief in mir, dass wir keinen Neuanfang machen können. Ich will keinen Neuanfang.«

»Wie kannst du so etwas sagen!«, ruft er mit ungläubiger Empörung aus und setzt sich zurück auf den Tisch, die Hände auf die Knie gelegt.

Dann wird seine Stimme wieder sanfter, er beugt sich zu mir vor und lässt seine Hand unter meine Bluse gleiten, wo sie auf nackte Haut trifft. Ich spüre ein vertrautes Kribbeln in mir, aber ich schiebe seine Hand weg.

»David, lass das. Ich liebe dich. Aber nicht mehr so wie früher.«

Er spürt, dass die sexuelle Anziehungskraft dieses Mal keine Wunder wirkt, also versucht er es mit einer anderen Strategie. Dem Wachrufen von Schuldgefühlen.

»Al, findest du nicht, dass du verpflichtet bist, es zumindest noch einmal zu versuchen, um der Kinder willen?

Wir haben zwei großartige Kinder zusammen, und das Leben wäre besser für sie, wenn wir zusammen wären. Alles andere lässt sich dann schon regeln.«

»Nein. Das glaube ich nicht. Alles andere, wie du es nennst, ist ein zu großer Brocken. Nicht nur, dass du mich betrogen hast. Sondern ich glaube einfach nicht, dass ich je wissen könnte, dass du mich nicht wieder betrügen würdest. Aber es geht mir nicht allein darum. Ich will nicht die Person sein, die dafür sorgt, dass du auf dem richtigen Pfad bleibst, oder die dir das Leben gibt, das du vermisst. Ich will nicht einmal diejenige sein, bei der du dich entschieden hast, dass du sie doch ganz gern magst, nachdem all die anderen Beziehungen nicht funktioniert haben. Ich will nicht in eine alte Beziehung zurückkehren, verstehst du das? Ich möchte die Auserwählte sein.«

Eines muss ich David lassen. Er gibt nicht so leicht auf, und als das mit den Schuldgefühlen nicht funktioniert, versucht er es noch einmal mit Sex. Als wir an der Eingangstür stehen, zieht er mich an sich und schiebt mir seine Hand am Rücken unter die Bluse. Dann gibt er mir einen langen, forschenden Kuss, der fast jeden Widerstand in mir bricht.

»Du machst einen Fehler, Al. Denk noch mal drüber nach«, sagt er, bevor er aus dem Haus geht.

Kaum ist er gegangen, denke ich über viele Dinge nach, nicht zuletzt über die Tatsache, wie unangenehm die Übergaben der Kinder am Wochenende von nun an für eine lange Zeit sein werden.

»Meine Güte, das war schwer. Ich weiß nicht, wie ich es geschafft habe«, sage ich anschließend zu Clara.

»Du hast das Richtige getan, Schatz. Lass den Kopf nicht hängen. Alles geht vorüber, und diese schrecklichen Selbstzweifel, die dich jetzt plagen, sind da keine Ausnahme.«

Mel rufe ich lieber nicht an, denn ich bin mir nicht sicher, ob sie mir den Rat geben wird, den ich jetzt brauche. Sie hat immer eine Schwäche für David gehabt; und zusammen mit ihrer allgemeinen Einstellung des Abwartens und Teetrinkens und Zusehens, wie sich die Dinge entwickeln, würde sie mir sicher raten, eine heimliche, unverbindliche Beziehung mit David aufrechtzuerhalten, bis sich die Sache zwischen uns tatsächlich geregelt hätte. Aber genau das will ich nicht hören.

42. Ablenkung

David meidet mich. Ich bin mir nicht sicher, ob das eine Taktik zum Selbstschutz ist oder ob er mich damit wieder herumkriegen will. An seinem Wochenende mit den Kindern schickt er seinen Freund Chris, um Jack und Millie abzuholen, und der murmelt etwas davon, dass sie das Wochenende alle gemeinsam verbringen wollen. (Chris ist auch geschieden und hat zwei Jungen.) Millie kommt die Sache zwar ein bisschen komisch vor, aber sie ist nicht beunruhigt, denn sie kennt Chris. Und Jack ist vollauf begeistert von der Aussicht, ein Wochenende in Gesellschaft von zwei älteren Jungen zu verbringen.

Da ich nicht dauernd über Tom und David nachdenken will und mich auch keine von Marinas Seminarhausaufgaben mehr auf Trab halten, gestatte ich mir, diese beiden Tage ganz der Orangenmarmelade zu widmen. Das ist nicht allzu schwierig, denn bei der Arbeit kommt gerade mal wieder alles zusammen. Die neue Werbekampagne für Sevilla Sunset steht bereit, und das Markteinführungs-Programm ist mit Events so voll gepackt, wie ich es mir nie hätte träumen lassen. Die Einzelhändler rufen händeringend nach Verkostungspaketen und nach Präsentationsrequisiten für ihre Geschäfte. Das Problem mit der Verklumpung der Schalenstückchen bei Pure Gold ist mittlerweile gelöst. Wir geben uns Mühe, den Zeitverlust und die Lieferengpässe wieder aufzuholen, indem wir versuchen, die doppelte Menge an Gläsern zu produzieren und auszuliefern.

Anna ist zufrieden. Findet die Ideen zur Printkampagne

für Sunset sogar originell. Die besten, die sie seit langem gesehen hat. Anna verdanke ich letztendlich auch eine spontane Idee: Als ich ihr erzählte, wie viel Spaß mir die Recherche zur Geschichte der Orangenmarmelade gemacht hat, sagte sie so ganz nebenbei: »Nun, dann sollten Sie daran denken, so etwas öfter zu tun. Das Leben ist zu kurz, man muss die Dinge tun, die einem Spaß machen.«

Ich bin mir nicht sicher, wie sie das genau gemeint hat. Aber eines Abends war ich missgelaunt bei irgendeiner geisttötenden Immobilien-Verkaufsshow in der Glotze hängen geblieben, als mein Blick auf C. Anne Wilsons Namen mitten in einem Stapel alter *Vogues* auf dem Couchtisch fiel. Ich zog ihr *Buch der Orangenmarmelade* hervor. Der braun- und orangefarbene Umschlag kam mir plötzlich ziemlich fad vor, was mir zuvor noch nie aufgefallen war. Und obendrein, dachte ich mir, ist es wirklich kein sehr gehaltvolles Buch – gemessen an dem, was man tatsächlich aus dem Thema machen könnte.

Und das endete damit, dass ich eines Tages in Annas Büro marschierte und ihr den Vorschlag für einen großen, durchgehend farbig bebilderten Prachtband über Orangenmarmelade unterbreitete. Ich schlug vor, alles darin unterzubringen – historische Anekdoten, Rezepte, Fotos von herrlichen Saucen und Puddings mit Orangenmarmelade, aber auch von Orangenhainen, dazu Porträts von den Menschen, die sich mit Leib und Seele der Herstellung von Orangenmarmelade widmen. Ein großartiges Buch über eine großartige Tradition. Etwas, das Cottage Garden Foods wirklich bekannt macht. Etwas, das der Orangenmarmelade im Bewusstsein der Öffentlichkeit wieder zu einem besseren Image verhilft. Und das mir ein Projekt verschafft, in das ich mich mit vollem Elan stürzen kann.

Anna hält das Buch für eine grandiose Idee. Sie hat

sich sogar freiwillig bereit erklärt, mir mit den Texten zu helfen, und ein Budget bewilligt, das ausreichend hoch ist, um einen renommierten Fotografen zu engagieren. Jetzt liegt unsere Herausforderung darin, ein faszinierendes Exposé und einen Musterband in hoher Qualität herzustellen, um einen der großen Publikumsverlage für die Unterstützung des Projekts zu gewinnen, der uns den Weg in die Buchläden und Haushaltsgeschäfte ebnet. Auch Nicki ist begeistert von der Idee, denn das Projekt verspricht, unserem Arbeitsalltag, der sonst mit Budgetverhandlungen und Agenturkontakten ausgefüllt wäre, einen gewissen Glanz zu verleihen.

Seither habe ich viele Abende im Internet verbracht und zahllose verborgene Websites aufgespürt. Ich habe mir dabei eine Menge Kontaktdaten von kleinen Kooperativen herausgesucht, die Orangenmarmeladen herstellen und die wir interviewen können. Manchmal sitzt Millie neben mir und führt ihre eigene Recherche durch, die darin besteht, dass sie immer wieder den Prospekt von St George's und das Schülerhandbuch durchliest. Jetzt sind Osterferien, aber es dauert nur noch eine Woche, bis sie dort anfängt. Ihre neue Schuluniform liegt sorgfältig auf dem Boden unter ihrem Schreibtisch ausgebreitet, und die Socken sind ordentlich in die Schuhe gesteckt.

Auch Jack wechselt natürlich die Schule, aber er verdrängt diesen Gedanken erfolgreich. Er findet Schule so unwichtig, dass es ihm ziemlich gleichgültig ist, auf welche er geht. Jede Schule bringt das Lesen unerträglich langer Bücher und den Verzehr von ungenießbarem Essen in der Schulkantine mit sich, daher erscheint es ihm ratsam, diesem Thema nicht allzu viel Beachtung zu schenken.

Clara und Mel tun ihr Möglichstes, um mich bei Laune

zu halten. Mel wird seit neuestem von ganztägiger Übelkeit geplagt. (»Welcher Idiot hat das mal als vorübergehende Übelkeit am Morgen bezeichnet, möchte ich wissen?«) Clara kommt mir, ich weiß nicht genau, irgendwie heiter vor. Sie ist schon immer ein Fels in der Brandung gewesen, wie man so schön sagt, aber in letzter Zeit hat sie in ihrem Auftreten zudem eine spürbar größere Gelassenheit gewonnen. Sie ist ihrer Ankündigung treu geblieben, hat bei Peters & Young um eine Auszeit gebeten und sich erfolgreich gegen eine Flut von Einwänden (von denen es unendlich viele gab) durchgesetzt. Jetzt führt sie ihre laufenden Projekte noch zu Ende, bereitet sich auf die Übergabe und auf ihr neues Leben vor. Sie will ihre und Jonathons große Wohnung zwischenzeitlich untervermieten, und die beiden suchen sich für eine Weile etwas Kleineres. Sie hat sogar zwei Paar ihrer Ferragamo-Schuhe ihrer Assistentin vermacht, als sie feststellte, dass normale Kleiderschränke ihre überbordende Schuhkollektion nicht fassen können. Als sie einmal den ersten Schritt getan hatte, kam es ihr so vor, als hätte sich ihr eine völlig neue Welt eröffnet. Oder die Chance auf ein ganz neues Leben.

Mitten in alldem versuche ich mir selbst einzureden, dass es mir ganz gut geht. Bevor die Schulferien anbrachen, fand noch die Tombola statt, für die ich schließlich zweihundertfünfundsechzig raffinierte Gläschen zustande brachte. Sie erzielten den schönen Gewinn von 56,40 Pfund. Außerdem bin ich derzeit vollauf damit beschäftigt, mich von Claras neuem Elan inspirieren zu lassen und Hausmittelchen gegen Mels Übelkeit herauszufinden. Dann will ich es zumindest versuchsweise genießen, dass Anna plötzlich ständig mit mir zum Mittagessen gehen will, ich muss Ausflüge für die Schulferien planen und arbeite eifrig an meinem spektakulären Buch über Orangenmarmelade, so dass ich fast keine Zeit habe, darüber nachzugrübeln, was ich vermisse.

Aber ich vermisse sehr wohl etwas. Und nachts, wenn ich in der Mitte meines Queensize-Doppelbetts liege und auf die quälende Stille lausche, dann spüre ich es am stärksten. Was ist es, was mir am meisten fehlt? Was habe ich verloren?

Die Möglichkeit ist vorüber. Ich vermisse weder Marinas Seminarabende noch ihre Ratschläge und schon gar nicht all die Anstrengungen und Aktivitäten, die ich unternommen habe. Aber ich vermisse die Aufbruchsstimmung, die ich in jenen Wochen empfunden habe. Das Gefühl, dass es im Leben vorangeht, hin zu irgendeinem besseren Ort. Und die gespannte Erwartung und Vorfreude.

Aber am meisten vermisse ich einfach ihn. Komisch, ich habe ihn eigentlich gar nicht lange genug gekannt, um ihn überhaupt vermissen zu können, aber ich tue es dennoch. Was war es, was er mir damals gesagt hat? Ich hätte etwas in ihm ausgelöst. Nun, auch er hat in mir etwas ausgelöst. Es fühlt sich so an, als ob ich ihn liebe. Und es ist schwer, dieses Gefühl aufzugeben.

Ich weiß, dass Clara Recht hat. Ich weiß, dass ich eines Tages jemanden kennen lernen werde. Vor dem Alleinsein habe ich eigentlich gar keine Angst. Aber ich finde den Gedanken unerträglich, nicht mit ihm zusammen zu sein.

43. Früchte der Arbeit

Am Ende von Woche drei (der Kalender in meinem Kopf zählt die Tage, seit ich damals in Toms Küche stand) bin ich zumindest nicht mehr dauernd so tief verzweifelt. Eher erfüllt von einer stillen Traurigkeit. Und von Resignation. Resignation darüber, dass ich Tom vermutlich nicht wiedersehen werde. Er wird nicht anrufen oder vorbeikommen oder eine weitere Notiz durch meinen Türschlitz stecken. Und ich kann mir nicht das Herz fassen, bei Waitrose darauf zu lauern, dass ich ihm zufällig wieder in die Arme laufe. Das hätte doch alles keinen Sinn, oder? Er würde es nur als einen weiteren Manipulationsversuch auffassen, und es ist schließlich klar, was er von solchen Versuchen hält.

Das alles weiß ich. Und deshalb ist es auch so ein Schock für mich, als ich aus meinem Schlafzimmerfenster spähe, so wie an jenem Morgen vor all diesen Wochen, und ihn mit Grace im Buggy die Straße herunterkommen sehe. Auf unser Haus zu. Mein Herz setzt einen Schlag aus, und meine erste Reaktion besteht darin, die Jalousien herunterzuziehen und dem Fenster den Rücken zuzukehren. Die ganze Zeit habe ich darauf gewartet, ihn wiederzusehen, aber nun kann ich den Anblick nicht ertragen. Was wäre, wenn er beim Vorbeigehen nach oben blickt und mich hier stehen sieht, wie einen trübsinnigen, liebeskranken Teenager?

Aber genau das bin ich. Vielleicht nicht gerade trübsinnig. Und definitiv kein Teenager mehr. Aber liebeskrank. Ihn zu sehen hat mich plötzlich wieder spüren lassen, wie furchtbar liebeskrank ich bin. Sicher schulde ich es mir und meiner Gesundheit, es noch einmal zu versuchen. Wäre es denn wirklich so schlimm, wenn ich ihn nur dieses eine Mal noch abpasse und ihn davon zu überzeugen versuche, dass das, was ich getan habe, nun auch wieder nicht ganz so verabscheuenswert war? Was könnte es schaden, die Treppe hinunter aus dem Haus und ihm hinterher zu rennen?

Nicht viel, denn ich bin ja schon angezogen. Jack spielt mit seiner Spielzeug-Autowaschanlage in der Küche, und Millie schafft gerade ein Meisterwerk mit ihrem Regenbogen-Malset. Ich könnte die beiden ganz gut fünf Minuten allein lassen, und länger brauche ich nicht, um die Straße hinunterzulaufen, zu sagen, was ich zu sagen habe, und wieder zurückzukommen.

Ich stürme die Treppe hinunter, schlüpfe in die Sportschuhe, die neben dem Eingang stehen, und rufe Millie zu, dass ich nur kurz in den Vorgarten hinausgehe. (Keiner von uns findet es merkwürdig, den zwei Quadratmeter großen Stellplatz für zwei Mülleimer und ein paar nachlässig bepflanzte Blumenkästen einen »Garten« zu nennen.) Dann mache ich atemlos und mit einem Herzklopfen, das mir sicher gleich die Brust sprengen wird, die Tür auf und stoße mit dumpfer Heftigkeit mit einem Brustkorb zusammen, der sich als Toms herausstellt.

Er steht mit der Hand über der Türklingel vor mir. Hinter ihm sitzt Grace in ihrem Buggy. Sie beugt sich vor und strahlt mich zwischen Toms Beinen hindurch an. Nach einem Augenblick strahlt er mich ebenfalls an.

»Hoppla! Damit müssen wir nun langsam mal aufhören, sonst gibt es wirklich noch Verletzte.«

Ich bin einen Moment lang sprachlos, bringe aber gerade noch etwas zustande, was sich wie ein angenehm überraschter Ausruf anhört.

»Also, bittest du mich jetzt herein, oder soll ich mich schnurstracks auf den Weg zu diesem Klettergerüst machen und darauf hoffen, dass du mir schon folgen wirst?«

Ich trete vom Eingang zurück und bedeute ihm mit einer Geste, hereinzukommen. Es dauert noch ein paar weitere Sekunden, bevor ich wieder sprechen kann, und als das der Fall ist, klingt meine Stimme ganz anders als sonst üblich. Diese Stimme klingt jetzt ganz still und vorsichtig.

»Hättest du es denn gern, wenn ich dir in den Park folgen würde? Ich dachte, du hast etwas gegen so ein Verhalten?«

»Nun ja, ich habe darüber nachgedacht. Ziemlich viel sogar. Und ich bin extra deswegen hierher gekommen, um dir zu sagen, was ich mir so überlegt habe. Das heißt, wenn du mir überhaupt zuhören willst.«

Ich spüre, wie ich mich langsam entspanne, und auch mein Kehlkopf produziert wieder kräftigere Laute. »Also, dann komm herein. Ich setze uns einen Kaffee auf.«

Ich beuge mich hinunter und helfe Grace aus ihrem Buggy. »Millie, Jack. Tom und Grace sind zu Besuch gekommen.«

Millie kommt aus der Küche herbeigestürmt, dann bleibt sie plötzlich schüchtern vor Tom und Grace stehen.

»Mill, würdest du Grace mit in die Küche nehmen und sie mit deinen Farben malen lassen, während ich und Tom uns ein bisschen unterhalten?«

Millie sieht mich entrüstet und entgeistert an. Ihre Farben sind nagelneu und kostbar und offensichtlich nicht dazu geeignet, eine kaum Dreijährige daranzulassen.

»Oder vielleicht könntest du Jacks Buntstifte suchen und ihr ein paar Blatt Papier geben?«, versuche ich es nochmals.

Bei diesem Vorschlag schafft es Millie, ihren freundlichsten Gastgeberinnen-Gesichtsausdruck aufzusetzen, und nimmt Grace an die Hand. Tom und ich folgen den beiden in die Küche, wo ich den Kessel mit Wasser fülle. Eigentlich ist das nur so ein Ritual. Eine Beschäftigung, die ablenkt. Ich will gar keinen Kaffee.

»Ach, ich mache den gleich«, sage ich. »Sollen wir erst mal rübergehen?«

»Klar, aber vorher muss ich noch meinem Rugby-Kumpel hallo sagen. Wie geht's dir, Jack?«

»Gut«, erwidert Jack, ohne den Blick von dem roten Ferrari zu wenden, den er gerade die Rampe zur Autowaschanlage hochschiebt. Irgendwann muss ich ihm mal ein paar Grundregeln der Höflichkeit beibringen, aber jetzt ist nicht der geeignete Moment dazu.

Im Wohnzimmer bleibt Tom mitten im Raum stehen und dreht sich, die Hände in die Hüften gestützt, zu mir um. Es ist wie damals bei ihm in der Küche, nur ohne den Schock und die Missbilligung, die dort die Atmosphäre vergifteten. Er wartet weder darauf, dass ich mit dem Sprechen den Anfang mache, noch hält er sich mit einführenden Höflichkeitsfloskeln auf.

»Ich wollte vorbeikommen und dir etwas sagen«, beginnt er. »Das letzte Mal, als wir zusammen waren, habe ich vielleicht ein wenig überreagiert. Ich weiß, dass es so ist. Ich war einfach noch nicht bereit dazu, das alles zu hören. Aber dann habe ich genauer darüber nachgedacht.«

Als er eine Weile innehält und wohl überlegt, was er als Nächstes sagen soll und wie er es sagen soll, betrachte ich sein wunderschönes Gesicht. Seine Miene ist ernst, aber nicht verhärtet.

»Und ich habe mir gedacht, die Sache zwischen uns ist zwar noch ganz frisch, aber sie ist viel zu gut, um sie einfach so aufzugeben. Ich habe so großes Glück gehabt, dass sie mir ein zweites Mal zugefallen ist, und ich will das nicht wegwerfen. Ich habe das alles aufrichtig gemeint, was ich dir gesagt habe. In den Tagen, nachdem wir uns kennen gelernt hatten, hatte ich das Gefühl, als sei ein Licht angegangen. Dann warst du weg, und es fühlte sich wieder dunkel an, und das gefiel mir gar nicht!«

Er schließt einen Moment die Augen und verzieht das Gesicht, als strenge es ihn furchtbar an, diese Dinge zu sagen. Dann schlägt er die Augen wieder auf und blickt mich eindringlich an. »Es fühlt sich wie Liebe an. Ich liebe dich wirklich. Frag mich nicht, woher ich das weiß, es ist einfach so.«

Ich weiß, jetzt bin ich an der Reihe, etwas zu sagen, aber ich fühle mich wie betäubt und bringe kein Wort heraus. Er lächelt. Ein offenes, verschmitztes, wunderschönes Lächeln. »Wenn man genauer darüber nachdenkt, dann sind Beziehungen ein bisschen so wie eine gute Orangenmarmelade, findest du nicht auch? Bitter und süß zugleich, leuchtend wie Gold, doch voller dunkler Flecken, meist glatt, aber immer wieder mit Stückchen, die einem zwischen den Zähnen hängen bleiben. Nun, so wie ich das sehe, haben wir bereits ein wirklich großes, hartes Stückchen herausgefischt, was sicher nicht schlecht ist. Von jetzt an sollte alles nur noch schön glatt und klar sein, keine Klümpchen und Stückchen mehr.«

Nach einer weiteren Pause mit Grimasseziehen fügt er hinzu: »Und wenn du erst noch ein paar Dinge mit David zu klären hast, dann muss ich eben so lange warten, bis das erledigt ist.« Dann lächelt er wieder. »Sag mir nur noch eines. Du hast gesagt, du wurdest zu diesen Seminaren mitgeschleppt, ist das richtig? Du wolltest da nicht aus freiem Antrieb hingehen?«

»Meine Güte, nein!«, rufe ich entsetzt aus. »Mir

graute davor. Ich habe mich dann allerdings von der allgemeinen Begeisterung anstecken lassen. Aber als ich dich erst einmal getroffen hatte, ging es eigentlich gar nicht mehr um das Programm. Ich bin an all diese Orte gegangen, weil ich darauf gehofft habe, dich dort zu treffen. Ich weiß, das ist irgendwie kindisch, aber man kann mir doch deswegen keinen Vorwurf machen, oder?«

»Nein. Nein, das kann man nicht.« Er lächelt wieder und macht einen Schritt auf mich zu. Als er mich an sich zieht, fühlt sich die Wärme seines Brustkorbs berauschend an. Ich kann seinen Atem auf meinem Scheitel spüren und die sanfte Berührung seiner Finger an meinem Nacken. Tief in mir vermischen sich Erleichterung und Freude, und alles dreht sich, so dass mir fast schwindelig wird. Ich könnte stundenlang so stehen bleiben und ihn ganz still in mich hineinatmen. Aber da ist noch etwas, was ich sofort klarstellen muss.

Ich blicke zu ihm auf. »Mit David gibt es nichts mehr zu klären. Das habe ich bereits getan. Ehrlich. Das heißt jetzt nicht, dass er nicht mehr hier vorbeikommt, das wird er. Er ist schließlich Jacks und Millies Vater. Und es bedeutet auch nicht, dass die Sache für ihn schon ganz vorbei ist und er sie überwunden hat. Ich meine, dass er nur ihr Vater ist. Alles ist noch immer ein bisschen frisch, und der Sturm hat sich noch nicht ganz gelegt. Aber er wird sich mit der Zeit schon daran gewöhnen. Und das wirklich Wichtige daran ist: Es ging alles von mir aus.«

»Botschaft angekommen«, sagt er. Er will mich gerade küssen, als es an der Tür klingelt. »Das ist ja ein tolles Timing«, sagt er mit leidvoller Miene.

Auf meinem Weg zur Tür werde ich plötzlich durch Jacks lautes Geheul aufgehalten.

»Ich mache schon auf. Sieh mal nach, was passiert ist«, sagt Tom.

Jack hat sich die Hand verbrüht, als er den Heißwasserhahn aufgedreht hat, um seine Autowaschanlage wieder aufzufüllen. Ich halte die Hand unter kaltes Wasser, streiche dann etwas Wundsalbe auf die Haut und gebe ihm zwei Kekse aus der Dose. Millie und Grace kriegen den ganzen Trubel gar nicht mit, sie sind mit einem Springseil in den Garten hinausgegangen. Grace, die zum Seilhüpfen noch viel zu klein ist, steht etwas ratlos da. Ihre Knöchel sind völlig in das Seil verheddert, und Millie sieht ihr kichernd zu.

Als ich ins Wohnzimmer zurückgehe, kann ich das leise Gemurmel männlicher Stimmen hören. Eine davon gehört Tom. Die andere ist die Stimme eines Besuchers, den er offensichtlich hereingebeten hat. Ich erkenne die Stimme, noch bevor ich ins Zimmer trete, aber das mindert nicht den eisigen Schrecken, der mich durchfährt, als ich ihn sehe.

»David! Was machst du denn hier?«

Was unbehagliche Augenblicke anbelangt, ist das ein ziemlich schlimmer. Zumindest ist er schlimm genug für mich. Aber vielleicht noch schlimmer für die beiden.

»Das ist mir ja eine schöne Begrüßung«, sagt David mit einem gezwungenen Lachen.

»Tut mir leid. Ich habe dich nur einfach nicht erwartet.« Ich werfe unwillkürlich Tom einen Blick zu. David sieht zuerst mich an, dann Tom. Ich kann beinahe sehen, wie die Farbe aus seinem Gesicht weicht. Er blickt mit einem schweren Seufzer zu Boden, dann beginnt er zu nicken, als hätte er soeben erst verstanden. Ich kann mich nicht erinnern, dass ich David je so verlegen gesehen hätte. Vor zwei Jahren hätte ich vielleicht noch eine klammheimliche Freude darüber empfunden, wenn ich ihn so verdattert gesehen hätte, aber heute nicht. Heute tut es mir in der Seele weh. Ein Teil von mir sehnt sich danach, ihn tröstend in den Arm zu nehmen. Es passt einfach nicht zu ihm, in einer Situation nicht die Oberhand zu haben.

Seine Verlegenheit ist ansteckend. Jetzt hat auch Tom seine Hände in die Jeanstaschen geschoben und blickt auf seine Füße hinunter, als wünschte er sich meilenweit weg.

»Nun, ich nehme an, ihr beide habt euch schon einander vorgestellt?«, frage ich.

»Ja«, sagt Tom und blickt zu David auf.

»Hmm«, bestätigt David. »Und ich vermute mal, ich bin in einem ziemlich ungünstigen Moment hereingeplatzt«, fügt er mit einem neuerlichen gequälten Auflachen hinzu. Es hilft ihm aber nicht über seine Verlegenheit hinweg, wie er es sich vielleicht erhofft hat.

Zu allem Übel klingelt es nun auch noch zum zweiten Mal an der Tür. Wir drei sehen einander an, dann sagt Tom: »Meine Güte, hier geht es ja zu wie auf dem Hauptbahnhof«, bevor er hinausgeht, um die Haustür zu öffnen.

So wie Tom in diesem Moment automatisch zur Tür geht, hat es etwas von Revierbehauptung an sich, und ich sehe genau, dass David ziemlich irritiert ist. Aber das ist nichts gegen das Gefühl, das mich durchfährt, als Tom wieder auftaucht, dicht gefolgt von Gary. Gary von Hamilton & Sons, aber glücklicherweise ohne Schwesterntracht.

»Hallihallo«, sagt er, wird aber gleich darauf von der Verlegenheit angesteckt, die in der Luft liegt.

»Gary ist gekommen. Der anscheinend immer dafür sorgt, dass alle Lichter brennen. Hast du jemanden zum Reparieren der Lampen bestellt?«, fragt Tom mit gerunzelter Stirn. Er blickt zur Decke hoch, wo alle Lampen offensichtlich perfekt funktionieren.

Alle sehen dabei todernst drein, mich eingeschlossen. Und dennoch hat die Situation auch etwas furchtbar Komisches. Jetzt muss nur noch Alan aufkreuzen, dann könnte ich die Früchte all meiner Anstrengungen in voller Pracht vor mir aufgereiht bewundern. Ich kann mir ein Lachen kaum verkneifen. Und sicher werde ich mich totlachen, wenn ich das morgen Clara oder Mel erzähle. Oder irgendwann in ferner Zukunft Tom. Aber jetzt auch nur im Leisesten den Mundwinkel zu verziehen wäre ein zu großes Risiko.

»Nein. Hier gibt es heute nichts zu tun. Im Augenblick ist alles in Ordnung«, sage ich. »Aber vielen Dank, dass Sie gekommen sind.«

Gary lächelt spöttisch und schüttelt fast unmerklich den Kopf. »Ja, dann gehe ich jetzt besser wieder. Sieht nicht so aus, als brauchten Sie mich hier.«

»Nein, eigentlich nicht«, sage ich.

»Ich gehe dann besser auch gleich«, sagt David. »Wir sehen uns, wenn ich nächstes Wochenende die Kinder abhole, okay?«

»Okay.«

Diesmal bleibt Tom im Wohnzimmer und ich begleite David und Gary zur Tür. Ich kann keinem von beiden in die Augen sehen, obgleich ich das Gefühl habe, dass ich David das schulde. Daher halte ich ihn am Arm zurück, bevor ich die Haustür schließe.

»Es tut mir leid«, sage ich.

»Mir auch«, faucht er zurück, ohne sich umzudrehen.

Durch den Spalt in der Tür beobachte ich, wie sich David und Gary draußen auf dem Bürgersteig höflich voneinander verabschieden und in entgegengesetzte Richtungen davongehen. Um Gary mache ich mir keine Sorgen. Ich war für ihn vermutlich nichts weiter als eine potentielle neue Stripperin, die er für seine bizarre Truppe an Land ziehen wollte. Aber als ich David hinterhersehe, wie er ohne seinen üblichen selbstsicheren Gang von dannen schlappt, bricht mir fast das Herz.

Aber ich habe kein Monopol auf gebrochene Herzen. Tom kennt sich da auch gut aus. Er tritt hinter mich und drückt die Haustür zu. Eine Minute stehen wir beide da, ich mit der Stirn an die Tür gelehnt, er mit seinen Armen um meine Taille und seinen sanften Lippen auf meinem Haar.

»Ich liebe dich auch«, sage ich.

Im Garten höre ich Jack und Millie und Grace, ihre fröhlichen Stimmen vermischen sich mit dem Surren einer elektrischen Heckenschere und den gedämpften Lockrufen aus einem Eiskremwagen ein paar Straßen weiter.

Und alles fühlt sich gut und richtig an.

Epilog

Für September scheint die Sonne noch ungewöhnlich warm. Wir genießen einen herrlichen Altweibersommer, nachdem der Juli und der August vollkommen verregnet waren. Ich habe Millie und Jack vorhin sogar mit Sonnenschutz eingecremt.

Den brauchen sie aber eigentlich nicht. Sie spielen nämlich im dunkelsten, bestgeschützten Teil des Klettergerüsts, dem Turm mit dem geteerten Dach. Im Augenblick führen sie gerade irgendeine Art von Scharade auf, bei der Jack so tut, als hätte er Millie und Grace gefangen genommen, und sie kauern pflichtschuldig in einer Ecke.

Tom ist losgezogen, um uns einen Kaffee zu holen, und ich nutze die Gelegenheit, einen Augenblick friedlich auf der Bank zu sitzen. In knapp einer Stunde werde ich in der Küche stehen und schnippeln und rühren und marinieren – als Vorbereitung für unser Sommer-Abschieds-Barbecue. Zumindest bin ich der Verantwortung für den Nachtisch enthoben: Claudia bringt einen Banoffee Pie und natürlich ihren Nathaniel mit.

Ich überfliege noch einmal in Gedanken die Liste von Dingen, die ich noch bei Somerfield einkaufen muss. Wein ist nicht dabei. Wir haben noch jede Menge, denn weder Mel noch Clara trinken derzeit viel, und Dom hat als Ausdruck der Solidarität seinen Konsum stark eingeschränkt. Bei Mel hätte sich vermutlich das gelegentliche Nippen mittlerweile auf ein Glas pro Tag eingependelt, aber da Clara sowohl ihr Vorbild als auch ihr schlechtes Gewissen ist, wagt sie es nicht.

Bei Clara sieht man noch nicht viel (es ist ja schließlich noch ein ganz frühes Stadium), aber Mel hat inzwischen gewaltige Ausmaße angenommen. Was sie beim Alkohol an Kalorien spart, das gleicht sie mit anderen Kohlehydraten wieder aus. Chips, Doughnuts, Cracker, alles was man will. Und dazu Silberzwiebelchen, die man vielleicht noch als Gemüse durchgehen lassen kann.

Sojasauce. Die hat auf der Liste noch gefehlt. Es sind nur noch ein paar Tropfen in der Flasche. Ich greife in meine Handtasche und suche nach der Einkaufsliste und einem Stift. Beim Herumwühlen fördere ich mehrere Blatt Papier zutage, aber keines davon erweist sich als meine Liste.

Ich falte das erste auseinander und erkenne es sofort als den Artikel aus der Juniausgabe von *Me*. Mels Artikel. Es ist nicht der ganze – irgendwie habe ich es wieder einmal geschafft, die ersten paar Seiten zu verlegen. Ich muss kichern, als ich Mels Artikel noch einmal lese, der eine haarscharfe Gratwanderung zwischen respektvoll und zynisch schafft.

Vielleicht war das ja mein Beitrag dazu. Als sie mich fragte, was ich von dem ganzen proaktiven Partnerschafts-Getue letztendlich gehalten habe, konnte ich mich nicht genau festlegen. Auf den lächerlichsten Aspekten herumzuhacken wäre zu einfach gewesen. Jeder mit einem Quäntchen gesundem Menschenverstand wäre zu dem Schluss gekommen: Sich ein neues Markenimage zu schaffen und es in einer Broschüre zu präsentieren ist glatter Unfug. Aber manches andere, was uns Marina aufgetragen hat – war das wirklich so schlecht?

Nein, habe ich zu Mel gesagt. Nicht gerade schlecht. Sogar ganz gut in mancherlei Hinsicht. Gut dafür, Menschen aufzurütteln, sie zur Eigenverantwortung zu animieren und ihnen Möglichkeiten aufzuzeigen. Aber

dann am Ende auch ein bisschen gefährlich, das war zumindest meine Meinung. Man muss aufpassen, nicht zu viele von Marinas Taktiken zu oft oder mit zu viel Energie umzusetzen. Denn auf die Spitze getrieben sind sie einfach eine geradezu gemeingefährliche Manipulation unter dem Deckmäntelchen der Partnersuche. Und kein Mann wird sich am Ende dabei wohl fühlen. Das Ganze könnte damit enden, dass es einen genau den Pokal kostet, den man meint errungen zu haben.
Ich muss über Mels letzte Zeilen lachen.

Meine Damen, Sie können, wenn Sie wollen, fünfhundert Pfund dafür zahlen, um zu lernen, wie Sie Ihre Vergangenheit vergraben und sich Ihr ganz eigenes Markenimage schaffen können. Und ich? Ich bleibe dabei und folge einfach diesem vielversprechenden Exemplar in den Park und hoffe darauf, dass er mich wahrnimmt.

Unter Mels Artikel liegt ein anderes Stück Papier, das ganz zerknittert ist und einen riesigen Kaffeefleck in der Mitte aufweist. Der Kaffee ist in das Papier eingedrungen und macht das Lesen schwierig, aber nicht unmöglich, wenn man die Augen zukneift und die Phantasie benutzt, um die Lücken zu füllen. Das einzelne M am Ende der Mail machte mir sofort klar, dass dies seine letzte Nachricht sein würde und ich druckte sie aus, um sie irgendwo sicher zu verwahren. In den zwei Wochen, nachdem Tom so wütend reagiert und ich sein Haus verlassen hatte und es so schien, als hätte ich alles vermasselt, habe ich seine Zeilen sicher zwanzigmal gelesen.

Liebe Francesca,
es war richtig, dass Sie ihm alles erzählt haben. Ehrlichkeit ist zwar nicht immer die diplomatischste Art, aber wenn man mit einer Sache zu tun hat, von der man meint, sie sei etwas ganz Besonderes, dann ist sie eine absolute Notwendigkeit. Wenn er einmal bereit ist, im tiefsten Inneren über seinen großen Verlust hinwegzukommen, dann wird er über alles andere großzügig hinwegsehen. Geben Sie

ihm einfach Zeit. Machen Sie nicht weiter Jagd auf ihn. Hetzen Sie ihn nicht. Lassen Sie ihn seine Situation erkennen. Er hat einen gewaltigen Schicksalsschlag erlitten, aber in mancher Hinsicht wird ihm dadurch vielleicht klarer als je zuvor, was er wirklich will. Und er klingt wie ein Mensch, der, wenn er sich für Sie entscheidet, dies auch für immer tut.

Eigentlich war das gar nicht Ms letzte E-Mail an mich. In meinem Überschwang, als Tom zu mir zurückkehrte, schrieb ich ihm noch einmal.

Er hat mich gewählt.

Und er schrieb zurück.

Ausgezeichnete Wahl.

Dieses Mal hatte er mit seinem vollen Namen unterschrieben, Michael Ellis, und mir seine E-Mail-Adresse zu Hause gegeben. Er sagte, er sei inzwischen der Spielchen bei PerfectPartnership überdrüssig, würde aber jederzeit gerne wieder von mir hören. Da ich den vagen Verdacht gehegt hatte, dass M sich als Tom herausstellen könnte, war ich mächtig erleichtert, als ich seine wahre Identität herausbekam. Es würde keine unbequemen Enthüllungen und Geständnisse mehr geben, die den Anfang der wunderbaren Beziehung, die Tom und ich geknüpft hatten, gefährden konnten. Keine Klumpen mehr in der Orangenmarmelade. Und in Michael hatte ich einen Freund gefunden.

Jetzt sehe ich Tom zurückkommen und schirme meine Augen gegen die Sonne ab, um ihn zu beobachten. Als er die drei Weißbirken, etwa zwanzig Meter von mir entfernt erreicht hat, verschwindet er plötzlich aus meinem Blickfeld, denn ein Sonnenstrahl fällt durch die Baumspitzen und taucht ihn in blendendes Licht. Für den Bruchteil einer Sekunde kann ich nur einen weißgelben

Lichtblitz mit lauter winzigen silbernen Funken erkennen.

Dann ist er wieder sichtbar, lächelt mich an und hält triumphierend zwei Becher Cappuccino hoch. Als er vor mir steht, beugt er sich zu mir hinunter, um mir meinen Kaffee zu reichen, und gibt mir einen Kuss, der nach Zucker und Schokolade und Cappuccino-Schaum schmeckt.

Und ich glaube, nichts auf der ganzen Welt ist süßer als so ein Kuss.

Danksagung

Mein herzlicher Dank gebührt zuallererst Euan Thorneycroft von Curtis Brown, ohne dessen fachmännische Beratung diese Geschichte wohl nie den Weg zum gedruckten Buch geschafft hätte. Des Weiteren Kate Cooper von Curtis Brown für ihren unermüdlichen Einsatz sowie Kate Elton und Nikola Scott und dem übrigen Team bei Arrow Books für ihre uneingeschränkte Unterstützung, menschliche Wärme und redaktionelle Erfahrung.

Ein besonderes Dankeschön geht auch an Justine Horsman für ihren unschätzbaren Rat, was Halsketten und romantische Helden anbelangt. Ich danke auch euch, Olivia, Joely und Matt, für euren Langmut und euer Verständnis angesichts eines häufig gähnend leeren Kühlschranks und unzähliger Anfälle schlechter Laune meinerseits. Besonders hervorheben möchte ich Matt, der mich zur literarischen Figur eines gewissen fünfjährigen Cowboys inspirierte. Und last but not least danke ich Patrick, der seine Rolle als unermüdlich hilfsbereiter und begeisterter Ehemann von A bis Z auf Video aufgenommen hat.

Wei Hui

Marrying Buddha

Roman

ISBN 978-3-548-26640-4
www.ullstein-buchverlage.de

Coco, die schöne und eigenwillige Schriftstellerin aus Shanghai, geht nach New York, um das Leben von einer ganz anderen Seite aus kennenzulernen. Leidenschaft und erotische Abenteuer säumen ihren Weg, bis sie sich verliebt – und plötzlich zwischen zwei Männern entscheiden muss. Coco kehrt zurück nach Shanghai …

»Jetzt gibt's für Chinas Staatschefs noch mehr Grund zum Toben!« *Glamour*

»Wei Hui begeistert mit ihrer Direktheit: tolle Unterhaltung.« *Freundin*

»Sexy Story zwischen Buddha und Big Apple«
Cosmopolitan